南北通途

NAN BEI TONG TU

张炜炜 ◎ 著

时代出版传媒股份有限公司
安徽文艺出版社

张炜炜，笔名心中有清荷，中国作家协会会员，陕西省青年文学协会副主席。武汉大学药学本科毕业，西北农林科技大学生物学博士。第九届中国作协全国代表大会代表，陕西省"百青""百优"文学艺术家扶持计划入选者。曾荣获陕西省第三届柳青文学奖、陕西作协首届年度文学奖、首届陕西省青年文学奖、陕西省第十六届五四青年奖章。

出版了《半步天涯》等八部长篇小说。编剧的大型革命历史剧《红旗漫卷西风》为中宣部重点扶持项目，于2016年10月在东方卫视播出；民国探案剧《绅探》于2019年4月在腾讯视频热播；女性励志剧《旗袍美探》于2020年9月在北京卫视和腾讯视频播出，收视率全国卫视第一，热度全网第一。2019年起开始创作"正能量三部曲"：野生动物保护题材的小说《你栖息在我心上》，入选陕西省委宣传部文化精品扶持项目，现已出版并同步影视化；《南北通途》入选2021年中国作协重点作品扶持项目；聚焦中国航天科技的小说《为你放牧满天星》，由本人担任编剧改编为同名电视剧，于2021年8月开机。

张炜炜 ◎ 著

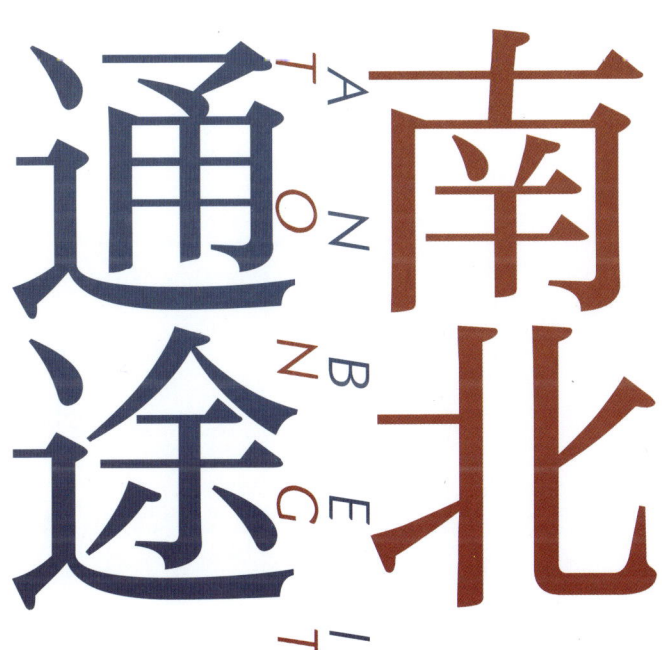

南北通途
NAN BEI TONG TU

时代出版传媒股份有限公司
安徽文艺出版社

图书在版编目（CIP）数据

南北通途 / 张炜炜著.—合肥：安徽文艺出版社，2022.8
ISBN 978-7-5396-7467-4

Ⅰ.①南… Ⅱ.①张… Ⅲ.①长篇小说－中国－当代 Ⅳ.①I247.5

中国版本图书馆CIP数据核字(2022)第086134号

出 版 人：姚 巍　　　　　　　　责任校对：段 婧
责任编辑：张妍妍　宋晓津　　　　装帧设计：张诚鑫

出版发行：安徽文艺出版社　　www.awpub.com
地　　址：合肥市翡翠路1118号　邮政编码：230071
营 销 部：(0551)63533889
印　　制：安徽联众印刷有限公司　(0551)65661327

开本：710×1010　1/16　印张：30.25　字数：500千字
版次：2022年8月第1版
印次：2022年8月第1次印刷
定价：108.00元

（如发现印装质量问题，影响阅读，请与出版社联系调换）
版权所有，侵权必究

目　　录

楔　子 / 001

第一章　我们的战场 / 006

  1　战场 / 006

  2　旗帜 / 011

  3　对轰 / 015

  4　奇葩 / 021

  5　停摆 / 026

  6　倒下 / 030

  7　渔女 / 035

  8　碰撞 / 040

  9　灯塔 / 045

  10　独行 / 050

第二章　劈开万重山 / 059

  11　负责 / 059

  12　特别 / 063

  13　心疼 / 068

  14　苗子 / 072

  15　出息 / 076

16　创造 / 082

17　宠爱 / 088

18　迷雾 / 093

19　智慧 / 098

20　隔阂 / 103

21　硬气 / 107

22　坚冰 / 112

第三章　中国新工法 / 118

23　陪伴 / 118

24　宣战 / 123

25　不灭 / 129

26　光明 / 134

27　博弈 / 140

28　拼杀 / 145

29　遇见 / 151

30　过年 / 157

31　了悟 / 163

32　回归 / 168

33　征服 / 174

第四章　海内存知己 / 179

34　师父 / 179

35　想念 / 184

36　宏图 / 189

37　消融 / 194

38　离婚 / 199

39　道别 / 204

40　开拓 / 209

  41 巨人 / 215

  42 天地 / 221

第五章 伶仃洋战神 / 227

  43 人情 / 227

  44 祭海 / 232

  45 战神 / 237

  46 偶像 / 243

  47 逞能 / 250

  48 烟火 / 255

  49 礼物 / 261

  50 动心 / 268

  51 孤岛 / 273

  52 回航 / 279

  53 铠甲 / 285

第六章 若有新天地 / 291

  54 心桥 / 291

  55 陌路 / 297

  56 偏心 / 304

  57 绅士 / 310

  58 风景 / 317

  59 分家 / 326

  60 决裂 / 333

  61 搬家 / 339

第七章 碧海变通途 / 346

  62 告别 / 346

  63 邻居 / 353

64　救美 / 359

65　亲人 / 365

66　向荣 / 370

67　璞玉 / 377

68　合龙 / 384

69　绝望 / 392

70　求婚 / 397

71　伤情 / 404

72　抉择 / 411

第八章　建者永无疆 / 419

73　裂痕 / 419

74　同行 / 426

75　山崩 / 433

76　不屈 / 439

77　报恩 / 446

78　订婚 / 453

79　结束 / 460

80　明月 / 466

尾　声 / 473

楔　子

　　落地珠海时已近傍晚，宋桥没什么行李，拎起背包出了机场。

　　这个城市不大，街很窄，红绿灯特别多，时不时就堵得走不动路。出租车司机的脾气没有北方的暴烈，操着一口粤式普通话，不紧不慢地抱怨。

　　上了情侣路，终于宽敞了些，沿途可以看见海。刚下过雨，海水并不蔚蓝，带着些淡淡浑浊的黄，连同车窗外一掠而过的渔女像，都仿佛化为某张旧照片中的光影。

　　出城以后又走了很久，才到了工地。一排排活动板房矗立在刚平整好的场地上，四周仍然布满乱石和杂草。

　　项目部里正在开会，经理杨建功一脸愁容地捶桌子。

　　"你说这，施工材料刚进场就遇上台风。"杨建功问综合部的小何，"工人住的板房加固了没有？别一阵风给刮跑了。"

　　"都重新下了锚。"小何回答，"撤离也安排好了，到时候就去附近的避难所。"

　　正说着，门被敲响。众人抬眼望去，只见一道高挑的身影站在门口，挡住了半面光。

　　"我是宋桥，"低沉的女中音响起，"来项目部报到。"

　　杨建功呆住："怎么是个女的？公司不是说派个安大的研究生过来吗？"

　　"我是安大桥梁工程专业的硕士，"宋桥很平静，"今年刚毕业。"

　　全场一片沉默。好奇的、探究的，甚至质疑的，各种目光投注在宋桥身上，但她始终淡定。

　　杨建功盯着宋桥半响，转过头吩咐小何："给她安排一间单人宿舍。"

　　"可是……"小何为难，房子本来就紧张，连经理和总工都是两人挤一间,更何况,还得给她配套女厕所、女浴室等一系列特殊设施。

宋桥的到来,真是个麻烦。所有人心里都这么想。

这时,外面狂风大作,豆大的雨点从空中扑下来,打得门窗乱响。

一个工人慌慌张张地跑进屋:"三号棚的顶被掀了,今天新到的材料全在里头!"

谁都再顾不上宋桥,杨建功带着众人冲了出去。

暴雨如注,天已经彻底黑了下来,仓库里已经被水淹了半截,到处一片狼藉。

修补屋顶已经来不及,大家只能奋力将东西往隔壁棚里搬。微弱的手电筒光根本穿不透风雨,这是黑暗中的战斗。

小何厚厚的眼镜片被雨水淋得模糊,几乎看不清眼前的情形。他只顾着将水泥拖出来扛在肩上,却没注意到这一拖牵动了前方的架子,散落的钢筋朝着他直砸下来。

此时已躲闪不及,小何眼神绝望。突然,一双有力的手出现在他面前,硬生生地将那些钢筋推了回去。

小何怔怔地转过头,一道闪电划过夜空,照亮了那个人的脸。

竟然是宋桥。

她浑身已淋得湿透,短发朝下滴着水。她随手捋了一把,从旁边提起两包水泥,头也不回地冲进雨里。

小何那句讷讷的"谢谢"淹没在风声里,她没听见,也不在意。

经过一个多小时的抢险,总算将易损的物资腾空,大家准备撤退转移,却有工人怕板房塌了,非要回去拿值钱的东西,怎么劝都不听,小何急得直跺脚。

"别磨叽!"一声低吼在他们身后炸开,"还要不要命?"

工人本来还想犟嘴,可宋桥凌厉的气势让他逐渐蔫了下去,他不情不愿地跟上大部队。小何也连忙颠儿颠儿地追着宋桥上车。

到了台风避难所——一间小学教室——大家紧绷的神经终于松了下来,才感觉到身上冷。

有人不知道从哪摸出瓶烧酒,这会儿可成了好东西,一人一口挨个传。

等传到最后一个,手却僵在了半空中——坐在角落里的人,是宋桥。

她虽然眉目中透着英气,但明显是个女人。更何况,她和他们的身份不同。

那瓶劣质的白酒,此刻有点上不了台面。递酒的手,畏畏缩缩地想收回。

宋桥却伸手将那酒接了过来,一仰头倒入口中,烧喉的酒让她的眼眸也染上一层温度。

"我叫宋桥,"她笑着晃了晃手中的酒瓶,"以后你们可以叫我大桥。工地上我常待,你们不用管我是男是女,来这里都是做事的,别人能活我也能活。"

所有的目光都聚焦在宋桥身上,室内鸦雀无声。

只有窗外的雨,密密地下,风卷着树枝啪啪作响,仿佛是一场特殊的欢迎仪式……

雨下了一夜,天终于放晴,大家回去整顿复工。宋桥看了一天工程图,来到海边放松。

一望无垠的海,在远方和天空融为一色,就连晚霞都仿佛落进了这片湛蓝里,绚丽而静谧。

这就是伶仃洋,未来将在烟波浩渺之上架起一道长虹。

这是多少人的梦想。

潮水润湿了她磨毛的登山鞋尖,她静静地站在涛声里,望着海的另一端。

直到小何的声音拉回她的思绪:"大桥,大桥姐,你不是说要跟着去测量吗?"

小何叫大桥已经叫得很顺口,却非要加上个"姐"字,以表达内心的小崇拜。他和测量部的同事骑着摩托,准备沿海边测点,眼下主动让出一辆给宋桥。

宋桥也没客气,长腿一跨,驾车风驰电掣而去,带起一溜儿沙尘。

小何弱弱地问同事:"我是不是应该叫她一声大哥?"

同事心有戚戚焉地点头……

一路测完数据已是深夜,周围荒无人烟。俩小伙子琢磨着回去吃夜宵,催宋桥快走,她又采了些沙土样,才打算离开。

可就在站起身的时候,宋桥突然目光一凝——不远处的海面上,漂浮着一个不明物体。

"你们看,那是什么?"随着宋桥的指引,小何和同事看过去。

"好像是个人。"同事回答,两人对视间却脸色一变。

这么晚了,海上为什么会有人? 还是这种诡异的漂浮状态……

"啊——"小何吓得大叫一声,颤颤巍巍地指着那东西,"浮……浮尸。"

纵使宋桥胆子大,也瞬间心头一跳。同事已掏出手机准备拨110:"不行,得赶快报警。"

就在这时,不知道是不是起了浪,海中那影子忽然翻腾了一下。

"等等,"宋桥举手制止,"先过去看看是不是溺水。"

宋桥说着就要下海,小何害怕地拉住她:"万一真是尸体呢?"

"可如果是活人,"宋桥反问,"怎么办?"

小何犹豫地愣住,宋桥甩开他的手,一跃入水。

宋桥好不容易游到跟前,那人却猝然下沉,在海面上失去了踪影,宋桥的心也顿时跟着沉了下去。她彻底慌了,一个猛子扎到水底,在昏暗的光线下摸索着找到那个溺水的人,拼命将对方的身体往上托。

正力竭时,宋桥手上蓦地一轻,紧接着胳膊被人抓住,硬是被拖出了水面。月光下,一张清俊的男人的面庞近在咫尺。

"你在干什么?"他语气疑惑,但神志显然非常清醒,压根儿没有溺水的迹象。

"这话应该我问你,"惊魂未定的宋桥气不打一处来,"我还以为你快被淹死了!"

男人表情愕然,又似乎有点好笑。宋桥更加气结。

小何的声音从远处传来:"大桥,你没事儿吧?"

"没事!"宋桥再没看那人一眼,直接往岸边游去。

他愣了一下,跟在她后面过去:"我只是在游泳。"

"大半夜的游什么泳啊? 我们还以为你是海上浮尸,差点没报警。"宋桥上了岸,回过身来冷冷地看着他,"台风刚过你就下海,不把自己的安全当回事是吗?如果一个大浪打来,你还有没有命在?"

"根据气象分析,最近不会再有恶劣天气。"他语气温和,却并无退让之意,"现在这个点,也不是涨潮的时间。"

"好,"宋桥盯着他半晌,缓缓点头,"是我多管闲事。但也幸亏是我,换了水性不好的人,要是为救你出了事,不知道你刚才还笑不笑得出来!"

怒火燃烧得她眸子晶亮。他发现,她有一双很好看的眼睛,深邃的瞳仁像月色中的海,静谧而又蕴藏着波涛。

她生气的样子,很生动。

"谢谢。"他的脸上泛开笑意,"我的车和手机都扔在上游,要不你给我留个电话,改天请你吃饭。"

"我不缺你这顿饭吃。"宋桥毫不领情,掉头就走。

小何和同事迎过来:"那人什么情况?"

"有病。"宋桥言简意赅,扣上头盔,骑上摩托车突突突地离开。

听见海风送来的这些声音,他望着宋桥远去的方向,莞尔一笑……

第一章 我们的战场

1 战场

忙忙碌碌一周后,大桥管理局通知开会。管理局建在半坡上,周围青山环抱,庭院布局秀雅。

但宋桥知道,五年前,这里也曾是荒芜之地,一砖一石都是从无到有,和那座桥一样。

走进办公大楼,小何突然撞了下宋桥的胳膊肘,示意她看正在窗边说话的人:"这不是那'浮尸'吗?"

小何不愧是搞接待的,眼神儿挺好,那天晚上打了个照面,就记住了人家的长相。

"他来这里干什么?"宋桥皱了皱眉,假装没看见,径直走进了会场。

宋桥刚落座不久,旁边的椅子被拉开,她抬头望去,顿时想翻白眼。真是冤家路窄,竟然又是那"浮尸"。

他显然也认出了她,笑眯眯地在她身边坐下。

"宋桥,难怪他们叫你大桥。"他侧了侧桌签,将写名字的一面对着她,"黎明川,那天见面匆忙,也没来得及自我介绍。"

宋桥淡淡地嗯了一声,低下头去翻看会议手册。她并不喜欢这种自来熟的人。

黎明川也不恼,望着宋桥一笑,没再说话。

参会的人陆续到齐,会议正式开始。一位高瘦的老者走上主席台,从侧面看,他的背已微微佝偻。

宋桥在这一刻绷直了脊背,目光凝注到老者身上。

黎明川坐在旁边，察觉到了宋桥的紧张，有些诧异地看了她一眼，又看向台上的人。

"我是大桥管理局的副总工程师宋宁刚，"老人中气十足，声音响彻整个大厅，"叶总因为临时有事，在北京来不了，今天的会议由我主持。"

宋宁刚身后的大屏幕亮起，是一张气势恢宏的概念图。

无边无际的海上，勾勒出三个点——珠海、香港、澳门。大桥仿佛从天而降，由海的这一头，蜿蜒铺展到另一头，将三颗明珠联结在一起，碧波变通途。

"这就是三江跨海大桥，"宋宁刚的语气里有难以压抑的激动，"全世界最长的跨海大桥！全世界技术要求最高的跨海大桥！全世界工程难度最大的跨海大桥！"

连续三个"世界之最"，让现场响起热烈的掌声。

宋宁刚抬手平息了掌声，他的语气也放缓："在座的各位，你们参加的是整个项目最难的部分——岛隧工程，包括2个人工岛、22千米的桥梁、6千米的隧道。这是世界上最大的桥岛隧集群工程。更重要的是，我国到目前为止，并没有修建此类工程的经验。"

刚才热烈的气氛沉寂下去几分。宋宁刚环视全场，目光里有沉甸甸的压力，也有希望。

"我们这行有一句话：没有架不成的桥。只要肯干肯钻，敢为天下先，这伶仃洋的水，也会为我们让路。"宋宁刚的手指像钉子一样，戳在桌面上，"接下来，这里就是你们的战场！"

全场一片静默。宋桥望着站在那片蔚蓝海边的人，仿佛听见自己的心在怦——怦——，有力地跳动。

这里，是他的战场，也是她的战场。

会议很快转入正题：汇报各部门的准备和实施情况。

一圈下来，轮到黎明川，他走到台上，打开PPT演示。

"我是锐信科技的负责人黎明川，"他微笑着向大家致意，"这次为大桥项目做气象预测工作。这是我们制作的大数据模型。"

屏幕上是一张气象曲线图，温度、风向、潮汐等各项参数均被明确标注。

"我们对近年来的气象数据做了广泛的收集和详尽的分析,结合当前的各项指数,对天气和水文条件进行预测。前几天的台风也在预测范围之内,我们提前向工程部门做了预警。根据模型,台风过后再无恶劣天气和异常海潮波动。我前几天通过夜泳,亲自证明了这一点。"

说这句话的时候,黎明川还特意将目光投向宋桥。

疯子。宋桥在心里骂,转过脸不看他。

黎明川瞧着这一幕,嘴角含笑。等他做完报告回来,弯腰落座的那一刻,他在宋桥耳边压低了声音说:"忘了告诉你,那天我还是游回去的。"

宋桥再也憋不住,望天翻了个白眼。黎明川神情愉悦。

但宋桥没时间跟他掰扯,议题已进入人工岛的构建,这正是宋桥所在的标段。

伶仃洋水文条件特殊,有密集的大型海运航道,并且还是珍稀动物中华白海豚的自然保护区,如果采用传统的填海造岛技术,将至少清理出800万立方米的淤泥,相当于3座胡夫金字塔。

"这将对海洋环境造成严重影响,不仅堵塞航道,还会破坏白海豚的生存空间。"宋宁刚说,"叶总前段时间提出了新思路,把一个个大型钢圆筒插入海床固定,再填沙围成岛。"

此言一出,下面顿时议论纷纷。

"这方案在国内没见过啊。"

"日本东京湾有个离岸岛,倒是用的钢圆筒。"

"可日本的技术和机械水平,不是我们现在能比的。"

……

说到底,大家心中都有同一个疑问:能行吗?

"你们的担心,也是叶总的担心。"宋宁刚手撑在讲台上,环视全场,"他今天之所以没来,就是去和各路专家研究这个方案的可行性。但我个人认为,这是个很好的思路。日本人能做的,我们怎么就做不到?就跟钉钉子一样,把钢圆筒打进海里,再串联起来,这个方法效率高还破坏少。"

一个声音突兀地响起:"没这么简单!"

众人的目光都投向说话的那个人,宋宁刚的视线也转了过来,顿时一愣。

宋桥站起身来:"和东京湾不同,伶仃洋的水文条件十分恶劣,水下有大约 20 米厚的淤泥,就像一层'水豆腐',钢圆筒打下去,根本就无法固定。"

"一上来就打退堂鼓?"宋宁刚的眼神冷了下来。

宋桥对上那眼神,有一瞬间的凝滞,但还是说了下去。

"在国内用钢圆筒围岛,并非没有先例。"宋桥沉声道,"2003 年始建湛江海湾大桥就试过这个方案,但是失败了,也是因为淤泥。可南海的地质远比伶仃洋好,再加上这里糟糕的天气和涨潮,您能保证钢圆筒入水立得稳吗?"

全场鸦雀无声。宋宁刚和宋桥一个在台上,一个在台下,遥遥对峙。

"任何方案,在没实施之前,都别说不可能,这是工程人的信念。"宋宁刚的声音里已经有了怒火。

"信念也要用科学来支撑。"宋桥并未示弱,"我在做硕士论文的时候,实验室里进行过类似的实验,在流动的淤泥里打桩,根本无法固定,即使用再大的外力振沉也不行。"

"你是不是觉得读过硕士就了不起?有学历就高人一等是吗?"宋宁刚重重地一拍桌子,"在场的各位,经验教训都是从工地里一点点刨出来的,比你这个纸上谈兵的强!"

"我不是纸上谈兵!"宋桥据理力争,"伶仃洋就是一个扩大的实验室……"

"出去!"宋宁刚直接打断她的话,指着门口,"就凭你对工程的浅薄认识,你不配参加这个项目!"

宋桥的脸一刹那涨得通红,手紧紧地扣着桌沿,指尖发白。

黎明川在旁边仰望着她,心中不忍,试探着想安慰,她却猛地冲了出去,门在她身后重重关上。

宋宁刚的神色又平静下来:"继续开会。"

会场在一片尴尬的沉默之后,讨论声断断续续响起。

宋桥冲到楼梯口,停下脚步,慢慢地折了回来。她靠墙站着,眼神里有委屈,也有倔强。

会议终于散场,黎明川走出来,看见宋桥时眼神惊讶:"你还没走?"

宋桥淡声道:"我是交建集团派来参加项目的,凭什么走?"

黎明川一时被噎得无言,点了点头:"还欠你一顿饭,回头约。"

"不用了。顺便提醒你一句,大自然的力量是巨大的,模型做得再精准,也未必跟得上它的变化莫测。"宋桥抬起眼看着黎明川,"你不要太自信,拿自己的性命开玩笑。"

黎明川还没来得及说话,宋桥看见宋宁刚从会场出来,拔脚追了上去。

宋宁刚并不理会宋桥,一路走一路和旁边的人说话。直到出了大楼,周围的人都散了,宋桥终于跟上他,在他身后低低地叫了声"爸"。

宋宁刚脚步一顿,缓缓转过身来,仍旧是神情冷峻:"在这里,你应该叫我宋工。"

宋桥的眼睛里闪过一丝情绪,她强压了下去:"刚才在会上,我不是故意顶撞您。"

宋宁刚嘴角紧撇着不说话。

"但我确实认为以伶仃洋的条件,直接用钢圆筒建岛不现实。"宋桥的话再次激起了宋宁刚的火气,他转身就要走。

"我当时还做过另外一个实验,"宋桥梗着脖子硬要说完,"用挤密砂桩的方式,将'水豆腐'变成'豆腐干'……"

"行了,什么乱七八糟的!"宋宁刚回过头,怒视宋桥,"做过几天实验,拼凑了篇论文,你就觉得你已经是个工程师了吗?告诉你,这三个字,你还差得远!我早就说过,你不适合干这行,滚回去老老实实地找个工作,过你的日子!"

宋宁刚说完拂袖而去,上车离开。

宋桥站在树荫里看着那辆车从她视线里消失,咬紧了牙关不出声,眼眶却隐隐泛红。

就在她身后不远处,黎明川站在角落里,将刚才的那一幕都看在眼里。他没想到,将宋桥轰出会场的宋宁刚,竟然是她的父亲。

而眼下,是上前安慰还是装作没看见,似乎难以选择。但宋桥没给他选择的机会,很快收拾好自己的情绪,走出院子大门,依旧挺直了脊梁,背影飒爽。

黎明川低头一笑,上了自己的车,和她分道而行。

2　旗帜

那天夜里,宋桥躺在宿舍的高低床上,翻来覆去睡不着,直到天亮才勉强眯了一会儿,又被电话吵醒。

是沈菲打来的视频电话。宋桥打着呵欠接起:"一大早的干什么?别又是哪个男生甩不掉,我现在可是在千里之外,没法装你的男朋友。"

沈菲是管理系的系花,追求者众多,自然也让女同学们看不顺眼。正好土木系的女生就只有宋桥这一根"独苗",需要拼宿舍,沈菲想着这专业的人成天神龙见首不见尾,主动申请搬过来,因此和宋桥当了三年舍友。

"你这个没良心的,走了多久了都不给我打电话,"沈菲一副控诉渣男的口气,"给你发微信,你也经常不回。"

"拜托,"宋桥无语,"我在工地上啊大小姐。你当我跟你一样,成天坐在办公室里吹空调呢,哪有工夫天天闲磕牙?"

沈菲从视频里看到了宋桥所处的环境,一脸嫌弃:"这是库房改的吧?乱成这样,亏你住得下去。"

"已经够好了,"宋桥满不在乎,"以前在贵州,我还睡过大通铺。"

"你说你像个女的吗?"沈菲恨铁不成钢地数落,"把日子过得这么粗糙。"

"我们搞工程的,吃饱睡好就不错了,哪有那么多穷讲究?"宋桥不耐烦地挥手,"说吧,你到底找我干什么?没事我挂了,补个觉好干活。"

"哎,"沈菲连忙叫住她,语气变轻缓,"见到你爸了吗?"

宋桥一愣,眼神有几分黯然,自嘲地笑:"见了,还跟以前一样,怎么都瞧不上我,叫我滚回去。"

沈菲感到心疼,沉默半晌后,提出一个中肯的建议:"要不你找个对象吧,也好有个情感寄托,反正你们工地上男的多。"

"但他们也把我当个男的。"宋桥呵欠连天,"行了,管好你自己,以后别让我开视频装你男朋友就行。"

沈菲娇俏地吐出一个"呸"字,挂断了电话。宋桥却睡不着了,望着天花板发呆,又想起了宋宁刚的话。

滚回去?她偏不滚!她就要钉死在这里,做一根桩子,做一根桥柱。

宋桥一个翻身下床,简单洗漱完出门。

到了工程部,谁都知道昨天宋桥从会上被赶出来的事,看她的目光颇有些尴尬。

但宋桥不尴尬,照旧该干啥干啥。杨建功用余光扫着她的一举一动,有点欣赏的意味。

安大桥梁专业唯一的女硕士,一毕业就进了交建集团不说,还直接空降跨海大桥这种级别的项目。要说他心里没别的揣测是不正常的,但宋桥不仅没有姑娘家的娇弱,反而还敢在宋宁刚面前当刺儿头,着实让他意外。

这个大桥,有几分工程人的豪气。

"小宋,"杨建功开口,"过两天叶总要来工地视察,你也准备准备,向领导汇报一下情况,有什么疑问也可以提出来。"

宋桥知道,这是杨建功给她的机会,她微笑着点头:"谢谢经理。"

办公室里其他人神色各异,宋桥也不作声,出了办公室往工地走去。

小何从后面跑过来:"大桥,你看你就是有本事,连经理都对你另眼相看了,指不定什么时候就提拔你当官了。"

"当不当官我无所谓,"宋桥背着手,转过头对小何一笑,"要当我就当总工。"

小何瞠目结舌。女总工?他可没见过,这志向未免也太……虚无缥缈了。

宋桥看了一眼小何的表情,就知道他心里怎么想。

众所周知,工地就相当于男人的阵地,没有人会认为女性能成为这阵地上的一面旗帜。

她不想争辩什么,争辩也没有意义,时间会证明一切。

已经开始修建栈桥,宋桥去现场看施工,却意外地看见一个不速之客——黎明川带着人正在安装测量仪。

他的袖子挽到手肘,露出小臂上结实的肌肉,跟人说话永远是笑意晏晏。

小何赞叹:"没想到啊,浮……黎总白天看起来还挺帅。"

"帅吗?"宋桥淡淡地一瞥,又继续检查钢筋捆扎情况,似乎这窨井比黎明川还好看。

小何十分担忧:"大桥,你们女硕士找对象不好找吧?你还这么横挑鼻子竖挑眼的,小心嫁不出去。"

"我没挑,"宋桥低头做记录,"我不想挑,人又不是非要结婚才能活。"

黎明川隐隐听见这句话,回头望向宋桥,眼中有一丝讶然。

各忙各的,黎明川和宋桥并未相互打扰,直到宋桥检查完要走的时候,黎明川才叫住了她。

"今天有没有空?"黎明川问,"一起吃饭。"

这人怎么对吃饭有这么大的执念?宋桥翻白眼:"忙着呢。"

"欠你个人情不还,总觉得心里挂念。"黎明川笑着说。

"我又没帮到你什么,"宋桥摆手,"你水性比我还好。"

"那你也是想救我,"黎明川撇了撇嘴,"不感恩,我还笑,真是欠打。"

不知道怎么的,黎明川说话这神气,让宋桥觉得真有点欠打。他总是笑着,可一句一句地,瞅着空子全给你撑回来。

宋桥懒得再理他。倒是小何,盼望着跟宋桥打个牙祭,凑过来跟黎明川搭话:"那晚我也在。"

"到时候一起来。"黎明川拱了拱手做感谢状。小何又在心里感叹了一阵他的大方随和,更觉得宋桥有眼无珠。

"黎总,我们留个电话吧,方便以后联系。"小何殷勤地报了自己的号码,黎明川拨过来,他赶紧存上。

"大桥,"黎明川叫得很亲切,"你手机号多少?"

"到珠海刚换的新号,记不住。"宋桥咧嘴假笑,"我的手机还扔在办公室,改天再说。"

在这儿等着他呢。黎明川心中了然,挑眉一哂。

小何没发现他们一来一往地互撑,热情洋溢:"没事,一会儿我把大桥的发给你。"

宋桥恨不得给小何一锤子："走吧,那边还没看哪。"

小何随宋桥离开,还转身招手："有空常来哈。"

"一定。"黎明川回答,拿出手机看看,小何果然已经发来了宋桥的号码。

黎明川体贴地没有直接拨打电话,等宋桥走得远了些,才发短信表明身份:"浮尸"。

宋桥兜里的手机振动,她掏出来看到那条信息,简直无言以对。

此人真的有病!

本着工作关系,宋桥还是勉强存了他的号,匆匆将手机塞回口袋,强忍住回头瞪他的冲动,若无其事地继续往前走。

黎明川在后面将宋桥的动作尽收眼底,冲着她的背影一乐,将其在通讯录里存为:救命恩人。

而他猜得没错,在宋桥的手机里,他的名字就叫"浮尸"。

一报还一报,谁也跑不掉。

宋桥整日忙碌,都忘了黎明川的事,他也安静地躺在她的通讯录里,并未作妖。

可总有人搞出幺蛾子。这天早上,宋桥刚到工地,就远远看见工人闹哄哄地围成一团。她走到跟前,才发现是在吵架。

工程进展越快,进场的施工队越多,而人多的地方就有矛盾。为了抢吊装机,两个工人争得脸红脖子粗。

"哎,我说,这吊装机你们队里用了好几天了,"一个工人叉着腰,气势汹汹,"不能老霸着不放吧,别人的活儿还干不干?"

"这不是为了赶进度吗?前些天台风耽误事儿你又不是不知道。"另一个工人脸上赔着笑,却并无让步的意思。

"就耽误了你一家的事儿?"那人闹将起来,"哪个队不是靠工期结款?"

对面的人也硬气起来:"都要吃饭,任务完不成,这机器我们不能让。"

"不让也得让!"那人说着就直接往驾驶室里爬,对方冲上来,把他使劲往下拽,眼看就要动起手来。

偏偏还有人看热闹不嫌事儿大,在旁边拱火浇油:"打,打,谁打赢谁用。"

宋桥定睛一看,其中一人正是台风时非要回宿舍拿东西的那个工人。

场面一触即发,两边都已经急了眼,准备大打出手。想劝架的不敢上前,也有存了别的心思的,暗戳戳地等着。

人群后突然传来掌声,大家转头看去,顿时呆住。

宋桥懒懒散散地站着,眼中却闪着锐利的光:"打呀,赶紧打起来,我给你们当裁判,谁不敢动手谁不是汉子!"

气氛凝固,对峙的两人也僵立当场。

"还有你,"她看向那个拱火的人,"怎么不喊了?继续给他们加油鼓劲儿啊!"

那人肩膀一缩,讪讪地不再吭声。

"还汉子,我看是憨子!"宋桥冷笑一声,"和气生财,大家和和气气地相互商量着把活儿干好,才能赚到钱。你们当这是什么地方?争强斗狠的黑社会码头?如果打伤打残了,那就是安全事故,接下来是什么后果?清场!谁闹事谁出去,严重的话甚至整个施工队撤离。今儿打架的、撺火的、暗中看热闹的,到时候都一起倒霉,那可就不是抢台机器的事了,那是真正的没饭吃!"

众人都被骂得耷拉着脑袋,大气都不敢喘。

远处,一位安全帽下隐隐露出白发的老人问旁边的杨建功:"这就是你说的'刺儿头'?"

"可不,"杨建功摊手,"牛气得很。"

两个人相视一笑。

宋桥稳稳扎扎地站在人群中央,红色的标旗在她身后迎风招展。

3 对轰

宋桥刚回到项目部,小何就迎上来:"叶总来了,让你去会议室。"

她进门的时候,材料部经理刚出去,看来是一个个约谈。

叶江坐在桌前,正认真地做笔记,见她进来,一笑:"小宋来了。"

宋桥有些讶异他认识自己："叶总好。"

她在对面坐下,打量这位跨海大桥项目的总指挥,他和宋宁刚差不多的年纪,但眉目间透着亲切,显然比她爸脾气好。

"听说前两天的技术会议上,你跟老宋杠起来了?"叶江竖起大拇指,"老宋那是出了名的脾气暴,连我都挨过他的骂,难得有人敢跟他对轰。"

宋桥耸了耸肩："那我还不是被他轰出去了?"

"别介意,他就是那个样儿。"叶江一叹,"但他为项目呕心沥血,当初没有他们'十三太保',就没有这座桥。"

宋桥默默地点头。筹备组的"十三太保"是个响当当的名号,他们协调各地,历经五年艰辛,才终于让伶仃洋上有了建桥的可能。

"你在会上提的那个技术问题,"叶江笑着说,"跟我也讲讲。"

"我先说明一下,"宋桥认真地看着叶江,"对于您用钢圆筒建岛的思路,我没有任何意见,反而觉得这是一个很好的创新。但我们确实做过类似的实验,一旦淤泥层过厚,打桩进去,桩根本立不住。后来经过反复测试发现,如果将沙子装进套管,通过外力反复起拔下压,形成密实的砂桩,它进入淤泥以后,会改变周围土层的密度,增加地基承载力,最后就可以立稳了。"

叶江微微皱着眉头,思索着宋桥的话："你的这个实验,给钢圆筒入海提供了很好的思路,我回头去找专家再议一议。"

宋桥笑了,眼睛亮起来。叶江站起来跟她握手告别,像个慈祥的长辈。

到了中午,叶江和宋宁刚一起在管理局食堂吃饭,宋宁刚照旧是一碗面,埋头呼呼啦啦地吃。

"你这吃个饭跟行军打仗一样,"叶江笑着说他,"难怪老是胃不好。"

"这两年好多了,"宋宁刚囫囵着回答,"至少能按时吃上饭。"

叶江沉默了一下才开口："老宋啊,工程上苦,能来的人都不容易。人家小宋一个年轻姑娘,到一线来吃这份苦,咱们应该多体谅和爱护。"

宋宁刚硬邦邦地丢出一句："又不是我让她来吃苦的!"

他快速几口吃完面,将餐具送到清理区,就离开了食堂。

叶江望着他的背影,无奈地摇了摇头。

宋宁刚回到办公楼,看见周冲从外面进来。周冲是海事局的副局长,项目海上施工少不了和他们打交道,宋宁刚跟他也很熟。

"大中午的,你怎么来了?"宋宁刚奇怪,"没啥紧急情况吧?"

"紧急——"周冲拖长了语调,唉声叹气,"正好要找你帮忙。"

"找我帮什么忙?"宋宁刚笑道,"不都是你们管辖我们吗?"

"走走走,进你办公室说去,"周冲推着他,"家丑不可外扬……"

进了宋宁刚办公室,周冲端着茶杯一脸愁容。

"我家里那位祖宗从德国回来三个月了,每天就是游手好闲。他妈妈呢,除了会给他煲靓汤就是买东西,觉得她儿子在国外受了好多年的苦,全都要补回来。"周冲越说越气,"这下惯得好,他干脆不找工作了,觉得啃老也可以啃一辈子。"

"就你们家那条件,"宋宁刚调侃,"啃老也不是不行嘛。"

"老宋啊,"周冲拿拳头捶桌子,"我儿子快废了呀!当年就是不忍心让他吃高考的苦,才送他到国外去读大学。学了三年的艺术设计,难道要当个废物吗?"

都是当父亲的人,宋宁刚理解周冲,安慰地拍了拍他的肩膀:"你想要我帮什么忙?"

周冲有点难以启齿:"你们桥梁设计部,还需不需要人?"

宋宁刚沉吟了一下:"目前主体设计都已经完成了,但施工过程中遇到具体实施的问题,也还是需要和设计部沟通解决的。"

"那能不能把南方安排进来?"周冲一脸恳求,"哪怕当个跑腿的也行,给他点锻炼的机会。"

"这个事情,我回头跟上级汇报一下。"宋宁刚的话,让周冲终于松了口气。

临走的时候,周冲还在千万拜托。可怜天下父母心,周南方的学历、背景也符合要求,宋宁刚和领导商议过后,决定让周南方进来实习。

周冲在车上接到宋宁刚的电话,喜出望外地赶回家。可周南方还在睡觉。

周冲推开房门,看见周南方四仰八叉地躺在床上,睡得不省人事,瞬间火冒三丈。

"都几点了还在睡！"周冲一吼，陈琳赶紧从厨房里跑了过来。

"他昨天半夜才从广州回来，睡一下怎么了？"陈琳埋怨，"吼这么大声！"

"他去广州干什么？还不是跟那帮狐朋狗友鬼混！"周冲指着周南方，"你看看他现在，不是出去玩，就是在家里睡，一点正经事都不做。"

周南方其实已经醒了，微眯着眼看了一下当前的情形，翻了个身继续装睡。

陈琳连忙把周冲拉出房间，压低声音："儿子高中毕业就被送出去，一个人在国外多可怜，你就不知道心疼他？"

"心疼？"周冲气急，"你以为可以疼他一辈子，我们不老不死的？就算把家产留给他，照他这个败家的速度，能败几年？"

陈琳讷讷的，不好再说什么。

"去把他叫起来。我求爷爷告奶奶地给他找了个工作，下午给我去上班。"周冲摔门进了书房。

陈琳站了一会儿，只好走到床边，轻声细语地哄周南方："起来啦，乖仔，妈妈给你煲了鸽子汤，好好味……"

过了半小时，周南方才不情不愿地坐到餐桌旁，一脸没睡醒的样子。

"下午两点半，三江跨海大桥管理局设计部，你去报到。"周冲命令。

陈琳连忙说："妈妈送你去哦。"

"让他自己去。"周冲冷哼，"也不许开你那辆跑车。"

"那是他外公送给他的生日礼物啊，"陈琳反驳，"为什么不能开啊？"

"管理局局长开的都是便宜的国产车。他一个实习生，想显摆成什么样？"

周冲的话，让周南方暗中翻了个白眼。实习生怎么了？再说又不是他要去实习的。

周南方喝了一碗汤，站起身来："行吧，我去准备……上班。"

最后两个字，他说得吊儿郎当，让周冲心里产生了一种不祥的预感。

事实证明，知子莫若父。当周南方出现在管理局大楼时，这位艺术生打扮得十分艺术，穿着涂鸦T恤、破洞牛仔裤，脖子上还戴着明晃晃的链子，令来往的人好奇注视。

宋宁刚见到他时,充分理解了周冲对他的人生的强烈焦虑。

但宋宁刚没时间跟他废话,直接让设计部的同事领走了他。

周南方在设计部里东转悠西转悠。他学的是建筑设计,比起盖房子,架座桥可简单多了,不就是柱子上顶个桥面吗?尤其是国内这些桥,也谈得上艺术?

周南方懒得细看,找了张桌子一趴——不让他在家里睡觉,那他就来单位睡觉。

窗外的蝉鸣声一阵一阵,周南方兀自睡得安逸。同事看着他,只觉得无语,本以为来了个帮手,谁知道人家是来提前养老的。

宋桥再来管理局,是汇报栈桥修建情况的,可宋宁刚办公室里没人。她将报告放在他桌上,正准备走,却看见了他转椅上的靠垫。

红绒布的靠垫,已经很旧了,边角都发白了。他们家沙发上也是这样的靠垫,是她妈妈生前缝的。那个家里的一切,从来没动过。

宋桥又想起了童年时的夏天,电风扇呜呜地转,茶几上摆着切好的西瓜,厨房里飘着饭菜香。那是她最眷恋的时光,有他们最眷恋的人。

而如今,她和他只能靠这一个红布垫,怀念共同的过往。而他们父女,在别人眼里,却像一对陌生人。

宋桥的指尖在靠垫上停留了片刻,轻轻地掩门离开。

想起施工中遇到了点问题,宋桥往设计部走去,可进了门,里面却空无一人。再仔细瞧瞧,宋桥发现了在角落里睡觉的周南方。

嚯,这项目上居然还有闲人。宋桥走过去,在桌面上敲了敲。

周南方睡眼蒙眬地抬起头来:"干吗?"

"设计部的人呢?"宋桥问。

"我不就是人?"周南方指着自己的鼻子,"你谁啊?"

"岛隧工程部,宋桥。"她俯视着他,"有个结构问题,想跟设计部沟通。"

周南方毫无畏惧,下巴一抬:"你说。"

可真当宋桥说完时,周南方蒙了:"这个……受力点……嗯……好像是……"

"你能有一句肯定的话吗?"宋桥冷冷地望着他,"搞桥梁设计的,不懂力学?"

"我又不是搞桥梁的,"周南方辩称,"谁研究过你们这些简单的点、线、面的东西?"

"简单的点、线、面?"宋桥挑眉,"你就是这么看桥梁的?那你可来错了地方。"

"我来没来错,你管得着吗?"周南方一脸混不吝,"再说桥梁设计是什么高大上的东西?看看中国的这些桥,哪一个不土鳖?我们在德国学的才叫作艺术。"

"原来你是'海龟'。"宋桥点了点头,"你也别看不起我们这些土鳖,我们要建造的,是世界上最牛的大桥。"

宋桥不再跟周南方啰唆,转身就走。一个不懂桥梁的人,哪配当设计师?

她临走时的不屑,周南方都看在眼里,愣了两秒,他又愤愤地骂了声:"土鳖!"

同事回来的时候,出奇地看见周南方醒着:"今天没睡觉啊?"

"气得睡不着!"周南方说,"刚才有个叫宋桥的来找碴儿,说设计有问题。"

听说是无人不知的"刺儿头",同事立马找工程部的人要电话,给宋桥打了过去,积极解决问题。

见同事态度如此诚恳,周南方脑子里更是出现了一排问号:这人到底是谁啊?

宋桥也有相同的疑问,她把周南方的名字一说,小何恍然大悟。

"人家是副局长家的公子,有背景的。"小何劝道,"你可别去招惹。"

"什么背景不背景,"宋桥冷笑,"烂泥糊不上墙。"

小何撇着嘴摇头:"大桥,就你这情商,我感觉将来想当上总工,难!"

"当总工靠的是钻研,"宋桥斩钉截铁,"不是钻营。"

她才不屑于搞什么背景,行就是行,不行就是不行。

宋宁刚那天回到办公室,看见桌上有一沓资料,拿起来翻到最后,右下角的签名是"宋桥"。

宋宁刚看着那个名字,久久才合上纸页。

叶江说,宋桥一个年轻姑娘,来这里受苦。可他不让她来,她偏要来。女的做什么桥梁?就应该离这个行业远远的,甚至远离这个行业的男人。宋宁刚看着那个红靠垫许久,将资料夹重重地拍在桌上。

他转身望向窗外,在这里看不到海。而海上,也没有桥。曾经连希望都是缥缈的,可他们这些人,仍然必须坚守下去。水上,得有桥,人才能跨过去,无论是回家,还是去远方。这就是他们的使命。

4 奇葩

架最牛的桥,就要过最难的关。各项工作看似稳步进行,其实处处都是坎儿。

就说建岛的钢圆筒,横截面有篮球场那么大,高度差不多相当于十几层楼。这样的巨无霸,以前没人制造过。

杨建功急得满世界找生产厂家,宋桥一声不吭,跟着他一趟趟跑。最后终于找到了新力重工,只有它敢接这个单。

可这是一项艰难的任务,不仅每个钢圆筒是巨无霸,还要将这么多个巨无霸严丝合缝地结合起来,不能有误差。宋桥在钢材车间里熬了三个月。

她打扮中性,个子又高,一开始很多人不知道她是女的,有什么活儿都吃喝着一起干。她也不多说,闷热的天在钢筋笼子里检查,夜里整宿整宿地跟着工人加班。有时候累得很了,她也就囫囵一蜷,随便在哪儿都能睡觉。

叶江中途来检查时,看到的宋桥就是这样,头发已经长得盖过了眼睛,身上的工作服上满是油污。一个姑娘家如此不修边幅,叶江心中却只有赞赏。而其他人也满是惊讶,居然有这样强悍的女工程师。但宋桥仍旧觉得很平常,这只是她的工作,无关性别。

钢圆筒终于造好了,宋桥站在场地中央,仰望着四周高耸入云的它们,觉得自己也仿佛被围成了一个岛,心中安全而踏实。

这将是大桥的起点,也是她真正走上这条路的起点。一切已经开始,无论会遇到多少风浪,都要坚定不移地走下去。

宋桥回去的时候,海上平台已经建好,他们将从陆地转移到水里。

宋桥正忙着收拾东西,黎明川来了,他做好了近一个月的气象预测报告,过来交给项目部,以便于后面的施工。工程部的其他人去现场了,宋桥被临时拉来对接。

黎明川见到宋桥时一愣,她也不在意,知道自己如今的形象很奇葩。

"预测准确吗?"宋桥翻着报告,"一个月就那么几天窗口期,可别耽误了。"

"模型再准确,也不一定能跟上大自然的变化莫测。"黎明川用她的话顶了回去。

宋桥停下来,抬眼望向黎明川,眸中泛着冷冽的光。

黎明川知道,她又生气了。

"当然,"黎明川微笑,"每一步,我们都是竭尽所能。"

宋桥的脸色终于和缓了些:"工程上的事,可容不得开玩笑。"

"我不会拿工作开玩笑,"黎明川的指尖在桌面上轻点,"毕竟我的公司也要活下去。"

宋桥有些意外地看着黎明川,但她没有再多说。

讨论完细节,两人分别,黎明川叫住宋桥:"你马上就要去海里了,不如我们……"

宋桥回过头,抬手制止了他:"别说吃饭,你看我这一嘴的火疱,喝水都难。"

宋桥毫不避讳地张开嘴,里面果然起了燎泡。

"你还真不拿我当外人。"黎明川笑起来。

她立马闭上嘴,瞪了黎明川一眼。

"行,那就改天。"他永远坚持不懈,绝不说这顿饭不吃了。宋桥翻了个白眼,挥手和他再见。

到了第二天要出发的时候,小何急匆匆地跑过来,往宋桥手里塞了包东西:"黎总让我给你的,说喝了去火。"

宋桥打开袋子,里面是菊花茶,她愣住了。犹豫半天,宋桥终于还是给黎明川发了条短信:谢谢。

他很快回了过来:巴结一下客户,方便以后的业务。

这人说话真是……宋桥无语,收起手机上船。

这一天,黎明川也在搬家。公司的副总金飞是和他一起出来创业的,但说起来,两位老总一共也就领导着七八个人,前台都还要当秘书用。

金飞看着办公室里一片狼藉,叹了口气:"为了节约成本,从深圳跑到珠海开公司,现在连市中心的写字楼都租不起了。"

"反正珠海也没多大,"黎明川调侃,"搬到哪儿都离市中心不远。"

金飞佩服:"你还有心情开玩笑,也不知道公司还能撑几天。"

"有技术就有活路。"黎明川淡淡地说,"业务是不好做,但也饿不死。"

金飞看着黎明川,当初他提辞职的时候,也是这样一副神情,好像天塌下来都砸不死他,有种莫名的淡定。正因为如此,金飞才跟着他走了,虽然前途未卜。

"行,走吧。"金飞不再抱怨什么,招呼员工们打包收拾。为了节省请搬家公司的钱,连老板都亲自上阵,一趟趟把东西往楼下扛。

真到了要离开的时候,黎明川又回望了一眼大楼。这是珠海最好的写字楼,当初他们搬进来的时候也曾雄心勃勃,觉得从深圳的大公司来到这座小城市,必定能大展宏图。

但事实上,走到哪儿生意都不好做,小城市也有小城市的难处。

不过那座新建的大桥是个好机会,他以最低的价格去竞标,追求的不是利润,而是后续的口碑。

世界第一的跨海大桥,参与这个项目,本身就是资历。更何况他想要的业务,可不仅仅是气象预测模型。

黎明川笑了笑,弯腰钻进车里,再未留恋。他们将来还会有更好的办公楼。

宋桥到了海上平台。这里条件简陋,临时搭建的住宿区要容纳两三百人,粮食、蔬菜都要从岸上运过来,甚至连淡水都只够喝,洗澡已成了奢侈。

手机也没信号,在这茫茫的大海上,几乎与世隔绝。但没人顾得上这些,建岛在即,大家都忙得不可开交。

管理局那边也同样忙碌。人工岛的修建是大事,更何况是从未用过的新技术方案。除了国内的专家,局里还请了国外专家来帮忙。

德国工程师汉斯抵达珠海,管理局派人去接,却出了点问题——原本安排的翻译有事去了外地出差,赶不回来。

这可怎么办?众人都觉得头疼。宋宁刚突然脑子里灵光一闪:"那个谁,设计部新来的小伙子,周……周局的儿子,不是从德国留学回来的吗?"

宋宁刚记不清周南方的名字,却对他那一身艺术的打扮记忆犹新:"让他穿得正常点,别在外国友人面前丢脸。"

周南方被临时抓了壮丁,勉强换了件短袖衬衫,跟着去接机。一路上,同事谆谆教导,生怕他掉链子。

"别担心,"他不耐烦地摆手,"我在德国待了四五年,这点小事还能搞不定?"

汉斯是位大胡子老头,沉默寡言。这倒是为周南方省了不少事儿,除了迎接上车,略寒暄了几句,基本一路无话。

汉斯也是位工作狂,将行李放到酒店后,就要求去施工现场。宋宁刚安排周南方随行翻译。

周南方根本没想到,居然还要下海。从栈桥上颤颤巍巍地下去,再坐着渡船在海上颠了大半个小时,到平台边的时候,他都快吐了。

下船的时候,他一个没站稳,身体歪倒,眼看着就要摔到水里。正当他吓得面无人色之际,突然有只手紧紧抓住他,将他拉了上去,止住他未出口的尖叫,他总算没丢人丢彻底。

可当周南方抬头看见拉他的那个人时,却宁可掉进海里——是宋桥。

她看清是周南方,眼神里也有了几分不屑。一个大男人,下个船都站不稳,还能干点啥?

这女的怎么老瞧不起他?周南方愤然甩开宋桥的手,整了整衣领,昂首阔步地跟在汉斯背后,架势如同领导视察。

狐假虎威。宋桥在心里冷哼一声。

很快,狐狸就露了尾巴。汉斯看到巨型钢管发出了惊叹,但德国人的严谨让他追问这样的拼接方式会不会漏水。

可这句话专业性太强,他一连说了三遍,周南方都没听懂。

"Wasserdurchlässig sein(漏水)。"汉斯无奈了,用最慢的语速重复关键词,边说边用手示意雨水往下滴的样子。

周南方两眼发蒙,宋桥却明白过来了,用英语试探着问:"You mean 'leak'(您的意思是'漏水')?"

她做了个拿水泼钢管的动作,汉斯也懂一些英语,立即点头:"Yes(是的)!"

两个人总算对上了号,开始用英语加比画交流,都是同行,很多东西一点就通,谈得非常愉快。

周南方像个傻子一样跟在后面,愣是插不上话。

终于结束,即将把汉斯送走时,宋桥走到周南方身边,换回了汉语。

"连德语都说不利索,"宋桥微笑,"你在德国留学,只学会了吃喝玩乐吗?"

周南方气结:"你!"

"上船的时候把绳子抓稳了,"宋桥说风凉话,"不要造成本项目的第一起安全事故。"

周南方恨不能将宋桥一起拖下海。

宋桥对他的怒火视若无睹。一个不务正业的纨绔子弟,跑来这里凑什么热闹?要享受人生,回家享受去。

周南方也的确是回家就嚷着不干了,陈琳吓得一把捂住他的嘴:"你爸爸就在书房里。"

"我为什么要干这个破工作?"周南方一屁股坐在沙发上,"被一个女的瞧不起!"

"谁敢瞧不起我的宝贝儿子?"陈琳护短,"我去找她算账。"

在陈琳眼里,她儿子是千好万好,天上有地下无。

她又忍不住小声埋怨周冲:"你爸爸也真是,留学回来进公司就好啦。你外公就你这么一个独孙,还等着你继承家业。"

但周南方也不买账:"我可不想搞什么造船厂。你让外公把公司卖了,给我设个信托基金,这样我废了也不愁没钱花。"

陈琳张口结舌，突然觉得周冲也许是对的，不能把这个衰仔往废里养。

于是，陈琳和周冲空前地站在了同一条战线上，一个软，一个硬，声称周南方要是敢不上班，就停了他的卡。

为了钱，周南方只好屈服，却立志要在今后的工作中，躲开宋桥这朵奇葩。

5 停摆

箭在弦上，却突然出了事。

一位香港老太太认为跨海大桥的修建会带来所谓的空气微粒，影响身体健康。这事如同蝴蝶效应，越闹越大，反对派甚至将香港环评部门告上法庭，称当初大桥环评监测违规。政府迫于舆论压力，最终宣布暂停施工。

项目骤然停摆，损失无可估量，大家都心急如焚。

管理局代表会上，宋宁刚急得坐不住，说话伴着激烈的手势。

"跨海大桥从一开始最重视的就是环保问题。为了保护伶仃洋水域里的白海豚，我们做了多少工作，多花了 37 个亿。我们是朝着绿色工程的目标去的，对全部施工过程严格监管，以免对海域和周围居民的生活环境造成污染。现在说我们环评不合格，这是污蔑！"宋宁刚朝着香港代表说道，"大家都是同人，大桥项目启动花了多大的代价，你们心里很清楚，不能停工！"

"但这不是我们能决定的，"香港代表摊手，"我们的每一步决策，都要上报港府决定。"

"那也得讲究效率，停工一天的损失就是几百万，"宋宁刚捶桌子，"这要拖到什么时候去？"

局长冯征眼见宋宁刚已冒火，连忙拉住了他："港澳地区和我们的工作方式不同，程序比较复杂，需要给他们时间。"

场面终于缓和了些。冯征请香港代表将管理局的意见尽快上报，而后宣布散会。

宋宁刚和冯征回到办公室，仍然气不过："这算怎么回事？什么空气微粒？就好比我在我家厨房做饭，你离着十万八千里，说我影响了你家客厅的空气,这合理吗?"

"民众未必了解这么多科学知识,所以容易被误导。"冯征其实一样心焦,"现在已经形成了反对声浪,连起诉都赢了,更是让很多人认为,就是我们的环保有问题。"

办公室里还有当年"十三太保"的合影,看起来意气风发,但只有他们自己知道笑容背后深深的疲惫。

跑断了腿,磨破了嘴,人来来往往,走了一拨又一拨,因为对这个项目没有信心。最后留下的,就只有他们这十三个人。他们也曾打过退堂鼓,但最终热血未冷,走到了现在。

"你也别怪港澳同事。跨海大桥是第一个三地合作的大型项目,从前没有模板,"冯征拍了拍宋宁刚的肩,"只能摸着石头过河,往前走一步都算胜利。"

"去谈判吧,"宋宁刚点头,叹了口气,"和以前一样,每块骨头都只能硬啃。"

接下来,宋宁刚又开始了在香港和内地来回往返的历程,马不停蹄地跑,一次次声嘶力竭地申辩,可还是没用。

香港政府无法直接对抗民意,跨海大桥工程停滞。

宋桥他们从海上平台撤了下来。跨海大桥项目仿佛是一枚哑炮,悄无声息地闷死在炮筒里,每个人心里都觉得憋屈。

"什么都准备好了,这下全停了。"小何唉声叹气,"那前面不都白辛苦了吗?你还在钢材厂蹲了三个月。"

蹲没蹲三个月,宋桥不在乎,可看着所有的建材整整齐齐地码着,却毫无用处,就如同不能出征的士兵,有股说不出的闷气堵在她胸口下不去。

合同部经理匆匆忙忙地进来,一脸焦虑地敲杨建功办公室的门,里面却没人。

"怎么了?"小何忙问,"杨经理去管理局开会了。"

"有施工队闹着不干了,"合同部经理叹气,"说要回老家。"

宋桥和小何对视,脸色都是一变。

两人赶到工地那边,正闹得不可开交。

"还干什么呀？你们没看新闻啊？香港那边有个老太太,把政府都告上了法庭,说咱这个跨海大桥工程啊,影响了环境,让她的糖尿病都加重了。"站在正中央的人手舞足蹈地演讲,"连法官都站在她那一边,这不,政府输了,工程停了。还干什么干呀？留在这儿也是等着喝西北风。"

宋桥火大地指着他,问小何:"这人叫什么名字？"

台风里往回跑的、工人打架在旁边拱火的,都是他。

"叫老秦,"小何也头疼,"以前是村里的能人,听说还发家致富挣了钱,后来投机搞什么娃娃鱼养殖,结果发了场山洪,冲得他血本无归,还倒欠一屁股债。这才出来打工,但身上总还有点小老板的派头,脏活儿、重活儿不愿意干,就爱耍个嘴皮子,是队里的'大明白'。"

"他明白什么呀？"宋桥说,"一肚子小聪明的人,最成不了事。"

宋桥直冲冲地走进人群,小何在后面拉都拉不住:"哎,大桥……"

"老秦是吧？"宋桥跟那人对峙,"你这是煽动大家的情绪,想罢工不干了吗？"

老秦的眼神闪了一下,又挺直腰杆儿硬气起来。

"哟,这么大顶帽子,我可受不起。你们这些坐办公室的,停不停工,每个月照旧发工资。咱这些人,可都是手停口停,干一天活儿才有一天饭吃。"老秦转悠到宋桥面前,"咱去找个别的活路,有啥不对？留在这儿,你拿你的工资养活我一大家子人？"

老秦的话让其他人更加激动,有些青壮小伙子已经按捺不住,跟着起哄吹口哨。

"工地扣你们钱了吗？"宋桥气得脸色微微发红,"说了这工程不做了吗？你们这就开始闹！"

"那你有本事给个准信,"老秦梗着脖子,眼珠都快瞪出来了,"啥时候重新开始？咱们要担惊受怕到几时？"

宋桥猛地一滞,说不出话来。

"都是站着说话不腰疼,"老秦一手叉腰,一手指着宋桥,"吃的不是一样的米,就不会操一样的心。没受过穷的人,晓得啥叫穷？大山沟沟里过的啥日子,你见都没见过！"

宋桥颈侧青筋直跳,手已经攥紧成拳,小何拼命将她拽出了人群。

"别跟他们一般见识,"小何劝宋桥,"消消气,消消气。"

这一口气难平,宋桥回头狠瞪着老秦,他像个英雄一样,被人群簇拥在中心,对上宋桥的眼神,挑衅中还带着几分扬扬自得。

"跟工人闹开了也不好,"小何为难,"说出去那是轻视劳动人民。"

"什么劳动人民?"宋桥语气很冲,"你看他那个偷奸耍滑的样儿,像劳动人民吗?"

"可他说得没错,"一个声音从宋桥背后传来,"他们有他们的难处。"

黎明川从工地旁边走过来,他刚才默默围观了这一幕。

宋桥转过身,目光盯在他脸上。他并未闪躲,和宋桥对视。

"项目停摆,他们的焦虑和你们的焦虑是不一样的。你寄托在这座大桥上的是事业和理想,可对很多人来说,意味着生存。"黎明川笑了笑,望向大海,"听说要修跨海大桥,谁不觉得这是个巨大的机会?需要人,那人就有钱赚,有希望,有奔头。不都是奔着这一点来的吗?都要吃五谷杂粮才能活下去,为什么就不能容许人失望呢?"

宋桥愣住了,黎明川的背影在这一刻,有几分寂寥孑然之感。

可当他转过头来时,脸上还是和平时无异的笑容。

"但也不用怕,就跟海水涨潮一样,人心也有起落。"他看着宋桥,"平和一点,就都过去了。"

宋桥默然,但梗在胸口的气似乎渐渐顺了些。

"没啥大事儿,没啥大事儿,大桥你别放在心上哈。"小何跟着安抚,转头问黎明川,"黎总,你今天怎么突然过来了?"

"我就是随便来转转。"黎明川对宋桥一笑,"不是听说你们回来了嘛,好久没见,看看你还上不上火。"

黎明川一副等着宋桥张开嘴,让他检查还长没长火疱的样子。

宋桥没好气:"谢谢您嘞,菊花茶我都喝完了。"

"我那儿还有,回头给你送来。"黎明川眨眼,"管够。"

小何用手撑着下巴,观察着两人的一来一往。

这黎总好像有事没事就喜欢逗逗大桥。小何再看看宋桥胳膊上那结实的腱子肉,暗中摇了摇头:真是老虎头上敢拔毛……

黎明川回到公司,室内一片黑暗,空荡荡的,没有人。他没开灯,走到窗前,看外面的夜色。

这虽然是座小城市,但也是城市,车水马龙,霓虹闪烁,虽然对面广告招牌上的字缺了两个角。

有时候,真觉得寂寥啊!仿佛是凭着一腔孤勇,在这个世界闯荡。

所以他喜欢夜泳,像一尾鱼进了海里,所有繁杂的情绪都平静了下来,只感觉得到海的辽阔和包容。

他也能静静地想一想,自己是谁,要做什么。

大桥项目的停摆,让他们公司的人又走了两个,现在连前台都没有了。他知道,连金飞都在怀疑,当初从大厂离开的决定到底对不对。毕竟和他同级的人,现在都已经坐到了更高的位置上,有着丰厚的待遇。

可他们,还挣扎在珠海的这座小小的写字楼里。

窗外的夜色被玻璃分成一格一格的。黎明川又凝神看了一会儿,走回办公桌前,只开了一盏小灯,泡了碗方便面,边吃边在电脑上干活儿。

黑暗中,微微的一团光笼罩着他的身影。

那晚宋桥也是夜不能眠,杨建功从管理局开会回来,说谈判还是毫无进展,宋宁刚都已经累病了,是拔了输液管才到的会场。

宋桥想去看宋宁刚,却又怕像上次一样,被他轰出来。

翻腾了一夜,宋桥还是去找了杨建功请假,称自己想到城里转转。这几个月来,宋桥确实没歇过,杨建功准了她的假。

可宋桥却没进城,而是找小何借了辆摩托,直奔大桥管理局。

6 倒下

在宋宁刚办公室门口站了好一会儿,宋桥才抬起手敲门,可连敲两遍,里面却始终没人回应。

"找宋工啊?"一位路过的同事提醒,"他今天不在,去医院打针了。"

宋桥问清楚医院的地址,匆匆离开。

刚要出院门,撞见了从外面"摸鱼"回来的周南方,宋桥冷冷地看了他一眼,骑车绝尘而去。

"晦气。"周南方悻悻地骂,快速溜进办公楼。

注射室里没什么人,宋宁刚坐在角落里,头歪倒在椅背上,不知什么时候睡着了。

或许是因为平时经常板着脸骂人,他嘴角下撇的法令纹很深,眉头也紧紧锁成个"川"字。可即便这样严厉的面容,也掩盖不住一个事实——他变老了。

宋桥站在门边,看着这样的他,心中发酸。

这时,护士进来察看,惊醒了宋宁刚。他发现了不远处的宋桥,眼神一怔,随即坐直身体。

"你来这里干什么?"他板着脸问。

"爸……"宋桥一顿,又改了口,"宋工,我是来……问问工程的进展情况。"

宋宁刚冷哼一声:"你们杨经理开完会回去没说吗?"

"说了,"宋桥垂下眼,看着宋宁刚手背上的输液针管,"所以我才想着自己来看看。"

宋桥的眼神让宋宁刚心中一软,但语气还是硬邦邦的:"没事,死不了,就算我倒下了,这座桥也不会倒下。"

"您也不能倒下,"宋桥望着宋宁刚,"身体是革命的本钱。"

宋宁刚没说话。父女间的对峙,寂静无言。

助手李方进来,打破了这沉默,他看见宋桥时很意外:"小宋工,你怎么来了?"

没有人知道宋宁刚和宋桥的关系,只是为了区分,叫他们"宋工"和"小宋工",却误打误撞,仿佛意味着什么。

"我来问问工程上的事。"宋桥还是那个回答,她又看了宋宁刚一眼,"您要保重,到了这个年纪,可病不起。"

"我没老!"宋宁刚指着门,"回到你的岗位上去,不该你操心的事,少操心!"

宋桥一言不发，转身而去。

李方惊诧，这都能杠起来，看来领导对这个"刺儿头"着实意见大。

宋桥骑着摩托离开医院，头盔内的眼睛里凝着一股涩意。她猛地拧转手把，车如离弦的箭一般，飞驰在无人的公路上。

宋桥回到项目部，看见几个工人从杨建功办公室走出来，老秦走在最前头，看见她时，嗫嚅地一笑。

小何从后面出来，宋桥拉住他问："他们这是干什么？"

"讲条件呢。"小何叹了口气，"经理给他们发了补贴，才答应留下来。"

宋桥恼火："就不该长他们的威风，不然以后还会这么干。"

"没办法，工地上嘛，就是各种斗智斗勇。"小何奇怪，"你怎么回来了？不是说去城里逛吗？"

"没什么好逛的。"宋桥把摩托车钥匙丢给小何，转身走向办公室。

小何跟在她后面碎碎念："你一个女的，没见有几身衣服，头发也是找老周随随便便一剪，好不容易进趟城，就不能去捯饬捯饬？"

宋桥听得头大："怎么又来个沈菲？"

"沈菲是谁呀？"小何追着宋桥问，两人一路离开。

楼下，老秦经过宋桥骑回来的那辆摩托，往车头上一拍："嘉陵牌的，想当年我也有一辆。"

"又开始想当年了，"工友笑话他，"连同你那三间破瓦房，都卖了还钱了吧？"

"钱这个东西嘛，来了又去，去了又来。"老秦满不在乎地拍拍衣服口袋，"这不又回我兜里了吗？"

另一个人跟着附和："对，今儿可得感谢老秦，没他咱还要不来钱。这多读了两本书就是不一样。"

老秦大摇大摆地领头往前走，像个得胜的将军。

而宋宁刚那天的针没打完，周冲来探病，带给他一个重要消息——港商陆应成到珠海了。

"陆应成？"宋宁刚拧着眉头，有点不敢相信，"那个船业大亨？"

"就是他啦。"周冲回答，"他爸爸以前和我岳父是一个村子里的，后来带着老婆孩子去了香港,两代人辛苦奋斗几十年,现在家大业大。但他们还是很念旧的,从前就经常帮扶家乡人,这次他还亲自回来祭祖。"

"陆家在香港,那可是很有影响力的。"宋宁刚思忖。陆应成财力雄厚,又经常做慈善,所以在公众中久负盛名。

"哎,你能不能给我牵根线,让我见见陆先生?"宋宁刚抓住周冲。

周冲有点为难:"这……我跟他也不熟。"

"你老丈人跟他熟啊。"宋宁刚一拍周冲的胳膊,顿时扯动了手上的输液管,疼得龇牙咧嘴,他直接喊护士,"打完了,打完了,给我把针拔了。"

"你这还有小半瓶呢,急什么急?"周冲无语。

"我能不急吗?"宋宁刚长叹,"这工程一停,我的心脏都快停了,打针也救不了我的命!"

宋宁刚愣是让人拔了针管,拉起周冲就走:"快点,你现在就是我的华佗。"

周冲被他拽着往外拖,无比后悔自己今天来探病,更恨自己说漏了嘴。

周冲在老丈人面前,那就是唯唯诺诺,宋宁刚直接抢过电话,说明来意。那边一阵叽里咕噜的广东话,但宋宁刚听懂了,他愿意帮忙,还给了陆应成所住酒店的地址。

大事面前,人心都是一样的。宋宁刚真诚致谢,然后和周冲一起前往酒店。

可他们并未见到陆应成,接待他们的秘书彬彬有礼,说陆先生去扫墓了,暂时不在。

宋宁刚决定留下来等,让周冲先走。周冲看着他那一头的虚汗,到底不忍心,陪他在大堂里坐下,两个人眼巴巴地盯着门口。

等到天黑,一行人从外面进来,已经疲惫的宋宁刚眼睛一亮,发现走在中间的那个人,就是新闻照片上的陆应成。

宋宁刚立刻向周冲问询,他点了点头。宋宁刚站起来将衣裳一整,走了过去。

随行人员警惕地挡在陆应成面前,宋宁刚停在离陆应成1米左右的地方,向陆应成微笑致意。

"陆先生您好,我是三江跨海大桥管理局的副总工程师宋宁刚,听说您回了珠海,特地过来拜访。"

宋宁刚的话让陆应成微微惊讶,但他不动声色:"我跟贵局以往并没有打过交道,不知您来找我……"

"有事相求。"宋宁刚很干脆,坦坦荡荡地直视陆应成的眼睛,"为了跨海大桥。"

陆应成怔了怔,但并没有马上答话。

周冲连忙走上前套近乎:"陆先生,龙山村陈海生是我的岳丈,是他老人家告诉我们您住的酒店,我们才找过来的,确实是有要紧的事想跟您谈一谈。"

"陈伯的女婿?"陆应成终于笑着点了点头,"那就上去坐坐吧。"

宋宁刚和周冲暗中对视一眼,松了口气,跟着陆应成上楼。

进了套房的会客厅,陆应成很客气,但话也不多。气氛安静得有点尴尬。

宋宁刚心一横,竹筒倒豆子般将整个事件说了一遍。

"大桥项目绝对不会影响香港市民的生活环境,现在因为争议,使得整个工程停摆,实在是不公平!"宋宁刚直言不讳。

"但这是民意,"陆应成看着他,缓缓开口,"香港人对于修这座桥,从一开始意见就不统一,我想您应该也是知道的。"

"知道,"宋宁刚笑容里有一丝说不出的苦涩,"几十年前,最初提出要在伶仃洋上建桥的,就是香港的郭先生。我们做了那么多努力,最终还是被否决,桥没有建起来。可我们不甘心呀,为什么这片海域上不能有一座桥?香港、澳门、珠海,三颗明珠为什么不能穿成一线?这是利国利民的事情,不会妨碍到谁!"

宋宁刚的手,因为激动,也因为虚弱,在微微发抖。

陆应成注意到了这一幕,他沉默不语。

"对不起,我的情绪有点激动。"宋宁刚道歉,"但我从大桥筹备的第一天起就在这里,千辛万苦,终于看到了希望,现在却被迫刹车,我确实难以接受。"

陆应成点了点头,表示理解:"天色不早了,你们也回去休息吧。"

对方下了送客令,宋宁刚不好再多留,起身告辞。

"如果有机会,"宋宁刚向陆应成伸出手,"我希望能陪您在珠海看一看。这里虽然是您的故乡,但和多年前已经大不一样。"

陆应成迟疑了一下,最终还是握住了宋宁刚的手,顿时一怔,感觉到了他掌心里的涔涔冷汗。

宋宁刚硬挺着离去,一出门,周冲就赶紧扶住了他,生怕他倒下。

陆应成望着宋宁刚的背影,眼中有一抹复杂的神色。

7 渔女

宋宁刚一进车里就倒下了,面色惨白如纸。

周冲一边开车,一边絮絮叨叨:"都五十岁的年纪了,还这么逞强。你已经不是二十多岁的年轻人了,知道不知道?"

"我不老!"宋宁刚声音微弱,却带着一股硬气。

他还能干,还要干到六十岁、七十岁。

志未竟,不复还,他就是这样的硬石头。

周冲在心里叹息一声,两人打交道这么多年,又何尝不知道他的脾性?他岂止是块石头,就算他是枚鸡蛋,也是敢跟石头硬碰硬的鸡蛋。

"好了,你现在什么都不要说了,闭上眼睛睡一觉,我送你回医院打针。"在周冲的吩咐下,宋宁刚终于合上了眼,靠在椅背上休息。

经过了这一天的折腾,宋宁刚回去就发起了高烧,医院不许他再待在门诊,硬是让他住了两天院。

宋宁刚每天心急火燎,一遍遍找周冲打探,怕陆应成离开了珠海。周冲无可奈何,只能让陈琳当"间谍"去问老丈人,劝说她,就当是还当初为周南方找工作欠的人情债。

总算出了院,宋宁刚第一时间直奔酒店。这一次,他顺利地见到了陆应成。

陆应成打量着他:"今天你的精神好了很多。"

"不瞒您说,"宋宁刚大大咧咧地摆手,"上次见完您,回去我就倒了,被医院'关'了两天,这才刚放出来。"

他身上有种不加掩饰的耿直劲儿。陆应成看着他:"您不是南方人吧?"

"大西北的,"宋宁刚豪爽一笑,"粗人。"

陆应成也笑了:"那今天,就请您这位西北人带我游一游珠海。"

宋宁刚目光一怔,随即做出邀请的手势:"咱们走!"

没有开车,两个人沿着情侣路,慢慢地往前走。

宋宁刚指着海滩:"以前这里堆满了垃圾,道路整修的时候才清理干净。"

陆应成有些诧异地看了宋宁刚一眼。

"这是珠海最好的一条路,"宋宁刚接着说下去,"很多地方还是不行,路又脏又窄,还有商贩占道,堵得过都过不去。"

"您既然带我游珠海,"陆应成笑了笑,"为什么说的都是珠海的不好?"

"这是事实。"宋宁刚望着他,"比过去好,但仍然不够好。"

陆应成一愣。

"香港回归以后,深圳、广州也跟着发展起来了,可粤西地区依旧落后。因为什么?因为交通。"宋宁刚指着那片海,"对岸就是香港,可一海之隔,如同天堑。香港的繁荣和珠海根本不沾边,这里紧邻着深圳、澳门,经济发展水平却至少落后十年。"

陆应成望着海洋,深深嘘出一口气。

这是他的故乡啊。

"但我们反过来说,发展粤西对香港真的没用吗?"宋宁刚语气犀利,"香港很发达,可毕竟是一座岛,地域面积有限,人口又过于密集,目前的发展态势再好,未来的发展也是受限的。你们难道不需要一个广阔的大后方?广州、深圳发展迅速,自身也需要充足的人力和资源,而粤西,还是一块没有开垦的处女地。如果有一条通道将它和香港连通,那么香港未来的发展就有了新的根据地,粤西则有了引导者和推动力,这就是双赢。"

陆应成陷入了沉思中,半晌,缓缓点头:"协作才能互利,这是发展的基本法则。"

"更何况,粤、港、澳三地说的是同一种方言,亲缘关系千丝万缕。您这次回来,不就是为了寻根吗?"宋宁刚的笑容是温暖的,让陆应成心中也漾开暖意。

他笑了笑:"是啊,小时候每次过年,父母都要朝着家乡的方向跪拜,不能回来,但从来没有忘记。后来开关了,父亲却走不动了,这是他一辈子的遗憾,去世的时候还嘱咐我们,不要忘本。"

蔚蓝的海面上,伫立着洁白的渔女像,她慈悲而又怜悯地望着众生。

宋宁刚望着她,一声长叹:"三地曾经被迫分了家,现在又九九归一,渔女自古以来就是这方水土的守护神,看尽了沧桑变幻。"

陆应成轻轻拍了拍围栏,倍感唏嘘。

"但未来,"宋宁刚的语调又昂扬起来,他指着远方的海,"在那里,三江跨海大桥将和渔女像交相辉映,从香港到珠海,再到澳门,一线贯通,血脉相连。"

宋宁刚的手势,让陆应成仿佛看到一座凌空飞架的桥出现在伶仃洋上。

回家。他的心中闪过这两个字,酸楚中燃起热血。如果再早一些该多好啊,让他的父亲也能看到。

"几十年前,这件事我们没做成,但现在我们要做成。"宋宁刚的声音里饱含深情,"这不只是一座桥,也意味着沟通、融合,还有发展。它会和渔女一起,保佑这片土地上的人们永远平安富足。"

陆应成和宋宁刚对视,两个人的目光中都有着某种信念……

陆应成那天回到酒店,迎接他的是一声娇嗲中带着埋怨的"爹地"。

"您怎么现在才回来?"陆珊妮过来,挽住陆应成的胳膊,"我都已经等了一个小时了。"

"你怎么不说我等了你三天?"陆应成佯怒。

这是他唯一的女儿,虽然他还有两个儿子,但视她若掌上明珠。

陆珊妮穿得很简洁,黑色露肩针织衫加阔腿牛仔裤,可若是细看,衣服的剪裁线条无一处不精致妥帖,勾勒出她窈窕的身形。

脸上也是有妆似无妆,轻描淡写却又让五官轮廓更加动人。

她很懂得突出自己的优势。

"那我从波士顿过来要转机的嘛,"陆珊妮语气里带着不情愿,"而且我也很忙的好不好?"

"知道你忙,但你必须来。"陆应成说,"这里是你的家乡。"

陆珊妮耸了耸肩:"我的家乡是香港。"

"可珠海是你爷爷、你祖辈的家,我也在这里出生。"陆应成的语气加重了些,"这儿是我们的根。"

见陆应成有些生气了,陆珊妮没有再反驳,但面上仍有不以为然之色。

陆应成无奈:"好了,你先去房间休息吧,下午我们回龙山村。"

他强调了那个"回"字,但陆珊妮没听出来,对于她来说,能称为家乡的地方,只有香港。

龙山村过去是个贫穷的小渔村,就是因为太穷,陆应成的父亲才去香港谋生。如今龙山村的境况虽然好了许多,但依然有破旧的房屋夹杂其中。村里的路,也是一半水泥一半黄土。

陆珊妮穿着高跟鞋走在坑洼不平的路上,皱起了眉头。但当陆应成要她跟爷爷叔伯们打招呼时,她还是脸上挂着笑容,礼貌而疏离。

村头是座有大院子的三层楼房,比其他家气派,里面住着的是周南方的外公陈海生。他和陆家老爷子年轻的时候是穿一条裤子的好兄弟,也正是念着这情分,陆应成那天才让周冲和宋宁刚上楼。

陆应成带着陆珊妮去看望陈海生,老爷子精神矍铄,亲自拄着拐杖来迎接。

一阵拉家常,说起陆应成的父亲因病早逝,陈海生很难过,当年一别,这对兄弟一辈子再没见过。

"你们回来了就很好啦。"陈海生又高兴起来,"孙女都长这么大了,和我的外孙子一样。"

说曹操,曹操到,门外响起刹车声,周南方跑进屋来。

"乖仔,"陈海生连忙拉过他,"怎么满头是汗?快喝水。"

周南方坐定,才发现家里还有客人。陈海生给他介绍:"这是你陆伯伯,从香港回来的。那边是他的女儿,你看漂不漂亮?正好和你年纪差不多。"

周南方和陆珊妮一听就知道这话是什么意思,不约而同地翻了个白眼。

这个外孙是陈海生的心头肉,他见人就忍不住夸:"他也是从国外留学回来的,从小脑袋就聪明。"

陆应成笑着附和:"年轻有为。"

"对。"陈海生更得意了,"乖仔,你什么时候来公公的船厂当接班人?"

周南方不想干,可周南方嘴甜:"您老当益壮,急着找什么接班人?我还想大树底下好乘凉呢。"

他今天来,就是想找外公要零花钱,爹妈把他的经济卡死了,就管理局那点工资,能顶什么用?

陈海生被周南方哄得高兴,也深知外孙的禀性,小声吩咐旁边的人:"给南方卡里打点钱。"

可陈海生有点耳背,他以为是小声,其他人听起来却是清清楚楚。

陆应成是长辈,不以为忤。陆珊妮却眼神不屑,心想,原来是个没出息的"二世祖"。

周南方瞧着她的神色,也嘴角一撇。不都是靠家里吃饭,谁比谁高一等?

聊完天,陈海生和陆应成去看族谱。临走时陈海生吩咐周南方:"带着珊妮去看看我造的船,香港那个姓林的大富豪,还买过我的游艇。"

陆应成笑着说:"您也是大富豪。"

"跟你们家比差远啦。"陈海生哈哈打得山响,领着陆应成上楼。

陈海生说的是船厂的展厅,里面有他造的每一艘船的模型,是他的骄傲。

但陆珊妮兴趣寥寥,周南方象征性地介绍了几句,停了下来,懒懒地靠在墙边。

"船业大亨的千金,自然对这样的小破厂没兴趣啦。"他阴阳怪气,"能来我们这个渔村,就已经是给面子了。"

陆珊妮又露出礼貌性的微笑:"是我爹地要来的,他对这里有感情。"

但她没有感情。后半句话虽然没说,可她眼神里的优越感已经告诉了周南方。

周南方在国外也见过这样的眼神,被隐隐激怒:"你是不是觉得内地很落后,不配你来?你爸爸还知道叶落归根,我看你都不知道自己的根在哪里。"

陆珊妮正要反驳,陆应成已经下楼,她只好将话都咽了回去,冷冷地瞪了周南方一眼。

周南方挑衅地扬眉,他才不管这么多,跟外公说好下次再来,就扬长而去。

8 碰撞

从龙山村回去的路上,陆珊妮还在生闷气。陆应成却一直静静地看着车窗外闪过的珠海市景。

又到了情侣路上,渔女像依旧慈悲而安详地伫立在海边。陆应成凝视半响,突然开口:"回香港以后,我要去跟政府和民众讲三江跨海大桥的事情。"

陆应成的话让陆珊妮一愣,有关跨海大桥的争议无人不晓。

"您管这个事情干什么?"陆珊妮着急,"您又不是不知道反对的声音有多大,这会影响您自己和集团的声誉。"

"这也是香港人的桥,"陆应成神色淡定,"修好了不只有利于内地。大家要回头看,也要往前看,亲情是割不断的,对未来要有发展的眼光。我还打算在珠海投资。"

"爹地……"陆珊妮还想再说,被陆应成抬手打断:"珊妮,我是生意人,什么样的地方有机遇,我比你看得准。跨海大桥一旦开通,这里就是黄金之地。"

他对故乡的未来,很期待。

陆应成回到香港,宋宁刚带着团队也来了,双方会合以后四处奔走,为跨海大桥发声。陆家有很好的民众基础,又在金融界一呼百应,陆应成亲自向大家讲述三江跨海大桥对于香港发展的意义,以及建成后在内地投资的前景。很多人态度松动下来,不再激烈反对。

宋宁刚也联合香港环境保护署,重新向政府提交当初做环境监测预控的资料,以及根据工程情况进一步评估的数据。陆应成积极响应,帮助他们协调沟通,并在电视上做科普小节目,证明工程并不会造成所谓的空气微粒,不会影响居民生活。

多管齐下,法庭重新判定,跨海大桥项目并不会对香港的环境造成污染。反对意见消弭下去,连当初提起诉讼的老太太也意识到自己是受了误导。

事态终于平息,香港政府宣布跨海大桥恢复施工。

消息出来的时候,宋宁刚和陆应成紧紧握手。这个西北汉子,此刻热泪盈眶。

陆应成微笑着拍了拍他的胳膊,眼中也流淌着温暖和感动。

"海内存知己,天涯若比邻。"海的两岸,是亲人,是兄弟。

总算要复工了,所有人都欢欣鼓舞,宋桥也松了口气,为宋宁刚。

宋宁刚住院的那两天,宋桥无法去探望。她知道,他不愿意在别人面前展现脆弱的一面,死挺也要挺着。

后来得知他认识了陆应成,事情有了转机,她为他高兴,也日日关注着,等待最后的消息。

现在终于如释重负,她也将再上她的战场。

等待是煎熬的,有事做,真好。这也是黎明川的想法,终于熬到见了曙光。

"再不复工,怕是连你都要走喽。"黎明川开金飞的玩笑。

金飞没反驳。他确实动过走的心思,可每晚黎明川桌上那盏亮到天明的灯,让他狠不下心走。

黎明川这几个月接了很多他以前看不上的小活儿,就为了给大家正常发工资。金飞最清楚,外表随和的他内心有多骄傲,可他仍然低下了头。

"就这样吧,兄弟。"金飞推了一把黎明川,"将来等公司上市了,多给我分点股。"

黎明川笑着说:"公司要真能上市,就全交给你。我每年拿着股权分红,到国外去养老。"

"你就这么点儿志向?"金飞怪叫。

"人生何其短,"黎明川不以为意,"我的终极目标可不是赚钱。"

金飞忍不住翻了个白眼:"你这境界太高了,我追不上。"

"但我现在的目标,还是赚钱。"黎明川一脸神秘地勾了勾手指,"过来,我这段时间琢磨了个大东西。"

当看到屏幕上显示的内容时,金飞惊讶地转头望向黎明川:"交通管理系统?"

"对,气象预测模型只是块敲门砖,三江跨海大桥的交通管理系统才是我真正想要的'蛋糕'。"黎明川一旦进入工作状态,眼中就有种勃勃生机,也可以说是——野心。

"一旦大桥通车,就意味着三地将实现物流往来,但港澳和内地法规、交规都不同,涉及车辆的分流和检查,还有出了大桥以后的停车等问题。另外,通过商用车辆的货物种类、数额、承载量等,也可以估算出大桥在三地物流中的经济价值,并对区域经济合作的方向做出预测。所以,这个交通管理系统至关重要。"

黎明川的一席话,让金飞处于大脑放空的状态,连过往的员工也停下脚步来听。许久,金飞带头鼓起了掌,其他人都欢呼起来。

"我们有一个很牛的老板。"金飞此时眼神坚定,"我觉得锐信将来成为行业大鳄也不是不可能。"

"八字还没一撇呢,"黎明川笑道,"想法再好,也要看人家用不用。"

"大浪淘沙,总会有人发现你这块金子。"金飞有信心。

"好了,你们先干活儿,我去趟大桥管理局,找领导谈谈。"黎明川收拾好资料,随即出门。

黎明川去的时候,宋宁刚办公室的门半掩着,里面有人正在谈事情。

他就在门外等待,可里面的人还没出来,另一个工作人员又匆匆进去,他只好继续等。

宋宁刚总有忙不完的事。终于等到没人了,黎明川正要进去,他却准备出门。

"宋总,我今天来,是有个方案想给您看一看。"黎明川递上资料,"关于跨海大桥将来的交通管理。"

"这个还早,桥都没修起来。"宋宁刚行色匆匆,"我马上有个会要开。"

黎明川不好耽搁他,只好往旁边让开一步,看着宋宁刚离去。

宋宁刚开的是岛隧工程的复工会,参加的都是技术骨干。宋宁刚进了会场,看见杨建功带着宋桥也来了,他微微一愣,但很快便又像没看见般,和其他人说话。

宋桥瞅着空子瞧了一眼宋宁刚,见他精神良好,便放下了心。

建岛即将开始,讨论到具体工程的实施,宋桥又提起了海底基质的问题。

宋宁刚不耐烦地摆手:"这个问题上次会议已经说过了,没必要再浪费时间。"

"钢管进了海却立不稳,"宋桥眼中隐隐有了怒火,"那才是真正的浪费时间。"

宋宁刚气得一拍桌子,指着宋桥:"你!"

"又要让我出去吗?"宋桥也倔了起来,"我偏不走!这里难道是一言堂,不容许人发表不同意见?"

这位不怕死的初生牛犊,让周围的人倒抽一口冷气。

宋宁刚果然炸了:"你要发表什么意见?你建过几座桥,修过几条路?敢在这里口出狂言!"

"没错,您走过的桥,比我走过的路都多。"宋桥梗着脖子,毫不示弱地跟宋宁刚对峙,"我年轻,实战经验不足,我承认。可我不是没脑子,我有自己的思考,不会因为站在我面前的人有多牛,就不敢表达自己的观点。我认为对的,就会坚持到底。"

会场里一片寂静,仿佛能听见风吹过窗棂的声音。宋宁刚看着那双燃烧着火焰的眼睛,蓦然想起了多年前,宋桥高考完填报志愿那天……

表格上填的第一志愿,是"安大桥梁系"。

宋宁刚愤怒地指着那行字:"我不是跟你说过,让你别报这专业吗?一个女孩子,搞什么桥梁?"

"女生怎么就不能做桥梁?"宋桥看向柜子上母亲谢灵的旧照片,年轻的她戴着安全帽,在工地上笑容灿烂,"妈妈以前不也当过工程师?"

宋宁刚的心猛地刺痛,他在志愿表上重重一拍:"给我改!当医生、当老师都可以,唯独这个不行!"

"为什么?"宋桥不服地质问。

"我说不行就不行,"宋宁刚一声吼,"改!"

宋桥的手压在了那行字上,眼中是不退让的倔强:"我有我自己的想法,我认为是对的,就会坚持到底。"

一样的眼神,一样的对峙,宋宁刚如在梦中。

"固执,"他像是在骂宋桥,又像是想将自己从回忆中惊醒,"你这是固执!"

"您也一样。"宋桥不客气地撑了回去。

门口突然传来笑声:"又顶上牛了。"

众人转头望去,只见叶江走进来,双手合十向大家致歉:"飞机晚点了,不好意思。"

气氛终于缓和了几分,大家都暗自松了口气。

"老宋啊,小宋这次还真不是固执。"叶江说,"她提的那个挤密砂桩的方案,我找专家研究过了,确实有道理。"

宋宁刚哽住。

"这段时间,你在跑谈判,我在跑技术。"叶江笑着拍宋宁刚的肩膀,"复工的事我一点儿都不担心,相信你绝对搞得定。"

这一左一右的安抚,总算让两头犟牛平息了些,坐下来继续开会。

散场出来,叶江和宋宁刚一起走了,杨建功也有事和局里谈,宋桥一个人落在最后。

黎明川不知道从哪儿冒了出来,笑着跟上宋桥:"刚才你和宋总的对吼,我都听见了。"

"以下犯上,胆大包天。"宋桥自嘲,"我跟他啊,也不知道怎么回事,一见面就炸。"

黎明川觉察到了她眼中的那一丝怅惘,安慰道:"父母都这样,我和我爸妈也是,待一起不超过三天我就得挨骂。"

宋桥一怔,突然反应过来:"你是怎么知道的?"

黎明川指了指外面的林荫道："上次开会出来,我撞见了你和宋总在这里说话……"

"你不要告诉别人。"宋桥警告。

"我要是想说出去,早就说出去了。"黎明川笑了笑,"但你们为什么要隐瞒父女关系?"

"父女?在这里,我只能叫他宋工。"宋桥背着手,望向树叶间隙,那里有漏下来的阳光,"我也不想依靠谁的关系来走我自己的路。"

黎明川凝视着宋桥。她不像寻常女孩儿一样白皙,浅蜜色的肌肤是风吹日晒得来的,不算太细腻,却有种充满生机的健康;长相也透着股坚毅,却仍然难掩五官清秀,尤其是那双眼眸,阳光星星点点地洒进来,仿若璀璨的晶石。

宋桥收回视线的那一刻,他也移开目光。

"放心吧,我会保密的,毕竟只有我一个人知道这层关系,方便拍马屁。"黎明川拿了份资料递给宋桥,"我正想向宋总推销一下大桥交通管理系统。"

宋桥没接:"大哥,您觉得我在他面前说得上话吗?小心马屁拍到马蹄子上去了。"

"没事,这修桥是个持久战,说不定你们到时候就父女情深了呢。"黎明川将资料塞到宋桥手里,"有空了先看看。"

这人脑子真的……宋桥忍了忍,没将那两个字说出口,上车离开。

黎明川目送她远去,又转身回望管理局大楼,微微一笑。

不急,来日方长。

9 灯塔

宋桥和宋宁刚的对吼,不仅黎明川听到了,也传遍了整个管理局大楼。

同事回到设计部,兴致勃勃地八卦:"不愧是'刺儿头',这已经是小宋工跟老宋工第二次公开杠上了。"

周南方懒洋洋地抬起头来："你在说谁?什么'刺儿头'?"

"工程部的宋桥啊,"同事回答,"你不是认识吗?"

"她……"周南方张着嘴愣住,半响从鼻孔里发出一声冷哼,"她就是嘴欠。"

你才是嘴欠,同事腹诽。这周南方只要醒着,嘴就没闲过,不是吐槽设计土,就是埋怨工作烦,但凡哪天加班一分钟,就叫嚣着单位不尊重劳动法,谁见他都无语。听说上次当德文翻译的时候,他被宋桥撑得灰头土脸,大家都希望他留在工地上别回来了,多被教育教育。

"有这么个'刺儿头'吧,其实也没什么不好,"同事扬起热情的假笑,"能让人受受启发。"

启发?周南方被噎得一愣,悻悻地低下头继续玩手机。启发宋总工去吧您嘞!

此刻,宋宁刚正坐在办公室里,看叶江给他的研究报告,里面的数据结论和宋桥的想法不谋而合。

宋宁刚合上资料,望着窗外长叹一声。他既不愿意承认,眼中又隐约有点欣慰之色。

终于重新开工,群情振奋。宋桥回到了海上平台,觉得四面的大海无比亲切。

建人工岛,首先要用挤密砂桩平海底地基。负责研发施工船的是位叫楚蓉的女博导,人如其名,温温柔柔的,戴着眼镜,看起来很可亲。

"挤密砂桩的事就是你提出来的吧?"她笑着对宋桥说,"我查到了你的硕士论文,还特意联系了你的导师做验证。他说你是个很优秀的学生,所以毕业的时候他才推荐你进了交建集团。不得了,一进去就上了这么大的项目。"

"嗨,全靠死磕。"宋桥不好意思地挠挠后脑勺。她进交建,就是奔着跨海大桥项目去的,拿着几页纸的建议书,一层层请战。上上下下的领导,见了她就想躲着走。最后公司老总被她的狂热打动了,终于将她派来珠海。

"人就是要有点死磕的精神。"楚蓉眼神里带着些了然,"刚来的时候,不容易吧?"

宋桥的经历,就像空降兵,又是女性,在工地这样的环境里,肯定会格外不容易。

宋桥想起初到工程部时众人的目光，点头一笑："不过也没关系，我钻研的是桥梁，不是人心。"

而且人心也是可以征服的，她不怕。

"你很自信，"楚蓉拍了拍宋桥的肩，"这一行的女性，就要有这股劲儿。"

宋桥望着楚蓉，她镜片后的眼神，也是一样的坚毅。同道之人，无须多言。

她们一起去看砂桩船，精密的船机设备让宋桥不由得发出赞叹。

"其实挤密砂桩做得最好的是日本的桥本公司。"楚蓉说，"叶总去找过他们了，想购买设备。可日本人不同意，说要做也只能由他们来做。"

"是价格不合适？"宋桥问。

"跟价格还没关系，"楚蓉笑了笑，"就是技术垄断，不愿意让中国的桥梁技术跑到前面。"

"中国自古以来就是桥梁大国。"宋桥望着蔚蓝的海面，停顿了一下才开口，"就连我父母为我取这个名字，也是因为宋代的桥梁技术是世界顶尖的。可到了现代，技术反而落后了。"

"所以要创新。"叶江从后面走过来，站到她们身边，"楚教授这一次是临危受命。跟日本人谈不拢，工程进度又急，我打听到三年前她的团队就做过类似的船机系统，才找了过去。"

"但我做的船用在这么大规模的工程上，性能还是不够。"楚蓉回想起攻关时的艰辛，感慨万千，"尤其是振动锤，为了适应工程难度，要提高功率，可增大功率又会造成轴承温度过高，机器自动停止。完全是两难。"

宋桥听得兴致盎然："那你们后来是怎么解决的？"

"我们又专门研发了一套冷却系统，和振动锤配合使用，保证在工期紧张时能实现二十四小时不间断运转。"楚蓉说起科研，也是一脸自豪，"这套操作系统，目前在世界上可是独一份。"

宋桥举起手，楚蓉愣了一下，随即和她击了个掌。

"巾帼不让须眉呀！"叶江笑道，"祝你们成功。"

紧张的筹备之后，"砂桩一号"船在距离东人工岛 300 米的地方进行工艺试桩。

套管起来又落下,沙子被一层层压实。宋桥和楚蓉站在船上,也感受得到一次又一次强有力的振动,心都跟着怦怦跳。

砂桩被一点点挤入海底基层,和她们预想的一样,"水豆腐"在被慢慢压成"豆腐干"。

可就在此时,振动锤落下去,却再也没有起来。

"怎么回事?"楚蓉连忙去看控制面板。

助手连续操作了几次,神情焦灼:"好像是机器出了问题,卡住不动了。"

这一记重锤,仿佛砸在了人心上,"出师未捷身先死"。楚蓉脸色一白。

"楚老师,您别着急。"宋桥赶紧过来,"先把船撤回去,检查到底是哪里出了故障,说不定是小问题,修理一下就好了。"

楚蓉冷静下来,命令撤船,但始终神色凝重。

经过两天的详细检查,终于得出了结论:损坏了一个传感器,还断了一根电缆,有几颗沙子堵住了导门。但最关键的是,控制系统彻底死机了。

控制系统就像是整艘船的"心脏",这意味着"砂桩一号"成了条废船。

紧急召开的会议上,气氛沉重。

"打砂桩,这才是建岛的第一步。"杨建功郁闷地摊手,"现在卡在这儿,后面怎么进行?"

开局就遭遇失败,众人的士气都有些低落。

"工期本来就紧,"另一位工程部的元老发言,"国内的砂桩船技术也不完善,要是都耽搁在这船上,复工就白复了。"

下面顿时一片窃窃私语。

"要不还是找日本人吧,条件是苛刻了点,但无奈我们技不如人哪。"有人提议。

另一个人也表示赞同:"他们要进来施工就进来,本来也是人家的设备,就当是租借了人力物力,帮我们这个忙。"

毕竟赶工期要紧,高层此时也有些动摇。

"不行!"楚蓉站了起来,看似文弱的她,此刻却超乎寻常地强硬,"砂桩船是出现了故障,但就这么放弃,让日本人进来,我们永远打不破技术垄断。"

众人都愣住了，一时无声。

"这是什么桥？全世界技术难度最大的跨海大桥。就像你们刚才说的，这才是第一关。"楚蓉的脊梁绷紧成一条直线，"如果我们现在就认输，后面还有多少道坎，每一道坎都靠外国人来解决吗？那中国，永远都成不了桥梁强国，就只能依靠别人的技术，走在别人后面。"

因为激动，楚蓉的脸微微涨红，宋桥望着她，心中如有浪潮涌起。

宋桥也站了起来："楚老师说得对，万事开头难，但不能怕难。就算现在出了问题，也应该给一个完善的机会。都是基于同一原理造出的砂桩船，甚至楚老师的思路更先进，日本人能做到的，我们为什么不能做到？"

宋桥的声援让楚蓉感到温暖，她们目光交汇，有了更充沛的力量。

"叶总，我向您请战。"楚蓉坚定地看向叶江，"再给我两个月时间，我一定向您交出合格的砂桩船。"

"我协助楚老师。"宋桥也表明了自己的立场。

叶江望着她们，半晌，缓缓点了点头："好，先等两个月，万一不行再跟日本公司合作。"

众人彼此对视，眼中还是有质疑。

"技术都是同步进行的，现在钢圆筒的振沉系统也没完成。"叶江说，"进度紧张，但人不能过度紧张，心急吃不了热豆腐。"

大家都不好再说什么，会议散场。

叶江招呼楚蓉和宋桥留下，等其他人都走了才开口："任务艰巨啊，要有胜利的信心，也要有对失败的承受力。"

"明白。"楚蓉点头，"谢谢叶总。"

"小宋，"叶江又吩咐宋桥，"接下来你就全力配合楚教授，争取搞定这条船。"

宋桥握了握拳头，以示应战。

紧接着的两个月，楚蓉和宋桥住在了砂桩船上。日出日落，海上的景色绚烂多变，可她们无暇欣赏，像两只勤恳的工蜂，排查每一道工序，研究每一点改进。

宋宁刚也知道了此事，担心进度。

"你要有点信心。"叶江笑话他,"这两位女将,可都不简单。一个提出挤密砂桩,一个造出了砂桩船,那是强强联手。"

听叶江夸宋桥,宋宁刚有点不自在,但脸上还是不露声色:"你就盲目乐观吧,万一最后干不成,还得找日本人兜底,到时候没准儿他们提出更苛刻的条件。"

"所以她们说得对啊,"叶江慢悠悠地喝了口茶,"就是要自主创新,依靠着别人,就会被别人卡住脖子。"

宋宁刚没再反驳,默默地点了点头。

砂桩船上,两道身影仍在忙碌着。海上的灯塔始终亮着光,沉默而坚定地守护她们。

10 独行

只用了一个半月,楚蓉和宋桥就完成了任务。"砂桩一号"再次启动,去海上做最后的测试。

宋宁刚也亲自到场,和叶江一起检查验收。

楚蓉向两位领导汇报:"我们对性能做了进一步的完善,操作系统的所有故障都已经排除,并做了后续预防措施。"

"这是一条比日本现有设备更优良的砂桩船。"宋桥神色笃定。

"行不行,"宋宁刚淡淡地说,"要试了才知道。"

测试正式开始,整个振沉节奏流畅而有力,从系统反馈的数据可以看到,海底基质的密度在增加,承载力快速增强。

"这样,钢圆筒下去就稳当了。"叶江很满意,"这船改造得好!"

宋桥和楚蓉对视一眼,都松了口气。

"楚教授立了大功,"宋宁刚没有直接夸奖宋桥,"大家都辛苦了。"

宋桥抬起头时,正撞上父亲的目光,虽然他很快转移视线,但她还是看到了那一闪而过的赞赏。

宋桥的唇边,泛开一抹笑意。

后期的施工很顺利,到了完工要走的时候,楚蓉和宋桥都有些依依不舍。

"欢迎你来读我的博士。"楚蓉笑着对她发出邀请。

"等我有空,我一定考虑。"宋桥本想和楚蓉握手,楚蓉却拥抱了她,像对待孩子般,轻轻地拍了拍她的背。

"要死磕到底,"楚蓉轻声说,"也要照顾好自己。"

宋桥的眼睛湿润了:"嗯。"

送走了楚蓉,又迎来了小何,他这次是跟着振沉组的人一起来的。

"我们造了'天下第一锤'。"小何无比骄傲地宣布。

钢圆筒太过巨大,现有的振沉系统根本打不下去。一局的总工程师陈业锋出马,创立了"八锤联动"的方案,是和美国公司联手开发的。

"听起来简单,做起来比登天都难。"小何抹了把头上的汗,扳着手指头一一给宋桥列数,"第一要实现液压、电、机械同步。只要一台锤不同步,钢圆筒就无法穿透土层。"

宋桥沉吟着点头。八锤联动,就要八锤如一锤,始终保持同样的节奏和力度,不能有丝毫偏差,对这么大的机器来说,难度极高。

"第二是高精度定位和钢圆筒的倾斜角度,衔接必须严丝合缝,不然就会漏水漏沙。"小何摇头叹气,"把人陈工愁得呀,整夜整夜地守着机器不睡觉。"

宋桥想起了当初在钢材厂制作钢圆筒时的情景,造出来难,打下去更难,她完全能理解这种困境。

"但最绝的还不在这儿。"小何一拍大腿,"到了做试验的时候,只要大锤一开动,连接钢管的副格就跟撕纸一样,咔咔咔地裂。一动就裂,整整撕了一个星期,所有人都崩溃了。"

"怎么回事?!"宋桥也跟着急了起来。

"检查来检查去,"小何摇头叹气,"就是找不到毛病在哪里,我们都绝望了。后来才发现问题不是出在我们这儿,而是出在美国人那里。他们把同步齿轮的标准搞错了,应该是31,有一个弄成了32。改过来以后,这'天下第一锤'才终于成了!"

小何像说书一样讲完了这段惊心动魄的经历,结合砂桩船的事,做出总结:"有时候想想,老外也不一定就靠得住。"

"有好的就学,"宋桥淡定一笑,"但也要相信我们自己。"

"哎,对了,黎总说他今天也要过来。"小何的话让宋桥一怔,好久没见过黎明川了。

"大桥,"小何的媒婆瘾又犯了,"黎总真的是个不错的人,你看你在海上能找着谁呀?他已经是你目见范围内最适配的对象了。"

"我啥时候把沈菲的微信推给你吧,"宋桥撇嘴,"你俩可以一起开个婚介所。"

"行呀,那么漂亮的搭档,"小何眉飞色舞,"我求之不得。"

自从在宋桥手机上看过一回沈菲的照片,小何就陷入了盲目的单相思。

"怎么一个个这么喜欢找对象呢?"宋桥不敢苟同,扔下小何去干活儿。

到了下午,黎明川果然来了,给宋桥带的见面礼是一大包菊花茶,还有零食。

"想着你现在肯定又得上火。"黎明川笑着把东西放到她桌上,环顾四周,"女孩儿住在这样的地方,挺受苦的。"

宋桥一愣,很少从同龄男性口中听到人称呼她为"女孩儿"。他甚至还为她带来了吃的,都是话梅、薯片之类小姑娘喜欢的零嘴儿。

"我不喜欢吃这些。"宋桥状似无意地将袋子放到一边,"下次你别带了。"

"那你喜欢吃什么?"黎明川竟然认真地问,"我给你买。"

宋桥一时间不知道说什么好,看着黎明川的眼神中有几分怔然。

"鸭脖?"黎明川又问,"我妈正好给我寄了,回头给你捎点过来。"

"不用不用。"宋桥回过神来,连忙拒绝,"我对吃的不讲究。"

"要讲究的,"黎明川笑,"人只有吃好了饭,才有力气好好做事。"

他的神色里有种家常的温柔,是那种会卷起袖子、系上围裙下厨房做饭的男人眼中常有的。

宋桥突然想起小何的话——他是个适配对象。

但不是她的。宋桥很快又清醒过来。她成年漂泊在山里海上,不是个居家过日子的人,也不打算拖累任何人。

这世间,自己独行就好了,没有挂碍。

"你是来搞气象预测的吗?"宋桥转回正题。

"对,中间停工了很久,我们用模型重新预测了最近的天气,计算窗口期。"黎明川回答,"这个月的21到23号,各方面参数都比较平稳,适合施工。"

宋桥点头:"第一次钢圆筒下海最重要,筹备了这么久,都等着这一刻。"

"祝顺利。"黎明川比了个加油的手势,随后又转了话题,"上次那个交通管理系统的方案,你看了吗?"

宋桥哑然,她忙得都已经忘了这事,资料还扔在陆上的宿舍里,根本没带过来。

黎明川表示自己很失望:"我还等着你帮我跟宋总推荐呢。"

"我说黎总,"宋桥翻了个白眼,"你是想偷鸡不成蚀把米吗?找我去推荐,还没开口就得被轰出来。"

黎明川哈哈大笑:"那你也可以从专业的角度进行评价,就算不是老宋工的女儿,你也是名副其实的小宋工。"

宋桥不想跟他扯:"你还是另找门道吧,我帮不上忙。"

黎明川也不急,跟着宋桥在船上待了半天,问过各方面的准备情况,核对好时间,到傍晚才准备离开。

临走的时候他又来问:"你爱吃什么?下次我给你带。"

"真不需要。"宋桥无奈。

"拍马屁那得拍到底。"黎明川挥手说再见,轻轻一跃就上了渡船。

比周南方强多了,宋桥在心里说。看着缆绳解开,她也转身离去,没留意身后的黎明川一直看着她的背影。

这姑娘活得真糙,黎明川笑笑,但也坚强。不像花儿,像一株劲草。

上岸后已经天黑,但黎明川没回家,又去了大桥管理局,这一次他等到了和宋宁刚单独说话的机会。

见黎明川进来,宋宁刚点了下头表示打招呼,继续忙着批复文件。

"宋总,"黎明川将资料放在他桌上,"我上次跟您提过,我们公司做了个大桥交通管理系统的方案,想请您过目。"

"这事不急。"宋宁刚抬头看了黎明川一眼,"就算后面要做,也是从有资质的单位里筛选。"

第一章 我们的战场

"对,"黎明川明白宋宁刚的意思,"和各大科研机构相比,锐信并不是一家有名气的公司,但我们在大数据应用方面是有经验和实力的。我在 AK 的时候,就曾经做过工业园区的交通管理系统,也是多车道、多流量,并进行货物统计。我觉得这跟跨海大桥有相通之处。"

"但规模和性质还是有很大区别的。"宋宁刚看了一下表,站起身来,"我建议你,先从小事做起吧。"

眼见宋宁刚要走,黎明川追上去:"宋总,已经这么晚了,要不我送您回去。"

"不用了,"宋宁刚大手一挥,"我就住在后面的宿舍楼。"

宋宁刚走了,黎明川在昏暗的走廊上独自站了一会儿,才慢慢下楼。

黎明川回到住处,这里是他和金飞合租的两居室,不大,却收拾得很干净——除了金飞自己的卧室。

黎明川将冰箱里剩下的菜搜罗到一起,洗好,切好,煮火锅。火锅正咕嘟咕嘟冒出香味的时候,金飞满头大汗地提着球拍从外面回来。

"火锅啊。"金飞凑过来往锅里瞧。

黎明川一把将他推开:"先洗澡去。"

"洁癖。"金飞嘀咕。冲完澡出来,金飞看见黎明川已经将家里寄来的鸭脖和泡藕带装好盘摆上了桌,还开了两罐冰啤酒。

金飞大喇喇地坐下:"还是你们湖北人会过日子。"

"日子嘛,总要见缝插针地往舒服里过。"黎明川慢条斯理地下菜,"能坐下来安安稳稳地吃顿饭,也是件好事。"

金飞抿了口酒,咂摸出味儿来:"你今天的情绪不高啊,去找宋总又受了挫?"

黎明川嗯了一声,将事情说了,金飞急得将酒杯一蹾。

"这不行哪,"金飞拍着桌角,"咱们得走点关系。"

黎明川想着宋宁刚那一脸的严厉,摇了摇头:"对宋总来说,这一套未必行得通。"

"那也得试试,照他说的这样,我们连竞标的入场券都不一定拿得到。"金飞的话让黎明川沉吟不语。

"这是没办法的事。"金飞知道,黎明川内心深处其实也不认同这一套,"要不然我来跑。"

"算了,"黎明川笑笑,"我去吧,这一关,总是要过的。"

从程序员到老板,他不可能再单纯地只做技术,虽然心里对某些东西是抵触的,但实际上,他也在慢慢被同化。

棱角这个东西,对于成年人来说是珍贵的,容易被现实磨平。因此宋桥的犟,反而让他觉得特别。

"烈女怕缠郎。"黎明川又精神起来,和金飞碰了一个,"总能磨出个结果。"

客厅里,火锅热气氤氲,两个人喝着小酒、吃着小菜,是忙乱的生活里难得的一刻惬意……

第二天,黎明川没有直接去找宋宁刚,而是找了他的助手李方。

之前气象模型的事就是李方负责对接的,黎明川虽然是毛遂自荐,但他的公司在珠海本地,态度谦逊且专业能力过关,就将这项业务交给了他。在后来的交往中,李方对黎明川这个人印象也不错。

约了个早茶,李方赶过来时已经是午饭时间,匆忙吃了几口就问黎明川有什么事。黎明川将资料递过去,简要介绍了一下交管系统。

"我之前找过宋总,"黎明川说得委婉,"他比较忙。"

宋宁刚的脾气,李方比谁都清楚,他打了个哈哈:"老宋这人是不太好说话。这样吧,我先看一下,回头找个机会跟他说说。"

"多谢多谢。"黎明川从脚边拿了个礼盒递给李方,"这是从老家带来的,今年的新茶,自家留着喝的,没打过农药。"

"哟,名茶啊。"李方一看牌子,"这我可不能收。"

"别客气,又没花什么钱,就是喝个心意。"黎明川笑着说,"不行一会儿我给你放车后备厢?"

在公共场合推来拒去的也不好看,李方只好答应:"那这样吧,递资料的时候,我帮你把茶叶也捎给宋工,他平时熬得很,全靠茶养着。"

黎明川再次致谢,等下楼以后,又往李方车上悄悄多放了两盒,不能白让人帮忙。

到了晚上下班的时候,李方拿着茶叶和资料,进了宋宁刚的办公室。

李方日常弄点好茶都会给宋宁刚带一份,他也没在意,招呼李方坐下。

"今天锐信科技的黎明川黎总,给我递了个方案。"李方将资料摊开,放在宋宁刚面前,"跨海大桥的交通管理系统,我看了一下,做得还挺细致,各项布置也很科学……"

"又是这个,"宋宁刚皱起眉头,"他已经找了我两回了。"

"他说您忙,不好意思老打扰,所以拜托我先过一遍。"李方指着门边的茶叶,"喏,他想着您熬夜多,还专门给您送了盒茶叶。"

李方这一说,宋宁刚反而火了:"这是托你走后门儿?"

"没有没有,"李方连忙解释,"我跟他除了工作,没有别的交情,只是看他态度诚恳,才想着跟您推荐一下。"

"诚恳就不会搞这一套!"宋宁刚将资料一合,"把东西都拿走,退给他,别整这些歪门邪道。"

"老宋,老宋……"李方连人带东西被推出门,无奈地在外面喊了两声,只好叹口气回办公室。

李方给黎明川发短信:东西没送出去,你回头过来拿。

黎明川一看就知道发生了什么事,不想再为难李方:好的,谢谢李工。

这一句"谢谢",让李方心里有些愧疚。这么一闹,黎明川在宋宁刚那里怕是更没好印象了。

果不其然,黎明川来找李方时在楼道里碰见宋宁刚,往常还点个头打声招呼,这次宋宁刚对他视而不见,从他身边径直走过。

精诚所至,金石为开,黎明川对自己说。他快步走向李方的办公室。

李方一见黎明川,就连忙拿出茶叶要还给他。

"您留着喝。"黎明川说,"今天我来,是想跟您讨论一下交通管理系统。"

"宋总他……"李方为难。

"没事儿,先在您这里备个案也行。"黎明川很坦然,"您看了有什么问题就提出来,我回去改进。"

黎明川诚恳的态度让李方心里松动下来。就资历而言,锐信在业内确实排不上号,但有时候,做事的人比公司名气重要。

黎明川在这边忙碌的同时，海上平台也是一片紧张气氛。叶江亲自坐镇，等着第一个钢圆筒入海。

到了21号，阳光普照，万里无云，看起来是个好天儿，和气象预测的一样。

宋桥跟着叶江，站在指挥船上等待，难抑心中激动。

伶仃洋上即将出现一座新的岛，由他们亲手筑造的岛，而这也将是大桥的起点。

"对面就是香港。"叶江指给她看，"桥啊，就是一种希望的延伸。"

"原来您心里也有诗和远方。"宋桥开玩笑，却被这种浪漫的意象所打动。

"船来了——"有人喊。

大家循声望去，只见承载着整个锤组和钢圆筒的"振华号"，正从远处徐徐驶来，进入施工海域。

叶江拿起对讲机，联系船上的负责人罗凯："'振华号'现在情况怎么样？"

罗凯回答："报告总指挥，已经抵达定位点，一切准备就绪。"

就在这时，罗凯脚下的船突然一个颠簸，他立刻转头问："什么问题？"

工作人员从船舱里跑出来汇报："海里有暗涌，船走锚了。"

叶江和宋桥在对讲机那头听见这句话，顿时脸色一变。

船舶走锚是最危险的事，何况这艘船上装着巨大的钢圆筒，一旦发生事故，后果不堪设想，还有可能撞到周围的其他船只。

叶江立刻命令："你赶紧处理船上的情况，我来联系抢险。"

罗凯此时也慌了，马上让人下放另一边的锚，想要稳住船身。然而，"振华号"自重太大，海中又暗涌激烈，船不受控地向前移位。

此时，指挥船上也是忙乱至极，叶江让宋桥迅速联系海事部门。

周冲接到汇报时正和宋宁刚在一起，他是去局里视察周南方的工作的。

"走锚？"周冲急问，"什么地方？人工岛的施工现场？"

宋宁刚听闻此言，腾地站了起来。

"马上发警告、下标识，让周围行驶的船只都避开出事海域。"周冲神色凝重，"这可不是一般的船，一旦撞上，那就是重大事故。"

周冲再顾不上他那个宝贝儿子,拿着手机边接边走,最后一路小跑,赶着回局里去指挥。

宋宁刚正要打叶江的电话,但拨出的一刻,他又改了主意,按下内线让人联络宋桥。

宋桥的手机响过两遍,她才在忙碌中听见,勉强接起,语气急迫:"哪位?什么事?"

"是我。"宋宁刚的声音传到宋桥耳中,她一愣,静了下来,"现场什么情况?"

"两边锚都下了,但船还是没稳住。"宋桥将手机举起,让宋宁刚听周围的声音,叶江正在组织抢险。

"呼叫二建36,呼叫二建36,立刻过来协助。

"呼叫锚艇28,呼叫锚艇28,'振华号'走锚,迅速抵达出事位置。"

……

"不要打扰叶总。"宋宁刚叹了口气,"现场有什么异动,你随时向我报告。"

"是!"宋桥没有挂掉电话,继续进入抢险中。

手机信号时断时续,宋宁刚"旁观"着这场战争,却什么忙都帮不上,心急如焚。

三条船、两艘艇合力救援,各部门协同作战,终于赶在晚上十点,将"振华号"送回了安全位置。

宋桥几乎虚脱了,坐在甲板上,手机不知道什么时候已经没电关机了。她只记得,每一个重要步骤,她都对宋宁刚做了简短的汇报,但结束战斗的这一刻,她却无法通知他了。

她看着船头,叶江正跟人说着什么,灯光映照下,他的白发似乎更多了。

这些前辈都是这样吧,为了工程鞠躬尽瘁。宋桥不知怎么的,有些难受。

小何从另一条船带来了食物,他们才想起来,自己连中午饭都没吃。

面包、矿泉水,一顿狼吞虎咽,这一天就算结束了。想起今天的事故,那种后怕的心悸还没有完全散去。

这是伶仃洋送给他们的见面礼,也是下马威。

第二章　劈开万重山

11 负责

叶江转过身来："辛苦了一天,都先回去吧。"

宋桥默默地跟着叶江离开,叶江一直在想问题,等想完才发现宋桥在旁边。

"老宋说你的汇报很准确。"叶江开口,"那个时候,我也没法分心跟他联系,多亏了你。"

"应该的。"宋桥放下了心,宋宁刚应该从叶江口中得知了结果。

"这次事故,要好好做总结。"叶江皱紧了眉头,"太严重了。今天先不说了,你也赶紧去休息。"

宋桥回到宿舍,连洗漱都没力气,倒头就睡。一觉醒来天还没亮,她看了看表,才凌晨四点。

但此时已经睡不着,她干脆披上衣服出去,到外面透透风。

快日出了,遥远的海平线上已经隐隐有了光。宋桥看向昨天出事的海域,将整个过程在脑海里复盘。

走锚,移位,抢险……可倒推回去,最开始是对讲机里传来的罗凯的那句话:"海里有暗涌……"

宋桥心头一跳,突然想到一个问题。

黎明川在睡梦中被手机铃声惊醒,他眯着眼大概看了一眼时间,凌晨四点半。

谁在这个时候给他打电话?黎明川看清屏幕上显示的名字,顿时愣住——救命恩人。

"宋桥?"他有点疑惑地接起,"你怎么……"

"你知不知道昨天出了什么事?"宋桥打断他,"'振华号'在施工现场走锚,差点酿成大祸。"

黎明川惊得坐了起来,但还是不知道这和他有什么关系,让宋桥语气如此严厉。

"是你的气象模型出了问题!"宋桥单刀直入,"你预测昨天是合适的窗口期,可海里却起了潮汐,才造成船只走锚。"

黎明川整个人愣住,万籁俱寂中,只有宋桥的声音在他耳边回响:"这次事故,你是要负责任的。"

总结会是当天下午开的,分析事故原因的时候,宋桥毫不留情地指出:"这次事故,和锐信的气象预测模型脱不了干系。预测显示各项参数平稳,21号是合适的窗口期,但施工船进入指定海域,却遭遇异常潮汐,才导致走了锚!"

全场其他所有人的目光瞬间直指黎明川。

黎明川沉默地站起来,走上了台。他下巴上还有青色的胡楂,从凌晨被宋桥惊醒开始,他连口气都没喘,一刻不停地复盘整个数据模型。

黎明川打开PPT,将一页页密密麻麻的数据投影到大屏幕上,还有庞杂的参数曲线和建模过程。

"我们收集了伶仃洋海域近五年的气象水文数据,并结合气象监测部门最新的预测,构建了这个模型。我重新检查了所有的公式和步骤,我们的算法没有问题!"

黎明川平视全场,最后目光落在宋桥身上,和她遥遥对视。

这样的场景不是第一次发生在他们之间,可今日,却带着明显的火药味。

"大自然不讲算法,"宋桥一挑眉,目光冷锐,直刺人心,"它不会遵循你的曲线规律办事。"

在那一刻,黎明川放在讲台上的手,指尖一颤。

他竟然说不出反驳的话语。最后,他合起电脑,走到旁边,向在场所有经历过那场风暴的人,鞠了一躬。

会场一时沉寂,叶江随后发言:"气象预测可能的确存在问题,但海上遇到的突然因素是多方面的,大家要吸取这次教训,后面严加注意。"

黎明川和宋桥坐在会场的两侧,直至会议结束,目光再无交汇。中间隔着人群,像隔着海。

等回到项目部,小何欲言又止,磨叽了半天才开口:"大桥,你今天对黎总也太不留情面了。"

"工作就是工作,"宋桥神色很淡,"如果问题出在我身上,他也同样可以这么指责我。"

小何无言以对,望天叹了口气。

"可人家对你不赖,上船还给你带礼物呢,怎么着也算朋友。"小何又说。

宋桥没说话,打开电脑看工程图。小何只好摇着头走了,满是惋惜,他还觉得这两人好像拉近了点距离,这下又离了十万八千里。

宋桥坐了一阵,拿起桌上的手机,最近通话记录的第一个,就是"浮尸"。

她打开短信页面,想说点什么,可手指在按键上摩挲,却始终不知道该打什么字。

半晌,她又将手机放下,望着窗外遥远的那片海。

黎明川那天回去以后,一声不吭地扎在办公室里,一遍又一遍地翻看数据,演算公式,就想找出 BUG(缺陷)到底在哪里。

"别钻牛角尖了。"金飞实在看不下去,过来关上了他的电脑,"你算得没错。我们吃点东西去,你从早上一直饿到现在。"

"没胃口。"黎明川甩开了金飞的手。一想到宋桥的那句话,他的心里就仿佛栽了丛荆棘,刺得他难受。

"那也得吃饭。"金飞强行将他从椅子上拖起来,"你不是常说吗?好好吃饭,才能好好做事。"

吃过了饭又回家补了个觉,黎明川拎着两件换洗的衣服,来到岛隧项目部。

宋桥见到黎明川时很愕然:"你这是干什么?"

"跟你一起去海上,"黎明川平静地说,"亲身感受一下大自然的力量。"

宋桥被撑得哑口无言。小何躲在旁边偷笑,心想,还是只有这位大哥,才治得了宋大桥。

突然多了个人,杨建功也很奇怪。黎明川说他也在反思数据模型的问题,想去施工现场做进一步的评估。

杨建功直接把和黎明川配合的任务指派给了宋桥。她简直无语,咋的,谁指出问题谁就要解决问题?

黎明川跟小何挤一间宿舍,就在宋桥宿舍的旁边,跟宋桥抬头不见低头见,美其名曰方便工作。

他也真不避嫌,大晚上的敲宋桥的门,要和她讨论数据。

宋桥想发火又发不出来,这不是她自己找上的"问题"吗?

"我把前十五年的气象数据都调出来了,"黎明川说,"但从前十年往前推,数据记录得比较模糊。"

黎明川在电脑上翻看气象局给他的扫描件,之前的数据确实不够详细。

"等等。"宋桥突然拿过鼠标,定在某一页,"你看这里,也是这个月,出现了一次洋流。"

黎明川定睛一看,上面果然记载着"太平洋洋流引起海域潮汐"。

黎明川立刻打电话找监测部门联系,得知最近的确有北太平洋洋流,途经伶仃洋。

终于找到原因了。黎明川和宋桥对视一眼,都有些欣慰。

"可见大自然还是有规律的,"黎明川思索,"只是收集的数据不够全,所以漏掉了这个意外因素。这是我的错。"

他说得很坦诚,认错就是认错,毫不避忌。

黎明川的侧脸在灯光下严肃而认真,宋桥望着他,不由得笑了笑:"黎总,你还是有一定的科学态度的。"

"我们搞大数据的,首先就是讲科学。"黎明川说,"但有时候也是太讲科学,容易过于自信。我这一次深刻地理解了你那句话,大自然的力量是巨大的,再精密的算法,也不一定能跟上它的变幻莫测。"

宋桥抬了抬下巴,表示赞同。

"但数据收集得越翔实,将变数估算得越精细,越能保证最大概率不出错。"黎明川的视线凝聚在电脑屏幕上,"我要追求的,就是这个最大概率,哪怕不能做到百分之百。"

这是一个很踏实的工作者。宋桥轻轻敲了敲桌子:"我帮你,尽我所能。"

黎明川一怔,转过头来看宋桥。

"我对气象的掌握,可能还不如你全,"宋桥说,"只能根据我自己的一些经验和知识。但我可以和你一起讨论,我搞不定的,也可以帮你请教别人。"

她也同样是个不讳言自己短处的人。黎明川笑了,和她一起工作,有时候会被刺得疼,有时候又会感觉到自己是有同伴的。

"谢谢。"黎明川伸出手。

宋桥挑了挑眉,并没有相握:"男女毕竟有别,这个点儿了,你是不是该回宿舍了?"

黎明川摸着鼻子站起身来:"太晚了哈。"

"你说呢?"宋桥把他赶出门,"再待几天,咱俩都该传绯闻了。"

小何说不定现在就趴在隔壁听墙脚,就等着出绯闻通稿。

"荣幸之至。"黎明川做了个敬礼的手势,终于离开。当身后的门关上时,他又回头望了一眼,有点想念刚才温暖的灯光。

12　特别

接下来的每天白天,黎明川跟着宋桥一起工作,看气象,看水文,看施工所需要的环境条件。每天晚上,两个人一起梳理数据,考虑怎么让模型更完备。

他们都是在工作上极较真的人,有时候争着争着也会吵起来。但每次最多隔上十分钟,黎明川就会主动道歉。

到后来宋桥都不好意思了:"又不一定都是你的错,你干吗老说对不起呀?"

"你是女孩儿,"黎明川说,"我得有绅士风度。"

宋桥有些别扭:"工作上不分男女。"

"但你和我分,"黎明川一笑,"我不能让你受委屈。"

宋桥心里泛起种说不出的滋味,过了半晌,她才憋出一句:"行吧,以后我也让着你点。"

黎明川眨了眨眼,竖起大拇指:"大度。"

说着大度的两个人,继续讨论的时候还是会时不时蹦起来,又和好,又蹦……周而复始,激烈而又和谐。

终于优化完模型,确定好下一次窗口期,黎明川要离开了。

"等着你们胜利的好消息。"黎明川告别的时候说。

"你还是这么有自信。"宋桥撇嘴。

"我对你也有信心。"黎明川比了个打电话的手势,"到了那一天,我的手机二十四小时开机,无论你是夸是骂,我都恭候。"

宋桥也笑了:"好,你等着。"

黎明川乘船离去,小何神出鬼没地蹿了出来,嬉笑着问宋桥:"有没有点舍不得?"

宋桥瞪了他一眼:"你有病!"

可身边突然少了个人,宋桥不知怎么的还是觉得有点不自在。留在桌上的草稿纸上,还有他们一起演算的公式,她的字迹龙飞凤舞,他的却工整清晰,一如他这个人的风格。

这是个很奇怪的人。气吧,也能把人气死,但那一脸笑意,又让人烦不起来。

黎明川回去后,第一件事是洗了个澡。平台上淡水少,他实在不忍心洗,但这对爱干净的他,真是种折磨。

怪了,宋桥是怎么保持清洁的?每天晚上讨论时坐得那么近,也闻不到异味,她不用香水,但就是有种干干净净的味道。

和她给人的感觉一样,朴实无华,却又特别。

黎明川不是那种女性绝缘体。以前在大公司收入高,又不像一般的理工男那样不讲究,个人条件也不错,连房东大妈都曾经想把自己的侄女介绍给他。

他见过的女孩儿也有一些,但从来没有遇到像宋桥这样的,做起事来比男人还厉害,不温柔、不细腻,但就是让人感觉……特别。

似乎除了这两个字,没有别的更适合她的形容词。黎明川低头一笑,哼着歌儿打香皂。

不久后迎来了第二次施工,"振华号"驶来的时候,小何在后面合着手念"天灵灵地灵灵"。宋桥面色镇定,但手心里也捏了把汗。

"天下第一锤"终于抡了起来,将钢圆筒一点一点击打入海,仿若定海神针。

当钢圆筒终于稳稳当当地矗立在海上时,所有人的心跳才终于稳当了。叶江鼓起了掌,随后各艘船上都响起了热烈的掌声,和着波涛,连绵不绝。

而这一天,黎明川也的确二十四小时开机,几乎每隔一会儿就要看下手机,生怕错过宋桥的电话。

到了晚饭时分,宋桥才终于想起了他,说话还伴随着吃饭的声音。

黎明川无语:"这就是你对待战友的态度?"

"什么战友?"宋桥咬了口馒头,语音含糊,"又不是你开的船。"

"可我做了气象预报,给船开了道。"黎明川不服。

"上次还开错了,差点儿沉了。"宋桥不忘揭短。

"算我将功补过行了吗?"黎明川笑起来,"不说了,你好好吃饭。"

黎明川挂了电话转过身,金飞一脸玩味地站在他背后:"哟,这是跟哪位姑娘打情骂俏,笑得这么一脸春色?"

"别瞎说啊,谈工作。"黎明川推开金飞,"跨海大桥的工程师,项目部知名'刺儿头',可瞧不上我。"

"你哪点差了?"金飞像个护犊子的老母亲,"长这么帅,又有能力,还会做饭,人女孩儿只会上赶着找你。"

"她不会。"黎明川一哂。宋桥那样的人,大概只想在天地之间做独行侠。

他现在也还没到成家立业的时候,能先跟她做个朋友,就挺好。

施工完成,工程人员有短暂的上岸休息期,连小何都去城里转了,宋桥只想宅在宿舍里睡觉。

沈菲发微信过来骂:"宅死你吧!就不能去买买衣服理理发,把自己整好看点?"

宋桥回:"我够好看了。"

小何死乞白赖地要了沈菲的微信,宁可背叛同事,也要做沈菲在宋桥身边的卧底。

沈菲感叹于宋桥的"厚颜无耻":"这么好看,那你跟那个黎总约会去啊。"

约会个鬼。宋桥决定将小何这个谎报军情的人捉回来一顿痛打。

沈菲每次都能把宋桥的睡意搅得全无,这是她的本事,从在同一个宿舍起就是了,成天不是要宋桥装她男朋友,就是要她帮忙分析恋爱候选人。

现在倒好,沈菲把注意力转移到宋桥身上了,天天忙着给她找对象。

宋桥被沈菲灌了一耳朵的"黎明川",等聊完天,突然看见了桌角被她扔掉的资料夹,那是黎明川的交通管理系统方案。

宋桥随手拿过来翻看,慢慢地,神色越来越认真,看到最后,指节轻轻地在页面上敲,陷入思索。

黎明川突然收到宋桥的短信:那个交通管理的方案,局里通过了吗?

黎明川苦笑:宋总不要。

宋桥愣了愣,凭锐信的资质,进入宋宁刚的遴选范围确实不容易。更何况上次"振华号"出事,她曾在会上公然指责黎明川的专业能力,肯定给宋宁刚留下了更不好的印象。

宋桥没有再回黎明川的短信,坐了好一阵,起身出门。

宋宁刚办公室的门被敲响,里面传出一声"进来"。

但当看见来人时,宋宁刚还是愣住了,竟然是宋桥。

顿了两秒,宋宁刚才招呼她:"坐吧。"

宋桥坐下,这是他们第一次这么面对面地单独坐在一起,都有些尴尬。

"这份资料,想必您也有。"宋桥打破沉默,将方案放到宋宁刚桌上,"我今天来,是想跟您谈谈这个交通管理系统。"

"你很少做这种事。"宋宁刚微眯起眼,揣摩宋桥和黎明川的关系。

的确,宋桥从小就不喜欢拿自己的事情麻烦别人,也不喜欢多管闲事。

"我跟他只是工作关系,"宋桥衡量了一下又补充,"最多算是朋友。我今天不是出于个人交情,而是作为一个工程师向您推荐这个系统。"

宋桥翻开资料，给宋宁刚看上面的示意图。

"这个系统做得非常详细，而且实用。"宋桥一一点出要素，"从灯光到隧道分流，以及下桥后的检查管理，都考虑得很周到，连内地人和港澳人不同的开车习惯和思维方式都顾及了。我甚至从中看到了他更深层次的思路：要利用其中的物联监测功能，来把握三地产业经济的方向。我觉得这是一个有远见也有人本主义的系统，符合我们整个跨海大桥的功能以及前景的规划，即使有不完善的地方，也是瑕不掩瑜。我希望您能抛开资质，考虑一下锐信。"

宋桥一口气说完，宋宁刚望着她，长久地沉默。

这沉默让宋桥觉得这空间越发地小，有些憋得慌，她站了起来："我只是按自己的本心提出建议，采不采纳，还看您和局里的意思。"

宋桥说完就准备走，就在转身的那一刻，她听见了宋宁刚的声音。

"本心，很好。"宋宁刚只说了这四个字，低下头去翻那份资料。

宋桥怔然片刻，长吐出一口气，离开宋宁刚的办公室。

两天后，黎明川接到通知，去见宋宁刚。

李方见了黎明川，拍他的肩膀："恭喜啊，宋总说你的方案做得不错。"

"多亏了您帮我推荐。"黎明川致谢。

"嗳，可不是我。"李方摆手，"是小'刺儿头'说服了老'刺儿头'。"

黎明川愣住了。

"行了，快进去吧，老宋等你很久了。"李方催促。

黎明川进了宋宁刚办公室。宋宁刚抬起眼皮，审视地看了黎明川一眼。不知道怎么的，黎明川觉得这眼神有点不对劲，打在身上凉飕飕的。

"跟宋桥关系不错啊，"宋宁刚慢吞吞地说，"能让她来给你说情。"

黎明川一哽，斟酌着语言："其实也就是前一阵船走了锚，我上平台去实地看数据优化模型，我们接触得多了一些。"

"知错就改是好事。"宋宁刚点了点头，"这一次的窗口期，预测得很准。"

黎明川微微松了口气。

"方案我看了，各方面因素考虑得还算周全，但不足的地方也很多。"宋宁刚此言一出，黎明川立刻起身，站到宋宁刚身后，看他指出图上的错误。

黎明川的谦逊让宋宁刚的挑剔又下去了几分。哼，他倒要看看，能和宋桥搞好关系的男青年，到底是什么样儿……

13　心疼

宋宁刚是个很严厉的甲方，提的问题事无巨细，等全部谈完，那份资料上已经满是批注和记号。

宋宁刚把资料递还给黎明川，他准备给宋宁刚拿份新的，宋宁刚没接："不用了，这个是宋桥留下的。"

黎明川带走了宋桥的那份资料，翻看之下才发现，有的地方还有宋桥的字迹。她是认真看了的，黎明川动容。

黎明川给宋桥打电话，那边大约在忙着，过了好一阵才接。

"还在岸上吗？"黎明川的声音里带着笑意，"什么时候去海里？"

"明天走。"宋桥反问，"干吗？又要捎上你啊？"

"不用了，我只是想今晚请你吃个饭。"黎明川说完这句，立刻堵住了宋桥的拒绝，"我马上就到你们项目部门口。"

这个"马上"，其实还有十几千米。黎明川风尘仆仆，很快就到了宋桥楼下。

"宋桥——"黎明川直接喊，惹得一堆人探出头张望。

宋桥不得已，只好慢吞吞地下楼。

"叫什么呀，你发个短信不行？"宋桥瞪他。

"怕你假装没看见，"黎明川笑眯眯的，"又逃了我的饭。"

"大爷呀，"宋桥叹气，"你为啥就这么执着？"

"走吧，我都亲自来接驾了。"黎明川硬拽着宋桥上车，临了又想起来，招呼正在围观的"吃瓜群众"小何，"一起吃饭去。"

小何有了沈菲的教导，才不敢当这电灯泡，忍痛割爱："不吃了，我肚子疼。"

黎明川和宋桥上了车，沿着公路前行。宋桥有点不适应这个场景，一直扭头朝着窗外看海景。

"在海上还没看够啊?"黎明川一语戳穿,"没什么不好意思的,你帮我拿下个大单,感谢一下是应该的。"

宋桥终于转过头来:"那个方案通过了?"

"也不是通过,"黎明川摇头,"但是宋总松了口,同意我们参加竞标,还给我提了很多中肯的意见。"

"那就好。"对于宋宁刚而言,愿意提意见,已经算是肯定。

"拿到这张入场券可不容易。"黎明川拍拍方向盘,望着宋桥一笑,"要对你说谢谢的事,怎么就这么多?"

"得了吧,我也没帮你什么。"宋桥手枕在头后,总算找到了一个舒适的状态,"不是因为我,而是你的方案做得好。"

"我看到了你的标注,会做相应的改进。"黎明川撇了撇嘴,"就是那字儿,还是不好认出来,一会儿吃饭的时候,你亲口给我解答一下。"

"你想得美,吃饭还要干苦工。"宋桥做出拉门的架势,"那我现在就跳车。"

两人一路说说笑笑,到了一个类似渔村的地方,普普通通的两层楼,进去以后却富丽堂皇。

"这……不便宜吧?"宋桥犹疑地看了一下黎明川,"用不着搞这么大架势。"

"这里的老板我熟,食材新鲜,还给我打折。"黎明川没说错,一进门老板就直接指着二楼让他们上去,黎明川熟门熟路。

宋桥总算放下了心,跟着黎明川进了包间,才发现这个位置很美妙,放眼望去,竟然全是海景。

"平时招待重要客户,我一般都在这儿请。"黎明川说,"我这是第一次带朋友来。"

朋友?宋桥微微一笑,他们现在的确是朋友了。

"想吃点什么?"黎明川问宋桥。她摇头,示意他随便点。

黎明川也没拿她当外人,直接跟服务员说了要什么菜,就静等着开席。

端上来的是各种海鲜,看起来色香味俱全,宋桥犹豫地皱了下眉头,拿起筷子开吃。

"我是武汉人,从小在江边长大,鱼吃得多,但不是这种鱼。"黎明川一边说着,一边拿干净的筷子剔出鱼肉。

眼见着一块鱼肚放在她碗里,宋桥一愣。除了童年妈妈还在的时候,从来没有人这样细致地照顾过她。

"鱼肚最嫩,刺也少。"黎明川笑着说,"多吃一点。"

宋桥默默地低头扒饭,吃了那块鱼。黎明川没吃多少,给她剔完了鱼又剥虾,装了满满一碗。

"你……自己吃啊。"宋桥有点不好意思。

"我平日里吃的机会多,不像你们,在海上艰苦。"黎明川又给她倒了杯啤酒,"我开车,今天不能陪你喝,你自己尽兴。听小何说,你灌白酒都不眨眼。"

"你听他扯。"但宋桥也没否认她的酒量,喝了大半杯。

可慢慢地,宋桥的表情开始不对劲,似乎在忍耐着什么。

黎明川发现了,忙问:"你怎么了?"

"有点痒。"宋桥撸起袖子,只见胳膊上已经起了红疹,还有越来越多之势。

黎明川愣了几秒,反应过来:"你这是海鲜过敏吧?"

"以前也有过,但平时偶尔吃点鱼虾也不要紧。"宋桥说。

黎明川看了一眼宋桥面前,满满的一盘海鲜都已经吃光。

"唉!"黎明川懊恼地叹气,"都怪我,没早点问清楚。"

"是我自己没说。"宋桥强忍着,"也不要紧。"

可痒起来太难受了,她隔着袖子,悄悄地挠了一下。黎明川发现了,不知怎么心里一疼,这姑娘太隐忍了,还怕让他难堪。

"走,去医院。"黎明川把她拉起来。

"不用这么麻烦……"宋桥还想推拒,却被黎明川拖着走。他的脸色已经沉了下来,宋桥欲言又止,没有再挣扎。

到了医院,黎明川跑前跑后地给宋桥挂号拿药,到了打吊瓶的时候,甚至抬起手想挡住宋桥的眼睛。

宋桥都觉得好笑了:"你拿我当小孩儿呢。"

黎明川有些尴尬地放下手:"我妹妹打针怕见血,多大都是。"

"你还有妹妹?"宋桥好奇地问。

"堂妹。"黎明川解释,"但从小她爸妈忙,经常住在我们家,和亲的差不多。房子小,我妈把我的卧室给了她,我在客厅搭张床,睡到上大学。"

他家里的氛围一定很好。宋桥心里羡慕,想起她的家,每次寄宿回来,房子里都是空荡荡的,就她一个人,还有桌子上妈妈的照片。

黎明川感觉到了她笑容里的那一丝失落,立刻不再提自己家里的事,换了话题:"今天请你吃个饭,还把你吃到医院里来了。你喜欢吃什么?给我个补偿的机会。"

宋桥知道黎明川很过意不去,这次没推辞:"羊肉吧。"

"你们北方人是喜欢吃这个,"黎明川说,"那边羊肉好。"

"最好是大锅炖的那种。"宋桥说起羊肉,终于来了劲儿,"小时候在青海工地上待过,天寒地冻的,我爸他们去找牧民买了羊现杀,回来架起柴火煮。一人一盆白白的羊肉汤和肉,那味道美得呀!"

宋桥还记得,宋宁刚每次都把自己碗里最大的那块肉夹到她碗里。他也不说话,就捧着大海碗咕咚咕咚地喝汤。

这是她和他之间最温暖的记忆,就像那篝火上的羊肉汤,冒着腾腾热气。

宋桥的眼角好像也泛起热气,她一笑,收敛起情绪。

但黎明川知道,她怀念的未必是那碗羊肉汤,而是和父亲在一起的时光。

"下次请你去我家,"黎明川说,"我亲自给你炖羊肉。"

"你真的会做饭?"宋桥惊讶。

黎明川笑着挑眉:"你这话问得有点意思……"

"不瞒你说,"宋桥很直爽,"我觉得你像是那种会系着围裙下厨房的人。"

"当然,我们湖北男的不会做饭那都找不到老婆。"黎明川这句玩笑话一出,顿时发现有点不合适,两个人都卡了壳。

幸亏护士来换药,才总算帮他们解了围,但一时之间俩人都有些不好再找话题。

沉默中,黎明川突然听见旁边传来均匀的呼吸声,他转头望去,发现宋桥已经睡着了。

她眼睛下面有疲惫的乌青,脸色也并不好,实在算不上美丽。可黎明川看在眼里,不知道怎么的,有种怜惜的感觉。

他知道,像她这样坚毅的人,不需要别人的怜惜,可他就是有那么点心疼,就像刚才打针的时候,他不自觉地想帮她挡住眼睛一样。

黎明川轻轻地叹了口气,脱下外套盖在她身上……

14 苗子

输完液送宋桥回去已经很晚,小何看到黎明川的车,跑出来探个究竟。

"哟,还以为你今天不回来了。"小何刚说完,就挨了宋桥一脚。

"她海鲜过敏去医院输液了,所以回来得晚。"黎明川帮她解释,又嘱咐小何,"以后伙食上你帮着多注意点儿。"

"好嘞,我们带的都是本地的厨子,面食多海鲜少。"小何紧接着又找补一句,"大桥你看看,黎总对你多关心。"

宋桥真想缝上小何的嘴。

"赶紧上去休息吧,"黎明川笑着解围,"明天就又要走了。"

宋桥点头,和小何一起离开,突然听见黎明川的声音在身后响起:"再见,大桥。"

她脚步微顿,终是回过头去,说了句"再见"。

黎明川站在灯光里,笑着向她挥手,一直到她上了楼,他才发动车离去。

宋桥第二天就又回了海上。工程进行得很顺利,钢圆筒一个接一个打进海里,人工岛逐渐现出雏形。

叶江过来视察,看见宋桥正在给工人讲解图纸,安全帽下的脸上有种肃然认真的神色。

"小宋这孩子,"叶江沉吟着点头,"真的挺不错。上回施工船出事的时候也是,一边积极参与抢险,一边还能镇定地向老宋汇报,有点大将之风。"

"可不是嘛，做事也主动，都不用给她安排工作，有活儿直接往自己身上揽，干得还利索。"旁边的杨建功说。

"是棵好苗子。"叶江和杨建功对视一眼，心里都有了数。

当天晚上收工，项目部临时开了个会，宋桥因为要检查进度，晚到了几分钟。

她刚要进门，就听见杨建功说："原来的现场部经理梁进，因为工程需要，调到别的标段去了。这个位置也空了段时间了，今天我跟叶总商量了一下，就由宋桥来接任。"

哗地一下，现场议论纷纷。

负责现场的副经理老孙，黑红的脸上又添了两分红色，憋着气不说话。

材料部的王经理见状，干笑了两声开口："这小宋虽然有能力，但毕竟来的时间不长，又是位女同志，万一中间想着结婚生孩子，那也耽误事儿……"

"大桥说她不结婚。"小何莽莽撞撞地冒出一句话。

现场一片尴尬。宋桥轻敲了两下门，给众人提个醒，才走进屋里。

沉默中，谁也没再开口，不少人暗暗希望，宋桥有这个眼力见儿，自己谦虚一下推辞。

"谢谢领导信任，"宋桥望着杨建功，"我会干好的。"

啪地一下，如同火星子炸开，众人不知所措。

小何假装摸下巴，暗自感叹一句："胆子大，情商低。"后来想想自己冒出的那句话，怕是也得罪了人，悄悄地缩下头，以降低存在感。

"好，那就算任命了，后面会有文件下来。"杨建功宣布，"散会。"

老孙已经发毛，气冲冲地走在前面，王经理追上去安慰他："别这样，丢了面子。"

"我今儿这面子丢得还不够啊？一个黄毛丫头，这才来了几天，压到我头上去了。"老孙猛捶栏杆，"我干了这么多年，没有功劳也有苦劳吧？"

"后来者居上嘛，现在行业也想培养年轻人。"

王经理想劝他，却被他顶了回来："可她是个女的。你见过这行有几个女的能干到经理的？到最后还不是都要回家带孩子！这么大一工程，她拿得下吗？"

后面有人来,王经理生拉硬拽地弄走了老孙,但还是听得见他一路上骂骂咧咧。

远处,小何可怜巴巴地望了一眼宋桥:"我这次为你可是把孙副经理得罪了,你以后要罩着我。"

"有我一口饭吃,就有你一口汤喝,放心吧。"宋桥安慰他,"万一你被穿小鞋,我帮你系鞋带。"

小何哀号一声,为自己的命运。

老孙很快表现出了工作上的不配合,宋桥说东他说西,要么就是磨洋工。

宋桥也不恼,你不干我就多干点,无非就是多跑跑路,多熬熬夜。

时间一长,老孙反倒被晾得难受,去了工地上,见大家凡事都找宋经理,心里更不是滋味。

可在宋桥面前,他还是忍不住摆老资格的架子。小何怂恿宋桥,稍微巴结巴结,给老孙点台阶下。

"'巴结'两个字怎么写啊?"这是宋桥给他的回答。

小何仰天长叹,觉得宋桥的总工之路迟早折戟在她的低情商上。

老孙最终憋不住,去找杨建功,说自己要撂挑子不干了。

杨建功其实也一直在观察宋桥的处事能力,干脆把她叫来,直接把老孙辞职这事儿扔给了她。

小何在背后暗暗"赞"了声"缺德"。

"您要走是吗?"宋桥也不拐弯儿,开门见山,"什么时候走啊?"

"你什么意思?"老孙警觉。这愣头青是巴不得他离开?

"我得物色助手啊,"宋桥理所当然地回答,"不然现场就我一个人也搞不定。"

"你!"老孙气得跳了起来,"就等着换人了是吧?想让工地成为你的天下?"

宋桥不动如山:"嚯,瞧您这话说得,我又不是武则天,还能一统天下?这工地也不是谁一个人的,就算叶总来,他也不能说这个话。"

连杨建功都被惊着了,藐视领导啊这是!

"建一座桥,得好几千人,还不算幕后英雄。"宋桥的神色变得严肃,"每个人都是其中的一颗螺丝钉,该在哪儿钉着就在哪儿钉着。今天让我当现场部经理,那我就当现场部经理;明天让我当普通工人,我也可以当普通工人。我无所谓跟谁争位置,把我摆到哪里,我就把哪里的活儿干好。"

一席话让在场所有人沉默,老孙也不作声了。

"老孙,你要实在憋屈,咱俩的位置也能调个个儿,副的正的我都不在意,只要配合着能把事情做成就行。"宋桥望向老孙的目光明亮澄澈。

老孙在这样的目光下有些自惭形秽,他硬梗着站起来:"行吧,我再考虑考虑。"他说完就逃也似的走了。

宋桥看着杨建功:"老孙要真想当就让他当吧,毕竟他比我年纪大,有经验,我听他的没什么,让他听我的,他脸上就有点挂不住。"

杨建功愣了半晌,哈哈大笑:"难怪叶总说你有大将之风。"

"叶总还这么夸过我呢?"宋桥做得意状,"得领导一句话,比当经理还高兴,就这么着吧,您也别为难。"

从经理办公室出来,小何跟在宋桥身后,想了又想,说:"我现在觉得,你好像是有一点当总工的潜质。"

"你有这个觉悟,太晚了。"宋桥惋惜地拍了拍小何的肩膀,"等我当了总工,也不会提拔你这么没有眼力见儿的人。"

小何瞪她,两人开着玩笑往宿舍走。

第二天早上,宋桥发现老孙来了工地,他也不跟她说话,就只指挥工人干活儿。

到了中午吃饭的时候,宋桥进食堂打完饭,看见老孙那桌还有个空位,就端着餐盘过去。

老孙一见她就准备起身走,宋桥笑眯眯地来了一句:"不走了啊?"

老孙一顿,又坐了下来:"不然呢?我辛辛苦苦在工地上干这么些年,都白让给你?"

"不走了就好,我年轻,经验不够,还有很多事想跟前辈请教。"宋桥这一说,把老孙的火都打蔫儿了,发也不是,不发也不是。

宋桥跟什么都没发生似的,和老孙商量:"今天 14 号筒里的砂桩密度好像有点不对,怕是没压实,下午咱俩去看看……"

这人真是绝了。你跟她论高低,她和你谈工作;你和她闹别扭,她拉着你去看桩。

老孙气得跟王经理抱怨:"哎,这小妮子啊,你说她到底是没心机,还是心机太深?"

王经理好笑:"这我不知道,但你现在也没啥辙不是?她不是说把正经理的位置让给你吗?那你就坐呗。"

"她让了我才能坐?那不是更掉面子!"老孙懊恼,"行,先干着吧,等我自个儿把这位置抢回来。"

"这才对嘛,老哥。再说你跟一小姑娘置什么气?人家不还拿你当前辈,向你请教吗?"王经理向来左右逢源,虽然跟老孙关系好,但也不是真想跟宋桥杠上。都在一个战壕里,内讧伤身。

老孙被王经理哄得总算是心里顺畅了些。宋桥说到做到,有啥经验上的问题就向老孙请教,甭管他甩不甩脸子。

隔三岔五这样,老孙也渐渐拉不下这个脸,再加上宋桥问问题的时候态度确实诚恳,老孙这一肚子憋屈,终于慢慢地泄了下去。

又过了段时间,杨建功特意去问老孙:"小宋上次说的那个事儿,你考虑好没有?不行我去跟叶总报告一下,让你当正经理。"

"行了行了,什么正的副的,"老孙埋着头看图纸,假装不在意,"就这么回事。"

"还是老同志胸怀宽广。"杨建功顺手一记马屁,转身离开的时候,脸上有狡猾的笑意。

这个宋桥,有两把刷子啊。

可按下葫芦起了瓢,升职的矛盾解决了,又有了新的麻烦——周南方要被"空投"过来了……

15　出息

事情源于一天前,周冲去大桥管理局谈事情,谈完顺道来了个突然袭击,去设计部看看周南方的工作情况。

可周冲进了办公室,却发现周南方在睡觉。周冲气不打一处来,过去敲周南方的桌子。

周南方眼睛都没睁,不耐烦地嘀咕:"又是什么事儿啊?你们自己干不就行了,别吵我。"

他平时是什么工作态度,一目了然。周冲气得劈手就给了他个栗暴,他惊醒后欲暴起,看清是他爹,又一屁股跌坐回去。

"让你来上班,你就是换个地方睡觉是吧?行,我让你睡!"周冲拎着周南方的领子,把他一路拖到宋宁刚的办公室。

正在打电话的宋宁刚被这一幕整蒙了,连忙挂断,以免周局长家丑外扬。

"老宋啊,是我给你添麻烦了。"周冲痛心疾首,"这个不争气的混账东西!"

周南方站在旁边耷拉个脑袋,深知今日之事不能善了。

都是老友,宋宁刚只好过来意思意思劝劝,他本来也是打算等实习期满,就找个理由把周南方打发出去。

"我想再麻烦你一次。"周冲就差没声泪俱下,一个可怜的老父亲形象,让人望之生怜。

宋宁刚只好叹了口气:"你说。"

"别让他坐办公室了,他不配!"周冲恨恨地指着周南方,"把他扔到工地上去,天天让海风吹,让太阳晒,让他知道什么叫作受苦!"

周南方眼前一黑:"爸……"

"别叫我爸!"周冲咆哮,"收拾不了你,我就不是你老子!"

当天回家,周冲让陈琳给周南方收拾行李,陈琳摸不着头脑:"这是要让他去哪里?"

"妈——"周南方扑过去,拉着陈琳当救命稻草,"我爸要把我扔到工地上去,工地在海上呀,我以后都见不到你了。"

陈琳瞬间眼泪汪汪:"老公,你为什么这么狠心啊?小孩子又不懂事,就算犯点错也没什么啦,你就要让他去受这样的罪。"

"他还是小孩子?"周冲气得直喘,"他是个巨婴。天天在办公室里睡觉,工作都推给别人做,态度还十分不好,废物都没废得这么彻底的。让他去见识见识,别人过的是什么样的日子,他过的又是什么日子。什么时候头脑清醒了,什么时候从海里出来!"

不管陈琳怎么哭,周南方怎么闹,第二天周冲还是把周南方丢上了船,运往岛隧工地。

周南方简直想跳海,他不想去工地,更何况那破地方还有宋桥。

宋桥见到周南方时一脸惊诧,问小何:"这'二世祖'怎么来了?"

"送来'变形'的,"小何拿手挡着嘴,"在设计部不学无术,把周局惹毛了,被下放到我们这儿。"

"去哪儿不好?来这里碍人的眼。"宋桥冷哼一声。

周南方跟宋桥一对上眼,立马就把视线移开,昂首挺胸地下船,好像他不是被"流放"的,而是来巡视的。

宋桥不屑地一哂,继续去干活。周南方被这个鄙视的眼神刺激得想跳脚。

由小何安排周南方的住宿,但只有黎明川之前来时睡的那张床空着,他不得不牺牲自己,和周南方挤一间房。

但周南方显然认为牺牲的人是他,从走进宿舍开始就一脸生无可恋。

"这是人住的地方吗?"周南方撇着嘴角,"村子里养猪都比这条件好。"

那你去跟猪睡啊。小何差点脱口而出,可转念一想,他俩住一个宿舍,这岂不是骂他自己?

再说周南方就算下放,那本质上也是局长家的公子哥儿。小何只好忍气吞声地赔笑:"工地上就这条件,要不然我去给你领个新被褥?"

"不用,"周南方抬手拒绝,"我妈待会儿给我送来。"

小何目瞪口呆。而当陈琳坐着渡船过来时,目瞪口呆的不止小何一个人。

大包小包的行李不说,她居然还带来一个保温桶,里面是她专门为周南方煲的靓汤。

越洋渡海来送汤,这感天动地的母爱,谁见了不说一声"牛"?

宋桥算是知道周南方这身娇生惯养的毛病是打哪儿来的了。这不就是一个十足的"妈宝"？！

陈琳磨叽到只剩最后一班船，才恋恋不舍地走了。周南方坐下喝汤，宋桥探过头来瞅了一眼。

"干吗？"周南方得意地挑眉，"你也想喝啊？不给——"

"我就是想提醒你，这天上吧，经常有海鸥，小心它们经过的时候……"宋桥的话还没说完，周南方就惊恐地捂住了碗口。

宋桥大笑着离开，周南方气得汤也喝不下了，愤然盯着宋桥的背影。

抬头不见低头见，越见越烦，周南方天天没事就到处晃荡，遇上宋桥就阴阳怪气地说鬼话。

宋桥烦死了："到底是哪个领导把他安排来的？我打个申请把他弄走。"

"宋总。"小何给的答案，让宋桥快快地闭了嘴。

"行啦，你看看我。"小何指着自己的熊猫眼，"他睡下铺嫌潮，睡上铺嫌高，都跟我换过三回床了，折腾得人都睡不好。"

"那就让他睡地上，哪这么多毛病！"宋桥说。

小何摆手："别提了，他还说海上脏、风沙大，非要洗澡。"

"这还不简单？让他妈每天再给他送两桶矿泉水呗。"宋桥冷笑。

而此时，陈琳正在陈海生面前哭天抢地："阿爸，你不知道南方现在有多惨，没吃没喝的，在海上吹风，房子差得像猪圈，连洗澡水都没有啊。他爸爸太狠心了，我也说不动他，你可要救救南方。"

这是周南方让她搬的救兵，周冲在家里谁也不怕，就怕老岳父。

陈海生最受不了的就是他的乖仔吃苦，立刻一个电话打给了周冲，开口就是一顿骂。

"你这个当爸爸的是怎么回事？把儿子丢到海里面，我们家又不缺钱花。"陈海生边说边顿拐杖，胡子都翘了起来，"不用搞什么管理局，我的厂子留给他，他这辈子就算什么都不干，也饿不死……"

周冲正和宋宁刚在一起，他把手机放在桌子上，示意宋宁刚也听听，感受一下他的艰难处境。

老丈人骂够了，周冲支支吾吾地应了两声，挂掉电话。

"听到了吗？他妈妈搞不定，就搬出他外公。他脑子很灵光，就是不干正事。"周冲唉声叹气，"老宋，我这个当爸爸的怎么这么失败啊？"

宋宁刚一愣，不知道怎么安慰，毕竟他自己也当得不算成功。不过比起周南方，再想想宋桥，那还是有出息多了，叶江上次还坚持把她提拔成了现场部经理。

这么一想，宋宁刚又有点小欣慰，但他还得劝解周冲："还年轻嘛，等成熟了就好了。"

"他什么时候才能成熟啊？"周冲恨铁不成钢，"陆应成家里的那个女儿，和他年纪差不多，可是人家毕业于国外名校，现在都要回来独立开公司了。"

宋宁刚一愣："陆先生的女儿要来珠海开公司？"

"对呀，这里是他们的老家嘛。"周冲觉得理所当然。

但陆珊妮并不这么想，此刻在从深圳过来的路上，她正在和父亲闹别扭。

"在哪里开公司不好，"她抱臂坐在后排，神情不满，"为什么非要去珠海？"

"那里是家乡啊。"陆应成说，"我上次也跟你说过，等跨海大桥修起来，珠海的前景会非常好。"

"可现在那座桥连影子都还没有。"陆珊妮看着外面的景色，越走越不繁华，"我来内地什么都不习惯。"

"慢慢就习惯了。"陆应成的脸色淡了几分。他是个宠爱女儿的父亲，但并不纵容。

陆珊妮也不敢强行跟父亲顶撞，偏过头望着窗外，脸若冰霜。

到了珠海刚下榻，陆应成就接到了宋宁刚的电话。

"你回来了怎么也不跟我说一声？"宋宁刚在那头埋怨，经过上次一役，他们之间已经没有拘束感。

陆应成也很高兴："原本打算安顿好了，再跟你一起聚聚。"

"现在我就过来给你接风，"宋宁刚问，"还是上次那个酒店吧？我就快到了。"

那是珠海最好的酒店，陆应成应该会住在那里，尤其他还带着女儿。

"料事如神,那等下见。"陆应成笑着挂了电话,对陆珊妮说,"宋伯伯就要来了,上次他到香港,你去了波士顿,没有碰到面。"

陆珊妮知道宋宁刚,就是因为他,陆应成才参与跨海大桥复工的事情。虽然后来成功了,但过程中,陆家没少被人质疑。

陆珊妮淡淡地嗯了一声。

不多时,宋宁刚赶到,陆应成和他热情握手。

"这是我女儿珊妮。"陆应成介绍,"叫伯伯。"

"宋伯伯好。"陆珊妮的笑容得体而礼貌。

这次是回来谈投资的,她打扮得颇有精英气质,宋宁刚对她印象也不错。

"早听说你读书好,能力也强,是你爸爸的骄傲。"宋宁刚不自觉地又把宋桥拎出来,跟她比了一下,有点惋惜。以宋桥当年的成绩,如果去学金融,也会很好。

寒暄了一阵,宋宁刚问陆应成:"听说你们要来珠海开公司?"

"对,还是受你的启发。"陆应成说,"你说跨海大桥会连通三地的经济和生活,到时候来往的人就多了。我考察了一下珠海的房地产市场,高端住宅并不多,所以我想趁这个机会,来补市场的空缺。"

"有眼光,"宋宁刚笑着称赞,"不愧是大商人。大桥通车毕竟会带动珠海整体经济,对于高端住宅,不只是过来工作、生活的港澳人需要,本地人为了改善居住条件也需要,这个点踩得对。"

陆珊妮在旁边微微一笑。她并不看好珠海本地的市场,毕竟以现在的发展速度,没有多少人能买得起高端楼盘。

"能不能带我们去你那边看看桥?"陆应成看了陆珊妮一眼,"让珊妮也看看我们国家的伟大工程。"

"非常欢迎。"宋宁刚高兴地领着陆应成父女前往大桥管理局。

进了大厅,就是一个很大的沙盘模型。香港、澳门、珠海环绕着中间的伶仃洋。再往细里看,香港机场、维多利亚港、大屿山等也清晰可见。

"我们家就住在这里。"陆应成指给陆珊妮看,"是不是离得很近?"

只是看起来近,其实隔着汪洋大海。陆珊妮在心里说。

宋宁刚似乎看穿了她的心思,笑着在半空中画了一道:"看,桥。"

蜿蜒的白色大桥穿越整个海域,在蔚蓝的水和青翠的山之间,有种空灵的美感。

"现在西人工岛已经建了一半,"宋宁刚说,"等积累够经验,就会在靠近香港机场的口岸建东人工岛。它们互为起点和终点,穿过大桥,就回了家。"

陆应成听着宋宁刚的话,眼睛有些微微湿润。

回家的路啊,漫漫长长,又就在眼前。

"本想带你们也去工地看一看,但条件太艰苦。"宋宁刚看了一眼陆珊妮脚上的细高跟鞋,"等下次吧,人工岛落成的时候,我们去眺望大屿山。"

陆应成笑着拍宋宁刚的肩膀:"好啊,期待那一天。"

16 创造

这时有人从外面进来,见到宋宁刚后打招呼:"宋总。"

来人正是黎明川,他按照宋宁刚和宋桥的意见,重新修改好了交通管理系统的方案,过来找宋宁刚。

连熬了几个通宵,他没有平日里那么整齐、讲究,陆珊妮扫了一眼他衬衫背后的褶皱,神情淡漠。

"这位是从香港来的陆应成先生。"宋宁刚简短地为黎明川介绍了一下。

"陆先生您好,我是黎明川。"他马上反应了过来,倾身握手,"久仰先生大名,您是商界领袖,还为了大桥复工仗义执言,我很敬佩。"

这句话虽然有恭维的成分,但也出自真心,能在那种时候站出来的香港商人,很有气魄。

陆应成阅人无数,自然能辨别眼神真伪,对黎明川点了点头。

黎明川并没有急着推荐自己,对方是大人物,又是领导的客人。他规规矩矩地站到一边,等他们先谈完。

郭局长听说陆应成来了,也下楼迎接,感谢他为大桥做的贡献。

一行人相谈甚欢,唯独陆珊妮游离在状态之外,兴致寥寥。

黎明川走在后面,将这一幕看在眼里,深知这个女孩对跨海大桥并无感觉。

在宋宁刚办公室里,谈到来内地投资,陆应成推出陆珊妮:"这一次,我是派女儿来珠海开公司,这也是对她的试炼,希望她能独立创业,也希望长辈们对她多多照应。"

郭局长和宋宁刚都连忙说:"应该的,应该的。"

陆珊妮点头致意:"谢谢两位伯伯。"

彼此关系拉近,又聊了一阵,陆应成父女告辞。直到临走时,黎明川才在告别的当口递上自己的名片。

陆应成示意陆珊妮接过来,对他说了声"再会",上车离去。

陆珊妮在车上随手拿起名片:"锐信科技?没有听说过。"

"也是创业公司吧。"陆应成刚才在谈话时看了一眼黎明川手中的资料夹,上面写着"三江跨海大桥交通管理系统"。

虽然是小公司,但他能入宋宁刚的法眼,想必能力还是有的。

"他的创业,和我的创业可不一样。"陆珊妮眼中有倨傲之色。

"珊妮,你不是一直想证明自己不只是我的女儿?"陆应成笑了笑,"那就来到珠海,大展拳脚吧。"

"就怕场地太小,施展不开。"陆珊妮摊手,又搂住陆应成的胳膊撒娇,"我也舍不得爹地、妈咪呀。"

对于这个小女儿,陆应成终究是宠溺的,他轻轻地拍了拍她:"没关系的,从珠海回香港很方便,以后大桥通了,就更方便了。"

"那还要等几年?"陆珊妮嘟嘴。

"快了快了,"陆应成像在安慰她,又似乎在对自己说,"我今天好像都看得到那座桥了。"

"那是模型给你的幻觉。"陆珊妮笑起来,"今天晚上去哪里吃饭?……"

父女俩亲昵地交谈,车渐行渐远。

陆应成走后,黎明川又留下来,和宋宁刚谈了一个多小时。

宋宁刚发现这个小伙子思路很开阔,点到的地方举一反三,比他预想的还要好。

"你是哪个学校毕业的?"宋宁刚问。

"华科,"黎明川回答,"后来又到北大在深圳的分校读了硕士。"

"那为什么不留在深圳?"宋宁刚的话,让黎明川想了想。

"可能我比较随性,毕业后一开始是留在深圳的大公司,但干了几年,觉得有点没意思了,就自己出来创业。"黎明川一笑,"至于来珠海,一是为了节省成本,二是我觉得跨海大桥对所有人来说都是个机会。"

"你看得倒长远。"宋宁刚对他的肯定又多了两分,"方案我们再议一议,毕竟落实还早,你先把气象方面的事情做好。"

黎明川并不急躁,他心里已经有了底,答应着离开。

出来以后,黎明川给宋桥打电话:"有些日子没见了,最近过得怎么样?"

"不怎么样。"宋桥气呼呼地说,"工地上来了个'二世祖'。"

她刚跟周南方斗完法,到这会儿火还没下去。

黎明川奇怪:"谁啊?"

"周南方。"宋桥的回答让黎明川恍然大悟。这周南方,在管理局也算个人物了,连黎明川都听说过他的"事迹"。

"他怎么到你们那儿去了?"黎明川问,"不是在设计部吗?"

"被他爸'空投'过来的,说是为了锻炼他,我看是锻炼别人。这要是没有强大的心理素质,都忍不住把他扔海里去。"

"别,犯法。"黎明川在这边笑,"对了,我今天把修改好的方案交给宋总了,也往你邮箱发了一份,你帮着看看。"

"就海上这网络信号,要打开够呛。"宋桥说,"等回头见面的时候再细说吧。"

"行,正好我想来平台再监测一下气象的情况,这两天就过去。"黎明川又问,"海上冷了吧?要不要给你带点御寒的东西?"

"不用。"听见黎明川这句话,宋桥心里已经有了暖意,"发的有厚工服。"

两人又聊了几句,刚挂电话,周南方就晃了过来:"哟,刚才是谁说要把我扔下海?"

"我说的,怎么着?"宋桥撸起袖子,"信不信我现在就动手?"

周南方衡量了一下,觉得自己确实打不过,悻悻地往旁边退了两步,嘴上还不饶人:"男人婆!"

"那也比你这个妈宝好。"宋桥冷嗤,"你心疼自己,就不心疼心疼你妈?天这么冷,还得来给你送吃的、用的,你喝着那口汤,不觉得烫嘴吗?"

"我妈爱我,怎么了?"周南方扬起下巴,"你这就是赤裸裸的嫉妒,有本事让你妈也送啊。"

宋桥瞬间眼神刺痛,一言不发地转身离开。

周南方有点蒙,刚才那一下,他好像看到宋桥眼神里有情绪波动,但他不知道是缘何而来。

难道真是嫉妒?周南方疑惑。

也对,毕竟他是本地人,能得父母庇佑。不,什么庇佑?要不是他爸,他也不用沦落到来荒岛求生!

周南方想想又气了起来,也顾不上再想宋桥的事。

周南方的那句话确实引发了宋桥的情绪。妈妈,多美好的一个词,可自五岁以后,妈妈便从她的人生里消失了。

再没有那样一个人,会记得给她做饭、熬汤,给她买好看的衣服,给不喜欢娃娃的她送上一辆铮亮的脚踏车当生日礼物。

她虽然不会要妈妈越洋渡海来给她送汤,但她也想在累的时候、孤单的时候,能给妈妈打一个电话,听几句安慰。

有人在叫她,宋桥抹了一把脸,强自压下难过,走向工地。

黎明川第二天就来了,宋桥让他不用带,但他还是给她带了暖手宝:"电热的,不会浪费水。白天你就装兜里,晚上冷了还可以暖脚。"

宋桥不知道说什么好,垂着眼挤出一句:"看你,婆婆妈妈的。"

"我就是这个风格,"黎明川大笑,"以前宿舍里的人都叫我爸爸。"

"你少占我便宜啊。"她嘴上撑他,摸着暖手宝绒绒的面儿,心里却软软的。

周南方又在远处时隐时现地转悠,宋桥翻白眼:"你瞧瞧他,还说来当设计代表,他能代表谁呀?成天游手好闲,还净瞎胡说。什么'你们这是精卫填海啊,人家叼树枝,你们打钢筒,一样费事、费力不讨好',还说'工地上的人日夜两班倒,这是剥削人权,应该被告上法庭'诸如此类的话。站着说话不腰疼,让人听了就想抡他一顿。"

"算了算了,你消消气。"黎明川安慰她,"听小何说你立志当总工,就当是提前磨炼海纳百川的胸怀了。"

"小何那张破嘴,怎么什么都说?"宋桥有些赧然。

"这志向很好,"黎明川看着她,"我相信你能做到。"

他是第一个没有质疑和嘲笑她的梦想的人,而且相信她能实现。宋桥的眼底,有波澜涌起。

她笑着问他:"那你的志向是什么?"

"十年内,把锐信做成行业大鳄。"黎明川回答,"然后我退休去国外养老。"

"外国的月亮就比中国的圆?"宋桥叫了起来,"这么大好的山河,你就找不到一个养老的地方?"

"你说得对。"黎明川笑起来,突然冒出一个念头,如果将来能和她一起养老,也不错。

他被这念头吓了一跳,赶紧压了下去。他们现在,只是朋友。

"你是不是抓错了重点?"黎明川换了话题,"怎么不质疑我成为行业大鳄的野心?"

"野心有什么不好?"宋桥反问,"我也有。我想站在更高的位置上,有更多的自由和决定权,去做自己想做的事情。"

黎明川凝视着宋桥,有些男人不喜欢女人有野心,但他不是。

有野心,就有一种生机、一种向上的力量,还有一种与众不同的魅力。

此刻的宋桥,很迷人。

黎明川移开视线,去看海,怕自己陷进那双明澈的眸子里。

黎明川在海上待了一天,小何本想让他留宿,可是没床。

"跟周南方一对比,黎总真是个完美室友。"小何哀叹,"不知道我这苦日子什么时候才能熬到头。"

不能把周南方扔下海,他都快跳海了。

"等你们上岸休假,"黎明川鼓励小何,"我正正规规地请个客。"

一听说有大餐吃,小何就多了几分活下去的勇气:"好,我争取活着再见到你。"

黎明川离开,小何和宋桥挥手惜别,周南方在旁边说风凉话:"等我走的时候,不知道你们会不会搞这么隆重的送行仪式。"

"放心,绝对比这隆重十倍。"宋桥白了他一眼,"毕竟是送神,送瘟神!"

小何只想击节叫好,宋桥骂出了他的心声。

周南方纳闷,他干啥了?他不就是想怎么活就怎么活吗?怎么就成了瘟神?

他不喜欢搞桥梁设计,不喜欢一天八小时坐班,不喜欢来工地上,干些自己都不知所谓的无聊事情。

他也有优点啊,从小画画就好,还得过全省大奖。可到了高中,周冲非要他报理科,说理科前途好,结果他高考成绩上不去,又把他送去德国留学。有人真正问过他的意见吗?都自以为是,觉得是为他规划好了人生。

周南方心中一阵烦躁,转身径直离开。

小何和宋桥面面相觑:"就这么撑了两句,他不会真的去跳海吧?"

"不至于。"宋桥说。但周南方刚才的状态的确和平时有点不同。

一直到晚上睡觉,周南方都没再折腾,安安静静地躺在上铺,跟死了一样。

小何纠结了半天,吞吞吐吐地开口:"那个……我们白天可能开玩笑话说重了一些……你别放在心上。"

周南方嗯了一声,翻身朝里。

"其实你也……没那么坏,"小何搅着手指解释,"就是嘴欠了点……"

周南方撑了一句:"你们嘴不欠?"

"是,我们也不对。"小何只好承认,"那你早点睡吧,我出去上个厕所。"

小何轻手轻脚地溜了出去,又去敲隔壁宋桥的门。

宋桥出来,小何压低了声音报告:"他好像是心理受伤害了。"

宋桥一愣。周南方这人虽然讨厌,但她也没想真的伤他。

"周南方你出来,我俩聊聊。"宋桥是个直球选手,径自走过去敲门,小何呆若木鸡。

"你真神经,"周南方也反应不过来,"大半夜的聊什么聊?"

"我向你道歉。"宋桥站在门口没走,"白天的话,是我说重了。"

周南方愣住,半晌,才慢慢从床上坐起来。

该回一句"没关系",还是"谢谢你",周南方不知道。但此时,他觉得海上的夜似乎不再那么冷了。

"睡觉吧。"他又倒了下去,再无声息。

宋桥也拍拍小何:"睡觉去。"

回到房间躺下,宋桥望着天花板,轻轻地叹了口气。

每个人都有自己的烦恼,周南方也不例外,以后还是尽量和平点相处吧。

从那天起,周南方身上的纨绔习气似乎收敛了些。他还跟陈琳说,海上风大,就不要经常来了。

陈琳突然觉得,周冲对他的"劳动改造"好像有点作用。

周南方还是吃不惯食堂的饭,睡不惯宿舍的床,但抱怨少了很多。小何觉得,日子又可以勉强过下去了。

周南方跟宋桥还是时不时就撑,但彼此似乎恪守了某条底线,以不伤人为原则。

而此时,工程已近尾声,一百二十个钢圆筒打下去,人工岛终于成形。

蚌贝状的岛,象征着这是海上明珠。宋桥站在围栏边远远眺望,心中骄傲。

这是伶仃洋上的新地标,由他们亲手创造的。

17 宠爱

终于可以回岸上休假,宋桥又迎来了一个惊喜——沈菲来探班了。

沈菲是裹着厚羽绒服来的,一到珠海脱得只剩了件单衣:"你们这里的冬天也不冷。"

"那是你没到海上,"宋桥说,"寒风直往骨头里钻,棉服都挡不住。"

沈菲是标准的美人儿,眉目如画,风姿楚楚。小何一见她,整个人当场就处于死机状态。

"你就是小何吧?"直到沈菲笑盈盈地问,小何才回过神来,满脸涨得通红,想握手又不敢,抢着从沈菲手上拿过行李就要往楼上送。

"她肯定住不惯宿舍,"宋桥拦住,"我带她去住酒店。"

"对对对,就应该住酒店。"小何又着急忙慌地去找车,一脸没出息的样子。

工地上的其他人也都纷纷对沈菲侧目,不知道这是从哪里来的大美女。

"他们怎么都这样啊?"沈菲嘀咕,"跟没见过女的似的。"

"可不是嘛,工地蹲一年,母猪胜貂蝉。"宋桥说,"何况你还是真貂蝉。"

"那你不是女的?"沈菲反问。

宋桥拍拍胸脯:"我在这儿,江湖人称宋大桥,工作起来那就是一恶霸。"

沈菲被逗得直笑。小何安排完车回来,又被她的笑容迷了眼,差点没一头撞到柱子上。

红颜祸水啊。宋桥摇摇头,和沈菲一起上车。

到了酒店,沈菲不让宋桥走,非要拉着她陪睡。

宋桥只好留了下来,听沈菲叽叽咕咕地讲单位里的事,还有各种追求者。

"都没劲儿,"沈菲靠在宋桥的肩膀上,"还是你好。"

"那你以后别嫁人了,咱俩凑合着过日子。"宋桥顺水推舟。

"我才不呢,"沈菲娇嗔,"一年到头见不着你的人,我岂不是守活寡?"

宋桥捏了一把她的脸:"那你还千里迢迢来找我?"

打趣归打趣,感情仍然是真感情。沈菲临睡着时迷迷糊糊地呓语:"就想来看看你,一个人孤苦伶仃的,也没人心疼。"

原来在沈菲心里,她这么可怜。宋桥一笑,帮沈菲盖好被子,又想起了黎明川送的暖手宝。现在,好像她也有人记挂着了。

宋桥望着窗外的夜色,想到他也在这个城市里,心中微微荡漾着暖意。

接下来两天,宋桥陪着沈菲在珠海转。小何硬要跟着,又是请吃饭又是送礼物,连宋桥都心疼他那点工资。

沈菲也觉得过意不去,走的时候让小何有空了来西安,她全程当导游。

小何顿时乐得找不着北,宋桥在旁边直翻白眼。

快进安检口的时候,沈菲再次转过身来,拥抱了宋桥。

不用看,宋桥就知道沈菲又要哭了,当初毕业的时候也是,抱着她直掉眼泪。

"菲菲,用不着担心我。"宋桥轻拍着她的背,"你自己也好好的,等我回去找你。"

"下回还是我来,"沈菲笑着抹眼泪,"等不及。"

在学校的时候,她遭受的嫉妒和恶意并不少,只有宋桥,像一棵沉默的大树,站在她的身边,为她遮风避雨,甚至还跟纠缠她的人打了一架,鼻梁都打破了,仍然笑着对她说"不要紧"。

谁说女生和女生之间的友谊脆弱?她们的感情,坚不可摧。

送走了沈菲这个哭包,宋桥只想回去瘫着。小何还一路美滋滋地翻着手机里的照片,回味和沈菲相处的美好时光。

宋桥无语死了,瞧这个没出息的样儿。

但还有个更没出息的人——周南方那天回到家,连刨了三碗饭,连菜渣都吃干净了,吃完滚上自己松软的床,倒头就呼呼大睡。

陈琳又是叨叨:"看受罪的哦,肯定平时都没有吃饱,床也是硬板床……"

周冲看着他像只黑瘦的猴子,又好笑又好气,最终是随他任他。

睡到第二天下午,周南方醒了,神清气爽地对着镜子抹发胶,身上的衣服又是花里胡哨的。

正要出门,周南方的手机响了,是他外公打来的。

"乖仔,陆家那个珊妮又来珠海了啦,要在这边找房子开公司。"陈海生很热心,"要不然你过去给她帮帮忙?"

还惦记着撮合他俩呢。周南方一口回绝:"公公你就别操心了,我和她没戏。"

说完他挂掉电话,对着镜子里的自己满意地吹了声口哨,如脱笼猛兽般蹿出了门。

陈琳在后面追都追不上:"你去哪里?"

"去玩,晚上不用等我。"他开着跑车一溜烟地离去。

陈琳在后面叹气:"等下你爸爸回来,你又要在海上多关两个月……"

而此时,陆珊妮带着两个香港来的助理,在看写字楼。

陆珊妮也不废话,直接问珠海最好的写字楼在哪里。正是黎明川公司以前的所在地,陆珊妮眉头都不皱,直接租下一整层。

接着就是办营业执照等手续,陆珊妮想起了宋宁刚,一个电话打过去,请他帮忙。

宋宁刚考虑了一下,联系黎明川:"陆先生的女儿要在珠海开公司,办营业手续比较复杂。你也是开公司的,对这块比较熟,要是有时间,你过去帮帮她。"

黎明川一口答应下来,前去写字楼和陆珊妮会合。物业跟他很熟,见了他就打招呼:"你怎么回来了?"

"你们认识?"陆珊妮问。

黎明川有些不好意思地笑了笑:"以前我的公司就在这里,租金太贵,后来搬走了。"

连租金都交不起,可见业务水平不高。陆珊妮更是只把黎明川当作宋宁刚派来的小跑腿,指挥他干这干那。

黎明川一声不吭,帮陆珊妮跑完了所有的手续。陆珊妮让助理给他报酬,他谢绝了:"只是受宋总之托,帮一点小忙。"

陆珊妮将这件事说给陆应成听,他沉默片刻,吩咐陆珊妮:"以后如果有合适的机会,给他单业务做。"

她敷衍着答应,心中却不以为然。就这样一个租不起写字楼的小公司,能做什么业务?

陆珊妮的心思,黎明川其实一清二楚,但他不在意。公司没起来之前,不要苛求别人的态度,只能靠自己努力。

再一次光临那座写字楼,更坚定了他的决心。会有更好的明天,宋桥不是还相信他会成为行业大鳄?

黎明川一笑,打电话给小何,问什么时候聚餐。

其实早在他们放假的第一天黎明川就约过了,但小何见色忘义,为了陪沈菲而拒绝。眼下假期已经快到头,他赶紧答应,拉着宋桥去蹭饭。

聚餐的地点在黎明川家里,他打开门的那一刻,羊肉汤的香味扑面而来。

"上次说要给你炖羊肉,"黎明川笑着对宋桥说,"我专门让人从青海寄过来的。"

点滴小事,他都放在心上。宋桥一愣,转移话题:"你穿围裙的样子挺帅。"

"哟,从大桥嘴里听到'帅'这个字,可不容易。"小何挤眉弄眼。

"当然,"宋桥淡定地上下打量了小何一眼,"就工地上见着的那些人,确实没谁配得上这个字。"

赤裸裸的人身攻击。小何两行面条泪。

黎明川笑着解围,将他们迎进门:"单身男人的宿舍不讲究,你们凑合着坐。"

"这可比大桥的宿舍整洁多了。"小何立刻打击报复,差点挨了宋桥一记剪刀脚。

"那是她太忙,"黎明川的声音从厨房传出来,"顾不上收拾。"

宋桥望过去,他系着围裙做饭的样子,和她想象中差不多,有种家常的温柔。

她望着那背影有些出神,直到他转过身来招呼吃饭,两个人的目光撞了个正着,她迅速避开,若无其事地看家居摆设。

摆上桌的除了熬得白白的羊肉汤,还有爆炒的红椒鸡杂、炸得金黄的糍粑和绿莹莹的凉拌菜薹。

"做了几个湖北的家常菜,"黎明川招呼,"你们尝尝。"

羊肉汤里还有白萝卜,炖得酥酥软软的,肉的香味和萝卜的清甜合在一起,入口无比美妙。

宋桥吃得极香,黎明川笑意晏晏地看着她,给她盛汤,给她夹菜。

"看我黎哥把你宠的呀。"小何吃得忘形,已经改口叫"哥"。

一个"宠"字,让黎明川和宋桥怔然对视。在热气腾腾的白雾里,宋桥的脸似乎被蒸得微微发红:"你瞎说什么?"

黎明川连忙给小何也盛了碗汤:"都是朋友,都是朋友。"

小何嘿嘿地笑,埋头喝汤。

吃完饭,黎明川送他们出来,小何借口要去买口香糖,留给黎明川和宋桥单独相处的机会。

"好吃吗?"黎明川笑着问。

宋桥老实地点头:"好吃。"

"那下次我再给你做,"黎明川说,"你可以随便点菜。"

"你是中华厨神吗?"宋桥也笑了起来,"口气这么大。"

"不会的我可以为你学。"黎明川的话让宋桥一愣。

为她,这种专属的感觉确实有点宠的意味。

宋桥有些无措,不知如何应对,幸好这时小何回来了,才总算冲散了她心中的异样。

"那我们就走了,"她笑着挥手,"谢谢你的款待。"

"黎哥,以后我们常来哈。"小何一点不认生。

黎明川将他们送上车,双手插在衣袋里,静静地看着他们离开。

他看得出来,微微的一点宠,就能让她动容。可想而知,过去的人生里,她有多孤独。

独行者之所以独行,或许就是害怕留不住温暖。

黎明川深深地叹息了一声,转身走入那间还留着羊肉汤香味的屋子,仿佛那里也还留着她温暖的气息……

18 迷雾

周南方假期天天在外面玩,最后一天干脆玩到半夜才回来。他以为周冲睡了,蹑手蹑脚地进门,可一开灯,周冲正怒目圆睁地坐在客厅中央,赌等着他落网。

接下来就是"关门打狗",周南方含泪问他妈:"您当初为什么要和我爸结婚,生下我来到这个世界上受苦?"

书房内传来一声暴吼:"老子才受苦!"

第二天周南方是在半梦半醒之间被周冲丢上船的,他的海上"流放"时间延长了,周冲说在这桥建成之前,都不想再见到他。

周南方哀泣,他竟然要和一座桥同呼吸、共命运。

其他人看他的眼神里都写着两个字:活该。

天越发冷了,每个人都过得哆哆嗦嗦,风吹来的时候,恨不得自己身上也定个锚,免得被刮走。

周南方跟东北大爷一样,两只手笼在袖筒里,去看宋桥施工。

"你能不能在我爸面前做个证,说我表现良好,好让他放我回去?"寒冷已经让周南方放弃了自尊,宁可在敌人面前低头。

宋桥无语:"他能信吗?"

自己儿子是什么德行,当爹的还能不知道?

"唉——"周南方长叹,"早知道我还不如待在德国,一辈子不回来了。"

"你在德国到底学了些什么?"宋桥好奇,"怎么干啥啥不会?"

"艺术啊。"周南方捡了块石头,在地上随意勾勒几笔,居然就勾勒出了人工岛的轮廓。

宋桥和实物对照,一模一样。

原来这人也不是一无是处。宋桥转头看着他:"周南方,当一辈子纨绔子弟是没前途的。你有天赋就用到正道上,别浪费了。"

宋桥说完又去忙了。周南方站在原地,风吹得头顶上的帐幔呼呼地响,他神情茫然。

什么叫正道?什么才是他的正道?……

宋桥没空给周南方的人生解惑,人工岛已经填实,铺上了清水混凝土,终于像个真正的岛了。

脚踏到地上的那一刻,宋桥心中迸发出实实在在的喜悦,恨不得仰面躺倒,呼唤天空。

"高兴吧?"叶江的笑容蕴在皱纹里,"建设者的成就感就在这里。我做的第一个工程是在贵州山里架桥。一个村子被河分成了两半,平时可以靠着石墩子跳过去,到了下雨涨水的时候,墩子被淹了,就再也过不去河。"

叶江望着海水,仿佛又看见了久远的那个村落。

"可小学在河的那一头,每逢下大雨,孩子们只能手拉着手,由大人护送着过河。"叶江沉沉一叹,"可有一天没拉住,一个小姑娘被水冲走,再也没能找回来。我们去的时候,她奶奶总坐在门口,找过路的人问,孙女怎么还没放学回家?"

宋桥听着听着,眼睛渐渐湿了。

"那件事发生以后,每家每户主动凑钱,镇上知道后又拨了些款,终于将桥修了起来。"叶江的声音很低,和着海风,"桥修好的那天,孩子奶奶跟突然清醒了似的,坐在桥头号啕大哭,说这下可以平平安安上学、平平安安回家了。"

宋桥背过脸去,擦了一下眼角的泪水。

"修桥修路,是为了什么?就是这样朴朴素素的愿望:让人有路走,有桥过。"叶江指着伶仃洋的海面,"天堑变通途啊。"

建设者的愿望就是如此,一生的成就也在此。有人记住也罢,无人记住也罢,桥会说话。风吹过旗帜的声音,水漫过孔洞的声音,都是它在说话。它记得每一个经过它的人、每一个筑造它的人。

宋桥张开双手,仿佛在拥抱那座未来的大桥。

周南方站在不远处,看着这一幕,心中有一种说不出的情绪,像浪涛般起伏。

他也不知道那是什么,但觉得眼前的迷雾似乎被揭开了一点点。

正要开始岛上建设的时候,老秦回来了。半年前他突然离开了工地,连最后半个月的工钱都没要。就在大家以为他消失的时候,他又回来了。

他还是那副垮垮的样子,脚上的鞋,仍旧是走的时候穿的那双,只是更破了些。工头跟他是同乡,而且他脑子活络能出主意,所以还是百般为他打包票,留下了他。

见了宋桥,老秦倒没像以前一样杠来杠去,毕竟她现在已经是宋经理,管的就是工地。开始老秦还勤快了几天,过了段日子,宋桥发现,他还是瞅着空子就偷奸耍滑。

宋桥训了老秦两回,他学精了,在她面前就表现得勤勤恳恳,背地里才偷懒。

上千号工人,宋桥不可能只盯着他一个,有时候也就被他糊弄了过去。

可这一天,还是上班时间,宋桥找工头有事,一进宿舍区,就听见有个房间窗户传出来嘈杂声。

"一对8呀!""四个2!""王炸!"……分明是在打牌。

宋桥不动声色地从旁边绕过去,透过玻璃往里看,领头的人正是老秦。他刚赢了牌,兴奋得满面红光,从桌子上往怀里搂钱。

竟然还敢赌博。宋桥气炸了,直接往玻璃上一拍:"都给我出来!"

里面的人看见宋桥,都吓呆了,缩着脖子往外走。老秦落在最后,离开的时候,还不忘悄悄把那把钞票塞进裤兜里。

宋桥在外头将他的小动作看了个一清二楚。

工人们出来,在宋桥面前排排站。老秦摸摸索索地站在最边上,尽量想让自己不显眼。

宋桥却直接走向他,伸出手:"把兜里的钱交出来。"

"那是我赢的钱。"老秦辩解。

"那是赌资!"宋桥一声低吼,"上班时间躲在宿舍里赌博,这活儿你们还想不想干?"

其他人都瑟瑟发抖,唯独老秦嬉皮笑脸:"这不是下雨嘛,就回来歇会儿。赌什么博?就是一把毛票子,这算啥钱?"

"一毛钱那也是赌博。"宋桥冷笑,"你是在哪里学了这一身地痞流氓的习气?吃喝嫖赌都不算事儿是吗?知不知道赌博会让人家破人亡?"

老秦似乎突然被刺激到了,脸色一变,对吼了起来:"别成天拿大帽子压人!不就是混上个现场部经理吗?有多了不起,还不是丫头片子一个?你以为你能干几天?"

"干一天我就管一天的事。"宋桥命令,"把你们队长给我叫过来。"

旁边的人忙不迭地答应着去叫工头。很快,施工队的队长一溜小跑地来了。

"都是我管教不严,"队长点头哈腰,"今儿下了阵雨,他们回来躲会儿,没想到就玩上牌了,这我也没注意……"

"那你现在就注意上。"宋桥指着老秦,"这个人,不能用了。"

"凭什么呀?"老秦叉着腰嚷起来,手差点戳到宋桥脸上,"这工地上是你说了算?"

宋桥不动如山，冷冽地看着他。

老秦渐渐气虚了两分，但还是要逞强："我要见经理。"

"见就见，"宋桥一哂，"我奉陪到底。"

老秦还想再嚷嚷两句，队长给他使眼色，他才不情不愿地闭上了嘴。

到了杨建功面前，老秦恶人先告状："杨经理，今天我们就是在宿舍休息，自娱自乐一下，她不分青红皂白，上来就羞辱人，还要把我开除。现在政府也说要保护农民工的权益，她这样做不合适吧？"

到底是高中毕业，老秦说话一套一套的，听着还真像那么回事。

杨建功将询问的目光转向宋桥。

宋桥淡淡一笑："你把兜里的钱掏出来，说说那钱是干吗的。"

老秦顿时下意识地拿手去捂口袋。

"那岂止是自娱自乐？我进去的时候，赌钱赌得正欢呢。"宋桥一挑眉，"连走的时候都没忘记装钱。老秦，你真不愧是个能人儿，都能在这上面了。"

老秦脸上青一阵白一阵，说不出话来。

"这人我不要了。"宋桥直截了当，"一个人犯错还不怕，最怕的是领着头犯错。有这么个心思不正的人，工地上的风气也跟着正不了。"

老秦埋着头不说话，手已经握紧成拳，黝黑的手背上全是暴突的青筋。

队长看了他一眼，硬着头皮说情："这……出来做事的人，都不容易，您高抬贵手，先饶过他这一回，我回去好好教育他。"

宋桥冷冷地站着，一言不发。

老孙这时闻讯过来，队长拼命对他挤眼睛，他一愣。

"小宋啊，"老孙咳嗽一声，"你先缓缓脾气，都是跟我们公司合作多年的施工队，不要伤了和气。"

杨建功听了这话，面色也有点犹豫。眼下工程正到节骨眼儿上，要真闹出什么纠纷，怕影响进度。

"来来来，"老孙拉着队长和老秦，"咱到隔壁屋聊聊，我了解了解具体情况。"

人被老孙拉走了，宋桥坐了下来，一副不解决完不走的架势。杨建功揉着太阳穴,假装继续办公。

过了好一阵,老孙他们才出来,老孙又把宋桥单独叫了进去。

"小宋,不是我偏袒老秦,"老孙沉默了半晌才开口,"你有句话,实在是捅到他肺管子了。"

宋桥一愣:"哪句话?"

"家破人亡。"老孙说,"老秦前段时间突然离开工地,就是因为他老婆跑了。"

宋桥呆住,没想到竟然是这样。

"他一路追到云南,也没把人追回来,说不想跟着他过了。"人到中年,无论处在哪个位置上,都会有些感同身受,"我们这些常年在外的人哪,顾不上家,最怕的就是大后方失火。再说还有娃得吃饭、上学,你说把他给开除了,他后面可咋过?"

宋桥好一阵不说话,最后站起身来:"您跟他们打交道时间长,这事儿就由您来处理吧。"

老孙知道,以她的个性,这已经是她最大的让步。他去找了施工队队长,让老秦写一份两千字的检讨,承认错误并保证绝不再犯。

老秦宣读检讨那天,宋桥没去。每个人都有每个人的悲喜剧,她也不想当众去凌迟谁,以观后效吧。

19　智慧

而这一闹,老秦家里的事也传开了,固然有人同情他,但也有人暗地里揣测他被戴了绿帽子。他深感丢了面子又丢了里子,成天蔫不唧唧地躲着人。

宋桥看在眼里,有点同情。可很快,这能人儿就又能起来了——老秦找到了新的门道。

每天总有采买生活物资的船要过来,老秦有时候就让船上的人给捎几包烟。

海上没有小卖部,总有人夜里烟瘾犯了,到处找人借。有一回借到老秦那里,他正好剩了两包,对方连忙多给了几块钱,将烟买走。

老秦一琢磨,就动了小心思,把当月的工钱扣除娃的生活费,其余的全拿去买了烟。一包加个两三块钱,再卖出去,后来还发展到买方便面、日用品,俨然成了一个微型小卖部。

这事项目部的人也隐约有耳闻,但这不违纪、不违法,也是给工人们解决正常的生活需要,便也没去管。

老秦零零碎碎地赚了些钱,手头活络了,人就又活络起来,以往的那个嘚瑟劲儿又回到了他身上。

此时人工岛的地面建设正如火如荼,修起了房子,栽起了树,就像是海上的一片绿洲。

连周南方的心情都舒展了很多,有时候还跟着宋桥一起松松土、剪剪枝,就当是业余时间锻炼了。虽然他所有的时间都相当于业余时间。

"有了点绿色,总算像个人住的地方了。"周南方又开始大放厥词,"就是这建筑吧,还是设计得太丑。"

宋桥面无表情:"你行你上啊。"

宋桥继续检查绿植情况,突然目光一凝,慢慢蹲下身去。

"你干吗?肚子疼?"周南方问。

宋桥在树根旁捡起一样东西,是烟头。她继续往前走,发现刚铺好的草皮上也扔了好几个。

"是谁在这儿抽烟?"宋桥的眼神沉了下来,"这些绿植能存活有多不容易。"

周南方四面张望,往不远处一指:"看那里。"

景观区的石凳石桌上,有两个人正跷着二郎腿聊天。其中一个正是老秦,手里还夹着根烟。

宋桥直冲冲地走过去,周南方紧随其后。

"你怎么在这儿抽烟?"宋桥质问。

"工地上也没说禁烟呀。"老秦弹了弹烟灰,洒了一桌,"这也犯规了?"

"不禁烟,不代表你可以随处扔烟头。"宋桥摊开掌心,上面是她刚捡的烟头,"你这是破坏环境。"

"瞧瞧，我们宋经理就是喜欢把事情搞严重。"老秦笑着对那烟友说，"刚才那不正是为了保护环境，才把烟头摁进土里的吗？"

烟友僵硬地点头，不敢面对宋桥的眼睛。

"改正错误永不再犯，是谁在检讨里说的？"宋桥盯着老秦，"你的保证，就跟扯淡一样。"

"哪个扯淡吗？"老秦挥舞着手，烟头上的火光更是晃眼，"管东管西，管人吃喝拉撒，烦不烦？"

宋桥真的烦了："对你来说，认错不顶用，保证不顶用。你不是最在乎钱吗？行，那我就让你出出血，一个烟头罚一百。"

"一个烟头一百，"老秦叫起来，"你抢劫哟！"

"就是一百，"宋桥将手里的烟头往桌上一拍，"你们自己数，不交现金，我就从你们工资里扣。"

老秦张大了嘴，脸色发白，烟已经燃到了头，烫得他手一哆嗦，他也不敢扔，就这么呆呆地站着。

背后突然传来一个声音："宋桥！"

宋桥回过头去，看见宋宁刚正朝她走来，一脸沉郁。

"你刚才说什么？"宋宁刚直视着宋桥，"扣钱？"

"他们把烟头到处乱扔。"宋桥指着周围，"树、草坪，都是辛辛苦苦运过来、辛辛苦苦培植活的，他们劈手就是搞破坏，半点不珍惜。"

"那也不能扣钱惩罚，"宋宁刚眉头紧锁，眼神里尽是严厉，"工人才赚几个钱！"

宋桥想辩解："可是……"

"一百块钱对你来说，可能就是吃顿好饭，可对他们来说，是吃半个月的饱饭。"宋宁刚拍桌子，"这能一样吗？"

"他还卖烟赚钱，烟的源头就是他这儿。除了这几个烟头，没看到的地方还有多少？"宋桥越说越气，"就算我今天捡了，明天、后天呢？岛上的环境要怎么才能保得住？"

"环境搞不好，那不是工人的问题，"宋宁刚指责，"是管理层的工作没做到位。罚工人，不如罚自己。"

宋宁刚措辞苛刻,连周南方也忍不住开口:"宋总,今儿扔烟头的又不是宋桥,罚她干吗呀?"

"罚她对工人的态度!"宋宁刚说,"别以为自己是项目部的,就高人家一等。"

"我没这么想!"宋桥冲口而出,"反正您支持谁都不会支持我!"

宋桥说完掉头就走,周南方愣了一下,赶紧跟上。

宋宁刚望着宋桥的背影,在那一瞬间,眼神里有复杂的情绪。但他很快敛起,亲切地笑着对老秦招手:"来,我们聊一聊。"

宋桥一路冲到海边,望着滚滚波涛,只觉得心里的那股愤怒怎么都下不去。

周南方过来,期期艾艾了一阵才开口:"哎……那个……今儿真不是你的错。"

"我知道。"宋桥生硬地回答,所以她才委屈。

"宋总这人吧,我接触得也不多,就听我爸在家里提过,人倒不坏。"周南方挠着头,"可能……就是固执了点,有他自己认的那一套死理。你也别介意,挨个批就挨个批呗。我日常挨骂的时候多了,要是都搁在心里,那我还不得自杀去?"

周南方的这个安慰,横竖不对劲,但也缓和了宋桥堵着的那口气。

"也没什么,"宋桥一哂,"我习惯了。"

反正从小到大,遇事都是她挨骂,他也没瞧得起她过。

"行啦,"周南方摆手,"我妈不是刚给我送了鸽子汤吗?我给你分一碗。"

"谁稀罕哪?"宋桥被他整得有点好笑,"跟我多惦记你的汤一样。"

"你可不就是惦记吗?"周南方撇嘴,"什么海鸥拉屎,你就是馋我的汤喝。"

跟这人讲不通。宋桥丢给周南方一记白眼,两人慢慢往项目部走去。

宋宁刚此时正在和老秦谈话。他也不讲究形象,就往花坛边一蹲,招呼老秦也过来。

老秦犹豫了一下,过去和他并排蹲着,他伸出手:"给我根烟。"

老秦愣了愣,最终递给他一支,最便宜的红梅,三块钱一包。

"以前我也喜欢抽这个。"宋宁刚点燃,来了一口,"这两年抽得少了。"

太便宜呗,这么大一官儿,还能抽这个？老秦心想。

"身体不好了。"宋宁刚说,"出过一次毛病后,改了喝茶提神。"

老秦怔住,不知道该说什么,闷头抽烟。

"其实你卖点东西补贴收入,这没什么。"宋宁刚拍拍老秦的肩膀,"谁不是为了养家糊口？"

老秦没想到宋宁刚会对他说这样的话,一时间眼睛有点发酸,咳嗽了两下做掩饰。

"但这个烟头啊,别到处扔。"宋宁刚已经抽完,将烟头按灭,从兜里拿了点纸包起来,"大家种树种草也辛苦不是？你看那宋桥,冲是冲了点,可成天这岛上多细碎的事情她都要管,她累不累？"

老秦垂着头不作声。

"行了,都是一样干活儿的。"宋宁刚站起身,也把老秦拉起来,"哪个都不容易。"

最后一句话,宋宁刚用了老秦他们的方言,老秦禁不住一乐,眼角绽开了菊花。

"就是嘛,都和和气气的。"宋宁刚说,"等我想个法子,刺激一下你们的积极性。"

等宋宁刚聊完走了,先前那个烟友才敢挨过来,小心翼翼地问："领导跟你说啥了？"

"他也不像个领导,"老秦笑了笑,"像村头端大碗蹲一起吃面的隔壁老汉。"

宋宁刚来到项目部办公室时,宋桥也在,两人目光一对,她就转过头不看他。

周南方坐在角落里玩手机,有意无意地瞄着这一幕。

杨建功也过来了："宋总你来了,怎么也不说一声？"

"说了怎么能看见管理人员要扣工人的钱？"宋宁刚冷哼。

杨建功疑惑地一愣："谁呀？"

"我。"宋桥举手,"丢烟头,一个烟头罚一百。"

"啊……啊这……"杨建功看看宋桥,又看看宋宁刚,不知道该站哪边。

"骂谁也不能骂工人,更不能以扣钱威胁他们。"宋宁刚拿手敲着桌子,"群众才是基础,工人才是一个工程最坚实的力量,这点道理不懂吗?"

"那就听之任之?"宋桥反问,"纵容就能把这个工地管好了?"

"不是纵容,是引导。"宋宁刚语重心长,"你今天罚他们一百,他是不丢烟头了,可心里憋着一股恨,工作还会不会给你好好干?你看着只罚了一个,其实是寒了一群人的心,大家都不好好干了,这桥还能建好吗?"

宋桥想反驳,却又无言,她强压着心中的震动,就是不肯低头。

"我想到个主意。"宋宁刚也不看她,只对着杨建功说,"把喝完了水的空矿泉水瓶子,给搞岛上建设的工人一人发一个,每天收集烟头,收得最多的那一个,发点牙刷、毛巾之类的日用品做奖励。"

杨建功眼睛一亮:"这办法好!没人扔了不说,还抢着捡,岛上一下子就干净了。"

宋桥不吭声,但眼神已经有所松动。

"要让大家自动自发地来维持环境,"宋宁刚摊开手,上面躺着那个用纸包着的烟头,"硬来是没用的,只会引起反弹。注意方式方法,才能管好人、做好事。"

宋桥把笔攥得死紧,僵直着背一动不动。

直到杨建功和宋宁刚一起出去视察,宋桥的身形才松了下来。

周南方一边玩手机一边笑:"姜还是老的辣呀,宋总这一招,有智慧。"

宋桥垂下眼睛,在纸上写写画画,最后留下的是两个字——管理。

管理者的智慧和心胸,也许,她还需要学习。

20 隔阂

宋宁刚走之前没有再见宋桥,只是跟杨建功说,有些年轻的管理层缺乏经验,要多加教导。

杨建功连连答应,但也只是答应。这老宋和小宋都不是好惹的人,再说这事上各有各的道理,他也不好多说什么。

等送走宋宁刚,杨建功回到项目部,发现宋桥居然已经到仓库捡矿泉水瓶子去了,还硬逼着周南方跟她一起干活儿。

"你还说我是纨绔公子哥儿,"周南方怨愤,"我都沦落到来捡垃圾了。"

"谁让你说姜还是老的辣?既然人家的办法这么好,你就帮着执行呗。"宋桥指着蛇皮袋,"不装满你今儿晚上别想吃饭。"

宋桥的记仇,让周南方叹为观止,他不该说"姜还是老的辣",应该说"最毒妇人心"!

杨建功站在仓库门口,颇为好笑,看来这位公子哥儿的"变形记",还得由宋桥来完成。

宋桥和周南方一人拎着俩麻袋,去给工人们发瓶子。

发到老秦,他和宋桥面面相觑。宋桥把瓶子塞他手里,然后对大家说:"记住了啊,每天吃晚饭的时候交瓶子,谁捡得最多给谁发奖。"

工人们一片欢呼声。

"这不是我的主意,是宋总的主意。"宋桥也不抢功,"以前我的工作方式很凶,以后可能也会忍不住凶,太过了的话,你们也可以提出来。"

这算是道歉了。老秦的眼珠子微微转了转,他瞥一眼宋桥,又装作二皮脸,啥也不在意。

"完了没有啊?"周南方在后面喊,他已经累蔫了。

宋桥把最后一个瓶子发完,和周南方离开,走了几步又回过头来:"岛是大家的,不分管理层和工人,一起建设,也请一起爱护。"

现场静了下来,周南方望着宋桥,夕阳斜射在她身上,仿佛她也在发光。

宋桥转过脸对周南方一笑:"走啦,回去喝你的鸽子汤。"

说好了分一碗,宋桥倒空了大半个保温桶,气得周南方骂:"你是没喝过汤还是怎么的?"

"你妈手艺真不错。"宋桥又夹了一块鸽子肉。

"都这么久了,"周南方随口说,"也没见你妈来看看你。"

宋桥捧起碗喝汤,挡住了半张脸:"她过世很多年了。"

周南方整个人怔住,勺子在碗边碰得一响。他突然想起以前宋桥让他心疼心疼陈琳,不要大冷天还来送汤。他还骂她是嫉妒,说有本事她也让她妈送过来。

他终于明白了那天宋桥为何眼神刺痛。

周南方有些语无伦次:"对……对不起啊,我当时……当时……"

"没事,"宋桥笑笑,"你又不知情。今天能分我一碗汤喝,谢谢了。"

但周南方还是觉得自己太过分,那晚在上铺翻过来翻过去地睡不着。

"烙煎饼呢?"小何忍无可忍,"你这又是怎么了?"

黑暗中,床的上方突然出现一张脸,把小何吓得一个激灵差点弹起来。

周南方幽幽地说:"我这个人是不是有点太浑蛋了?"

你才知道? 小何在心里回答,但嘴上还是假装热情:"没有没有,你就是人生太顺利了,活得单纯。别把世界想得那么复杂哈,会影响睡眠的。"

周南方终于缩回脑袋。小何抚着胸口长出一口气,努力入梦去见沈菲。

从第二天起,周南方和宋桥相处时打起十二万分的小心。宋桥却浑不在意,仍然该损他损他,该笑他笑他。

周南方渐渐自然起来,但宋桥妈妈的事,还是成为他心里的一个结。陈琳再来的时候,他不再只顾着诉苦,也会听她讲自己的事、外公的事,还有周冲的事。以前他总对父母的唠叨不耐烦,现在觉得拥有这种能相伴的时光,也是一种幸运。

陈琳感受到了儿子的变化,回去高兴得一遍又一遍地说,她的乖仔真的变乖了,甚至还让她管着周冲,应酬的时候少喝点酒。

周冲虽然对"管着"这个说法很不满,但也感到欣慰,至少他不再觉得父母的付出都是应该的,他一辈子靠在爹妈身上是天经地义。

而此时,陆珊妮虽然想证明自己不用靠父母也能干出一番事业,现实却并不乐观。她在国外学的那些金融管理知识,用于在内地开公司,有些水土不服。

光招人这一项,她就感到头疼。几个主要人员是她从香港带过来的,但从香港招聘人到珠海来工作却有一大堆问题。

公司不在深圳,通关麻烦,如果住在香港,通勤花的时间太长。而让香港员工直接来珠海居住,很多人又不愿意,毕竟和家人两地分居,还有医疗、社会福利等问题。

而直接在内地招聘,又面临着另一重困难:不是所有人都会粤语的,多数说的是普通话。甚至繁体字和简体字的差异也是个麻烦。

陆珊妮自己在内地也感到孤独。陆应成总说,珠海是他们的家乡,可这里和香港相比,和国外相比,简直像两个世界。在最好的商场也买不到大牌商品,在最炫的酒吧也喝不到威士忌。连打发工作烦闷的地方都没有,从公司回到住处,就是一个人站在露台上,望着海那头香港的方向。

"爹地,"她给陆应成打电话撒娇,"我好想回家。"

"这么快就熬不住了?"陆应成笑着安慰,"过段时间忙完,爸爸去看你。"

"要不你换大哥过来在内地开辟市场吧。"陆珊妮终于忍不住说,"我觉得这里不适合我。"

"你大哥负责的是香港业务的主要板块,你二哥又在伦敦,也腾不出手帮你。"陆应成顿了一下才说,"珊妮,你要坚强,这是你的第一份事业。"

陆珊妮沉默不语,心里却有些委屈。为什么大哥、二哥都可以留在喜欢的地方,偏偏她要来内地?

"宋伯伯他们都在珠海,有事情可以多请教。"陆应成嘱咐,"你也可以试着在当地交些朋友,就不会觉得这么孤单。"

去哪里交朋友啊?有谁值得她当朋友?陆珊妮心中烦闷,没说几句就找借口挂了电话。

陆应成叹息,陆珊妮虽然是女儿,但他从小将她当男孩子培养,各方面从未放松过。但到底是女儿,难免多偏宠些,还是会有些任性骄矜的脾气。他将她放到内地,也是希望她多磨一磨,日后好担得起更重的责任。

陆珊妮生了一晚上闷气,但还是得继续工作,因为公司又面临新的问题。员工越来越多,需要完备的办公管理系统,陆珊妮联系陆应成的副手,让他推荐当初给香港总部做管理系统的法国公司。

当副手将此事告诉陆应成时,他沉吟了一下:"珊妮的公司并不大,又在内地,为什么一定要找国外的公司来做呢?成本未免太高昂。"

陆应成突然脑子里一闪,想到了一个人。

"去找黎明川做,"陆应成给陆珊妮打电话,开门见山,"你还欠他个人情。"

是宋宁刚派他过来的,为什么是她欠人情?陆珊妮并不情愿:"他那样的小公司,做得了这个吗?"

"跨海大桥的交通管理系统他都能做,"陆应成正色道,"这个有什么不行?"

"如果做不好怎么办?"陆珊妮还在挣扎。

"那你也让他试一试。"陆应成说,"不要把别人的帮助看作理所当然。你宋伯伯是他的上级,可你不是。"

陆珊妮无言以对。

"我去跟你宋伯伯说。"陆应成不容拒绝,随即挂断电话。

陆应成联系宋宁刚,讲明情况,宋宁刚大笑:"那你算找对人了,这小伙子做事很踏实,专业也过硬。内地的科技行业,现在和过去不能同日而语喽,要相信本土的能力。"

"性价比也会高很多。"陆应成赞同,"是应该给年轻的创业者一些机会,大家都是这么过来的。"

宋宁刚随后通知黎明川,让他去找陆珊妮。他感谢两位前辈的信任,随即前往她的公司。

陆珊妮并不满意父亲的这个安排,见到黎明川时态度淡漠。

"我们公司虽然不大,但也是陆氏的分支,"陆珊妮坐在老板椅上,看着黎明川,"不会降低对技术的要求,你确定可以吃下这单业务吗?"

"听说香港总部用的是法国 TiX 公司的系统,其实从技术难度而言,"黎明川微笑,"和国内相差无几,但从价格上来说,我们只需要他们的十分之一。"

"钱不是问题,"陆珊妮晃了一下手中的笔,神色间仍然居高临下,"但产品必须让我满意。我做事情不像内地,一切看关系,不满意的话我会退单。"

"好的。"黎明川点头。他知道多说无益,和工作人员核对好要求和细节,随即告辞离开。

自始至终,没有一句废话,恭维或吹牛,都无必要。

21 硬气

黎明川回到公司,金飞起哄:"不得了啊,都开始接海外业务了。"

"我们这位客户,可不好伺候。"黎明川笑了笑。

"我知道,"金飞用两根食指比了个数字"十","十亿千金嘛。"

正在工作的秘书花花被勾起好奇心,凑了过来:"什么十亿千金?"

"香港陆氏集团的千金,"金飞啧啧出声,"名下资产已超过 10 个亿。"

"那她还来珠海开什么公司呀?"花花叫起来,"要是我有这么多钱,天天就是吃喝玩乐买包包,工作不是给自己找罪受?"

"那是你没有到那个格局,"金飞摇了摇手指,"人家那是要当继承人的,虽然有两个哥哥,但据说她最得宠。"

"女孩子那么辛苦干什么哦?"花花扁嘴,"我就想找个好男人嫁了,舒舒服服地过日子,打天下又不是女人的事情。"

黎明川在这一刻想起了宋桥。如果是她,会宁可当个冲锋陷阵的女将军。

"好了,做事去吧。"黎明川一笑,"要求半个月内交工。"

金飞打了个响指,去跟黎明川一起讨论。

花花还沉浸在"十亿千金"带来的震撼里,哀怨地叹息:"同人不同命啊。"

两周后,黎明川做好了办公系统,交付给陆珊妮的公司。她只冷漠地让助理试用,便又去忙自己的事,黎明川被晾在外面大厅里等。

"不行啊,陆小姐。"助理匆匆走进陆珊妮的办公室,手上端着笔记本电脑。

"什么不行?"正在打电话的陆珊妮转过身来,瞥了一眼助理。

助理打开办公系统的页面:"和我们在香港用的不一样。系统入口、文字处理、表格形式都不一样,不符合香港用户的习惯。"

"把他给我叫进来,"陆珊妮挂了电话,"内地人做的东西就是不行。"

黎明川进了陆珊妮的办公室,她坐在电脑前,旁边还站着两个助理,像两大护法。

"你做系统,不考虑客户的使用感受吗?"她的眼角微微挑起,"还是说,这就是内地的技术水平?"

黎明川目光一滞,立即道歉:"对不起,请问是哪些地方有缺陷?我马上回去改。"

"不用了，"陆珊妮优雅地笑，"本来就是宋伯伯推荐，我才勉强让你做这单业务。现在看来，还是不可以遵循内地这一套，只凭熟人介绍。我还是找法国的公司做吧，辛苦了。"

口口声声都是内地如何如何，笑容里带着轻蔑之色。黎明川看着陆珊妮，神色淡了下来。

在陆珊妮眼里，他是小人物。可在他眼里，没有大人物。

只不过此刻，她是他的甲方。

但将来某一天，他未必不会成为她的甲方。

"有问题，可以改。"黎明川平静地说，"如果您坚持要退单，我也同意。但锐信，代表不了内地的整体水平。退一万步说，就算这个系统有瑕疵，也不代表技术水平就一定不行。"

陆珊妮顿时把手中的笔往桌上一掷。

陆应成进门的时候，正好撞见这一幕，他脚步停了下来，凝视黎明川。

这个年轻人温和的外表下，是强硬的底色。

他并不仰望谁。

陆应成突然有了兴趣，笑着走过去："珊妮，你又在发什么脾气？"

陆珊妮见父亲到来，只好缓和了脸色："我没有发脾气，只是你让我用的这个人，做出来的系统不行。"

"不行就改嘛。"陆应成面容和蔼，"就算是法国公司，我们也给过多次修改的机会，为什么对本土的合作方就一次打死？"

陆珊妮无言反驳。

陆应成又看向黎明川："可以修改吗？"

"可以，"黎明川回答，"改到客户满意为止。"

陆珊妮死盯着黎明川，他也坦然和她对视。

"那就再给你一次机会，最后一次。"陆珊妮冷冷地说，"我浪费不起时间。"

"谢谢陆总。"黎明川点了点头，看向陆应成的眼神却是诚挚的，"谢谢您！"

这个人很知道好歹。陆应成微笑着拍了拍他的肩膀："回去工作吧。"

第二章 劈开万重山 | 109

黎明川出了公司大门，深呼吸一口气，压下所有翻涌的情绪，走进电梯。

黎明川走后，陆应成在陆珊妮对面坐下来，沉默了片刻才开口："你对他这么苛刻，究竟是技术层面上真的出了大问题，还是你潜意识里就是觉得内地的水平不行，所以容不得丁点瑕疵？"

陆珊妮还想辩解："我……"

"不要总觉得国内不如国外，"陆应成打断她，"你也是中国人。"

陆珊妮一愣。

"你出生在香港，从小在国外上学，对'中国'两个字，没有特别刻骨铭心的感觉，"陆应成神情严肃，"但你仍然是中国人。这个国家有好有坏，有发展有落后，但就像对我们自己的家一样，要包容，要向前看。不能一味地去否定，那是妄自菲薄。"

陆珊妮低着头不说话，但明显仍然不服。

陆应成知道，这观念不是一天两天形成的，自然也不可能一天两天改变。

他叹了口气，向陆珊妮招手："走，陪爸爸去吃饭，我们已经好久没有一起吃过饭了。"

陆珊妮抬眼看向父亲，眼中有委屈，但还是过来挽住了他的胳膊。

陆应成轻轻拍了拍她的手背安慰，带着女儿离开。

黎明川那天没回公司，坐船上了人工岛。

宋桥乍一见到他，惊讶地问："你怎么来了？"

"来看看岛。"黎明川说，也看看你。后半句话，他没有说出口。

宋桥觉察出了他的情绪不对："是不是有什么烦心事？"

"遇到个难搞的客户，"黎明川苦笑，"从一开始就认定内地的水平不行。"

"国外的？"宋桥问，"还是港澳的？"

黎明川微微一叹："香港人。都是炎黄子孙，不知道为什么，就是好像隔着一层。"

"是地域和历史造成的，也不能全怪他们。"宋桥看着辽阔的海面，"相遇得多了，就会慢慢了解对方。"

他们之间,已经相遇了很多次。黎明川心中一动:"那你了解我吗?"

宋桥没想到他会这么问,怔了几秒才回答:"你这个人看起来总带着笑,其实睚眦必报。"

"这么坏吗?"黎明川挑眉。

"你还记得我们刚认识的时候吗?"宋桥翻白眼,"但凡我说你点什么,你总会瞅着空子撑回来。"

黎明川摸着鼻子笑了起来。

宋桥将视线转到他脸上,目光明亮:"你是个宁折不弯的人,这次别人说你不行,你就认了吗?"

"没有。"不该认怂的时候,他绝不认。

黎明川弯腰捡起一个石片,朝着海面削过去,激起连串的浪花。

"别认,"宋桥也打出一串水漂,比黎明川的还远,"要赢得漂亮。"

"那就试一试。"黎明川和宋桥比赛,看谁打得更好,笑声在海风中回荡。

黎明川离开人工岛的时候,心中的阴霾一扫而空,神清气爽。

宋桥背着手,站在岸边看他远去,脸上有淡淡的微笑。

她相信他,会心无旁骛地去战斗。

一周之后,黎明川带着修改好的系统,再次来到陆珊妮面前。

他脸上明显有熬夜的痕迹,但仍然神采奕奕。陆珊妮看了他一眼,让人进来当面试用。

用户体验很顺畅,先前提到的问题全部解决,甚至还考虑到香港人喜欢看竖排字的习惯,在细节上加以调整。

助理和陆珊妮对视一眼,表示再没什么缺陷。

黎明川却走上前来,拿起鼠标一点,出现了另一个入口,里面是清晰的简体字页面。

"我想陆总的公司以后会招越来越多的内地员工。"黎明川微笑着说,"不应该让香港人适应内地的使用习惯,也同样不用让内地人去适应香港的习惯。所以我做了双入口系统,大家可以按照自己的方式去办公。就和一国两制一样,既融合,又不制造压力,兼容并包。"

陆珊妮有些惊讶地看着黎明川,一时怔然。

她未曾想到,他竟然用这个系统给她上了一课。

但黎明川并不想当导师,他只是个正常的乙方,以做好事情为原则,但也需要得到尊重。

"好,那么这单业务就算完成了。"黎明川礼貌地告辞,"以后再有需要,可以随时联系我。"

黎明川回到公司的时候,财务告诉他,收到了陆珊妮的打款,那是一笔丰厚的佣金。

黎明川淡定自若,那是他应得的,他的技术,值这么多钱。

"哥们儿,可以啊。"金飞过来搂他的肩,"又向大鳄迈进了一步,还不好好请个客?"

"没问题,"黎明川大方地答应,"今晚都算我的。"

吃饭喝酒 KTV,欢乐一条龙。金飞在台上扯着嗓子鬼哭狼嚎,员工们在台下群魔乱舞地为他喝彩。

"老板也唱一个。"大家起哄着来拉他。

黎明川连忙推拒:"别别别,我不会唱。"

"对,以前在 AK 团建的时候,他就是个麦克风哑巴。"金飞证实,"铁定五音不全。"

一群人继续闹腾,黎明川独自坐在沙发里,给宋桥发短信:搞定了。

想了想,他又补充:赚了不少钱。

宋桥洗漱出来,嘴里还叼着牙刷,看到了黎明川的信息。

她回复:恭喜,赢得漂亮。

一个在灯红酒绿的缭乱中,一个在海上寒夜的清苦里,各自看着手机屏幕,默默微笑……

22 坚冰

人工岛的建设越来越好,但此时又遇到了一个更大的难题——沉管。

跨海大桥为了避开航道和飞机起落,中间有一段 6.7 千米长的海底隧道。按经验,应当将巨型沉管铺设在海底基槽中,形成稳固的隧道。

然而,我国并没有这样的经验。这样桥隧结合的方式,是第一次。

叶江这段时间一直在荷兰,跟著名的JM公司谈判。JM公司之所以著名,就是因为他们之前修筑了世界上跨度最长的海底隧道。

而三江跨海大桥,更是突破了他们的纪录,这样的技术难度,似乎只有他们自己能超越。

叶江是抱着热忱的态度去谈合作的,毕竟这是世界上海底隧道做得最好的公司。他在荷兰已经停留了将近两个月,白天和JM谈合作,夜里又是国内的另一个白天,要解决工程上的各种问题。

两鬓的白发更多了,但他还在坚持熬,每天早上雷打不动地跑步五千米,以支撑一天的精力。

然而,到了最后时刻,他还是遭受了沉重的打击。

宋宁刚是夜里十一点接到的电话,但此刻他不在家里,而是在会议室。还有十几个高层领导,和他一起在等这个电话。

铃声响起的那一瞬间,宋宁刚立刻接起:"怎么样?"

"1.5亿,"那边的声音很低沉,似乎快失去气力,"欧元。"

电话是外放的,所有人都听见了这个答案,深夜的会议室里一片死寂。

"没有还价的余地了吗?"宋宁刚缓缓问道。

"最低价格。"叶江站在落地窗前,疲倦地一笑,"荷兰人说,这是他们独有的技术,无价之宝。"

无价之宝。只恨自己无能为力。此刻,叶江心中有一种悲愤。

中国古代桥梁技术举世闻名,可几百年下来,却远远落后。就像上次的砂桩船一样,连日本都能卡住我们的脖子。

十几亿人的泱泱大国,为什么不行?面对这样的天价,只觉得痛苦,这一座桥,到底要经过多少坎,才能到达彼岸?

宋宁刚明白叶江的心情,先挂了电话,众人一起讨论该如何办。

1.5亿欧元,对于整个成本来说,是无法承受的代价。

可如果不合作,沉管怎么办?海底隧道怎么办?这座桥,到底建不建得起来?

会议陷入令人窒息的沉默之中,最后是冯局长开口:"让叶总先回来吧,缓一缓再想办法。"

宋宁刚将电话给叶江拨回去,那边等了几秒才接,不知是睡着了,还是难过。

"你先回国,"宋宁刚的语气很和缓,"这么大把年纪,总熬着哪行?回来再想办法,人多力量大。"

叶江默然片刻,只说了一个字:"好。"

叶江回来的时候,是宋宁刚亲自去接的。见到这位老朋友,宋宁刚拥抱了他,重重地拍了拍他的背:"没事儿,你尽力了。"

叶江在那个瞬间,眼眶微红。

他尽力了,却没能做到,反而让这么多人为他操心。

宋宁刚那天硬是没让叶江去管理局,逼着他回去睡觉倒时差。但第二天一大早,叶江还是出了门,没去管理局,却上了人工岛。

岛上的树才支棱出枝丫,但已经有了翠绿的叶子,摇曳在枝头。地面平平整整,到处一尘不染,主体建筑也起来了,像一艘船。

有人悄悄走到了叶江的身后,望着他的背影。

这位老人虽然不算老,但也已经近六十岁。从她认识他的那天起,他就是一位慈祥的长辈,对她谆谆教诲,如春风润物般,将建设者的信仰,一点点注入她的心田。

去荷兰谈判的事情,她也听说了。得知那个天文数字后,她和他一样,仿佛感受到一记重锤。

不只是价格无法承受,那也是一种挫败感,一种不得不依靠别人,向别人屈服的挫败感。

可真的一定要屈服吗?靠他们自己,在伶仃洋上,就真的架不起一座桥?

宋桥心中翻腾着浪涌。这时,叶江转过身来,发现了她的存在。

"小宋。"他的笑容总有种父亲般的慈爱,尽管她的父亲不是这样的。

宋桥也笑着向他走过去:"叶总您真早,我们都还没开工。"

"想来看一看清晨的伶仃洋。"叶江笑了笑,眼中有一丝怅然,"往往只有这个时候,它才是温和的。"

宋桥同意,在海上待的这一年多,她见惯了它的变化无常。

惊涛骇浪常有时,像是在对人类示威。

"你们征服不了我。"它嚣张地说。

"可我们还是建起了人工岛,"宋桥一笑,"不管它愿意不愿意,我们都为它增加了新地标。"

叶江一愣,望向宋桥。她身上有种年轻人的豪气,不怕万难在身前,一朝开刃,劈开千重山。

"好哇。"叶江点头。宋宁刚说得没错,人多力量大,他们还有很多像宋桥这样的人。

"也没关系,"叶江望着又开始起浪的伶仃洋,"想办法,去征服它。"

一个满鬓银丝,一个黑发飘扬,两道身影站在海边,像两面迎风招展的旗帜。

总有人接棒,前仆后继,过去的岁月落后了,未来会有人冲到前面。没什么好怕的!

当天下午,叶江去了大桥管理局,宋宁刚责怪:"不是让你倒时差吗?"

"倒够了,"叶江一笑,"清醒了。咱们开会,说说沉管的事。"

叶江的情绪与昨天初见时相比,确实好了十倍。宋宁刚终于放下些心来,召集人开会。

"跟荷兰最后谈一谈,"叶江神色淡定,"谈得下来就买,谈不下来就算了。"

在场的人都是一愣,宋宁刚犹豫地问:"那沉管……"

"不行就自己研发。"叶江的话石破天惊,大家都望着他。

"海底隧道,我们国内可是第一次做。"有人提出来。

"任何事,都有第一次。"叶江说,"没做过就一定做不成吗?"

他身上有种力敌千钧的气势,全场一片静默。

半晌,冯局长轻轻地鼓起了掌:"好,就听叶总的,能谈就谈,不能谈我们就自己来。"

掌声从各个角落慢慢响起,每个人眼中都有一种信念。

尽力而为,但是不畏前路。

荷兰方面惊讶于中方态度的转变,从一开始的焦灼迫切,变成了顺其自然。

这下坐不住的反而成了他们,荷兰派代表来到了珠海,和管理局面对面谈判。

宋宁刚也没闲着,大张旗鼓地安排外宾去看西人工岛。

"这伶仃洋的水文条件呀,是不好。"宋宁刚说,"我们打第一个钢圆筒的时候,施工船都差点翻了。但是最后,我们还是成功将120个钢圆筒都打进了几千米的深海里,稳稳地建成了这座岛。"

宋宁刚的笑容里,有自信,也有不服。

"沉管这个事情,我们确实没做过。但正如叶总所说,第一次做的事情,也未必就做不成。"宋宁刚看着荷兰代表,"1.5亿欧元的价格,我们付不起,这是现实。如果能考虑降低一点,我们很真诚地希望获得你们的帮助。但如果实在有悖你们的利益,双方也不相互为难,期待下次有机会再合作。"

荷兰代表团面面相觑。最后领头的汤姆和宋宁刚握了握手,表示要回去再商量一下。

当天晚上,代表团下榻的酒店房间灯火通明,开会开到了近天亮。

第二天,汤姆来到大桥管理局见宋宁刚和叶江,宣布公司总部最后的决定:1.5亿欧元是底价,无法让步。

汤姆临走时,指着大厅里的沙盘上那座蜿蜒的白色桥梁,唇边逸出一丝意味深长的笑意:"God bless it."(愿上帝保佑它。)

宋宁刚和叶江在那一瞬间对视,眼中有隐藏的愤怒。

当荷兰代表团离开时,叶江双手撑在沙盘边缘上,凝视着那座桥:"上帝,是我们自己。"

宋宁刚静静地看着叶江,他很少有这样激烈表达自己情绪的时候,但此时,必有千军万马在他心中冲锋陷阵。

他会做叶江的后盾。宋宁刚将叶江的肩膀一攀:"对,我们就是自己的上帝。"

两人并肩向楼上走去,想办法去迎接扑面而来的难题。

宋桥得知谈判结束,并不觉得意外。从成本上而言,荷兰公司的价格超出了项目的承受范围。而从意志上来说,叶江和整个工程团队都不是容易屈服的人。

然而,即使有铁一般的意志,遇到的困难也是难以想象的。

毫无海底隧道建设经验,这是一个大关。管理局和交建集团召集各路专家,一次次开会,一次次论证,每轮都争得硝烟四起,但仍然拿不出一个确定的技术方案。

在那段时间,宋宁刚失眠成了常态,经常通宵睁着眼到天亮。

叶江则是每天早上天不亮就开始绕着人工岛一圈又一圈地跑。宋桥撞见过好几次,她知道,他是因为睡不着。

"不就是1.5亿欧元吗?"周南方对此疑惑不解,"给他们呗。何苦呢?这桥不是投资了一千多个亿吗?难道还给不起?"

"你说得轻巧,"宋桥觉得这人就离谱,"你当跟你一样,工资花完了还有家里贴?当初为了拉投资,筹备组快跑断腿,商业投资撤了,眼看着都绝望了。后来三地政府牵头,才终于凑够了资金开工。现在工程上的钱都是一分一分抠着花的,拿出十几个亿的人民币当技术服务费,真的对得起人民吗?"

"可你搞不定那技术,"周南方摊手,"那就得付服务费啊。总不能吃个牛肉还得自己去宰牛吧?"

"自己不掌握技术,就只能任人宰割。"宋桥的眼神冰冷,"我们不能永远被人牵着鼻子走。"

周南方愣了一会儿,指着已经大汗淋漓却仍然咬着牙往前跑的叶江:"可你看看这老头儿,都愁成什么样了?听我爸说,宋总日子也好过不了,失眠都失到高血压。"

宋桥的心咚地一下沉了下去。宋宁刚看似强悍,其实身体并不好,上回就熬得住了院,现在不知道又会怎么样。

宋桥绕了个弯往回跑,周南方莫名其妙,追在后面喊:"你干什么去啊?"

"我今儿有事,要上岸一趟。"宋桥的声音远远地传来,"你自己跑吧——"

第二章 劈开万重山 | 117

第三章　中国新工法

23　陪伴

周南方气得要死,好不容易起个大早跟她一起跑步,她竟然中途溜号。

眼看着岛上黑魆魆的,能结伴的也就叶江一个人,周南方只好不管那么多,朝叶江跑去。

当周南方气喘吁吁地追上叶江时,叶江一愣:"你也跑步?"

印象中,这小伙子不是在睡觉,就是在闲逛。

"嗨,闲着也是闲着。"周南方一开口,就又暴露了他的本性,"看您一个人跑得发愁,我就来陪陪您。"

叶江一哂:"是你自己害怕吧?"

"嗯。"周南方倒也坦率,"我其实打小就怕水,上初中的时候逞能,跟同学比赛下海游泳,结果突然腿肚子抽筋,差点没淹死。回去怕被我爸打,长这么大我都不敢提这事。可我真的害怕,那天溺水的时候,就像海底有个怪兽,把我使劲儿往下拉,怎么挣都挣不脱……"

听着周南方在这絮絮叨叨,叶江心中的焦虑竟然缓解了很多,脚步也渐渐慢了下来。

"这就对了嘛。"周南方反正跟谁说话都不分高低,"都快跟我外公一个辈分了,您身体再好也别跑这么快,省着点用,还能多干几年。"

叶江忍不住好笑:"多谢你的关心。"

这时,天已经放明,周南方打了个呵欠:"我不吃早饭了,去补个回笼觉。明儿我可不来了,免得又被宋桥扔在半路上。"

"来吧,"叶江突然开口,"每天陪我跑跑步。"

周南方愣住。

"跟你聊聊天,挺解压。"叶江说,"你每天吃住都花着项目部的钱,总要提供点情绪价值。"

哟,怎么这工程上无论老少都这么会撑人?周南方目瞪口呆。

叶江冲周南方一笑,最后冲刺了五十米,跑向食堂去吃早饭。

那天,宋桥坐第一班采买的船离开了人工岛。

她去买了降压药,还有一大堆安神补脑液、维生素。宋桥本想去找宋宁刚,后来去找了李方。

"这是宋工让我帮他买的。"宋桥把袋子递给他。

李方很奇怪,宋工就算要吩咐人代买药,也应该是吩咐他呀。

"你跟他说,要按时按量吃。"宋桥又欲盖弥彰地补充了一句,"是医生说的。"

李方也不知道说什么好,只得哦哦着答应。

宋桥有些犹豫地还想说什么,但最终没有说出口,慢慢地走出了大桥管理局。

宋桥前脚刚走,宋宁刚后脚就来了。李方连忙拎着袋子出来,交到他手上:"是小宋工送来的,说是您吩咐的。"

宋宁刚打开袋子看到那些药,眼中起了一丝莫名的情绪,他若无其事地点点头:"嗯,昨天打电话谈工作的时候,我顺便提了一句。"

"以后再有这事儿,您让我去做呀。"李方说,"何必麻烦这么远的人?"

远吗?宋宁刚心里叹息一声。他们才应该是最近的人。

"她还嘱咐您,一定要按时按量吃。"李方原话交代,宋宁刚只点了一下头,就走进自己的办公室。

他拿起手机,想给宋桥打电话,怔了半晌又放下,最后翻看着药品说明书,一一对照着剂量吃药。

听她的吧。他知道她担心。

宋桥在外面的街道上慢慢地走,她有时候也不知道能为他做点什么。

从来都是这样,她对他没有过父女之间的撒娇,他也从不向她诉说自己的辛苦和病痛。

最让她生气的,是他来大桥筹备组的第二年。有段时间,她几乎联系不上他,直到某一天,其他人误接了他的电话,她才知道,他肺出血做手术,住了一个月的院。

宋桥气得和他大吵一架,但听着他越来越急促的呼吸声,最终还是挂断了电话。从那以后,他们就很少再联系,像两个遥远的陌生人。

可血浓于水,她还是担心他,所以毕业之后,她申请来了这里。

一个吃海鲜都过敏的人,执着地来海边,就是希望能离他近一点。

但即使已经这么近,他们之间却还是离得那样远,连送药,都需要由别人代劳。

宋桥心里一刺一刺地疼,来到这个城市这么久,却依然感到陌生。回去的船还早,她不知道自己该去哪里。

许久,她终于想起了一个人。黎明川接到宋桥的电话时,刚到公司不久。

"你到城里来了?"黎明川讶然,"在什么地方?"

宋桥茫然地往四周看了看,附近有公交站牌:"好像叫莲花路站,对面是商场。"

"那离我们公司不远。"黎明川说,"你就在站牌那里别动,等我去接你。"

黎明川拿起外套,飞快地出门,在楼道遇到金飞,他问道:"你干吗去?"

黎明川脚步未停:"去接个朋友。"

看着他冲进电梯,金飞奇怪:"接谁呀,这么心急火燎?"

黎明川到的时候,看见宋桥站在公交站牌旁,望着对面的楼出神。

灰旧的街景,熙熙攘攘的车流,在这一刻仿佛都静了下来,成为她的背影。

黎明川慢慢地穿过马路,朝她走过去,到了距离半米的时候,她才醒过神来,不好意思地一笑:"我还以为你在那栋楼。"

他指了指斜前方:"在那儿。"

那是一栋矮得多的写字楼,招牌也更小。

"租金便宜。"黎明川对宋桥说,心里有一丝惭愧。

但宋桥毫不在意:"在哪儿不是做事?总比我们工地上条件好。"

和她说话就是敞亮,黎明川笑起来:"还是海景房,你待会儿可以上去看看。"

两人说笑着上楼,进了公司。宋桥一身打扮很中性,个子又高,花花看花了眼:"哇,帅哥。"

金飞从茶水间出来的时候就听到这半句,也跟着瞎起哄:"这是哪位兄弟?"

黎明川抢在宋桥前面开口:"什么兄弟,人家是女孩儿。"

宋桥其实不在意这个,她早就习惯了别人叫她"兄弟",反倒是黎明川这样介绍她是女孩儿,让她有些赧然。她对众人点头致意:"我是宋桥。"

"哇,"这次是金飞发出惊叹,"大桥管理局的'刺儿头'啊。"

她真是声名远播。宋桥似笑非笑地瞥了一眼黎明川。

黎明川尴尬地摸摸鼻子,想当年还处在互撑阶段的时候,他的确宣扬过她的"事迹"。

"都是自己人,都是自己人。"黎明川推着宋桥走,"去我办公室聊。"

里间的门关上,金飞和花花对视了一眼,花花捏着下巴尖儿:"黎总这还是第一回带女性朋友来公司啊。"

"也算客户。"金飞帮黎明川解释,思维很直男,"说不定就是为了拉关系,正常。"

花花撇了撇嘴:"金总,我觉得你总单身是有原因的。"

就他们黎总刚才急着解释宋桥是女孩的那个劲儿,就不正常好吗?

但她拿的工资并不包括对恋爱白痴的点醒服务,她坐回去,继续戴着耳机听歌干活儿。

金飞很懵懂,不是说黎明川嘛,怎么就发展成对他的人身攻击了?

办公室里,黎明川正在泡茶,宋桥看见那杯枸杞水时无语:"你可真养生。"

他送她的第一件礼物,就是菊花茶。

黎明川一本正经地审视宋桥,像个老中医:"你那回是上火,现在是郁结。跟我说说,今天的症结在哪里?"

宋桥一笑,但想起宋宁刚,又有些怅惘。

"去给我爸送药了,"她望着窗外的海,"但没敢见他,我就走了。"

"你跟宋总啊,"黎明川一叹,"就是两个闭口葫芦,感情闷在肚子里,却不表达。"

"哪有?"宋桥嘴硬不承认。就算有,那也是单向的,宋宁刚对她,每次都是见面就训。

"你知道吗?"黎明川眨眨眼,"那次你帮我推荐交通管理系统,他大概误会我们的关系了。"

宋桥一愣:"啊?"

"他把我叫去的时候,那眼神怎么看都不对劲儿。"黎明川摇头,"我后来才琢磨清楚,那简直就像老丈人审女婿的眼神。"

宋桥脸顿时红了:"你瞎说!"

"我就是打个比方。"黎明川连忙安抚,"我的意思是,他内心是在乎你的,也关心你的事,可他和你一样,就是说不出口。"

宋桥无言地低下头去。

他们父女好像从来话都不多,分开的时间长,就算在一起的时候也是各忙各的。要么沉默,要么一开口就意见不合,吵起来还不如沉默。

"他看到药的时候,心里一定是暖的。"黎明川注视着宋桥,目光里有怜惜之色。

这句话安慰了宋桥,她轻轻点了点头:"我只希望他身体好。总这么熬,谁也受不住。"

"你们现在都为沉管的事情煎熬吧?"黎明川也了解目前的工程进展。

宋桥压抑地点了点头,沉管就像一座难以逾越的高山,挡在所有人面前。

"既然进城了,今天就放松点。"他拉起她,"就当给自己一个喘息的时间。"

听说黎明川要带宋桥去吃好吃的,金飞也想蹭饭,花花及时地拦住了他,说有技术问题想请教。

她怕金飞这个副总位置坐不长了,怎么这么不识趣?

在小吃街买了艾饼,黎明川带着宋桥去看贝壳墙。和它的名字一样,整面墙是用洁白的贝壳镶嵌而成,旁边还有垂下来的青藤,浪漫而清新。

"你站中间,我给你照张相。"黎明川拿着手机蹲下来。

宋桥有点不自在,她平时很少拍照片,对着镜头就表情僵硬。

"放松,你笑不出来也可以不用笑。"黎明川说,"自自然然就很漂亮。"

没有人夸过她漂亮,他是第一个。宋桥怔住。

但黎明川是真的这样想,镜头里的她,有明亮的双眸、高挺的鼻梁,还有淡粉色的嘴唇,应该很柔软。

不知道怎么想到了"柔软"这个词,他手一抖,照糊了。

"再来一张。"黎明川马上喊。可宋桥已经忍无可忍地跳开,甚至都没要求看照片。

"真好吃。"宋桥又咬了一口艾饼。猪肉的鲜美融着艾草香,一点都不腻。

"我跟你说,别的虽然我不一定行,吃美食,我当之无愧第一名。"黎明川笑着收起手机。他不仅喜欢吃,有空的时候还会研究怎么做,复原美食:"等以后,我在家里给你做。"

他说得很理所当然,宋桥心里却有点异样。家里,就好像她和他……胡想啥呢!宋桥猛地一甩头,恢复清醒:沉管都还没沉下去,你自己先沉了吗?

宋桥看了看时间:"下一班船快到了,我得回岛上去。"

黎明川虽然有点失望,但还是支持她的工作:"我送你。"

又买了两包艾饼,黎明川送她去渡口,看着她上船。

"以往都是你在岸边送我,"黎明川望着宋桥,"今天我送你。"

宋桥一笑:"下次见。"

她总是比他潇洒,每一次告别的时候,其实他都曾远远回望,但她已离开。

今天更是。他站在岸边,看着渡船载着她远去,有些怅惘地一笑……

24 宣战

黎明川回到车上,打开手机看刚才拍的那张照片。

背景模糊,但她仍然是清晰的,神情中有些和平时不一样的局促,却也正因为此,显得格外可爱。

就是个可爱的女孩儿啊,为什么有人会把她当兄弟?黎明川想扣金飞的工资。

宋桥下船的时候,怀里的艾饼还有一丝暖意,周南方见到她就咋呼:"喂,你早上太不够意思了吧。"

"给你块饼吃。"宋桥递给他一个,就当道歉了。

周南方一脸嫌弃:"这玩意儿有什么可吃的?小学的时候我们校门口有卖的,一毛钱一个。"

"不吃拉倒。"宋桥话音未落,周南方已经从她手中抢走。虽说艾饼满城都有,但在海上不常见,他已经陷入美食荒漠很久了。周南方为自己悲哀。

其他人也过来分吃艾饼。小何边啃边问:"你这种人,还有兴致去买吃的?"

"黎明川送的。"宋桥回答。

小何怪笑,拖长了语调:"难——怪——呢——"

周南方像个愣头青:"黎明川是谁啊?"

"就是老来岛上找大桥的那个帅哥。"小何挤眼睛,"对她可好了。"

还有人能比他帅?周南方觉得小何瞎了眼,怀疑地瞟宋桥:"不是吧,还有人追她?"

"吃你的饼!"宋桥恨不得一包都塞过去,堵住他的嘴。

到了晚上,周南方还是觉得不可置信,从上铺探出头问小何:"那个什么黎明川,真喜欢宋桥啊?"

每次看着那个黑黝黝的脑袋,小何都觉得自己身处恐怖片:"拜托少爷,您能作息规律按时睡觉吗?"

"我又不用早起,"周南方说,"爱什么时候睡就什么时候睡。"

"人黎总睡我上铺的时候,可比你有公德心多了。"小何困得直打呵欠。

他也睡过这床?他们俩还有这缘分呢?周南方想追问小何,但下铺已经传来了呼噜声,也不知道真的假的。

周南方只好放弃,摇了摇头。他不信,就宋桥那样儿,一拳能捶扁仨男的,谁不要命了敢喜欢她呀!

有些话不能乱说,周南方很快就遭报应了。清晨五点,宿舍的门被敲响。

"谁呀?"小何有气无力地问。

"我,"外面传来声音,"叶江。"

小何吓得一骨碌从床上弹起来,鞋都没穿就去开门。

门外站着的,竟然真的是叶江。小何结结巴巴地问:"叶……叶总……您有什么事?"

"叫南方去跑步。"叶江的话,更让小何觉得自己是不是没睡醒。

小何走过去叫周南方起床,他睡得像猪一样,不满地哼哼唧唧,就是不醒。

"叶总来啦。"小何压低声音在他耳边说。

"什么叶总?"他还不耐烦,"谁打扰我睡觉,我打死谁。"

如此大逆不道。小何担忧地看了一眼叶江,生拉硬拽地把周南方往起拖。

周南方差点从上铺掉下来,一肚子的起床气,等看清来人是谁,他愣住了。

"跑步去啊,"叶江笑呵呵的,"昨天不是约好了吗?"

谁跟他约好了?周南方瞠目结舌,这不讹诈吗?

小何已经殷勤地拿来了运动鞋,要给周南方换上:"起都起来了,反正也睡不着,快去锻炼一下身体。"

周南方稀里糊涂地被弄出了门,看着外面漆黑的天空,觉得自己来这个工地真是倒了八辈子的霉。

"吃住的钱我自己出行吗?"他说,"放我回去睡觉。"

"我跟你爸爸也是老关系了。"叶总的笑脸很慈祥,"下次吃饭的时候,可以谈一谈你在这里的表现。"

纯属威胁!周南方敢怒不敢言,为了不被关在海上一辈子,只得去跑步。

海风吹着吹着,人也就清醒了,周南方那嘴闲不住,又开始扯。

"这岛上吧,装修真是丑。"周南方指着主建筑,"那里头四面白墙,挂着这模型那奖状的,土不土啊。"

叶江嗯了一声:"那你说该怎么弄?"

"讲点审美啊。"周南方说,"中国人民已经不再是追求温饱的阶段啦,和老外一样,也有对美的追求好不好?"

周南方把他从进入桥梁这行以来所有的不满一股脑儿地吐出来。

"你说就中国的桥,经常看见的就是岸两边一跨,实用就行。"周南方双手一摊,"说起来还自豪得不得了,什么跨度多长、通车量多少,可那不是艺术!"

叶江想了一下:"你在德国学的是艺术设计吧?"

"对。"周南方望着大海,"真正的艺术,是会让人沉浸其中的,站在桥上,看到的不是水,是世界。"

叶江怔了怔:"这句话说得好。"

周南方得到了夸奖,又翘起了小尾巴:"要换我来做,岛上不会是这样。"

他开始指点江山,什么台阶要换成大理石,厅内风格大简至朴中流露出浪漫之美……

叶江一律嗯嗯嗯地点头,领着他跑了八千米,他都没发现。

直到看见其他人都出来吃早餐,他才愣愣地问叶江:"我们跑了多远?"

叶江把运动手表上的数据给他看,他怪叫一声,顿时腿都软了。

以前上学的时候跑个三千米,他都恨不得立马休学,现在居然被这老头儿诓得跑了这么久。

"您不愧是总工,"周南方竖起大拇指,"狡诈。"

叶江双手叉腰,迎着海风哈哈大笑。

周南方累得吃不下饭,直接回宿舍睡觉去了,临走时还挤对叶江:"看,我又给项目部省下了一顿饭钱。"

"那我明天也会继续叫你跑步。"叶江淡定自若。

周南方望天翻了个白眼,一瘸一拐地上楼。

在走廊里碰见宋桥,她看着他萎靡不振的样子:"一大早的你干吗去了?"

"陪老叶跑步。"周南方怏怏地说完,一头钻进宿舍。

哪个老叶？宋桥莫名其妙。小何从宿舍出来，小声为她解惑："叶总。"

啥？叶江找周南方一起跑步？这到底是发生了什么匪夷所思的故事？！

进了食堂，宋桥看见叶江正在吃饭，她犹豫了一下，坐到他面前。

"叶总，"宋桥试探地问，"您要是需要人早上陪跑，可以找我。"

就周南方那不着四六的样儿，她怕他气着了叶江。

叶江反而笑了："不用，南方陪就挺好。"

宋桥缓缓地哦了一声，不知道为什么叶江突然和周南方变得如此亲近。

叶江明了宋桥的心思，笑着说："跟他在一起，我可以不用想工作。"

宋桥怔住。对叶江来说，背负着沉管的巨大压力，任何时间，跟任何人在一起，大约都在谈工作、想工作，甚至连觉都睡不着。

只有周南方，不会受这压力影响，所以也只有跟他跑步的这一小时，叶江才能有片刻的缓解。

"让他跑。"宋桥表示赞成，"总不能在项目上白吃白喝。"

这一老一少，果真都是工程上出来的，不白花一分钱。两人默契地对视，可怜周南方还在梦乡中，就已经被人算计怎样剥削他的剩余价值。

周南方睡醒的时候，正好赶上下一顿饭，他走到食堂门口看见叶江，大声招呼："老叶。"

其他人面面相觑，除了宋宁刚这种老领导，还没谁敢叫叶江"老叶"。

周南方才不管，没叫"老头儿"就不错了，他们可是一起跑过八千米的交情。

叶江倒也不介意，亲切地问："腿不疼了？"

"疼！"周南方又故意拖着走了两步，"但我寻思着还得下来吃饭，不能白提供情绪价值。"

叶江哈哈大笑。周围的人都看愣了，自沉管的事以来，他已经许久未这样情绪舒展过了。

这周南方，真是个活宝。

自那以后，叶江每天清晨五点定时来叫周南方跑步，虽然他不情不愿，倒也渐渐成了习惯。

叶江还交给周南方一个任务——监督岛上建筑的装修，给的理由是：反正他闲着也是闲着。

宋桥去现场看的时候,见周南方像个国王一样,正气势恢宏地掌控全场。

"哎,那个墙砖没对齐,图案都是乱的没看到吗?……

"这配色怎么回事?红配黄,西红柿炒蛋吗?换成蓝和灰,象征着大海,还有格调。"

……

宋桥看得好笑:"干得不错啊。"

"那当然,"周南方扬扬自得,"艺术审美,就你们这工程上几千人,挑不出一个能和我媲美的。"

真是给根鸡毛就能上天。但宋桥也觉得,叶江给周南方安排的这活儿,适得其所。

而此时,关于沉管的技术之争已经进入白热化。

专家会上,以宋桥为代表的基层工程人员也在场,但他们坐在最后排,前排都是桥梁行业的大牛们。

来自广川大学的专家陈宁坚决反对用刚性结构:"三江跨海大桥的隧道长度是多少?将近七千米!刚性结构就相当于一条七千米的长积木,直接固定到海底。伶仃洋的条件有多恶劣,大家又不是不知道,这么长的距离,谁能保证不出现损坏或者开裂?一旦有一个地方开裂,那就是整条隧道漏水,到时候会有多大的危险?!"

"可如果用柔性结构,"另一位来自交院的大佬蒋庆丰也站了起来,"那就相当于分成了很多块小积木,每两块之间都是要接头的,这么多的接头,就能保证没有一个漏水的?这不是风险更大吗?!"

双方都很激动,站在会议桌两边对峙,底下的人也分为两派,谁都不肯让步。

这是会上常见的情况,已经愈演愈烈。刚性和柔性,长积木和短积木,成了对立的观点,无法融合,也得不到解决。

叶江扶着头,坐在首席一动不动。宋宁刚有些担心地拍了拍他:"老叶,没事儿吧?"

叶江摆了摆手,但事实上,他觉得呼吸都是抽紧的。

已经八个月了,毫无进展,他甚至都在想,当初拒绝荷兰公司是不是真的太意气用事。

上帝并未保佑这座桥,他们也没能做自己的上帝。

宋桥坐在侧后方,看着焦虑的叶江,心中也一样如有火在燎烤。

突破技术垄断,说起来是一句激动人心的口号,做起来却比登天还难。

在场的都已经是业内顶尖的人物,都已是殚精竭虑,可仍然无法解决。

这场会议仍然没有争论出个结果。回去的路上,叶江坐在船舷边,望着海洋一言不发。

它从来都不温和,如今更加嚣张。你们就是征服不了我,它借着波涛声宣战。

25 不灭

那天晚上,叶江没有去吃饭,宋桥很担心,专门打了饭菜给他送过去。

"叶总,"宋桥轻轻敲门,"饭总是要吃的。"

门开了,叶江逆光站着,身后的桌子上是堆成山的稿纸。他不知道已经演算过多少遍。

"刚性、柔性,"叶江沉叹一声,"我觉得都行不通啊。"

宋桥坐在他对面,也是满腔焦灼:"可就只有这两种结构可选。"

"国际专家还提出一条路——深埋浅做。"叶江将饭盒放到一边,"我再想想吧。"

宋桥无法再劝,此刻的叶江,满心都是公式和数字,他吃不下饭。

从叶江住处出来,宋桥回到自己的宿舍,打开电脑开始查资料。

灯,通宵未灭。不止她和叶江的两盏,还有无数人、无数盏灯,都在为之坚持。风吹不灭,浪打不灭。

但"深埋浅做"的方案,还是不行。

技术会上直接和荷兰专家杰森电话连线,叶江提出自己的意见。

"您提出的方案,我估算过了。如果按第一种路线,在沉管顶部回填和水差不多重量的轻质填料,大概需要增加十多个亿的预算。"叶江的话一出口,与会人员都鸦雀无声。

十几个亿,这可不是小数目。但叶江接下来的话,让大家更绝望。

"另一个办法,就是定期维护性挖泥,控制回淤物厚度。但这座桥要用120年,这么长的运营期内,要花费的维护成本至少大几十个亿。"

会场静得仿佛都能听见人的呼吸。电话那一头,杰森也没有说话。

宋宁刚和冯局长交换眼神,默默地摇了摇头。这样的成本,高昂到他们无法接受。

"抱歉,杰森。"叶江说,"我们可能还要再想其他的方案。"

那边的人突然就怒了,杰森严厉的声音透过电波传来:"如果是这样,那我也只能祈求上帝保佑你们!"

杰森是JM公司的前专家。虽然最后JM公司没有同意和大桥管理局合作,但汤姆始终觉得惋惜,更重要的是,他认为中国人勇气可嘉。杰森听汤姆聊起此事以后,也佩服中国这批建设者的魄力,最后主动成为咨询专家之一。他现在是愤怒的,中国人当初就是因为考虑价格,所以和JM公司谈崩,现在已经到了这个地步,却仍然为了省钱,不愿意采用他的方案。他觉得中国人就是一群葛朗台。

杰森的怒火,叶江和宋宁刚理解,却也只能相视苦笑。

千难万难才筹集到的资金,一分钱都得掰成两半花,更别说几十个亿。

"我们……再想想。"叶江艰难地说出这句话,对方直接挂断。一片忙音中,大家四顾茫然。

一个又一个方案,都被否定了。前方的路,到底在哪里?

会议结束之后,郭局长将宋宁刚和叶江叫到办公室继续谈。

"如果实在不行,"郭局长重重一叹,"我再想办法去找投资。"

谈何容易?当初的"十三太保"都差点被压垮,他们顶住了多大的压力才走到今天。现在再去找投资,去哪里找?

"'深埋浅做'的两种方案,都是从减轻隧道上方荷载的角度来考虑的。"叶江摇头,"问题不仅仅在于巨额花费,还有工期的不可控。"

"对,"宋宁刚赞同,"进度如果拖得太慢,也是个大麻烦,这座桥不知何年何月才能竣工,国家也等不得啊。"

三个人都陷入忧思之中。叶江沉吟许久,喃喃自语:"我有种直觉,还是应该从结构体系上入手。"

"可目前的结构体系,"宋宁刚皱眉,"我们都已经讨论过了。"

"我也不知道。"叶江用双手对着拍脑袋,"思路一团混乱,有时候觉得揪出了个线头,一转眼,又找不着了。"

"你还是回去先好好休息,"宋宁刚推着叶江,"别把脑子熬坏了,那就什么也想不出来了。"

叶江自嘲地笑,他有时候真觉得自己好像脑子坏了,建了一辈子的桥,却卡在这儿动弹不了。

"我以前总跟人说,没有建不成的桥。"叶江临走时对宋宁刚说,"现在我有点怀疑自己了。"

叶江的话,也卡在了宋宁刚心里。这位老友虽然为人谦和,但在做事上始终有着坚不可摧的自信。可现在,他陷入了对自身的质疑。

宋宁刚看着叶江上车离去,打电话给杨建功:"叶总住在岛上,你们多注意陪伴和开解他。"

杨建功连忙答应:"明白明白,最近周南方倒是每天陪叶总跑步,宋桥也经常会去和他说说话。"

宋宁刚愣了愣,只说了个"好"字。

叶江也是一年四季都在工程上奔波,妻子还未退休,儿女又去了国外学习、工作,如今身边有年轻的孩子们陪一陪,也是种慰藉。

但宋桥是他的女儿啊,他们亲父女相处的时间,怕还没她和叶江多。宋宁刚心里有点发酸。

而叶江回到岛上,远远地就看见宋桥和周南方来迎接。

周南方其实是不想来的,天天跑步快累断气,他也不知道这老头儿怎么有这么好的精力,夜里不睡,早上还能跑八千米。他现在只要天一黑,就想蒙头大睡,真是老年人的作息。

"会开得怎么样?"宋桥迎上来,关切地问。

"还是没达成一致。"叶江的笑容里有明显的疲惫。

"睡觉去吧,"周南方说,"熬什么呀熬?您以为身体跟这钢板一样,都是铁铸的?"

宋桥暗中推了周南方一把,示意他闭嘴。

周南方却不管不顾:"本来就是呀。老叶,您照镜子看看自己的脸,这段时间都老了十岁,经得起这么折腾吗?这桥要修不成,您还不活了?"

在老年人面前说"不活"是个大忌讳,叶江却不以为忤,反而一乐:"你说得对,桥修得怎么样,人都要先好好活着。今儿晚上我不熬夜了,睡觉。"

"这就对了嘛,走走走。"周南方跟谁都不见外,拉着叶江就走,"回宿舍去,什么沉管浮管的,都不要想,睡觉就是天下第一大事!"

那天晚上,叶江终于睡着了觉,也不知道是太累了,还是被周南方开解了,总之一觉睡到天大亮。

脑子里那些混乱的线头好像也清爽了些,直觉越来越清晰,就是要从结构上入手。

虽然还找不到思路,但有了方向,叶江总算轻松了些。

他下楼的时候遇见宋桥,她端详了一阵他的脸:"看来昨晚睡好了,又年轻了十岁。"

"你们这些孩子。"叶江好笑,也感谢可爱的孩子们,陪着他熬过了一天又一天。

"周南方今天可高兴了,"宋桥撇嘴,"觉得自己躲过了晨跑。"

"明天早上多补三千米。"叶江说。

周南方在装修现场打了个喷嚏,不知道又是谁在算计他。

但他仍然乐滋滋的,早上没人去叫他起床,那就说明老叶昨天睡得好。虽然这跑友拉练起他来累死人,但他还是希望这老头儿活得长长久久,永远这么有劲头。

宋宁刚其实也同样煎熬,安神补脑液已经缓解不了他的失眠。沉管、筹款、团队的信心、专家的愤怒,这些事在他脑子里翻滚了整整一夜,但第二天,他还得撑着去工作。

一轮又一轮地谈事,他已经有些累了,瘫靠在椅背上,揉着鼻梁上的穴位,只求得到片刻的缓解。

又有人敲门,他闭着眼睛说了声"进来"。

进来的人很安静,半晌都没声音,宋宁刚有些奇怪地睁开眼睛看,是黎明川。

"想着让您再休息一下。"黎明川笑着说。

宋宁刚坐直身体:"你好一阵子没来了。"

"方案其实早就完善好了,还有点新思路,"黎明川解释,"但想着最近沉管的事,您肯定很忙,所以就一直没来打扰。"

就在这时,宋宁刚又有电话进来,他指了指沙发,示意黎明川先坐一会儿。

黎明川坐下,看见茶几上的杯子里是已经干涸的茶叶渣,显然今天他还没时间泡茶。

见宋宁刚的电话还有一阵,黎明川拿着茶具去水房洗了,又接了一壶水回来,放在小茶炉上烧。

烫杯子,泡茶,将第一道水滤净再泡一次……宋宁刚在打电话的间隙瞥见黎明川的这套流程,有些讶然。

这小伙子即使在他的办公室里,也安稳从容。

电话打完,宋宁刚坐到黎明川对面,他即刻递上一杯茶。

宋宁刚慢吞吞地抿了一口:"不错。"

"是我带来的茶叶,"黎明川拎起脚边的盒子,"去年就给您送过,但您没要,这是今年家里刚寄的新茶。"

宋宁刚想起当初他的确让李方将茶叶退还给黎明川。

"现在给您送茶,不是因为您是宋总,而是因为您是宋桥的父亲。"黎明川的话,让宋宁刚顿时愣住了。

良久,宋宁刚才缓缓问道:"是她告诉你的吗?"

"最开始是我自己发现的,"黎明川笑了笑,"但她后来也跟我说了。您放心,我再没跟别人提起过。"

宋宁刚深深地看了他一眼。虽然很早就知情,但他并未仗着此事攀附或索求,他的人品,是能信得过的。

而宋桥能将这件事告诉他,是不是意味着他们的关系真的不寻常?

黎明川明白宋宁刚目光里探究的意味："我跟宋桥，还不是您想象的那种关系，她现在志不在此。"

"志不在此？"宋宁刚皱着眉，"那在哪儿？"

都二十七八岁的人了，连个对象都没谈过，也不知道成天在干什么。

"她想当项目女总工。"黎明川笑着回答。

宋宁刚怔了怔，冷哼一声："好高骛远。"

"您真的这么认为吗？"黎明川和宋宁刚对视，"觉得她的理想就是好高骛远？"

宋宁刚一时间哽住，他未曾想到，黎明川竟问得如此直白犀利。

"她最想得到的，就是您的肯定。"黎明川笑笑，"一个连吃海鲜都会过敏的姑娘，义无反顾地来到珠海，难道就只是为了这座桥吗？"

26 光明

宋宁刚心中五味杂陈，他看向桌角，那里还放着宋桥买的维生素。

"她需要温情，您也需要。"黎明川察觉到宋宁刚视线的方向，"都别那么倔。"

宋宁刚抬眼看向黎明川，他有着和宋桥一样的眼神，坦然明亮。

"谈正事吧。"宋宁刚咳嗽了一声，"你刚才说有什么新思路？"

黎明川知道，宋宁刚还是有点回避这个话题，他也没强行追问，谁的情绪都需要消化。

黎明川摊开资料："我针对隧道里容易发生的意外情况，比如火灾、车祸、漏水等，做了紧急处理预案。我认为将来可以给大桥运营设立一个'超级大脑'，全方位、多角度、各因素完备掌控的人工智能系统。"

"你这个想法，也曾经有高校提出过。"宋宁刚思忖着去翻通讯录，"我把骆教授的联系方式给你，你们深入交流一下，看以后能不能在技术和理论层面上共同拿下这个'超级大脑'。"

"好！"黎明川爽快地答应。

他并不介意项目分流，原则的第一条，是先把事情做到最好。

宋宁刚望着黎明川，他有坦荡荡的野心，但也有豁达的气度，这个小伙子将来或许能成为人物。

宋宁刚借着看方案，低头笑了笑，宋桥的眼光……还不赖。

黎明川刚回到公司，金飞就跑了过来："刚才陆小姐的助理打了公司电话，让你过去一趟。"

果然是大小姐做派，她明明有他的手机号。黎明川笑了笑："好，我一会儿就去。"

"今天茶叶送出去了吗？"金飞问。

"收了。"作为宋桥的父亲收的。

黎明川告诉他，就是老家茶山的自留地，不卖什么钱，只供亲朋好友喝点不上农药的有机茶。宋宁刚最后拿了，又反手塞给他一块西北特产的茯茶饼。

行吧，至少没再把他当外人。黎明川笑着把那茶饼收好，喝了两口水，就又出了门。

黎明川到了陆珊妮的公司，先在前台报备，助理再过来将他引进去。不得不说，这里比起当初锐信在的时候可气派多了。

陆珊妮正在办公，黎明川进来，她头也没抬："有家香港企业也来珠海了，需要做办公系统，我推荐了你。"

"谢谢陆总。"黎明川倒是有些意外，陆珊妮居然主动给他介绍业务。

陆珊妮在工作的间隙抬起头来，瞟了黎明川一眼："你为什么不叫我陆小姐？"

凡是知道她是陆应成女儿的人，都叫她陆小姐。

黎明川静静地看着她："您来珠海开公司，是要做陆总的。"

陆珊妮微怔，停下了手中的签字笔。

"不然您留在香港不就好了，是吗？"黎明川微笑。

陆珊妮发现这个人内心对她，甚至对陆家，是没有畏惧心的，虽然他表现得很恭敬。

但从上次他拿系统的事给她上课，她就发现了，他身上其实有刺，并不圆滑。

"是因为你这样对待客户的态度，"陆珊妮耸了耸肩，"你的公司才交不起租金的？"

黎明川一本正经地点头："可能是。"

陆珊妮一哂，他还真不怕事。

就在这时，外面大厅里突然传来嘈杂声，是粤语和普通话的争执。

陈露是从内地招的员工，进公司三个月，刚刚转正。她拿着工资单，不服气地找香港来的朱迪对质。

"之前我以为是试工期的工资低，所以我没计较。"陈露指着纸上的数字，"可成为正式员工以后，我拿的底薪仍然只有你们的一半。都是一样的工作量，我甚至干得比你们还多，为什么待遇相差这么大？"

"香港的时薪本来就比内地高啊。"朱迪抱着双臂，一脸理所当然，"而且我们还从香港跑来这里工作。"

"如果算异地补贴，我可以接受。"陈露毫不示弱，"可其他薪资待遇呢？难道因为你们是香港的，就应该比我们高？"

其他内地员工听见这话，也都停下手中的事，往这边看过来。

"好了，都去工作！"陆珊妮从里面走出来，她并不愿意在黎明川这个外人面前发生这种事。

可陈露此刻正在气头上，并未住嘴，反而一把拉住黎明川："黎总，您是内地老板，如果在您的公司里也有香港人，会这样区别对待吗？"

陆珊妮的助理向黎明川递眼色，希望他不要管这桩闲事。陆珊妮自己也面露不悦。

"如果在我的公司，"黎明川神色平静，"我会讲究公平。"

陆珊妮冷冷地一挑眼角："怎么个公平法？"

"香港员工来内地，肯定会有很多生活上的不便，所以额外发补助是应当的。"黎明川一笑，"但是开公司本身是为了盈利。那么其他方面，谁为我创造的利润多，我就给谁更高的薪资，无论他来自哪里。"

黎明川说完，向陆珊妮示意告辞，便离开了她的公司，点到为止。

陆珊妮的心里，对内地员工和香港员工仍然是区别对待的。如果她自己不警醒，这样的矛盾，不会只发生今天这一次。

黎明川走后,陆珊妮坐在老板椅里,一言不发。

"陆小姐,"朱迪怕她责怪,先开口辩解,"黎总也是内地人,自然会偏帮内地人啦。我们毕竟都是您从香港带过来的,也对您更忠心。"

陆珊妮透过玻璃上的百叶格,看向外面。陈露坐在位置上,脸色仍有不甘。

"养不熟的。"朱迪说,"您看您今天给黎总介绍业务,他却没有在您的员工面前维护您。"

黎明川的那番话,确实有点伤她的体面,好像她不会管理公司一样。

"你也回去工作吧。"陆珊妮心中烦躁。

朱迪不敢再多说什么,离开办公室,很快又去了茶水间,跟两个香港来的同事窃窃私语。

也有内地员工悄悄地过来安慰陈露。公司里的阵营,更加泾渭分明。

陆珊妮介绍的香港公司老板,对黎明川的技术服务很满意,尤其是那个双系统,对方认为非常人性化。

于是,他又将黎明川介绍给了别人,一传十,十传百,黎明川居然在小范围内有了些名气。

此事竟然还传到了陆应成的耳朵里,他意外而又不意外。那个内地青年是聪明的,尤其是那份不卑不亢的气度,让他印象深刻。

"珊妮,你的公司进展怎么样?"陆应成问回家休假的女儿。

陆珊妮懒懒地倚在躺椅上,享受阳光:"开发区那边有块地,马上要批了。"

"那还不错,"陆应成点头,"这么快就有了成绩。"

陆珊妮有些不以为意,在资金雄厚的情况下,怎么会有拿不到的地?

"但我真的不想再回去。"陆珊妮伸了个懒腰,"还是在家里舒服。"

"那我把你嫁人好了。和你的那些朋友一样,找个门当户对的人家,从陆小姐变成某某太太。"陆应成笑了笑,"你愿意吗?"

陆珊妮闭上眼睛想了想,接下来就是办婚礼,生第一个小孩,生第二个小孩,生第三个……

这样的人生,也似乎很无趣。

陆珊妮转过头，望着陆应成笑："我再玩几年。"

至于这个玩，究竟是怎样玩，由她自己定义。

他的女儿，其实并不想过庸常的人生，陆应成知道。

"认认真真地做你的陆总，"陆应成说，"离了香港，就不要再迷恋当陆小姐。"

陆珊妮一愣："您的话，倒是和那个黎明川说的很像。"

"是吗？"陆应成扬眉一笑，"那你今后可以试一试，能不能和他做朋友。"

陆珊妮喊了一声，又转过头去继续闭着眼睛晒太阳。黎明川那个人，还不够格做她的朋友吧？

陆应成看穿了她心里的想法，不动声色。

休完了假，陆珊妮磨磨蹭蹭地不想回珠海，陆应成拉了她一起走。

但陆应成去内地并非只为了陆珊妮，他又一次回到了龙山村，但不是为了祭祖。

陈海生家的客厅里，陆应成正和他对坐，他抽着自制的烟卷，味道有些冲鼻。陆应成从来不抽烟，但他熟悉这个味道。

"爸爸生前也喜欢抽这种烟。"陆应成笑道，"他说世界上最好的香烟，也比不过它。"

"都是这样啦，"陈海生说，"以前在海上打鱼，又潮又闷，就靠这个解乏祛湿气。"

骨子里的某些东西，无论境遇如何改变，都是去不掉的。

"都是念祖念旧的人。"陆应成点头，"海生叔，我这几次回来，看见村子里还是有一些人家经济不好，小孩子上完国家的九年义务教育就不读了，出去打工。我觉得这样不行。"

"还是老思想。"陈海生摆了摆手，"原先我也资助过一些，但人家家里觉得读太多书没用，尤其是女孩子，反正是要嫁人的啦，何必浪费钱？"

"不能这么想的，"陆应成正色说，"男孩女孩都一样，需要受教育。"

"对啊，看你们家珊妮，教得多好，国外学校毕业，又会做生意。"陈海生一提起陆珊妮就赞不绝口，"村里的小孩们也有很多脑子灵光的，后来都耽误了。一辈子也就是打个工，做做小买卖，饿是饿不死，但也没有大出息。"

"我想建学校。"陆应成说起他的想法,"从中学开始,家里有困难的,免掉学杂费和生活费,哪怕十个中能培养出一个好苗子,这学办得也值得。"

"好。"陈海生大力拍他的肩膀,"应成你对家乡是有感情的,我也出一份力。"

陆应成也笑得开怀,每次回到这里来,心里总有种朴实的温暖。

办学校不容易,从手续到师资,再到各种琐碎细节,并非只是钱的问题。

陆珊妮不解,父亲为什么要做这么费力不讨好的事情?但有些话,她不敢说。叶落归根,叶落归根,父亲是真的将那里当作他的根。

但也有个好处,他可以多些时间留在内地,和她在一起。

宋宁刚也得知陆应成回来了,虽然特别忙,但还是抽出空跟他聚了聚。

学校选址在以前村里的旧祠堂,如今已修葺一新,教室敞亮,操场平整。

"还是不够大,"陆应成说,"现在招生也有限。"

就像陈海生说的,即使资助,也仍然有人觉得读书无用。

"观念都是一点点普及的。"宋宁刚安慰他,"我们以前在大山里做工程,有的家里宁可叫半大的孩子来工地上搬砖,也不愿意让他们去读书。老师走十几里山路来家里苦口婆心地劝,孩子躲在灶房里哭,可爹妈就是不让去。"

"为什么会这样呢?"陆应成感叹,"教育是多重要的事。开了智才能有新的人生,总不能一代又一代地穷下去。"

他那天在村子里最穷的人家看见两姐弟,弟弟还在上学,却将课本撕了叠飞机,姐姐将那些书页一张张捡回来,展平贴好,眼睛里那种期待又黯然的光,让人心里难受。

"广东已经算是好的了,"宋宁刚摇了摇头,"云南、贵州,还有些更偏远的地方,读书更是件困难的事。"

陆应成背着手站在操场上,看着那座改造后的教学楼,上面还有模糊的"宗祠"两个字。

"中华民族都是同宗同源。以往有些事情,我没有亲眼看见,"陆应成的眼中,有忧虑,亦有责任,"如今看见了,我会尽力。"

"有你这样的同胞,是福气。"宋宁刚握了握陆应成的肩膀。

"你们也是一样。"陆应成回望了宋宁刚一眼。

架桥修路,都是为了让人们过得更好。有路有桥,才有希望。他也想,自己能在某种意义上成为一座桥,哪怕只是一根桥柱也好。

宋宁刚理解他,宏愿置于心,脚下跬步起,心中有光的人,亦会引导他人走明路。

27 博弈

"走吧,早就说要带你去看看岛。"宋宁刚笑道,"择日不如撞日,就今天。"

陆应成欣然答应,还特意叫上了陆珊妮。

一行人上船下船,陆珊妮的高跟鞋并不方便,但仍然保持着骄傲的姿态,直到遇见了周南方。

"哟,陆叔。"周南方认出了陆应成,过来迎接,顺便瞟了陆珊妮一眼,假笑堆上脸,"岛上到处铺着鹅卵石,你这鞋怕是不太好走。"

要你管?陆珊妮在心里说。她微微扯了扯嘴角,就当回以致意了。

"叶总呢?"宋宁刚问。

"和宋桥在办公室讨论呢。"周南方大大咧咧,"要不我去叫他们?"

"先不打扰。"宋宁刚摆了摆手,"谁来当个向导?"

"我吧,这房子都是我负责装修的。"周南方很自豪。

宋宁刚诧异地看了周南方一眼,在他的印象里,这可是个气得他爹都快厥过去的"混不吝"。

里面的展厅布置得有模有样,虽然是建设照片这样鲜明的主题,但不死板。

"这个岛的意象是贝壳中的一颗珍珠,"周南方说,"因此这里的背景也用了珠贝的元素。陆叔,珠海市里那面贝壳墙,您去过没有?"

到底是一个村里的孩子,周南方和陆应成之间有种天然的亲昵感。

"没有,"陆应成笑着说,"下次你陪我和珊妮去看看。"

陆珊妮在背后无语地一哂。有他去,她可不去。

周南方瞥到了陆珊妮的表情,心中也是一嗤。你当我愿意带你?

这时,叶江和宋桥得知消息后也过来了。

宋宁刚看到宋桥时,又想起了黎明川的那句话:"一个连吃海鲜都会过敏的姑娘,义无反顾地来到珠海,难道就只是为了这座桥吗?"

他心里软了几分,和颜悦色地介绍:"这是项目总指挥叶江,还有岛隧工程师宋桥。"

陆应成和叶江握了手,又夸奖宋桥年轻有为。宋宁刚心里不自觉地升起了自豪感。

他的女儿,也不差!

三位长辈、三位小辈,很快便分成了两拨,宋宁刚吩咐周南方和宋桥陪着陆珊妮在岛上转转。

陆珊妮极不情愿,但看见陆应成和两位叔伯相谈甚欢,自己插不进话,只好跟着周南方他们离开。

一出大楼,陆珊妮的神色就冷淡下来:"也不麻烦二位陪了,我自己走走就好。"

"不麻烦不麻烦,"周南方吊儿郎当地笑,"我在这岛上啊,就是个闲人,陪贵宾观光,那也是我的义务。"

宋桥在一边看着奇怪,这两人是有什么过节吗?说话夹枪带棒的。

"观光哪里呢?"陆珊妮淡笑,"除了这栋建筑,还有什么可看吗?"

宋桥挑了挑眉,辛苦两年的成果,在这位小姐眼里,竟如此乏善可陈。

"到底是见过大世面的人,"周南方双手比赞,"在您眼里,这可不就是个小破岛,有什么好看的?要不我进去跟陆叔说一声,趁早送您回繁华的大都市?"

"你!"陆珊妮气得想骂周南方,强行忍住,转头看向宋桥,"可以命令你的下属离开吗?"

"他不是我的下属,"宋桥笑了笑,"我命令不了他。"

陆珊妮觉得,这两人就是合伙欺负她,可此时她又不能真的去找陆应成带她离开这个岛。当初陆应成让她来的时候,说的是要看一看祖国的伟大工程。

陆珊妮望向海的那头,冷冷一哂:"从这里到香港,还隔着汪洋大海,不知道什么时候桥才能够建起来呢?"

她是探询的语气,宋桥却听得出其中的嘲讽。如今的困境本来就是所有人心中的刺,她这句话更是刺得人不舒服。

"总会建起来的,"宋桥说,"你不也是因为这座桥才来珠海的吗?"

既然是冲着这个机会来投资,就别说风凉话,大家都是拴在一根绳上的蚂蚱。

陆珊妮没想到,宋桥竟然撑得如此不客气。正如周南方所言,她再怎么说也是来观光的"贵宾"。

"工地上的人真不一样,"陆珊妮笑容优雅,"连女人也是如此,但不仔细看的话,也看不出来你是女孩子。"

"就你这样穿着十厘米细高跟儿来工地上的人才像女孩子?"周南方懒洋洋地斜睨着陆珊妮,"我觉得宋桥这样挺好的,大大方方的,不做作。"

他的意思是她做作?陆珊妮瞪着周南方,眼睛里快冒出火来。

宋桥不想场面太难看,递给周南方一个"算了"的眼神,他才总算没再加一把火。

他从见第一面起,就不喜欢陆珊妮的那股骄矜劲儿。这样一比,宋桥好多了,虽然凶起来像个夜叉,但至少不矫情。

周南方依着潜意识,向宋桥身边小小地挪了半步。

宋桥倒没注意他这微妙的小动作,向陆珊妮做了个手势:"如果你站得累了的话,可以去那边坐坐。"

她虽然没有穿过高跟鞋,但见过沈菲脚上的水泡。

宋桥的体谅,陆珊妮并未领情,转身向另一边走去,打算勉强消磨完时间,就随陆应成下岛。

周南方和宋桥落在后面,他小声嘀咕:"她就这样,以前回我外公村子里的时候,见谁都瞧不起。不就是香港人嘛,装什么贵宾?"

原来还有这一茬,宋桥明白了。

"我外公还想把我跟她凑一对儿,怎么可能?"周南方不屑,"那不得把屋顶都掀了?"

宋桥想象了一下,这二位如果真的生活在同一屋檐下,那屋顶确实保不住。

这时,周南方一语成谶,陆珊妮的鞋跟卡在鹅卵石间,眼看着就要摔倒。宋桥一个箭步冲上去,扶住了她。

陆珊妮半靠在宋桥身上,脸都红了,觉得羞窘难当。

幸亏这时陆应成等人从大厅走出来,她才勉强站直,恢复了镇定。

陆应成还在和叶江交谈,大桥所处的难关,让他感同身受。

"如果有我能帮得上忙的地方,请一定告诉我。"陆应成郑重嘱咐。

"上次应对环保争议,您已经帮了很大的忙。"叶江的笑容里有感激之意,"宁刚一直跟我说,海那边有兄弟。"

"都是亲人。"陆应成和叶江紧紧握手,"遇到事情尽管开口。"

彼此眼中尽含真挚,都有一颗赤子之心。宋桥看着这一幕,也颇为动容。她再看看陆珊妮,有些遗憾,香港的老一代和年轻一代,确实对内地的感情不同。

宋宁刚陪着陆家父女离岛,临走时将宋桥叫了过来。

"好好照顾叶总,"他仍然神情严肃,"有问题可以给我打电话。"

除了"振华号"抢险那一次,这是第二回,他允许她给他打电话。

"药按时吃了吗?"宋桥不知怎么就问出了口。

宋宁刚转身上船的时候,淡淡地嗯了一声。宋桥的脸上泛起笑意。

他记挂着自己的身体,也知道她在记挂着他,就够了。

晚上,正好黎明川给宋桥打电话,宋桥就把白天陆珊妮的事情说了。

那边忍不住笑:"你知道她是谁吗?"

"谁啊?"宋桥反问。

"就是我那个难搞的香港客户。"黎明川的话让宋桥恍然大悟。

她也忍不住好笑:"这世界可真小。"

"珠海本来就小,"黎明川说,"何况我们都是因为这座桥才认识和相遇。"

说得也对。桥本就是一种特殊的建筑,有连接的作用,将人与人的距离、地域和地域的距离拉近。

"如果不修跨海大桥,你就不会来珠海,"黎明川在那边轻声说,"我也不会遇见你。"

宋桥怔住,许久都未出声。

"都是缘分。"黎明川为自己打圆场,"我也是到这儿来才有机会跟你们项目合作。"

金飞在那边敲门,找黎明川借袜子,他顺势挂了电话。

"你怎么老是借袜子?"黎明川说,"我不喜欢跟人混着穿。"

"都是兄弟,哪这么多讲究?"金飞看了下黎明川的脸色,"咋了?心情不大妙啊好像,你刚才跟谁打电话呢?"

"宋桥,谈工作。"黎明川砰地一下关上门。

"谈工作这么大火?"金飞摸着被撞疼的鼻子,"也太敬业了吧。"

第二天,金飞抱着吐槽的心情,将此事讲给花花听。

"我就说他俩关系不一般。"花花胸有成竹。

"哪儿不一般?"金飞直愣愣地问,"她是他的一级甲方?"

花花想拿键盘把这榆木脑袋砸醒。

"上班时间聊什么八卦!"黎明川的声音突然从身后传来。

花花立刻溜回座位上坐着。金飞还在不怕死地追问:"你跟那宋桥,到底怎么个关系不一般法?"

花花同情地看了金飞一眼,觉得他已经在失业的边缘。

"别成天扯这些有的没的。"金飞果然挨了骂,"你这季度业务拿下了几个?不为员工做表率,你当什么副总?"

金飞被骂傻了,花花把脸躲在格了间后,笑得嘴角直抽。

黎明川也不知道,自己到底哪来的这一股无名火。金飞问他和宋桥是什么关系,他也无法定义。

明明说着是朋友,可为什么有时候他还是会期待她的回应,期待她也说一句,遇见他很好?

接下来的几天,宋桥再没有接到黎明川的电话或短信,但平日里要么为了工作,要么只是闲扯,总会聊上几句。宋桥其实也并非毫无所察,她不是石头心肠,感觉得出来黎明川对她的特别。这场遇见对她而言,也是温暖的。

但她以前没谈过恋爱，还无法确定自己对他到底是什么样的感情。更何况，现在也不是谈这个的时候。

时间一天天流逝，沉管的问题却仍然没有解决之道，而一天不解决，工程就一天处于胶着状态。大家看似平常度日，其实每个人心里都急得发毛。

叶江确定了要从结构入手，却怎么都揪不住那个线头。

长积木，短积木，他已经快走火入魔，甚至真的亲手将木料切成积木，不断地拼接又拆解。到底是用刚性还是柔性结构？就像左手和右手在博弈，时而说服自己，时而打败自己。

宋桥也是每天海量地查资料、看资料，跟同行、师友讨论，连她和叶江都几度差点因为分歧吵起来。那种焦躁无以言喻，找不到出口，有时候恨不得拿脑袋撞墙，看能不能撞出一片新天地来。

当叶江和宋桥又一次为了观点争辩起来时，宋桥真的急了："您总说要从结构入手，从结构入手，可现在刚性、柔性只要一提出来，您就能找出一百条否定的理由。那怎么办？已经耽误了一年了，甲方等得起吗？这工程上的人，还有几个等得起？"

哗的一声，桌上的积木被叶江尽数拂落在地。

宋桥怔怔地望着那一片狼藉，又看向脸色发白的叶江，后悔刚才脱口而出的话。

叶总的压力胜过她千万倍，她的质问，就像是捅进他心里的一把刀。

懊悔和自责翻滚，堵住了她的喉头，她说不出话来，眼角却已泛红……

28 拼杀

周南方其实早就来了，在他们争论最激烈的时候，没好进来打扰，现在看着这一幕，他也感觉堵得慌。

但他还是晃着一张痞笑的脸，进来将积木捡起，放到桌上。

"老叶，手工不错啊，这玩意儿做得真精致。"周南方缓和着气氛，将小块的积木随意拼成几截，拿大头针从中间连上，推着往前走，又问宋桥，"像不像小时候玩的轨道火车？突突突突突……"

就在这时,叶江望着那串积木,脑子里突然灵光一闪。

"你们先出去。"他神情严肃,"我要想一想。"

宋桥和周南方一怔之下对视,退出了叶江的房间。

宋桥以为叶江还在为刚才的事生气,郁闷地长叹一声。

"我知道你不是故意的,"周南方挠着头,"我也替你们着急,可什么忙都帮不上。"

可这一次,周南方却是误打误撞,帮了个大忙。

清晨五点不到,宋宁刚的手机铃声尖锐地响起。他看见是叶江,顿时心中一惊,怕出了什么事,赶紧接起。

"老宋,"叶江的声音都是颤抖的,"我想出来了,用半刚性结构!"

宋宁刚反应不过来,迟疑地重复:"半刚性?"

在桥梁史上,只有两个概念——刚性和柔性,就如同黑和白、南极和北极,是对立而又统一的两面,再无插进中间数的可能。

半刚性结构又是什么？叶江这是生造了一个概念！

专家会上,叶江用积木演示结构变化:"刚性是整体性的长积木,所以一旦中间某个地方漏水,就会全军覆没。柔性是多个接头的短积木,但接头又是最容易漏水的地方,也面临着很大风险。现在,我计划取一个中间值,将180米的沉管分成八个小节段来制作,中间用钢绞线把它们联结在一起。这就和火车一样,既能保证对整体的掌控性,又有各节段适应不同水文环境的灵活性……"

叶江一腔兴奋,为终于揪住了脑子里那个滑溜的线头,看到了新天地。

可迎接他的并不是赞同,而是铺天盖地的反对和质疑。

杰森是第一个开炮的:"半刚性？这是你们中国人想出来的新词吗？刚性和柔性是建筑史上经历了几百年才确定的标准概念,你们有什么资格凭空创造一个新的结构？"

他的话虽然含着讥讽意味,可在场的人也不得不承认,半刚性确实是个惊世骇俗的说法。

"我也没听说过这样的概念,"陈宁教授缓缓开口,"要么刚性,要么柔性,就算有缺陷,也只能在解决缺陷上下功夫,而不是推翻正确的理论,硬造一个新概念。"

原本和陈宁站在对立面的蒋庆丰,这次也出乎意料地赞同他的观点:"对!这就本末倒置了,要推进事情进程,提的应该是建设性意见,而不是颠覆性的观点。你怎么证明所谓的半刚性是可行的?世界上从来没有过先例,难道要拿跨海大桥来做试验吗?"

此言一出,全场寂静。

是啊,难道要拿跨海大桥来做试验吗?一个世界上从来没有出现过的概念,用在这项举国之力的超级工程上,谁担得起这个责?你叶江吗?

目光如箭,纷纷扎在叶江身上。他在这一瞬间也恍惚了,这会不会真的是个异想天开的念头?

"这样吧,"宋宁刚开口,"你们先提交一份可行性报告,再做讨论。"

会议结束,走出会场的人依然在激烈议论,都觉得荒唐。

宋宁刚没对叶江说什么,只拍了拍叶江的肩膀。其实他自己心里也有怀疑的声音。

最重要的是,他们不能拿跨海大桥来冒险。这不是某个人灵光一闪就能决定的,哪怕那个人是叶江!

拖着灌了铅般的沉重脚步,叶江下楼来到大厅,停在了沙盘前。

这个美好的愿景,到底还能不能实现啊?叶江一次次地艰辛跋涉,常觉得无路可走。如今好不容易找出一条路,可所有人都认为是死胡同。

叶江回到岛上时已经是黄昏,夕阳像大火球一样,从天边直往下坠。

叶江蓦然觉得自己的人生似乎也已是暮色沉沉。他以往从未服老过,可如今心劲儿有些泄了,背也就佝偻下来,银发在风中飘扬。

"叶总——"身后突然传来喊声。

他慢慢转过身去,看见的是浩浩荡荡的人群。杨建功领着工地上的人来接他了,有项目部的人,也有工人,甚至有常给他打饭的食堂小弟。宋桥和周南方也在队伍里头,迎着他走来。

叶江有些发愣,直到大家来到他面前。

"接您来了,叶总。"杨建功说,"今天晚上,食堂包了饺子,大家伙儿一起吃。"

叶江强忍着眼中的湿润："又不逢年又不过节的,吃什么饺子?"

"我们也一起过了好多节啦,"杨建功笑起来,"可又像没过过节,大年三十也没停歇过,就一块儿结结实实地补顿饺子吧,吃饱了好干活儿。"

宋桥上前主动扶住了叶江的一只胳膊,周南方不甘示弱,也拉起了另一只。

叶江没挣扎,就这么笑眯眯地任大家簇拥着往前走。

他的身边,还是有人啊,而且有这么多人。就算那日头往下坠,大家也会齐心撒网捞,不会就让它这么轻易掉下去。

一顿饺子,吃得真跟过年一样,大家热热闹闹的,把万事都抛在脑后。饺子配酒,越喝越有,痛快醉一场,也是幸事。

到了第二天,周南方竟然比叶江还早,提前去门口叫他跑步。而他下楼的时候,还看到了全副武装的宋桥。

"从今天起,我也陪您跑。"宋桥做着热身动作,"您也甭想着轻松了,咱们边跑边理思路。不就是可行性报告吗?把它搞出来!"

晨曦已远远地露出颜色,叶江迎着光,喊了声"跑",率先冲在了前头。

不止宋桥和周南方,渐渐也有其他人加入了队伍,一起朝着阳光跑。

查阅、演算、讨论……不行就推翻重来,然后再进入下一轮。

迷茫和闪光交错有之,但止不住大家昼夜不息的脚步,这条路再难走,他们也不能半途而废。

一个月后,关于半刚性沉管结构的设计方案和研究报告摆在了会议桌上,专家们人手一份。这次,杰森不再是电话连线,而是亲自来到了中国。

"这是我们对沉管隧道做的新方案,"叶江站起来,"请各位专家指正。"

宋桥也来了,她坐在工程部的席位上,旁边的周南方是第一次参加这种规格的技术会议。

"怎么他们都不说话啊?"周南方侧过头小声问宋桥。

宋桥没有回答,身体却绷成一条直线。她担心,这是暴风雨到来之前的宁静。

这时,有人悄悄进来,宋桥余光瞟过去,顿时愣住。

是黎明川，他见到宋桥时也一怔，稍微点了个头便坐下，却远离他们这一边。

"这一个月，你们在做研究，我们也同样在做研究。"陈宁看了一眼蒋庆丰，"我和蒋教授合作，从刚性和柔性两个方面一起分析，但很遗憾，并没有找到第三种可能。"

他的发言引发了其他人的意见。

"半刚性，只有在高速公路建设里面有这样一个说法。但高速公路和海底隧道，那是完全不同的两回事。将这个概念强行插到沉管领域，我认为不合适，也发挥不了作用。"另一位专家也直接否决。

"专业跟专业之间，都有相通之处，"叶江辩解，"何况路桥本就是一个大行当，怎么就一定行不通呢？至于刚性和柔性，有个成语叫作'刚柔并济'，走一走中庸之道，也许能有更好的效果……"

杰森听着翻译的话，直接打断叶江："我不懂你们的中庸之道，科学也不要和什么传统文化混到一起，我们只讲事实。你提出的半刚性结构，曾经在一个海底隧道运用过？有没有成功？哦，中国从来没有成功修建过海底隧道。"

杰森说最后一句话的时候是挑着眉的，有种居高临下的骄傲。

这一刻，在场中国人都不舒服，可他说的是事实。跨海大桥的沉管，就是中国的第一条海底隧道，而且目前离成功还遥遥无期。

"中国没有过海底隧道，但在建这座桥的过程中，"叶江的手用力地挥了下，"我们要努力创新，形成'中国工法'。"

"但创新也是有限度的，"来自另一座桥的总工钱硕，也在今天的在邀顾问之列，"我们在上一个工程中也曾经尝试过创新，但因为步子迈得太大，最后适得其反，桥体的混凝土出现遇水开裂。现在你们做的沉管隧道，要一百二十年都在海底，如果遇到严重的漏水问题，那是多大的危险！"

这是一个致命的问题，会场中顿时议论纷纷。

"我们计算过半刚性结构的抗剪力，"叶江提高音量，压住了这片议论声，"可以保证沉管滴水不漏。"

"滴水不漏"四个字，惊呆了众人。寂静中，杰森突然发出了一声短促

第三章 中国新工法 | 149

的笑。

"你们的自信,我曾经很欣赏,但现在看来,这是一种极其愚蠢的自信。"杰森冷然看着叶江,"你见过世界上哪个隧道能做到滴水不漏?我现在有理由怀疑,是因为工期延误太久,你们怕负不起责任,才编出这么荒谬的言论!"

怀疑的目光更加聚焦在叶江身上。此话不无道理,岛隧在这种反复的拉锯中已经耽误了一年,眼下如果还拿不出方案,叶江确实交代不过去。

突然提出这么个石破天惊的半刚性结构,还号称能一滴水都不漏,怎么听都像是在夸海口。

"这是为了继续拖延时间吗?"蒋庆丰的话也尖锐起来,"还是有别的什么意图?"

骤然改变技术方案,也有可能是特殊材料有特殊的供应商。

都是干工程的人,大家心里门儿清,对叶江的看法更是复杂。

"这个方案,确实让人有很多疑问。"一直没说话的宋宁刚此刻也开了口,"半刚性的概念,从前既无理论,又无实践,跨海大桥这样的工程,拿来当第一个试验品,我觉得这风险太大,从技术难度上、工程规模上,都不太现实。就算从伶仃洋的水文环境来看,也有相当的不可靠性,对吧?"

宋宁刚看了一眼黎明川,他也站起身来发言。

"对。按照宋总的吩咐,我最近针对水文气象条件,做了风险评估。"黎明川说,"在钢圆筒建岛的时候,就因为海底出现异常暗流,造成施工船走锚。沉管要全海底操作,这个风险更大。潮汐不仅对前期施工,而且对后面沉管的稳固都有很大影响。如果是新结构,那么对影响因子的评估会更加不确定。到时候会造成多大的风险是未知的,而这也是最让人害怕的。"

黎明川有条有理的陈述,为反对意见加了码。

"这是伶仃洋啊!"港澳组的组长拍着桌子,"我们几十年前就想过要在上面建大桥。最后放弃的原因,除了资金和政策,还有恶劣的条件造成了技术的巨大难度。现在有荷兰的技术方案,为什么不用呢?资金问题可以想办法解决,如果盲目创新,造成施工或使用过程中的灾难,谁来担这个责任?"

"说来说去,都是担责任。"一个声音突然从后排响起。

众人都回过头去看,宋桥没有起身,仍旧坐着,仿佛只是无意中闯入这喧嚣。

"到底是不敢创新,还是不能创新?"宋桥淡淡一哂,"都是桥梁界的'天团'级人物,真的没有接受新概念的勇气吗?"

"宋桥!"宋宁刚厉声一喝,"你说的这是什么话?"

"实话。"宋桥抬了抬下巴,并未退让半分,"黑与白之间,有灰色。南极和北极之外,还有赤道。为什么刚性和柔性之间就不能有第三种结构?创新是什么?是另辟蹊径!如果那个苹果没有砸到牛顿头上,就不会有牛顿第一定律,为什么我们就不敢做那个苹果?跳不出固有的思维桎梏,就不可能有科学进步!"

宋宁刚又一次看见,宋桥眼中有燃烧着的烈焰。

她什么都不怕,即使面对千军万马,也要向前冲锋,怀着一腔不管不顾的勇气,也是燃不尽的热血。

在场的人一定都记住了她,以后,也许还会有更多人记住她。

宋宁刚低下头看着那份报告,指尖在纸页上缓缓摩挲,许久才开口。

"再给你们最后三个月,用实践来证明,半刚性结构是确实可行的创新。"宋宁刚声音低沉,"如果还是不行,那就换掉核心技术团队。"

临阵换将,是个残酷却又不得已的选择,工程等不起。

要么大胜而归,要么失去阵地,离开他们拼杀三年的战场。

成与败,已在一线之间。

29 遇见

会议散场时,杰森走到宋桥身边,停下了脚步。

"你很自信。"杰森盯着她。

宋桥一哂,又是极其愚蠢的自信吗?

"我仍然会反对,"杰森顿了一下,"但也祝你们成功。"

宋桥微笑着和杰森握手。

是对手也是同道,无论反对还是坚持,都是为了这座桥。

杰森走了,宋桥也准备离开,宋宁刚却从会场出来,叫住了她。

宋桥认命地留在原地,等待父亲的训斥。宋宁刚走到宋桥面前,沉默良久。

"好好干。"他只说了这一句。

宋桥顿时眼中一热,重重地点了点头。

她知道,最后的那三个月,是他顶住压力给他们的机会,不可辜负。

宋宁刚再未言语,继续走向前方。宋桥看着他的身影渐渐淹没在人群里,才慢慢下楼。

一出大楼,宋桥就看见了站在树荫下的黎明川,他正在打电话。

宋桥朝他微微点了下头,他一怔,也回以致意,看着她上了车。

手机放下来时,她已远去,黎明川轻轻地叹了口气。

今天,他没有站在她这一边,不知她是否会介意。

宋桥其实根本没有想到这一层,工作就是工作,"振华号"走锚的时候,她也曾旗帜鲜明地反对过他。

可如今的黎明川,似乎和她隔着点什么,他们已经许久没有在工作之外再联络过。

心中有些微的酸涩,但此刻的形势容不得她再多想什么。

三个月,像一块悬在头顶的巨石,随时有可能绷断那细钢丝,朝他们砸下来。

当晚的项目部,气氛一片凝重,仿佛谁多喘一口气,都觉得多浪费了一分钟。

"我联系了五家科研单位,"叶江坐在正中间,"进行背靠背实验,用数据来证明半刚性结构到底行不行。"

杨建功默默地点了点头。所有人都在怀疑到底行不行,包括他们自己。

行,那么就算过了这道坎。不行,他们就将离开这个辛辛苦苦建立起来的伶仃洋的新地标。

从进驻这工地的那一刻开始,他们只想到了难,没想过退。

可现在,留给他们的,就只有这么多时间。

"背水一战。"叶江的手握成拳头,在桌子上一捶,"就像小宋说的一样,为什么我们不敢做那个苹果?哪怕摔个粉碎,我们也要砸了试试!"

叶江的话,让众人的精神气儿又提起来一截。

是啊,反正已经是背水一战,何必预先想结局?先干了再说。

"叶总您安排任务吧,"杨建功说,"不够咱再调人过来,分头行动。"

叶江开始分配工作,大家都凑在一起,讨论急切而热烈。

周南方坐在角落里,仿佛被这一团空气隔开,眼神寂寥。

他突然觉得,自己太没用了。在会场上看着叶江和宋桥被质疑、被责问,他恨不得振臂一呼,可他什么也说不出来。

即使在这样的危急时刻,每个人都在贡献自己的一份力量的时刻,他也仍然做不了什么。

因为,他不懂桥。

他无能为力,他帮不了他们。在这个岛上,他看似活得热闹,其实始终只是个旁观者。以往他觉得这样很好,他本就不该属于这样的地方,他应该在更繁华热闹的世界。可如今融不进去,却让他内心深处有种隐隐的痛苦。原来他是想融入的,想走进这群人,想和他们一起,迎接阳光也好,面对风雨也好。

夜已深,但仍然在开会,周南方独自走了出去。大家都以为他是回宿舍睡觉,他却来到了海边。

黑黝黝的海,让他又想起了小时候的溺水,仿佛在暗处蛰伏着的怪兽。

但这一次,他却不是害怕,而是憋屈。波涛声响起,如怪兽在咆哮,他竟也忍不住,跟着吼了起来。

连续几声大喊之后,胸膛间的那口闷气似乎才纾解了些。他静静地站着,也不知道自己在想什么,眼角却隐约有了湿润。

小何和宋桥开完了会回到宿舍,她正要进门,却听见小何咦的一声。

"周南方怎么不在?"小何惊讶地问,"他不是早回来了吗?"

宋桥过来一看,上铺果然空空如也。

"不会是连夜逃离人工岛吧?"小何说,"想着咱这事儿没希望了。"

"有船吗?"宋桥白了他一眼,"也许出去夜跑了。"

第三章 中国新工法 | 153

毕竟周南方这段时间跟着叶总,也算是养成了运动的好习惯。

实在是太累,两人没再多说,各自进屋倒头就睡。

周南方却一直没回来,在海边坐到日出。看着那光一点点挣破黑暗,将天边晕染成淡金色,他心里仿佛也有某种东西在破土而出。

远处跑过来一个人,是叶江。即使通宵工作,也并未阻断他晨练的脚步。

周南方抖擞了一下精神,迎了过去。叶江有点诧异,想着昨天开会到很晚,怕敲门打扰到大家休息,他今天特意没去叫周南方起床。

"我昨儿一夜没睡。"周南方主动坦言,"想了很多事。"

"想什么?"叶江笑着问。

"就觉得吧,"周南方停顿了一下,组织语言,"好像不该总这么活着了。"

叶江还没来得及问他想怎么活着,他已加快速度冲了出去。

"快来啊,老叶,"周南方的笑声从前面传来,"看谁先跑完八千米。"

叶江一笑,追了上去。两道如风的身影,融在这个小岛的清晨中。

马上便面临着出差,宋桥跟着叶江去武汉做模型实验,杨建功则带着另一队人马远赴上海。

"福建那边也联系好了,"杨建功向叶江报告,"集团派人过去。"

"行。"叶江点头,"工大的事忙完,我和小宋就飞厦门。"

大家准备出发,临上船的时候,周南方跑过来送行。

"放心吧,我留下守着岛,"他笑嘻嘻的,"保证你们走的时候什么样儿,回来的时候还是什么样儿。"

他跟着宋桥混现场,也跟那群工人混得颇熟。

"行,"宋桥点头,"那你就协助老孙,多帮着管管。"

"你也多照看着老叶,"周南方总忘不了挤对叶江,"该让老头儿休息还得逼着他休息。"

一船的人都好笑,这周南方真是,没什么话是他不敢说的,也只有他敢说。

叶江摆手:"你可回去吧,别我走了就偷懒,早上又不跑步了。"

周南方朝众人飞了个吻,看着船离开,笑容里多了一丝怅惘。

还是舍不得的,但各有各的旅程,他留下来,也有自己的事要做。

当天下午就到了武汉,这里有集团的另一家分公司,经理王崇过来支援,带着他们去找专家。

"按照正常情况,实验周期需要半年。"杨教授也很为难,"你们这个时间太紧张了。"

"没法子啊,"叶江叹了口气,"就这,已经是局里为我们争取到的宽限机会。"

王崇也在旁边说情:"杨教授您给帮帮忙,眼看着都过春节了,本来不应该这么辛苦您,但工程上还等着啊。"

一群人都殷切地看着杨教授,他最终还是点了点头:"行,我试试吧。"

他现在能答应的,也只能是试试。这么短的时间,又是全新的结构,成与不成,他不敢保证。

宋桥和叶江留了下来,跟杨教授一起守在实验室里,废寝忘食地干活。

武汉的冬天温度不算低,风却裹着长江的水汽,直往人骨头缝里钻。

杨教授的实验室在工大,他们也就住在学校的招待所里。每天两点一线的这段路,不是在清晨就是在深夜,正值最冷的时候。

一路走一路说话,嘴里都冒着白气,浑身都冻得冰冰凉。而且房子里面没暖气,坐久了比外头还冷。

宋桥怕叶江身体扛不住,托王崇给他带来一件公司发的厚羽绒服。她自己也穿了一件,深蓝色的大棉袄上印着集团的名称,把人从头罩到脚,更是分不出男女。

这天中午她有事要去分局,匆匆忙忙从实验楼里出来,这还是她第一次白天走在工大校园里,竟有点找不到方向。

她正晕头晕脑地转,背后突然传来一个迟疑的声音:"宋桥?"

宋桥转过身去,看见了站在不远处的黎明川。

"还有点不敢认,"他笑着走过来,"看衣服上的字,才知道是交建的。你怎么来了这儿?"

"找专家做结构模型实验。"宋桥问黎明川,"你呢?"

"回来过春节。"黎明川指了指前方的大楼,"正好宋总提的搞'超级大脑'的骆教授在工大,我也是天天跑这边。"

两栋楼相距不远,他们却是第一次遇见,也不知道算不算缘分。

宋桥笑了笑:"忘了武汉是你的家乡。"

"作为东道主,"黎明川说,"我应该好好请你吃顿饭。"

"哪有时间?"宋桥一叹,"天天忙得脚不沾地的。"

日子一天天逼近,今年的年关,难过啊。

"你现在去哪儿?"黎明川问,"看你刚才好像都迷了路。"

"出校门打车,去我们航局。"宋桥回答。

"我送你吧,家里的车就停在那边。"黎明川不由分说,带着宋桥上了车。

普普通通的家用轿车,显示出他平实的家境,后排还有小孩子的玩具。

"我妹妹结婚了,"黎明川看见宋桥的眼神落在那娃娃上,含笑解释,"生了个小外甥,我爸妈帮着带。"

"挺好。"宋桥点了点头。她虽然不打算结婚生子,但软糯糯的小婴儿她也觉得可爱。

"现在天天在家里骂我,"黎明川摇头,"说妹妹都有伢了,我还连个女朋友都没带回去。"

每次聊到这种话题,两人都会卡壳,一时之间,车里的空气又安静了下来。

"你看我,老乱开玩笑。"黎明川打了个哈哈,"嘴比脑子快。"

"你的脑子也够快的,"宋桥顺势接话,"就那套精密的算法,跟那'超级大脑'差不多了。"

尴尬终于过去,可黎明川看着眼前熟悉的城市,身边坐着她,却突然有了点异样的感觉。

要真能带着她见见他的亲友,也好。

可她不是他的女朋友。黎明川望着前方,怅然地笑了笑。

此时,宋桥的手机响了,是王崇打来的,问她到了哪里。宋桥忙着回答,并未注意到黎明川的神色。

"你在群光广场旁边把我放下就行了。"宋桥说,"王经理过来接我。"

黎明川点了点头:"行。"

只剩一站路就到了,宋桥靠边下车,走了几步,听见黎明川叫她:"我回头去找你。"

宋桥挥了挥手,跑上台阶,去跟王崇会合。

黎明川继续往前,满大街都是过节的喜庆音乐,可身边的副驾驶空了,他心里也空荡荡的……

30　过年

很快就到了大年三十,黎明川家是四世同堂一起过的,热热闹闹的一大家子人,挤满了酒店包间。

老人在笑,孩子在笑。长辈们问起来,都是工作怎么样,什么时候结婚。

黎明川温和地一一作答,他常年在外地,一回来就是被重点关注的对象。

吃完了年夜饭,给小朋友们发过了压岁钱,黎明川悄悄欠身,跟母亲肖俊说要出去一趟。

"大过年的你去哪儿呀?"肖俊一瞪眼,"等下还要去你大伯家打牌。"

"你们玩吧,"黎明川说,"我去见个朋友。"

"大年三十的晚上见什么朋友?"肖俊不以为然。

"从珠海来的,人家春节还在出差。"黎明川的话让肖俊一愣,凑上前来。

"男的还是女的?"肖俊问。

黎明川起身拿外套:"女的。"

"女的你不带过来一起吃饭?"肖俊的声调高了起来,"也让我们见见嗳。"

她这一嗓子把众人的注意力都吸引了过来。

堂妹黎真真也抱着孩子过来了:"哟,我们伢就快有舅妈咧。"

黎明川拔脚就溜,怕被抓起来三堂会审。

而今晚,工大的校园里清清冷冷,几乎已经没有人。

叶江和宋桥也不好春节还抓着杨教授加班,让他回去和家人团圆,他们自己却还在忙。

黎明川到的时候,地上已经落了薄薄一层雪,他在招待所的门口抖落肩膀上的雪,去找前台打听交建的人住在哪儿。

上了三楼,黎明川远远地就听见从一间房里传来开会的讨论声。他过去敲门。

"给你们送年夜饭来喽。"黎明川笑着扬起手中的餐盒,这是他从酒店专门打包带过来的。

有龙虾,有鱼,还有专门给不吃海鲜的宋桥准备的排骨藕汤,满满当当摆了一桌子。

"没想到啊,"叶江笑着感谢,"在这里还能有这么丰盛的年夜饭。"

"看你们太忙,也没好意思请你们出去吃饭。"黎明川帮着给各位盛汤,放到宋桥面前的那碗,藕特别多。

"别处吃不到这么粉的藕,"黎明川说,"洪湖特产。"

如他所说,粉粉糯糯的藕就像化进了汤里,进了胃里极为熨帖。

一群人也确实饿了,又恰逢美味,吃得酣畅淋漓。

"今天的会就开到这里吧,"叶江说,"到底是过年。"

他也看出来,这小伙子对宋桥有那么点不一般。人家特意大年夜赶过来,总该给人家个相聚的机会。

收拾完桌子,宋桥和黎明川一起下去扔垃圾。雪下得越发大了,但刚吃完饭,却不觉得冷。

"我们走走吧,"宋桥一笑,"今天的雪很美。"

是很美,路灯的光温柔地铺在雪地上,有种温温润润的白。

黎明川和宋桥并肩走在空旷的校园里,只听得见脚踩在雪上咔嚓咔嚓的声音。

"实验进展得怎么样?"黎明川找了个话题。

"还好,"宋桥回答,"出来的数据和我们预期的趋势差不多。但这只是一方面的佐证,还有很多工作要做。"

"真辛苦啊。"黎明川沉叹出一口气。他知道宋桥是个不怕苦的人,可有时候看看妹妹黎真真她们,他也会希望,宋桥偶尔也能过妹妹那样的生活,至少像大年三十这种日子,可以安逸上一天。

"你也辛苦,"宋桥侧过脸来,望着黎明川一笑,"这么远过来,给我们送年夜饭。"

在他推开门的那一刻,她的心里是惊喜的,虽然未盼着他来,但他还是来了,带着温暖的饭菜香,带着一身风雪。

"谢谢,"宋桥的声音很轻,轻得像雪落,"能认识你真好。"

黎明川的心仿佛被猛地撞击了一下,他怔然看向宋桥。

宋桥说出了这句话后有些不好意思,故意跳起来去扯树枝,雪撒下来,落了黎明川一脸。

"嘿!"黎明川抹了把脸,立马从地上捏起一个雪球,朝宋桥还击。

宋桥也不是吃素的,从小打雪仗她就没输过。

两人都被砸了一身的雪,才终于停了下来,宋桥叉着腰喘气:"行啊,你这体力,平时看着像个白面书生。"

"喊,"黎明川不屑,"我在大学的时候,还参加过游泳锦标赛。"

"那是,"宋桥撇了撇嘴,"当初救你就是救错了呗,水性这么好,我还自不量力。"

黎明川好笑:"又翻旧账,这茬儿过不去了是吗?"

当初看见宋桥来救他,他确实有点惊讶,但一个女孩子,能这样不顾危险去救陌生人,也许最初的动心,就是在那一刻。

他其实已经渐渐明白自己的心意,但她还没有。可今天她能对他说认识他真好,他已经觉得满足。就这样慢慢地走下去,不逼她,不为难她,顺其自然。想通了这些,黎明川曾经放在心里的怅惘也随之散去。

"走吧,我送你回去。"黎明川伸手拂落她袖子上的雪,"给宋总打个电话,说声新年好。"

宋桥心中一动。

可回到房间,宋桥给宋宁刚打电话,拨了一遍又一遍,那边都是忙音。

宋桥失望地放下手机,却听见叶江在楼道里喊:"小宋,老宋让我代问你新年好。"

宋桥的眼泪一下子冲了出来,挡都挡不住。

她胡乱抹了一把,开门笑吟吟地回:"那您也帮我跟他说一声新年好!"

这个大年夜,累并快乐着,宋桥带着温暖入梦。

黎明川回去后却被逼供,父母各据一方。孩子已经睡了,黎真真也出来帮腔。

"你到底去见谁呀?"肖俊用审视的眼光扫着黎明川,"大半夜的才回,还一脸喜气。"

这么明显吗?黎明川下意识地摸了摸脸。

"行了,哥。"黎真真无情地吐槽,"你这枯木逢春的样儿,瞒不了人。"

"就照实说吧。"父亲黎松也慢吞吞地开口。

"是有喜欢的人了。"黎明川见躲不过,干脆坦白,"但她目前对我,应该还没到这一步。"

"那就追呀!"黎真真恨铁不成钢,"哥,你看看你自己,一表人才,名校毕业,现在好歹也是个老板,连个姑娘伢都搞不定,真丢我们家的人。"

肖俊也是痛心疾首:"你妹夫大学时就把真真追到手了,你在干吗?三十多岁的人了,漂那么远,我们又不能给你介绍对象,那你就自己争点气呀!"

"我算大龄结婚,三十岁也把你妈娶进门了。"黎松补刀。

"对方家里什么环境呢?"肖俊已经开始查户口。

"她妈妈很早就过世了,她爸爸也在工程上。"黎明川并没有说宋宁刚的身份。

"她自己咧?"肖俊又问。

"桥梁工程师,"黎明川说,"就是和我的项目合作的那个跨海大桥。"

"工地上的啊?"肖俊和黎真真对视一眼,"那不大顾家吧?"

"妈你想太多了。"黎明川头疼,"八字没一撇的事。"

"那总要从长远考虑的呀。"肖俊追着躲进房间的黎明川,"你把她约出来我们见见。"

"她忙死啦。"黎明川关上门,"我也跑累了,要睡觉。"

无论肖俊再说什么,屋里都没了声音,她气得一摆手:"你说你哥,一遇到这事他就装死。"

"算了算了,"黎真真到底还是心疼黎明川的,"忙了一年,回来也就休息几天,别人逼他,我们就不要逼了。"

"哪个逼他呢?还不是为他着急?"肖俊从来就是在家里说了算的,她朝黎松踢过去一脚,"你这个当爹的,也不好好做做儿子的工作。"

黎松也一声不吭地回屋睡觉去了,表示沉默的抗议。老婆厉害,儿子有主意,他退休了只想钓钓鱼,可不想搅进他们的纠纷里。

黎真真早就明白这家庭格局,忍着笑拉肖俊回房,两人一起看着可爱的小宝宝,又高兴起来。

接下来几天,吃饭的时候、看电视的时候、逛街串门的时候,肖俊都会见缝插针地催婚。黎明川耳朵都快起茧子了,好不容易熬到初六,去跟骆教授做了最后的定案,就准备离开武汉。

临走前,黎明川又去找宋桥,但在实验室门外,看见所有人都在聚精会神地盯数据,他不好打扰,只悄悄地给宋桥发了条短信。

直到中午吃饭的间隙,宋桥才有空看手机,发现了黎明川给她的留言:我在珠海等你。

宋桥一怔,除了沈菲,很少有人会说等她。

想了半天,她终于回了短信,只有一个字:好。

黎明川此时已准备登机,看到宋桥的回复,微微一笑。她不再是没回应的人,这已经是进步。

宋桥和叶江忙完武汉的事,并没有回珠海,而是直飞厦门。那里还有另一组实验等着他们,时间紧迫,必须争分夺秒。

此时,陆珊妮却已经回到了珠海。从爷爷辈开始,他们家每年的春节都过得很传统。这一次陆应成更是跟着回来,拉她一起去龙山村,给祖宗上香。

周南方也难得被放了回来,毕竟是过年,周冲不敢承受陈海生的怒火。

两家人又聚在了一起。周南方和陆珊妮见面的第一秒,就互翻了个白眼。

可陈海生撮合之心不死,还是将他们安排到了邻座,吃饭的时候,夸了乖仔又夸乖女,态度明显得快要绯闻四起。

陆珊妮的脸上已经连假笑都快挂不住了,她低声对周南方说:"你能不能劝劝你公公,不要这样胡乱拉郎配?"

"你以为我想啊?"周南方皮笑肉不笑,"跟你配一起,我也觉得丢人。"

陆珊妮要不是受过多年的淑女教育,恨不得拿盘子里的烧鹅砸他的脸。

可偏偏吃完饭,陆应成又想起了在岛上时周南方的那个邀请:"南方,你们年轻人要是觉得无聊,你可以带珊妮到处去转转,看看你上次说的那面贝壳墙。"

此言一出,陆珊妮和周南方都很想死。周南方第一次自己骂自己嘴欠,他当初为什么要说那句话?

陈海生也接话了:"对对对,出去随便玩,钱尽管花,公公给你们全包。"

在诸位长辈的一片期望之中,陆珊妮只好上了周南方的车。出村拐弯到了大道上,她立刻要求:"让我下车。"

周南方也不客气:"那你回去可别告状啊。"

陆珊妮就这样被扔在路边,周南方驰骋而去,带起一溜青烟。

就这种人,一辈子也别想有女朋友!陆珊妮气得直跺脚。

周南方玩到傍晚,才独自一人回来,陆应成奇怪地问:"珊妮呢?"

周南方脸不红心不跳:"她说玩得太累,先回去休息了。"

众人不疑有他,也没再过多追问。等陆应成回到酒店,进门就看见陆珊妮臭着一张脸,坐在窗边对他不理不睬。

"怎么了?"陆应成问,"今天玩得不开心?"

"跟他在一起能开心吗?"陆珊妮终于忍不住爆发,"您知道他是怎样对待我的吗?出了村子就直接把我丢下,我在路边等了半个小时的车!"

"那你为什么不直接回村里?"陆应成抓住了重点,"是不是你自己闹脾气,不想跟他一起玩,又不想回去应付长辈?"

陆珊妮哑口无言。

"珊妮,"陆应成语气严肃,"说到底还是你的态度问题,南方和你合不来,也有你自己的原因。"

"您为什么总是帮着别人说话?"陆珊妮叫起来,"您的心是偏的!"

一到内地,她好像就不再是他的那个娇宠的小女儿,这里才是他的家乡,这些人才是他的家人。

"我没有偏心,但你确实有错。"陆应成一叹,"南方虽然顽劣,但并不坏,而且都是一个村子出来的,他和我们也是有亲缘在的。你善待他,他才会善待你,这一点,放在你对待内地所有人的态度上,都是没错的。你不要在内心做区分,不然以后还会遇到更多的挫败。"

陆珊妮默不吭声,望着落地窗外的那座城市,和香港的繁荣相比,即使是夜景,也掩不住简陋。

怎么才能不做区分?香港就是香港,内地就是内地。

31 了悟

而陆应成的话,没过几天就应验了。

陆珊妮的公司初八才开工,初十陈露就辞了职。

"我不干了。"陈露冷冷地将辞职报告丢在陆珊妮面前。

这种态度激怒了陆珊妮,她挑了挑眼角:"你另攀上了什么高枝?"

"放眼珠海,资金能力比你们强的,基本没有。"陈露一哂,"可至少不会将人分等级。您还是带着您的香港同事们,好好在内地打拼吧。但也奉送一句话:入乡随俗,不要自以为了不起。"

陈露说完就出去,抱起早就收拾好的箱子,走出了公司。

朱迪在身后阴阳怪气地说:"好走不送哦。"

陈露回头,看了一眼公司的招牌,笑容里含着一丝嘲讽:"祝你们前程似锦。"

就在两周后,助理慌张地闯进陆珊妮办公室,向她报告:"陆小姐,开发区的那块地,批给了银海地产。"

"什么?"陆珊妮惊得站了起来,"不是已经谈好了给我们吗?"

半晌,助理才嗫嚅着透露了一个信息:"陈露……陈露她辞职以后,去了银海。"

陆珊妮表情一愕,又慢慢坐了回去。

陆珊妮没有想到,一个小职员,竟然会影响到整个事情的走向。

开发区的项目审批手续一直是陈露负责跑的,她走后,朱迪自告奋勇地顶上,却直接崩了盘。

"除了材料上的那点东西,其他一问三不知。"管委会的王主任摊手,"建筑、消防、后期环保,没有一个是她能协调好的,要怎么才能放心把地交给你们?"

陆珊妮饶是再骄傲,此刻也不得不低头,柔声细语地申辩:"可我们的实力要比银海强啊。"

"论资金,论陆氏集团的名气,那的确是这样。"王主任说,"可银海集团是本土企业,在珠海乃至广东承建了很多项目,从经验上来说,他们是比你们丰富的。现在事情已经定了,也不用多说了,以后有机会再合作开发吧。"

回去的路上,陆珊妮坐在车里一言不发,朱迪慌得想解释:"陆小姐,真的,我也很努力地想要去争取,可是……"

强龙压不过地头蛇。陆珊妮脑子里突然冒出这句谚语。

无论是公司,还是个人,都如此。

她仗着陆氏的名号,觉得来到珠海也会一样厉害,根本没把对手放在眼里。

而陈露虽然只是一名职员,却已在本地打拼多年,有经验,有人脉,不是朱迪这种外来者就能轻易代替的。

她是不是错了?要当陆总,而不是当陆小姐,没这么轻松。

陆珊妮回到公司,却意外地在电梯口遇到了黎明川,他带着一群人正在搬东西。

"你这是……?"陆珊妮看了一眼他手上的打字机。

"我们公司搬回来了,"黎明川依然是一脸温和的笑意,"就在你楼上。"

陆珊妮顿时一愣。

"但为了节约点钱,我们还是尽量自己搬家。"黎明川并无羞愧,说得坦坦荡荡。

陆珊妮有些不知道说什么好,点了点头,就走进电梯。

金飞从后面追过来,好奇地问黎明川:"这就是那个'十亿千金'?"

"你小点声,"黎明川叮嘱,"电梯刚上去。"

"真漂亮啊,"花花也凑了上来,艳羡地感叹,"又有气质,到底是富贵人家培养出来的,和我们这些穷草根不一样。"

"你也不穷啦,"金飞安慰,"黎老板不是刚给你涨了工资?"

"也对,"花花又高兴起来,"等今天下了班,我就去旁边的商场,买条新裙子。"

"瞧你这点儿出息。"金飞挤对道。几个人说说笑笑地上楼。

办公室比以前的还大,人也多招了一批,现在的锐信,已经有了新气象。黎明川环顾着这个地方,心里有种稳稳的踏实感。

他们在一步一步地往前走,越走越见光明。

而陆珊妮坐在他楼下,此刻心中却有点五味杂陈。黎明川也杀回来了,那个以前让她觉得连租金都交不起的公司,如今就在她头顶。

这感觉,让她不舒服,就和陈露的事情一样。

可这不舒服,她连发泄都没处发泄,似乎计较了是自降身份,不计较又是无法回避的现实。

"爹地,"陆珊妮最终还是忍不住,给陆应成打了电话,"锐信搬回了我楼上。"

"哦,是吗?"陆应成倒是很高兴,他没看错那个年轻人,"等有空了我过去转转。"

陆珊妮犹豫了一会儿才开口:"开发区的那块地,丢了。"

"怎么回事?"陆应成忙问。

"有个内地职员离开了,"陆珊妮尽量说得轻描淡写,"把项目也带走了。"

她不愿意向父亲承认自己的失策,但集团是她的上峰,她必须如实汇报。

陆应成沉默了好一阵,并没有直接批评女儿:"吃一堑长一智吧。"

有些东西,只能由她自己去悟,摔跤也不是坏事。

打完电话,陆珊妮心里闷闷的,不想继续待在办公室,本打算出去走走,到了电梯口不知怎么又停下了脚步,最后去了上一层楼。

她莫名地想看看,黎明川的公司,到底是什么样。

说一片狼藉也不为过,东西都还没归位,到处都乱糟糟的,却是一番朝气蓬勃的景象。

不像她的公司那样泾渭分明,这里无论是谁,都在热热闹闹地干事,笑声、喊声此起彼伏。

"有个两天,总能收拾利索吧。"金飞和黎明川一起从里间走出来,"赶紧干活,好赚租金。"

正说着,金飞突然看见了站在门口的陆珊妮,声音变成了卡带:"那……那不是……"

黎明川循着他的视线望过去,也是一愣。

"陆总您怎么来了?"黎明川过去迎接,"办公室还乱着,都没个坐的地方。"

"就是来看看。"陆珊妮仍然保持着那点倨傲的劲儿,"毕竟曾经是你们的客户。"

"希望以后有更多的业务交给我们做。"黎明川笑着说,"还要赚钱交租金呢。"

陆珊妮忍不住一哂。这个人,其实将别人的心思看得很分明。

"有空吗?"她挑眉看着他,"去喝杯咖啡。"

黎明川微怔,将事情交代给金飞,随陆珊妮下楼。

二人在咖啡厅里对坐,陆珊妮缓缓搅动着杯中的奶泡,许久才开口:"你是不是觉得,我的公司里很不公平?"

"具体的事情我不了解,"黎明川斟酌了一下言辞,"但就那天我看到的争执来说,这种不公平现象,应该是存在的。"

"陈露走了,"陆珊妮笑笑,"就是那个内地员工,她的事情由香港同事接手,但是搞砸了,地批给了她新去的那家公司。"

黎明川也没想到会发生这种事,陆珊妮今天的反常,看来就来源于此。

"这是一个教训。"黎明川的话让陆珊妮愣住了,连父亲都没有这样批评她。

"如果你将内地员工差别化对待,那么你就不要指望被这样对待的员工会效忠于公司。"黎明川直言不讳,"他们从进来开始,就能看到自己的职场天花板,既然突破不了,那只好另找出路。这是很正常的事,你不能怪别人。"

陆珊妮被他的这一番话呛得喘不过气来,直接想要辩驳:"可是……"

但她最终也没有"可是"出来,他说的,是事实。

她没有善待别人,所以别人也不会善待她,是她自己的错。

一杯咖啡,一口都没喝,看着黄白交错的混乱颜色,陆珊妮突然觉得迷茫。

也许她是应该留在香港做陆小姐,而不是非要出来闯荡做陆总。

可黎明川却突然又开口:"陆总,什么时候开始都不晚,只要先纠正自己的观念。"

陆珊妮慢慢地抬起头看他,这个她曾经看轻的人,有着坦然无畏的眼神。

他自始至终没有怕过她,也没有轻视过她,想说什么就说什么,无论她是甲方,还是一个坐在他对面的挫败者。

内地的草根创业者,都像他这样吗?反倒是她这种衔着金汤匙出生的人,不懂什么叫作真正的创业。

他今天已经搬到了她的楼上,以后会不会成为她的甲方?

黎明川似乎又一次看穿了她的心思,笑着说:"在这里,你也会遇到很多对手的,做生意不是那么容易,即便你背后是陆氏也一样。今天你的地皮丢了,下次也许房子修不起来,都是有可能的。"

"你能不能说点好话?"陆珊妮无语。

"你身边说好话的人应该很多吧,"黎明川淡定地抿了口咖啡,"不知道你有没有听过一个成语,忠言逆耳。你应该多听些能刺痛你的话。咖啡加再多糖,也掩盖不了它的苦味。奉承也是一样,对于想进步的人来说,是没有用的。"

陆珊妮沉默了许久,拿出卡放在桌上:"好吧,今天我请你喝咖啡,就当感谢你又给我上了一课。"

服务员过来:"对不起,我们这里不能刷卡,只收现金。"

陆珊妮呆住了,黎明川掏出一张钞票:"不用了,就当我给甲方的回馈礼。"

陆珊妮哭笑不得。

喝完咖啡回到楼上,陆珊妮独自在办公室里坐了很久,随后宣布自己的决定。

"陆小姐,"朱迪惊慌失措,"您要把我调回香港总部,是不是因为这次项目的失误?我一定会努力弥补的,对不起。"

"你不用道歉,"陆珊妮神色平静,"是我没有知人善任,把每个人摆在合适的位置上。"

众人都怔住了,停下手中的工作望向陆珊妮。

"陈露的事情,是我的问题。"陆珊妮迎向大家的目光,"香港和内地的员工,福利待遇差别化,这一点我做错了。"

没有人想到,陆珊妮也会认错,而且是对自己的下属认错,一时都有点反应不过来,木木地相互对视。

"陆小姐……"助理迟疑地开口,想把错揽到自己身上,"是我没有平衡好公司内部的关系。"

"不,我才是老板。"陆珊妮说,"我定的基调,你们才会做偏。以后这样,还有香港员工在这边的,按照异地出差来发放补助,至于其他方面,无论哪里的员工,福利待遇基准都是一样的,并且按业绩来奖励。"

众人面面相觑,随后内地员工们先欢呼起来:"陆总万岁!"

看着他们的笑脸,陆珊妮在这一刻,心里突然有了种奇异的感动。

都是一样的啊。我们和他们,在同一个公司,为同样的目标而奋斗。

所以为什么还要分我们和他们?

"今天都不工作了吧,"陆珊妮微笑,"公司成立这么久,我们也没有一起聚会过,就找个地方,好好玩一玩。"

室内更是响起了雷鸣般的掌声和欢呼声,连灯光都仿佛亮了几分。

32 回归

花花从楼下上来,一脸惊讶:"千金的公司怎么了?一大群人拥着她出去,高兴得跟过年一样。"

"大概是团建吧，"黎明川一笑，"她终于想通了。"

到了晚上，陆应成和陆珊妮通电话："听说你要把朱迪调回香港？"

"对，她的思维和做事方式，不适合在珠海工作。"陆珊妮说着笑了起来，"而且他们背后说我有从香港过来的'四大护法'，我现在不需要这么多护法了。"

"看来我们珊妮是开窍啦。"陆应成也笑了，"爸爸很开心。"

"我今天又被黎明川上了一课。"陆珊妮歪着头，"爸爸，我觉得您应该把他收过去，当您的助理。"

"为什么呢？"陆应成问。

"很奇怪啊，"陆珊妮撇嘴，"你们差了二三十岁，可教育我的话都差不多。"

陆应成在那边放声大笑："那是你的福气，你真的可以和他做朋友试试看。"

陆珊妮第一次没有反驳，默不作声。

黎明川这个人，脑子里好像是有点东西的，还有那种气场，有时候让人不得不服。尽管她不愿意承认，但某些地方，他或许真的高她一着。

陆应成看着女儿沉默，其实也在思索。他让陆珊妮去内地开公司，为的不仅仅是她个人的发展，陆氏的版图，同样需要开拓。

如果有合适的人才能招入麾下，那也未尝不可。

等有机会，他要和那个小伙子好好谈一谈。

宋桥回到珠海时，正月已将近过完，他们几乎在外面漂泊着过了这个年。

而三个月的期限也马上就要到了，一回来就是紧锣密鼓地和各方开会，总结数据、整理、说明。

但宋桥还是抽空给黎明川发了个短信，说自己已经回来，但是太忙。

黎明川让她安心工作，同时他安了心，至少她再忙，也仍然记着他的话。

宋宁刚也和他们一起开会，照样是杠得翻天覆地，有时候是老宋、小宋父女俩，有时候是老宋、老叶拍着桌子对骂。

众人背后都说会议室里仿佛安着轰炸机，没有一刻能消停。

结果是显著的,现在可以从多方面证明半刚性结构存在的合理性。但反对派也依然坚挺,国外的杰森,国内的陈宁、蒋庆丰,还有其他各派专家,同样都在争分夺秒地找他们的漏洞。

科学,同样需要博弈。

而让众人奇怪的是,周南方现在居然场场会不落,还记笔记。虽然他的眼睛里经常闪着迷茫的光,可他那求知欲已经强烈到无人能忽视。

作为将他丢到岛上来"变形记"的直接领导,宋宁刚也忍不住有点好奇,终于在一天开完会的时候,抽走了周南方的笔记。

虽然字像鬼画符,但还是可以看见他的努力。"抗剪力""混凝土参数""防漏"等专业名词,有的后面还配着他自己的图解,比如不同积木组合代表的不同结构。

"你这是干什么?"宋宁刚费解,"有点不像你呀。"

当初那活脱脱的一个"二世祖",至今让全管理局的人记忆深刻。

"学习。"周南方一本正经地抽回笔记,"我不能纨绔一辈子。"

正回来拿资料的宋桥,听见这句话脚步一顿,怎么这么耳熟?

"是宋桥以前说的,"周南方解释,"我现在觉得很有道理。"

宋桥和宋宁刚下意识地对视一眼,看见了彼此眼里的迷惘和震惊。

而周南方的宿舍里还摆满了专业书,小何很担忧,怕书的重量加上人的重量,会压垮上铺的床板,最后落在倒霉的他头上。

"周南方这是疯了吧?"小何怀疑地说,"我们出去了这两三个月,到底发生了什么?"

"爱学习有什么不好?"宋桥不以为意,"总比他以前成天混着强。"

这时,只见周南方走进食堂,主动坐到了叶江的身旁。

"老叶,您今天讲的那个基槽结构,我有点没听懂。"他居然是去请教专业问题的,小何嘴角剧烈一抽。

疯了疯了,真的是疯了。瞧这个刻苦钻研的魔怔劲儿,别宋桥还没当上总工,周南方先成了。

宋桥倒也不完全意外,其实从周南方每天陪着叶江跑步开始,她就觉得他有了改变。监督岛上装修的时候,他虽然嘟瑟,但干得极认真。他不是个真正想一辈子纨绔的人,只是过去没找到方向。现在,他大概是慢慢摸着点路了。

晚上回宿舍的时候,周南方走在前面,肩膀突然被人一拍。

"哎,"宋桥的笑脸出现在他身后,"有空的时候,我也可以帮你解答问题,毕竟叶总太忙。"

"是吗?"周南方不好意思地挠了挠后脑勺,"耽误你们的时间了哈。"

"不容易,"宋桥点点头,"第一次对占用别人的时间有了羞愧感。"

想当初他可是胡搅蛮缠的祖宗,走哪儿都讨人厌,还打发不掉他。

"我就是想学点东西,"周南方手撑在栏杆上,望着伶仃洋,"你们以后有困难的时候,我好歹也能帮着说两句话。"

宋桥一愣,她没想到,周南方的初衷居然是这样。

想想当初,当所有人都在热火朝天地讨论时,他独自离开,心里应该满是愧疚和落寞吧,还有那种参与不进去的隔离感。

"学吧,我帮你。"宋桥说,"有问题尽管问我,教你我还是足够的。"

"得了,"周南方翻白眼,"我是不是还应该叫你一声'师父'?"

"我不介意啊。"宋桥摊开双手,好像现在就等着周南方的拜师大礼。

"做梦!"周南方瞪了宋桥一眼,进宿舍关门落锁。

但周南方那股学习的劲头还是挡都挡不住,既然宋桥开了口,那他就逮着各种空子问问题。到底不是学桥梁的,专业书上的东西,他有很多看不懂。

宋桥也不嘲笑他,即使是基本概念,也仔仔细细地给他讲。

周南方嘴上不说,心中却满是谢意。

而陈琳现在也不常来了,偶尔来一回,竟然是送周南方买了寄到家里的书。

周冲看着家里的一堆堆专业书籍,觉得莫名其妙:"这小子是不是又在演戏呢?想假装勤奋好学,让我把他给弄回来?"

"你能不能盼儿子点好?"陈琳生气,"他上进你不高兴,不上进你也不高兴!"

周冲被撑了个将信将疑,但他知道最近宋宁刚忙着,也不好去打探情况,只得先按兵不动,等周南方自己现形。

而此时,决定团队命运的时刻到了,最后一次论证会即将召开。

开会前夜,每个人都紧张万分,又将材料复核一遍之后,叶江宣布散会。

是死是活,也不差这夜里的几个小时,还不如让大家好好休息,养足精神。

但真正入眠的有几个,没人知道。宋桥睡不着,在床上如同一块石头,僵硬着不动。

就在这时,手机铃声响了,是黎明川打过来的。

宋桥一怔,躺着接起,低低地喂了一声。

"失眠了吧?"黎明川带着笑的声音,总是如一阵柔风,能暂时抚平心中的皱褶。

"嗯。"宋桥没有否认,"明天就要开论证会了,一锤定音。"

"我相信你们,"黎明川说,"是天下第一锤。"

宋桥的脸上也有了一丝笑意:"但愿。不过国内外那些专家也不是吃素的,据说结成了反对者同盟。"

不知道为什么,这些明明有着巨大压力的事情,和他聊起来,那座压在头上的大山好像移开了些。

"也没关系,你上次不是把'天团'都撑熄火了吗?"黎明川调侃,"一'女'当关,万夫莫开啊。"

宋桥笑了起来:"说得我像花木兰。"

"对,无往不胜的女将军。"黎明川轻声说,"在我心里,你就是这样。"

宋桥竟不知回一句什么话,才能描述自己此刻的感受。

"黎明川……"她叫了他的名字又顿住,接下来要说什么,她心里一片模糊,却又隐隐地觉得,自己是有话想说的。

黎明川等了许久,也没等到后面的话,最后叹了一声:"现在睡吧,能睡得着吗?"

"我不知道。"宋桥半张脸埋在枕头里,闷出了低低的鼻音。

"那我给你唱首歌吧。"黎明川突然说。

宋桥惊讶:"你还会唱歌?"

"我可是校园十大歌手之首,"黎明川挑眉,"只不过工作以后,我懒得唱。"

打工的时候本就是"社畜"(上班族的自嘲),他懒得在团建中再贡献自己的剩余价值。做了老板,他宁愿将显山露水的机会留给下属,毕竟他只要负责买单就可以了。

宋桥听了他这番谬论直撇嘴:"我看你就是个隐性'社恐'(社交恐惧症)。"

他和她一样,其实除了工作,其他时间都并不太热络。

"所以我只给你唱。"黎明川的这句话,在宋桥心头一撞。

为她做菜,给她送年夜饭,为她唱歌……每一次,都含着点独一无二的宠。对于没有被宠爱过的人,这感受特别鲜明。

> 乌溜溜的黑眼珠,和你的笑脸
> 怎么也难忘记你,容颜的转变
> 轻飘飘的旧时光,就这么溜走
> 转头回去看看时,已匆匆数年
> ……

他唱的是罗大佑的一首老歌,声音低沉而有磁性,带着淡淡的温柔。

宋桥这边的夜,很静很静,只听得见他的声音和她的呼吸。

一曲终了,他停了下来,她也未出声。许久,她听见他说:"有没有人告诉过你,你的眼睛很漂亮?"

宋桥听见自己的心怦地一下,仿佛冲出了胸口。

那天晚上她回答了什么,她已经记不清了,只知道脑子里一片空白,仿佛是梦呓。

最后他在笑:"睡吧,明天还要开会。"

她就这样睡着了,梦中似乎还回响着他轻柔的声音。

她的眼睛很漂亮,她第一次知道。

33　征服

次日早上醒来,就已进入全员战备状态。临出发前叶江对宋桥说:"今天你先上台讲。"

宋桥一愣:"我?"

"对,全程你都跟了一遍,没有问题。"叶江很笃定,"大家也都已经认识你。"

说起上次会上的"丰功伟绩",无人不知宋桥,连集团领导过年问候叶江的时候都开玩笑说,他培养出了个"刺儿头"。

那就好好刺一刺,刺破桎梏,让大家都往前走一步。

杰森照例到场,其他人也严阵以待。当看到走上台的人是宋桥时,大家都不约而同地露出惊讶之色。

"今天由我来做报告。"宋桥在鞠了一躬之后,镇定地开口,"我们在这三个月里,从武汉、重庆、厦门、上海、西安找了五家重点科研单位,进行背靠背的实验。不相互干扰,不影响其他方的判断,全程单线联系,最后得出了如下结果。"

宋桥打开数据页面,逐点分析。台下坐着的是谁并不重要,她只需要讲述清楚她要表达的观点。

宋宁刚和叶江对视一眼,都为她强大的心理素质而感叹。

这个行业,未来不缺接班人。

但杰森并未放过她,一个接一个的问题,质疑得毫不留情。其他人也随之而上,这简直是一场学术围攻。

宋桥也有紧绷的时候,但对数据的把握和扎实的基础,还是让她平静了下来,点对点地答疑。

叶江也会在适当的时机对她的观点进行补充,一个台上,一个台下,配合默契,将射来的箭矢又尽数抛了回去。

这场论辩持续了五个多小时,该提的问题都提出来了,该争执的也已经争执清楚。

到了最后,大家都靠在椅背上,疲惫得不想说话。

而这沉默,也意味着胜利。

宋宁刚走上台,和宋桥对视了一眼。她会意,坐回自己的位置上。

"今天的论证,进行得非常充分。"宋宁刚做总结性发言,"各位专家从技术上、结构上、细节上,做出了详尽的分析和探讨。工程方从实际出发,回答了疑问,虚心征求建议。即使还有分歧,也都在可控范围之内。从目前来说,基本可以达成共识——半刚性结构是可行的。"

宋桥坐得笔直,但此时却悄悄地松了口气。

"这样吧,大家也都辛苦了,今天的会就开到这里。"宋宁刚该圆滑的时候也很圆滑,"回去可以再消化一下会上讨论的内容,有什么想法就反馈给我。一周以后,再下最后的定论。"

大家都有了转圜思考的余地,没人再纠结,纷纷散场。

杰森分明还想说什么,但最终没说,离场前深深地看了宋桥一眼。

"他瞅你干啥呀?"周南方故意一口东北腔。

"意思这事儿还没完呗。"宋桥懒洋洋地回答。这场大战,也真的是让人累了,站在台上不觉得什么,下来了才发现腿上已经没了力气。

说半点不紧张,那当然是假的。但在战场上,必须全力拼杀。

叶江也走了过来,满脸笑意:"不错啊小宋,表现得很好。"

"谢谢叶总给的机会。"宋桥潇洒地做了个敬礼的手势。

"别得意忘形,"宋宁刚冷哼一声,"万里长征第一步,你的路还远着呢。"

宋桥只笑眯眯的,也不作声。她看得出他眼神里隐藏的夸奖。

"再等一个星期,局里宣布结果。"宋宁刚说,"估计还会有人提意见,你们也别掉以轻心。"

叶江点头:"好,也辛苦你老宋了,费尽心思地为我们周旋。"

从当初许诺的三个月到这次论证会期间,对反对力量做各种平衡,宋宁刚其实一刻也没闲着。

"我就这个命,"宋宁刚摆手,"操心的命。"

"药接着吃啊,"宋桥没忍住,"不够了我再去买。"

这话说得周围的人都一愣,看着他们俩,这老宋和小宋怎么回事,还互相照顾上了?

"刺了我这么多回,让她跑跑腿怎么了?"宋宁刚一嗤,理直气壮,"别把我气死喽,多给我买点药补补。"

他这一解释也算糊弄了过去,其他人没再怀疑。宋桥有点愧疚地摸摸鼻子,后悔自己脱口而出,差点给他惹了麻烦。

宋宁刚看在眼里,却有点心疼。出来的时候,他特意走到最后,和宋桥并排。

"药我已经让李方买了,"宋宁刚的声音低得只有宋桥能听见,"你不用担心。"

宋桥重重地点头:"嗯!"

他们的关系在一天天缓和,也许真如黎明川所说,还有这么久的时间相处,指不定哪天就父女情深了呢。

她期待着那一天。

宋桥前脚刚回到岛上,后脚就接到黎明川的电话,她下了船,站在海边接听。

"听说你今天在会上又大展风采。"黎明川的声音从那头传来。

宋桥好笑:"你在局里埋着内线还是咋的?"

"我人缘好。"黎明川大言不惭。

这话倒也没错,提起黎明川,基本众口一词地说他人好。

但宋桥知道,有些事,他只为她一个人做。想到这里,她心里就泛开一丝丝的甜。

"你唱歌挺好听,"宋桥避重就轻,绝口不提他最后说的那句话,"不像我,是真正的五音不全。"

"改天有机会,我们一起去 KTV,欣赏一下你美妙的歌喉。"黎明川调侃。

"喊!"宋桥啐他,却满是笑意。

周南方下船晚,正好看见这一幕,不知道怎么的,突然有些微微地走神。

他没见过宋桥这样的笑容,虽然看起来和平常一样大大咧咧,却含着点说不清的温柔。

"温柔"这个特性,原本和宋桥应该是不兼容的,却突兀地出现在她身上。电话那头的人,究竟是谁?

"南方小心。"小何的声音总算让他回神,他刚才没抓稳缆绳,又差点掉进水里。

"都这么多次了,你还是不会下船。"小何嘲笑他,"少爷,你真的不行。"

"怎么能说男人不行?"周南方嘴里戏谑,却忍不住又看了宋桥一眼,她仍然在打电话,对周遭的一切浑然不觉。

她此刻在意的,只有电话那头的人。周南方一哂,随着小何离开。

宋桥发现周南方那两天有点莫名的奇怪,找她问问题也少了,不是必要时刻,不在她面前露头。

"干吗呀?"宋桥问小何,"我又什么地方得罪他了?"

"没有吧。"小何分析,"他可能就是太用功了,最近天天学到半夜,那个台灯哟,晃得我睡不着。你说他到底犯了什么病,突然这么勤奋好学?简直让人害怕。"

"你怕什么呀?人家又不会抢你综合部副主任的位置。"小何熬了三四年,终于熬到了个主任的职务,虽然前面还要加个"副"字,但他也已经心满意足。

"升职的事儿我还没跟沈菲说呢,"小何沾沾自喜,"好歹有点出息了,你说她会不会把我列入考虑范围之内?"

"你连表白都不敢,人沈菲知道你想啥吗?"宋桥不屑,"还把你列入考虑范围,你这是打定主意一辈子当备胎啊。"

"我这不是怕配不上她嘛。"小何哀叹,"何况我常年在海上,连个面儿都见不着,又怎么能照顾到她?"

这是工程人统一的烦恼:顾不上家,谈不好对象,一个个像孤家寡人。

宋桥理解地拍了拍小何的肩膀,但也只能安慰,现实如此,找不到解决办法。

周南方其实就躺在屋里,听着宋桥和小何在门外的对话。

他也不知道自己为什么心情不好,但宋桥那天的笑容,总是明晃晃地在他眼前,让他不想跟她说话。

算了,看书。周南方转了个身朝里,继续看他的笔记,却半天都没翻过一页。

叶江和宋桥这边还忙着。宋宁刚果然收到了反馈意见,尤其是杰森,连追多封邮件,表示对半刚性结构还是不赞同。

叶江一条条地说,宋桥一条条地翻译,给杰森回复。

往往白天回的,到了杰森的白天,他的下一封邮件又发过来了。

这个时差,让双方都日夜颠倒,不眠不休地辩论。

终于到了最后一天,杰森没有再发邮件给叶江,而是直接将越洋电话打给了宋宁刚,同意在修订方案上签字。

宋宁刚通知项目部,半刚性结构的方案被正式批准施行。

消息传来的这一刻,全场寂静,随后爆发出惊天动地的欢呼声。

宋桥冲了出去,在岛上狂跑,最后停下来,忍不住捂着脸,掩去激动的泪水。

叶江也已是眼泛泪光。不容易啊,中国人向世界提出的一个新概念,历经千难万难,终于被认可!

是他们提出的半刚性结构,绝无仅有!

这是中国桥梁突破性的胜利!

掌声、欢呼声,连成了海洋,大家一起欢庆这场胜利。

周南方看着他们,有理想的人,会发光。信仰让他们熠熠生辉。

他也想成为这样的人,他从来没有过这样强烈的愿望。

周南方抛却所有杂念,冲进人群,和他们一起欢庆,他也是他们中的一员。

伶仃洋的水静了下来,将世界留给这些人。

它也为这力量所震慑,或许,它意识到自己即将被征服……

第四章　海内存知己

34　师父

经过了那一天,周南方的心又平静下来,和宋桥的关系恢复如常。

宋桥自始至终没搞清楚,周南方这一番心情波动,究竟是什么缘由。

她问起过,但周南方只是嬉皮笑脸,说自己在岛上憋得慌。宋桥以为他娇生惯养的毛病又犯了,便没多想。

而周南方的学习,确实进入了另一境界。他曾经以为中国桥梁就是土,可他研究了桥梁史后才发现有过那么多精妙的设计。

"宋桥,"他竟然开始深究她的名字,"你爸妈是干吗的？为什么会给你取这个名字？宋朝可是桥梁史上最牛的时代。"

"他们也是相关专业的。"宋桥不想多说,"再说桥这种建筑本身就有特殊的美感,谁不喜欢？"

"是啊,"周南方为自己过去的无知而羞愧,"以前我天天骂你们是'土鳖',原来'土鳖'竟是我自己。"

"中华文化博大精深,"叶江的声音也插了进来,他走到宋桥和周南方身边,和他们并肩坐下,"你看看我们的跨海大桥,不仅仅有连接的功用,也有它独特的意义。"

叶江指着海面,仿佛那座大桥已幻化于蔚蓝之上。

"东西两座人工岛,设计的含义都是海上明珠。一座桥塔是中华白海豚,象征着人与自然和谐相处；还有一座是风帆,象征着如今的发展正扬帆启航；"叶江娓娓道来,"最大的一座桥塔是中国结,意味着三地人民的心永远连在一起……"

周南方听得入神,许久才回头一笑:"老叶,我想搞桥梁设计。"

他终于找到了他的方向,他们都为他高兴。叶江拍了拍他的肩膀:"好小子,等回头我给你介绍个老师。"

叶江为周南方介绍的老师,是三江跨海大桥的主设计师季浩然,真正的业界大牛。

得知周南方将拜师季浩然,第一个不相信的人就是周冲,他目瞪口呆:"谁?那个浑……"

还没说完,被宋宁刚打断:"孩子已经在改啦,你别总用老眼光看人。"

但周冲仍然不敢置信,那个爹妈都无奈的浑小子,竟然入了叶江的法眼。

"南方是个好孩子,"叶江看着周冲,"在岛上的这些日子,他每天早上天不亮就起来陪我跑步。看着痞,其实会关心人,你认真交代给他的事,他也会认真办。他不是不想上进,是以前的人生被你们安排得太好,他找不到自己真正想要的方向。周局啊,你也要多理解理解儿子,看看他的优点,把他往好处想。"

周冲觉得,叶江口中的周南方,好像不是他那个玩世不恭的儿子,而是一个他根本不认识的人。或许他真的从来没有去了解过儿子的内心,只是一味地骂,一味地责怪。就像对待一棵树,非要修剪成他自己想要的样子。

"我们当父母的,有时候太固执。"宋宁刚一叹,也有些感同身受,"替孩子规划人生,觉得他们该走的路是什么样的,走偏了一步,就暴跳如雷。其实错的未必是孩子呀。"

他也曾逼着宋桥,不许她做桥梁。可现实证明,她真的是适合搞这行的人,甚至将来可能比他还出色。

谁错了呢?也许各自有各自的道理,父母有父母的苦心,但也不能将下一辈的理想扼杀在偏执里。

周冲回到家,独自将自己关在书房里,久久没出来。

他回想起过去的许多事。南方小的时候,也曾是软软糯糯的一团,他那么惹人喜爱。可从什么时候开始,他对南方就只剩下不满和教训了呢?南方考得不好,他骂;在学校不听话,他骂;连得了全省绘画奖,他也骂,说学习成绩搞不上去,这就是不务正业。他从来没有认真地听过这个孩子想说什么,总是孩子一开口就被他无情地打断。是不是正因为这样,南方才用纨绔代替了交流?这也是一种自我的保护色。

到了吃饭的时候,陈琳三番五次地敲门,周冲才终于走了出来。

"干什么呀?"陈琳抱怨,"突然这么关住自己,我还以为出了问题。"

"是出了问题,"周冲指了指脑袋,"一直的问题,出在我这里。"

陈琳听不懂这句没头没脑的话,看着他发蒙。

"晚上好好做一桌菜,"周冲说,"我去把南方接回来。"

陈琳惊得筷子都差点掉到桌上,周冲却只是闷头吃饭,一句话都不再说。

只见过周南方的妈妈来送汤,没见过他爸爸来看望,当周冲出现在人工岛上时,众人都很惊诧。

"周局,"杨建功打着哈哈开玩笑,"来'探监'啊?"

小何为周南方担忧:"他又闯了什么祸?这是要亲手把他扔下海吗?"

宋桥但笑不语。

"南方,回家。"周冲一开口,所有人都哑巴了,包括周南方自己。

他还以为自己被判了无期,周冲想让他在这岛上待一辈子。

"叶总说,要送你去季大师那儿学习呢。"宋桥昨天就得知了这个消息,本想先不说,给周南方一个惊喜。但现在看来,周冲也已经知道了。

"季大师?"杨建功也叫了起来,"南方,你好运气啊!"

"不是运气,是实力。"周南方在巨大的惊喜之后,又恢复了嘚瑟的本性,"老叶他看中了我的才华。"

周冲差点又一巴掌拍到周南方脑袋上,但手刚抬起来,僵在了半空中,又慢慢放了下去。他教训周南方教训得太习惯了,以后这习惯要改。

"行了,赶紧跟着周局回去吧。"宋桥笑着说,"收拾收拾,好去拜师学艺。"

周南方在这一刻突然愣了,他想起宋桥曾经"逼"着他拜师。

从某种意义上讲,宋桥更像他的启蒙老师,无论是教给他桥梁知识,还是筑桥人的信仰。这荒岛"变形记",是她督促他变的,没有她,就没有今天这个全新的周南方。周南方心里一时有些百感交集。宋桥没读懂他的表情的含义，以为他是因为要下岛了，所以快要喜极而泣。

"咋的，要哭了啊？"宋桥照旧大大咧咧，"一个男的，别这么多愁善感，赶紧走，又不是再不回来了。这岛不永远在这儿吗？"

"我们也在这儿，"小何也过来，攀住周南方的肩膀，"上铺那张床我还给你留着。"

老孙也笑话他："你在这岛上可没少惹麻烦，当初还号召人不加班罢工，我们都记着呢。等你也当了大师，别忘了回来请吃饭，感谢大家对你的包容和培养。"

这热热闹闹的一群人，没少挤对他的一群人，此刻却让他舍不得走。上岛容易下岛难，这里已经成了他不想离开的地方。

周南方极力忍着眼睛里的湿润，说不出话来。

周冲拍了拍他的背："走吧，去学点东西，回来给大家帮忙。"

周南方点头，他是要走了，为了更好地回来。

当周南方提着行李上船时，宋桥帮了他一把："你先上，我给你递过去，免得你又掉进水里。"

临走了都不忘记揭他的短。周南方撇嘴："你在这岛上也好好的啊，可别想我。"

"我想你走远点。"宋桥冷哂，"今天的送别仪式，够隆重吧？"

"但没人当是送瘟神，"小何犹记得当初给周南方的"心理伤害"，"大家都舍不得你。"

"我知道。"周南方一笑，神色间尽是怀念，"你们等着我。"

缆绳已解开，船向远处漂去，宋桥正打算离开，却看见周南方在船上跳着喊："你等着我啊，师父！"

这是他第一次叫她"师父"，在离别的时候。

宋桥笑着挥手，目送这个顽劣徒儿离去。她相信，归来的他，会是更好的他。

见周南方回家，陈琳欢天喜地，可听说他马上要去北京，她又悲伤起来。

"你为什么总要让儿子离开我身边呀？"陈琳怪周冲，"大学的时候把他送去德国,回来丢到海上,现在又要去这么远的地方。你就不能让他安安稳稳地待在家里,被我照顾吗?"

"妈,我不用你照顾。"这次是周南方主动开了口,"我自己能照顾好自己。"

陈琳哽住了。周冲望着他,眼中欣慰和愧疚交织。他的确没有注意到,儿子已经长大。

"我以前吧,是不大懂事,"周南方低头一笑,有点不好意思,"让你们闹心了。在岛上这两年,吃了些苦,也明白了大家都不容易,包括爹妈。也不该想怎么折腾就怎么折腾,净顾着自己任性。以后,我自己管自己吧,你们也放松放松。爸休假的时候就带着妈,多出去走走看看,也别让她总憋在家里,一颗心都放在我身上。"

陈琳听得眼睛都红了,背过身去擦泪水。

"父母有父母的人生,孩子有孩子的人生。"周南方抱了抱陈琳,"谁也别耽搁谁。"

周冲的鼻子也一阵阵发酸,在这个家里,他是家长,平时说一不二,在老婆孩子面前,从没服过软。

可今天,他想服个软:"儿子,是爸爸对不起你,你想什么,爸爸不知道,就知道老是骂你。我也对不起你妈妈,总怪她宠着你,可当父母的,就是该爱孩子呀,爸爸给你的爱不够……"

周冲说不下去了,已经哽咽难言。

周南方又伸出一只手来,搂住老爸:"哎哟,今天这是怎么了,搞得这样悲情?我去北京跟着大师学艺,是多好的事情,你们要为我骄傲,哭什么嘛!"

"骄傲,骄傲!"周冲抹掉眼泪,笑着拿起酒杯,"今天爸陪你喝,你就当我是酒桌上的兄弟,不灌倒一个不算完!"

"什么辈分?"陈琳也忍不住笑起来,"行行行,你们喝,不够我再给你们加菜。"

一张桌上三口人,夹菜的夹菜,碰杯的碰杯,不讲什么老子儿子,不讲什么长幼尊卑,就是吃吃喝喝、笑笑闹闹,一团温暖的烟火气……

周南方第二天就出发了,叶江在北京等他,将他引荐给季浩然。

送进门叶江就要走了,周南方追出去,给了他一个拥抱:"老叶,谢谢您。"

叶江拍着他的肩:"小子,好好学,我还等着你创个门派,搞搞新一代的桥梁艺术。"

"好。"周南方干脆地答应,"以后让你们见识一下,什么叫周氏艺术。"

叶江爽朗大笑,背影逐渐远去、消失。周南方默然站了许久,转身走入属于他的新天地。

35 想念

周南方走了,岛上没了这个活宝,竟让人觉得有些寂寞。而此时,宋桥居然也要走了。

海底沉管,又是个巨无霸,需要用整体预制的方式,直接将这个庞然大物生产出来。这在世界上,又是第一次。

无数个第一次,每次都是难过的关。但蜀道再难,也得走。

工程部决定,在珠海附近的金湾岛上,建立起最大、最先进的预制工厂。宋桥被派过去做协调工作。

"你们都走了,我一个人留在这儿多没意思。"小何唉声叹气,"还不如调回公司总部去坐办公室。"

"这才是你梦想的吧?"宋桥翻白眼,"你不就想回西安去跟沈菲团聚吗?"

在前段时间的七夕节,小何终于鼓起勇气向沈菲表白。沈菲虽然没答应,但这两年小何对她的好,她也看在眼里,心思有所松动。

可惜啊,大概是小何表白的时机选得不对,他们也像牛郎织女一样,平时连个见面的机会都没有。

"也只能是做做梦,"小何郁闷地搓手,"总不能工程做一半,就扔下走人。"

这岛上的人都是这样,隔家千万里,一年到头最多能请两回假,还得掐着日子来回。

可怎么办呢？搞建设的，就是从一个阵地换到另一个阵地，看似流动，实则坚守到底。

就像宋桥，又要从一个岛，去另一个岛。黎明川得知宋桥要调动，提前过来给她送行。

菊花、枸杞、黑芝麻，还有各种吃的、用的，他带了一大堆。

"你这都跟周南方他妈差不多了。"宋桥无奈，"我又不是那么娇气的人。"

"女孩子可以娇气一点。"黎明川又给她包里塞了瓶花露水，等天热起来了好防蚊虫。

宋桥静静地看着他给她收拾，忽然笑了："黎明川，你真的特别像个爸爸。"

黎明川一愣，立马拱手："我可不敢占你这便宜，不然宋总能打死我。"

他现在跟宋宁刚走得也近，不仅是因为工作，也有宋桥这一层关系。毕竟知道他们是父女的，只有他一个人。

宋宁刚还是不擅长直白地表达对宋桥的关心，但喜欢听黎明川讲她那些琐碎的事情，明明听得津津有味，还假装自己不在意。

黎明川也不戳穿，他愿意做他们之间的桥梁，将温情暖意，从一方传到另一方。

"宋总前两天还说，金湾岛条件艰苦，让去岛上的人多做些准备。"黎明川说，"这不，我才给你捎来了生活用的东西。"

听起来，老宋在关心她。小宋的唇角出现了一丝不易觉察的笑意，被黎明川尽数捕捉到眼里。

冰川也有融化的时候，父女又怎么会有永远的隔阂？他希望宋桥未来能幸幸福福地当个女儿。

背着装得满满的行囊，宋桥即将离开。金湾岛初建，怕是连信号都没有，宋桥又要过上与世隔绝的生活，和黎明川也联系不了。

临行之际，两个人心里都有些不是滋味。宋桥正要上船，黎明川却突然叫住了她。

宋桥转过身来,黎明川将自己的帽子给她戴上,她整个人愣住,未料到他突然有这样的举动。

"今天海上风大,"黎明川声音低沉,"别感冒了。"

他刚才其实很想抱她一下,但最终只是为她戴上了帽子。

在驾驶员的催促中,宋桥上船,脸上似乎还留着他的指尖刚才碰触的余温。

她怔怔地坐在船边,下意识地拢紧风帽,似乎想留住那抹温暖。

船在远处化成一个模糊的小点,小何走到黎明川身后,叹了口气:"你喜欢大桥吧?"

黎明川一怔,没有说话。

"大桥粗线条,在感情上比较迟钝,日子又过得紧张,除了工作,她经常想不到别的。"小何安慰黎明川,"可我感觉得出来,她对你,和对别人是不一样的。"

黎明川点了点头:"我知道。"

那天晚上,他给她唱歌,问她知不知道,她的眼睛很漂亮。

宋桥的回答是:"只有在你眼里,我才漂亮。"

她或许忘了,可他忘不了。在那个瞬间,他其实已经明白,自己在她心里有一席之地。他不如工作重要,没关系。她有她的世界、她的理想,只要她心里有他,就足够了。

宋桥到达金湾岛的时候,看见的果然是一片荒凉,和她初到大桥工地一样。

一排简单的平房,是最先搭建起来的混凝土试验室。

宋桥走过去,看见大池子里有个敦实的中年妇女背影。她穿着工服,戴着袖套,脚上穿着一双大橡胶筒靴。

"请问李主任在吗?"宋桥站在她身后不远处,声音却被轰隆隆的机器声所掩盖,她并未回头。

弯腰在池子里摸了半天,拿袖子擦了擦额上的汗,她才终于发现了宋桥。

"你是谁?"她眉头一皱,"别到处走,踩着了地上的样品。"

宋桥连忙往后跳了一步，避开混凝土区域："我是岛隧工程部的宋桥，叶总派我来帮忙，李主任在吗？"

"我就是。"她的回答让宋桥一愣。

黑里透红的皮肤、壮实的身材，她看起来像个普通女工。宋桥没想到，这就是名震四方的"铁娘子"李岚。

但低头看看自己，宋桥又笑了，她走出去，大概也没人会认出她是位工程师。

都不是在自己身上讲究的人，工作上讲究就好。

"岛上就这条件，你也看见了，自己招呼自己吧。"李岚也不废话，"我这边还忙着，你安顿好可以过来看看。"

"不用安顿。"宋桥说，"直接就可以工作。"

李岚瞟了宋桥一眼："那行。"

从天还亮着，忙到海上都黑了，她们回到宿舍，一人吃了一碗泡面。

"基础设施还没弄好，"李岚说，"先将就着吧。"

宋桥呼呼地吸着面条："没事儿，您怎么过我怎么过。"

李岚笑了笑，这姑娘倒不认生。

宋桥就这样驻扎了下来，而李岚比她还早来几个月，每天就是守在实验室里研究混凝土，反复调比例、看参数，找最好的配方。工作很枯燥，可她总是忙碌而平静，似乎除了这金湾岛，世界上的其他事物都不存在。

然而，这只是假象。有天晚上宋桥睡不着，准备出来走走，可刚到楼下，就听见不远处的海边有人在打电话。

"不是我不想回去，是真的走不开。"一个女声在海风中荡开，宋桥觉得莫名熟悉，仔细辨认黑暗中的背影，竟然是李岚。

电话那头不知道说了些什么，李岚久久无言，到了最后才艰涩开口："婷婷就快要中考了，现在是关键阶段，你让她每天做完作业就早点睡，睡前喝一杯牛奶……"

话还未说完，她的声音戛然而止，那边已气冲冲地挂断，只剩下一串忙音。

李岚就这样站着，面对无边无际的大海，浪涛一阵又一阵地袭来，打湿了她衣服的下摆。她微仰着头，狠狠地抿了一下唇，忍住眼中的泪水，转身往宿舍走。

宋桥急忙闪开，躲进旁边的角落里。她此刻的脆弱，一定不想让别人看见。

到了第二天，宋桥看到的，又是那个平静而忙碌的李岚，仿佛前一夜的事情从未发生过。

宋桥便也装作什么都没看见，但李岚在黑夜海边的背影，却烙在了她的心里。

世界上哪有什么铁娘子？每一颗心都是柔软的，只是有时候，不得不硬。

叶江从北京回来，便带着人上了金湾岛，看着宋桥他们生活的简陋环境，又感动又着急。

"看看我们的女同志，在这种条件下还把活儿干得这么好。"叶江命令，"加快岛上的基础设施建设，不要让人劳累工作的同时，还在生活上受苦。"

原来建设西人工岛的施工队被调了过来，其中也包括老秦。他颇为不满，在人工岛上，他的小本生意好不容易做得红火了，这下到了金湾岛，离岸上更远不说，还交通不便，想找运输船捎带个货都困难。

"行了，你别叽叽歪歪了。"队长指着宋桥，"人一个姑娘家，成天缺水缺电熬了个把月，日子不也照样过？咱加紧把这岛建设好了，生意你还是可以做嘛。"

老秦看向穿着厚胶鞋在水泥池子里倒腾的宋桥，撇了撇嘴，最终没有再说。

有人了就好做事，在红红火火的建设下，岛上终于通了网。

宋桥上QQ向黎明川打招呼："我总算不用过原始人的生活了。"

黎明川回复："欢迎回归现代文明，鲁滨孙。"

宋桥在这边一阵笑，发过去竖大拇指的表情符号，"夸奖"他够损。

黎明川过了会儿又说："本来想去岛上看你，但几天才有一班船，还不定时，我去了两次都没碰上。"

宋桥心里一暖："你不用总来找我，等休假我去找你。"

可这个休假,也不知道要等到几时。他们两人都清楚,默默在屏幕前叹了口气。

宋桥当然也想念的,偶尔午夜梦回的时候,那些相处的细节就会浮现在脑海里。甚至被蚊子叮了包,抹花露水的时候,都会让她想起那个人。宋桥的指尖在键盘上起起落落,却不知道到底要打出一行什么样的字,才能准确表达自己的心情。

"小宋,你过来看一下这个泌水率。"李岚的声音从外面传来,宋桥匆匆忙忙地跑出去,留下了空白的对话框。

黎明川一直看着页面上显示的"正在输入",心中隐隐有期待。可最终,还是没等到那句话。

就在这时,金飞闯进办公室:"有人来找你,好像是那位香港大佬,陆先生。"

36 宏图

黎明川走到外间,看见门口站着的人,正是陆应成。

他忙迎过去:"陆先生,您怎么来了?"

"听珊妮说你的公司就在她楼上,我就过来看看。"陆应成走进大厅,笑着环顾四周,"很不错啊。"

公司布置得很简洁,但是干净有序,一看就是做事的地方。

"进里面坐吧。"黎明川陪着陆应成穿过整个办公室。陆应成留心看了一下,各个功能区划分得很明确,员工都忙碌认真。

陆应成在黎明川的单间坐了下来。墙上挂着日程表,整整齐齐地写着近日要进行的每一件事,用不同颜色的笔,标出轻重缓急。

桌上的资料虽多,但也分门别类,排列得清楚明了。

这是一个做事思路很清晰的人,凡事有条不紊。陆应成不动声色地接过他送来的茶。

"你这个公司成立多久了?"陆应成问。

"三年多,"黎明川说,"一开始在深圳,后来搬过来了。"

"和跨海大桥的时间差不多,"陆应成笑道,"也是冲着这个机会来的?"

"对,"黎明川点头,"即使现在要熬一熬,等大桥建起来,前景一定是好的。"

他的眼睛里,有野心。陆应成要的,正是这一点。

"明川,你做事的态度和能力,我很欣赏。"陆应成开诚布公,"我想邀请你来陆氏发展。"

黎明川愣住,他完全没想到,陆应成会提出这样的邀请。

"珊妮也跟我讲过你的事情,"陆应成继续说,"你的很多人生理念也和我相合。我希望身边有一个像你这样既有锐气,又懂包容的年轻人。"

遇到欣赏自己的伯乐,何况还是像陆应成这样的人,不是不感动。

"谢谢您,陆先生。"黎明川此刻也很诚挚,"但是进陆氏……"

"放心,不用去香港。"陆应成摆了摆手,"我派珊妮来内地开公司,不只是为了锻炼她,也是想在内地开拓更广阔的市场。除了房地产之外,以后也可以做其他的领域,但是这样的事业版图,光靠珊妮是做不到的,我还需要一个领军人物。"

陆氏在内地的领军人,这是什么样的位置,未来有多大的宏图,任谁都无法不动心。

黎明川紧握着手中的茶杯,指尖微跳。

但这时,他看到了陆应成身后的墙上那黑色银边的四个大字——锐信科技。

可是锐信呢?他和金飞,还有大家一起苦苦挣扎三年,熬到今时今日的锐信,如果他离开了,要怎么办?

陆应成明白他的顾虑:"你的公司,我也可以收购,能继续运行下去。"

这已经是非常丰厚的条件,陆应成对他的邀请是诚心诚意的。

"你先考虑一下,"陆应成也不逼他,"我还要在珠海待几天。"

陆应成随后便离开了,黎明川一直将他送到电梯口,他表示不用再送,自己下楼去陆珊妮的公司。

黎明川回到办公室,金飞跑过来:"大佬找你干吗?"

黎明川摇了摇头,没有正面回答:"我先想一想。"

这一想就是三天，翻来覆去地考虑，他的未来和锐信的未来。

陆应成为他铺展开的前景，是诱人的。可锐信又让他纠结。

到了第三天的晚上，黎明川终于开口，对金飞坦白。

"现在有一个将锐信变现的机会，"黎明川问，"你想不想要？"

"怎么变现啊？"金飞一头雾水。

黎明川将陆应成的事说了，金飞呆若木鸡片刻，然后狂喜着跳起。

"啥意思？要买我们锐信？"金飞高兴得脸都变了形，"那咱俩一人至少得分几千万吧？"

黎明川嗯了一声："但资本一旦进来，锐信就不可能再是那个锐信。"

即使锐信被收购，他加入陆氏，也不可能再将精力都放在这个公司上。而且资本就是话语权，以后他和金飞不见得能决定锐信的走向。

锐信将来会是什么样？到底还能走多远？谁也不知道。

金飞也从刚才的狂喜中慢慢地蔫了下来。他也明白了，陆应成想要的并不是锐信，而是黎明川这个人。

锐信就像个从襁褓里培养起来的孩子，终于开始独立行走了，前方却即将断了他的路。

舍得吗？金飞问自己，也将目光投向黎明川。

"这三天，我很矛盾。"黎明川并不避讳，"就我个人的前途而言，去陆氏是很好的选择。可丢下锐信，我又觉得像割自己身上的肉，下不了这个手。"

几千万哪，也许错过这个机会，以后不会再来。金飞仰面倒在沙发上，闭着眼睛重重一叹。

可创业虽然艰难，每一点进步都凝聚着自己的心血，要割舍，哪有那么容易？

"你给我一晚上的时间行吗？"金飞说，"让我好好想想。"

"行。"黎明川捶了他一拳，"要钱还是要锐信，我都随你。"

黎明川进了房间，即使隔着门，仍然能听见金飞在沙发上翻来覆去的声音。

他的心里也一样闹腾，就当这是决定前的最后一夜。

明天早上买定离手，再不后悔。

第二天早上,金飞起得很早,可当他出来的时候,看见黎明川已坐在客厅中。

"想好了吗?"黎明川笑着望向他。

金飞闷闷地在他对面坐下:"你呢?"

黎明川点了点头:"拒绝。"

金飞猛地一愣。

"我还是想要锐信。"黎明川沉声道。过去的情景仍历历在目,从他们辞职,到搬进珠海的写字楼,再到付不起租金离开,最后又搬回来……一幕幕像走马灯一样,在他脑子里走了一夜。

他无法舍弃这个亲手养大的孩子,独自奔前程。他也相信,只要有伙伴,有冲劲,锐信会有更光明的未来。

"我……"金飞顿了几秒,终于下了决心,"听你的吧。"

当初跟着黎明川从AK走,一路颠簸到珠海,大桥停工的时候他也曾想过离开,但最终还是没能舍得黎明川,舍得锐信这块招牌。

如今虽然有明晃晃的钞票在眼前招手,可他拿了,也许就失去了黎明川这个伙伴,他们一起辛苦打拼的锐信,也将不再是从前那个锐信。

算了吧,就当他暂时没这个发财的命。金飞把黎明川的肩膀一攀:"你说过几年,咱会不会后悔今天这个决定?"

"也许会。"黎明川一笑,"毕竟是大几千万,眼睁睁地看着从面前漂过去了,没伸手将它捞起来。"

金飞呆了半晌:"那就等后悔的时候再说吧,先去吃个豆浆油条好上班。"

生活里就是这样朴素的愿望,几千万太远,还是热乎的豆浆油条让人踏实。

两兄弟踢踢踏踏地出门,将看起来遥不可及的梦想关在了身后。

黎明川给陆应成答复的时候,是亲自去酒店拜访的,即使拒绝,也要有拒绝的诚意。

珠海最好的酒店套房,比黎明川的整个家还要大,而这对于陆应成的生活来说,大约还是太简陋了。

人生与人生,有时候是天壤之别。黎明川一哂。

"想好了吗?"陆应成笑容和蔼,为黎明川斟了杯茶,他连忙接过。

"很感谢您对我的赏识,"黎明川说的也是真心话,"如果能跟着您工作,对我来说也是一种跨越。"

有了财富阶层的跨越,或许他可以快一点实现他最初想要的退休自由。

但人生容不得这么早退休,拼搏才刚刚开始。

"可我还是想留在锐信,"黎明川目光清朗,"这是我一手建立起来的天地。"

陆应成有些愕然,但很快又恢复了平静,笑着问:"哦?你真的想清楚了吗?"

黎明川点了点头:"也许哪一天,我会后悔没有接受您这个建议。但现在做这个决定,我不后悔。"

"好。"陆应成沉沉地按了按他的肩膀,"你有你的选择,我尊重。"

黎明川躬身向陆应成致谢:"还是很感谢您,陆先生。"

彼此都是真诚的,但此刻,确实走不到一起。有怅惘,也有遗憾。

陆应成目送黎明川离开,惋惜地摇了摇头。

那天下午,陆应成约了宋宁刚,一起去情侣路上散步。

那天的海很蓝,伴着和煦的微风,两个人沿着步道,慢慢地往前走。

"我邀请明川加入陆氏,"陆应成说,"并且提出,他的公司我也可以收购。"

宋宁刚有些讶然:"是吗?那他怎么说?"

"他拒绝了。"陆应成摊手。

宋宁刚哈哈大笑,意外而又不意外。

"我一直觉得这个小伙子,"宋宁刚眼神深沉,"将来是要成点气候的。"

"对,"陆应成也赞同,"他身上有种当代很多人缺失的东西——风骨。"

世人熙熙,皆为利来;世人攘攘,皆为利往。人都要吃饭,这没错。可人活着,不能只为了利益。

黎明川有勃勃野心,但也始终不卑不亢,是骨气,也是自信。他心中有远方,也坚信靠自己能抵达理想之地。

"内地的年轻人,很优秀啊。"陆应成感慨,"我来珠海,这也是收获。"

"像这样优秀的人,应该还有很多。"宋宁刚说,"香港也有,哪里都不缺乏有识之士。"

陆应成点头:"中华人杰地灵啊。"

宋宁刚脑子里一闪,突然想起了件事:"你最近看过社科院夏明教授发表的那篇文章没有?"

"什么文章?"陆应成问,"研究港澳关系的那位夏教授?"

"对,他提出了一个概念,很有意思。"宋宁刚笑着说,"粤港澳大湾区。"

"大湾区?"陆应成惊讶。

"没错,他在文章里说,跨海大桥将形成三地便捷交通圈,这为经济的紧密联合提供了非常好的条件。"宋宁刚讲述着文中观点,"既然是港口城市密集区,那么是不是可以考虑建立世界第五大湾区?"

纽约、香港、东京、旧金山,是世界的四大湾区,也是最繁荣的经济中心。如果粤、港、澳真的能够连为一体,成为一个全新的大湾区,和它们并驾齐驱……

陆应成兴奋起来,觉得胸口有巨大的欲望在冲击。这欲望不仅仅是为了他个人,为了陆氏以后的发展,更是为了这方水土,这个国家。

陆应成定定地盯着渔女像,心潮澎湃。

37 消融

"我觉得这是一个非常好的想法,"宋宁刚背着手,也凝视着那座静谧的雕塑,"跨海大桥就是三地联合的先行模式,不是不可以沟通的啊,很多方面即使需要磨合,最终也能达成一致。归根结底,我们都是中国人,有着共同的利益。"

同一个国家,割不断的亲缘关系,而且经济早就开始了融合的步伐,现在再加上这座桥,形成大湾区,有着无可比拟的天然优势。

"我要回去想一想。"陆应成的手势暴露了他内心的激动。

宋宁刚笑了笑:"我随时可以陪你探讨。"

这是大事,需要集思广益的大事,值得好好地坐下来论道。

陆珊妮晚上回去的时候,看见父亲在房间里来回踱步,眉头紧锁。

"怎么了?"陆珊妮奇怪地问,"很少见到您这个样子。"

"在想事情。"陆应成停下来,拉着她一起看向落地窗外,"你看到了什么?"

"就夜景啊。"陆珊妮很奇怪,还能看到什么?

"不,"陆应成在玻璃窗上隔空点出三个方向,"广东、香港、澳门,被跨海大桥连在一起,可以形成粤港澳大湾区。"

"爹地,"陆珊妮不可置信,"您是不是走火入魔了?世界上一共就四个湾区,而且香港本来就是其中一个。澳门就不说了,为什么还要带上内地?这不是拖后腿吗?"

"香港才多大?1100平方千米。"陆应成说,"你知道广东省有多大吗?18万平方千米!香港现在已经是人口密集、产业密集型地区,想持续性发展,地域面积首先就是限制。地方就这么大,还能往哪里走?而广东乃至整个内地,如果成为香港发展的大后方,将各方面资源整合,那是多大的优势!现在内地发展也很快,这怎么是拖后腿?这叫手牵手,一起往前走!"

陆应成说到激动处,手掌按在玻璃窗上,仿佛这三地真的已经连成了一个区域。

大湾区呀,偌大的中国,为什么不能有世界级的湾区?他相信可以做到。

陆珊妮还是有点犹豫:"可香港和内地,很多地方都不一样,不管是法律法规,还是思想文化。就连生活习惯,都很难融合到一起去。"

"你不是也在渐渐融合吗?"陆应成反问,"你开始接受内地的思维方式,接受这里的人,这些改变,你自己发现了吗?"

陆珊妮愣住。她现在似乎确实在慢慢适应这个环境,不再是用纯粹的香港思维来为人处世。

"都是要互相了解的,"陆应成说,"了解得多了,隔阂就会慢慢消除。而且内地也有很多值得深交的人,比如说你宋伯伯,还有明川。"

"明川?"陆珊妮有些讶异如此亲切的称呼,"您什么时候和他走得这样近了?"

"不仅如此,"陆应成一笑,"我还邀请他加入集团,开拓陆氏在内地的版图。"

陆珊妮这下不乐意了:"内地的事情,不是交给我了吗?爹地你这是不信任我?"

"一个好汉三个帮嘛,我这也是为你找帮手。"陆应成满是遗憾,"不过他拒绝了,就算我提出收购锐信,他也没接受。"

"不会吧?"陆珊妮叫了起来,"就他那个小公司,您要收购他还不愿意?也太不知好歹了。"

陆应成却摇了摇头:"这是他的胸怀。"

"还胸怀,"陆珊妮翻了个白眼,"他就是没有生意头脑。"

这样的机会,错过就不再有,换了别人一定会拼了命抓住。他倒好,送上门了都不要。

接下来的时间,父女俩各想各的事情。陆应成在考虑如何促进大湾区的形成,陆珊妮则一门心思想搞清楚黎明川为什么这样脑子短路。

第二天去了公司,陆珊妮吩咐助理:"去楼上把黎明川给我叫过来。"

她想了想又觉得有点不妥,似乎不该这么支使人:"算了,让他到楼下咖啡厅等我。"

陆珊妮十分钟以后到咖啡厅,黎明川已经在此恭候。

"陆总,"他笑着询问,"您找我有事?"

陆珊妮坐下来,打量了他两秒:"我就是想知道,你到底有什么勇气会拒绝我爸爸的提议。"

黎明川一哂:"您现在有点像是兴师问罪。"

"是要做我的下属,"陆珊妮抬高下巴,"你不愿意吗?"

"没有,"黎明川讳莫如深,"陆先生说的是让我来当内地业务的领军人物。"

陆珊妮气得七窍生烟。什么意思?是来当她的上级?

她当即拿起手机就要给陆应成打电话,黎明川笑着拦住:"消消气,陆总。我拒绝不是这个原因,只是不想放弃锐信。"

陆珊妮的动作停了下来,看向黎明川。

"创业虽然艰难,但有足够的自主权。"黎明川的眼神很沉静,"我想自由地去做好我想做的事。"

就像宋桥说的那样,站在该站的位置上,有充分的自由和决定权,去实现真正的梦想。

他的梦想,不只是赚钱这么简单,也不想只成为陆氏在内地的领军人物。

陆珊妮有一瞬间的怔然,她从这个男人眼睛里看到了灼灼光芒。仿佛他的世界,不止这么大,天宽地阔。她突然有点明白,父亲为何欣赏他。可她不愿意承认他比自己优秀。

"许多人挤破了头进陆氏,"陆珊妮仍旧神情骄矜,"你将来不要后悔。"

每个人都提醒他,未来也许会后悔,包括他自己。

黎明川哂然,指尖轻敲着咖啡杯:"先走走看吧。"

不往前走,谁知道还有什么样的旅程在等着他?

这一次,陆珊妮抢先一步买了单,作为对上次黎明川请客的回礼。

也不知道为什么,她现在好像不再能将自己和黎明川完全摆在高低分明的两个位置上了。她隐隐觉得,他们应该是平等的。

黎明川出了咖啡厅,没有直接上楼,而是出去打电话。

宋桥刚从实验室出来,手机就响了,她取下一只手套,从兜里掏出来接听。

"在忙什么?"黎明川在那边问。

"和水泥。"宋桥举起手机,让他听轰隆隆的机器声。

"我刚做了一个重要的决定,"黎明川低沉的声音,即使在一片嘈杂中,仍然钻入她耳朵里,"放弃了成为千万富豪的机会。"

宋桥哈地一笑:"为什么?"

"和你一样,"黎明川说,"有更大的野心。"

"挺好。"宋桥没有再问,他究竟放弃了什么样的机会。

她相信他的选择,因为他们是一样的人。有想要到达之地,那就要放弃为路边的花儿停留,前方等待他们的,一定还有玫瑰园。

"和你说话,怎么心里就这么舒坦呢?"黎明川笑容释然。

不用多说,她便什么都明白。她从不问他会不会后悔。生命中能遇见这样一个人,是幸运的。

"你什么时候休假?"黎明川柔声问,"我还在等你。"

宋桥的心里也软了:"现在还不好说,我争取早点上岸。"

李岚从后面过来,正好听见这句话,她脚步停了一瞬,默然走进实验室。

宋桥接完电话回去,李岚正在看今天的样品。

"天气越来越热了,要注意降温。"李岚嘱咐,"把空调和冷风机都打开。"

新来的工作人员有些惊讶:"这么精细?"

"混凝土可是'娇娃娃',热热不得,冷冷不得。"李岚说,"如果温度掌握不好,就不能防裂。叶总给我们的目标,可是一滴水都不能漏。"

滴水不漏,这不是夸海口,而是要真正实现的。沉管不能有任何开裂,这就需要在每一个环节严格把控,疏忽分毫都不行。

"'铁娘子'就是'铁娘子',"宋桥在她身后笑,"在您手下,出不了错。"

李岚回过头来:"小宋,你也去局里汇报一下现在的研究情况,我走不开。"

"行。"宋桥答应,随即又想起那个海边的夜晚,有点犹豫,"您不用回家看看吗?"

"没事。"李岚转过身去,声音平静如常,"家里有人管,我回不回去都一样。"

宋桥欲言又止,最终什么都没说。

第二天早上,宋桥终于等来了船,上岸第一件事,是去局里汇报。

厚厚的数据资料交到宋宁刚手上,他边翻边问:"岛上的条件怎么样?"

"建设得挺快的,"宋桥回答,"该有的都有了。"

"那就行。"宋宁刚从镜片后瞟了一眼宋桥,又累得满脸风霜,真不像个姑娘,"你也讲究讲究,别破坏我们工程师的形象。"

宋桥一哂。她知道这句话背后是关心。

"行了,资料先放这儿,等我看完了再跟你们说。"宋宁刚挥手,"你该干吗干吗去。"

三十岁的人了,要对象没有对象,也不爱打扮,他真替她发愁。

"您也别净操心这些事儿,"宋桥知道他在嫌弃啥,"先管好您自己的身体。"

"嘿。"宋宁刚瞪起眼睛,宋桥连忙一溜烟地出去,躲开接下来的教训。

还管起她老子来了。宋宁刚冷哼一声。有这工夫,不知道去谈个恋爱,他看那个小黎就不错,别被他人抢了先!

宋桥出来后倒真是去找黎明川了,想给他个惊喜,她事先没吱声,直奔他公司地址。

可上了楼,她却发现那写字间已经关了,门上贴着招租启事。

宋桥迷茫地给黎明川打电话:"你们公司倒闭了吗?"

"啊?"黎明川反应过来,"你是不是去以前那地方了?我忘了告诉你,公司搬回建设大厦了。"

向来都是黎明川上岛,宋桥来城里的机会少,他忘了跟她说。

"那我现在过来接你。"黎明川准备出门。

"不用了不用了,"宋桥连忙说,"我自己过来,反正也没几站路。"

宋桥随即挂了电话跑下楼。黎明川本来还是想去接,可这时有下属进来谈业务上的事情,一时拖得他走不了。

公交车只需要三站,十五分钟以后,宋桥已经到了建设大厦楼下。

眼看着电梯要关门,她一路冲进去,站定以后才发现里面竟是熟人。

陆珊妮和宋桥面面相觑。上一次的初遇,她们并不算愉快,没想到居然会在这里重逢。

38 离婚

宋桥一身风尘仆仆,鞋上还沾着水泥,陆珊妮高跟鞋的鞋跟一转,往旁边让了让。

宋桥只是一笑,作为打招呼,陆珊妮也报以点头致意。两人这就算客气过了,电梯在沉默中上升。

陆珊妮到了六楼,看见宋桥按的七楼,有些微微的诧异。但她没说话,兀自出门离开。

宋桥又上了一层,到了锐信。花花有眼力见儿,立刻过来迎接,将她引入黎明川的办公室。

"你来了,"黎明川连忙起身,"我正说要去接你。"

"这么近,哪用得着接?"宋桥望着窗外,"不错啊,这里视野更开阔。"

"以前从这里搬出去的,"黎明川笑着说,"现在又回来了。"

"说明你干得好。"宋桥想起来,"刚才在电梯里,我遇见陆小姐了。"

"对,她的公司就在楼下。"黎明川回答。

"近距离接触甲方啊,"宋桥调侃,"有没有感觉到压力?"

这时金飞从外面进来了,顺口就接话:"人陆小姐的爸爸,现在可赏识黎哥了,前几天还要收购我们锐信,让他进陆氏集团担当大任呢。"

"哦,"宋桥恍然大悟,"你拒绝的当千万富豪的机会,就是这个吗?"

金飞捂着胸口,做心疼状:"连带着我也不能暴富了。"

"但我想,"宋桥凝视着黎明川,"锐信将来不止这个价值。"

黎明川笑着一低头,他知道她明白。

听了两人这一言一语,金飞终于咂摸出点味儿来,觉得自己杵在这里似乎有些不合适,他退了出去。花花意味深长地对他点了下头,表示他今天不算太白痴。

室内的空间,留给了黎明川和宋桥。她坐了下来,他照例为她泡枸杞茶。

"今天去见宋总了吗?"黎明川问。

"见了,"宋桥语气轻松,"汇报了下工作,被他一顿嫌弃,约莫是觉得,我这身打扮丢了他的人。"

黎明川上下打量了她一眼:"有什么不好?"

宋桥笑起来:"刚才在电梯里,陆小姐还往旁边躲了躲,估计是怕我这一身水泥灰弄脏了她的衣服。"

"你和她不同。"黎明川不以为意,"你是工程师,这样很正常。"

他从来不嫌弃她,还夸她漂亮。有一点脉脉的暖,流动在宋桥心房里,也不知道是他的缘故,还是枸杞茶的缘故。

"岛上是不是吃得不好?"黎明川婆婆妈妈的劲儿又来了,"看你都瘦了。蚊子多吗?花露水用上了没有?"

"每次都这么唠叨。"宋桥忍不住笑,"你要是当了爹,能烦死你女儿。"

"那也要我有个像你这样的女儿。"黎明川似笑非笑地望了宋桥一眼。

等她领悟到他话里隐藏的那点意思,顿时瞪了他一眼,耳朵微微发热。

黎明川也不总逗她,两人又说了一阵大桥的进展情况,便又要带她去吃饭。

他似乎总觉得她吃不好、睡不好,在离开他视线的地方受了很多苦,总之就是两个字——心疼。

宋桥感觉得到,只是谁也没戳破,她静静地听他安排。

大厦附近的家常菜馆居然是湖北人开的,黎明川一进去就和老板说起了武汉话。

"老乡,"黎明川回头对宋桥说,"以前我经常来吃,比我手艺好。"

吃着热腾腾的饭菜,宋桥觉得自己好像快被他同化了,无论是在他家吃的那顿,还是在武汉他送去的年夜饭,抑或是眼前这个小馆子,她都觉得很合口味。从前不太爱吃米饭的她,添了两大碗。

黎明川就笑眯眯地看她吃,他觉得好吃的,便都送到她碗里。两个人的和谐,或许就从吃饭开始。彼此相处得舒服,才有长长久久走下去的可能。

吃完了饭,他们步行回大厦,却正好遇到陆珊妮下楼用餐。

撞见黎明川和宋桥在一起,陆珊妮眼神微怔,想起电梯里看到她按的楼层,原来她真的是去找黎明川。陆珊妮心里有点莫名的不快,不过瞟了一眼,便和助理离去。

"陆小姐对我确实不待见,"宋桥摊手,"其实那天惹她的主要是周南方。"

"周南方走了以后,"黎明川笑着问,"再没回来过吗?"

"他正埋头苦读呢,再说岛上一开始也没信号。"宋桥说,"通网的那天,QQ 上冒出一堆他的留言,分享他的学习心得,还是那个嘚瑟劲儿,跟马上就要成为世界大师了似的。"

两人说笑着又回了黎明川的公司,他中午还在忙工作,忙完一抬头,发现她已经趴在办公桌对面睡着了。

她太累了,笑意晏晏的背后,是日积月累的疲惫。

黎明川关了空调,避免冷风对着她吹。有员工进来,他抬手示意,别在这个时候打扰她。

宋桥睡了一个小时才醒来,揉着发麻的胳膊伸懒腰。

黎明川不在办公室里,她独自坐了一会儿,顺手拿起他桌子上的书翻看。里面似乎有书签,她抽出来一看,顿时愣住,竟然是她在贝壳墙下的那张照片。像素并不高,她的笑容也不灿烂,表情甚至有些僵硬,可他却洗了出来,还这么神神秘秘地藏在书里。

门从外面一响,宋桥立刻做贼心虚地将照片夹进去,把书放回原位,假装无事发生。

"醒了?"黎明川笑着进来,"没着凉吧?"

"还好。"宋桥抿了一口枸杞水,"我也该走了。"

"又要走了。"黎明川叹气,眼中有掩饰不住的失望,"两个月才能见一面。"

宋桥沉默地点了点头。她的工作就是这样的性质,无论和谁都团圆不了。

黎明川将宋桥送到码头,临走前照例又是大包小包地给她塞东西。

从小到大,宋桥其实是很少有这种体验的。上学的时候,看见别的同学来宿舍都带着家人塞得满满的行囊,她不难过,但内心的那点羡慕,还是若有若无地存在着。

如今,也有人对她这样了。甚至在上船前,黎明川都固执地帮她提着包。

他是真的把她当女孩子对待。

就在要跳上船的一瞬间,宋桥停住了脚步,回头笑望着黎明川。

"想你的时候,我能说出来吗?"她突如其来的这句话,让黎明川心口仿佛被猛地一撞。

他从未想过,会从宋桥口中听见直白的"想你"这两个字。黎明川竟然眼睛有点发酸,说不出话来,最终只是重重地点了下头。

宋桥又是一笑,灿若云霞。她轻巧地跃上了船,随海风而去。

黎明川那天回到公司的时候,是哼着歌儿的。花花听出来了,是那首"乌溜溜的黑眼珠"。

她惊诧地问金飞:"你不是说黎总不会唱歌吗?这调子比你准多了呀。"

金飞丈二和尚摸不着头脑:"他怎么乐成这样?都转性了!"

黎明川坐到自己的办公室里,又翻开桌上那本书,其实书的内容他早已熟读,每次想看的,只是宋桥的照片。

他喜欢看她讷讷羞涩的样子,也喜欢她今天那样灿烂的笑容。宋桥的一切他都喜欢,哪怕是鞋上的泥,都是她作为工程师特殊的象征。

他从未这样喜欢过一个人,而她说她也会想他。

黎明川觉得窗外的天都更蓝了,像她所在的海。

有距离又怎么样呢?隔不断想念。

宋桥回到岛上的时候,李岚还在干活,除了谈工作的时候,她总是很沉默。

宋桥将带回来的吃的跟她分享,她只要了一包泡菜,留着配方便面。

"男朋友对你不错。"李岚边做记录边说。

"还不是呢。"宋桥有点不好意思,他们之间,并未有过真正的表白。

"什么样的关系定义不重要,"李岚笑了笑,"真正的感情才重要。"

就算是夫妻又如何?亏欠的、弥补不了的,最终都要自己拿痛苦去还。

李岚抬起头看了宋桥一眼,这样的时期才是最甜蜜的。正因为一切还未开始,所以只有美好。

她但愿别人的感情都这样永远美好下去,不要像她自己。

此刻,宋桥还沉浸在今日的回味之中,并未察觉到李岚的情绪。工作的间隙,穿插着黎明川的短信,寥寥数语,已足够慰藉。

忙到夜里才离开,混凝土"娇娃娃"们也已经在冷气中入睡。宋桥和李岚走在凉下来的风里,想着第二天的工作。

"叶总也快回来了吧?"宋桥问。

叶江还在全国各地跑,做沉管的研究和试验,每隔一段时间,会回岛上看这边的情况。

"嗯，"李岚回答，"我已经把最近的实验总结发给他了，他说下周亲自来检查。"

"他也是操不完的心。"宋桥感慨。

"干这行的不都这样？"李岚笑笑，"上了工程，人离开了，心也离不了。"

宋桥想起李岚在海边的那通电话，欲言又止。毕竟是人家的家事，李岚不愿意说，她也不好莽撞开口。

可就在几天后，有位不速之客上了岛。李岚的丈夫张洛成是位斯斯文文的知识分子，此刻却一脸愤怒。

"你知道婷婷还有几天中考吗？"他气得满脸通红，"别人的妈妈在干什么？你在干什么？"

"我真的是走不开。"李岚无奈地指着工厂，"我总不能把这么多人、这么多事都丢下。"

"所以你就可以丢下我们。"张洛成此刻除了愤怒，还有无法挽回的失望，"你从来都是说走就走，我和婷婷不在你的考虑范围之内。小时候她上幼儿园，你一次都没有送过，有孩子问婷婷是不是没有妈妈，婷婷回来哭了一晚上。小升初，你也没有管过，考砸了是我到处跑，才总算给她找到了过得去的学校上。现在要中考了，你仍然守着这一堆混凝土，你想过她的前途吗？想过我们父女也是你需要关心的人吗？"

一堆人都停了下来看着这一幕，李岚的脸已经煞白。

宋桥默不作声地去驱散围观人群，不想伤了她的自尊。

但人还没走完，张洛成已经开口："我们离婚吧。"

39　道别

宋桥看见李岚的身体摇晃了一下，紧按着铁锹才稳住。

"您消消气，"宋桥走到张洛成面前赔笑，"李主任是真的不容易。这样，我来替她的班，让她先回去陪着孩子考试。"

"不用。"李岚的神色也坚硬起来，"离就离，反正迟早会有这一天。"

"李主任！"宋桥惊呼。

李岚已经转过身去："你把离婚协议书写好发给我，条件由你提，我可以什么都不要。"

"连婷婷都不要吗？"张洛成冷笑，"怪不得他们叫你'铁娘子'，你果然是铁石心肠。"

张洛成走了，李岚仍然在工作，如同什么都没有发生过。

可这种若无其事的样子才最让人难受。宋桥夺过她手中的笔，往桌上重重一拍："行了李主任，您回去休息吧，不要在这里硬撑。"

"我是铁石心肠，"李岚一笑，眼角有点微微发红，"哪里需要硬撑？"

宋桥更是难受，将李岚从椅子上拽起来，拉着她往外走。

到了海边，李岚才终于哭了出来，背转身去朝着大海，无声压抑地流泪。

宋桥站在一米开外的地方，默默地等候。过了很久，李岚才平息下来，两个人坐在沙滩上，遥望着海的另一端。

"女人有时候，比男人更难做。"李岚苦笑，"要当女儿，当妻子，当妈妈。男人做事业，是顶天立地；女人做事业，是不顾家。可我也热爱我的工作，我也有我卸不下的责任。这座桥，不是我一个人的，我也不能一个人想走就走。"

宋桥想起小时候，她也曾经抱着父亲的腿撒过娇，问他为什么不能像别人的爸爸一样，每天送她上学放学。妈妈把她从宋宁刚的腿上撕了下来，抱进怀里，让他快走。看着他出了门，她在后面撕心裂肺地大哭，他却从未回头。

现在想想，他没有回头的时候，是不是也和李岚一样，眼中有泪？宋桥心里有种揪着的疼。更何况，李岚还是女人。当妈妈的面对女儿，又是怎样一种心情？

李岚打开手机，里面有他们一家的照片。李岚在照片里不像现在这样黝黑敦实，是位白白净净的知识女性，和张洛成很相配。

他们的女儿也很漂亮，梳着整整齐齐的马尾，身体靠近李岚，那是发自内心的依恋。

"我很想婷婷，"李岚笑着哽咽，"每天夜里都想，做梦梦见我在哪个街角不小心弄丢了她，一整夜都哭着到处找。醒了就很庆幸，她还在啊，虽然不在我身边,但平平安安、健健康康。我很满足了,哪怕她爸爸要跟我离婚,只要她能好好地生活,我怎样都可以。"

房子、车子、票子算什么?她最对不起女儿的,是没能在女儿需要的时候,陪伴在女儿身边。作为妈妈,她不够格。她也对不起张洛成,他的怨怼,她活该受着。铺天盖地的自责,像海潮一般淹没了她。李岚没有再哭,她已经流不出眼泪,只是怔怔地坐在这涛声里。

宋桥陪她坐着,也说不出任何安慰的话。这是宿命,从进入这一行开始,便注定分离。

她想起黎明川,心中也有微微的不安。他们将来是不是也会走到这一天?她未来的路,和李岚一样,和宋宁刚一样,和许许多多的同路人一样?对得起路,对得起桥,唯独对不起爱的人。

海风听着她们的心语,一声叹息。

接下来的几天,张洛成没有送离婚协议书来,不知道是因为犹豫,还是因为婷婷的中考。

李岚一如既往地工作,谁也没在她面前提起过那天的事。但宋桥发现,她的手机不像以前一样总丢在桌上,而是贴身装在口袋里。每当工作停下来时,她就会立刻看手机。

当张洛成的电话终于打过来时,李岚定定地望着远方好一阵,才接起电话。

"妈妈。"扑面而来的竟然是婷婷的声音,李岚的眼睛瞬间湿润。

"我考完了,"婷婷的语气里并没有阴霾,"我觉得我考得还不错。"

"是吗?"李岚强忍着泪水笑,"那就好。"

"可我想你,"那边撒起了娇,"你又不能回来,那我能不能去看看你呀?"

"那你来吧。"李岚用手心擦了一把泪,"我等着你。"

婷婷到底是个小姑娘,穿着花花绿绿的裙子上了岛。张洛成没有来,只将她送上了船就离开。

"是我非要来的,"婷婷也不管李岚身上脏不脏,就是要抱着她,"爸爸说你不管我,那我更要来了呀,我怕你不爱我了。"

"怎么会?"李岚摸着婷婷的头发,"剪短了好多。"

"时间紧张,不好梳头呀。"婷婷又撒娇,"也不像你以前,给我梳各种辫子。"

"等你头发长长些我再给你梳。"面对婷婷的李岚,只是个普通的慈爱的妈妈。

宋桥悄悄地走了出去,将小屋留给这对久别的母女。她也怀念起小时候的花裙子,还有桌上切好的西瓜。有妈妈,就是幸福的,哪怕思念,也总有个想头。她很羡慕婷婷。

婷婷在岛上住了好几天。她很乖,李岚工作的时候,她就静静地待在旁边看课外书,晚上和李岚挤在一张床上,睡觉前还非要抱着妈妈。

可能属于她的撒娇时间确实不多,所以每一分每一秒她都那么依恋。

到了要走的时候,李岚不舍,婷婷却很雀跃。

"岛上其实挺好玩的,爸爸还总说苦。"婷婷抱着李岚的胳膊,"以后你回不去,我就过来,坐船也挺好玩。"

真的是个孩子,什么都觉得好玩。宋桥将黎明川送她的零食给婷婷装了一包,让她在路上吃。

"宋桥姐姐,"婷婷嘴甜,从来不叫宋桥阿姨,"你和我妈妈要相互照顾,等着我下次再来玩。"

"没问题。"宋桥拍拍婷婷的头,"早点来哦,你妈妈也很想你的。"

婷婷扑上去抱住李岚:"妈妈你好好工作,我乖着呢。"

"嗯。"李岚拉着她的手,扶着她上船坐稳,"注意安全。"

船开了,小姑娘笑着朝她们大力挥手,直到走得看不见了,才悄悄抹眼泪。她怕李岚伤心,张洛成送她过来的时候,说见过这一次,他们就要离婚了。

婷婷回到家的时候,张洛成正在厨房里做饭。七月的珠海,热得人汗流浃背,更别说烟熏火燎地炒菜。

"爸爸。"婷婷乖巧地叫了一声,想过去帮忙。

"你在客厅里吹空调吧。"张洛成取下眼镜,擦了擦上面的水雾,"见过你妈妈了吗?"

"嗯。"

第四章 海内存知己 | 207

"离婚协议书,过几天我就寄过去。"

"嗯。"

张洛成重新戴上眼镜,转过身来看向门口的女儿。

"你是不是恨爸爸?"

婷婷一个字也没说,缓缓地摇了摇头。她不想他们离婚,可爸爸也有权利去追求他要的生活。

她谁也不恨,只是伤心。

张洛成看见了婷婷眼中的泪水,心里也一扎一扎地疼。他又何尝愿意放弃这个家?可先放弃的,是她李岚啊!

"把房子留给你妈妈,"张洛成说,"我们搬去跟爷爷奶奶住。"

好歹让她回到岸上的时候,有个落脚的地方。张洛成并不想和她争这间房子。从结婚的单人宿舍,到后来的一室一厅,再到现在,终于有个宽敞明亮的家了,可家却要没了。谁住在这里,谁伤心。他伤不起这个心了,也希望婷婷能少难过一点。

离婚协议书是随着采购的船一起送来的。岸上有个接收点,寄给岛上人的东西统一送到那里,再一起带过来。

李岚认识张洛成的字,也猜到了信封里装的是什么。她第一时间打开,几乎没有怎么仔细看,就在结尾签上了自己的名字。

她把信封重新封好口,就要这么寄回去。宋桥发现了端倪,按住她的手。

"李主任,"宋桥迟疑,"婷婷会伤心的。"

李岚沉沉地叹了口气,她其实早就发现了不对。婷婷在岛上的那几天,睡觉前总是抱着她,看起来像是撒娇,可李岚感觉得到,她在偷偷流眼泪。那几天或许就是道别,不然张洛成不可能放婷婷单独上岛。

"他们以后,会过得好的。"李岚低头一笑,掩去眼中的泪光。

张洛成是个好爸爸,衣食住行,事无巨细,婷婷被他照顾得很细致,比她这个妈妈都细致。

爷爷奶奶也很好,是一对慈祥的公婆。是她对不起他们,对不起这个家。

她也该放手,让他们过更好的日子,让张洛成选择更适合他的人。他们也曾有过甜蜜的恋爱时光、同甘共苦的温馨岁月,但许许多多的事情,还是将感情磨伤,变得面目全非。何必让这世界上再多一对怨偶?也许离婚对大家都是解脱。

"你帮我保密。"李岚抬起眼来,叮嘱宋桥,"尤其是不要让叶总知道。"

是叶总点的她的将,如果知道她离婚,他会将责任往自己身上揽。

这是她的事,不需要别人愧疚。工作就是工作,就算没人点将,该上的时候她仍然会上。

40　开拓

没过两天,叶江就回来了,在理工大学进行的沉管拖曳试验终于成功了,他兴致勃勃地跟他们讲过程,兴奋得像个老小孩。

"在水里的速度、浮力、风浪潮汐,每一个因素都要考虑。"叶江比画着,"一不小心,沉管就真的沉了,甚至可能一开始就连不上拖船……"

失败了无数次,负责这项研究的傅教授,中间一度都崩溃了。

但叶江就只有一个要求——必须成功。

没有后退的余地,对于参与大桥项目的所有人来说,就是这样。

笑着也得成功,哭着也得成功。

"我们现在要的,不是好的混凝土,"叶江指着实验室里的样品,"是'超级混凝土'。"

每一个指标,都要达到完美,半点瑕疵都不能有。这是一座要使用一百二十年的桥,无数人、无数车要从海底穿过的桥。

可以漏水吗?不能,一滴都不能。

"我们会按您的要求去完成。"李岚的笑容轻缓,话语却重于千钧,"这也是我们对自己的要求,滴水不漏。"

四个字,是悬在头上的剑,无一刻能放松。

"好啊,"叶江感叹,"我最放心的,就是我有这样一群战友。你和小宋吃苦了,等以后我好好犒劳你们。"

"要食堂有食堂,要网线有网线,宿舍里的空调都装好了,"宋桥笑着说,"我们哪吃什么苦了?"

对他们来说,条件已经很好了,多少人不都是从山沟沟里钻出来的?在那些地方搞建设,才叫作苦。吃苦吃到后来,一点点甜,都被当作了享受。叶江明白这种感觉,他自己也是这样走过来的,更感到这帮人的可贵,尤其是女将们,更难得。

叶江在岛上待了大半个月,和他们一起每天做实验、看指标,给"娇娃娃"调温度开冷气。

新建的岛无遮无挡,烈日毒辣得能把人晒化。老秦看着叶江一天到晚地干活儿,私下里找工头吐槽。

"你说干到叶总这个级别,一年能赚不老少钱了吧,"老秦乜斜着眼抽烟,"何必来受这个苦?晒中暑了送医院都得两小时,还不知道管不管得住。年纪一大把了,折腾自己图啥?"

"你当人家跟你一样,图的是那几个钱?"工头敲着水泥板,"境界,追求的那叫境界。"

"不懂。"老秦冷哼,"人活在世上,不就图个舒服?把该挣的钱挣了,过好日子就行。把自己折腾得五迷三道的,就为了座桥?"

这是他理解不了的人生,包括宋桥和李岚,他有时候都为她们感到亏得慌。女人嘛,再强也得结婚生子,好好待在家里就行,何必出来跟男人争高低?一辈子吃力不讨好。他又想起他那个老婆,从前跟着他养娃娃鱼,他说什么她就听什么。可一场洪水把娃娃鱼冲走了,把他在家里的地位也冲垮了,她开始犟嘴,最后干脆跑了。到现在他都咽不下那口气,认准了自己没错,可每每想起来,却还是有点心虚。跑什么啊?男人是天,就算塌了那也是天。女人能顶什么事?

日子一天天过去,"超级混凝土"的配方渐渐成型,沉管预制厂也盖起来了。

这么庞大的沉管,采用一体预制法,又是世界上第一次。

"这世界第一,怎么我们就占了这么多个呢?"宋桥开玩笑,"跨海大桥修完,吉尼斯世界纪录又得多好几页。"

"每个第一,都是用失败换来的。"李岚坐在池子边上,手扶着酸疼的后腰,"你看看我们的记录本,废了多少页!"

那已经不能用"页"这个单位来计算了,成山的资料,成海的数据,不是一个个字组成的,是一次次失败摸索出来的。哭也哭过,笑也笑过,好歹成就了"超级"两个字。可后面,还有一座座高山等着人去攀爬,不可能一马平川。

"您回去看看婷婷吧,"宋桥的手搭上李岚的肩,"这次换我守着。"

"你不用谈恋爱吗?"李岚挑眉。

"您这是落伍啦,"宋桥也挑了一个眉回去,"有没有听说过一个新词儿,叫'网恋'?能上QQ,还需要见什么面呀?"

李岚好笑,每天晚上忙完回去,宋桥就像蜘蛛一样趴在网上,聊得眉眼开花,她当然知道,那是在"网恋"。

"但见面三分亲,是另一种感觉。"李岚叹气。

"您还知道啊?"宋桥推着李岚走,"再不回去,婷婷都要成大姑娘了,您想给她梳辫子,她都不会再让您梳。"

也确实该回去一趟了,除了看婷婷,那纸离婚协议书虽然签了,手续却还没办。她不能因为自己没时间,就一直拖着人家。

"那行,这次我先休假。"李岚说,"三天我就回来。"

宋桥摆手:"用不着这么急,半年上一次岸,多留些时日。"

好说歹说终于把李岚送走,宋桥回到宿舍睡了半天,迷迷糊糊地爬起来上网。

自从那次送别以后,她似乎有了勇气说"想你",黎明川也一样。

一朵花一朵浪,叙述的每一件事,都是想念。把生活的点点滴滴都告诉对方,隔着海,也仿佛就在身边。异地相恋是一件很辛苦的事,但也有种远距离的浪漫。

"我把休假的机会让给李主任了。"宋桥打字,"上次是她让的我。"

黎明川也从宋桥口中得知了李岚的事,他并不介意:"她是应该回家看看。"

"其实我也想见你。"宋桥单手托腮,望着屏幕,真希望网线那头的人,立刻出现在她眼前。

"我最近也忙,"黎明川语气神秘,"在忙一件大事。"

"什么?"宋桥问。

"失去了当千万富豪的机会,我总得努力呀。"黎明川发来个坏笑的表情,"不然对不起金飞,也对不起你。"

"喊,对不起我什么呀?"宋桥嘴硬,心里却甜丝丝的。

"你理解我的选择,"黎明川说,"所以我更要努力,对得起你的理解。"

锐信是要往前走的,既然拒绝了陆氏的加持,那就更应该珍惜这份奋斗的自由。他也要开辟新版图。

"传媒?"金飞听见黎明川说他的计划时,惊愕地叫了起来,"可是我们没经验啊!"

"我们讲究的不是经验,是算法。"黎明川眼神深沉,"不需要我们自己去采编新闻,用大数据去统计用户的爱好,他们想看什么,我们就把什么样的东西推到他们面前。"

这是一种全新的思维,在座的人都张大了嘴,半天挤不出句话来。

"这不就是做大数据系统的宗旨吗?"黎明川摊手反问,"满足用户的需求。"

他说得没错,万变不离其宗,所有的系统,都是为了满足定制化需要。

"可咱们能行吗?"金飞还是有些迟疑。毕竟他们从前没做过,国内从前也没人做过。

"试试。"黎明川说。可他实际的步骤,已经不仅在想试试这个阶段,他早就开始和新闻单位接触。

别人做新闻,他们推新闻,针对的都是用户,只不过手段不一样。那为什么不能够联手,各发挥各的优势,各获得各的利益?

黎明川也开始天南海北地跑,去谈合作。陆珊妮和他楼上楼下,却已经很久没有遇见过他,最后终于忍不住,在电梯里问花花,他最近去了哪里。

"我们黎总啊,"花花很荣幸陆珊妮和她说话,自然知无不言,"他在做一件划时代的大事。"

陆珊妮有些不相信地皱了皱眉:"嗯?"

"他要做一个特殊的新闻门户网站,用大数据来决定推荐的内容……"花花吧啦吧啦一大堆,将黎明川那天的讲话倒给了陆珊妮,哪怕其中有些内容她自己也没有太懂,但至少还原了个八九成。

陆珊妮一直到回办公室坐下,都还没有完全消化。用大数据来做新闻?她觉得有些不可思议。黎明川的脑袋里,到底在想什么?

陆应成正好回珠海,父女俩聊天的时候,陆珊妮将这件事当作一件奇闻转述给他听。

"新闻都是由记者得来的,他这么做,"陆珊妮撇嘴,"用中国的俗话来说,是不是叫作投机取巧?"

陆应成却陷入思虑:"但这个'巧',取得真是巧。"

黎明川这个人,思路确实和别人不同,他当初没看错。

"去餐厅里面吃饭,厨师做得再好吃,我们还是要看菜单的。"陆应成举例子给陆珊妮听,"一开始,我们看的是餐厅里推荐的内容,但吃得多了,就知道究竟什么口味更适合自己。那么,以后的菜单实际上是由我们来指定,或者就类似口味划分一个范围。黎明川做的,其实是同样的事情。"

陆珊妮愣住。对,用户是有选择的,而且会有自己固定的口味。实际上在选择新闻的时候,他们依然只会对相对固定的种类感兴趣。

"所以如果能用大数据来做统计,第一,增强了用户黏度,第二,节省了用户时间。双赢的事情,为什么不做?"陆应成笑了笑,"一旦双赢,那么后续也会给提出这个概念的人带来巨大的利益。这就是开拓一个新版图的好处。"

没能让黎明川进陆氏,真是可惜了。这是此时陆应成的想法,他觉得自己错过了一个敢冒险又有脑子的开拓性人才。

"爹地,"陆珊妮看着陆应成的神色,不满地噘嘴,"您以前想让他进陆氏,其实不是给我当帮手,是要给我做上司,对吗?"

"是他告诉你的吗?"陆应成哈哈大笑,"那一定是你挑衅了他。"

"您怎么这样偏心呢?"陆珊妮好气,"一提起他,连自己女儿都不顾了。"

陆应成直言不讳:"我确实欣赏他,在某些方面,你也真的要向他学习。你的头脑也很聪明,可是你没有他历尽千帆的韧性和成熟。"

"什么历尽千帆,"陆珊妮翻白眼,"他年纪也不大啊。"

"但他是草根,和你的创业不同。"陆应成正色道,"就像爸爸这一代,做得再好,也和你爷爷的创业不一样,你明白吗?"

陆珊妮不是完全明白,但又似乎有点懂了。

黎明川身上,确实有种在她自己以及以往生活中的朋友身上没有见过的东西。无论遇到什么,他好像都特别稳,不急不躁,却又从来不真的认输低头。

陆珊妮发现,不知道从什么时候起,她也开始研究黎明川这个人了。意识到这一点,让她有些怔然。

"你现在将他当作朋友了吗?"陆应成问。

陆珊妮沉默良久,点头承认:"算是吧。"

"内地有很多优秀的人,"陆应成拍了拍她的肩膀,"这一点,你也要承认。眼睛不要放在头顶,要平视,才能发现别人的优点,弥补自己的不足。"

父亲就是父亲,虽然有时候也会对她严厉,但人生中的许多教诲,她都是从他身上得来的。

陆珊妮靠在父亲肩上:"我以前,是不是很不懂事啊?"

"没有关系,"陆应成笑着说,"每个人都是要长大的,你比起你身边的很多孩子,已经算是懂事了。"

有目标,不啃老,也没打算靠父兄丈夫过一辈子。对于她这样背景的女孩子来说,已是难得。有这样一个女儿,他很欣慰了。

"爹地,我是真心想做好的。"陆珊妮轻轻叹气,"但有时候,我一个人在内地,也有点累。"

"爹地明白。"陆应成心疼,"过些日子我让你妈咪也过来,陪你住一段时间,多照顾照顾你。"

到底是家里最娇宠的小女儿,谁又忍心让她吃苦?

陆应成又想到了黎明川,楼上楼下的公司,距离很近。而且现在看来,陆珊妮对他也是接受的,如果以后他能多帮衬她,将女儿放在内地,家里也能安心些。

何况黎明川的这个新计划,是真的勾起了他的兴趣。陆应成决定,再找机会,和黎明川谈一谈。

41 巨人

黎明川的这趟差,出得并不顺利。锐信只是一个科技公司,却想搞传媒。而且做新闻门户网站,自己却不采编新闻,这在很多人看来,简直是匪夷所思。

传统媒体人老赵是个胖胖的中年男子,手串已经被他盘得起了光。他穿着中式褂子坐在黎明川对面,慢悠悠地拈起一杯茶,开始为黎明川指点江山。

"黎总啊,你的公司前期是赚了点钱,但你们搞理科的吧,大多数不懂文化。"老赵的手指一跷,上面还套着个大方块玉石戒指,"就说这传媒,那不是搞搞什么算法、什么大数据就能搞好的。你们那些高新名词啊,在文化界,没几个人听得懂,也没几个人感兴趣。"

黎明川笑了笑:"赵老师,您写一篇文章发在传统期刊上,看到的只有你们圈内人,还是愿意买杂志的圈内人。发在互联网上,就能接触到更多不买杂志的普通读者,从中筛选出更多喜欢您的受众。而如果用算法和大数据统计,那就更简单了,只要一个人从前搜索过和您的文章内任何因素相关的东西,我们的网站就会直接把您的文章推送到他面前,精准投放、精准捕捉,属于您的受众,一个也跑不了。"

老赵愣住,黎明川的这一番话,他听懂了。什么叫算法?就是打鱼,一网子下去,远比一条条钓鱼效率高得多。更何况,这还是浩瀚的互联网。

"那……这样吧,"老赵的串儿在手中盘得越来越慢,"我回去再跟其他人商量商量。"

"行,谢谢赵老师。"黎明川和他握手,"任何网站,最终都要打造媒体明星,要是日后合作得好,您也会成为我们锐信的标杆。"

老赵挑着嘴角一笑,眼中有动心之色。人越有名,就越有钱,这点道理放之四海皆准。甭管算法还是文化,能抓到的机会自然不能松手。

老赵紧紧地握了下黎明川的手:"不过你这个思想啊,太突破常规,要走上轨道,怕是还要费些力气。"

"我做好准备了。"黎明川神情淡定。从决心踏出这一步开始,就注定要踏出舒适圈,发展新的圈层,自然是压力如山倒,但如果撑得起来,那他也就成了开山鼻祖。

第一个吃螃蟹的人,也会最早享受这份鲜美。

黎明川继续一块块啃硬骨头,有啃下来的,也有磕了牙的,但他不介意。为了公司体面,他住的都是大酒店,但为了节省开支,除了请客吃饭,基本都是在房间泡方便面。

跟宋桥通电话的时候,他笑称已经吃过了全国各地的方便食品,从重庆小面到桂林米粉。其实有时候开水不够烫,泡都泡不开,吃的经常是半熟的面条、粉丝。但他也不在意,总不能永远吃红烧牛肉面,那太腻了,得换个新鲜口味。

宋桥听得好笑,她也习惯于这种生活,所以并不觉得苦,反而能和他一起乐呵。这也是黎明川想要的,分享不在于让人同情,而是让人快乐。

宋桥也渐渐听懂了黎明川想做什么,她给了他一个总结:"你其实不是转行做传媒,你是要做一家具有媒体性质的科技公司。"

"对,这概念非常准确。"黎明川一拍手,"锐信的本质从未变过,永远是科技先行。将来我还要做更多,文化也有多种表现形式,除了新闻,还有小说、影视等各种项目,每一项火了,都会带来利润……"

黎明川滔滔不绝,似乎眼前已经展开一幅宏大的蓝图。

宋桥托着下巴静静地听,到最后一笑:"黎明川,你真的野心勃勃。"

黎明川一怔,停了下来:"你是不是觉得有点虚无缥缈?"

"不,"宋桥说,"人生的乐趣,就在于征服。你有你的山要爬,我有我的海要过,虽然走的不是一条路,但能互相鼓励,我觉得挺幸福。"

她是真真切切地感受到了幸福。每个人都需要同伴,即使不并肩而行,也遥相呼应。颓唐的时候,有人给你鼓劲;得意忘形的时候,也有人给你泼凉水,促使你清醒。他们是彼此的同伴,理解对方,也不害怕袒露自己,多好。

"宋桥,"她听见他在那边说,"认识你,我很幸福。"

我也是。宋桥在心里回答，笑着催促："你赶紧睡吧，明天又要在外面跑一天。"

黎明川安安稳稳地睡了，那一晚，他梦到了自己退休后的情景。

有个小院儿，里面种满了花，还有爬藤的丝瓜。他坐在葡萄架下喝茶，对面的那个人，是宋桥……

黎明川是坐早班机回的珠海，没有回家，直接去了公司。

在楼下遇见陆珊妮，他自觉地往旁边让了让，毕竟在外奔波这么久，形象仪态好不到哪儿去。

陆珊妮看着他，沉默了一阵才开口："回来了？"

"啊，"黎明川笑笑，"出差。"

"我爹地前些日子还说想见你。"陆珊妮接了一句。

黎明川有点惊讶："是吗？"

"你那个传媒的想法，"陆珊妮眼睛看着前方的电梯门，"虽然我不太赞同，但他好像有兴趣。"

"陆先生有眼光。"黎明川莞尔。

陆珊妮有点气恼，这是说她没眼光？

"你想做新模式，但别人没有做过的，你未必做得成。"陆珊妮眼风一瞟，"难道你认为你可以走在世界的最前端吗？"

黎明川点了点头："嗯。"

呵。陆珊妮简直不敢置信，这人竟然如此自大。门开了，她直冲冲地走出电梯，到了公司门口，又回过头来瞪黎明川。遗憾的是，电梯门已经关了，黎明川并未看见这个白眼。

黎明川一进锐信的大门，员工们就立刻支棱起来，毕竟老板长时间不在，大家都有点"放羊"的趋势。

"黎总，"花花热情地过来，接过黎明川的行李，"您辛苦啦！"

众人一片："黎总辛苦！"

金飞听见声音，从他办公室跑出来："哟，黎哥，你这趟跑的时间够长的呀。"

"事多人难搞。"黎明川简要总结，"你们也别偷懒，后面跟着的是黑压的工作量。"

"感受到了。"金飞沉重地点头。

新思路意味着新算法，这些日子他留在公司，天天忙到头秃。

"得招人哪，老兄。"金飞跟着黎明川进里间，"单凭咱们这些人，顶不住。"

"去挖。"黎明川往椅子上一坐，摊开身体，"从新京或者海擎，AK也行。"

"挖老东家的墙脚？"金飞迟疑，"不合适吧？"

"你不是从AK走的？当初怎么没觉得不合适？"黎明川反问。

金飞挠头："那不是为了跟着你吗？"

"那就现在看看，"黎明川神色泰然，"还有没有人想跟着我。"

金飞瞅了黎明川半晌："我发现你现在这气势，越来越强了啊。"

"因为锐信越来越强，"黎明川看着墙上的招牌，"虽然目前还比不过AK，但总有一天能赶上。"

或许还会超越。时代的洪流是一直往前的，赶得上这趟列车，便会跑到最前面，而落下的，便再也没有机会了。他会抓住车门不放手。

金飞望着黎明川，他坐在一片阳光里，身姿舒展，仿佛对一切都胸有成竹。未来的锐信，也会这样舒舒展展地，和世界竞跑。

"我跟你跟对了。"金飞蓦地一笑，"招人去！"

金飞当天就开始组织招人，无论是公开的，还是私下的。居然真有AK的人来应聘了，职级还不低。

面谈的时间约在星期天，AK一周唯一的休息日，成峰从深圳来到了珠海。

老同事见面，寒暄几句以后就直接进入正题。

"我已经三十五了，"成峰也不避讳，"才干到经理这个层级，往上也走不了多远了。年轻的进来一批又一批，他们干得猛，也比我能熬，我未必熬得过他们，说不定哪天一个不景气，公司会先让我走。"

"在大厂就是这样。"黎明川说，"要么上位趁早，要么到了一定年龄段就等着被淘汰，还不如出来自己创业。"

"你有技术啊，成哥。"金飞给成峰倒茶，"想当年我进去的时候，你还带过我一段儿,所以这次我就先把消息递给了你。都是一个战壕里出来的兄弟,有什么事,好谈。"

"我希望有股份。"成峰望着黎明川,"你也知道,我出来图的不是那点工资,多几万少几万的,不重要。"

"明白。"黎明川点头,"锐信公司不算大,但不会亏待干活儿的人,只要为公司做贡献,那就是公司的主人。按技术给你算股份吧,也不用你额外投入。"

这句话既安了成峰的心,也相当于给了个限额,不可能占太大比例。

但能拿股份,就有归宿感,成峰还是愿意的,当下表示尽快回去交接,来锐信入职。

三个人笑着击掌,跟当初在AK的时候每次项目做成后一样。

成峰说话算话,不到一个月就来了锐信。他家还在深圳,黎明川也不苛刻,尽量给他腾出时间,每周至少能回去一两趟。

都是老搭档,磨合期短,干活儿也利索。锐信如虎添翼,新闻门户的平台很快建了个七七八八。

夏天的夜晚,哥儿仨一起坐在海边吃夜宵,大杯的冰啤酒上泛着泡沫,喝一口都让人心旷神怡。

"爽啊!"成峰感叹,"早知道这样,当初我为什么不跟着你们一起走?"

"那是现在。"金飞哈哈大笑,"我跟黎哥有一阵儿连办公室都租不起,你现在看的那写字楼,我们是情况好点了又搬回来的。"

"对啊,"黎明川捧着啤酒杯,在海风里自嘲,"别说办公室,我俩租房住都快没钱了,你要那会儿跟着我们来了,铁定后悔没留在AK。"

"我跟你们不一样,"成峰摇了摇头,"有家有口的人哪,自己吃苦还没什么,老婆孩子怎么办?所以没你们这些光杆司令敢冒险。"

这话说得金飞想起来了:"哎,黎哥,你也老大不小的了,打算什么时候成个家?"

"是啊,"成峰也附和,"这么多年,就一个也没看上?"

"那可不是,"金飞贼兮兮地摆手,"他跟跨海大桥一女工程师走得挺近。"

"真的?"成峰盯着黎明川,"不错呀,那也是搞技术的,和你正相配。不过……"

成峰沉吟了一下,有点犹豫地开口。

"她这工种啊,有点小问题。这修桥修路,平时常在工地上不说,还打一枪换一个地方。"成峰瞧着黎明川的神色,"这万一以后结婚生了孩子,可怎么照顾家里?"

黎明川愣了愣,他还没想到这么远。

"走一步看一步呗。"他晃了晃杯子里的酒,一笑,"人家都还没正式答应做我女朋友。"

"抓紧呀黎哥,"金飞比他还急,"咱俩不能都打光棍儿啊!"

成峰无语:"得亏我早早结了婚,不然锐信还成了光棍儿营了。"

"我是时间问题,他是技术问题。"黎明川微笑着无情补刀,"估计等我结婚,你还是找不到对象。"

金飞气得要灌黎明川酒,成峰在旁边鼓掌,结果又被黎明川摁着灌了,三个兄弟跟愣头青似的,闹成一堆。

海风和着笑声,夏夜真畅快。

喝了个大醉,第二天能按时爬起床的,只有黎明川,但也是头昏脑涨。

到了公司,居然有人比他还早,花花朝里面努嘴:"陆小姐的爸爸在里面等你呢。"

"嗯?"黎明川瞬间清醒,理了理头发,才向办公室走去。

陆应成背着手站在窗边,望向不远处的海。听见黎明川进来,他回头一笑。

"你这个地方不错,站得高,看得远。"陆应成意有所指,"你将来,必定也会走得远。"

黎明川缓缓过来,和陆应成并肩站立。两道身影被晨光拉得很长,宛如巨人……

42 天 地

陆应成坐在对面,看黎明川泡茶:不紧不慢,一板一眼,仿佛天崩下来,也要先细细致致地将这杯茶泡好。

淡淡的一股清香,入口苦中回甘。陆应成放下杯子问:"这是什么茶?"

"您喜欢吗?"黎明川说,"那我给您送一罐,这茶也给宋总送过。"

"是吗?"说起宋宁刚,陆应成有种老友知己的开心,"没想到我们两个老家伙在茶的品位上也这样相似。"

"你们不老,"黎明川又装好一小盘茶点,放到陆应成面前,"正是做事的时候。有足够的能量和阅历,却又不失初心,我很喜欢您和宋总。"

陆应成有些讶然,他这样直白地将喜欢说出口,却让人觉得不作伪、不奉承。

"我和老宋也喜欢你,上次见面还谈起过。"陆应成一笑,"说你将来,必定是号人物。"

黎明川摇着头笑起来:"我才哪儿到哪儿。"

"将来嘛,"陆应成端着茶,望向窗外,"不管是你,还是这座城市、这个国家,未来都有无限可能。"

将他的个人前途上升到国家命运这个层次,是黎明川没想到的,他一时有些怔然。

"我和老宋上一次还聊到了湾区,"陆应成的手如那晚一样,敲点着玻璃,"粤港澳大湾区。"

黎明川是第一次听见这个名词,缓慢重复:"粤港澳大湾区?"

"对。"陆应成点头,"东京、纽约、旧金山,还有香港,是过去的世界四大湾区。如果将广东、香港、澳门三地合一,进行优势资源配置合作,有足够的潜力,形成一个新的大湾区。"

黎明川随着陆应成的视线望向远方,那里将会架起一座大桥,将粤、港、澳三地联结为一体,形成超级城市集群。新的大湾区,是真的有可能存在的。黎明川突然隐隐兴奋起来,这会给他们带来怎样的未来?

黎明川眼中的光被陆应成捕捉到了,他哈哈一笑,知道眼前的人领悟到了其中的深意,还有无限生机。

"跟你说话,不用费很多口舌。"陆应成拍了拍他的肩膀,"你有很好的发展眼光,就和你要做传媒一样。"

"是有传媒性质的科技公司。"黎明川笑着强调宋桥给锐信的定义,"传媒将来也只是一个分领域。"

"和陆氏一样。"陆应成重新坐下来,和黎明川喝茶,"一开始做海运,后来也涉及房地产、商业、酒店等各种领域。其实来内地,我也是想做传媒的,只是苦于没有合适的人。"

陆应成深深地注视了黎明川一眼。

"当然,我不会强邀你加入陆氏,也不会想要注资,分你一杯羹。"陆应成吃了一块小小的米糕,和着茶水,有种淡淡的甘甜,"但是以后,我们也相互借力,我看好你这种新模式。"

"没问题。"黎明川答应得很干脆,"我拒绝并购,是因为要创业的自由。但要想事业宏大,不会拒绝合作。就像您刚才说的大湾区,优势资源配置合作,才有更好的未来。"

"明川啊,"陆应成笑眯眯地看着他,"要是你也姓陆就好了。"

黎明川一愣。

"将来如果把事业交给你这样的人,"陆应成感慨地一叹,"我退休就放心了。"

"陆总也很优秀的。"黎明川笑着说,"再说大湾区还没建起来呢,您甘心退休吗?还要奋斗好多年。"

"你说得对,"陆应成点头,"有了新目标,就又有了无穷的干劲,我都感觉我好像又年轻了二十岁。"

"对嘛,一起在这新时代的大潮中游一游泳。"黎明川开起玩笑来,"您年轻二十岁,我也努力努力,和您拼一把。"

"来,一起拼!"陆应成以茶代酒,和黎明川碰杯。

陆应成回到楼下的公司时,仍然是满面笑容。陆珊妮不满地冷哼:"见到他就这么高兴?"

"对呀,"陆应成笑眯眯的,"这小子非常对我的胃口。"

陆珊妮又想翻白眼。爹地这是着了魔吧,黎明川到底给他下了什么蛊?

"你不要这么小气,"陆应成说,"他还夸你优秀。"

"是吗?"陆珊妮瞬间心情好了点。

"他呀,胸怀宽广,才不会跟你计较。"陆应成这一夸,又把陆珊妮气着了。

"您干脆认他当干儿子吧。"陆珊妮说,"我看您对他比对亲生的都满意。"

"我是希望他姓陆哦。"陆应成逗女儿,"可人家有骨气,不改姓呢。"

陆珊妮无话可说,真走火入魔了!

陆应成随后约了宋宁刚,还特意带上了黎明川送给他的茶。

"看,明川也送我了。"陆应成显摆,"我今天去他办公室聊了一早上。"

宋宁刚表示不屑:"他去找我,那都是等在办公室外面请示工作。"

"你厉害你厉害。"陆应成竖起大拇指,"我是觉得这个年轻人哪,真的是不错。我跟珊妮提起大湾区,珊妮都是怀疑,可我跟他一说,他立刻看到了机会。"

"老一辈努力,不就是为了给年轻人更多机会?"宋宁刚攀着陆应成的肩,"老陆,你在香港四处奔走呼吁,辛苦了啊。"

他们现在都是相互称呼"老陆""老宋",亲切得像一道成长起来的战友。

"都不容易。你这么忙,也是帮着到处牵线。"陆应成问,"是今天见夏教授吗?"

"对,他白天有课,约了今晚。"宋宁刚说,"我们一起过去,好好吃顿饭、喝场酒。"

"夏教授这样的学者也喝酒?"陆应成问。

"嚯,"宋宁刚豪爽大笑,"他可是去俄罗斯留学过的人,伏特加都不在话下。"

夏明上了一整天的课,晚上七点才匆匆赶到聚会地点。

从他的外表真的看不出他的酒量,完全是文质彬彬的一介君子。

"这位就是香港的陆应成陆先生,对您的湾区理论非常热忱,并且已经做了很多工作。"宋宁刚向夏明介绍。

"酒逢知己千杯少啊，"夏明和陆应成握手，"今晚不醉不归。"

陆应成无奈地笑，果然是酒中君子。

夏明身上有种带着激情的浪漫，说起自己的设想，整个人都手舞足蹈。

"广东、香港、澳门，首先我们是同一种语言体系。粤语啊，多动听。"夏明开始即兴唱粤语歌，"一生何求，常判决放弃与拥有，耗尽我这一生，触不到已跑开……"

这粤语歌特有的铿锵婉转，引得陆应成和宋宁刚为他拍手应和。

"语言是一种极其微妙的东西，"夏明唱完，又开始倾谈，"为什么要叫作母语？语言仿佛是和母体相连，带着天生的血脉和亲缘关系。这伶仃洋的水，就能隔断感情了吗？不能。何况宋总他们还在修桥！"

宋宁刚和陆应成都是神情一怔，相视着点了点头。

"上下五千年，中华民族都是一体的，这是任何历史因素也阻断不了的血脉之情。"夏明眼中有深刻的情感，"经历了多少年，多少风雨，现在港澳回归祖国的怀抱，大家都发展起来了，为什么我们不联合起来，你拉着我，我扶着你，走向更远、更辽阔的天地呢？或者，我们就自己建一片新天地！"

听了夏明的一番话，如同酒精在血液里燃烧，陆应成站起身："夏教授说得好，我们要共同努力，建起一片新天地！"

三人的目光中，有相同的信念，将这信念融于酒中，一饮而尽。

"哎呀，我又想唱歌了。"夏明大笑，"这次我给你们唱首《莫斯科郊外的晚上》吧。"

  深夜花园里四处静悄悄
  树叶儿也不再沙沙响
  夜色多么好　令我心神往
  在这迷人的晚上
  夜色多么好　令我心神往
  在这迷人的晚上
  小河静静流　微微泛波浪
  ……

都是从那个年代过来的,宋宁刚已禁不住跟着轻轻哼唱。其实,陆应成从前在收音机里也悄悄地听过这首歌,熟悉这曲调,他一下一下地为夏明打着拍子。

粤语很好,普通话也很好,哪怕唱着这异国歌曲,那种自心底而生的亲切感,什么也取代不了。这就是亲人啊,隔着千山万水也连筋带骨的亲人。

看着醉了,其实谁也没醉,临走时夏明再次和陆应成紧紧握手。

"发改委也很重视这件事情,"夏明说,"后面要组织人下来调研,到时候我们也可以充分地提建议、说想法。"

"好!"陆应成热烈响应,"我回到香港,也会去争取更多的人,加入我们这个行列中来。"

"澳门那边我也在努力。"夏明拍了拍宋宁刚的肩膀,"跨海大桥给了很多人信心啊。"

大家相视而笑,在夜色中告别。夏明的家就在校园里,陆应成和宋宁刚听见他往回走的时候还在哼歌:"明月照水面闪银光,依稀听得到,有人轻声唱,多么幽静的晚上……"

两个人静静地站着听了许久,目送他的身影远去、消失,才上车离开。

黎明川那天也很兴奋,他给宋桥打电话,说了大湾区的事。

"是机会啊,和跨海大桥一样。"每当他为事业兴奋起来的时候,都不像平时那个黎明川,"如果真的能建立起大湾区,那意味着这将是一个新的世界级商业中心,我们身在其中,该有多幸运。"

宋桥默然听着,对于这一切,其实她没有黎明川那样强烈的感受。世界再繁华,她仍然守在孤岛上,做完了这个工程就得离开。

但她还是为他高兴,这意味着新的机遇正徐徐随风而来。

他们的桥也修得有价值,连接起一个世界。

"我公司又新招了人,"黎明川和她分享,"之前从 AK 挖来了老同事,现在新京和海擎也有人过来了,分成了五个工作小组,各干各的业务,又相互交叉,随时调整。就像一盘围棋,只分黑子、白子,但每一颗棋子都可以和另一颗互换。不是永远固定的组合和位置,可以培养起更综合的能力。"

而黎明川就是那个下棋的人,这棋盘还越来越大。

连 AK 的老领导罗总都注意到他了,特意给他打电话,半真半假地调侃:"不错啊小黎,士别三日,当刮目相看。我们的人,都快被你挖光了。"

"AK 家大业大,少了这么几个人,能影响什么呀?"黎明川也笑吟吟地回过去,"我们这都是小打小闹。"

"可不能这么说,建立了三个月的新网站,抢走了我们 20% 的流量。"罗总打了个哈哈,"照这样过个一年半载,用户岂不是跑光了?"

"都在求新求变嘛。"黎明川没有刻意安抚,也不自负,"一个模式出现,其他人也会跟上,走在最前面的人,未必能跑到最后。"

罗总沉吟了一阵才开口:"都跑快点吧,不拖人后腿就行。今儿你们抢了先,也许来日我们又把人挖回来了。"

"欢迎啊,"黎明川笑起来,"包括我也行。"

虽谈笑自如,但黎明川知道,自己已进入了 AK 的竞争视野。

这是好事,说明他们不再是小小的锐信,而是有了名字的锐信。

第五章 伶仃洋战神

43 人情

而此时,沉管预制也已经进行到了如火如荼的阶段。宋桥累得又燎起了满嘴疱,但她不吭声,仍旧成日成夜地忙。

李岚从上次回去以后,就绝口不再提家里的事,张洛成和婷婷也再没到岛上来过。宋桥几次想问,可看到李岚的样子,又开不了这个口。

但就算在这种情况下,还是有人偷懒。宋桥看见窝在预制厂角落里睡觉的老秦,真是气不打一处来。

在"你看看别人都忙成什么样儿了,"宋桥把他从地上拖起来,"你还能睡得着觉!"

"这么没白天没晚上地干活儿,谁受得了?"老秦懒洋洋地打着呵欠,"累死了不也就一条命?你们换个人照样干,可我死了就真死了。"

"就你那点工作量,也能累死?"宋桥真是无语了,"你一天到晚琢磨的,就是多卖两包烟。"

提起这事儿,老秦也来了气:"那你不说,来到这岛上,连进个货都得等几天的船,做什么生意?我那几个工钱,只够赔本的。"

"你到底是来做生意的还是干工程的?"宋桥厉声问,"不想干你可以走。"

"每回都是这一招啊,我还偏不走。"老秦一屁股坐到机器架子上,"人老宋说了,要对我们工人师傅啊,客气点。你就是不懂管理者的智慧。"

宋桥胸脯剧烈起伏,一转身出去找工头,可才走到门口就听见工头慌慌张张地边跑边喊:"老秦,快,你家出事了!"

宋桥愣住,老秦已冲了出去,跑掉了一只鞋都来不及捡。到了外面,看见一个人站在海边,缓缓回过头来,满脸都是伤。

老秦嘴唇翕动,嗓子里像是堵了东西,声音怎么也发不出来。

许久,他才终于挤出来两个字:"英子……"

那女人听到他叫她的名字,突然疯了般地扑上来,脚绊到了水泥摔在地上,抱住他的腿号啕大哭。

其他人都愣了,看着这一幕不知所措。

老秦呆呆地站着,任她哭号,直到看见她后颈子上那道鲜明的血迹,才突然暴怒起来,一把将她拎起。

"说,到底咋了?"他像头受伤的蛮牛,拼了命地顶出角,"谁把你咋了?"

"我跟着刘强去云南打工,他说采茶一个月能挣几千块钱。"英子哽咽,"可他把我带进了黑厂,不干活儿就打,一分钱没有。"

老秦眼中充血:"刘强那个狗日的!"

"后来我就跑了,半路被他抓住,我跪着求他看在同乡的分上,放我一条活路,我说……说我死了老秦不会放过你的……"英子已经哭到说不下去,"他两脚把我踹到沟里……跟追来的人说我摔下山了……等天黑了我才敢从沟里爬出来……身上也没钱……一路讨一路借地到广东来找你……"

英子的眼泪流到伤口上,仿佛又冲出了鲜血。老秦心中压抑着无限的愤怒,却又冲不出一声悲鸣。

"老秦,老秦,"英子生怕他不要她,揪着他的衣襟哭喊,"我也是想多挣两个钱还账,给娃们读书……"

老秦别过脸去抹了一把脸,眼角有浑浊的泪水。

连海风似乎都变得沉重,所有人都出奇地静默,气氛更是压抑。

"食堂后面还有间杂物房,收拾收拾让嫂子先住下吧。"一个声音打破了这沉默。老秦缓缓回过头去,看见宋桥正站在人群中央,神色淡淡的,既不见同情,也不见鄙视。

而此刻,这正是老秦所需要的。这样难堪的悲剧,他害怕别人对他投注太多情绪。

老秦抓着英子的手,低着头匆匆离开。宋桥转身对众人摆了摆手,示意他们都去干活儿。

人群散去,宋桥才对着大海,长长地嘘出一口气。

那天晚上,食堂的杂物房被打扫出来,搭了张简易床。英子一刻不歇地忙碌着,不敢停下来,她不知道自己该怎样面对老秦。

老秦蹲在墙脚,啪嗒啪嗒地抽烟,一言不发。烟屁股快烧着手了,老秦才扔下,站起来脚尖一蹍一转,火星子灭了,他往门外走去。

"老秦……"英子在他身后怯生生地喊。

"你睡吧。"老秦没有回头,冲进了黑压压的夜色里。

英子倚着门,泪水又湿了眼眶。她没地方可去,也不敢找别人,能找的只有他,能依靠的只有他。可当初负气一跑,如今她又怎么才能真正回来?

英子暂时留在了岛上,老秦照样上他的工,除了每天中午、晚上各打两份饭,去杂物房里跟英子闷不吭声地一起吃,不多说一句话。

可工人堆里,闲话却渐渐多了。有人说英子不见得是跟着刘强打工,而是私奔去了,没承想挨了刘强的打,只好又回来找老秦接盘。

"一年多没音信,挨了打晓得回来咯。"一个工人边干活儿边调笑,"老秦哪,那真是个老实人。"

他肩膀上突然被推了一把,差点从架子上摔下去,气冲冲地转头就要开骂,却看到了老秦阴沉的脸,骂声连着口水被咽回了肚子里。

等老秦离开,他才悻悻地开腔:"想打我,怎么不去打他媳妇?"

老秦脚步微微一顿,但又更快地走远。

那天中午,老秦没跟英子一起吃饭,将打饭的碗重重地扔在桌上就走了。那咣当一响,让英子心里一颤。

英子其实也没闲着,住在食堂后面,她就每天去食堂帮忙。别人让她干,她也抢着打扫,原本工人食堂那油腻腻的地面,现在都已经干净得发亮。她那间屋里原本有一半杂物,也被她整理得井井有条。宋桥把这些都看在眼里,默不作声。

闲话越传越盛,最后竟然有人当着英子的面开玩笑。

"刘强带你出去,没给你买几件漂亮衣服穿?"四十来岁的陈胖子以前就住在他们隔壁,仗着熟,说起话来荤素不忌,"那是咋哄你出去的?肯定样样比老秦强吧?"

"陈胖子,你是不是找打?"老秦从后面过来,一声暴吼。

"我这是为你抱不平咧,"陈胖子也不客气了,"屋檐头都挨着,村里哪个不知道你老婆跑了?为了钱还是为了人,说得清吗?我看你一家子以后回去咋做人!"

老秦青筋暴突,一拳头就要招呼过去,却被人拉住。

宋桥挡在了老秦前面,冷冷地看着陈胖子:"既然都是一个村里的人,你说话之前怎么不留两分情面?撕破了脸,他们不好做人,你就好做人吗?"

陈胖子蔫蔫地垂下脑袋,但还是不满地嘀咕:"不是男人……"

"成天嚼舌根的就是男人了?"宋桥一哂,"我看老秦比你有气量,宽宏大度。"

老秦一愣,看向宋桥,她却转头看向英子。

"嫂子,以前老秦一直在岛上卖些杂货,"宋桥说,"我跟李主任商量了一下,这里偏僻,买东西不方便,干脆设个小卖部,平时大家伙买点吃的喝的日用品,都方便。老秦既然有经验,就让他来办吧,你帮他一起张罗。"

老秦张大了嘴,不知所措。英子哭着一把握住宋桥的手,感激得说不出话来。

"行了老秦,本钱要是不够,我们可以帮你先垫一部分。"宋桥抽出手来,又安慰地拍了拍英子的手背,"你跟嫂子尽快把店开起来,这也是方便大家。"

宋桥转身就走,走了两步又回过头:"对了,让嫂子抽空来办公室登个记,毕竟岛上多了个人。"

这是要把英子留下来了,夫妻俩对视,眼眶都红了。

第二天早上,英子来到办公室找宋桥登记。

"杨凤英"三个字,歪歪扭扭地写在了表上。宋桥一笑,接过笔去:"凤英姐,其他的我帮你填。"

宋桥一项项地问,英子一项项地答,她突然觉得,自己以后不再是众人口中含含糊糊的那个"英子"了,她是有名有姓的杨凤英。

填完了表,杨凤英没走,反而问宋桥:"妹子,你住哪间房?"

宋桥不明所以地指了指,只见杨凤英朝着那间屋子就冲了过去,进门就是一顿收拾,连脏衣服都收拢了抱出来。

宋桥蒙了:"你这是……"

"你忙你的去,我帮你收捡收捡。"杨凤英说,"衣服洗干净了我给你送回来。"

"这不行!"宋桥连忙阻止。

"不为你做点啥,我心里不踏实。"杨凤英推开她的手,"你要是不嫌弃,往后我就把你当亲妹子。"

杨凤英的眼神,朴实而热烈,可微微发颤的手,又显露出怕被拒绝的忐忑。

"嫌弃啥?"宋桥一笑,"白捡个大姐,我高兴还来不及。"

杨凤英那天回去,把宋桥的衣服泡在盆里,边洗边哼着歌儿。这是她来到岛上以后最高兴的一天。

老秦来的时候,看见杨凤英脸上的笑容,愣在门口。这样的笑容,他还是在山洪冲垮娃娃鱼池之前见过,后来她脸上只有愁苦,再到吵架时的愤怒、归来后的委屈。他曾以为,她再也不会这样笑了,他们的路,已经走到了尽头。

"桥妹子的衣服。"杨凤英发现了他,将洗好的衣服从水里拎起来抖抻展,"她是个好人。"

宋桥是个好人,老秦承认。虽然她有时候冷起来像刮刀子的寒风,可暖起来又像四五月的太阳。他还从工头那里知道,给小卖部垫的钱,不是公家的,是她自己拿工资出的。

"赶紧把小卖部的事忙活好,"老秦埋头整理货架,"该还的人情,都得还。"

杨凤英在岛上安顿下来了,岛上也有了商店,众人都觉得便利。早上工人上工,没人买东西的时候,杨凤英照旧去食堂帮忙。日子久了,她的勤快、善良让人再说不出闲话,怪声怪气的少了,大家见面都会喊她一声"凤英姐"。

宋宁刚来岛上视察的时候知道了这事,他笑眯眯地去小卖部买了盒红梅。

老秦不收钱,宋宁刚硬塞到他手里:"今儿你不收我的钱,往后你怎么收别人的钱?这是你的劳动所得,还包括你媳妇儿的,凭啥不要?"

这老宋头说话,怎么跟宋桥一个味儿?老秦不好意思地摸后脑勺:"行吧,那给您颗薄荷糖,抽完烟清清喉咙。"

宋宁刚这次没拒绝,高高兴兴地拿着糖走了,到了办公室,拍到宋桥桌上。

宋桥一愣,抬头望着宋宁刚,他笑了笑:"听说那小卖部是你帮着开起来的?"

"他们自个儿费的工夫,"宋桥说,"我没帮什么忙。"

"当管理者,就是要有这样的心胸,你为别人着想了,别人才能为你着想。"宋宁刚在她对面坐下来,"这次有进步。"

从他口中听到夸奖不容易。宋桥将糖放进嘴里,觉得清清凉凉的,特别甜。

不一会儿,其他人也都进来了,围着桌子坐成一圈。

"沉管预制做得很好,"宋宁刚首先表示肯定,"但接下来,你们要上战场了。"

众人的脸色都凝重起来。预制做得再好,也没下过海,而接下来,就将要面临第一次沉管。

行与不行,实战说了算。

44　祭海

沉管筹备开始,叶江和专家团队一起,紧锣密鼓地开会和讨论,项目部大楼的灯,每天都是通宵达旦地亮。

而岛上,李岚和宋桥她们也在紧张地做准备。第一节沉管在预制厂的深坞里完成了一系列"精装修",在最后的水密性测试过关以后,终于整装待发。

深夜,两个女人面对着这节耗费了一年多时间的沉管,几乎说不出话来。千言万语,汇入头顶的漫天星光中。

这是作品,凝聚着无数人心血的作品,它是最美的艺术、最棒的工法。它就要沉入海底,成为大桥的锚定标,承载着他们的希望和祈盼。

第二天,所有相关工作人员都上岛了,其中竟然还有黎明川。

"你怎么来了?"宋桥既惊喜又诧异。他最近忙得脚不沾地,她还以为这次的气象预测,他会交给团队里的人来做。

"这么重要的时刻,我哪能不亲自到场?"黎明川说,"没有什么比大桥更重要。"

这句话一语双关,他既是为了跨海大桥,也是为了他眼前的这个大桥。

通信系统再好,也比不上活生生的人站在面前,他真的想她,也想和她再次并肩作战。

宋桥又何尝不是如此想?满心欢喜映在眼底,她也在渐渐学习不压抑自己的感情。

李岚看见这一幕,走过来笑着问:"这就是小黎吗?"

"是的,李主任。"黎明川忙躬身握手。岛上只有一位"铁娘子",他不会认错。

眼前的人温文尔雅,配宋桥这个直性子,在李岚眼里,有种互补的和谐。

"你们聊。"李岚说,"难得相聚,你今天也暂且把工作放一放,陪小黎在岛上转转,这边有我。"

宋桥深感温暖地一点头。

宋桥和黎明川在岛上慢慢地走,她为他介绍各种设施,说说当初是什么样,现在又是什么样。

风徐徐地吹,黎明川发现宋桥的刘海儿长了,垂下来遮挡住了眼睛。他很自然地抬起手,为她别到耳后。

宋桥呆住,怔怔地望着黎明川,脸庞瞬间发烧。

"想我了吗?"黎明川含着笑,直白地问她。对于她这样的人,含蓄无用,就应该打直球。

旁边经过的工人调侃地吹口哨,宋桥面红耳赤。

黎明川却不管这一套,继续追问:"说呀,想不想我?"

第五章 伶仃洋战神 | 233

宋桥咬着唇，最终轻轻点了点头。

黎明川满意了，手伸过来，握住了宋桥的手："我也想你。"

"桥妹子——"从背后传来的喊声吓得宋桥一抖，她挣开了黎明川的手。

黎明川看着空了的手，不满地撇了撇嘴。杨凤英跑过来，笑吟吟地打量着他："这是妹夫吧？"

这个称呼又让黎明川瞬间心情变好："是，大姐。"

宋桥无语地翻白眼，他答应得可真顺溜。

"我今天正好卤了牛肉，说叫你去吃饭呢，那小两口儿一块来。"杨凤英热情洋溢地招呼。平日里她自己做了点什么好吃的，都非叫上宋桥一起吃，她是真拿宋桥当亲人看待。

宋桥还没来得及说话，黎明川就爽快答应："行，我也去尝尝大姐的手艺，大桥她老夸呢。"

杨凤英更是听得眉开眼笑："那到点儿来啊，等着你们。"

杨凤英颠儿颠儿地回去准备了。宋桥瞪了黎明川一眼："你可真不客气。"

"你是说吃饭，"黎明川逗她，"还是说我承认是妹夫？"

宋桥从地上捡起一把小石子，追着砸他，笑声在海边回荡。

杨凤英做了好几个菜，摆满了屋里的小茶几，老秦高兴得要和黎明川喝白酒。他给宋桥也倒了一杯，可宋桥不要。

"别假谦虚。"老秦不满地嘀咕，"你来的第一天，吹完台风喝白酒，一口就见了底。"

"还有这出呢？"黎明川惊讶地问。

"可不是嘛，比男人还狠。"老秦斜睨着宋桥，"我就没见过这样的女的。"

他可是被她收拾了好几回。

"别听你大哥的，"杨凤英嗔怪，"桥妹子是个好姑娘，谁将来娶到她，是谁的福气。"

宋桥不好意思地低头吃菜，黎明川却煞有介事地表示："大姐说得对。"

宋桥的脸更红了，她在桌子底下踢了黎明川一脚。可这么小的桌板，哪挡得住人的视线？杨凤英也看见了，笑得肚子疼。

"她也就跟你在一块儿的时候还像个姑娘。"老秦咂了口酒,眼睛望着桌子,"但凤英拿她当妹子,我就拿她当妹子。"

其他人都愣住了。老秦从不说软话,尤其是对宋桥。

"这小卖部啊,算不上多红火,可加上我那点工钱,娃们够用了。"老秦把酒杯推到宋桥面前,"喝一杯吧,哥、嫂子敬你。"

杨凤英的眼睛湿润了,她双手端起酒杯。

宋桥没说话,拿着酒杯跟他们相碰,一口灌到底。

"你看看你看看,"老秦指着宋桥,"我说她酒量好不是。"

"就这一杯啊,"宋桥也笑,"晚上还得开会。"

黎明川没说话,只默默地看着宋桥。他的姑娘,有一颗金子般的心。

三天后便是沉管的日子,一切的插科打诨,在此时已经不存在。他们面临的,是战斗。

八艘巨型拖轮,两艘高精度安装船,牵带着 G1 沉管缓缓移出船坞,驶向指定航道。

外围,周冲亲自带领九艘巡逻舰,为沉管警戒护航。这是最高级别的"航母编队"。

安装指挥船里,软件显示屏上的黄绿光映照出叶江和宋桥的脸。

船长顾云刚解释:"为了精准地浮运安装,大桥项目特地建立了一个全球卫星导航系统基站,从两万米的高空收集数据,来指导施工。你们看,现在的航道被切成绿色和黄色两种范围,绿色部分有一百六十米宽,两边还各向外扩展了四十米的黄色航道。只要沉管在黄绿范围内行驶,就安全可控;如果越界,就很危险……"

黎明川在旁边全神贯注地听着,深感系统精妙。

从一个航道穿越到另一个航道,怕过快出现问题,前进的速度极慢。走了十几个小时,才终于抵达沉管作业点。

天色已晚,叶江搬了把椅子,静静地坐在甲板上。夕阳映着白发,他的身板挺得很直,望着海面,身体纹丝不动,如一枚定盘星。

系泊、锚定、箱体注水……沉管开始下潜,每五米停顿检查一次。宋桥的手抓着围栏,呼吸一次次随着操作节奏抽紧。

到深夜十一点左右,第一管节终于沉放完毕。所有人都松了口气,精神也疲惫下来。

黎明川其实一直站在宋桥身后不远处,可她紧张到根本未察觉。

直到此时,她转过身,才看见了黎明川的笑容。

"累了吧?"黎明川问,"你饿不饿?"

宋桥摇了摇头,神经绷成一条线,胃好像也被什么填满了,根本感觉不到饱或者饿。

"还是要吃点东西。"黎明川转身往船舱里走,"我看看有没有泡面。"

可就在这时,指挥室里忽然传来喊声:"不好!"

叶江腾地从椅子上站了起来,腿已经坐得发麻,他一个踉跄,但还是不管不顾地冲进了指挥室。

"检测报告传回来了,"顾云刚焦急道,"船体上浮三厘米,高程误差十一厘米。"

"这不行!"叶江的手一拍桌子,所有人的心都是一沉。规定的误差,必须在五厘米以内。

"都是按程序进行的,怎么会出现这么大的高差?"另一名工程师推着鼻梁上的眼镜,既疑惑又无力,"是不是这方案不行?"

指挥室里一片死寂,大家都僵立不动,心底有相同的怀疑。

叶江恢复了平静,一摆手:"这个沉管安装方案经过了多次专家会论证,肯定是可行的。革命哪有一次就成功的?不经历挫折,怎么能叫超级工程?"

众人的神色终于松缓了些。

"先吃饭吧,"叶江也放缓了语调,"有了力气,咱们争取再来一次。"

甲板上站的站,坐的坐,开始狼吞虎咽地吃东西。宋桥却发现,叶江几乎一口没吃。

"叶总,"宋桥走到他身后,"还要熬十几个小时呢,您不能什么也不吃。"

叶江这才拿起面包塞进嘴里,机械地咀嚼。

能成的吧。宋桥在心里说,仿佛安慰自己。可那种隐隐的不安,就像平静海面下的暗流,在不停地涌动。

她极力将这暗流压下去,等待第二次沉放。

可没想到的是,第二次沉放的高差仍然是十一厘米。

数据出来的那一刻,大家凝在胸腔的那口气彻底泄掉,身上也跟着没劲儿了,铺天盖地的倦意,打击得人似乎已经快站不稳。

可谁都清楚,真正打击人的不是疲惫,而是难以承受的失败。

从沉管结构的争议开始,每一步都如同走在刀尖上,全世界都在盯着,看中国人到底行不行。

可他们没有成功。

返回岛上,没有人说话。食堂里的饭菜直到凉了,也没有人去吃。

有的人蒙头大睡,有的人彻夜失眠。宋桥也想大睡一场,可她睡不着。

到底是哪里出了错?这个念头反复折磨着她,床上仿佛生了铁刺,她连平躺都做不到。

她最终出了宿舍门,独自去海边。

可更难受的是自我怀疑。是思路从一开始就错了?还是过程中哪里出了纰漏?找不到原因,她抱着疼痛欲裂的脑袋,慢慢蹲了下去,肩膀随着哽咽微微颤动。

一件带着体温的外套覆在了她身上,她在泪眼中抬头,看见了黎明川。

冷月如霜,他将她拉起来,拥入温暖的怀抱:"别自责。"

宋桥把脸埋在他胸前,热泪滚滚而下。他连同外套拥紧了她,心中一声叹息。

为大桥,她付出了多少,他很清楚。如今这样的结果,她又如何接受得了?

45 战神

而接受不了的,又何止宋桥?事后分析会上,一浪接一浪的质疑声几乎将现场淹没。

"第一节沉管就沉不下去,还有三十多节怎么办?"工程师韩肃摊手,"这

第五章 伶仃洋战神 | 237

工程还做不做?"

"现在已经查出来了,是珠江口的回淤问题造成了高差过大。"叶江安抚,"我们想办法解决嘛。"

"伶仃洋的水文条件就是这么复杂,这次发生回淤,下次照样能发生。这跟定时炸弹没什么区别。"另一个人也接话,"自然的力量,人怎么抵抗得住?"

这时负责宣传的人员进来,俯身在叶江耳边说了几句,叶江脸色没变,却攥紧了手中的笔。

而在场也有其他人已经在手机上刷出了新闻。

《三江跨海大桥第一次沉管失败》《"超级工程"是否面临隐患》《论中国桥梁自主创新的问题》……

国内新闻的标题已经算克制了,国际新闻更是尖刻,满篇都是"China"(中国),字里行间都是"No way"(不可能)。

在他们眼里,中国的桥梁技术就是不行,创新无路可走。

开始有人旧事重提,嘲笑叶江的半刚性结构就是谬论,所以才一步错步步错,导致了今天的失败。

人在岛上,信息却并未放过这群被海隔绝的人,批评声、质疑声连绵不绝。

终于有人顶不住了,韩肃第一个提出了要走。当那纸辞职书出现在众人面前时,眼前勉强维持的局面仿佛被撕出了口子,再也补不上。接二连三地,有人离开了这座岛。

宋桥想过要拦,却被叶江拉住,他无力地摇摇头:"人各有志。"

"叶总,"宋桥突然惊觉叶江的手特别烫,"您不会生病了吧?"

叶江真的病了,铁打的身板也熬不住,倒在了人工岛上。

宋宁刚派人过来接走了叶江,他自己则上了岛。

人已经走得稀稀拉拉,工厂停了摆。宋宁刚见到宋桥的时候,她深陷下去的眼窝,证明她已是几天几夜未合眼。

精神绷到了极致,她一句话也不想说。连叶江都倒下了,她还有什么话可说?

宋宁刚坐在办公室里,慢慢地一张张翻看辞职书,抬起头问对面萎靡不振的宋桥:"你是不是也想走?"

宋桥心里猛地一震,她不敢承认自己有过这个念头。

"现在这种情况,谁想走都很正常。"宋桥淡淡地说,却没有和宋宁刚对视的勇气。

不分寒暑昼夜地干活儿,顶着压力和全世界对抗,他们艰难地跋山涉水,一步步走了过来,可最终还是证明不行。眼见着共同奋斗的伙伴们一个个离去,没有动摇那是不可能的。

"没出息!"宋宁刚将那沓辞职书往桌上重重一拍,纸张四处飞扬。

"要怎么才叫有出息?"宋桥眼睛赤红,"我们做得还不够吗?可外面的人是怎么指责我们的?说我们给中国丢了人!"

黎明川刚走到门口,就目睹了这场冲突。他本该早就离岛,可这几天他一直没走,因为放心不下宋桥。

"宋总,"他连忙进去,摁下愤怒的宋桥,"她几天没睡觉了,情绪不太好。"

宋宁刚缓缓地靠进椅背里,眼睛布满了血丝,他也疲惫。这几天各方面的争议压都压不住,他和局长一刻不停地在忙。直到叶江倒下,他才被派到岛上来坐镇。

可连他的女儿都有了想放弃的念头。

宋宁刚取下眼镜,揉了揉鼻梁,也已是一句话都不想说。

黎明川默默地泡了杯茶,送到宋宁刚手上,热气腾腾的茶水,总算让他心口好受了些。

可就在这时,工头犹犹豫豫地敲响了办公室的门。

"宋总,"工头站在宋宁刚面前,惭愧又无奈地开口,"那个……工程队里的人吧,觉得这岛上的日子待得长了,想回家。"

在这个节骨眼儿上回家,谁都明白是为了什么。项目组的人都走了,他们工人留下来,岂不是等死?

"前面的工程款已经结得差不多了。"工头搓着手,"这样,我先放他们回去,去年春节都没放假,也确实熬得人够呛。您说是吧,宋总?"

宋宁刚没说话,工头讪讪地站了一会儿,离开了办公室。

宋宁刚一口一口地抿着茶,直到水见了底,他盯着那零零散散的茶叶,声音闷沉:"工人们要是走了,就真撑不住了。"

他把茶杯往桌上一蹾,向外走去。宋桥在那一刻下意识地要起身,却又慢慢收住了势,望着窗外的海怔神。

黎明川站在宋桥身边,望着宋宁刚远去的背影,沉沉一叹。

宋宁刚走进工人宿舍区,已经有人在打包行李,呼朋唤友地喊着要回家。

见到他来,几个人对视一眼,哧溜钻进了宿舍,再也不露头。而门也关了,将宋宁刚隔绝在外。

宋宁刚在宿舍楼外站了半晌,缓步走向老秦的小卖部。

杨凤英和老秦正相对枯坐,工头刚才来通知过了,说要全队都走。

见宋宁刚进来,两人有些无措地起身让座。他在小桌子边坐下,抬头望着老秦笑:"来根烟。"

仍然是红梅,宋宁刚在鼻子底下闻了闻,又放下。

"不能抽了,老叶已经病倒了,我得爱惜身体。"宋宁刚的眼神里有莫名的怅惘,"这桥,得有人撑着。"

老秦一愣。

"可我一个人,也撑不住啊。"宋宁刚笑着望向老秦,"你们工人师傅,才是真正撑起这座桥的人。"

老秦唉了一声,点头也不是,摆手也不是。

"我也是从工地上出来的。"宋宁刚将那烟放在桌角,"大学刚毕业就上了工程,什么都不懂,还觉得自己特别能。有一次叉着腰站在工地上训人,脚手架突然塌了,那位被我骂的师傅一把将我推开,自己却被砸断了腿。"

宋宁刚的眼睛里,有怀念而感激的光。

"从那以后,我才学会了做人。抽着最孬的烟,喝着最劣的酒,别人觉得他们没文化不讲究,但他们有颗始终热乎乎的心。这一座座桥、一栋栋高楼,没了他们,谁能建得起来?"宋宁刚像是说给老秦听的,又像是说给全世界听的,"建设建设,劳动者才是基石,才是砖瓦。没了你们,就如同树没了根,海没了水,世界没了主心骨!"

老秦听得愣了,手里夹着烟,一直打不着火。他从来没想过,有人能将他们放在这样高的位置上。

而他知道,眼前的人说的不是空话,是真心话。

"老秦哪,"宋宁刚伸手拍了拍他的肩膀,"这红梅烟,以后怕是在岛上买不到喽。"

宋宁刚站起来,缓缓往外走。老秦张了张嘴,又闭上,最终没有叫住他,看着他的身影没入夜色。

老秦的肩膀垮了下来,缩着头一言不发。

杨凤英拿袖口抹眼泪:"真要走吗?我舍不得桥妹子。"

小卖部里整齐的货架也仿佛被灯光蒙了灰,两道拉长的身影,落寞而纠结。

第二天早上,工人们带着行李在岸边等船。老秦和杨凤英是最后来的,手上却空空如也。

"你们的东西呢?"一个工人问,"也是,小卖部里的货还没卖完呢,不行晚两天收拾好再走。"

老秦沉默半晌才开口:"我们不走了。"

众人闻言愣住,齐刷刷看向他们。

"老宋头不走,我就不走。"老秦望向工头,"他把工人当亲人,我们拿他当什么?"

工头噎住,一时间说不出话来。

"工程再好再坏,少过我们一分钱吗?逢年过节我们回不了家,哪次不是发钱、加餐、送温暖?小宋工骂我的时候,他说骂谁也不能骂工人!而小宋工自己,给咱两口子开了小卖部!"老秦嘶哑地一吼,"做人不能忘恩负义呀!"

大家都沉默了,心软的人甚至已经放下行李,但还是有人坚持:"他们项目部的人都快走光了,咱留下能干啥?"

"我没走。"一个声音从后方传来,宋桥稳稳地立在海边,像一面旗帜。

"我也没走。"李岚也来了,这几天她一直扎在实验室里复盘事故原因,此时也走了出来,站在宋桥身旁。

"还有我。""还有我。"……声音越汇集越响,留下来的人们站到了一起。

宋宁刚从人群后走了出来,站在正中央。

"桥,肯定要建,我们不会走。"宋宁刚背着手朝向海面,"伶仃洋再凶猛,我们也要驯服它。有的金菩萨,不怕真老虎!"

汽笛声响起,船从远处驶来,众工人看着手中的行李,犹豫着是否要离开。

老秦拉住工头:"给老宋头一个面子吧,他们是真的把人当人。"

工头望着霞光中那位老人的背影,仿佛是一尊坚毅的战神。

半晌,工头终于挥了挥手:"先留下来吧,后面的事……后面再说。"

行李一件件缓缓落地,船靠了岸,却没有人上。

宋宁刚转过身来,对着所有工人,深深鞠了一躬。众人顿时泪湿眼眶。

宋桥的眼圈也红了,父亲是座山,永远值得她仰望。

那天下午,黎明川从岛上离开了,他放心了,也是想给宋宁刚和宋桥多留些独处的时间。

晚上,宋桥和宋宁刚在办公室面对面坐着,却各忙各的,谁也没说话。

到了十一点,宋桥站起身整理东西:"该回去休息了。"

宋宁刚继续干他的:"又管你老子。"

"您不是跟老秦说,要好好爱惜自己的身体吗?"宋桥的话让宋宁刚一怔,他抬起头望向宋桥。

昨天他说那番话的时候,宋桥就站在小卖部外。她不想担心,却又不忍心让他独自去面对冷落和责难,所以跟了他一路。

而她在那里,听到了他深埋的心声。那不是管理者的智慧,是人的真情和心胸。她的动摇,再次被他动摇。她最后选择留下来,站在他的身后。

可在宋宁刚眼里,她却是挡在他身前的。当工人们要上船的时候,是她第一个站出来说不走。那一刻,他很骄傲,她姓宋,是他的女儿。

"行,"他摆摆手,掩饰微红的眼圈,"睡觉去。"

他住的是叶江的宿舍,宋桥一路送他回去,开了门,亮了灯。

"你还盯着我上床不成?"宋宁刚瞪眼。

宋桥一笑:"晚安,爸。"

宋宁刚心里被熨烫般地一暖,无比舒服。他是有点嫉妒叶江的,有时候叶江仿佛都取代了他父亲的角色。听着她叫"爸",感觉真好。

"你也回去睡吧。"他的声音柔和下来,"再年轻,也经不起没日没夜地熬。"

宋桥轻轻嗯了一声,转身离开,在昏黄的灯光里渐行渐远。宋宁刚默然看着,就仿佛是以前假期结束,他送她去学校上晚自习时,目送她走进灯光中的学校。

可惜只有那么几次,他作为父亲送她的时光。他是不合格的,对她有愧。

宋桥却一路走得格外踏实,因为身后有父亲的目光。那一晚,她也睡得特别好,梦里仿佛又闻到了童年在青海工地上,那碗白白的羊肉汤的香味……

46 偶像

没过几天叶江就回了岛上,还有些见风咳嗽。

"老叶,你这是不放心我啊,"宋宁刚埋怨,"病没好透你回来干什么?"

"我对你比对谁都放心,"叶江说,"我是放心不下这座岛。"

"现在最大的问题,还是人的问题,"宋宁刚背着手在屋里踱步,"项目组的人走了将近一半。要不跟你们集团商量一下,先卡住不要放人。"

"也不都是我们集团的人,还有外聘的专家。"叶江摇摇头,"何况今天的情况也不是一朝一夕造成的。大家经年累月地为沉管奋斗,却一上场就失败了,就像那千斤顶突然撤了,压力像山一样塌下来,你不能怪人家顶不住,谁都有崩溃的时候。他们也不是逃兵,只是想换一种方式活着,咱们不好强行阻止。"

宋宁刚沉默。这一行里,中途转身的人很多,毕竟每一个工程至少都要三年五年。有家有口的、想走别的路的,都未必熬得住这样长久的与世隔绝的寂寞。更何况叶江说得对,跨海大桥的压力是其他项目的百倍千倍,常常都是把人逼到极致。如今又面临着这样铺天盖地的责难和批评,离开也是人之常情。

"东人工岛那边基本竣工了,抽调过去的人可以调回来。"叶江安慰地拍了拍宋宁刚的肩膀,"咱们也还可以再招一批新人嘛,总有愿意来的。"

"行,"宋宁刚赞同,"咱们都寻摸着人,把队伍重新充实起来。"

很快杨建功带着老孙、小何他们回来了,原来项目部的人胜利会师。

小何见到宋桥尤其高兴:"听说你和黎哥在岛上卿卿我我啊,这下我和沈菲算是放心了。"

"要你们放什么心?"宋桥翻白眼,"我说你这个八卦的毛病到底什么时候能改？隔着海都挡不住你打听小道消息。"

"我那是顺风耳。"小何扬扬得意,"我跟你说啊,马上还有个稀客要来。"

宋桥莫名其妙:"谁呀?"

小何神秘兮兮道:"等来了你就知道了。"

两天后,渡船载着"稀客"到来,竟然是周南方。

"咋的?"宋桥晃上前,"是不是学业不精,被季大师赶出来了?"

"你能不能盼我点好?"周南方拍着胸脯,"我这个桥梁艺术家,是专门过来支援你们的。"

"得了吧,"宋桥一咻,"才学了几天啊,就桥梁艺术家。"

"未来的不行吗?"周南方理直气壮,"连叶总都说,期待我将来开辟新的流派。"

叶江的笑声传来:"没错,我对南方寄予厚望。"

周南方转身看见叶江,顿时扑上去扯住他的袖子:"老叶,听人说您倒下了,没事吧?"

"就发了两天烧,哪能真倒下?"叶江抖了抖肩膀,显示自己身子骨还硬朗,"听老季说,你学得很不错。"

周南方无比嘚瑟地冲宋桥一挑眉。

还是一样的味道,还是一样的周南方。宋桥和小何对视一眼,深感过去的日子又要回来了。

周南方一如既往地没大没小,天天追着叫"老叶",显摆他在季浩然那里学到的设计知识。

连宋宁刚都觉得头疼:"你们以前在人工岛上,是怎么忍住没把他赶回去的?"

众人保持微笑,心里都在说:当初做主把他"空投"到岛上的人,不是您吗?

"你一回来,就像岛上突然养了五百只鸭子。"宋桥吐槽在旁边叽叽歪歪的周南方,"能不能别显摆了?"

"我这是交流。"周南方说,"在季老师那里虽然学到了不少东西,可理论和实践得结合啊,所以我要从你们身上再学一道。"

"嗬,"宋桥笑着看他,"挺有觉悟的嘛。"

"最早给我启蒙的,其实是你。"周南方仍然笑着,眼中却有隐藏的深意,"不是你,我也不知道什么叫桥梁。"

"那你叫我一声师父听听呀,"宋桥顺口开玩笑,"不枉我对你的一番教诲。"

周南方还没来得及说话,小何在门外喊他们:"集团派的新人们来了,咱过去看看。"

宋桥起身出去,周南方犹豫了一下,跟在她身后。他望着宋桥的背影,不知为什么,有一丝怅然。依旧是和以前一样的嘻嘻哈哈,可他为什么觉得不满足了呢?似乎希望她眼中,再多些不一样的他,不再只将他当作那个"混不吝"。

他们到了海边,看见新来的人刚下船,一群男生中竟然还有一个女生。她个头小小的,背后的大包仿佛快将她压倒了。

"小江书记,"旁边的一个男生戏谑,"来到这鸟不生蛋的地方,后悔了吧?"

"后悔什么呀?"她昂起头,脸上有股骄傲的神气,"难道你是来这里下蛋的?"

那男生被撑得无话可说,周南方却扑哧一声笑了出来,懒洋洋地喊:"喂,我说哥儿几个,看见人小姑娘背这么大个包,也不说搭把手?"

男生们都尴尬了。小女生顿时对这位仗义的大哥有了好感,更何况他

第五章 伶仃洋战神 | 245

还长得这么帅。

她把背包往上颠了颠,笑容轻快:"我自己背得动。"

宋桥看着这一幕没说话,但眼光饶有兴致。

进了办公室,几个人一字排开做自我介绍。男生们推来让去,小姑娘看得不耐烦,干脆首先开口。

"我叫江江,毕业于安大工程管理系,在学校的时候是系团支部书记,成绩全优毕业。"

此言一出,几个男生的脸色垮了下来,颇觉得她爱显摆。

宋桥却嘴角一扬:"挺自信。我也是安大的,叫宋桥。"

"师姐好!"江江的眼睛亮了起来,"我知道你!"

"你够有名的呀,"周南方调侃,"怕是'刺儿头'的名声传遍天下。"

"你也不赖,"宋桥假笑,"谁不知道大桥项目有个周公子?"

江江的目光好奇地在他们俩身上打转。

小何摆手:"得了得了哈,别一会儿在小孩儿们面前打起来,先安排工作。"

男生们被分到工程部、技术部,江江却被留在了办公室,理由是照顾女生。

"我不需要被照顾,"她举手抗议,"我想跟着师姐,先熟悉熟悉工程,不然以后怎么做管理?"

小何语塞,宋桥却爽快答应:"行。"

江江开心地拎起包,一溜烟跑出去。周南方缓缓点了点头:"瞧瞧这臂力,金刚小萝莉啊,是挺适合跟着你的。"

小何不满地嘀咕:"我还以为多年的媳妇熬成婆,我终于有了个跟班,没想到便宜了你。"

"那是我有人格魅力。"宋桥当仁不让,大踏步出去。

江江当天下午就跟着宋桥去了工地,看什么都兴致勃勃,一路问东问西。

爬脚手架,上吊车,没有她不敢的。她还站在塔顶向宋桥大力挥手,仿佛登上了珠穆朗玛峰。

宋桥好笑,怎么来了这么个小"钢豆"?看着长得秀秀气气,蹦上蹿下没一刻消停。

她不愧是做过团委书记的人,做事主动、妥当,不用人提醒,就把李岚和宋桥的办公室收拾得整整齐齐,还在门口摆了面镜子,方便检查仪表。

李岚笑称,有了江江,这间办公室终于有了点女性气息。

江江笑嘻嘻地举着小拳头:"我们既要厉害,又要美。"

李岚和宋桥都觉得这小姑娘倍儿可爱,教她的时候也更上心。江江自己也争气,笔记做得密密麻麻,还用各种颜色的卡通便笺纸标出不明白的地方,逢人就问。

连周南方都成了她请教的对象,他也很高兴,终于有人充满崇拜地听他吹牛了。两人相得益彰,很快混成了最默契的逗哏和捧哏。

可是,见江江混得如此风生水起,男生们心里却有点不是滋味。

这天中午,江江单独进食堂吃饭,刚进门,几个男生就围了上来。

"哟,今儿怎么落了单?"叫陈亮的打头儿,开启了嘲讽模式,"你平日里不是成天跟别人后头拍马屁吗?"

江江也不示弱:"你这是嫉妒吧?不好好配合工作,都对不起集团给我们的工资。"

"不愧是小江书记,"另一个人竖起大拇指,"说话就是高屋建瓴。这要不了几天,怕是爬到我们头上当领导了。"

"这不是她的梦想吗?"陈亮哈哈大笑,"毕竟人家就想当书记。"

一群人如看笑话般看着江江,围观的人也越来越多,江江涨红了脸,站在人群中央不知所措。

一只手横空出现,将江江拉出了困境,她回头,看见了宋桥的脸。

"吃饭去,"宋桥淡淡地说,"下午还得去海上勘探,哪有工夫在这里听人阴阳怪气?"

几个男生脸上一热,尴尬地作猢狲散。

江江被宋桥拉着走,眼中漫起温暖的雾气。

吃过了饭,江江跟着宋桥出海。勘探船走得很慢,宋桥观察着环境情况,不时做记录。

江江站在宋桥身边,看着自由飞翔的海鸥,有些感慨:"师姐,女生真的不适合做工程吗?"

从她自告奋勇要求来大桥项目开始,周围便充满了明里暗里的嘲讽,似乎所有人都认为,女生的脚不应该踏上工地。

"那我在干什么?"宋桥继续忙着,没抬头,"谁适合,谁不适合,不是靠性别决定的。"

"师姐,你知道吗?"江江凑过来,看着宋桥,"你是我们安大女生的偶像。"

宋桥一愣,笑了出来:"不至于吧?"

"真的。"江江托着腮,"女生能上这样大规模的工程,还能成为骨干,你在我们心里顶天立地。"

"得了。"宋桥拍了一下她的头,"我没那么牛,你们也不要神化谁,只要自己努力,就都能够做到。"

"我也是这么想的。"江江煞有介事地点头,"我爸妈都要我毕业了进个单位坐办公室,可我不愿意,那种一眼望得到头的生活,有什么好过的?"

"小小年纪还挺有想法。"宋桥笑起来,"瞧你这一本正经的样子,难怪他们叫你小江书记。"

江江不好意思地摸了摸刘海儿:"他们叫我书记,倒不是因为这个。"

"那是为什么?"宋桥奇怪。

江江干笑两声,讲起了她的"丰功伟绩":

三个月前,刚出校门的毕业生们在集团进行入职培训。开班仪式上,公司的各大领导坐在台上,让新员工们提问题。

"请问休假制度是怎么样的?"一个男生问,"也和其他公司一样,是每周双休吗?"

"上了工程就没有休假,只有调休。"坐在最边上的胡经理回答,他是从南京分公司调回来的,"一年有十天年假,其余时间根据工程进度,有时间就换着休息,但事情来了就必须上。"

新人们面面相觑,压力涌上心头。

另一个男生犹豫地开口:"那工资待遇……"

"工程上肯定会有一定的补助,"财务部王总回答,"但总体来说,这一行的待遇肯定不如那些房地产公司,你们刚入行的要有心理准备。"

钱少活儿还多,下面一片沉默。不知道有没有人心里打起退堂鼓。

突然,一个清亮的女声打破了沉默:"我能提个问题吗?"

坐在正中间的集团领导冯书记点头:"你说。"

"台上坐着的六位都是男领导。"江江的眼睛像是在发光,"我想请问一下,集团未来有没有意向培养一位女书记?"

此言一出,全场哗然。刚才对工资和休假制度不满的男生们沸腾了,看着这个不知道天高地厚的女孩子。

台上的领导们也都有些措手不及,没想到竟然会有人问这个问题。

但江江望着冯书记,还在认真地等他的回答。

冯书记咳嗽了一声,清了清嗓子才开口:"……也不是没有这个可能。"

"从那以后,我算是在集团出了大名了,所有的人见到我都叫我'小江书记'。"江江的话让宋桥笑得前仰后合。

"牛啊,小江书记。"她拍着江江的肩膀,"冯书记那张铁嘴都被你噎得没话说。"

"我也就是有话直说。"江江颇有点不服气,"后来那帮男生还笑我,说我不自量力,一个女的,还妄想当书记。我就不明白了,女的为什么就不能当书记?我不仅想当项目书记,还想当公司书记、集团书记呢!"

江江脸上既有委屈,又有种小老虎般的勇气,宋桥仿佛在那一瞬间看到了自己,看到了李岚,看到了许许多多这个行业里的女性。

"你说得对,女的为什么就不能当书记?我还想当女总工呢!"宋桥望着辽阔的大海,"还有女实验室主任、女专家教授、女设计师……就是要有越来越多有志气、有实力的女性,大家才不会认为这是男人的战场!"

女人也同样可以成为无坚不摧的战士。号角一旦吹响,意志就是旗帜,你不后退,没有人能让你后退。

江江凝视着宋桥,她从宋桥身上看到了力量。有着女性特有的柔,却也有不输男人的刚。

"师姐,将来你当女总工,我当女书记,"江江脸上扬起笑容,"咱俩搭班子,建世界上最好的大桥。"

"好!"宋桥举起手,江江怔了一下,也将手举了起来。

清脆的一声响,她们击掌为盟,连同身后千千万万的女性一起。

大海辽阔,胸怀亦如是。"长风破浪会有时,直挂云帆济沧海。"

47 逞能

再回到岛上,江江更平添了几分豪气,对那帮嘲讽她的男生视而不见,睥睨的目光如看幼稚的小学生。

"听说他们欺负你,"周南方调侃,"我本来还打算帮你出气呢。"

"没必要。"江江很淡定,"师姐说得对,你不后退,就没人能让你后退。"

周南方一愣,笑了开来:"这话没毛病。"

"我说的话能有什么毛病?"宋桥端着餐盘,大大咧咧地往旁边一坐。

周南方撇嘴:"就你嘚瑟。"

"能有你嘚瑟?"宋桥反问,"当初你上岛的时候,可是孔雀开屏人见人嫌。"

"那还不是被你气的?"周南方怒道,"一张嘴撑得人想跳海。"

江江在旁边直乐:"看来二位前辈缘分够深的啊。"

"孽缘!"宋桥斩钉截铁。

"对对对,你和那姓黎的才是真缘分。"周南方酸溜溜地说,"也不知道他怎么会看上你。"

"那是人家眼光好。"宋桥气定神闲,"不像你,眼盲心盲,没发现我的好。"

周南方怔了怔,恢复惯常痞气的笑容:"你有什么好?我还真没发现。"

"行了,你自个儿吃吧,我先回办公室了。"宋桥懒得跟他扯,站起来走人。江江也连忙跟着她离开。

桌子旁只剩下周南方一个人,他孤零零地喝汤,感觉淡得像水一样。而他抬起头,她已经不见踪影。

一丝微微的落寞,从他眼底慢慢浮起来。

晚上,小何又经历了曾经熟悉的折磨,上铺的周南方睡不着,翻来覆去的,床板咯咯作响。

"同志啊,"小何叹气,"大半夜的你琢磨啥呢?害人害己。"

周南方干脆翻身跳下来,伸手戳小何的被子:"哎,宋桥跟那个黎明川,到底谈上没有?"

"你问这个干什么?"小何打了个呵欠,"没谈上也差不离了吧,成天当着人面儿都眉来眼去的。"

"这么恶心?"周南方搓了搓胳膊上的鸡皮疙瘩。他想象不出来宋桥跟人眉来眼去的样子,一想就觉得莫名有点心酸。

"不是,你半夜三更的打听什么八卦呀?"小何困得眼睛都睁不开了,"要问你直接问宋桥去。"

他没勇气。周南方也不知道自己为什么没有勇气,甚至连跟宋桥开这个玩笑都没法开到底。

"睡觉睡觉。"周南方又爬上去,继续在床板上"烙煎饼"。

小何长叹一声,把被子拉起来蒙住头,强行入梦去会沈菲。

第二天早上,周南方从三楼宿舍下来,在二楼的楼梯口遇到了江江。

江江奇怪地看着他那两个大黑眼圈:"南方哥,你熬夜了啊?"

"他熬夜八卦!"小何从后面下来,"问你师姐有没有男朋友。"

宋桥正好从走廊那头过来,周南方惊慌地想堵住小何的嘴,但宋桥压根儿没注意这个,急匆匆地招呼:"叶总通知开会,赶紧走。"

众人走进会议室,看见叶江和宋宁刚两大巨头都在,都收起心思,各自就座。

宋宁刚前几天又回了管理局,沉管的事情悬而未决,争议纠纷一直没平息。

"杰森最近又是打电话又是发邮件,"宋宁刚说,"坚持认为从半刚性结构就出了问题,才导致最后的失败。"

"问题不在结构上,我们已经反复研究论证过。"叶江用指节敲着桌子,"现在要解决的关键,是回淤。珠江口的淤泥堵塞了海底基槽,让管节无法按预期平稳安放,这才是根源!"

"但现在没有大型的排淤设备。"宋宁刚皱紧了眉头,"如果要生产,没有个半年一年拿不出来。"

"我们等不起这个时间,"叶江缓缓摇头,"三十三个管节,这才是第一个,本身耗时就长,不能就这样停下来干等。实在不行,只能先用土办法。"

"什么土办法?"宋宁刚问。

"派潜水员下去,人工排淤。"叶江叹了口气,"但这个方法主要是太辛苦了,而且伶仃洋这个水势也很复杂,操作肯定有难度。"

"现在形势紧急,"宋宁刚面色凝重,"只能试一试。"

召集了三十名潜水员准备下海,但还需要有懂沉管工程的人在旁边指导。

老孙自告奋勇:"我去!"

"你本来就在贵州冻出了老寒腿,"杨建功反对,"下水抽筋了怎么办?再说也这么大年纪了。"

可几个年轻的工程师都不谙水性,只能干着急。

宋桥的声音在人群中响起:"我去吧,我水性好。"

宋桥水性好是出了名的,可她毕竟是个女性,其他大老爷们儿都觉得不忍心。

"多大个事儿啊,"宋桥大大咧咧地笑,"冬泳我都能游出几千米,潜水还有专业装备呢。"

没人拦得住宋桥,她换上了潜水服,准备出发。

"小宋,"叶江不放心,"遇到问题不要硬来,安全第一。"

"我知道了,叶总。"宋桥笑着敬了个礼,"保证完成任务。"

宋宁刚一直在旁边站着不说话,到了她要下水的时候,突然一吼:"你别马马虎虎的啊,怎么下去的,就要给我怎么回来。"

"好嘞!"宋桥回头一笑,纵身入海。

"打小就不听话!"宋宁刚恶狠狠地嘀咕,"逞能逞得跟什么似的。"

其他人站在后方没听见,叶江却听见了,惊异地转头看宋宁刚:"她是你的……"

"女儿。"宋宁刚说出这两个字,便闭口不言。

此时其他人也拥到船舷边,看宋桥的动静,叶江将话咽了回去,没有再追问。

海底环境复杂,潜水员们用手刨开基槽里的淤泥,十分艰难。宋桥严密观察着周围的情况,在过程中指挥操作。

一轮潜水员体力不支,上去换另一轮下来,宋桥却仍然在海底。

周南方急了:"让宋桥也上来啊。"

"她不愿意。"领头的潜水员说。他临走时宋桥向他强硬地打手势,表示自己还能坚持。

"这头犟牛!"周南方恨不得自己下海,可他却是个旱鸭子,他此刻深恨自己不会游泳。

又过了两个小时,宋桥才从水里出来,众人连忙齐心协力将她拉上了船。

全身湿淋淋的,她脸上却仍然有笑容:"渐渐摸着点门道了,现在排得越来越顺利。"

"你这孩子。"叶江担心地看着宋桥,又忍不住回头望了宋宁刚一眼。

宋宁刚还是那副面无表情的样子,却伸手拽了条毛巾丢给宋桥:"先管好你自己。"

宋桥笑着从地上爬起来,进船舱休整,江江跟着进去照顾,倒了热水递到她手上。

宋桥接过杯子的时候,江江才发现她的手冻得在发抖。

江江心疼不已:"师姐,我要是懂沉管,就替你下去。"

"你还小,"宋桥拍了一下她的头,"现在先让我们大人来做。"

江江蹲在宋桥身边,为她揉膝盖,觉得师姐真的是顶天立地。

周南方在外面敲门:"换好衣服了吗?"

"换什么衣服,"宋桥说,"我一会儿还得下去。"

周南方这才进来:"下去什么呀下去,你以为你自己是机器?"

"我要真是机器就好啦,"宋桥说,"我还嫌自己不够精准呢。"

"拜托,你除了在乎工作,能不能也在乎一下自己?我都……"周南方意识到什么,及时刹车,强行转了话锋,"我看着你都着急。"

第五章 伶仃洋战神 | 253

"别着急,"宋桥满不在乎地摇摇手,"我撑得住。"

遇到事情,她永远说她撑得住,强硬得像钢筋,没有属于女孩子的娇柔,活得像个糙汉子。可为什么这样的宋桥,有时候却让人心中挂念?

甚至他在北京学习的时候,每次看见短发高个儿的女孩,他都忍不住往前快走两步,看一看是不是她。

所以他才回来了,说是理论要与实践相结合,其实只是想借此弄清楚一件事:他对她到底是什么感觉?

他以为她是损友,是师父,是嬉笑怒骂的伙伴,可事实上,好像不仅仅如此。

周南方蓦地站起,转身离开船舱。宋桥和江江面面相觑。

"他生气了?"宋桥迷茫地问。

"估计是担心你吧。"江江也同样迷茫,"这还是我第一次看见南方哥发火。"

他永远是那副痞子模样,撑天撑地,却不会真正对人生气。

宋桥犹豫了一下,出去找周南方,看见他站在船尾吹风。

"南方,"她伸手去拍他的肩,却被他躲过,"闹这么大脾气干吗呀?我又不是下去就不上来了。"

"你这张嘴,真的气人。"周南方回头怒视她,"你就算平常不盼着我点好,现在能不能盼着自己点好?"

"好好好,我不说了。"宋桥安慰,"真没事儿,很快就结束了。你看看叶总他们,都愁了多少天了。能解决的问题,我们当然应该帮忙解决,是不是?"

周南方望了一眼叶总的满头白发,语气终于缓和了点:"那你自己一定要小心。"

"行,"宋桥冲他眨眼,"你的拜师礼还没行呢,我可舍不得丢下你这个徒弟。"

"赶紧下水吧你!"周南方气得推她,心里却又有一丝甜蜜。不管怎样,她对他说出了"舍不得"。

宋桥再度入水,带着所有人担忧的目光。

直至入夜,她才终于又冒头,在月光下朝众人挥手呼喊:"搞定咯——"

大家的精神终于松了下来。宋宁刚拍着船舷,说不出话来。

叶江指挥着潜水部队上岸,给他们提供补给。宋桥换了衣服披着毛巾,江江和周南方抢着给她搞服务,让她吃上了热腾腾的方便面。

"不错,"宋桥满意地点头,"我也拥有了'左右护法'。"

周南方想直接把这碗面给她灌下去。

江江"谄媚"地为宋桥捶腿:"谢'教主'提拔。"

宋桥奖励地喂了江江一口面,周南方在旁边翻白眼。

叶江站在船舱外,笑望着这一幕,拉了拉旁边的宋宁刚:"行了,别担心了,咱俩也该聊聊。"

宋宁刚默然看了一眼宋桥,跟着叶江上甲板。

"你怎么不早告诉我,"叶江嗔怪,"小宋是你的女儿?"

"我要是说了,你们还不得抢着照顾她?"宋宁刚望着黑暗的海面,"她自己选择的路,应该靠她自己走。"

"她也不是依赖裙带关系的人。"叶江拍拍宋宁刚的肩膀,"虎父无犬女,她是和你一样的硬骨头。"

宋宁刚不语,心中却腾起一股骄傲。

是啊,他的女儿,骨头硬,有本事!

48 烟火

宋桥此时吃完了面,过来向两位领导汇报。

"基槽里的淤泥已经排干净了,但是无法保证什么时候还会再回淤。"宋桥说,"多耽搁一天,就多一分风险,所以我建议,尽快再次进行沉管。"

叶江和宋宁刚对视一眼,点了点头:"行,各部门本来也一直在待命,马上准备。"

第二次沉管就在两天后,黎明川此时却在外地赶不回来,他满怀歉意地给宋桥打电话:"本来应该陪你一起的,但这边谈判还没完,实在走不开。"

"你忙你的,"宋桥半伏在栏杆上,声音比平时柔和了许多,"我们会速战速决。"

"听小何说,你还下海排淤了。"黎明川说,"要是提前告诉我,我和你一起下去。"

"那倒是可以,"宋桥笑起来,"你水性不比我差,台风天还敢夜泳呢……"

她和黎明川说笑着,却没有留意,走廊的另一头,正站着周南方。

他终于看到了小何口中宋桥谈恋爱的模样,那样温柔的笑容,原来她也有,却不是为他。周南方心里仿佛被猛地一刺,他疾步下楼,走出了这片月色下的浓情,奔向海边。风仿佛往人的身体里灌,周南方觉得自己整个人都空荡荡的。

他是不是喜欢上宋桥了?可怎么喜欢上的呢?她到底是从什么时候起走进了他的心里?

周南方迷茫到忍无可忍,终于对着海大喊了出来:"啊——"

有人从不远处朝他跑过来,是江江。

周南方被逮了个正着,强装镇定地问:"你怎么在这里?"

"背单词啊,"江江晃了晃手机屏幕,"海边安静。"

"大晚上的背什么单词,"周南方说,"小姑娘一个人出来,也不怕有危险。"

"我胆子大,"江江笑嘻嘻的,"还跑得快,以前学校马拉松,我跑了第三。"

周南方无语。

"倒是你,南方哥,"江江好奇,"刚才干吗大喊?我还以为出了什么事。"

"我那是练肺活量,"周南方强词夺理,"准备学游泳呢。"

"这也不难,让师姐教你呗。"江江提起宋桥,周南方更加烦躁,一言不发地往回走。

江江迷惑地站在原地,不知道自己哪句话惹着了他。

周南方回头瞪她:"你还不走,都十点了还单独待海边。"

他还是关心她的嘛。江江乐颠颠地跟上,两人一起往宿舍楼走去。

紧张的筹备之后,沉管开始,有了上一次的经验和教训,果然速战速决。

从白天到夜晚，当星光映海的时候，沉管终于完成，高程差在规定范围之内。伶仃洋第一次像只温驯的小绵羊，没有捣乱。

返程时，叶江和宋宁刚并肩站在船头，宋桥带着年轻人站在船尾，遥遥相望。天边越来越亮，仿佛已看见胜利的曙光。

跨海大桥沉管成功的消息，很快响彻世界。中国人做到了，建成了第一条海底隧道，还是自主创新的结构。

杰森失眠一夜，在他的清晨叶江的晚上，用邮件发来贺电。

他是一位尖锐的同行，揪住了BUG绝不放手，但面对成功也会真诚地为对方高兴。

叶江也真诚地回复了邮件，对他所提供的建议和帮助致以感谢。

整个过程宋桥都在场，她喜欢这种有刺的情谊，竞争与合作并存，谁都不服气，但做出来成绩，谁都服气。

这才是真正的同道。

而这次成功，也让岛上的人迎来了难得的假期。几个月来的煎熬一扫而空，大家都欢呼着上岸放松。

江江央求周南方这个本地人带她去珠海逛逛，周南方却想和宋桥一起。

可宋桥没空，她要去找黎明川。一下船她就挥手拜拜，直奔黎明川公司。

轻车熟路，她很快就到了，直接进了黎明川公司大门。

可就在这一瞬间，她怔住了。黎明川正在和陆珊妮说话，一个西装革履，一个长裙窈窕，言笑晏晏间美好如画。而她一身灰扑扑的工服，仿佛是闯入画中的不速之客。

陆珊妮无意间抬头，也看见了宋桥，两个人对视间，就像有电流一触即发，随后又各自移开视线。陆珊妮并未理会宋桥，继续笑着和黎明川讨论，他此刻也沉浸于工作之中，并未发现她的到来。

宋桥就这样被晾在门口，直到花花从洗手间出来，惊呼出声："黎总，您看谁来了！"

黎明川回头，顿时丢下工作，欣喜地迎上前来："你怎么老搞突然袭击？"

陆珊妮仍站在原地，眼神黯淡下来。

"既然你有客人,那就改天再聊。"陆珊妮冷淡地从他们身边经过,"但生意不等人,这个项目的竞争者也有很多。"

"好的,陆总。"黎明川点头。

陆珊妮走到电梯口时,又回头望了一眼。黎明川已经带着宋桥进去,两个背影显然在亲密距离之内。

陆珊妮心里有种说不出的感觉,她重重地按下楼层,电梯门合上,隔断了她不想看到的一切。

黎明川和宋桥走进里间办公室,门一关,这里便成了他们两个人的地方。

"到处都是你们成功的消息,"黎明川笑着祝贺,"了不起!"

"也有你的一份功劳在里面,"宋桥说,"你们预测的窗口期很准。"

"但上次并没有预测到回淤的问题。"黎明川遗憾地说。

"大自然就是这么复杂,谁也不可能做到万无一失。"宋桥的话,让黎明川倍感安慰。他其实一直有丝愧疚在心里,尤其是听说宋桥下海排淤的时候。

"你这次休几天假?我陪你好好放松一下。"黎明川说。

宋桥却想起了陆珊妮的话,有些犹疑:"陆小姐那边的生意……"

"天大的生意,"黎明川望着宋桥,"都比不上你重要。"

宋桥心里一暖,笑了起来:"那行,你准备好被宰。"

"就你那把钝刀,"黎明川不屑,"吃个饭还怕我多花了钱。"

"又不是非要多花钱才能吃好饭,"宋桥眼里升起期待,"我想喝你炖的汤。"

黎明川将事情交代给金飞,然后立刻下班,带宋桥来到了菜市场。

新鲜的茄子、黄瓜,一堆堆的土豆,还有挂在架子上的整片肉……菜市场总有种人间烟火的气息,两个人并肩走在里面,就像是在过小日子。

兜兜转转买了几大袋子菜,黎明川和宋桥回家。如今条件改善了,他和金飞也不再合租,各有各的独立空间。

他的家总是收拾得很干净,和他这个人一样,宋桥有点踏不进去脚,怕弄脏了地板。

"直接进来吧,"黎明川发现了她的窘迫,"有什么要紧?"

宋桥进门,黎明川拿来一双女式拖鞋,她一愣。

"专门为你准备的,"黎明川笑着说,"想着你有一天会来。"

宋桥穿上那双拖鞋,心里自然了,仿佛自己也是这家里的一员。

洗菜、切菜,宋桥要帮忙,黎明川却打开电视,把她按坐在沙发里:"在岛上还没忙够啊?好好休息。"

宋桥斜靠着沙发,看着屏幕上没头没尾的电视剧,看着看着便心神恍惚,最后歪倒在扶手上睡着了。

黎明川在厨房里瞥见这一幕,轻叹了口气,出来给她盖上毯子。

她总是累得在他面前睡着,脸上的疲倦掩都掩不住。坚强都是有极限的,她也有需要松下来的时候。

黎明川的指尖轻轻滑过她的脸,不知不觉来到唇角。干燥柔软的嘴唇,不知道尝起来是什么味道,他鬼使神差般,渐渐俯下身去。两个人的唇,离得越来越近……

"嗯……"她在梦里哼了一声,换了个姿势继续睡。

黎明川清醒过来,立刻站直身体,匆匆走回厨房里。他打开水龙头,凉水冲过他的手,指尖似乎还留着她唇角的触感。他长呼出一口气,收敛心神继续做菜。

宋桥并不知道曾发生过如此旖旎的一幕,醒来时已满屋饭香。

黎明川的手艺真不是盖的,她吃得极满足,鼻尖都微微沁出汗珠。他拿了纸巾要为她擦汗,手停在半空中犹豫了一下,最终递给她自己擦。

宋桥没注意到其中的细微差别,胡乱抹了一把汗,又继续吃。

黎明川好气又好笑,这个神经大条的人。他给她盛了鸡汤,又特意挑了几朵香菇,放到她面前。

"我以前只喜欢吃面,"宋桥口齿不清地说,"遇到你了,才喜欢吃米饭。"

因为他做的菜太下饭了。宋桥觉得,要是一辈子都能吃他做的饭,那可真幸福。这个念头冒出来,宋桥突然愣了,她居然想到了"一辈子"。

宋桥不自觉抬起头,望向黎明川。他此刻正微微垂着眼,帮她挑最嫩的牛肉。从第一次吃饭开始,他就是这样将她当成孩子一样,细致地照顾她。

人间烟火里有他,是她的幸福。

饭吃到一半,外面开始下雨,等吃完也没停,雨势反而越来越大。

眼见着夜色已深,宋桥准备回总部宿舍,黎明川却突然开口:"你今晚留下来吧。"

宋桥愣住,脸瞬间红了起来。

黎明川连忙解释:"我这里有空着的客房。"

下雨天,留客天,宋桥犹豫了许久,最终还是没走。

没有换洗衣服,黎明川给她找了件自己的衬衫,浅蓝色底子上有小小的船锚标,有着洗衣粉洁净的味道。

宋桥洗完澡出来,黎明川抬起头,顿时眼前一亮。

她个子高,虽然衬衫大了些,但并不离谱。松松地卷了两道袖口,衣领微敞,有种慵懒舒适的美。

"你穿好看,"黎明川笑着说,"送给你了。"

宋桥假装瞪了他一眼:"我才不要。"

穿着男人的衣服,心里有种奇怪的感觉,仿佛被他的气息包裹了全身。宋桥在沙发上盘腿坐下,茶几上有黎明川准备好的青梅酒。宋桥抿了一口,青梅的酸甜混合酒的甘醇,是种奇妙的滋味。

"这是在哪儿买的?"宋桥眯起眼,"好喝。"

"我自己酿的。"黎明川也倒了一杯,"平时空闲的时间不多,就喜欢鼓捣这些玩意儿。"

悦人悦己。宋桥看向黎明川,这是个懂生活的人,和她不同。她吃饭喝水,常常就像是单纯为了活着,顾不上享受其中的美好。

"还有一罐,你走的时候带上。"黎明川说,"太累或者失眠的时候,就喝一小杯。"

宋桥轻轻嗯了一声。被人放在心上记挂,她舍不得推辞。

两人各自占着沙发一头,就这样舒舒缓缓地聊天。说来也怪,她讲造桥,他讲谈判,明明是不相干的事情,彼此却都觉得有趣。

到最后她聊得累了,就靠在扶手上,静静地听他说,他去了什么地方,见过什么人,在做什么事。他的世界精彩纷呈,不像她永远停在岛上,见的永远是那些人。听他说话,她不觉得寂寞。在这种安心里,她的眼皮越来越沉,最后闭上,陷入酣甜梦乡。

黎明川想叫醒她,却又不忍心,想扶着她在沙发上躺平,可她身体一歪,却躺到了他膝上。黎明川心中猛地一震,有些手足无措。慢慢地,僵在空中的手放了下来,为她盖好毯子,规规矩矩地放在她身侧。

这样就够了,她在他怀里。不经过她允许,黎明川不想做任何事,但即便这样,他也感到幸福。

一夜到天明,宋桥在晨曦中睁开眼睛,才发现自己竟然躺在黎明川腿上。

她吓得要立即弹起,却又怕惊动了熟睡的他,胳膊撑着沙发,一点一点起身。当两人身姿平齐时,她望着他的脸,他有着清隽的五官,轮廓却又带着刚毅,好看得让人移不开视线。

她突然忍不住,在他脸上亲了一下,亲完脸上就燃起了火烧云。她做贼似的冲进洗手间,关上门后捂着胸口急喘。

她在干什么?她是不是疯了?竟然趁他睡着耍流氓!

沙发上,黎明川的睫毛微微颤动,唇边弯起一抹笑。

49 礼物

宋桥磨磨叽叽地从洗手间出来的时候,看见黎明川已经醒了,正在收拾房间。他神色泰然,好像全无觉察,她这才放下心来,假装什么也没发生过。

"今天想去哪儿玩?"黎明川正在规划今日的游玩路线,手机突然响起,是陆珊妮打来的。

"我约了另外两家房地产公司的老板谈网站的事情。"陆珊妮开门见山,"你来不来?"

黎明川看了一眼宋桥:"不好意思陆总,我今天有事。"

"OK。"电话当即挂断。

宋桥就坐在对面,听见了他们的对话:"你去吧,工作要紧,玩不玩的不急在一时。"

"但你好不容易休假……"黎明川犹豫。

宋桥揉了揉后腰："昨天在沙发上没睡好,你出了门,我去客房补一觉。"

"那行吧。"黎明川只好答应,"我争取早点结束,中午陪你吃饭。"

"我睡醒了过去找你。"宋桥催着黎明川出门,"你是要成为行业大鳄的人好吗?有机会不要放过。"

黎明川离开了,宋桥却没有进客房,仍然窝在沙发里,拿着遥控器漫无目的地换台。

没有他,空气好像都冷清了几分,满世界都写着两个字——无聊。

黎明川来到陆珊妮的公司,却并无其他人到场。他在那一刻想起被丢在家里的宋桥,不禁有点生气。

"我想了想,还是应该由我先跟你谈。"陆珊妮居高临下,"如果我同意了,林生和杨生也不会反对。你给我们做广告,成交后按比例付你佣金,这是一笔稳赚不赔的生意。"

"我做的是房产网站,"黎明川平静地望着陆珊妮,"不是你们公司的宣传网页。除了你们的楼盘资讯,其他人也同样可以在上面发布房屋的租赁和买卖信息,垂直搜索、实时更新,让想买的人买到真正适合自己的房子。"

陆珊妮眼睛里冒火："你的意思是,我和那些卖二手房、租房子的人是一样的?"

"从某种层面上来说,并没有什么不同。"黎明川说,"我做网站系统的宗旨始终只有一个:为用户服务。你和他们,都是我的用户。"

陆珊妮扬起下巴："可我能给你很多钱。"

"如果我能提供最便捷的房产信息服务,那么带来的流量和口碑同样能变现。"黎明川淡定自若,"何况我们做的门户网站也相当于社会的窗口,既要利益,也要利民。"

"明川说得对。"一个声音从门口传来,陆应成走进办公室,"做事情要有大格局。"

陆珊妮见他帮着黎明川,彻底恼了："那你们谈吧,我格局不够。"

陆珊妮气呼呼地出去,黎明川有些尴尬。

"不用管她,"陆应成摆摆手,"不能每次耍小性子都要人去哄她。我们继续谈房产网的事。"

黎明川只好又坐下来。

"你这个实时更新、垂直搜索的方式,我很有兴趣。"陆应成说,"把民众需求放在第一位,水能载舟,事情才能成。"

"我还准备在通信网络上建立应用。"黎明川拿出手机给陆应成看,"现在智能手机的发展越来越好了,所以开发掌上板块很有必要。打开手机就能找房,并且可以集中比较同一个小区、同一个户型分别是什么样的价格,新房、二手房哪个更划算,所有的信息一览无余……"

黎明川讲得带劲,陆应成也听得带劲,两人相谈甚欢。

陆珊妮在楼下咖啡馆里闷坐了半个上午,气还是没消,走出门来,正好看见宋桥在路边下车。

她认出宋桥身上是黎明川常穿的那件衬衫,顿时心中一刺。

陆珊妮走到宋桥面前站定:"宋小姐。"

宋桥讶异陆珊妮居然会主动跟她打招呼,也点头致意:"你好。"

"你的专业能力,我很佩服。"陆珊妮的目光在宋桥身上微微一扫,"但同为女性,我还是觉得应该提醒你,穿着打扮要得体。你穿着黎明川的衬衫,就这样上去,他公司里面的人看见了会怎么想?"

宋桥愣住。

陆珊妮微微一笑,转身扬长而去,裙裾飞扬如一朵盛开的花,伴着高跟鞋的走动,每一步都摇曳生姿。

宋桥突然有种胸口发闷的感觉。她想起昨天进黎明川公司时,他和陆珊妮如同一对画上璧人。

而刚才,陆珊妮能一眼认出黎明川的衬衫,若说她心里没有点什么,宋桥也不信。

宋桥站了两分钟,没有上楼,而是转身缓缓离开。

到了中午时分,黎明川仍然没有等到宋桥,给她打电话。

"你在哪儿?"黎明川问,"说好了一起吃午饭。"

"莲花大楼,"宋桥的声音有点低沉,"想买件衣服。"

难得宋桥想买衣服,黎明川一笑:"那我过来,就在商场里吃饭。"

第五章　伶仃洋战神 | 263

黎明川挂了电话赶过去。宋桥在商场里继续转悠,她本该像平时一样,随便买件中性的短袖衬衫,可今天不知道怎么的,目光总在那些漂亮的裙子上流连。

自从妈妈过世,她便再也没穿过裙子。曾经有一年她过生日,宋宁刚问她想要什么礼物,她说要一条连衣裙。可就在她生日的前两天,宋宁刚奔赴贵州工地,也忘了承诺。她的愿望太小,无法和他的桥相比。从那以后,她便再未提出过这样的要求,自己也彻底活得和男孩子一样。短发长裤多利索,没有娇柔,也没有脆弱。

但此时,她站在这些绚烂的衣裙之间,丝滑温柔的触感,或浪漫或明媚的花色,却仿佛又触及了她心底最深处的某个点,她有种隐隐的期盼。

尤其是橱窗里那条绿色的连衣裙,青翠修长如竹,她不禁开始想象它穿在自己身上的模样。

"宋桥。"黎明川的声音打断了她的绮思,她狼狈地收敛起心绪,回到现实中。

"你来了,"宋桥勉强笑着,"我们去吃饭吧。"

黎明川刚才注意到了她的目光所向:"你喜欢这条裙子?"

"没有,"宋桥掩饰地垂下眼睑,"一会儿买件衬衫,我把身上这件还你。"

黎明川一怔:"说了送给你。"

"我说了不要。"宋桥率先走在前面,"吃饭。"

一顿饭吃得有点闷,宋桥觉得什么都了无滋味。吃完了饭出来,她径直进了一家男装店,买好衬衫换上,将黎明川的那件折整齐装进袋子里,递还给他。

"宋桥,"黎明川试探地问,"你怎么了?"

"没怎么。"宋桥笑笑,"就是觉得穿你的衣服不太合适。"

这时江江打电话过来,想和宋桥一起逛街。

宋桥顺势答应,转过身对黎明川说:"你去上班吧,我陪小姑娘转转。"

她先走了,黎明川站在原地,心中奇怪。早上自己出门时她还好好的,怎么一个上午就变成了这样?

而中午这顿饭吃得郁闷的,还有陆珊妮。

她心不在焉地拨着盘中的餐点,最后忍不住,抬起头来问陆应成:"爹地,您说两个人在一起,是不是要门当户对?"

"怎么突然问这个?"陆应成一笑,"你喜欢上谁了?"

"哪有。"陆珊妮辩解,"我只是觉得有些人在一起不般配。"

"门当户对,不是只看家庭背景来的。"陆应成说,"人品、能力、性情、格局,这些东西旗鼓相当,才叫作真正的般配。比如明川那样的对象,就是可遇不可求的,他配谁都配得起。"

陆珊妮心里一跳,故意酸溜溜地说:"我看您恨不得他是您亲儿子。"

"那就好咯,可惜就算我认他当干儿子,他都未必肯。"陆应成玩笑里含着欣赏,"他是有骨气的人,不会轻易认谁当爹。"

他喜欢黎明川,跳跃的思维加稳重的性格,敢为人先却又为人着想。要是真的能成为他陆家人,那当然好。

他看得出来,陆珊妮对黎明川也有好感,但年轻人的事情,由年轻人自己去决定。更何况黎明川如何想还未可知,他不想也不好插手干涉。

宋桥和江江会合,一见面江江就抱怨:"你不知道南方哥有多敷衍,昨天让他陪我逛街,我试了个衣服出来就不见人影了。打电话给他,他说外公叫他参加家庭聚餐,让我自己吃饭,回头他给我报销,就当是东道主请客了。"

"人少爷就是这个作风。"宋桥揽过江江的肩,"我陪你逛。"

"师姐你真帅,"江江偷瞄她,"别人肯定以为你是我男朋友。"

宋桥无语:"如果能满足一下你的少女心,也不是不可以。"

"很可以!"她欢欢喜喜地抱着宋桥的胳膊,迎着他人羡慕的目光,"耀武扬威"地逛商场。

而周南方没撒谎,他确实是被外公叫去聚餐了,但不是家宴,陈海生几乎是摆了个村宴。

陈海生拉着周南方一桌一桌敬酒,顺便吹嘘:"我家乖仔有出息,被大师看中收为徒弟啦。你们不知道哦,三江跨海大桥——世界第一桥呢,就是那个大师设计的,他就收了我乖仔一个徒弟!"

周围的人一片欢呼夸赞,说龙山村出了大人物。陈海生胡子快翘到天上去了。

第五章 伶仃洋战神 | 265

"你看看爸,"周冲小声对陈琳嘀咕,"这样夸南方,他都不知道自己是谁了。"

"高兴呀!"陈琳不满,"谁像你,就知道打压自家的仔。"

陈琳也拿着酒盅走了,周冲无语,只好自己给自己又斟了杯酒。

说他不高兴,那是假的。他时常找宋宁刚侧面打听,看周南方在季大师那里学得怎么样。

反馈回来的信息是,周南方聪明又肯学,进步很快。他其实比谁都高兴。

周南方遛了一圈,回来在周冲旁边坐下。这小子奸猾,看着频频举杯,其实没喝两口,酒还剩下一大半。

"对长辈怎么能这么不诚心?"周冲虎着脸,"喝掉。"

周南方无奈:"那我敬您吧,爸。"

周南方和周冲碰杯,一口气干了。季大师其实都告诉他了,他爸常常关心他的事。这老头儿,就是嘴硬心软。

"你什么时候回北京?"周冲问。

"还没想好,"周南方有些迟疑,"这不还没回来几天吗?"

但事实上,他迟疑的并不是这个,他和宋桥之间,仍旧没有理清楚。

不知道昨天宋桥下船后去了哪里,是不是和黎明川在一起。周南方有点恍惚,直到陈海生又拉着他走下一轮,他才回过神来,继续充当酒桌吉祥物。

终于喝完回家,周南方躺在床上,本想打电话给宋桥,纠结了半天,还是拐弯抹角地打给了江江。

"你在哪儿呢?"周南方问,"逛街逛够了没有啊?"

"南方哥你还记得我呢。"江江没好气,"得亏珠海小,不然我昨天就迷失在这座城市里了。"

周南方心虚:"这不家里有事嘛。你昨晚在哪里住的?"

"当然是公司宿舍啊。"江江说,"就我那点工资,难道还能住五星级酒店?"

周南方哦了一声,终于问到了正题:"那你师姐也回去了吧?"

"没有,她住在朋友家里。"江江的回答让周南方心里一沉,支吾了两句就挂了电话。

哪个朋友?男朋友?周南方仰面倒在床上,咬紧了牙关。他当初是不是就不该走?应该留在岛上,发现自己的心意,去追求宋桥。可她会答应吗?从一开始,他在她眼里就是个游手好闲的"二世祖"。他又有什么本事能够打动她的心?周南方生平第一次觉得不自信,他烦躁地将枕头砸在床上,再将自己的脸埋进去。

江江在那边拿着手机,觉得莫名其妙:"哎师姐,你说南方哥是不是有病?这会儿了才打个电话过来,问我昨天怎么样了。我还以为他要请吃饭赔罪呢,人家直接把电话挂了。"

"他一向有病。"宋桥不以为意。

那天晚上,宋桥跟江江回了总部宿舍,黎明川却赶了过来。

"我等了你一天,"黎明川开玩笑,"你也没有召唤我。"

"陪江江呢。"宋桥解释,"再说明天一早就要回岛上,在宿舍方便。"

黎明川从车里拎出一个大袋子:"青梅酒,还有件礼物。"

宋桥一愣:"什么礼物?"

"你到了岛上再打开。"黎明川笑着抬起手,拍了拍宋桥的头。

这一向是宋桥的动作,没想到她自己居然也会被"拍头杀",她整个人僵立不动。

二楼上,江江探出头来,眼中闪着好奇的光。

黎明川大方地向江江挥挥手,随即凝视着宋桥:"我走了。"

"嗯。"宋桥轻轻一点头。

"终于会动了,"黎明川调侃,"早上亲都亲过了,不必这么害羞。"

宋桥震惊,原来他什么都知道。她用手捂住脸,以五十米冲刺的速度跑上了楼。

黎明川站在楼下笑,这只掩耳盗铃的鸵鸟。

黎明川的车终于离开,宋桥这才敢从楼道里出来,望着远去的尾灯。

江江鬼鬼祟祟地溜过来:"师姐,你男朋友真帅。"

"反正在你眼里,谁都是帅哥。"宋桥吐槽,转身走进宿舍。

江江跟着宋桥进门,好奇地看着她手上的东西:"送了你什么啊?"

宋桥打开袋子,拿出青梅酒,里面还有一个包装精美的礼盒。

江江眼巴巴地等着宋桥打开,她却想起了黎明川的话:"他让我回岛上再打开。"

"师姐,"江江促狭地笑,"我从来没有见过你这么听话。"

宋桥伸手去掐江江,她尖叫着逃走,女生宿舍里一片欢笑声……

50　动心

第二天船都要开了,周南方才匆匆赶到,是陈琳送他来的。

江江看着岸上那辆拉风的跑车,咋舌:"果然是富家少爷。南方哥,那报销我就不客气了。"

"行吧行吧。"周南方还没睡醒,半闭着眼睛摇手,一头参毛十分有损形象。

"唉,"江江感叹,"以前我以为南方哥帅,现在觉得,还是师姐的男朋友帅。"

周南方这下醒了:"嗯?"

"人家还温柔体贴,追到宿舍来给师姐送礼物。"江江双手托腮,陷入了粉红色的少女梦,"这才叫白马王子。"

周南方心里起了碗大个包:"什么礼物?我又不是送不起!"

"秘密,"江江做了个嘘的手势,"师姐说要回岛上才能打开。"

周南方看着正在船头和人说话的宋桥,一脸郁闷。

一到岛上,周南方就晃到宋桥面前:"听说人家送你礼物了,拿出来让我们大家开开眼。"

"要你管。"宋桥说完瞪了一眼江江。江江吐了吐舌,为自己的多嘴抱歉。

但江江也着实想知道到底送了什么:"师姐,这不已经踏上金湾岛的土地了吗?可以打开了呀。"

宋桥拗不过他们的软磨硬泡,终于回宿舍打开了盒子,顿时怔住了。

里面是商场橱窗里的那件绿色连衣裙。

"哇!"江江惊呼,"好漂亮!"

宋桥的手缓缓滑过布料,她没想到,自己真的能拥有这条裙子。

"师姐你快试试,"江江催促,"穿上肯定很好看。"

宋桥眼里也有了憧憬。周南方看见她这样的眼神,心里一颤,刻薄的话不自觉就说出了口:"长得五大三粗的,穿什么裙子啊?"

宋桥一愣,心情瞬间降到冰点。

是啊,她又没有像陆珊妮那样的窈窕身段,像个男人婆,穿什么裙子?

宋桥自嘲地一笑,慢慢放下裙子。江江见状,拽着周南方出去。

"我现在总算知道,南方哥你条件这么好,为什么还没有女朋友了。"江江气得骂他,"你瞎说什么呀?你没见师姐刚才多高兴,哪个女孩子不希望自己美丽?你干吗这样打击她?伤了她的心你就开心了吗?"

周南方胸口发闷,说不出话来。

宋桥坐在床边,望着那条裙子怔神半响,准备折叠收起,可就在这时,从衣服里掉出一张卡片:"裙子很适合你,希望下次约会的时候,能看见你穿上它。"

黎明川的字清隽有力,署名后面还一笔画出了一颗心。宋桥握着这张卡片,觉得自己的心也在怦怦跳。

无论别人怎么看她,他都把她当公主,珍之重之。

宋桥打开门,走到江江和周南方面前:"今天不穿,约会的时候再穿。"

她明媚的笑容就像一颗鱼雷,击中了周南方的心,翻起千尺浪。

周南方一言不发,掉头就走,三两步就上了楼。

"真是的,"江江一点也不同情他,"说话太过分了,活该被撑。"

"不跟他计较,"宋桥仰起头,"我心情好。"

阳光都仿佛更明亮了,因为那条漂亮的连衣裙,她也值得拥有美。

晚上睡觉之前,宋桥又忍不住将它拿出来,眷恋地抚摸,最后给黎明川发了条短信,只有两个字——谢谢。

黎明川回复:知道你喜欢。

她在橱窗前驻足,他看见了。她掩饰的不舍,他也看见了。

常常会有人忽略宋桥是个女孩儿，可在他心里，她就是个需要人宠爱的小姑娘。他想给她做好吃的饭菜，想给她买漂亮的裙子，想把她曾经缺失的一切都补给她。

他爱她。

黎明川躺在床上，幻想着宋桥穿上裙子，和他手牵手走在海边。他带着甜蜜的憧憬，欣然入梦。

次日早上，周南方拖着行李箱，向众人辞行。

"昨天刚上岛，"杨建功讶异，"今天就要走？"

"季老师昨晚打电话催我了，"周南方说，"我也在这里待了很久了。"

待到别人烦，自己也烦，他是该走了。

"南方哥，"江江观察着他的脸色，"不会是因为昨天吵架，你生气了吧？"

"该生气的又不是我。"周南方转过头来看着宋桥，"昨儿是我嘴贱，你别放在心上。"

"没什么，"宋桥只觉得突然，"你这说走就走，我们连个准备都没有。"

"难不成又要搞欢送仪式？"周南方摊着手笑，"不必了吧，指不定哪天我就又跑回来探亲了，师父不还在这儿呢吗？"

"你终于肯叫我师父了。"宋桥拍了拍他的肩，"行吧，乖徒儿，出去好好干，闯出一番天下给为师看看。"

"等着我给你的下一座桥当总设计师。"周南方大言不惭，挥手道别。

上了船走出很远，周南方才回头，看见了还站在岸边的宋桥和江江。

就这样吧，把他当朋友也好，当徒弟也好，只要心里有他一席之地，他也就满足了。

再说不满足又如何？她心里的那个人，又不是他。

周南方转过身去，不再看宋桥，迷茫地看向大海。

黎明川的"安心房"网站做得很顺利。陆氏等大企业房源入驻，普通民众也可以自由发布交易信息，点击量和成交量都很高。

"这个网站就交给你和成峰吧，"黎明川对金飞说，"我的精力还得放在主网站。"

锐信网现在的态势也很蓬勃。通过大数据推送新闻讯息的方式，一开始不被接受，可慢慢地，大家都感受到了其中的快捷和精准。智能手机的发展，更是让人可以随时随地看新闻、查信息，锐信及时切入通信网络领域，再次占领了高地。

AK已经不再将锐信当成潜在的竞争对手，而是将抢占市场放在了明面儿上，争得如火如荼。

"黎哥，"金飞攀着他的肩膀，"你现在可是很多人的眼中钉。"

黎明川不在乎："没事，竞争越强劲，说明市场越红火。"

"我感觉这珠海，"成峰也缓缓开了腔，"有点小庙容不下大菩萨了。"

黎明川一愣。

"毕竟城市小，交通也相对不方便。"成峰说，"还是在广州、深圳这种地方好。"

"跨海大桥的业务，我们还没做完呢。"黎明川并不愿意离开珠海，为了跨海大桥，也是为了宋桥。

成峰也知道黎明川和宋桥的事，明白多说无用，一笑置之。他不仅仅是为了公司的发展，他也有自己的私心——他的家在深圳。

房产网的对接人变成了金飞，陆珊妮颇为不满。

"你们老板这么忙的吗？"陆珊妮眼神一挑，"大客户都不管了。"

"黎总最近确实忙得快飞起来，"金飞连忙说，"他一再嘱咐我，要服务好您。"

陆珊妮总算舒畅了些，看着金飞，心思一转："你跟着黎总已经很多年了吧？"

"对，"金飞回答，"我们在以前的公司就是同事。"

"那你应该很了解他。"陆珊妮故作无意地开玩笑，"他都这个年纪了，怎么还没有结婚啊？"

金飞不疑有他，哈哈一笑："他单身很久了，直到遇见宋工，可能是在等她点头吧。"

陆珊妮的眼神沉了下来，看向电脑屏幕："好了，有事情我再联系你。"

聊天突然中止，金飞莫名其妙地回到楼上。

"果然是千金大小姐，真是喜怒无常。"金飞抱怨。

花花听见了:"怎么了?"

金飞将刚才和陆珊妮的聊天学了一遍,花花听着听着,脑子里突然冒出一个念头:陆小姐该不会是……但看了看金飞,花花又把嘴边的话吞了下去。就这傻大个儿,说了他也不懂,指不定还会闯祸。

"干活儿去吧金总,"花花说,"大小姐针对的不是您。"

"那是谁?"金飞懵懂地追问。花花假装摆弄打印机,充耳不闻。

陆珊妮一整天都不开心,可她也无法解释这不开心的源头在哪里。员工们都小心翼翼,生怕是自己惹着了她。但陆珊妮知道,惹着她的是宋桥。她不明白黎明川为什么会喜欢上那样的女人,甚至都称不上女人,外表如男人一样邋遢、强悍,到底有哪点好?落地窗玻璃映出陆珊妮的身影,从长相到身材,再到品位,她才应该是符合大众审美的女人吧?到底哪里不如宋桥?

当意识到自己竟然在和宋桥比时,她猛地愣住了。她这是怎么了?为什么会陷入这样的心理怪圈?

她不敢承认,这是因为黎明川。

他是唯一不把她当作陆氏千金供起来的人,该针锋相对的时候,从不手软。可当她迷茫时,他却也会耐心为她解惑,一步步引导着她,明白什么是公平和尊重。他是乙方,却也亦师亦友,而作为男人,他宽厚温和。她不知道从什么时候起,已经开始对他动心。

陆珊妮苦恼,以往围绕在她身边的都是什么样的人?家世显赫,财富逼人,一个个又懂男人追女人的花样,费尽心思来讨好她。可黎明川呢,就是个没有依仗的草根,最关键的是,他心里有别人。

可她就是动心了,毫无办法。陆珊妮走到窗前,俯视着这座城市。她后悔来这里,却又庆幸来这里,遇到了他。

黎明川对陆珊妮的纠结全然不知,此刻他正忙得脚不沾地。锐信势头凶猛,已经吸引了资本的注意。在一次又一次谈判之后,他最终接受百录资本的一千万美元,完成 A 轮融资。签约仪式那天,黎明川站在台上,媒体的闪光灯环绕他周围。这是他第一次真正成为被大众瞩目的焦点。那是一种难以言喻的感受,自豪与野心,在这一刻已经分不清。他渴望站在更高的位置上,被更多人瞩目,让世界的中心,属于他。

宋桥是在新闻上看见黎明川的,那张照片拍得极好,他的意气风发全在眼中。宋桥为他高兴,他终于到达了属于自己的"玫瑰园"。

恭喜。她给他发短信。

黎明川在百忙之中看到手机上的这两个字,莞尔一笑。

有她陪着,他一定会走得更远。曾经那些遥不可及的梦想,如今就在前方。

陆应成也打来了电话:"小伙子,干得漂亮!"

面对前辈,黎明川很谦逊:"我这才刚开始。"

"老宋也很高兴,觉得自己没看错人。"陆应成说,"等回头我们给你办个庆功宴。"

两位老总的赏识,让黎明川很感动,可他没想到,竟是这样的庆功宴——陆应成带着陆珊妮来了,而宋宁刚考虑到黎明川和宋桥的"特殊关系",竟然也通知了她。

51 孤岛

当宋桥和陆珊妮在包间里相见时,两个人面面相觑。

"已经是老友了,我也不瞒你,"宋宁刚向陆应成介绍,"她是我女儿。"

"难怪都姓宋,还是大桥项目两个知名的'刺儿头'。"陆应成亲切地笑着,和宋桥握手。

陆珊妮在旁边惊讶不已,她没想到,宋宁刚和宋桥居然是父女。但她看宋桥的目光中也多了一丝鄙薄。从前她至少觉得宋桥专业能力不错,现在看来,能爬到这个位置,恐怕也少不了宋宁刚的"功劳"。

宋桥看懂了陆珊妮的目光,不禁哂笑,看来香港人也相信"裙带关系"。但她无所谓,清者自清。

黎明川是最晚到的,从记者招待会的现场赶过来。

"对不起,对不起,"他一进来就向两位前辈道歉,"我来晚了。"

话音未落,他看见了宋桥和陆珊妮,顿时一愣。

"两个父亲,两个女儿。"陆应成拍着黎明川的肩,"我们两家人为你庆祝,排场很大啊!"

宋宁刚接话:"嚯,这叫什么排场,小黎如今见过的世面大了去了。"

黎明川只得干笑:"两位前辈别抬举我了。"

众人落座,宋宁刚和陆应成坐在一起,三个年轻人被安排到一处,黎明川恰好坐在宋桥和陆珊妮中间。

黎明川并不知道两个女人之间的过节,只觉得气氛有些微妙。她们都和他交谈,可彼此间没有任何言语和眼神互动。

宋宁刚和陆应成倒是很高兴,要不是宋桥和陆珊妮都是女儿,怕是他们都希望能结个亲家。

"好啊,看看两个女孩子,都这么优秀,"陆应成说,"又是同龄人。珊妮,你以后要跟宋桥结成好朋友。"

陆珊妮勉强笑着点了点头。

宋宁刚也看着宋桥:"多跟人家学学,你看你,哪有个女孩儿的样子?"

当爹的都是净往肺管子上戳,宋桥也一脸憋屈。

"明川啊,你也很优秀,是岳父们心中理想的女婿人选。"

陆应成的这个"们"字,用得很精妙,宋宁刚顿时有了警惕之心,瞥瞥宋桥,又瞥瞥黎明川。

宋桥生怕他一不小心又掰扯出点啥,赶紧站起来给两位长辈倒酒:"爸,今天高兴,您可以陪陆叔多喝一杯。"

"你听听她这口气,"宋宁刚向陆应成抱怨,"管东管西,到底谁是爹?"

"孩子这是关心你。"陆应成大笑,"我家的女儿,就知道撒娇。"

"爹地,"陆珊妮不满意了,过来给陆应成布菜,"我对您不孝顺吗?"

这一场,俨然成了两个女儿的比赛,黎明川这个主角坐在对面,反而沦为了背景板。

酒过两巡,陆应成和宋宁刚谈起了大湾区。

"现在粤、港、澳三地政府都重视起了湾区这个理念。"陆应成说,"香港和澳门的很多有志之士,都站出来呼吁。我准备在今年的人大会上,做这方面的提议。"

"还没恭喜你成为香港的人大代表，"宋宁刚笑着说，"以后能发挥更大的作用了。"

"都是为了一方水土一方人，"陆应成望着窗外的渔女像，"我是真心希望，这里能成为新的大湾区。这里发展得好，大家日子都过得好。"

"会的。"宋宁刚拍了拍陆应成的肩膀，"不光有我们这些'老杆子'，你看看对面的年轻人。短短几年，明川都已经成为新科技行业的大牛了，珊妮这个香港姑娘，也为珠海的经济发展贡献了力量。他们就是湾区的未来呀。"

"还有宋桥，年纪轻轻，却能驻扎在岛上，数年如一日地修桥。"陆应成感慨，"是你们建起了联结三地的纽带。"

大家都安静下来，想着这方水土的未来。陆珊妮第一次觉得，湾区这个概念，好像也并非虚无缥缈。

也许真的能实现呢。她含笑望向黎明川，但看见他旁边的宋桥，笑意又凝固在唇边，淡淡地一瞥，转回眼神。

黎明川也在思索陆应成和宋宁刚的话，他们是湾区的一员，会享受到发展带来的利好，那他们也有责任为湾区的未来做一些力所能及的事情。

"陆总、宋总，"黎明川说，"我看能不能联合科技行业的人，也出一份倡议书。"

"很好，"陆应成高兴，"湾区的发展离不开科技创新，互联网行业在这里也很发达，我希望将来，这里能成为中国的创新港。"

"也是世界的创新港。"宋宁刚补充，"我们有十几亿人，能挑出最尖端的人才，我相信中国的科技以后必定会走到世界最前列。"

宋桥望着父亲，她明白，他说这句话的底气，也来自跨海大桥。他们创造了多个"世界第一次"，科技的跨越性突破，当然可以由中国人来完成。

宋宁刚的目光和宋桥的相碰，他也懂她的想法，骄傲在彼此心间油然而生。

这顿饭吃得温情也磅礴，走出餐厅的时候，大家都心潮涌动。

陆应成的司机在门外等候，他和陆珊妮上车，招呼黎明川："你今天也喝了酒，坐我们的车一起走吧。"

陆珊妮没说话，但眼神里也有隐隐的期盼。

黎明川顿了一下："我陪宋总他们先回管理局吧，还有些事情要汇报一下。"

陆应成点了点头，示意开车。陆珊妮望向窗外，看见黎明川和宋桥并肩而行，她的目光黯然下来。

"珊妮啊，"陆应成轻声道，"有些事情，要顺其自然。"

陆珊妮一怔，装作没有听懂父亲的话，笑着催促司机："爹地醉了，快点回酒店吧。"

陆应成摇了摇头，再没说话。

餐厅离管理局有段距离，但宋宁刚坚持步行散散酒意，黎明川和宋桥便依着他，而且他们自己也想再多一点相处的时间。

一开始是聊工作，说起气象预测和交通管理系统的事，宋宁刚给黎明川提了些建议，宋桥也说了些实际应用中的问题。

三人边讨论边走，快到的时候，宋宁刚突然停下脚步，转过头来看宋桥和黎明川："你们俩的事儿，到底怎么样了？"

"我们俩什么事儿啊？"宋桥装傻。

"你都三十的人了，还不急？"宋宁刚瞪着宋桥，"我天天看着你，我都气。"

宋桥无语望天："桥都没修完呢，急什么呀？"

宋宁刚更是气得不行："你你你……"

"宋总，"黎明川连忙开口，"您别急，宋桥有自己的打算，我也支持她。"

"你也是个傻子！"宋宁刚说，"多大了还不娶媳妇儿！"

黎明川摸着鼻子，又尴尬又好笑。宋桥推着宋宁刚："您回去睡觉吧，说了少喝点，还是喝多了。"

"你就知道搪塞人……"宋宁刚嘀嘀咕咕地进了院子门，又转过头来吼了一句，"你们对自己的事给我上点儿心！"

他走了，宋桥无奈地对黎明川一笑："我爸就是这样的人。"

"宋总挺好的。"黎明川还挺喜欢这个耿直的老头儿，"他也没说错，咱俩是该上点儿心。"

"你也开始了。"宋桥嗔怪,望着远处的海面,轻叹一声,"桥没修完啊。"

万里长征,才走了个开头,后面有多少艰难险阻还未可知,她又怎么能放下这座桥,只操心自己的事?

"我就开个玩笑。"黎明川轻轻拍了拍她的背,"不着急。"

他的路也才开始,既然都忙着,不如先一起往前,再走一段也不迟。

命中注定的人,不会跑。

宋桥望向黎明川,路灯下的他那样温柔,仿佛眼中盛着海,可以包容她的所有。

她想对他说话,却又不知道说什么,脚尖在地上蹭着。

额上突然落下一吻,她怔住,那样柔软的触感,仿佛有电流传遍她全身。

"亲回来了。"黎明川笑着说,"我们'九头鸟',从来不吃亏。"

宋桥脸色绯红,连头都不敢抬。

"你也进去吧,"黎明川声音很轻,"梦中记得要有我。"

本来被海风吹散的酒意好像又上来了,宋桥如同在微醺中,回到宿舍入梦。

她梦见自己漂流到孤岛上,以为要独自度过余生,却看见有人从晚霞中走来,向她伸出手……她在此时醒来,没有看清那人的面容,却清晰地知道,那是黎明川。

宋桥的指尖落在额上,那里被他吻过,仿佛是爱的封印。这颗心,只会为他开启了。

宋桥抱着枕头在床上打了个滚,脸上满是甜蜜的笑容。

第二天回到岛上,江江过来问:"师姐,宋总找你干什么呀,那么紧急把你召上岸?"

"汇报沉管进展。"宋桥一本正经地回答。

叶江正好从外面进来,听见了这句话。他知道宋桥和宋宁刚都想保密,所以他们的真实关系,他没对其他人说。

"小宋啊,"叶江开口,"以后给老宋汇报的事就交给你了,有空了多上岸,跟他聊聊。"

他也希望他们父女之间能多些交流。

"叶总,您也多派我上岸出公差啊。"江江初生牛犊不怕虎,见谁都敢说,"我们年轻人,偶尔也要感受一下都市生活的气息。"

叶江哈哈一笑:"那你不留在公司,来项目上干什么?"

"那年轻人也得多磨炼呀。"江江很认真,"不然我怎么当书记?"

一屋子人哄堂大笑。谁都知道江江想当书记,在前辈们看来,小姑娘的梦想很可爱。

"好,"叶江鼓励,"跟着你宋桥师姐多磨炼、多上岸,做一个素质全面的人才,将来好当书记。"

正说笑着,有人在外面喊李岚:"李主任,您女儿来了。"

李岚一愣,丢下笔就跑出去,果然看见婷婷从远处走来。

"婷婷!"李岚张开手,将女儿紧紧抱住,上次相见,已经是半年前。

"学校放假,"婷婷的个头已经有李岚高了,她像大人般拍着李岚的背,"我过来看您。"

李岚平息了一下情绪,拉着婷婷走进办公室。

"宋桥姐姐,"婷婷仍旧嘴甜,"好久不见,你更帅气了。"

宋桥过来搂住她:"你也长成了漂亮的大姑娘。"

"是少女!"江江纠正,"师姐你真土。"

宋桥一把将她的头发撸得乱七八糟:"你也就这样。"

江江气得边打理造型,边从镜子里瞪宋桥。

欢乐的气氛中,大家都对婷婷问这问那,才知道她中考考进了广州的重点高中,现在在那边寄宿。

"苦哦,"江江同情,"这么小就寄宿。"

"最苦的是很难见到妈妈。"婷婷靠在李岚身边,"她休假的时候我不在,我休假的时候她不在,一年见不到几回。"

"你这不是上岛来了吗?"李岚安慰她,"多住上几天再回去。"

李岚带着婷婷回宿舍放东西,进了门才低声问:"你爸爸还好吧?"

"还好。"婷婷犹豫了一下才开口,"他找了个阿姨,快结婚了。"

"那挺好的。"李岚点了点头,"有个知冷知热的人,他以后的日子也能过得舒心些。"

"妈妈,"婷婷抱住她,"你还有我。"

李岚闭了闭眼,不让心痛显露:"没事,我的生活也很充实。"

她的生活中,只剩下女儿和桥了。每次休假,一想到要回去面对那个空荡荡的家,她就宁可留在岛上。曾经的那些温馨已经没有了,连墙上的全家福都不知所终。房子留给了她,悲伤也留给了她。每一个角落,都似乎还留着过去的气息,却又再也抓不住。

婷婷也难过。看着爸爸找到幸福,她为他高兴,可一想到妈妈,她就心疼。妈妈又有什么错呢?却要一个人活在孤独里。

52　回航

婷婷在岛上留了下来,陪伴着李岚。不补课的假期有二十天,她打算在这里待二十天。

江江比婷婷大不了几岁,有时候还能教婷婷做题,两人玩得挺好。

有天江江无意间问:"你爸怎么不来看你妈啊?"

婷婷沉默了半晌才开口:"我爸妈离婚了。"

江江整个人"石化",慌乱地道歉:"对不起,对不起,我不知道……"

到了吃饭的时候,江江蔫蔫地把这事跟宋桥说了。宋桥很吃惊,李岚后来一直没再提起过家里的事,她没想到,两口子居然已经离婚了。

宋桥将目光投向远处的桌子,李岚正将中午加餐的鸡腿夹到婷婷碗里。

宋桥长长地叹了口气:"李主任真不容易。"

"师姐,"江江的神情也很落寞,"我们工程上的人,是不是谈恋爱、结婚都挺难的?"

"谁说的?"小何端着碗过来,就听见后面这句,一屁股坐下来,得意扬扬,"我跟沈菲这恋爱,谈得就很好。"

沈菲也算是安大的传奇人物,江江撇嘴:"我一直想不通,沈菲师姐那样的大美人,怎么会跟何主任你在一起……"

到了如今,综合办也就小何一个主任,自己管自己,三不五时还支使江江帮忙跑腿,实在是混得不怎么样。

"那是凭着我的人格魅力，"小何一扶眼镜，"懂吗？"

宋桥很懂地点了点头。在追求沈菲的人里，小何的确不算条件好，但用沈菲的话说，他"三心二意"：耐心、细心、真心，深情厚意加上善解人意。

沈菲的每一点喜怒哀乐，他都放在心上。所有的假期，他都用来打飞的回去看她。工资、奖金、房产证，无论沈菲要不要，他都将全副身家性命交到她手上。

这样的男人，看起来平凡，可从人堆里真找不出几个。沈菲像蚌壳似的闭得死紧的心门，最终被他一点点撬开。

"我现在呀，就想调回西安去，能天天陪着她。"小何叹气，"可你说项目上本来就缺人，我这真要走吧，也觉得自己不地道。"

江江跟着叹气，又问宋桥："师姐，那你和你男朋友怎么样？虽然说都在珠海，可你们平时也见不着面，不会最后和李主任一样……"说到这里，她打了一下自己，"乌鸦嘴！"

"不会。"宋桥回答。和黎明川怎么样？她心里冒出一个词——Soulmate（灵魂伴侣）。可以坐在一起聊梦想，一起到达更高更远的地方，她相信，他们不会因为空间的隔阂就走散。

宋桥眼中有坚定而温柔的光，江江放下心来，倍觉羡慕："我要是也能找到这样一个人就好了。"

"不是有这么多男生吗？"小何说，"可以内部消化呀。"

"就他们？"江江冷哼一声，"唯一长得顺眼的南方哥还去了北京。"

"嘿，"小何回过味儿来，敢情别人在她眼里都是歪瓜裂枣，也包括他，"眼光还挺高，你就单着吧你！"

江江昂起头，表示自己宁缺毋滥。

晚上，实验室里只剩下宋桥和李岚还在加班。

"李主任，您回去陪婷婷吧。"宋桥说，"剩下的我来做。"

李岚继续忙着手里的活儿："没事，我跟她说好了，不行她先睡。"

"回吧，"宋桥声音很低，"您多陪陪她，她也多陪陪您。"

李岚停住，望向宋桥："你都知道了？"

她说的是离婚的事。宋桥点了点头："您不用这样一直撑着，该难过就难过,该休息就休息。"

"不撑着,"李岚笑了笑,眼中有怅惘,"就垮得更快了。"

曾和她真心相爱十几年的人,现在要和别人结婚了。

宋桥只觉得悲悯,为工程人的爱情。妈妈走的那一天,只有她在场,宋宁刚两天后才赶回来,妻子已经化作一捧骨灰。

那是第一次,她看见父亲哭。他蹲坐在墙脚,抱着头低号,如失去家园的困兽。

印象里,父母相聚的时光很少,他也不是会说甜言蜜语的人,即使在家也常常忙着工作。可那一天,她看到了父母的爱情,只是,那些琐碎而又温暖的时光,他们永远回不去了。那种失去是最痛苦的,每回想一次,就会更难过一分。想忘却,却忘不了,就像父亲的办公室里,至今还留着那个红色的绒布靠垫。

宋桥默默地走过去,拥抱了李岚,一句话也没说,李岚的泪水却落了下来。在婷婷面前,她不能流泪,此刻却再也忍不住。良久,李岚抬起头来,擦去眼角的泪痕,说了声"谢谢"。女性和女性之间的守望,在这个夜晚,给了她继续撑下去的力量。

结束工作,两个人慢慢走在月光下的海边,聊着过去的那些事情。到了最后,李岚给张洛成发了条短信:祝你幸福。

张洛成那天晚上在家里收拾东西,马上要结婚了,有些旧物得永远收起来。

发黄的信件,是大学时他和李岚的互诉衷肠。还有一条织法拙劣的围巾,是李岚花了一个月时间送给他的生日礼物。压在最底下的,是他们的全家福,离婚的时候他从墙上取了下来,看着照片里的那个人发恨,却又舍不得扔。十几年的时光,是刻在人心底的辙,哪怕车已轰隆隆地离去,印迹却不会消失。

手机一响,他打开,看见了李岚发的那条短信:祝你幸福。他会幸福的,可心里的某个地方,永远停留在旧时光里,没有什么能取代。

张洛成看着手机许久,最终没有回,只将那些旧物打包起来,用透明胶带封住回忆……

第五章　伶仃洋战神

婷婷离岛的那天,是去参加父亲的婚礼,她什么也没说,可李岚心里都知道。

那晚的祝福他没回,她也不必再多此一举,在大喜的日子给新人添堵。没送红包,也没带贺词,她只是叮嘱婷婷,以后要和阿姨好好相处。如果她待婷婷好,即便婷婷叫她一声"妈妈",李岚也是不反对的。毕竟作为母亲,她自己为婷婷付出的不够多。

婷婷走了,岛上也归于宁静,大家仍然在为沉管奋斗。一个管节一个管节地入海,已经到了 G15。

早上六点,安装船到达指定海域。有了前面的经验,大家对这次沉管也很有信心。

可就在施工之前,潜水员从海底勘验完上来报告,基槽又发生了异常回淤,而且比第一次沉管的时候更严重,淤泥层高达五厘米。

"那我们再下去,"宋桥撸起袖子,"和上次一样,进行人工排淤。"

"不行,"潜水员摇头,"我刚才试了,结得太厚,用手扒都扒不动。"

"三天前碎石基床才刚铺设完成,"杨建功皱紧了眉头,"多波束扫测也反复做了,没发现有异物,垄沟轮廓清晰。可才过了两天,就出现这么大的问题。"

现在怎么办?所有人的目光都投向了总指挥林鸣。

"先开个会吧,"林鸣从椅子上缓缓站起身来,"讨论一下是继续安装,还是回拖。"

一个会开了六小时,大家争论激烈。这么长的返航里程,一旦出现任何意外,不仅价值上亿的沉管会报废,还会影响航道安全。

"可如果我们抱着侥幸心理,八万吨的沉管入了海,基床上有这么厚的淤泥,真空效应会产生强大吸引力,到时候要出了问题,世界上没有任何一台装备能把沉管再提起来。"宋桥的话,让在场所有人沉默。

半晌,林鸣才开口:"没有一个牢固的基础,随时会塌。我们不能冒这个险,中止安装,沉管回航。"

一个多月的辛苦准备付诸东流,众人执行命令,带领 G15 沉管返航。

长长的路途中,冷空气突至,大家在船上冻得瑟瑟发抖,更是士气低落。

"唱首歌吧，"叶江突然喊道，"打起精神就能暖和点。"

他站在甲板上，像个指挥家，打着强有力的拍子领唱："团结就是力量……"

"这力量是铁，这力量是钢……"歌声渐渐在海面上响了起来，仿佛有热血在燃烧。寒冷，也不再那么冷了。

迎着寒潮和巨浪，战斗了二十四个小时，沉管才终于安全回坞。

宋宁刚已经得知消息赶到了岛上，叶江拉着他到一边："咱们开个表彰会。"

宋宁刚一愣。在刚刚经历过失败后开表彰会？

"这趟返航不容易，真出了事，大家都是要担责任的。"叶江说，"可还是在这么艰难的过程中，严格执行了命令，难道不该表彰？"

宋宁刚缓缓点头："你说得对。"

一场失败后的表彰，大家入场时都有些受之有愧。叶江走到台上，对众人深深一鞠躬："感谢。"

宋桥心中震撼，上次是宋宁刚，这次是叶江。他们弯下腰的这一刻，表达的是对建设者的敬意。这也让宋桥肃然起敬，真正的总工，不是因为站在那个位置上，而是因为胸怀、气魄足以担当此任。

"这次的事情告诉我们，"叶江手一挥，"不要觉得之前成功了，以后就一定能成功。每一次沉管，都是一次战斗！"

众人静默地望着叶江，肩上都如有千斤重担。

"但是，也不要因此而伤了士气。一次不行，下次再来。"叶江说，"人类征服大自然的历史，从猿人时代就开始了，这是一个漫长的过程，不会一蹴而就，但永远在进步。咱也在进步嘛，大桥项目走到今天，过了多少个关口，我们也没倒下。返航是为了再次起航，不要气馁。"

台下响起雷鸣般的掌声，大家身上又有了劲儿。叶江和宋宁刚遥遥对视一眼，都感到欣慰。

开完了会出来，叶江和宋宁刚一起走着。

"这么短的时间内，为什么基槽会出现这样严重的回淤？"叶江背着手，眉头紧锁，"这个问题要搞清楚。"

"虽说伶仃洋条件恶劣,"宋宁刚思忖,"但就算是第一次沉管,淤泥厚度也没达到五厘米。会不会还有别的原因?要好好分析一下。"

宋宁刚回到管理局,向局长报告了情况,立刻组织各方面专家进行排查。最后是卫星监测发现,在隧道基槽以北二十千米处,有一百多艘采砂船正在作业。

"弄清楚原因了,"宋宁刚说,"基槽出现的回淤,就是上游海域采砂、洗砂造成的。"

"这个事情需要协调啊,"局长为难,"采砂那也是合法作业,不能强行让他们关停。"

"找海事局帮忙。"宋宁刚拿出手机,"我给周冲打个电话商量一下。"

周冲也为难:"这个事情虽然归海事局管,但他们也是有许可证的呀,只能商量着来,看能不能给予一定的经济补偿。"

"那是,不能让他们白损失。"局长赞同,"去跟他们一家一家谈,好好协商。"

宋宁刚和周冲去找采砂船主们商量,希望能暂时停工。可在采砂量上,各家有各家自己的标准,很难达成一致。

"我们办下来许可证也很难的,"船主代表抱着双臂,语气十分不满,"你们的桥重要,我们的砂子就不重要吗?大家都是靠这吃饭的!"

"你看一看,许可证上是有采砂总量限制的,"周冲也有点火了,"你们有时候就是越限开采。现在以这个越限的量来要求经济赔偿,到底合不合理?"

"不合理那就不赔咯,"船主代表摊手,"你们修你们的桥,我们采我们的砂,井水不犯河水。"

可这是同一片海里的水。宋宁刚苦笑,上游采了砂,下游就修不了桥。

眼看着场面已经僵了,宋宁刚打了个哈哈,把周冲拉走。

上了车,周冲还不过:"他们就是想要更多的钱,那也要合理合规嘛。"

"别气别气,"宋宁刚安抚他,"私营的嘛,都是有成本代价的,怕亏也正常。"

但这个事情非解决不可,沉管的窗口期,一个月就那么两天。照这么拖下去,G15还不知道什么时候才能安装完成,进度耽误不起。

53　铠甲

回去以后,周局长听了宋宁刚的汇报,也是一筹莫展。

"这个事情我们跑归跑,"周局长说,"还得请上级政府部门帮忙协调,以求尽快解决。"

周局长当天就去了省里,请求李副省长帮忙。李副省长二话没说,立刻召开现场协调会,由政府出面,和采砂企业协商。最后达成"耽误1天,补偿1.5天"的补偿方案,几家采砂企业在不到两天的时间内,全部撤离现场。

周局长感激地和李副省长握手:"您帮了我们的大忙了!"

"修跨海大桥,不只是你们的事情,"李副省长笑容亲切,"也关系着我们这个省,关系到未来的大湾区发展。"

从李副省长的口中听到"大湾区"这个词,宋宁刚更感到欣慰。他们的这座桥,建得值。

"赶紧安排施工吧,"李副省长挥手,"不耽误你们工作了,我以后再来。"

李副省长走了,连餐饭都没吃,管理局里的香港同事见状感慨地一叹:"这件事情如果发生在欧美国家,恐怕到现在都无计可施。"

"还是社会主义好吧。"宋宁刚哈哈大笑,"集中力量办大事。"

香港同事咧开嘴一笑:"我也是中国人。"

"等以后大湾区建立起来,"宋宁刚说,"港澳和内地会联系得更加紧密,也会感受到我们国家的更多好处。"

局长一拍宋宁刚的肩膀:"你呀,到处普及湾区理念。"

"当然呀,连省长都这么说,以后肯定是板上钉钉的事。"宋宁刚和局长说笑着,一起走进大楼,去布置下一步的施工。

G15管节准备再次起航,黎明川也准备上岛。

"黎总,"成峰不赞同,"公司这么忙,就让下面的人去吧。"

"桥是大事,"黎明川神色郑重,"何况上一次还出了那么严重的状况,各方面都要做好充足的准备,我们搞气象预测系统的更是这样。我不亲自去,不放心。"

黎明川说完就带队离开。成峰愣了一会儿,蓦地一哂:"不就是公费谈恋爱?"

花花听见了这句话,抬起头诧异地看了成峰一眼,他没再说什么,转身走进自己的办公室。

宋桥见到黎明川的时候是开心的,但也顾不上跟他多说,两人各自忙碌,为接下来的沉管做准备。

终于等来了窗口期,G15再次出坞,踏上它的新征程。

李岚带着工作人员们在坞门顶挥手送行,黎明川和宋桥并肩站在船上,听着岸边鞭炮齐鸣。

"但愿这次能成功,"宋桥一叹,"大家已经盼了很久了。"

人人都盼着,还憋了一股劲儿,想把这个大家伙安安稳稳地放进海里,这不仅是战胜伶仃洋,也是战胜过去的失败。

拖着大家伙的船,每一段航程都是小心翼翼,行驶了近十个小时,才算走完了三分之二的航程。

可就在此时,原本沐浴在阳光中的甲板突然变暗了。大家抬起头看,顿时心中一沉。原本风和日丽的天,似乎变了脸,大朵的乌云开始在头上聚集。

"不会要下雨吧?"有人问,"预报不是说天气晴朗吗?"

顿时,所有人的目光都投向了黎明川,他是那个做气象预测的人。

黎明川愣了两秒才开口:"数据显示,这两天是合适的窗口期。"

其他人默然望了他一阵,没再说话,都只担心地望着天。

云层越来越厚,人的情绪仿佛也被压得越来越低,连叶江都有些坐不住了,站起来踱步。就在这时,船身一个颠簸,虽然轻微,但还是立刻让人心里敲起了警钟。

叶江走进指挥舱:"怎么回事?"

"起浪了,"船长顾云刚的眼中满是焦虑,"如果浪高超过0.8米,就算我们到了,也不符合安装条件。"

风卷起船头的旗帜,猎猎作响,就像打在人脸上。黎明川握着船舷,手背上已有青筋凸起。一只手落下来，轻轻地拍了拍他的手背，他怔然回头，看见了宋桥安慰的眼神。

大自然就是这样变化莫测，谁都不可能万无一失。黎明川想起她的这句话，略微平静了些，可自责和焦虑还是在他心底隐隐冲撞。

风浪阻碍，行进得越来越艰难，他们这次征程，似乎又快不行了。

这难道是天意？每个人心里都不禁如此想。海上工程，有时候就像是靠天吃饭，老天爷一个不高兴，所有努力都是白费。

想想这两三个月的煎熬，此刻没有人能不难受。

船上的电话响了，杨建功接起来："叶总，找您的。"

叶江慢慢过去，拿起话筒，里面传来宋宁刚的声音："怎么样了？到施工点了吧？"

"还没有，"叶江顿了一下，"风浪有点大。"

"有多大？"宋宁刚急了，"超没超过临界值？"

叶江看了一下仪表盘上显示的数据："暂时还没有。"

可接下来的情况，谁也无法预料，这才是让人最煎熬的。仿佛楼上那只还没落下来的靴子，不知道什么时候会砸到你的头顶。

"再看看。"宋宁刚尽量放缓语气，不给叶江增添压力，"你们也别急。"

叶江嗯了一声挂断电话，回到甲板上，背着手望天。

宋桥看向叶江，再看向黎明川，也是心中焦虑。倘若不成，这两个人都会很自责。而她自己，历经这么久的辛苦，也同样觉得惋惜。出征前送行的鞭炮声犹在耳边，若是就此折戟，能承受的有几人？

船慢慢地靠近施工地点，可眼看着就那么一段距离，却仿佛再也过不去。数据显示，风力已快到五级，接近临界点。

"是不是要返航？"顾云刚提出了这个问题，也将这个问题摆在了所有人面前，避无可避。

那只靴子，终于还是落下来了。

宋宁刚此刻在办公室里坐立不安，来回踱步。听见电话铃声响起，他几乎是扑过去接，却是李副省长办公室打来的。李副省长秘书告诉宋宁刚，李副省长今天将代表省委、省政府，来慰问还在施工一线奋斗的同志们。

宋宁刚这才想起来,今天是大年初四。而他们所有人,都忙得忘记了过年。

施工出了问题,领导又将在这时候过来,宋宁刚如热锅上的蚂蚁,再次给指挥船打电话。

"现在情况怎么样?"宋宁刚问。

叶江沉默了一阵才回答:"我在考虑,需不需要返航。"

第二次返航?宋宁刚的心咚地一下,沉到了底。

返航不仅冒着巨大的风险,更会击溃士气,更何况,这是第二次。

"你让我……想一想。"宋宁刚挂了电话,缓缓跌坐回椅子上。

墙上还挂着"十三太保"时期的照片,这座桥从筹备至今的一幕幕,如同就在眼前。

总是不顺利,总是在好不容易看到胜利的曙光时,又来上沉重一击。外界的争议声从来没断过,连老天爷也折腾他们,一次又一次玩笑似的对待他们的努力。

宋宁刚重重一拳砸在桌子上,眼眶已通红。他将椅子转向窗外,落寞的背影在夕阳中凝固。

叶江一直站在指挥室里,和宋宁刚一样,焦灼到仿佛周围的空气都已经停止流动。

宋桥没有进去,默然伫立在门口,她身后不远处,是神色愧疚的黎明川。

几分钟后,电话铃声响起,划破这压抑到极致的静寂。

叶江慢慢拿起话筒,里面传来宋宁刚沙哑的声音:"老叶,能再坚持一下吗?"

他怕这帮人下了船,再也没勇气上船,G15,就真的成了他们过不去的坎。可后面还有十八个管节,后面还有未完工的大桥,士气不能灭。

叶江又何尝不明白?宋宁刚所想,也正是他心中所想。正因为此,他才一直没有下命令返航。

"再等一等,"宋宁刚的语气里甚至带了几分央求,"说不定天气就转好了,毕竟是预测过的窗口期。"

叶江望向窗外,乌云仍然黑压压的一片,但雨也没有真落下来。他也同样希望,事情还有一线转机。

"叶总,"身后响起了宋桥的声音,他回过头去看,"我也觉得,也许还有希望。如果现在返航,我们至少还要再等一个月。"

她方才听见了话筒里父亲的声音,他一生从不服软,更未曾用这样央求的语气跟人说过话。而此刻,他求着他们,再给 G15,给大桥一个机会。她的心里就像外面的海一样,翻波覆浪。

黎明川深呼吸一口气,也走到叶江面前,郑重开口:"我们之前做过多次预测和计算,才确定这两天是合适的窗口期。尽管现在天气有变化,也有可能是暂时的,大趋势应该不会变。"

宋宁刚在那边听见了宋桥和黎明川的话,他的手掩着脸,也掩住眼中的泪光。这两个孩子在支持他啊!

叶江沉默许久,终于缓缓开口:"老宋,听你的。"

宋宁刚心中一松,叫了声"老叶",就哽咽得说不下去了。

都是老友,他们又何尝不懂对方?都是为了这座桥能拼命的人。

叶江放下电话,走到外面去,向疲惫的众人招手:"都站起来,抖抖精神。"

原本或倚或坐的人们都站了起来,但神情还是怏怏的,眼中被乌云遮得没了光。

"再等一等,"叶江的眼中是平稳的坚定,"如果天气能转好,我们就施工。万一恶化,再往回走。"

众人都是一愣,在迷茫中仿佛又看到一点希望的火星。

"还是要相信科学,"叶江笑了起来,"伶仃洋固然牛,但也总是有规律可循,未必就搞得过计算机。"

这个玩笑让船上的气氛松快了些,黎明川的心也跟着松了几分。他感激地望向叶总,他知道,叶总这是在为他解围。

"两个月都等了,"宋桥也开口,"不差这几个小时。你们看云层还是和刚才一样,厚度并没有再增加,雨不是也没下吗?"

风似乎也很应景,在此刻没有再推着船颠簸,船平稳了些,人的心也就平稳了些。

小何见状，出来安排大家轮休吃饭，更冲淡了紧张，大家都开始耐心等待。

天光一寸寸暗了下去，风浪没有变大，但也未完全停止，就这么不紧不慢地耗着他们。

之前集聚起来的耐心也渐渐消耗，有年轻人熬不住，终于问了出来："还要等到什么时候啊？天都黑了。"

其他人闻言一怔，也都被重新激起焦灼。是啊，天都黑了，何时才能等到这场煎熬的光明？

就在这时，海上有一道光，向他们疾驰而来。众人看着快艇到船边，宋宁刚爬了上来。

"你怎么来了？"叶江惊讶地问道。

"我怎么能不来？"宋宁刚反问，"能让你们孤军作战吗？"

大家怔住，望着站在光影中的宋宁刚，他的嘴唇已经在海风中冻得青紫，整个人微微颤抖。

"逞能！"宋桥低低地骂了一声，脱下身上的防寒服，兜头兜脸地给宋宁刚罩上。

"你自己穿。"宋宁刚不要，宋桥却硬给他拉上拉链，温暖瞬间笼罩了他，他望着女儿，眼神动容。

黎明川很快又拿来一件，给宋桥穿上，宋宁刚这才放了心，转身面对众人。

"我跟你们一起等。"宋宁刚掷地有声，"无论结果如何，所有的责任，由我来担！"

乌云仿佛也被这句话震撼了，裂出一道缝，月亮顽强地露出了脸，月光洒在甲板上。

"老宋啊！"叶江握住宋宁刚的手，重重地拍了拍他的背，"咱俩一起担！"

其他人的热血也被点燃，海风的寒意似乎遇到了铠甲，无法再袭进心底。

等就等，怕什么，他们又不是没等过。从白天到黑夜，无非是再从黑暗到天明，一天一天，一夜一夜，为了大桥，他们等得起。

第六章　若有新天地

54　心桥

天地撼动不了意志，风浪渐渐退却了，到了晨光熹微之时，各项气象数据也终于趋于平稳。

所有人都精神振奋。叶江和宋宁刚并肩站在指挥船上，下令开工。

巨大的 G15 管节一点点沉入海中，看着它在水面上渐渐消失，大家都屏住了呼吸，希望一切顺利。

黎明川始终盯着气象数据的变化，每一点波动，都像他的心电波跳动。不要再起浪，风都停下来，别再出任何岔子。他感觉自己这辈子，从未这样紧张过。

宋桥则是盯着潜水员问海底情况，随时做好了下水的准备。

叶江和宋宁刚时而交谈，时而共同静默，一起做这船上的主心骨。

每一个人，都盯守着自己的位置，等待那巨无霸慢慢进入它的位置，成为这海底隧道的一部分。

G15 管节这次很争气，稳稳当当地嵌进基槽里。看着它一步一步安放妥帖，大家悬得高高的心也一步一步落回原处。

伶仃洋这一次也没有再作妖，风平浪静，无异常回淤。高程差只有四厘米，完全符合施工标准。

十几个小时的提心吊胆，每分每秒的小心翼翼，终于换来了一个好结果。在叶江宣布沉管成功的那一刻，大家甚至不敢相信自己的耳朵，仿佛还陷在这场煎熬里，怎么也出不来。

"回去过年啦——"宋宁刚扬声喊，"欠你们一个春节，我给大家补！"

静默了几秒之后,不知道谁欢呼了一声,渐渐地,欢呼声都汇了进来,众人齐声高喊:"哦——哦——过年喽——"

在这样喜庆的时刻,许多人却流了泪,包括黎明川,在这一瞬间热泪盈眶。心里的重担终于放下了,他才发现自己的双腿似乎已经无力到站不住,想往前走,却一个踉跄。

宋桥冲上前扶住了黎明川,他的头磕在她肩上,再没抬起来。

"腿麻了吧?撞疼了吗?"宋桥一迭声地问,"你有没有事?"

但下一刻,她僵住,感觉到了黎明川滚烫的泪水流进她的颈窝。

他的压力和自责,她知道,他害怕因为自己搞砸了所有人的努力。黎明川就是这样一个人,看似云淡风轻,其实把责任看得比什么都重。

"明川,"宋桥轻轻地拍着他的背,"你做得很好。"

黎明川用力抱紧了她,热泪更是汹涌。

其他人也回过神来,看到了这对相拥的情侣,都悄咪咪地笑。

叶江撞了一下宋宁刚的胳膊肘,示意他也看看。宋宁刚佯装不知,但嘴角有了笑意。

真好。一同经历过事儿,才能走得长远。

宋桥和黎明川拥抱了好一阵,才察觉到周围的目光,她不自在地推开黎明川,脸比手还烫。

小何这时才挪过来,笑嘻嘻的:"呀,都不避人了。"

"你滚。"宋桥嘴硬。

"我这也没处滚哪,"小何继续戏谑,"船上拢共就这么大点地方,就算你把我丢下海灭口,大伙儿也都看着呢,你能堵住每个人的嘴不成?"

"回头我请吃饭,"黎明川眼见着宋桥的脸已经红得快滴出血来,笑着帮她解围,"能堵住嘴吗?"

"行!"小何比了个敬礼的手势,转头招呼大家,"都听见了吧?人黎总说要请吃饭呢!"

众人再度欢呼起来,比刚才说过年还要响。

"看看你手下这帮人,"宋宁刚笑骂,"上赶着要吃人家的饭。"

叶江反撑回去:"是你女婿上赶着要请人家吃饭。"

"什么女婿不女婿的,"宋宁刚故意瞪着眼,"八字还没一撇呢。"

叶江懒得戳穿他,只哼哼了两声:"看这老丈人,心里满意得不得了,面儿上还装蒜。"

在欢乐的气氛中,船队返航。心里没有了压力,大家自发地唱起歌来,一浪接着一浪。

有人起哄让黎明川和宋桥来个情侣对唱,宋桥窘得想打人,黎明川却大大方方地拉着她,走到圈子中央。

"唱个《广岛之恋》吧,"黎明川转头问宋桥,"你会吗?"

宋桥想了想,勉强回答:"会一点。"

黎明川起头,磁性的男中音在海上响起:

你早就该拒绝我
不该放任我的追求
给我渴望的故事
留下丢不掉的名字
……

轮到宋桥,小何眼巴巴地望着她,担心她不行,毕竟谁也没听过女汉子大桥唱歌。

……
是谁太勇敢
说喜欢离别
只要今天不要明天
眼睁睁看着
爱从指缝中溜走
还说再见
……

她的歌声谈不上技巧,甚至韵律也有些不对,可不知为什么,低哑的嗓子一出来,真有几分莫文蔚的味道。

小何惊住了,随即拼命鼓掌,其他人也跟着掌声再起。

黎明川笑着对她比了个大拇指,两人合唱。

不够时间好好来恨你
终于明白恨人不容易
爱恨消失前
用手温暖我的脸
为我证明我曾真心爱过你
爱过你
爱过你
爱过你
……

一高一低,一个深沉一个悦耳,两人对视间,绵绵情意尽在眼中。

船上很静,大家各自想起了自己的爱人。但愿,风能带去那一份心意。

宋宁刚看着宋桥和黎明川,有些东西他曾经悲痛失去过,但愿他们永远也不要经历,永远如今天般幸福……

回到岛上,留守的人们早已等在岸边,再次为他们放起了鞭炮。

欢送出征,欢迎凯旋,人们热热闹闹地准备庆祝新年。

"今儿都放假,"宋宁刚大手一挥,"咱们到城里去,好好吃个年夜饭!"

大家狂拍桌子当手鼓,江江还调皮地问:"那发不发红包?"

"发!"这次是叶江开口,"给每个人加奖金,年都没过,钱得发够!"

众人哄堂大笑,高呼两位老总英明。大家随即奔回宿舍收拾,准备上岸过年。

宋宁刚坐第一班船,先回管理局张罗,一进大楼,李方就匆匆忙忙赶了过来。

"宋总,"李方压低声音,"李副省长一直在办公室等您呢。"

"啊?"宋宁刚傻眼。

他昨天挂了电话就忙着出海,压根儿忘了李副省长要来这回事。

"昨儿晚上就来了,"李方说,"一直等到现在。"

"哎呀,"宋宁刚一拍大腿,"怎么早不跟我说?"

"省长不让说,怕影响你们施工。"李方这两天简直如坐针毡。

宋宁刚重重一叹,匆忙往办公室走去。他推开门,看见李副省长正坐在桌前,静静地看书。

"李省长,"宋宁刚说,"昨天走得急,什么都没顾上,我向您赔罪……"

"赔什么罪啊,"李副省长站起来,"你们等得起,难道我就等不起?"

宋宁刚愣住。

"这一天一夜,我是在舒舒服服的房子里,你们却是在海上吹冷风。"李副省长的眼中有动容之色,"有你们的坚持,才有现在的成功。"

昨天来到管理局,他才知道宋宁刚已经紧急乘快艇去找施工船。大家都担心怠慢了他,他却只担心海上的那群人。

中国人最讲究的就是过年,可他们每一个人都忘了要过年,心里记得的只有 G15。

他来慰问他们,却为他们的行为所欣慰,有这样一群人,桥何愁修不成?他在宋宁刚的办公室里看到了那些老照片。他来之前,跨海大桥就已经开始筹备了。他曾经听人讲起过当年的艰辛,可看到照片里那些意气风发的笑容,他才真实地感受到,这些人即使艰辛也是骄傲的,有着一往无前的勇气。有志者,事竟成,他不信他们的桥在这伶仃洋上架不起来。

"宁刚啊,"李副省长拍了拍宋宁刚的肩膀,"年夜饭,我已经安排好了,犒劳英雄们。"

宋宁刚的眼睛再度湿润,这间办公室里,此刻真是温暖如春。

年夜饭吃得很热闹,包了酒店整整一层,不分什么领导下属,大家都是一家人。

第一杯酒,是李副省长敬的,敬所有人。

"今天已经是大年初六,别人的年过完了,你们却才开始。"李副省长环顾着一张张历经风霜的脸,"不容易啊,这座桥走到今天,完全是因为有你们。我代表省委、省政府,代表未来的大湾区,也谨代表我自己,向你们致以敬意和谢意!"

李副省长举杯,和大家同饮,无数感动都融于酒中。

宋宁刚和叶江也一人敬了一轮,像两位大家长,招呼吃好喝好。

到了宋桥身边,她站起来迎接宋宁刚的敬酒,碰杯的那一刻,她轻轻地说:"爸,我们团圆了。"

宋宁刚的手一颤,杯中酒荡起波澜。他只是点了点头,眼圈已微微发红。

曾经的许多个春节,他们都未团圆过,父女俩天各一方,有时候打个电话互相道一句新年好,有时候甚至连电话都打不通。那些过年的时刻,每每想起宋桥,他都觉得愧疚。她的母亲已经去了,他这个当父亲的,却也不能陪伴在她身边。现在他们终于能在这里一起过个年,他既心酸又欣慰,即使是战斗中的春节,那也是团圆。

宋宁刚接下来又跟黎明川碰杯:"你小子好好对宋桥,她可不是好欺负的人。"

宋宁刚这句话说得生硬,黎明川却看得出他眼中的护犊之情。

"我也没打算欺负她,"黎明川微笑,"心疼都来不及。"

有个心疼宋桥的人,他就放心了。宋宁刚端着酒杯,慢悠悠地走向别桌。

吃完了年夜饭,大家各自安排各自的节目。

叶江和李副省长跟着宋宁刚回了办公室,品茶倾谈。江江他们年轻人去了城里,逛商场的逛商场,进网吧的进网吧。其他工作人员也都四散去过节。

宋桥和黎明川没有开车,沿着情侣路散步。她从口袋里掏出个红包,在他面前晃了晃。

"哪来的红包?"黎明川问。

"我爸临走前塞给我的,"宋桥挑眉,"压岁钱。"

黎明川笑了起来:"都这么大的人了,还收压岁钱。"

"对呀,我也是这么说的。"宋桥轻轻一叹,"可我爸说,从小到大没在一起过几个年,但凡过年就要给我压岁钱,就算三十岁了也一样。"

宋桥的眼中泛起晶莹的光,她望着前方的海,攥紧了手中的红包。

"我爸是爱我的,我也爱他。"时至今日,她终于能肯定并坦然地说出这句话。他们父女,开始慢慢学习表达自己的感情。

这一切还要感谢黎明川,最初是他鼓励着他们向对方袒露心声。

他也在他们之间,搭起了一座桥。

"明川,"宋桥低声说,"谢谢你。"

"你和我还需要说谢谢吗?"黎明川一笑,"你好就是我好。"

宋桥怔然望向黎明川,他的眼神比海更柔和,专注地只看着她。

他从来都是这样,即使可以拥有玫瑰园,也将她这棵狗尾巴草当作手心里的宝。

"宋桥,"黎明川的手轻轻抚上她的脸,"有件事你知道,但我还是觉得,应该亲自说出口。"

这时,海滩上有烟花冲上高空,轰的一声炸开,绽放成漫天星光。

在这极致的璀璨里,黎明川说出了那句话:"我爱你。"

世间没有什么比这三个字更动人,仿佛是火山喷薄而出,宋桥的泪也蓦地冲出眼眶。

"我也是,"她哽咽,"很久以前就是了。"

"傻姑娘,"黎明川笑着,用指尖拭去她眼角的泪花,"我知道。"

很久以前他就知道了,从她在他面前害羞开始,从她能安心在他身边睡着开始,从她爱吃他做的饭、爱和他在一起开始……

他也曾不自信过,可渐渐地,那些她爱上他的蛛丝马迹,一点点显露在他面前。他们对于彼此,都是最特别的那个人,放在心上的那个人。

海滩两边的射灯仿佛搭起了光之桥,在这座桥下,他吻上了她的唇。

一如想象般柔软甘醇,他心甘情愿,醉倒在有她的世界里。

55 陌路

雨点打湿了头发,他们才从这场吻里清醒,黎明川拉着宋桥往前跑,在雨中欢笑。

"知道吗?"宋桥说,"我们学校里,也有一条情侣路。"

"那你跟谁一起逛过?"黎明川的语气里带着醋味。

宋桥哈哈大笑:"跟谁都一样,反正都拿我当兄弟。"

黎明川的脚步慢了下来,他和宋桥手牵着手,十指交缠。

"那你知道吗?"黎明川问宋桥,"在广东话里,这叫'拍拖'。"

拍拖就是谈恋爱,看多了老港片的人,谁能不知?

她也有一起逛情侣路的人了,把她当爱人,而不是当兄弟。

宋桥牵着黎明川的手,觉得细雨都如此缠绵,也不急着往前跑了,反而希望这段路走得越长久越好。

而这样浪漫的结果,就是宋桥感冒了,一直到在黎明川家洗完澡换完衣服,喷嚏还是打个不停。

黎明川为她端来一碗刚煮的姜茶:"说打车你偏不听,以为自己是铁打的,这下好了,淋出病来了。"

宋桥掏了掏耳朵,假装没听见,一口姜茶下去,呛得她直咳嗽:"怎么这么辣?"

"不出点汗怎么能好?"黎明川拿起毯子,将她全身裹住,再裹进自己怀里。

两个人就这样靠在一起,看 DVD(数字激光视盘)里的电影。明明是部枪战片,可不知道什么时候起,男女主角却开始拥抱接吻。

靠在一起的身体,此刻似乎格外地热,宋桥不自在地想挪开,没想到却更是触发了某种情潮。

"别乱动。"黎明川声音喑哑,将宋桥裹得更紧了些,"不然后果自负。"

什么后果啊?! 不知道是姜茶发挥了作用,还是别的什么,宋桥只觉得浑身发烫,却又不敢挣扎。

屏幕上的画面越发旖旎,宋桥和黎明川都觉得喉头干燥,她终于忍不住,想要起身拿杯子喝水,却被毯子绊住,整个人砸向他,唇也贴上他的唇。

一触即发,黎明川终于忍不住,凶猛地吻了上来,将她压倒在沙发里。

到了最后一刻,黎明川积聚起残存的理智,用手撑起身体,低声问:"可以吗?"

宋桥紧闭双眸,唇色鲜艳欲滴,半响,轻轻地一点头。

得到了她的同意，黎明川重新俯下身来，这一次再没客气……

晨光穿过纱窗帘，流泻进卧室，黎明川睁开眼睛，看到了躺在身边的宋桥。

她还在沉睡，神态柔和舒展，没有了平日里的刚硬，反而有种孩子般的纯真。

第一次在海中见到她时，他就发现她长得很清秀，如今更是觉得好看。长羽般的睫毛，高挺的鼻梁，还有花瓣般柔软的唇……他又想起了昨天的滋味，忍不住去轻啄品尝。

宋桥被吻醒，迷蒙中看见黎明川，顿时吓得弹起，被子滑落，露出光裸的肩，她又慌乱地躺了回去，拉起被子捂住头。

黎明川看着这只"鸵鸟"好笑："一觉睡醒，就不敢认账了？"

宋桥闷着不吭声，活了三十来年，她从来没有预设过此刻这样的场景。昨晚是怎么发生的，她也有些记不清，或许真的是感冒把脑子烧坏了。

"有些人哪，"黎明川啧啧两声，"平时看着冷静得跟什么似的，其实吧，胆子比谁都小。怎么的，打算一辈子躲在被窝里？"

黎明川说着，出其不意地扯下被子，宋桥的脸出现在他眼前。

她双颊绯红，乌溜溜的眼睛里，有小鹿般的羞涩和懵懂。

黎明川轻叹一声，再次吻了上去："你这副模样，最好不要让别人看到。"

不然，他会嫉妒得杀了那个人。这是独属于他的宋桥，他想要永远拥有的宋桥。

阳光下再起绮梦，只愿长醉，不愿醒。

接下来的两天，黎明川和宋桥就窝在房子里，哪儿也没去。主要是也去不了，因为黎明川被传染了感冒。

这下轮到宋桥幸灾乐祸："有些人哪，只知道放纵自己，所以得病发烧了，活该。"

黎明川压住她，恶狠狠地威胁："要不要再来个交叉感染？"

宋桥掀开软绵绵的他："那也得你有力气才行。我去给你煮姜汤。"

黎明川裹着毯子，像寒号鸟般缩在沙发上，手机却突然响了。

他接起，母亲肖俊的大嗓门顿时传进耳朵："你在搞么斯（干什么）啊？

第六章　若有新天地 | 299

年都不回来过？"

"我过年加班呢，"黎明川无奈，"刚休假。"

"我跟你说啊，我们买了明天的机票来珠海。"肖俊的话让黎明川惊呆了，这个先斩后奏的速度，叫人来不及反应。

宋桥正好从厨房里出来问："冰糖在哪？"

肖俊一听那边有女孩的声音，更是兴奋了："你跟谁在一起啊？是不是女朋友？"

黎明川捂住话筒，小声回答宋桥："在右上角的柜子里。"

宋桥看着他奇怪的举动："谁的电话？"

"我妈。"黎明川用口型回答，听见那边又响起了喊声："你怎么不回答我？"

"对对对，"黎明川承认，"是我女朋友。"

宋桥愣愣地看着黎明川，一时也不知道自己要干什么，后来想起是要找冰糖，又转身进了厨房，自始至终没作声。

黎明川看着宋桥的背影，又好笑又有点担忧。

电话终于挂了，黎明川起身过来："我爸妈明天下午到珠海。"

宋桥手一抖，姜茶溅了两滴到手上。黎明川连忙拉起她的手，放到冷水下去冲："烫疼了没有？"

宋桥摇摇头，看着他焦急的样子，心中起了暖意。

"别想太多，"黎明川给她吹了吹手，抬起眼来笑眯眯地看她，"丑媳妇总要见公婆的。"

"谁是你媳妇儿？"宋桥翻白眼。

"你呀。"黎明川大言不惭，"宋总在席上都让我好好对你呢，老丈人都盖章了。"

宋桥无语："你不要脸！"

"要脸干吗呀？"黎明川搂住她，"我一个大龄男青年，只想要媳妇儿。"

宋桥的确是不安的，她没想到会这样快见到黎明川的父母。他们的关系好像一下子生成了加速包，连续实现质的飞跃，让她有点接受不过来。

"没关系，你做你自己就行，"黎明川凝视着宋桥，"无论在谁面前。"

他不需要她委屈自己,在他父母面前做二十四孝媳妇,宋桥就是宋桥。

宋桥怔然望向黎明川,在他温柔坚定的眼神里,她心中的忐忑也在慢慢退却。

第二天中午,黎明川的父母到了,不止他们俩,还有黎真真和她五岁的儿子。

一行人浩浩荡荡地出了登机口,看见黎明川旁边的宋桥,黎真真惊呼:"哟,个子这么高。"

肖俊用挑剔的眼神打量着宋桥:"怎么像个男的?"

"人家搞工程的,"黎松闷声闷气地开口,"没几分硬气能行?"

两个人已经走了过来,肖俊总算收起抱怨,换上一副笑脸:"明川,这是你女朋友?"

"对,宋桥。"黎明川为双方介绍,"这是我爸妈,还有妹妹和侄儿。"

黎真真招呼儿子:"安迪,快喊舅妈。"

安迪调皮地一拱手:"舅妈,恭喜发财。"

"这个小鬼头,"大家都笑起来,"这是想要压岁钱哪。"

宋桥并没有想到会有小孩子来,根本没准备红包,此刻有点窘迫。

"你们又不早说安迪也来,"黎明川帮忙解围,"等下回去,舅舅补给你。"

一场尴尬总算过去,肖俊却嫌宋桥做事不够周全,心里更多了几分不满意。

黎明川还有点感冒,是宋桥开的车。她不擅长寒暄,假装专心看路,听着他们用武汉话聊天,能懂却又感到陌生。

黎明川察觉到了,怕宋桥觉得有隔阂,换成了普通话问:"中午去哪里吃饭?"

"回家吃噻,"肖俊说,"给你带了一箱子土特产。"

"我今天感冒,"黎明川回答,"怕做饭做不好。"

肖俊淡淡地瞥向宋桥:"她不会做?"

宋桥从车镜里看到了这个眼神,顿时一愣。

"您在家里也不做饭,"黎明川很快笑着顶了回去,"怎么别人就一定要会做?"

肖俊心里憋屈,这还没进门呢,就只护着媳妇儿不护着妈。

黎真真见状笑着提议:"那就去吃海鲜吧,好不容易来海边了。"

"还是吃粤菜,"黎明川说,"宋桥对海鲜过敏。"

肖俊的脸更是垮了下来,宋桥,宋桥,什么都是依着宋桥。

宋桥不想让黎明川为难:"就海鲜吧,到时候我随便吃点就行。"

"上次你都进医院了,"黎明川瞪她,"这事怎么能随便?"

黎明川又回过头去,笑吟吟地望着家人们。

"附近有家著名的广式酒楼,我带你们去尝尝。"他捏了一把安迪的脸,"点心也多,小孩儿肯定喜欢。"

话说到这份上,其他人也不好再有意见,终于还是去了粤菜馆。好在餐品可口,大家的情绪也都渐渐舒缓下来。

众人聊起珠海,便也聊起了跨海大桥。黎明川说到宋桥的工作业绩,黎松连连点头:"姑娘家能做到现场经理的位置,不简单。"

"不简单归不简单,"肖俊似笑非笑地看了宋桥一眼,"这长年待在工地上,以后要是结婚生孩子,怎么顾得上呢?"

宋桥愣住,在那一瞬间,想起了李岚。

"现在考虑那么远的事干吗?"黎明川接腔,"桥还在修,我的公司也才起步,哪有空结婚?"

"那你打算什么时候结?"肖俊火了,"你都三十大几了,换了别人,现在伢都好几岁了,我和你爸呢,哪年才能抱上孙子?"

黎明川的脸色也沉了下来:"妈,我有我自己的计划,您千里迢迢地来,就是为了催婚?"

眼见桌上火药味儿十足,黎真真连忙打圆场:"哎哟,您这么说话就偏心了,安迪不是您的孙子?"

安迪也瘪着嘴委屈地叫:"姥姥。"

到底是养了五年的心头肉,肖俊把安迪拉到怀里,这个话题也不好再说下去。但她心里还是憋着一股气没消,后半场几乎没再和黎明川说过话。

黎明川照旧吃饭,给宋桥夹菜,可神色间也隐隐有压抑。

宋桥觉得有些难受,这本该是亲人的喜庆重逢,却因为她,气氛闹成这样。

吃完了饭出来，黎明川送他们去订好的酒店休息，肖俊下车的时候头也没回，拉着安迪就走。

黎真真抱歉地对宋桥一笑："你别见怪，我妈她就是这个脾气。"

宋桥点了点头，从口袋里拿出个红包，递给黎真真："给安迪的。"

这是吃饭中途她出去买的，又去隔壁银行取了新钞，装在里面给孩子当压岁钱。

黎真真眼中有动容之色，这嫂子虽然不怎么说话，对人却很实在。

安迪回头叫妈妈，黎真真点头："那我替安迪谢谢舅妈了。"

黎真真匆忙离去，宋桥看着他们的背影消失在酒店门口，慢慢转过身面对黎明川："要不我今天也走吧，年假快结束了，你也好好陪陪家里人。"

"宋桥，"黎明川拉住她，"我妈说什么，你不要放在心上。"

宋桥摇了摇头。他母亲说得也没错，若是黎明川选择的是别人，现在应该早已结婚生子。她明白，其实他一直在迁就她。她这样一直在岛上，在山里，在每一个工地上，他还要等多少年？

是她耽误了他。

黎明川见不得她眼中的自责，将她拥入怀中："没有谁耽误谁，感情的事，是双向选择。"

宋桥在心里长长地叹了口气，轻轻拍了下他的背："上车吧。"

他们上车离开，肖俊隔着酒店大厅的落地玻璃，看着这一幕。

"这姑娘不合适，"肖俊眼神阴沉，"你哥跟着她，这辈子都成不了家。"

"您别这样说，我看他们感情好着呢。"黎真真劝慰。

"你以为成家光靠感情就行？哪对分手离婚的，当初没好过？"肖俊冷笑一声，"他们走的，就不是一条路。"

她这两年真为黎明川骄傲，眼见着他一步步从人后走到人前，站在媒体发布会上，多么意气风发。那才是她儿子应该有的人生。

可宋桥呢？宋桥是搞工程的人，就和她那个丈夫一样，一辈子就琢磨一件事，其他都不能成。

一个见识的是越来越广阔的世界，一个却像棵树，在与世隔绝的地方扎根。他们的感情,能坚持多久?

"迟早得散伙。"肖俊下了这个结论,径直走进电梯。

黎真真怔然站在原地,直到安迪来找她,她才掏出那个红包,塞到他手里:"舅妈给的,压岁钱。"

她也但愿他们,年年有今日,岁岁有今朝,就这样相爱着走下去。

56 偏心

周南方也在这一天回到了珠海。前段时间沉管施工,周冲坐镇海事局指挥防护,再加上周南方跟着季浩然出国考察,周家这个年,一直拖到现在才过。

回到龙山村,外公陈海生已经摆好大宴等候,陆应成带着陆珊妮回来祭祖,正好赶上。

陆珊妮现在对内地不再像以前一样排斥,见到村里的叔叔伯伯们,也能自然地谈笑。但她和周南方碰面,笑容还是冷了下来,周南方也翻了个白眼,不是冤家不聚头。

吃饭的时候热热闹闹,陆珊妮和周南方又被安排到了一起,彼此都觉得影响胃口。陈海生整顿饭都在夸赞周南方现在有多厉害,陆珊妮听得索然无味,觉得大师瞎了眼,竟然挑中他这种人做徒弟。

她的不屑被周南方看在眼里,他冷哼一声,不就是个奸商,牛什么呀?两人各自扒拉着碗中的菜,只盼着这宴席赶紧结束,好远离旁边这个人。

可吃完了饭又有了新节目,陆应成和陈海生带着大家去看新建的学校。宗祠的匾额已经被保存在了纪念堂里,到处都是一番现代教育的气象,这学校倒真是建得很好。

"谢谢阿伯,谢谢阿爷。"住在村尾的那个小姑娘向陆应成和陈海生鞠躬。她从前上不起学,以为等待自己的命运就是打工养弟弟,如今也能堂堂正正进学校,有了光明的前途。

陆珊妮看着这一幕,第一次觉得陆应成当初的决定是对的,让和她一样的女孩子,终于也有可能拥有更好的人生。

"我还计划在珠海办一所国际学校,"陆应成说,"让香港、澳门的孩子也可以过来,和内地的孩子共同学习,从小一起长大,以后也就没有隔阂。"

"对啊,"陈海生很赞同,"要是珊妮和南方一起长大,现在说不定都结婚了啦。"

周南方和陆珊妮默契地对视了一眼,各自往旁边移了半步,誓要离对方更远一点。

参观完学校,陈海生又想安排两个人出去玩。陆珊妮用手掩着口打呵欠,说自己这两天没睡好。周南方更干脆,站起来说要去岛上看望以前的战友们。陈海生不好再阻拦,只能放行。

周南方兴冲冲地上了岛,留守人员却不多,他逮着老孙问:"宋桥呢?"

"肯定去她男朋友那儿了呗,"老孙没回家过年,整个人恹恹的,"在船上都能拥抱,年还能不一起过?"

周南方怔在当场,觉得刚才在渡船上吹的一肚子海风,此刻才发挥出后劲儿,灌了个透心凉。

"是吗?"周南方勉强笑道,"那挺好。"

周南方想离开这座岛,可是还要等船,走在岛上,却又处处都是回忆。有他和宋桥的,也有宋桥和黎明川的,他不禁想,他们在这岛上,发生过什么故事?那条绿裙子,宋桥有没有穿过?穿的时候是怎样的心情?

周南方自嘲地笑,他一向是女孩子堆里混得开的人,可偏偏遇上了宋桥,拿不出来任何招儿,就这眼睁睁地看着她走向别人。

"啊——"他忍不住对着大海喊。

"南方哥,你是狮子王吗?"江江睡眼惺忪地出现在他身后,"怎么老喜欢号叫?"

周南方没好气:"你怎么没走?"

"我爸妈旅行过年去了,"江江无奈,"压根儿没把我这个女儿放在心上。"

得,又是一个被抛弃的人。周南方有了点惺惺相惜之感:"那你就当我来岛上是为了给你送新年祝福,这样心情好点了吗?"

江江蹲在他身边,仰头看着他诡笑:"你是来找师姐的吧?"

周南方一愣,扭过头去:"谁说的?"

"其实我早就发现了点苗头,"江江摇了摇头,"你是落花有意,流水无情。"

"你懂什么呀?"周南方死鸭子嘴硬,"恋爱都没谈过的小丫头片子,装什么情感大师?"

"你知道大学时我看过多少本言情小说吗?"江江撇嘴,"没吃过猪肉,也见过猪跑吧。每回一提起师姐的男朋友,瞧你那个酸楚的样儿,那不是吃醋是什么?"

"我……"周南方想辩解,却说不出辩解的话,最后放弃,坐到江江身边,长叹了口气,"已经晚了,是吗?"

江江眼神中有同情,她拍了拍他的肩膀:"你要是不执着于姐弟恋,也可以考虑一下我。"

"走开,"周南方毫不留情,"我对青瓜蛋子没兴趣。"

"那你活该,"江江骂他,"我还怕你老牛吃嫩草呢。"

她对周南方,一开始是有些许好感的,毕竟他长得帅。但发现他喜欢的人是宋桥,她便也释然了,不中意她的她不要。眼下看周南方受了情伤,她颇有几分怜惜,可他不领情,那就拉倒吧。

江江站起来:"你一个人在这里多吹吹冷风吧,让脑子清醒清醒,我要回宿舍睡觉去了。"

她说完掉头就走,周南方想起什么,要叫住她:"哎,你……"

江江背对着他挥手:"放心吧,今儿的事,我一个字也不会对别人说,包括师姐。"

江江走了,周南方独自面对大海,坐了很久。

当下一班船来了又走时,海边已无人,只留下一个写在沙滩上的名字——宋桥。

潮水漫起,连这名字也带走了,空无痕迹。

宋桥是当晚坐最后一班船回来的,虽然黎明川一再挽留,但她还是走了。

一家人这么远来过年,总不能因为插入了一个她,谁都不开心。她不想当那个不和谐的音符,扰乱黎明川的生活。

宋桥走了,肖俊就舒心了,喜气洋洋地招呼大家去吃海鲜。

黎明川没说什么,带着他们去了。宋桥临走时嘱咐,不要为了她和肖俊怄气。

肖俊一边剥螃蟹,一边意有所指:"这不吃那不吃,有些过敏哪,是心理过敏。"

黎明川如没听见般,但眼神已经冷了下来。

"这么大的螃蟹,"黎松在旁边出声,"还堵不住你的嘴?"

肖俊立刻眼睛横了过来:"你说什么啊?"

黎松闭了嘴,没再吭声,肖俊却还是气不过:"你们父子俩,一个个都偏心偏到长江边了,处处为着外人说话。"

"宋桥不是外人,"黎明川淡淡地说,"她是我要过一辈子的人。"

那也要你们过得了一辈子。肖俊几乎快冲口而出,黎真真在旁边猛扯她的袖子,她才总算把这句话强压了回去。

吃完饭出门,黎松陪着黎明川在后面买单,叹了口气:"你妈这个人,唉,吃顿饭都吃不开心。"

"算了,爸。"黎明川只得安慰他,"可能是更年期到了。"

他爸这一辈子都在老婆的高压下,过得憋屈。

"那个姑娘伢,爸爸觉得跟你是合适的。"黎松表态,"看着强势,其实心蛮细。"

黎明川心里一暖,到底还是有家里人站在他这一边。

走在前头的黎真真也正在劝肖俊:"我们这么远过来,何必跟哥吵架呢?大家高高兴兴的多好。"

"不是我不想高兴,"肖俊嘴角一撇,"看他护着宋桥的那个样,我就来气。"

"那是哥哥的女朋友啊。"黎真真说,"您满不满意,他都是爱她的,您非要跟她杠,那就是跟哥哥杠,他不痛快,您自己心里也觉得吃亏。"

肖俊顿了顿,终于不再开腔。

到了第二天,黎明川去接他们出来玩时,正好公司有事要过去。

第六章 若有新天地 | 307

"去看看舅舅的公司，"黎真真对安迪开玩笑，"舅舅是大老板。"

"什么老板，"黎明川说，"还不是一样为甲方打工？"

"来都来了，"肖俊突然插话，"让我们参观一下又有什么要紧？"

她也想看一看她儿子的公司，亲身感受那种成就感。

黎明川最终没再说话，带着他们去了锐信。

花花会来事，一见老板家里人来了，殷勤地又是泡茶又是准备水果，让肖俊体会到了当太皇太后的感觉，十分舒坦。

而这天也是陆珊妮公司新年开工的日子，考虑到和锐信的长期伙伴关系，也是想看一眼黎明川，她上楼来派利是（发红包）。

得知黎明川的家人到来，陆珊妮在惊讶之后很快恢复了常态，还特意给安迪发了个大红包。

肖俊看在眼里，欢喜在心里："远亲不如近邻，陆小姐以后要多照顾我们家明川。"

"一定，"陆珊妮大方地笑着点头，"伯母放心。"

又聊了一会儿，肖俊探出陆珊妮家底丰厚，更是觉得这姑娘好得不得了。

等陆珊妮下楼，她看似和黎真真说话，却斜睨着黎明川："看到没？这才叫识大体。"

"我跟陆总就是合作关系，"黎明川语气平淡，"您别想多了。"

黎明川说完，转身走进里间，和下属谈事情。

安迪要吃蛋糕，肖俊和黎真真带着他下去买。进电梯后，肖俊除了按一楼，还按了黎明川公司下面一层。

黎真真一愣，明白了肖俊想干什么："这样不好吧。"

"就看一眼。"肖俊不以为然。

等电梯门开了，她探头出去看陆珊妮公司的门脸，又缩了回来，啧啧赞叹："难怪说她是什么'十亿千金'，公司就是气派，你哥就算是去当人家的倒插门女婿，我也是愿意的嚟。"

"这不可能，"黎真真摆手，"他说了和陆小姐只是合作关系。"

"人和人不都是日久生情？"肖俊指着显示面板上的楼层，"近水楼台先得月，成天抬头不见低头见的，怎么就不能培养出点情意？总比他跟宋桥隔着个汪洋大海强吧?"

黎真真知道拗不过她,叹了口气,放弃劝说。

肖俊却把这件事放在了心里,到晚饭的时候还不放弃,连敲带打地试探黎明川:"那位陆小姐也是一个人吧?要不把她叫过来一起吃饭?"

"她有她的事情。"黎明川垂着眼,为众人倒茶,"除了工作,我们往来也不多。"

"都是楼上楼下,互相照应。"肖俊犹不死心,"她爸爸那个公司,在香港很有名吧?你有没有见过他?"

黎明川蓦地抬起头,看向肖俊,眼神刺得她一怔。

"无论陆总还是小陆总,我跟他们都是正常的工作往来,即便有私交,那也是作为晚辈或者朋友。"黎明川正色道,"不该想的就不要想,踏踏实实过自己的日子。"

一席话说得肖俊脸上挂不住,她气呼呼地把身子一侧,背向黎明川:"行,嫌你妈没见识、爱富贵,我还不是为你好啊,希望你找个合适的人?你不喜欢听就不听,我也不在这里烦你了,明天就走。"

安迪不情愿:"我还想玩。"

"玩什么玩!"肖俊一吼,"莫在这里讨别人的嫌。"

安迪哇的一声哭了出来,黎明川抱起他,压抑着怒火:"把气撒在孩子身上干吗?您一辈子横惯了,但也不要控制欲太强,谁不听您的话,谁就是您的仇人。"

"你这说的是什么话?"肖俊气得把茶杯一摔,掉头就走。

黎真真看看肖俊,又看看黎明川,最后一跺脚,追了出去。

黎松慢悠悠地喝了口茶:"说得好,把我几十年不敢说的心里话都倒出来了。"

黎明川拍哄着安迪,一言不发。

肖俊当晚回去就闹着要走,边收拾行李边哭。

"我哪点不是为他好?难道我自己还想进个豪门享福啊?"肖俊抽抽噎噎,"他要想把生意做大,不得有点助力?宋桥能给他吗?摆在面前的机会不晓得争取,怪我见识短,我看他就这眼界,事业线才长不了。"

"大妈，"黎真真无奈地叹气，"我哥有他自己的想法，您不能强求。何况他白手起家走到今天，说明自己有本事，也不一定要靠着谁才能发达。您也别总操心，要相信他。"

肖俊不说话，还是重重地把衣服往行李箱里砸。

安迪又吓得快哭了，黎真真只好把他拉出门去，躲避肖俊的怒火。

站在外面的走廊上，黎真真给黎明川打电话："哥，你还好吧？"

黎明川嗯了一声："我妈怎么样？"

"发火呢，"黎真真也不知道说什么好，"这一趟来得，大家都为难。"

"她要是坚持走，你帮忙订机票，我把钱转给你。"黎明川也觉得难受。他并不想和肖俊闹得这么僵，可她一而再、再而三地针对宋桥，让人忍无可忍。

她说宋桥不识大体，事实上以宋桥的性格，对她已是处处让步。

可人家让一步，她进十步，今天甚至还想让他去攀附陆珊妮。所谓的为他好，说到底还是因为虚荣心。

黎真真理解黎明川，可一个活到五六十岁的人，要想改变她的性格，已经是不可能了，只能接受。

"反正你跟她离得远，"黎真真劝他，"别多计较。"

"安迪今天吓坏了吧？"黎明川说，"这次是舅舅没招待好他。"

她的这个哥哥，做事有原则，心却比谁都软。黎真真为黎明川叹息，也为他心疼："别这么说，你早点休息，这边的事我会安排好的。"

黎明川谢了黎真真，挂断电话，窝进沙发里望着天花板，眼神怅惘。

为什么就容不得宋桥？她那么好。他恨不得将她捧在掌心里，别人却一再让他丢掉。

他不会丢的，即便风景千好万好，他也不会放开她的手，要一起走得长长久久。

57 绅士

次日上午，肖俊果然走了，黎明川来机场送行，她也没和他说一句话。

黎明川给每个人都买了礼物,包括这次有事没来的妹夫,将一切安排得妥妥帖帖。虽然肖俊不领情,但是其他人是领情的,安迪抱着他依依不舍。

"下回再来,"黎明川说,"舅舅带你去看大桥。"

"舅妈也在那儿吗?"安迪对宋桥是有好感的,不仅是厚厚的压岁钱,架桥本身就让小孩子崇拜。

"对,舅妈也在。"黎明川无视肖俊冷硬的脸色,回答得坦坦荡荡,"有很多个像舅妈这样的人,才能架起这座桥。"

机场的展板上有跨海大桥的概念图,黎明川指给安迪看,他眼中生出向往。

该进安检了,黎真真将安迪接过来,望着黎明川:"哥,你们好好的。"

黎明川点头:"你们也是,路上注意安全。"

一行人走进安检口,和来时一样,黎明川有点心酸。这是家里人第一次来珠海团圆,最后却落了遗憾。

"爸妈,"他在后面喊,"保重身体。"

黎松转过身挥手。肖俊没回头,眼中隐隐有泪光,却一仰头憋了回去,快步消失在他视线之外。

黎明川从机场出来后,没有回家,直接去了公司,在楼下遇到了陆珊妮。

"你家里人还在珠海吗?"陆珊妮问,"我这几天有空,正打算请他们吃个饭。"

"不用客气,陆总。"黎明川微笑着道谢,"上次收您的红包,已经很不好意思了。"

黎明川向陆珊妮点头致意,随即走进大楼。

陆珊妮望着他的背影,有些怔神。客气的明明是他,她想走近,他却有分寸地保持着距离。她又想起了宋桥,他们在一起的时候,他也是这样温和却冷静吗?在爱情中,他究竟是什么模样,可惜她看不到。

陆珊妮缓缓转过身,向外走去,觉得今日的天,一点也不晴朗。

宋桥是过了两天碰见老孙才知道周南方来过岛上,她直接一个电话打过去:"你回珠海了吗?早说也可以在城里见。"

"你有空吗?"周南方的语气是惯常的懒洋洋,"陪你男朋友的时间都不够吧?"

"徒弟回来了,"宋桥开玩笑,"总得见见,说不定带着孝敬的礼物呢。"

"你稀罕我的礼物吗?"周南方一口一个问句,"我又不会挑裙子,何况我挑了你就会穿吗?"

宋桥觉察出点不对来:"你阴阳怪气的毛病怎么又犯了?"

"反正我在你眼里,浑身都是毛病。"周南方一哂,"不说了,海风吹多了头疼,我想睡觉。"

电话就这么挂了,宋桥莫名其妙地看着手机。江江坐在对面,听到了她打电话,抬头看了她一眼,欲言又止。还是不说了吧,她已经答应了周南方。更何况,师姐心里只有黎明川,说了也是困扰。她就是有点同情周南方,痞惯了的人,即使有真心也隐藏在玩笑之下,别人看不出来,自己只能装傻。

周南方在家没待两天就又要回北京,陈琳心疼得直掉眼泪:"一年到尾你都不回来,要不然我去北京陪你学习,每天可以给你煲汤喝。"

"别呀,妈。"周南方摆手,"我都被人看成妈宝男了,可不能再这样搞。"

"妈宝有什么不好啊?"陈琳理直气壮,"孩子一辈子都是妈妈的宝贝。"

周南方无言反驳,只得另找借口:"你也要陪着爸爸的嘛,他年纪大了,工作又那么累,你不照顾他谁照顾他呀?"

陈琳犹豫,周冲这两年确实辛苦,大桥施工的每一个关键节点,都是他亲自带着舰队坐镇,忙得不可开交。周南方也是,为学桥梁设计,去了那么远的北京。

原本即使在家门口修桥,陈琳也觉得和自己没多大关系,可没想到家里的两个人居然都去为大桥做贡献了,她成了留守家属。

"你们就为了这座桥,"陈琳抱怨,"丢下我一个人。"

"这也是你为大桥做的贡献啊,"周南方安慰,"在工程上像这样的,不止你一个。"

很多人都是忙得回不了家,他们还好在珠海,多多少少总能相聚。

这几年,周南方看多了分离和思念,反而觉得自己娇生惯养的确实不应该。

"妈,"他扶着陈琳的肩,"我也希望以后能设计出最好的大桥。"

他的眼中有光,陈琳望着他,觉得这是一个和从前不一样的儿子。过去那个以吃喝玩乐为人生目标的衰仔,真的改变了,他有了自己的梦想。

"妈妈支持你,"陈琳抱住周南方,"你要去哪里就去,我不会拖你后腿。"

周南方也心酸,她这一生,都扑在老公、孩子身上,明明是付出,却还害怕是拖后腿。

"妈,我今天想喝虫草汤。"周南方抱着她撒娇,"去了北京就喝不到了。"

她需要他的依赖,他知道。无论何时,在她面前,他都可以不忌讳地做妈宝,就像她说的,孩子一辈子都是妈妈的宝贝。

陈琳高高兴兴地去给周南方煲汤,她也明白他的体谅,这是她的乖仔啊,已经懂得父母心的乖仔。

周南方临走时给宋桥发了条微信,像孙悟空向唐僧拜别:师父,俺老孙走了。

宋桥看到时不由得大笑,给周南方打电话,他却已经起飞关机。她给他回了一条,是孙悟空成了斗战胜佛时的剧照,下面附了一句话:祝你早日取经回来。

周南方到了设计院才看到,默然盯着那行字许久,最后一笑。有些东西,放不下就放不下吧,人心里,总要有些念想。

春天悄无声息地来了,熬过了 G15 这一劫,后面顺利了许多,沉管施工一步步推进。

每个窗口期,黎明川都会上岛,既是为了保障工程,也是顺便和宋桥团聚。

大家都知道了他们谈恋爱,便也没必要遮遮掩掩了,两人正大光明地牵手散步,一起看日出和夕阳,偶尔悄悄在星光下的沙滩上亲吻。

"唉,每个月都要被灌一次'狗粮',"江江向小何吐槽,"吃也得吃,不吃也得吃,我都快消化不良了。"

"谁让你深更半夜去海边背单词的?"小何幸灾乐祸,"撞破人家的亲密现场,没杀你灭口都不错了,你还有劲儿抱怨。"

正说着,沈菲的微信来了,是她新拍的照片,小何乐得合不拢嘴。

"瞧瞧你们这些人,虐'狗'能不能虐得轻一点?"江江发恨,"我也要谈恋爱!"

小何同情地看了她一眼:"这岛上的你不是一个也看不上吗?继续光棍儿吧你,不要怨恨命运。"

小何喜滋滋地离开,去给沈菲打电话吹捧她的美貌去了。江江蹲在海边数贝壳,觉得自己命运多舛,一个花季美少女,就是遇不到爱情!

沈菲在电话里告诉小何,她马上要休年假,想和他一起去旅行。小何纠结了几天,最终鼓起勇气向杨建功请假,没想到一开口就获批了。

"去吧,"杨建功一脸过来人的表情,"咱搞工程的谈个恋爱不容易,人牛郎织女七月七还相会呢,再这么长期见不着面儿,我都怕你媳妇儿飞了。给你两周假,陪人家玩儿去吧。"

小何走了,江江接了他的班,代管办公室的事。她这才知道,小何每天并没有"摸鱼",各种琐碎细致的事情,能把人活活忙傻。

刚写完给上级的工作报告,又要去给工人发放节日福利。江江还没来得及出门,桌上的电话就响了。她只得放下手上的米、面、油,回身过来接电话,恨不能有三头六臂。

电话那头是明显的粤语腔,虽然努力说着普通话,可江江基本没听懂。

"你说什么?"江江吃力地辨别话里的关键词,"视频?什么视频?"

"我……我要来岛向(上)……"对方急得越发结巴了,"啪……不……拍系(视)频……"

江江快疯了,两眼发直:"你等等,我去找个懂粤语的人。"

江江跑到实验室,叫来了李岚,她是广东本地的,总算听懂了对方的话:"是个澳门男孩子,想来我们工地上拍大桥建设的视频资料。"

"他拍这个干吗呀?"江江迷惑,"搞宣传?那他是哪个单位的?"

"好像就是个大学生,"李岚说,"个人兴趣爱好吧。"

"都快忙死了,谁还顾得上帮他实现爱好啊?"江江长叹一声,抓起福利品跑了出去。李岚也忙着做实验,没工夫再管这件事。

可此人不屈不挠,每天一个电话,坚持要来"拍系频"。

当江江又一次在电话里听见那半生不熟的普通话时,她也无奈了:"算了算了,我帮你跟领导打个报告吧,他们说行你就来,要是不行,你天天给我打电话也没用。"

那边一连串说了七八个"谢谢",江江都仿佛能看见一个连连鞠躬的小人儿,既好笑又被他的诚意打动。她找到管理局的李方,问能不能允许他上岛拍视频。

李方要了对方的电话,详细聊过之后向宋宁刚汇报:"宋总,有个澳门小伙子,之前在暨南大学读过书,想拍一些跨海大桥建设的过程,发到他的博客上。"

"如果是为了商业目的,那不行。"宋宁刚否决,"只有正规的新闻单位,才能来做宣传。"

"他说自己在内地上了四年学,觉得祖国很好,"李方转述,"可是有很多港澳年轻人是不了解祖国的,他想借自己的博客,让他们了解到,原来我们国家有这么多好的地方,可以做这么伟大的工程。"

宋宁刚愣住,随后抚掌大笑:"这是个好事情,可以批准。你让他上岛,有什么事情叫项目组的人帮忙配合。"

梁思明就这样上了岛,是江江去接的,对于百忙之中又多加了一项任务,她有些不满。但当她见到梁思明时,气又消了——他颜值不错啊。

白白净净的小哥哥,和她年纪差不多,一见到她就鞠躬:"谢谢你帮我联系。"

江江又想起了脑海中的那个鞠躬小人儿,扑哧一笑:"快上来吧。"

梁思明上岸,还没反应过来,江江就拎起了他的行李箱。

"不用不用。"梁思明连忙推辞。

"领导让我多给你帮忙,"江江说,"这也是我的工作。"

梁思明感动,但还是坚决地将箱子从江江手里拿回来:"不行的,你是女孩子。"

对比岛上那群二愣子,他像个小绅士。江江一笑,觉得他更顺眼了几分。

给他安排的是小何的宿舍,小何走得急,房间里没收拾,到处一团糟。

江江不好意思:"有点乱哈。"

"没关系,"梁思明的普通话不太标准,"我寄几(自己)来。"

毕竟是男生宿舍,江江也不好过于插手,学他的腔调:"那你就……寄几来?"

江江正准备走,梁思明又是一鞠躬:"谢谢你。"

江江愣了愣,笑着离开。梁思明转身深呼吸一口气,开始收拾房间。

回到办公室,宋桥百忙之中抬头问她:"澳门那小伙儿来了吗?"

"来了。"江江突然立正,对宋桥鞠了个躬。

"嚯,"宋桥惊讶,"干什么?"

"这是让你提前适应,"江江说,"他呀,活脱脱一个鞠躬小人儿。"

到了吃饭时间,宋桥发现江江所言非虚,梁思明对任何人、任何事,都是怀着一颗感恩的心。

感谢食堂师傅给他打饭,感谢老孙给他让座,感谢宋桥对他亲切询问,一个接一个,鞠不完的躬,说不完的谢谢。

"小梁,"宋桥哭笑不得,"我们工地上没这么多礼节讲究,你放松点。"

"好的,"梁思明仍旧毕恭毕敬,"谢谢宋小姐。"

"别叫我宋小姐了,"宋桥无奈地叹气,"你要是不嫌弃,和江江一样叫我师姐吧。"

梁思明受宠若惊:"师姐,我觉得你好厉害,这么年轻的女性,做这么大的工程。"

"她可是我们学校女生的偶像,"江江插进话来,"还是我们大桥项目上有名的'刺儿头'呢。"

梁思明一脸迷茫:"刺……鹅……头……是什么?"

江江和宋桥面面相觑,感受到了文化代沟,南方人不会北方人的儿化音,澳门人更不懂内地人的俗语。

"那个……"伶牙俐齿的江江,人生中第一次遭遇滑铁卢,"就是……就是一句夸奖人厉害的话。"

"哦,师姐好厉害。"梁思明更加崇拜地望向宋桥。她差点没喷饭,是够厉害的,当初气得宋宁刚都把她轰了出去。

"江江,你这几天陪着思明在工地上转转,"宋桥嘱咐,"有什么不明白的,你就给他解释一下。"

"好嘞,"江江答应得干脆,"包在我身上。"

陪着小哥拍视频,总比坐在办公室里处理一堆杂事有趣。

吃完饭送梁思明回宿舍,江江一进门都惊呆了,早上还乱得像个垃圾场,现在到处干净整洁,连地板都擦得发亮。

这小哥有洁癖啊。江江转头幽幽地看了梁思明一眼。可刚才在食堂,就算她直接拿了馒头放到他餐盘里,他也没表现出丝毫嫌弃。

"哎……"江江这才后知后觉地问,"这里的生活,你能习惯吗?"

"我可以的,"梁思明连忙回答,生怕证明不了自己,"我不怕吃苦……不不……这里……这里不……不苦。"

梁思明怕江江误会他嫌弃这里不好,急得又结巴起来。

江江叹了口气,不禁有些担心,一紧张就结巴,这样拍视频真的没问题吗?

梁思明的装备很简单,一个手提摄像机,还有一台笔记本电脑。

江江好奇地拿过摄像机:"你平时都拍些什么呀?"

"我看到的事情。"梁思明回答,"周围的人是怎样生活的,大家都做些什么,哪里有好的风景……"

两个人边走边聊,来到了施工现场。看见穿着统一蓝色工装的人们攀云入海地忙碌,梁思明神情中满是惊叹。

"在澳门,"梁思明说,"很少看到这样的工程。"

"再过上两年,"江江指着大海,豪情万丈,"站在澳门岛上,可以看见我们修的桥。"

梁思明又将崇拜的眼神转向江江:"你们好伟大。"

很少有人这样直白地称赞他们伟大,江江心里有点感动,这位澳门小哥,单纯得有点可爱。

58 风景

但紧接着,梁思明的挑战就来了,望着高耸入云的脚手架,他的掌心里微微沁出汗来。

"上来呀,"江江已经爬了好几步,回头看见梁思明仍然在原地,"你愣着干什么?"

"哦。"梁思明答应了一声,也开始往上爬,可越爬腿越抖,到最后几乎快闭着眼睛,不敢往下看。

江江无语,这男生怎么胆子这么小?"你别怕,走两步就到了,你不登到顶,怎么看风景?"

梁思明咬了咬牙,又抓着扶手,继续向上爬去,但脸色越来越白,最后冷汗涔涔。

江江已经到了顶上,转头再看向梁思明的时候,才发现有点不对劲。他脚步虚浮,手上也明显无力,摄像机都快拎不住了。

"梁思明,"她边往下跑边喊,"你没事吧?"

梁思明一个后仰,眼看着就要摔下去,被冲向他的江江一把拽住。

"我恐高。"他终于虚弱地说出事实。

"那你早说呀!"江江又急又恼,"要是出事了可怎么办?"

他以为他能克服,他也想克服,可努力到底是没用。梁思明脸色如纸,陷入挫败之中。

"没关系,"江江接过他手中的摄像机,"谁都有点自己的小毛病,我还因为想当书记,被人骂过好高骛远呢。何况恐高是天生的,又不是你自己的问题。你就待在这里别动,我上去给你拍。"

江江一路跑到顶,打开摄像机,为他拍工地全景。

梁思明靠在扶手边,怔怔地望着她,觉得这个女孩子也好厉害,活泼得像只鸟,却又这么暖心。

晚上,江江守在梁思明旁边,看他剪视频。

"我拍得怎么样啊?"她问,"能不能用?"

"可以的。"梁思明将江江拍的那段回放给她看。

江江是新手,取景角度之类固然不完美,但她了解工地,拍摄了各种细节。

"你的手很稳,"梁思明称赞,"镜头一点都没抖。"

"那当然,"江江自豪地弯了弯胳膊,展示自己的肌肉,"很多男生的引体向上拉得都没我多。"

"好厉害。"梁思明自从来到工地,说得最多的就是这句话。

"你也厉害呀。"江江看着他剪辑出来的视频,一大堆看似杂乱的素材,在他手中,成为故事。

一个澳门男孩子来到工地的所见所闻,有大海,有岛屿,还有人。

在他的镜头下,工人们的劳作既辛苦又有诗意,阳光下一张张朴实的脸,夜晚工地上一盏盏明亮的灯。

"这里的人都好辛苦,"他边剪辑边喃喃地说,"白天晚上都在做事情,在其他地方,也许就闹罢工了。"

"有三个原因。"江江掰着手指头,说给他听,"第一,有好的福利保障,干的活越多,拿到的钱越多,大家都是要养家糊口的,愿意挣这份收入;第二,这是国家大工程,不仅仅是为了赚钱,也有一种使命感和荣誉感,参与建设世界上最先进的大桥,谁都自豪,都想加油干。"

梁思明听得入神:"那第三呢?"

江江停了片刻才开口:"就像你说的,大家都是普通人,但也是伟大的人。"

梁思明愣住,看向江江,灯光映在她眼中,分不清是不是她的眼眸本身就在发光。

"我……"梁思明张开嘴,却又不知道要表达什么,再次开始结巴,"我……"

"真奇怪,"江江笑起来,指着视频中的他,"你对着镜头的时候,为什么从来不结巴?"

"可能也是……"梁思明想了半天,"使命感。"

他想要把这些东西传递给世界,传递给那些和他一样流着炎黄子孙的血,却并不了解"中国"这两个字意义的人。

"我在内地的大学读了四年书。"梁思明说,"没有人因为我是澳门的就排斥我,反而对我更友善。我去了很多地方旅行,觉得我们国家的风景很值得大家去走一走。现在我又来到这里,看到了这么好的桥,还有你们。"

梁思明停了下来,看着视频里的一帧帧画面。

"我想让更多的人,看到我看到的一切。"他也曾经见过很多年轻人,因为不了解内地,而误会和抨击内地。

但事实上,他们不应该是一家人吗?为什么要自己阻碍自己的脚步去走向亲人,走向故乡?

他的力量微不足道,但哪怕像一点萤火,只能点亮一个人的眼睛,那也值得。点点萤火聚集起来,就是繁星。

"你回去休息吧,"梁思明笑了起来,"谢谢你今天帮我拍了这么多,太辛苦你了。"

眼看着他又要站起来,江江连忙抬手制止:"别,鞠躬就免了,明儿我带你去拍海豚。"

梁思明惊喜地叫了起来:"海豚?"

"对,"江江说,"你运气好,明天 HSE 的人要来,看施工区域白海豚的情况,我带你一起去。"

梁思明忙不迭地点头,期待不已。

第二天,江江领着梁思明上船,见到了两名"观豚员"。

"这可是中大的博士哦,"江江介绍,"专门做中华白海豚研究的。"

梁思明又开始了他的崇拜里程,他觉得来到这里真的很值,看到了许多他以前想都没想过的东西。

"白海豚被称为'海上大熊猫',"祁博士说话慢吞吞的,眼睛一直逡巡着海面,"也是我国一级保护动物,已经面临濒危。大桥的施工海域,正好穿过它的自然保护区。"

"那怎么办?"梁思明瞪大了眼睛,"会不会影响它们的生活?"

"就为了这件事,"江江强调,"多花了 37 个亿。"

这个数字惊呆了梁思明,他半天都说不出话来。

"对每一个施工环节,都严格按照 HSE 体系进行,"另一位博士姐姐夏雪进行补充说明,"还有严密的白海豚研究和监测系统,保证它们的生活环境不受到破坏,在建桥的同时也能与动物和谐共存。"

"人与动物和谐共存,"梁思明自言自语地重复,"这是慈悲为怀。"

"不,不能这样说。"祁博士摇头,"人和动物,并没有高等和低等之分,我们不能高高在上,给予它们慈悲。这本来就是我们和它们共同拥有的世界,人侵占了动物的领域,应该怀着歉意,最大限度地去补偿,保障它们不受干扰和影响。"

梁思明心中震撼,这是他第一次听见这样的说法。崇尚环保,不是给予,而是分享,将动物和人类平等看待,世界才会真正和谐。

"看,海豚。"夏雪指着前方,众人的目光都被吸引过去。

一道银白的影子在海面上跃过,阳光在它身上反射出淡淡光泽,无与伦比的美丽。

梁思明贪婪地用摄影机记录下了这一幕,眼中满是激动。

这是难得一遇的奇景,和在水族馆看到的截然不同,它的美丽,是因为自由。

"你知道吗?他们团队做了四年多的研究,拍摄了两千多头海豚,从二十多万张照片中,选出了一万八千张,给每只白海豚建了一个身份档案,搞清楚了它们的习性。"江江的话让梁思明更加振奋,他把镜头对着她,生怕漏掉一个字。

"那如果施工的时候遇见它们怎么办?"梁思明问。

"海豚有声呐系统,"夏雪解释,"对声音十分敏感,所以如果施工产生强烈振动,就会破坏它们的声呐系统,让海豚失去分辨方向的能力,一不小心就会撞上高速行驶的船只,受伤甚至致死。"

梁思明听得极为紧张,连话都说不清:"那……那……"

"但也正因为它们对声音敏感,所以我们研究出了声学驱赶技术。"夏雪继续讲述,"只要现场播放它们的天敌虎鲸的声音,就会避免海豚进入施工海域。"

"哇!"梁思明除了惊叹,再无话可说。

正是智慧与爱心,才成就了这样的研究,白海豚有福,这片海洋也有福。

"还有一个问题,"梁思明看着他们衣服上的标志,"HSE 是什么意思?"

"Health(健康)、Safety(安全)、Environment(环境),"祁博士仍然是那副慢悠悠的腔调,"三位一体。"

蓝色大海里又出现了银白的身影,自由自在地游弋……

这一天下来,梁思明很兴奋,晚上在食堂遇见宋桥和李岚,他连比画带讲述:"我……我今天……看到了海疼……"

海疼?两个人疑惑地对视一眼。

"很美啊,那句……那句诗……怎样说的……"梁思明努力搜索他的普通话词库,"与海天……海天融为……融为一色。"

梁思明用手做出游泳的样子,宋桥终于反应过来,小声告诉李岚:"他说的估计是白海豚。"

李岚笑着点点头:"海豚是很美。"

梁思明还沉浸在那幅动人的画面中:"环保很重要,HSE,要健康和安全。"

每当郑重其事的时候,他就不结巴了,和他拍视频时一样。

宋桥一笑:"思明,在这里看到的,你喜欢吗?"

梁思明认真地点头,他喜欢这里的氛围,对一切新奇又感恩。

"我可以再住几天吗?"他小心地问,"会不会太打扰你们?"

"不会。"李岚说,"让港澳年轻人能通过你的眼睛看祖国,这是一件很棒的事情。"

梁思明不好意思地笑:"就是我的粉丝不多。"

"会多起来的。"江江从后面过来,"今天我这个美少女也出了镜,肯定会为你带来流量。"

"喊,"宋桥翻了个白眼,"你跟周南方一样自恋。"

"这叫自信。"江江理直气壮,"当然要发现和肯定自己的优点啊,比如师姐你,明明长得很好看,却要搞得像个土八路。"

宋桥觉得,不能和小了近十岁的人计较,摇着头叹了口气,和李岚相偕离开,把餐桌留给两个小年轻。

他们兴致勃勃地讨论明天又要去哪儿,两颗小脑袋都凑到了一块儿。

正好同期来的男生们也到食堂吃饭,陈亮见此情景,冷哼一声:"对我们横挑鼻子竖挑眼的,倒是看上了这个澳门仔。"

江江听见后抬头,目光扫向陈亮。他一愣,不服气地挺起胸膛,大摇大摆从他们身边经过。

"他们为什么……"梁思明刚才没有完全听懂陈亮的话,但也感觉到了江江和这群人的关系不和谐。

"别理,"江江的勺子磕得餐盘一响,"神经病。"

梁思明没再说话,时不时担心地瞄向江江。

晚上回到宿舍剪辑,江江在要踏进门时又想起了陈亮的话,脚步犹豫地收了回去。她不怕被说闲话,可没影的事儿,这么传还是有点尴尬。她每晚都待在梁思明房间里,如果到了陈亮他们嘴里,不知道会成什么样。

梁思明奇怪江江为什么不进来,两人一个门里,一个门外,怔然对望。

"我想起来晚上还有个材料要写,"江江先回过神来,"今晚我就不看你剪辑了。"

江江匆忙离开,背影如落荒而逃。

梁思明慢慢坐回桌边,看今天拍的视频,江江的笑容,在阳光下那样灿烂。

江江回办公室的时候撞到了宋桥,她也奇怪:"你不是每晚都跟思明在一起吗?"

"我哪有跟他在一起?"江江急辩,左右环顾,怕有其他人听见。

"神经兮兮的。"宋桥敲了一下她的脑门,走向实验室。

江江进去,在门边镜子里看到了自己那张丧丧的脸。她趴倒在桌上,郁闷地把脸埋在臂弯里。

第二天梁思明早起下楼,没有看见江江,在食堂里又遇到那群男生,他们对他挤眉弄眼,不知道在悄声说些什么。

梁思明有点不自在,默默地在角落里坐下,就着辣椒吃馒头。其实他很怕辣,可每次看见江江将青椒末夹进馒头里,吃得那么香,让他也不禁想尝尝。可只咬了一口,他就辣得连连咳嗽。

"你吃不了辣逞什么强啊?"一瓶水放在他面前,他抬起头,满眼泪汪汪地看向桌边的江江。

那双眼睛,让人联想到可怜的小狗。江江叹了口气,给他拧开瓶盖:"喝点水缓缓。"

梁思明赶紧喝了两口,才总算将那辣味压了下去,坐着喘气。

"我今天跟另外一个标段的人也联系好了,"江江说,"你也可以去他们工地看看。"

梁思明一愣:"你不去吗?"

"我也不能天天陪着你转啊,"江江避开他的眼神,"还有别的工作。"

梁思明哦了一声,低下头默默地啃馒头。

江江看着,又有点不忍:"交通船、对接的人,我都安排好了,你别担心。"

梁思明又哦了一声:"谢谢。"

"那行吧,"江江看了下手机上的时间,"八点四十,有船来接你,准备好就可以走了。"

江江说完转身而去,梁思明这才抬起头来,看着她的背影。

他感觉,她好像在躲着他,可是为什么?

那天是梁思明一个人出去的,江江把一切都安排得很妥当,拍摄也很顺利。可没有了她叽叽喳喳的笑声、说话声,路途中好像总是少了点什么。

回到岛上,梁思明去找江江,看见她正在开会,认真地做着记录。她工作中的状态和平时不同,真的好像别人叫的那样,像个严肃的小书记。

梁思明凝神看了一会儿,准备离开,却又遇到了陈亮。

"哟,又来找江江啊。"陈亮的笑意里带着点嘲讽,"你们这一天如胶似漆的,分都分不开。"

这一次,梁思明听懂了陈亮的意思,突然明白了江江的避忌。

"她只是帮助我拍摄视频,"梁思明正色道,"并没有别的什么。"

"有没有别的什么,只有你俩自己知道,其他人也管不着。"陈亮上下打量梁思明,"她一向眼光高,现在我觉得这眼光也不怎么样,不就是个小白脸吗?"

梁思明看了一眼里面开会的人:"我不想和你在这里吵架,打扰别人工作。"

"就你明事理。"陈亮冷笑,"也是,成天拍视频,把爱国当门生意的人,当然情商高。"

这下踩到了梁思明的底线。他转过头,眼中有怒火:"我没有把爱国当生意。"

"你一个在澳门长大的人,"陈亮说,"到内地来了几天,就这么热爱祖国?不过是树个招牌,给自己弄点名气和好处。"

"我没有想要这些,"梁思明忍无可忍,"拍视频不是为了名和钱!"

外面的争执惊动了屋里的人,他们跑出来看发生了什么事。

梁思明深呼吸一口气,鞠躬道歉:"对不起,打扰你们了。"

他转身离去,陈亮见事情闹大,想打个马虎眼就溜走。

江江却在身后冷声开口:"你有什么气就朝我撒,别撒在无辜的人身上,他没惹着你。"

陈亮脸一红,口气也硬了起来:"你这话说得,跟我故意冤枉人似的。也对,两个人每天亲亲热热,晚上在他宿舍一待就是几个钟头,就这份情意,你还能不死命护着他?"

话没说完,他的衣领突然被人揪住,梁思明直视着他,一字一顿:"你不要侮辱江江!"

"谁侮辱她了!"陈亮恼羞成怒,"她本来一门心思只想往上爬,不是巴结这个就是巴结那个,现在还不是看上你是个澳门来的小少爷,身份特殊,打算攀高枝……"

梁思明一拳砸过来,终于让陈亮闭了嘴,但他很快怒吼一声,将梁思明压在地上打。

宋桥和江江冲过来,将他们拉开,但梁思明脸上还是挂了彩,嘴角被揍破出血。

"陈亮,"宋桥开口,"我早就警告过你,不要诋毁别人,把心思放在工作上。回去写两千字的检讨,好好反省一下自己的思想问题,改得了就改,改不了你也可以另找个地儿去干,省得怀才不遇。"

陈亮一甩手,气冲冲地掉头就走。李岚摆了摆手,示意其他人回屋继续开会。

江江陪着梁思明回宿舍,为他清理伤口。酒精涂上破了的嘴角,他咝地倒抽一口凉气。

"疼吧?"江江冷哼一声,"你打架都不如我,冲上去干什么?要揍也是我揍他。"

第六章 若有新天地 | 325

"江江,"梁思明突然转过头来,认真地看着她,"你是个很好的女孩子,不要管他们怎么说。"

江江怔住,一瞬间眼圈发红,她掩饰地低下头去,用棉签蘸药水:"你也是,无论别人怎么看,都要把拍视频这件事坚持下去。"

爱国不是生意。她相信他。

梁思明的鼻头也有点发酸,他笑了笑:"嘴巴再不擦药,我明天吃不了馒头了。"

江江也笑起来,一点点为他涂抹药水,灯下的男孩女孩,有青春的朦胧美感。

59 分家

从第二天起,江江又开始坦荡荡地陪着梁思明拍视频、剪视频,见到陈亮他们也视若无睹。

陈亮憋屈得慌,他最后还是写了两千字的检讨交给宋桥,说服自己的理由是:我得留在这里混好,不能把机会都便宜了江江那个丫头片子。但每回看见江江和梁思明同进同出,他都忍不住丢去两个白眼。

小何的假期结束,终于回到了岛上。一进宿舍他就惊呆了,这房间住了三年,从来就没这么干净过。

"简直是大变样,"小何拍着梁思明的肩膀,"辛苦你了。"

"没有,"梁思明有些腼腆,"我住在这里,已经很麻烦你了。"

"我巴不得你住着别走了呢。"小何说。

可梁思明就快走了,他父母催着他回去做生意。他们家开的是服务公司,不仅负责市政清洁,也提供家政服务,规模虽然不算顶尖,但也有两百余人。

"难怪你清洁做得这么干净。"小何开玩笑。但他心里清楚,以梁思明的家庭出身,能自发来拍这样的视频,实属不易。

"我爸妈不太支持我,"梁思明苦笑,"那个词怎么讲?'不务正业'。"

可当看了梁思明的视频时,小何觉得,"不务正业"这四个字,真的和他沾不上边。

朝云晚霞,岛上人们的日出而作、日落不息,在船上看到海豚的奇遇和他去另一个工地上目睹的桥塔吊装……他拍出了浪漫而恢宏的气象,又配以趣味的解说,还有中英文对照字幕,每一帧画面的剪辑都精确到毫秒。

小何本就是做宣传出身,他对梁思明竖起大拇指:"你这完全是专业级别啊!"

"过奖了,何大哥。"梁思明不好意思,"我只是喜欢做这个。"

"把这片子给局里也发一份,"小何建议,"让领导也看看,说不定可以作为项目宣传资料。"

宋宁刚看过梁思明的视频后也很喜欢,来岛上视察的时候专门见了他。

"拍得挺好,"宋宁刚说,"我们可以考虑付一些费用,买视频使用权。"

"不用,"梁思明急忙摆手,激动得有些结巴,"不用……付钱……你们……你们免费……怎样用都可以。"

宋宁刚看着他微笑,这个澳门孩子真朴实。

江江站在门外,看着这一幕,也露出由衷的微笑。她没看错人,梁思明从未想过谋取些什么,他就是发自内心地热爱。

有了管理局的肯定,梁思明终于将剪辑好的视频发到了网上,封面就是那只灵动的海豚。

视频很快便引起了热议,他的粉丝数急速上升,评论一浪高过一浪。

"其实内地人也很注重环保的,看海豚生活得这么好。"

"这个桥塔好高啊,比埃菲尔铁塔都高了吧?"

"他们好辛苦,晚上都不睡觉的,节日也不休息,就为了修桥。"

"原来中国也有这么伟大的工程。"

……

一条条评论,看得人心中生出温暖和骄傲。偏见这个东西,都是看不见的时候才有。

所以,要让人看见。江江回头望着梁思明一笑:"你做的事情,也很伟大。"

梁思明被夸得害羞:"我只是记录。"

他只是个记录者。不是他的视频好,是这些人、这些事,本来就很好。

可他马上就要离开这座岛了。梁思明的心情有些莫名的低落。

"哇,还有夸我的呢,"江江的声音拉他回神,"说我是工地最美小书记。"

江江双手捧脸,笑得像花朵,对着视频欣赏自己的画面。

"我就说会给你带来流量,"江江啧啧出声,"看看,赞了十几条。"

"对,"梁思明从善如流,"是你帮我涨了粉。"

两人对视一眼,都哈哈大笑起来,笑完又有点沉默。

"你什么时候走?"江江轻声问。

"可能明天。"梁思明回答,父母已经很生气,他不得不回去。

"以后还来吗?"江江问完又觉得天真。人与人的遇见,往往是偶然的,短暂的交集后,是永远的错过。

这里也只是梁思明的一个素材,他还有许许多多的地方要走,许许多多的风景要看。

"我还会回来的。"梁思明的声音突然响起,江江一愣,抬眼望向他。

梁思明的神情极认真,唇边带着笑容。

"珠海和澳门,就只隔着一条河啊。"他说,"我跨过这条河,就可以来见你。我们也可以一起去喝咖啡,吃饭,逛街,买好看、好玩的东西,对吗?"

江江也笑了:"对。"

不过是一条河而已,何况马上还会有桥,为什么不能相见?

"等以后有时间了,"江江说,"我带你去我们山东,大馒头管够。"

"啊,"梁思明抚着胸口,"我现在就开始觉得胃里撑。"

"多吃点,"江江一本正经,"吃多了力气大,打架就不会被揍破相。"

梁思明被重翻糗事,一脸吃瘪的样子。江江的指尖,得意地在键盘上"弹钢琴"。

第二天便是送别,这在这岛上似乎是常事。总有人来来往往,铁打的营盘流水的兵。

"小梁,"宋宁刚说,"以后有时间,给我们大桥多搞点宣传,这次的效果很好嘛。"

"好的,一定。"梁思明谦恭地答应,"这次你们给了我很大的支持。"

"主要给支持的,还是江江。"宋桥调侃,给江江飘去一个眼神。

江江脸红摊手:"我这不是遵从领导的安排嘛。"

"谢谢你,江江。"梁思明神色郑重,"没有你的帮助,我拍不出来这样好的视频。"

江江眼神中满是感动,她调皮地一抬下巴:"不谢,你也让我的美貌享誉海内外。"

众人哄堂大笑。

站在人群后头的陈亮看着这一幕,闷闷地转身离开。

船靠岸了,梁思明该走了,离别的愁绪在一片笑声中悄悄升起。他上了船,又回头望向这群人,大力地挥手。

"我还要来的,"他像在强调什么,"我一定会来。"

"这句话,是对你说的吧?"宋桥凑近江江。

"师姐,"江江跺脚,"你怎么也变得这么八卦?"

"谈恋爱有什么不能说的呀?"小何也插进话来,"爱情是世界上最美好的事。"

江江百口莫辩:"我跟他才哪到哪啊,又不像你,专程请假去赴甜蜜之旅。"

"我这趟可没白去,"小何扬扬得意,向宋桥炫耀,"沈菲答应了我的求婚。"

"真的吗?"宋桥叫起来,"恭喜恭喜!那你们打算什么时候办婚礼?"

小何一脸苦恼:"没时间啊,我这一趟把两年的假都休完了,下次还不知道什么时候回去。"

宋宁刚听见了这话,回过头来:"我们工程上的年轻人啊,就是有这个问题,以后看能不能办个集体婚礼,把大家的问题都解决喽。"

"集体婚礼?"小何惊喜,"那太好了,又喜庆又热闹,还给大桥添光彩。哎,大桥,到时候你和黎哥也一起参加啊。"

宋宁刚的目光也马上盯到了宋桥身上,她发窘:"我们……还没商量这个问题。"

"怎么能不商量呢?"江江瞅准了机会,以牙还牙,"你求婚呀,说不定人黎总就等着这句话。"

"对,"其他人也跟着起哄,"求婚求婚。"

"哪有姑娘家求婚的?"宋宁刚脸一垮,"这点诚意都没有,娶什么媳妇儿?"

当爹的到底还是护着女儿,生怕她吃了亏。宋桥又感动又好笑。但她和黎明川结婚这件事,确实没提上日程,何况一想起他妈妈肖俊,她心里就有点发凉。就算他们以后想结,怕是也不那么容易。

闹腾了一阵,大家各自散去。宋宁刚走到宋桥旁边,看似在谈工作:"你跟小黎,到底是什么打算?他家里人你见过没有?"

哪壶不开提哪壶。宋桥嗯了一声:"过年的时候,他们来珠海了。"

"彼此印象怎么样?"宋宁刚又问。

丑媳妇见公婆,见得不顺当。宋桥没把这句话说出口,但郁闷的表情没逃过宋宁刚的眼睛。

"你得表现好点,"宋宁刚一脸的恨铁不成钢,"别老是大大咧咧的,要有个姑娘家的样子。"

"我从来也没有啊,"宋桥撑了回去,"这一会儿工夫,能装得出来?"

宋宁刚叹气,犹豫了一下:"需不需要我见一下他们?"

宋桥忍不住笑:"您跟我的形象也差不了多少。"

"嘿!"宋宁刚叉腰。她还嫌弃上他了?!

"没事儿,"宋桥安慰他,"又不急,都先干干事业。"

"干事业干事业,每次你都是这借口。"宋宁刚气愤,"这跟结婚又不矛盾,先成家后立业,这句话你没听过吗?"

"可事实上,这句话只对男人有用。"宋桥很直白,"哪个女人成家了以后能一门心思干事业而不被指责?"

尤其是他们这一行,几乎是抛家弃口,到时候又怎么算是一个家?

工程上的女性,要么怀了孩子就退出一线,回公司甚至辞职照顾家里;要么背负着工作和家庭的双重压力,平衡不了的时候,婚姻就会出现危机。宋桥的妈妈经历的是第一种,李岚是第二种。

宋宁刚沉默了,半晌没有再说话,最后长长地叹了口气。

宋桥的心情也并不轻松,到了晚上跟黎明川通电话时,她一度想提起集体婚礼的事,但还是咽了下去,怕给黎明川压力。

黎明川最近有些纠结,成峰跟他提了好几次,公司的发展已经上了轨道,应该搬到更前沿的深圳去。可他还是想留在珠海,和宋桥已经是聚少离多,至少这里近一些,望着海还有个盼头。

成峰则是越来越不耐烦,每周两天休假,在深圳和珠海之间来回通勤,已经引起了家庭矛盾。如今他老婆怀了二胎,矛盾更是进一步加剧。等孩子生了呢?到时候他还是做个候鸟父亲,半点帮不上忙?岳父岳母年岁大了,已经想回乡养老,妻子孕期本来就心情不好,如今几乎三天一小架、五天一大架地吵,家里不得安宁。好不容易熬到周末,到了小区他却不想上楼,坐在花坛边的椅子上发呆。

为什么黎明川就是不搬?他只考虑他自己,宋桥重要,别人的感情就不重要吗?成峰突然萌生了辞职的想法,可转眼间他又打住。凭什么?"安心房"网站是他辛辛苦苦建立起来的,如今走了,岂不是把战果留给了别人?

可若是不走,他抬头望了一下楼上,等待他的又是硝烟四起的家。

岳母到阳台上晾衣服,看见了花坛边的成峰,他连忙脸上堆着笑站起身,假装刚回来。

生活似乎无解,他拖着沉重的脚步,缓缓走向楼道门……

又到了周一,成峰整个上午都没来,黎明川问金飞:"峰哥怎么了?"

"不知道啊,"金飞忙得真快要飞起来,"给他打电话也没接,今天约好了跟张总谈事儿,这项目平时都是他在跟,现在却不见人。"

"不行你去吧,"黎明川说,"兴许是他家里有什么事。"

"也只能这样了。"金飞又看了一遍手机,发过去的微信,成峰仍然没回,他只好自己出门。

一直到晚上,成峰才回过来电话,打了两个哈哈:"陪老婆去产检,忙得没顾上看手机。"

"嫂子情况还好吧?"金飞问。

"还行还行。"成峰停顿了一会儿,才又开口,"金飞啊,以前在AK的时候,数你跟我走得近,后来进了锐信,咱俩也是铁搭档,一起做好了'安心房'。要论咱们这情谊,算是日久天长了吧?"

金飞听得有点奇怪:"峰哥,你这是怎么了,突然开始抒情?"

"没什么。"成峰笑了两声,"等我忙完这两天,回珠海再聊。"

"还得两天啊?"金飞头疼,"最近这工作,可是多得都堆起来了。"

"对不住哈,这产检都是预约好的,我也不能让你嫂子一个人去,对吧?"成峰的话让金飞不好再说什么,他只得答应。

直到周五下午,成峰才出现在公司。一星期没来,他却不是急着处理工作,而是要拉金飞出去喝一杯。

"哥啊,喝什么酒?"金飞哀叹,"我这几天都快忙疯了。"

"这正说明我们相互需要,缺一不可。"成峰硬拖着金飞,"走走走,我请客,今天有好事分享。"

"那也叫上黎哥啊。"金飞说。

"他忙,"成峰摇头,"哪顾得上跟兄弟喝酒?"

还是当初那个海滩,点了烧烤和啤酒,晚风一如从前,和煦怡人。

"三年了吧,"成峰看着酒杯里的白色泡沫,"从我来珠海。"

"嗯,"金飞灌了一大口,用清凉缓解疲惫,"我比你还早来两年。"

"待腻了吗?"成峰挑眉问道。

金飞想了想:"还行吧,习惯了。"

"习惯并不是件好事,在舒适圈待久了,就没有了离开的魄力。"成峰的手,缓慢地压在杯口,"你有没有想过,换个地方?"

金飞一愣,疑惑地看向成峰。

"'安心房'现在的业务本来就不集中在珠海,它覆盖了大半个广东地区。"成峰的眼睛里有隐隐的野心,"我这几天去找深圳那边的投资方谈了,离开锐信,也照样有人愿意投钱。"

"你这意思,"金飞缓缓地问,"是要分家?"

"你是不是认为,这个家都是明川的?"成峰反问,"那我们呢?辛苦打拼图什么?"

"可黎哥也给了我们股份。"金飞辩解。

"股份?"成峰一哂,"我就拿了百分之五的技术股,说到底就是个打工仔。你就算拿得多点,和他能比吗?在他面前,你有话语权吗?"

"但是……"金飞想劝成峰,却又不知道怎么开口。

"黎总这个人,精着呢。"成峰嘴角有一丝冷笑,"凡事看着为公,其实是为他自己。单说不把公司搬到深圳,是为了锐信的发展吗?不,是为了宋桥。"

这确实算是事实,金飞无话可说。

"他有他的儿女情长,我有我的拖家带口。"成峰咬紧牙关,过了几秒才缓缓松开,已是下定决心,"我也不能因为他,就不顾我自己。我要离开,带着'安心房'。"

金飞坐在这温暖的晚风里,只觉得心底冰凉。从前的三个人,一腔热血为锐信,如今刚有了起色,却闹到这一步。

"你跟不跟我走?"成峰逼问,"如果和我一起去深圳,咱俩就是平起平坐的合伙人。要想继续留在珠海,那你就是永远听人使唤。"

这话说得直戳人心肺,金飞有点不知所措,半个字也答不出来。

"你先考虑考虑吧,周一给我答复。"成峰一口气喝完整杯啤酒,站起身来大步离开,留给金飞一个决绝的背影。

金飞傻了般看着他走远,啤酒仿佛成了毒药,他再不敢碰。

60 决裂

金飞回到公司已经很晚,黎明川也从外面回来了,正在加班。

"峰哥呢?"黎明川边忙边问,"不是说回来了吗?怎么人又不见了?"

"他……"金飞犹豫半天,最终撒了个谎,"家里的事还没处理完,他又赶回去了。"

"马上就二胎了,也正常。"黎明川能理解,"就是'安心房'那边的事情太多,你一个人撑着累。"

金飞心中五味杂陈:"也还行吧,总归就是那点活儿。"

"主网站这边的事也多,"黎明川说,"板块越来越杂,反而卖点少了,再加上同类型的APP(手机软件)开发得快,市场也在被瓜分……"

"黎哥,"金飞突然打断他,"你一个人撑着这么大的公司,累不累?"

黎明川愣了愣:"累是累,可这不就是创业的乐趣吗?亲手养大一个'孩子',多有成就感。"

这是你一个人的"孩子"吗?这句话哽在金飞胸口,他没有说出来。成峰的那些话,不是对他没有撼动。回想创业的这些年,他一直跟在黎明川的身后,定方向的人不是他,掌舵的人不是他,在这个公司能说了算的人,也不是他。他好像常常是一个插科打诨的角色,所有的主角光环,都在黎明川身上。从前他意识不到这些,可是被成峰戳破,却似乎有种难堪的感觉。他也是三十大几的人了,可事业上是别人的附属,生活上是个光棍儿。青春都给了锐信,但锐信也不是他的。

"我先回去了,"金飞含糊地说了声,"风吹多了,有点头疼。"

金飞走了,黎明川还在继续忙碌中,虽然觉得他今天好像有一丝不对劲,但以为他就是累了不舒服,也并未再往深里想。

那天晚上,金飞却是辗转反侧通宵未眠,平日里挤在记忆旮旯里的那些往事,此刻似乎都翻涌了上来。他想起陆应成要收购锐信时,黎明川也是自己想了一夜,就做了拒绝的决定。那个时候,黎明川真的考虑过他吗?有没有想过,只要接受,就能很快给他一个稳定的未来?黎明川想往前闯,就拖着所有人往前闯,眼下这摊子铺得这么大,会不会某一天也有倒塌的可能?更何况即便不倒,也像成峰说的那样,他没有可以和黎明川抗衡的话语权,永远都是别人手下的小喽啰。金飞越想越难受,心里如百爪挠心,最后关了手机,在即将天亮之时,蒙头大睡,不想管任何事。

第二天,在锐信,花花急得直抱怨:"怎么成总不来,金总也不来,手机还一个二个都不接?电话都打到公司来了。"

她现在已经是金飞的助理,"安心房"的业务,她也没少参与。可现在两大领导都不在,她一个人哪应付得过来?

又给金飞打了几次电话,还是关机,花花一狠心:"算了,我去他家里找。"

总得找到个能做主的人哪。花花匆忙向金飞家里赶过去。

花花按了半天门铃,都没有人开,到最后她急了,拍门大喊:"着火啦——"

门终于开了,金飞睡眼惺忪地站在花花面前:"干吗呀?"

"您看看这都几点了,"花花哭笑不得,"怎么还不去上班?"

"一年四季地忙,我就不能歇一天?"金飞不耐烦,"今儿还是周六。"

"可人黎总也在加班啊。"花花解释。

"他的公司,他加班不是很正常吗?"金飞说,"我是为谁辛苦为谁忙?"

花花听出金飞话里有怨气,怔了怔:"金总您这是怎么了?"

往常的金飞,即使再忙,也是笑呵呵的,更不会对黎明川有这样抵触的情绪。

"就是不高兴,我想睡觉。"金飞说着就要关门,被花花一只手顶住。

"那我能进去汇报几件事吗?"花花小心地问,"毕竟我做不了主。"

"我不也同样做不了主?"金飞冷嗤一声,"去找你们黎总吧。"

门被关上,花花这次放弃了抵抗,站在外面愣了一会儿神,缓缓离开。

回到公司,电话又是一大堆,找金飞的、找成峰的,最后谁也找不到,客户直接爆炸。

"就你们周末休假是吧?"客户在那边吼,"别人的时间不是时间?有多少人就是等着周末看房下定,你们这样的服务业,能想休假就休假?"

服务服务,她都在为谁服务?一路赶死赶活地跑到老总家,还被人撒气。

花花很清楚地意识到,金飞就是在撒气,可这气从何来,她却有点搞不明白。但老板们之间的矛盾,轮不到她来插嘴,她不就是个只能任劳任怨的小助理吗?

花花自嘲地一哂,换上甜美的声音:"您别生气,两位老总今天都有事儿,等他们回了公司,我立刻告诉您。"

对方啪地挂了电话。花花默不作声地从抽屉里拿出指甲油,一点点往指甲上刷,借以平息心中的火气。

金飞浑浑噩噩地睡了一天,打开手机,页面快爆炸,全是未接电话和微信。花花也给他发了一条,上面是今天他未处理事宜的清单。除此之外,再没有一个多余的字,连往日他们经常发的搞笑表情包都没加。想起早上对花花的态度,金飞有几分愧疚,毕竟他想发火的那个人,其实并不是她。金飞主动回了个表情包,那边仍然毫无动静。他等了一阵,又拨过去电话,那头没有人接。五分钟以后他收到微信回复:周末下班,不属于工作时间,抱歉。这是以其人之道,还治其人之身呢。金飞无语,将手机丢到一边。

睡了一天肚子饿了,真想清清爽爽地吃顿饭,再来碗慢火小炖的汤。金飞突然想起,以前和黎明川合租的时候,他下午要是睡懒觉,起来的时候等待他的,经常是一桌做好的饭菜。

那时候多好啊,苦,但是有乐。金飞心中惆怅。可现在呢,黎明川成了黎老板,也没空再做饭给他吃。他呢,被成峰捅破了那层窗户纸,也看到了自己内心的欲望。

说到底是不满足啊。金飞环顾四周。早就已经不合租了,他有了自己的房子,有了自己的车,账户里有了充足的余额。可得到的越多,就越不满足,因为总觉得别人收获得更多。

金飞怏怏地出门去找吃的,可即使坐在最好的餐厅里,对面没有人,也还是觉得了无滋味。他有点想念黎明川,想念花花,想念锐信。可就这么留下来吗?他又有点不甘心。

"安心房"现在的市场已经成熟,成峰的本事他也是知道的,如果过去做个五五分账的合伙人,日后确实对他更有利。走还是留?这个问题让他烦躁,没吃几口就饱了,望着窗外的海景发呆。

周日一天,公司不敢去,黎明川也不敢见,金飞躲在家里,如坐针毡。

终于还是到了答复成峰的日子,他一大早就给金飞打来电话。

"我准备今天跟黎总摊牌,"成峰问,"你想好了没有?"

黎明川拒绝陆应成那天也是问他:"你想好了没有?"

那天他给予了肯定的回答,今天却仍旧犹豫。

"金飞啊,"成峰像老大哥般语重心长,"不能这么拖泥带水,这是决定你将来前途命运的事情,要有点快刀斩乱麻的魄力。"

"峰哥,我……"金飞迟疑了两秒,"我总觉得咱们这样,是不是有点不地道?"

"安心房"的运营,的确是他和成峰一起搞起来的,可最初提出这个设想,并研究出完整系统的人,是黎明川。现在一把将"安心房"撸走,好像还是有些对不起它的创始人。

"你要这么想,那就没完了。"成峰冷笑一声,"他当初的经验和技术是从哪儿来的?不是 AK 吗?可他照样出去开公司,成了 AK 的竞争对手。要论不地道,也是他最不地道吧。"

金飞无言以对。

"行了,咱们以后平分秋色,谁也不会吃亏。"成峰催促金飞,"我快到公司了,你也赶紧来,一起去跟他谈。"

成峰把电话挂了,继续赶他的路。金飞又磨蹭了一会儿才出门,以往的上班路,今天他走得异常艰难,似乎每一个红绿灯路口都在提醒他选择——向左转还是向右转。

到了锐信大门口,他更是没勇气进去,一瞬间竟想转身而逃。

可成峰已经看见了他,向他招手:"金飞,走。"

金飞的双腿如同灌了铅,一步一挪地进了大厅。就在这时,花花从茶水间过来,没留神撞上了他,热咖啡泼到他身上,烫得他一个激灵。

"金总,"花花冷冷地盯着他,"今天都周一了,清单上的事,再不能拖了。"

金飞不知道说什么好。成峰皱紧了眉头,眼中是迫不及待:"这会儿还管这些干什么?走啊。"

"成总,"花花也很硬气,"您一个星期没来,该办的事都落在了金总身上,他累得周六拒绝加班,又让我去找黎总办。我们这些拿工资的小职员也不是皮球,随你们踢来踢去都没自尊,大不了我也不干了,您说是不是?"

这句"也不干了",让成峰和金飞瞬间脸色一变。他们的秘密,在花花面前竟昭然若揭。

金飞在这一刻有种无地自容的感觉,仿佛他是背叛者。

而成峰却心一狠:"走!"

反正已经到了要摊牌的时刻,揭穿了又如何?

可金飞在花花眼神的逼视下,却最终没能挪动脚步,定定地站在远处。

成不了事的人!成峰在心里骂,独自一人冲向黎明川的办公室,可门开的一瞬间，他猛地刹住脚步。

黎明川就站在那里，神色了然，他方才已经在门里听到了一切。

"要走是吗？"他的语气很平静，"你想带着金飞一起？"

"对，"成峰直言不讳，"还有'安心房'。"

"你们是'安心房'的功臣，我不否认。"黎明川仍然一如既往，温和却强硬，"但'安心房'，是锐信的。"

"果然，"成峰冷笑，"我们在你眼里，就是个打工的，任何东西都不属于我们，全归你所有。"

他一口一个"我们"，已将金飞划入他的阵营，让金飞骑虎难下。

"也不属于我，"黎明川笑笑，"都属于锐信。"

黎明川的目光从成峰肩头越过去，看向金飞。

"公司有你百分之二十的股份，不多。"黎明川一哂，"但我的，也同样已经被后来的投资稀释。锐信不姓黎，也不姓金，它就只是锐信，大家的锐信。"

他自认从未亏待过任何人，即使如今兄弟与他反目，他也仍然问心无愧。该给的，他都给了；不该拿的，他从未多拿。

黎明川孑然独立在光影之中，那股顶天立地的气势，金飞看到过不止一次。

他突然又生出了那样的企望，他想追随黎明川。可还有机会吗？他已经背叛了黎明川。

金飞抑制住懊悔的泪光，转头看向别处。黎明川静静地看着他，一个字也没说。

成峰到了此时也已经明白，金飞无论走不走，都不可能跟他一条心。他也豁出去了："你们兄弟情深我管不着，把我的那份交出来。"

"百分之五的技术股，"黎明川笑笑，云淡风轻间已有了狠色，"该你多少，给你多少，至于其他的，你什么也别想要。"

成峰气急："你！"

他就是这样的人，愿意给的，他可以倾囊付出，但你若是踩着他的底线，想要硬抢，那他也绝不会让你占半分便宜。

成峰与黎明川共事多年,知道他并不是个软弱的人,可这一刻,才真正意识到了他的可怕。

"黎总,"成峰逼着自己放缓了语调,"都在一个江湖里混,日后难免碰上,何必将事情做得这么绝?"

"把事儿做绝的人,好像是你。"黎明川淡淡地看着成峰,"到现在为止,我仍然不明白,到底什么地方对不起你。"

"你太自私,"成峰挑眉,眼中有愤怒,"从来不为别人着想。你为了你女朋友要留在珠海,我老婆都要生孩子了,我为什么不能回深圳?我三番两次建议你把公司搬去深圳,你就是不听,不考虑员工的难处,也不考虑公司的长远发展,就为了谈个恋爱。像你这样的老板,叫人怎么能放心跟下去?"

黎明川怔住,半晌才开口:"峰哥……"

"你不用再劝我了,"成峰手一挥,打断他的话,"你也不用在这个时候再来体谅我。走到这一步,已经没有回头路了。"

何况,他已经把自己将来的路都铺好了。决裂,那就决裂到底。

黎明川看着成峰的脸色,缓缓点头:"好。"

61　搬家

这是一场速战速决的清算,黎明川最终还是做了一定的让步,给成峰的,比他应得的多。

成峰带不走"安心房"这个品牌,可他也打定了主意,要拉走客源另起炉灶。没有"安心房",还可以有"舒心房""心安房"。

那天,金飞如游魂般待在公司,不知道自己该做什么,等待着他的又是什么。

直到晚上他也没吃饭,就枯坐在办公室里。一个餐盒放到了他面前,他抬起头,看见的是冷若冰霜的花花。

"你……"金飞还没来得及说什么,她已经转身出去,啪地关上了门。

都是他平时最爱吃的菜,花花了解他的喜好,香味飘出来,他终于感到饿,打开餐盒开始狼吞虎咽。

伸头是一刀,缩头也是一刀,总不能做个饿死鬼。金飞大口大口地吃饭,眼中却一阵阵发烫。

成峰走的时候,已经是天黑。经过金飞办公室的时候,他停下脚步,最终却没进去,而是头也不回地走出了锐信。

三年的情谊,到此为止。从此江湖再见,也不会再是伙伴。

在那一刻有没有后悔过,成峰不敢想,他有他的路要走。

成峰的离开,也让公司彻底沉寂。这一天里,谁的心里不是百感交集?员工们陆续收拾东西离开,没有人像往日一样欢笑着下班,几乎都不说话。

灯一盏盏灭掉,大厅里静了下来。金飞办公室的门突然被敲响,外面传来了熟悉的声音:"我可以进来吗?"

金飞心头一跳,抬眼望向站在门口的黎明川。

"黎哥……"他的声音很艰涩,叫完也不知道该再说什么。

黎明川慢慢走进来,站在他面前。

"还能叫我一声哥,说明我们之间的感情还有救。"黎明川的声音低缓,眼神定在金飞身上,"成峰要走,是为了他的家庭,你是为了什么?"

"我……"金飞低下头去,看着自己的手,"我觉得自己,拿到的不够多。"

他是鼓足了勇气,说出心底的不满足和欲望,哪怕被黎明川鄙薄。

"正常,"黎明川开口,"人性就是这样。"

金飞怔然抬起眼,看向黎明川,他的神色里并没有讽刺,平静如往日一样。

"人最怕的,就是比较。"黎明川笑了笑,"你拿十块,我拿十块,穷也觉得公平。可你拿一百万,我拿一千万,即使有钱也会觉得不甘。"

这正是金飞心底的症结所在,他无言以对。

"但是金飞,"黎明川正色望着他,"我从来没想过,在你拿一百万的时候,我要拿一千万。你是我的兄弟,也是合伙人,我不会将你的利益踩在脚下,让你永远就当个陪衬。"

他将"安心房"交给金飞和成峰,是交付信任,也是希望他们同样能有一方舞台,可以尽情施展。他从未想过靠打压别人来成就自己。

"哥,"金飞几乎快要哭出来,"是我对不住你。"

他想起黎明川在珠海至今没有买房,也没有换车。黎明川的钱,并没有用到他自己身上,而是留着维持公司运转。

可他却仍然不满足,甚至差点和黎明川反目。

"没什么对不住的。"黎明川摇摇头,"照这样说,我也对不住峰哥,要是早点体谅他家里的难处,也许闹不到这一步。"

决裂是因为欲望,但搬公司的事毕竟是导火索。黎明川望着窗外的夜色,心中沉重。

金飞走到黎明川身边,半晌,抬起手来,像从前一样攀住他的肩膀。

"你也没错,你留在这里,并不仅仅是为了宋桥。"金飞明白黎明川对这座城市的感情。

从他们两个人举目无亲地来到这里创业,连工资都发不出来,员工几乎跑光,到慢慢赚了点钱搬回这栋写字楼,"锐信"两个字里,凝聚了太多汗水和泪水。这是他们起飞的地方,从一无所有到展翅高空,谁又舍得轻易离开? 这里,是锐信的家。

"你要是不想搬,就不搬。"金飞说,"咱们在珠海一样干。"

黎明川没有说话,拍了拍金飞的手背。

落地窗上,倒映出两个并肩而立的身影,他们还是兄弟。

一场风波终于化解。金飞要下楼时,看见还在格子间干活儿的花花,犹豫了一下,走到她面前:"这么晚了还在忙啊?"

花花凉凉地瞥了他一眼:"老板们闹着辞职,事儿都落到了我这个社畜身上,不通宵加班哪忙得完?"

金飞羞愧难当。今天要不是花花那杯热咖啡烫得他清醒过来,或许他就真的跟着成峰进去摊牌了。

他突然想起花花当时那句"也不干了",吞吞吐吐地问:"对了……你是怎么知道……"

"知道你俩要跑?"花花冷哼一声,"梁总的助理告诉我,成总在拉客源。"

一堆电话都打到她这儿,总能露出点蛛丝马迹,再加上那天金飞异常的情绪,让她明白了过来。

"金总,"花花抬头直视着他,"你准备走的时候,就没想过我们这些

第六章 若有新天地 | 341

人吗?"

她是公司招来的第一个员工,从月薪三千块钱的前台干起,一直到现在做副总助理。当时锐信都快没钱发工资了她也没走,可如今公司终于有钱了,金飞居然要走!她真是想起这事就生气,那杯咖啡她是故意泼的,不只是为了提醒他,也是想烫死他!

花花虽然日常毒舌,但很少真的发火。金飞像个犯了错的孩子,站在她面前一声也不敢吭。

"成总走也就算了,他毕竟没有跟我们一起吃过苦。"花花余怒未消,"你呢?咱们是怎么过来的,黎总是怎么对你的,你不清楚吗?跟着别人跑,你把我们大家放哪儿了?你这个没良心的!"

骂到最后,花花别过头去,擦眼角的泪水,赌气不再看金飞。

"花花,"金飞伸手想去拉她,却被她甩开,他不知所措,"你别哭了,你想我怎么赔罪都可以。"

"你是金总,我是助理,我哪敢让你赔罪啊?"花花推开金飞就要往门外走,金飞情急之下拽住她的胳膊,她猝不及防间往后倒去,正好砸进他怀中。

这一下,两个人都傻了,近距离对视了几秒,花花先下手为强地控诉:"金总,你这是职场性骚扰!"

金飞连忙松了手,涨红了脸,百口莫辩。

花花镇定地一甩包,率先走在前面:"不是要赔罪吗?去看看哪个夜宵摊子还开着啊。"

金飞一愣,连忙屁颠儿屁颠儿地跟上。站在里间办公室门口的黎明川目睹了这一幕,忍着笑不出声。

成峰走后,果然迅速建立起新网站,和"安心房"对打,并抢占客源。过去的情谊,到他离开公司的那一刻,也就结束了,现在只剩下生意。

不用黎明川吩咐,金飞立刻进入了竞争状态,带着花花一家家拜访,做客户维稳并开拓新资源。

以前成峰在的时候,金飞只是将花花当作助手,现在才发现她的能干——反应快、情商高,还能言善辩,搞关系很有一手。

"要不把花花的职级再升一升?"金飞向黎明川提议。

"可以啊,'安心房'那边的事情,你做主。"黎明川说,"而且花花本来也是公司元老了。"

当金飞宣布花花升为部门经理时,她惊呆了,捧住自己的脸半天不敢相信。

"花花姐,"一个小姑娘开玩笑,"你这真是一路逆袭。"

从前台到经理,她一个只有大专学历的女孩,确实很难,可在这个公司里,似乎又不那么难,因为老板们有心有情。

"谢谢金总。"她微笑,"我一定会在锐信退休,只要公司能开到那个时候。"

周围的人狂笑着鼓掌。

金飞也在笑,但心里又有点莫名的情绪。从前,他天天和花花说笑,却好像忽视了她真正的闪光点。这个女孩子不仅聪明能干,而且心中有义气,跟他一起走过了风风雨雨,却从来只是在他背后撑伞,不表功也不抱怨。

"我请大家吃个饭吧,"金飞说,"既是为花花庆祝,也是为前段时间的事向你们赔个不是。"

那天他的举动,确实伤害了大家的感情和锐信的士气。

众人沉默了一会儿,更加热烈地鼓掌。他们需要金飞留在锐信,他也是他们的领航人。

那天晚上的聚会,黎明川没去。陆应成来了,他今天异常高兴,拉着黎明川和陆珊妮一起吃饭。

餐厅的视野很开阔,从高处眺望,可以看见整个珠海,甚至更远的地方。

陆应成负手站在窗前,看了许久,回头对黎明川和陆珊妮一笑:"你们知道吗?深圳今年的政府工作报告里,明确提出要打造湾区经济。"

陆应成的手,在落地窗玻璃上凌空一画。

"要再建一座桥,"陆应成说,"圳山通道。"

黎明川一愣:"再建一座?"

"对。"陆应成点了点头,"三江跨海大桥是将香港、澳门、珠海连接在一起,圳山通道是从深圳到中山,到时候这两座大桥将形成整个大湾区交通环线,粤、港、澳三地,那可就真正融为一体了!"

陆应成的脸上有无限感慨,他仿佛已经看到,那条环线将三颗明珠环抱在一起,就如同母亲的怀抱。

"我很开心。"他轻轻一叹,话语里包含的却又有重如山的责任和成就感。

这几年来,他无数次奔走,和各界人士一起努力实现大湾区的愿景。如今,梦想终于快要成真。

"你们也要抓住机会。"陆应成走回桌边坐下,"明川,深圳前海那边要建立高科技开发区,很多大的科技企业都要入驻,你也应该好好考虑一下,这对锐信将来的发展很有好处。"

黎明川沉吟不语。成峰的出走,固然有家庭原因,可他的确也有一部分初衷是为了公司的前途。是否搬去深圳,是个纠结的决定。走或者留,各有各的理由。

陆珊妮明白那个理由,笑了笑:"爹地,他舍不得。"

陆应成不想掺和小儿女之间的情事,摆了摆手:"先吃饭吧,回头你再好好想一想。"

吃饭的时候,陆应成又聊起湾区的前景,每一个点都让人兴奋。科技、金融、教育……一幅宏大而具体的图景,正在人眼前徐徐展开。

黎明川凝神听着,都不知道自己到底吃了些什么,直到陆应成举起杯,为湾区祝福,他才反应过来,三人一起碰杯。

"我希望你们这些年轻人,"陆应成笑着说,"未来也一展宏图。"

杯酒入喉,黎明川心中也热辣辣的,仿佛燃烧着什么。

陆珊妮则是慢慢地啜饮,偶尔在间隙悄然看一眼黎明川。

吃完饭出来,陆应成找宋宁刚有事,直接去了管理局。餐厅离大厦不远,黎明川和陆珊妮就沿着海边的马路走回去。

这是陆珊妮第一次和黎明川散步,而且不是为了工作上的事。她心里有一丝说不出的甜蜜。

"以前觉得珠海很小,"陆珊妮顺了一下被海风吹散的长发,"现在觉得风景也还不错。"

"小城市有小城市的好处,"黎明川有些心不在焉,"适合安家养老。"

"但你现在不是安家养老的时候,"陆珊妮转过头来看着他,"锐信已经站在了快车道上,要不往前跑,要不被别人丢下。你不可能过着安逸的生活,还希望未来有无限远景,这是不现实的。"

黎明川怔了怔,转移话题:"你现在的普通话说得很好了。"

"我来内地也已经四五年了。"陆珊妮笑笑。

即使不想融入,也慢慢开始习惯,用内地的方式说话、生活、想事情。

陆应成今天的话,对她是有触动的,或许她没有父亲那样的深情,但是湾区发展会带来更多的机会,这一点她是认同的。

"前海的事情,我觉得你还是认真考虑一下。"陆珊妮望着深圳的方向,"既然你的竞争对手都在那里,你就应该也在那里。"

陆珊妮的这句话让黎明川心头一震。的确,AK本来就在深圳,新京和海擎也已经在深圳建立了分部,各大互联网企业都瞄准了那里。如果锐信不去,或许将来想抢滩都抢不到。

转眼间到了大厦门口,黎明川本来要和陆珊妮一起上楼,又停住了脚步。

"你先上去吧,"黎明川笑着说,"我打个电话。"

陆珊妮脚步微顿,又接着往前走,高跟鞋清脆的响声,由近及远,直到消失。

黎明川却并未急着打电话,而是独自去了海边坐下。隔着这片海,对面就是有宋桥在的岛,虽然要坐船,但总归是近的。可他若去了深圳,即使她上岸,在这座城市里,也再找不到他。

宋桥是需要归宿感的,黎明川知道。她从小有家似无家,每次来到他的小房子时,那种终于找到安宁的神情,总是看得他心疼。

他若是走了,她怎么办呢?黎明川沉沉地叹了口气。

第七章 碧海变通途

62 告别

宋桥并不知道黎明川的纠结,她接到了周南方的电话。

"我要去当真正的设计师啦,"周南方扬扬自得,"圳山通道。"

宋桥忙着施工,并未过多关注外面的事,她愣了愣:"哪座桥啊?多大?"

"和三江跨海大桥一样大。"周南方的口气也比天大,"季老师又是总设计师,我是他手下的一员猛将。"

"别上阵掉链子就行。"宋桥调侃他,"可以啊周南方,叶总没看错人。"

"当然。"周南方自豪。但其实他心里也沉甸甸的,往常学得再好,那也是纸上演练,这是他第一次上真正的战场。

宋桥感觉到了他嘚瑟背后的压力:"谁都有第一次,干就完了,用不着想东想西。"

她的道理总是简单粗暴,却又分外有用。周南方长呼出一口气:"对,干就完了。"

江江从外面进来,宋桥把这个喜讯也告诉了她,江江惊呼:"南方哥你真厉害!苟富贵,勿相忘,以后你当上大师了,可别忘记我们。"

"忘不了,"周南方大手一挥,"那我还不得多提携提携你们,毕竟大家也一起在岛上遭过罪。"

"你等着吧,"宋桥一哂,"后面要遭的罪还多。"

当桥梁设计师可不是坐在办公室里画画图纸就行了,光现场勘验都能累死人。

但好的是,周南方终于可以回广东了,他兴致勃勃:"等我来岛上看你们。"

"你有时间再说吧,"宋桥对他的工作量并不乐观,"说不定你连喘气的空儿都没有。"

周南方不信,他都到深圳了,还能回不了珠海?但事实证明,宋桥的话一点也没错,周南方每天跟着季浩然,一个地方一个地方地勘察,测数据,想方案,简直累成狗。

每天晚上回去瘫在床上,他就有点后悔,这还不如在岛上混日子呢。

"南方啊,"季浩然一旦工作起来都是不睡觉的,又来敲周南方的门,"你针对今天的情况,出一份设计构想,明天早上给我。"

周南方强压住心中的哀号,从床上爬起来坐到电脑前,继续当社畜。

而隔壁的季浩然,年过六旬仍然神采奕奕,完全不见熬夜的疲惫。

这就是大师和菜鸟的区别,周南方的路还远,上天在偷笑着看。

黎明川那几天一直在收集关于前海的消息。湾区的形成需要便捷的交通,圳山通道已经进入筹备流程,而将来它的开通,会让前海成为一块宝地。接下来,才是真正的高速跑道,只等着起飞。

黎明川一天天地纠结煎熬,直到宋宁刚一个电话把他叫到了办公室。

宋宁刚照例享受着黎明川泡的茶,这已经成了他们两人的习惯,在宋宁刚的办公室,黎明川自如得像在自己家。

"小黎啊,"宋宁刚抿了一口茶水,"听应成说,你有意向搬到深圳。"

黎明川一愣,连忙回答:"没有没有,还没决定。"

"是不是因为宋桥?"宋宁刚深深地看着他,"你担心你走了,会把她一个人留在这里?"

黎明川默然说不出话来。

"每个人都有每个人自己的事。"宋宁刚眼神怅惘,"我以前也不想把她一个人丢在家里,可我有自己的工作。"

每次离开家的时候,他又何尝舍得?那个孤独却又故作坚强的小小身影,总是在他心中挥之不去,每想一次,就疼一次。可他又不得不走,前方还有更多的人等着他,那是他的责任。

"如果有一天,宋桥因为工作而不得不离开你,"宋宁刚说,"我想她也会做这样的选择。"

黎明川很清楚，宋宁刚说的是事实，宋桥为了肩上的担子，会选择离开身边的他。

"所以你不用这么愧疚，"宋宁刚伸手拍了拍黎明川的肩膀，"虽然我也希望你们能早点成家立业，可你们俩都是有志向的人。"

从宋宁刚办公室里出来，阳光铺洒在眼前，黎明川想起第一次和宋桥在这里开会，他看见宋桥从会议室被赶出来，红着眼睛却又不服输的样子。她很坚强，可心底也有很柔软的地方。他即使要走，也要跟她说清楚，不能让她无望地等。

黎明川上岛的时候，宋桥正在忙，指挥着工人做管节浇筑。他在一边静静地等，始终没有打扰，最后还是老秦发现了他。

"大桥啊，"老秦敲着嗓门喊，"你看你忙得，也不转头看看谁来了。"

宋桥这才回过头，看见了黎明川，粲然一笑。

黎明川被这笑容迷了眼，心里的念头更加说不出来，只陪着大桥出来洗手，再去食堂吃饭。

周遭的人也都跟黎明川熟了，江江端着餐盘过来，直接跟他们坐在了一桌。

"你这娃，"小何在她身后埋怨，"人家小两口好不容易见一面，你还来当一千瓦的大灯泡。"

"都坐，"黎明川倒是温和地招呼，"我跟你们也好久没见了。"

小何这才笑呵呵地坐到黎明川身边："知道吗黎哥？咱们项目组说以后要搞集体婚礼，我和沈菲打算报个名，你俩呢？"

黎明川愣住，缓缓地将目光投向宋桥，他从来没听她说起过。

"对呀，"江江也接腔，"你们什么时候成为真正的小两口？"

黎明川想起这趟来的目的，一时间无言。

宋桥以为他是尴尬，赶紧想把话岔开："就算要办，那也得等到项目完成个差不多，现在才到二十三节，三分之一的管节都还没下海，你们急什么急？"

众人一想到这工作量，都开始愁眉苦脸，没人再提集体婚礼的事。宋桥松了口气,看向黎明川,他低着头默默吃饭,一句话也没多说。

等离开食堂,小何识趣地拉着江江快走,让黎明川和宋桥有机会相处,别再被搅了局。

"你要不要先去宿舍休息会儿?"宋桥说,"我一点半还得去工厂。"

"去海边走走吧。"黎明川避开宋桥的眼神,"我有话跟你说。"

宋桥愣了一下,以为他还在为集体婚礼的事生气。

"不是我故意不告诉你,"宋桥解释,"我只是觉得,现在可能还没到时候,也不想给你压力。"

毕竟无论是黎明川事业的压力,还是他家庭的压力,目前都没解除。

"你为什么要这么懂事呢?"黎明川突然就有点生气,"有什么想法你就跟我提,憋着干什么?"

别人在她面前调侃集体婚礼的事,肯定已经不是第一回,她也未必没有尴尬过、期待过。可她硬生生地憋着,就像对那条绿裙子一样,即使在乎,也装作不在乎。

"这不怪你,"宋桥拉住黎明川的手,"是我自己,因为修桥耽误了人生大事,我还怕耽误了你。"

"你啊。"黎明川一叹,伸手把她拉进了怀里,在海风中将她包裹住。

她的理智和坚强,往往都是因为太懂事,对宋宁刚如此,对他也如此。每一次他来的时候,她在看见他的那一刻眼中迸发的惊喜,每一次他走的时候,从船上回头看见她来不及收起的怅然都在告诉他,她期盼他的陪伴,舍不得他离开。

他又怎么忍心丢下她,自己去深圳?

黎明川憋了一天都没说,只是陪着宋桥。她也没表现出特别的甜蜜,但每一次回眸看见他,她脸上都有安心的神色。

晚上回到宿舍,宋桥有点饿了,黎明川就用电热锅给她煮面吃。

宋桥看着他忙碌,觉得哪怕是这一间小小的宿舍,有他的地方,就好像是个家。

等他把热腾腾的面条端到她面前,两人坐在书桌旁边,呼哧呼哧地吃,宋桥突然冒出一句:"跟你生活在一起,也挺好。"

黎明川一愣,在灯下看向宋桥。这一刻,她眼中洋溢着温暖的笑意,柔和的神态,像个小妻子。

　　他的指尖不自觉地抚上她的嘴角,她傻傻地问:"沾了油吗?"

　　"嗯。"他回答,在她唇上一吻。

　　"哎呀!"宋桥红着脸往后弹开,"还吃着面,有味儿。"

　　"你什么时候都是香的。"黎明川眼睛都不眨,"哪怕你那时候在海上几天都不洗头,我也没闻着味儿。"

　　这人说的也叫情话?宋桥气得追着他打,不到五平方米的小房间里满是笑声。

　　吃完闹完,黎明川不让宋桥动手,自己把碗筷收拾得干干净净,连桌子都擦得一尘不染。

　　宋桥坐在床上,脚吊在半空中轻轻地摇晃:"你总这样宠我,会把我宠坏的。"

　　"那就让我看看,你能坏成什么样儿。"黎明川过来,跟她并排坐着,压低了声音,"我今晚不想去小何的房间。"

　　宋桥顿时脸又红了,推着黎明川:"瞎说什么呀,这里是工地。"

　　"那人老秦夫妻俩还都在这里呢。"黎明川揽住她的腰,"咱们一个月才能见上一次,以后……"

　　他突然打住话头,宋桥有点奇怪:"以后怎么了?"

　　"没什么。"黎明川将宋桥抱得更紧了些,"来都来了,你总得给我点糖吃。"

　　"都多大的人了,"宋桥羞涩地别过脸,"吃什么糖呀?"

　　"你就是我的糖。"黎明川捏住她的下巴,将她转过来,一个缠绵深吻……

　　磨叽到深夜,黎明川才回到隔壁的房间。小何不情不愿地来开门:"就别过来了呗,害人害己。"

　　"我倒是想,"黎明川也不情不愿,"可人家不同意,说要注意影响。"

　　"依我说啊,你们俩赶紧结婚。"小何打着呵欠,"到时候谁都没说的,她也就不别扭了。"

黎明川沉默。"结婚"这个词,今天接二连三地在他面前蹦出来,说他一点都不动心,那是不可能的。可现在这情形,又让他开不了口。如果去了深圳,相当于又是重新开始,等着他做的事太多了,结婚又何时能提上日程?

黎明川睡在上铺辗转反侧,小何哀怨地叹气:"你怎么也跟周南方一样,学会了在床上烙饼?我真是命苦啊,碰上的都是你们这种舍友。"

"你不命苦,"黎明川又报复性地翻了两下,"你和沈菲都要参加集体婚礼了。"

在这儿等着他呢!小何目瞪口呆,蹬了一脚头顶的床板:"你想参加你跟宋桥说去啊,折腾我干啥?!"

在小何的愤懑中,黎明川终于安静了,却仍然一夜未合眼。

第二天早上,黎明川仍然没有走的意思,宋桥问他:"你公司最近不忙吗?"

虽然她想让他多陪伴,但她也知道,他如今日理万机,能抽出空来看望她,已是不易。

"忙自然是忙的,"黎明川终于下定决心,"但我这次上岛,是真的有话要对你说。"

他严肃的样子让宋桥心里咯噔一下,突然有些不好的预感。

两个人默默地走到僻静处,宋桥才转过头来问:"你该不会是……要和我分手吧?"

难道昨天是最后的甜蜜?早知如此,她不如真的不让他去小何的宿舍。

"你在瞎想什么?"宋桥的头上陡然挨了一个栗暴,"谁说要跟你分手?"

宋桥愣愣地看着他,方才压在心上的那块大石终于搬了开去:"那你……"

黎明川垂在身侧的手不自觉地紧了紧:"我想把公司搬到深圳去。"

"啊?"宋桥有点反应不过来。

"马上要建圳山通道了,"黎明川说,"到时候前海那边会成为科技创新港,如果搬过去,对锐信的发展有利。"

"那你就搬啊。"宋桥几乎毫不犹豫,"这有什么好说不出口的,从昨天憋到现在?"

"可是你呢?"黎明川问,"怎么办?"

"我?"宋桥迟疑地反问,"我不是继续在这里修桥吗?"

宋桥似乎从未意识到,黎明川的离开会对她产生什么样的影响。他有点赌气:"我离你这么远,你不想我吗?"

宋桥眼神一柔,笑了起来:"就算你在珠海,我们也照样一个月才能见一次面。干我们这行的就是这样,山里海里,离得远远的。"

她早就习惯了每一次离别,虽然不舍。她更不能因为自己,牵绊住黎明川前行的脚步。

"你去吧,"宋桥握住黎明川的手,"我没事的。"

遇到什么事,她都是说没事,明明她眼中的牵挂压都压不住。

黎明拥她入怀,在她耳边轻轻地说:"嫁给我吧,宋桥。"

宋桥身体猛地一震,不敢置信地抬起头看向黎明川。

"我说真的,"黎明川凝视着她,"虽然这一次我没有带戒指来,但求婚,是真心实意的。"

宋桥怔了片刻,调皮地一笑:"这么突然,你是怕我跑了,还是你跑了?"

"嘿,你这个人。"黎明川气结,"哪个女孩儿面对求婚是你这反应?"

"深圳到珠海,"宋桥歪着头看他,"并不远,你也不需要担心。几个小时的车程,难道就能隔断人的感情吗?"

"我不是这个意思,"黎明川着急想解释,"我只是……"

"我知道。"宋桥的手按上黎明川的唇,"你只是想让我安心。"

他知道她需要安全感,知道他就是她的家,他怕他走了,她又会像以前一样,觉得自己飘飘荡荡,没有个温暖的归处。

"你不用这样,"宋桥低低地说,"我知道你在那儿。"

永远都在。他像一颗恒定的启明星,每个黑夜即将逝去的清晨,她都能看见。

黎明川紧紧拥抱着宋桥,许久才开口:"我还没见过你穿绿裙子呢。"

"总有机会的。"宋桥轻拍他的背安慰。

不是她不想穿,而是在工地上她是宋大桥,不可能穿着裙子去指挥穿着工服的人。

而当她终于有时间上岸去和黎明川约会时,又错过了穿裙子的季节。

偶尔在夜深无人的时候,她也会将它拿出来,对着镜子在身上比画,想象着终有一天穿上它的那刻。

总会等到那一刻的。她主动亲吻黎明川的唇,给他一个安心。

63　邻居

黎明川回去以后,终于可以安心地准备搬家事宜,和金飞一起去开发区看了几次,其间还碰见了 AK 的罗总,他们近水楼台先得月,早就已经进场。

"哟,"罗总和黎明川握手,"从前是同事,后来是对手,现在又成了邻居了,咱们这个关系变化得,我都快跟不上了。"

"计划跟不上变化嘛。"黎明川笑着说,"我原本也没打算来,但看着你们都来了,还是大家在一起热闹,互助共赢嘛。"

"互助谈不上,"罗总打了个哈哈,"只求你给我们留碗饭吃就够喽。"

罗总带着人走了,金飞皱眉望向他的背影:"以前在公司的时候觉得他还挺亲和的,怎么现在这么阴阳怪气?"

"他在上你在下,他当然亲和。"黎明川说,"现在走到了和他平等的位置,再谈虚怀若谷,就有点难了。"

黎明川环顾周围,一栋栋大楼上都有各自鲜明的 Logo(标志)。

很好,强敌环伺才让人更有劲儿。

地方找好,装修好,锐信也准备搬家了。原来的写字楼里,打包的打包,收拾的收拾,热热闹闹地忙成一团。

黎明川看着墙上的"锐信科技"四个大字,心中有眷恋不舍。

来了珠海这么多年,终于还是要离开了。但也没完全离开,大桥还没修完,这边仍然留了一组人在坚守。

"大桥项目上有任何事,"黎明川嘱咐林组长,"都马上告诉我。"

林组长点头:"您放心吧,黎总,我们都是熟手。"

气象预测系统已经做得很完备,交通管理系统也日趋优化,只等着大桥完工就上马。

第七章　碧海变通途 | 353

"行,"黎明川说,"那我就准备走了。"

可就在这时,黎明川的手机突然响了起来,他一看屏幕,竟然是宋桥。

"今儿是不是你走的日子?"宋桥的声音从电话那头传来,"还没出发吧?"

"快了。"黎明川问,"你在干什么?"

"我呀,"宋桥笑吟吟的,"上楼梯,进大门。"

"进哪个大门……"黎明川话音未落,整个人呆住——宋桥正走进锐信的大门,笑望着他。

"你怎么来了?"黎明川惊喜地迎上去。

"来给你送行。"宋桥站在他面前,"多看一眼是一眼。"

金飞从旁边经过,听到这句话,夸张地哇了一声:"'刺儿头'也会说甜言蜜语?"

"那也不是甜给你看的。"黎明川踹了金飞一脚,拉着宋桥下楼,现在这个乱哄哄的环境,实在不适合谈恋爱。

可电梯往下只走了一层就停下了,门开后,进来的人是陆珊妮。她看见他们牵着的手,眼神一黯。

"黎总,"陆珊妮看着黎明川,"你的公司今天是不是要搬走了?"

"对。"黎明川点头,"以后就不能做邻居了,感谢陆总这几年的关照。"

"也不会呀,"陆珊妮一笑,"我们马上也要搬去深圳,就在你旁边的园区。"

宋桥愣住,缓缓地转头望向黎明川,而他也是一脸惊讶:"这么突然?"

"也不算突然啦,"陆珊妮耸耸肩,"那天吃饭的时候,爹地讲起湾区发展的事情,我就打算过去,只不过你当时还犹豫,所以我没有说。"

原来他们还私下一起吃过饭,加上陆应成,就如同岳父和女儿、女婿。宋桥感到不舒服,逼着自己不要小心眼儿。

"陆小姐也去,那挺好。"宋桥笑笑,"毕竟都熟,也有个照应。"

"当然。"陆珊妮翘了翘嘴角,"我和明川楼上楼下这么久,以后还会有合作,彼此照顾,那是应该的。"

这一席话,说得没毛病,可让人听得却有点不是滋味。宋桥一哂,不再说话。

此时电梯已经到了一楼,陆珊妮昂头挺胸地走了出去,如同什么都没发生过。

宋桥也没言语,但是松开了黎明川的手,他赶紧想拉回来:"我真的不知情。"

"我知道。"宋桥状似轻松地将手插进兜里,让黎明川的手落了个空,"我也没说你们之间有什么。"

"可你就是吃醋了。"黎明川伸手捧住宋桥的脸,任她挣扎也不放,他直视着她的眼睛,"我和陆总,就是单纯的合作关系。"

朋友是朋友,女朋友是女朋友,一字之差,但他分得很清楚。

"我又没说什么……"宋桥嗫嚅着,不好意思地躲避他的眼神。

"原来你也会吃醋啊,"黎明川突然低低一笑,"刚才着急,现在我还挺开心。"

看着顶天立地的宋大桥为了他吃醋,可真值得骄傲。

"你真讨人厌!"宋桥恼羞成怒,偏过头来就在他手上咬了一口,疼得他立刻松开。

"你还咬人?"黎明川笑着来抓她,"属小狗的啊?"

"你再抓我,我还咬你!"宋桥干脆耍赖到底。

两个人拉拉扯扯,最终宋桥还是被黎明川牵着手,走出了大厦。

陆珊妮其实并未走远,就坐在旁边的咖啡厅里,透过昏暗的玻璃,看见了外面的情景,眼神晦暗。

黎明川和宋桥"告别"了两个小时,以至于他们回去的时候金飞直起哄:"哟,这告别仪式够长的哈,我还以为天黑都等不着人。"

"金飞,"黎明川开口,"要不你就留在珠海分部吧,反正你闲得慌。"

金飞立马投降:"别别别,我还得去深圳大展宏图呢,黎总您别生气,高抬贵手,高抬贵手。"

花花在旁边凉凉地吐出两个字:"活该。"

他们金总这找死的性格,真的是从来没变过。

金飞看着花花从他身边扬长而去,想训她又不敢骂出口。黎明川意味

第七章 碧海变通途 | 355

深长地拍了拍他的胳膊,和宋桥进了里间。

办公室也已经收拾好了,黎明川和宋桥站在窗前,最后一次从这里看海景。

"平时我老站在这里,"黎明川说,"觉得隔着海就可以看见你。"

气氛有点伤感,宋桥开玩笑:"这里离岛几十千米,你又不是千里目。"

"但到底都在珠海。"黎明川握住她的手,"以后我只要有空就回来看你。"

宋桥的假期少,总跑深圳不太现实,所以她也没许诺什么,只是轻轻拥抱了一下黎明川,尽在不言中。

再怎么留恋,也还是到了要走的时候。在大厦门口,宋桥看着黎明川上车,心尖上一阵阵酸涩。

说起来珠海离深圳并不远,可到底是两个城市,他们从隔海变成了异地。

"哎,"黎明川向宋桥招手,"过来。"

宋桥不明所以地走到车窗前,黎明川突然伸手拉下了她的脖颈,在她唇上印了一个吻。

这是他们第一次公开这样亲密,后面车厢里的人都发出惊叹声。

宋桥脑子里一片空白,红着脸推开黎明川,他眨了眨眼睛:"临走盖个章,标记所有权,你是我的。"

"有病!"宋桥骂他,眉梢眼角却尽是甜蜜。

车走了,一拐弯消失在转角,宋桥怅然地收回眼神,也打算离开。

就在这时,身后响起了陆珊妮的声音:"宋小姐。"

宋桥愣了愣,转过身面对她:"你就叫我宋桥吧,我不习惯被人叫宋小姐。"

"你似乎对女性身份也不太习惯,"陆珊妮微笑,带着点轻蔑,"那你为什么要和明川谈恋爱呢?"

在她面前,陆珊妮总是称呼他为"明川",就像是在示威。

宋桥也笑了笑:"只有他把我当女孩儿,我也不需要在每个人面前都彰显和利用女性优势。"

这句话说得带刺,陆珊妮气恨:"我也同样是靠自己。"

"你生下来就有千金的名号,所以你习惯被称为陆小姐。"宋桥淡淡地说,"而我在工地上摸爬滚打地长大,就是个把自己当男人用的宋大桥。我们的人生不一样,没必要谁鄙视谁,各自过好各自的就行了。"

宋桥说完,转身走向公交车站,上了来时的那路巴士,在陆珊妮的视线中远去。

陆珊妮心中有种说不出的郁结,怎么都纾解不了。

她也是下楼来送行的,却看着他们吻别,所以她才忍不住,对宋桥冷嘲热讽。可这个人无惧被打压,她有足够的自信。

陆珊妮缓缓走进大厦,她没有告诉黎明川,做搬去深圳的决定其实是在他做出决定之后——固然是因为湾区的发展,也是因为,她不想放弃这个男人。

锐信在深圳落户几天后,陆氏地产便也去了,陆应成出席了新址开张仪式,并请来了黎明川。

"很好啊,"陆应成环顾着周围的环境,"我当年第一次跟着父亲过关来深圳的时候,没有想过能发展成这样,现在已经可以和香港媲美了,甚至从港口优势上来说,未来的潜力或许比香港更大。"

"香港还是香港啦,"陆珊妮维护故乡,"毕竟它早就已经是四大湾区之一。"

"目前的政府构想,是九个城市一起组成大湾区,"陆应成说,"各成员之间既是合作关系,也存在竞争。这是一个非常好的机制,新的大湾区,以后优势会更加突出。"

黎明川赞同:"以前港澳的各方面都领先于内地,但这些年,大家跑得都很快。如今能够联手,进行优势互补,这不仅仅会推动区域经济,也会促进整个国家的经济发展和科技创新。"

陆应成和黎明川在高楼林立间互相对视了一眼,默契自在心间。

而这默契对陆珊妮来说有点扎眼,她撇了撇嘴:"你们每次见面谈的都是高大上的东西,好像我什么都不懂一样。"

"没人说你不懂,"陆应成大笑,"但你的确应该像明川一样,把目光放得更长远一些,也不要只护着香港,在内地生活了这么多年,这里也是你的家呀。"

陆珊妮没说话,她虽然渐渐融入内地的生活,但将这里视作家,对她来说还是远了一点。

陆应成也没有强迫她,一切都需要时间。他拍了拍黎明川的肩膀:"珊妮这又是换了一个新环境,毕竟她对深圳没有你熟,以后还请你多照顾她。"

"您客气了,我会的。"黎明川对陆应成是真正的敬重,也不好拒绝他的要求。更何况,陆珊妮毕竟是他的合作方。

陆珊妮的唇角有一丝隐约的笑意。她的爹地可真是神助攻。

陆应成与夏教授有约,参加完开张仪式就走了。黎明川本来也要走,却被陆珊妮叫住。

"你现在住在哪里?"陆珊妮问。

黎明川愣了愣,说了个地址。陆珊妮点了点头:"那我也就把住处安顿到那里,就像爹地说的,彼此有个照应。"

"我住的地方,"黎明川委婉推辞,"离这里并不近,你来公司可能不方便。"

"没关系啊,"陆珊妮一笑,"老板又不是每天要来公司。"

黎明川没再多说什么,但直觉这样有些不妥。

陆珊妮果然搬进了黎明川所在的小区,还就在他对面的公寓楼。

金飞见之咋舌:"和陆小姐这个邻居,做得也太扎实了,以前是楼上楼下,现在是楼对楼。"

花花一直以来的揣测得到了证实,她摇了摇头:"宋桥姐有对手了。"

"嗯?"金飞惊诧,"你什么意思?"

"金总,"花花怜悯地看着他,"你真的没有反省过,为什么这么多年就交不到个女朋友吗?"

金飞再次被暴击,张着嘴半天说不出话来。

"陆小姐喜欢黎总啊!"花花无语,"傻子!"

金飞过了足足十秒才反应过来,抽风似的喊:"她喜欢黎哥?"

花花一把捂住金飞的嘴,将他推到角落里:"你是想让黎总为难吗?喊这么大声！"

金飞喘了两口气，终于从这震惊中回过神来，小声问："不能吧？人家可是'十亿千金'。"

"要单论身家，"花花说，"黎总现在也算钻石王老五。"

"但跟陆氏能比吗？"金飞还是不相信，毕竟黎明川就是一介草根。

"人家陆小姐她爸早就想拉黎总入伙好吗？"花花翻白眼，"你不记得啦？当初还要收购锐信呢。"

金飞又是大喘一口气，敢情那会儿就是老丈人看女婿，越看越欢喜。要是他黎哥真能进入豪门，那他也可以……

他还没来得及进行美好的幻想，黎明川就出了门，脸色有点沉郁。

"金飞，"黎明川说，"要不我们换个房吧。"

金飞愣住，迟疑地问："你不想跟陆小姐……"

"人黎总是有女朋友的人了，"花花鄙视，"你以为都像你似的，见着个美女就想追？"

"我哪有！"金飞辩解，"成天脑子里都是数据数据数据，哪有地方装美女？"

黎明川不想跟他废话："今晚就搬吧。"

说完他径直出门离开，奔公司而去。

64 救美

陆珊妮第二天早上下楼，正好遇见金飞从对面楼里走出来，她怔了下："你也住在这里？"

"啊，"金飞有点尴尬，"我和黎哥换个地方，搬过来了。"

陆珊妮眼神一沉，掉头走向停车场，再没看金飞一眼。

金飞摸了摸鼻子，这叫什么事儿啊？三角恋让他当炮灰。

陆珊妮来到公司，忍了又忍，最终还是没忍住，给黎明川打了电话。

"你为什么搬家？"她开门见山，语气颇有点冲。

黎明川平心静气："那里离公司远，上班不方便。"

和昨天他说的话一致,陆珊妮的火发不出来,但又不甘心:"是因为我也住过去了吗?"

"您没必要这样,陆总。"黎明川淡淡一笑,"于人不方便,于己也不方便。"

他说得含蓄,她却听懂了:"你觉得对你来说,是个麻烦对吗?"

"工作的事情就工作上谈,私下做朋友也可以。"黎明川顿了顿,"但也只是这样了。"

也只是这样了。这几个字堵在陆珊妮心口,她再说不出话来,缓缓挂断。

他拒绝得很明白,哪怕她什么都没说出口。他看懂了她的心思,却不接受。

她到底哪里不好?哪里不如宋桥?陆珊妮的人生中,从未这样挫败过。从前都是别人追她,这次换她先动心,可尚未萌芽,便直接被掐死在摇篮里。

在办公室里浑浑噩噩地坐了半天,陆珊妮接到了艾伦的电话。艾伦是她从小的玩伴之一,他家在深圳也有生意。

约了晚上酒吧见,陆珊妮坐在摇曳的灯光中,却提不起精神。

"珊妮啊,你终于从珠海出来了,"艾伦摊手,"虽然深圳也比不上香港,但总比那个乡下地方好。"

"珠海也不算乡下地方。"陆珊妮笑笑。在那里,她还是有过美好回忆的,包括黎明川。

想到那个人,她更是沮丧,转过头望着艾伦:"我这个人,到底哪里不好?"

艾伦一愣:"你没有不好啊,又漂亮又有能力,家世也很好。"

"那你为什么不追我了?"陆珊妮已经有点醉了,借着酒劲问出这句话。

"冤枉啊!"艾伦大叫,"我从中学一直追你追到大学,你都不动心,我才放弃的。"

"对不起。"陆珊妮突然道歉。

对一个人动心却被拒绝是什么滋味,以前她是不知道的,也不在意,她天生就该是被众星捧月的焦点。

可是现在,她却因为自己受伤,而对艾伦感到抱歉。

艾伦怔了两秒,突然觉得自己是不是有机会了,他离她近了点。

"珊妮,其实我还是中意你,没有变过。"他的手搭上她的肩膀,"如果你有心事,可以和我说……"

如此近的肢体接触让陆珊妮有些不适,她想推开艾伦,但酒精的作用让她身上软绵绵,没有力气。

艾伦见状,干脆扔下钞票在桌上,扶起她往外走:"你喝多了,我们换个地方再聊。"

艾伦本就是浪荡公子哥儿,陆珊妮知道他对女人的那一套,极力挣扎,却仍然被他一路搂着走向停车场。

有人从车上下来,正好和他们打了个照面,那人顿时一愣。

"珊妮乖啦,"艾伦边走边哄,"我们又不是第一次,大学的时候还睡过同一个帐篷。"

可那是集体露营。陆珊妮一路被艾伦拖着,走得急,更加头晕,眼前的情景摇晃到模糊。即将被艾伦塞进车里的那一刻,她才积聚起最后的力气,抬起穿着高跟鞋的脚,重重踩了下去。

艾伦惨叫一声放手,陆珊妮跌跌撞撞地往前跑,却差点被进来的车撞到。

一只手突然从旁边伸出来,将她拉开,她猝不及防地撞在了那人身上,两人一起摔倒在地。

"你可真够重的。"一个熟悉又不耐烦的声音响起。

陆珊妮茫然回头,才发现眼前的人竟然是周南方。

艾伦已经追了过来,想要拉起陆珊妮,周南方一把推开他的手。

"你干什么?"艾伦怒吼,"她是我女朋友。"

"得了吧,"周南方痞痞地扶着陆珊妮起身,"那她为什么不愿意上你的车?"

"我们……"艾伦找了个借口,"我们在吵架。"

"我不是……"陆珊妮虚弱地争辩。

"我知道,"周南方翻了个白眼,"就你那眼睛长在脑门上的高傲样儿,能看得上这种人?"

这句话激怒的却不是陆珊妮,而是艾伦。这个不知道从哪里冒出来的人,居然敢瞧不起他?

周南方确实瞧不起艾伦,泡妞有泡妞的基本法,人家不愿意你还强迫,那就叫耍流氓。周南方懒得理艾伦,打算直接带陆珊妮走人,艾伦气得冲过来就是一拳,周南方偏头躲过。

"嚯,还想打架呢。"周南方拿出手机,"要不我直接拨个110,等警察来了,把你今儿晚上干的这些事儿都说道说道,看看你是被法办呢,还是被遣返。"

周南方混不吝起来,天王老子都不怕,眼睛里闪着冷光。就算真打起来,他也有一帮朋友就坐在这酒吧里,看看究竟谁倒霉。

艾伦到底是怂了,不甘心地看了陆珊妮一眼,上车离去。

周南方给酒吧里的朋友发了个微信,说有事来不了,随后将陆珊妮塞进副驾。

"你是不是有毛病?"周南方一边给她绑安全带一边骂,"跟男的喝什么酒?"

陆珊妮没力气回嘴。她和艾伦认识多年,也没想到他会有这么大的胆子。

再说现代社会,喝酒不是一种正常的社交方式吗?周南方自己还不是来酒吧消遣的?陆珊妮瞪了他一眼。

周南方懒得跟她多说,累死累活一个多月,好不容易今天同学聚会放松一下,才走到门口,竟然捡到了这位落难千金。

车开出地库,周南方问她:"你住哪儿?"

可半天没人回答,他转头一看,陆珊妮已经睡着了。

周南方望天长叹,这要不是一个村里出来的,他真想直接把她扔在大马路上。

就近找了个酒店,他把她拉进去。前台看多了这种喝醉来开房的,也没多问,给了房卡让他们上楼。

进了房间,周南方将陆珊妮扔在床上就准备走,她却突然哭了起来。

"你哭什么呀?"周南方无语,"房钱还是我出的呢,你又没吃半点亏。"

"我喜欢的人不喜欢我。"陆珊妮把脸埋在枕头上,抽抽噎噎。

"你这样的,有人喜欢才怪了。"周南方没好气。

陆珊妮哭得更伤心了,止都止不住。

"你可别一时想不开寻短见啊,"周南方无语,"我到时候没法儿跟你爸交代。"

怕她喝多了一不小心真跳了楼,他只好坐回沙发上:"你说吧,就当我是个情感广播台,倾诉一下你的伤心往事。"

"他不喜欢我……"陆珊妮断断续续地哽咽,"就算我在他楼下四年……他也不喜欢我……我搬到他住的小区……他就搬走……"

"你还有这么痴情的一面呢?"周南方一哂,"他谁啊,能让你这么泥足深陷?"

"黎明川呀黎明川,"陆珊妮像是对周南方说,又像是对自己说,"你为什么让我动心,却又喜欢别人?……"

周南方从她的话中捕捉到那个名字,不敢置信地一怔:"谁? 黎明川?"

陆珊妮痛苦地闭上眼睛:"我看见他和宋桥在门口吻别,他们那么甜蜜,可我好难过……"

周南方也难过起来,仿佛那一幕场景就在他眼前。

许久,他终于开口:"你喜欢黎明川是吗? 我……喜欢宋桥。"

这次换陆珊妮愣住,她呆呆地看着周南方:"你说什么?"

"我喜欢宋桥。"他将这句话重复了一遍。这是他第一次,这样肯定而坦诚地说出自己的心意,居然是在陆珊妮面前。

或许,只因为她此时不清醒,所以他也放纵自己一回。

那些吐不出口的秘密啊,告白还未开头,就已经湮灭。周南方的眼角,也有了隐约的泪光。

陆珊妮怔怔地望着他,突然觉得自己的心痛似乎缓解了些。

原来也有人和她承受一样的痛苦,在这个夜里,竟像是分担。

"你为什么喜欢宋桥呢?"她喃喃地问。

"她是我的师父,"周南方说,"教我什么是桥梁,也教我怎么找到自己。"

陆珊妮的脑子此时已经混沌得无法理解这句话,可她感受得到其中包含的深情。

她突然笑起来,指着他:"周南方,你也有今天。"

"你不也一样吗?"他撑回去。

都曾是眼高于顶的人,谁都看不上,谁都不在乎,却偏偏栽在了这里。

"我不甘心啊,"陆珊妮摇着头叹息,"我不甘心。"

周南方没有说话,他也不甘心,可是又有什么用呢?

对方心里的人,并不是自己。

那天夜里,陆珊妮不知道自己是怎么睡着的,醒来的时候已经是早上。当她勉强支撑着起身时,看见那个歪倒在沙发上的人,吓得差点叫起来。

"你……你怎么在这里?"她指着周南方。

"大小姐,"周南方一夜都没怎么睡着,满眼血丝,"我怕你跳楼啊!"

"跳楼?"陆珊妮捂着额头,昨晚的一幕幕,终于像蒙太奇一样,在她脑中回放。

她被艾伦带出酒吧,被周南方带来酒店,最关键的是,她还哭着告诉他,自己喜欢黎明川。陆珊妮的整张脸都红透了,她为什么要在这冤家面前丢人?!

可转眼间,她又想起了后续,周南方好像说,他喜欢宋桥。

陆珊妮的目光闪电般地扫过去,定在周南方脸上。这两人之间有种奇怪的默契,周南方也瞬间明白,她想起了他的秘密。既有握着对方把柄的窃喜,又为自己心酸,如此复杂的情绪下,周南方和陆珊妮相对无言。

"那什么,"周南方站起来,假装咳嗽了两声,"既然你脑子正常了,我就走了哈,就当昨晚咱俩没见过,跟谁也别提。"

陆珊妮嗯了一声。这当然是最好的结果。

周南方正要出门,陆珊妮又在背后叫住他:"喂。"

周南方回头,挑眉看着她:"你还想干吗?"

陆珊妮沉默了两秒,终于憋出了那句话:"谢谢你。"

"不用了,"周南方挥了挥手,"都是龙山村的,我怕你出了事,我外公拿拐杖打死我。"

周南方出门离开，陆珊妮又倒回床上，望着天花板，重重地叹了口气。

周南方开着车，在这座城市里游弋，这样明媚的清晨，他心中却是一片茫然。

他从未这样钟情于一个人，甚至他的理想和信仰，一部分都是为了她。

她叫大桥，他就去设计桥，他希望将来有一天，可以和她并肩战斗。

可她爱的人，不是周南方。等红灯的间隙，他伏在方向盘上，直到后面的车按响喇叭他才抬起头来，继续往前开。

无法宣之于口的秘密，只能藏在心底，藏在这些枝枝蔓蔓的细节里。

65 亲人

陆珊妮也没有向任何人提起她遇见过周南方，她直接打电话警告艾伦，再有下一次，无论是在深圳还是在香港，她都会把他送进牢房。艾伦昨晚色迷心窍，现在吓得一直道歉，毕竟陆珊妮这样的人，他惹不起。

处理好这些后遗症，陆珊妮疲惫地靠在椅子里，又想起了黎明川。就这样承认失败吗？她的自尊也不答应。来日方长，总还有机会的。

宋桥和黎明川并不知道，背后还有这样一场纠葛。分开两地，他们的电话通得比过去更勤了些，除了倾诉思念，也会聊一些工作上的事情。

"珠海那边我留了人，"黎明川说，"你们大可放心。有什么事，我也会马上赶回来。"

现在的沉管虽然也有波折，但基本都是有惊无险，宋桥倒也不那么担心。

"圳山通道以后也会有海底隧道，"宋桥笑着调侃他，"说不定凭你这次的经验，还能再接一单。"

"到时候你会过来吗？"黎明川问。他也盼望宋桥能来这边，和他团聚。

宋桥想了想："看进度情况吧，如果两边的工程接得上，那我们这班人肯定会过去继续做沉管隧道。毕竟这是跨海大桥中积累的中国工法，为的就是给桥梁业打个样板，以后好突破技术局限。"

"人和技术，"黎明川赞同，"都是传承。"

科技创新,就是靠一次次突破来推动的。黎明川也提起了自己的事:"我最近有个想法。"

"什么想法?"宋桥饶有兴趣。

"智能手机的功能越来越发达,人吸收信息的方式也发生了改变。"黎明川沉吟,"以前主要靠文字,但现在开始往视觉化发展,如果把文字变成画面,冲击性更强,接受速度也更快。"

"所以呢?"宋桥追问。

"我在想,除了传统的新闻形式之外,能不能也有一些视频化的东西。"黎明川的指节在桌面上有节奏地敲击,"把人感兴趣的事情,直接变成画面,呈现在他们面前。"

宋桥也陷入了思考:"像电视剧、电影那样?"

"不,"黎明川摇头,"那个时间太长了,造价也高。要短平快,一击则中,突出重点,同时除了那些专业的团队以外,也要容许个人有发挥的余地。"

草根未必就没有才华,要发掘金子。何况社会本来就是个大舞台,包罗万象。你见过的,我没见过,我见过的,他可能没见过,所以要分享。

"你说得对。"宋桥肯定,"现在人都忙,生活节奏快,如果能把碎片化时间拿出来,看上几分钟视频,也是种很好的休息。假如内容有趣或者有用,那就更好了,看手机就等于看世界。"

"你说的这个点非常好,"黎明川打了个响指,"看手机就是看世界!"

黎明川找到了兴奋点,马上开始布局将它贯彻下去。当他提出要做视频化内容的时候,会议室里一片沉默。

"黎哥,"金飞有点犹豫,"咱们这步子,是不是迈得太快了一点?"

从当初做应用系统,到后来的新闻传媒,现在干脆要向影视化进攻了。

"没你们想的那么复杂。"黎明川顿了顿,又纠正,"也复杂,但复杂在首先要建立起一个新的大系统。"

众人都望着黎明川,他站起来在白板上写字。

"首先是用户习惯,从文字到画面,必定会有很多人不适应。"黎明川在白板上画了一个方框,"可一旦有一天,他们发现从小小的手机屏幕上,能看到各种新奇直观的视频内容,他们接受新信息的习惯就会发生根本性的改变。一分钟的画面,看文字描述,也许要十分钟或者更久,如果是你们,会选择哪一种?"

大家沉默了。现代社会里,所有人都忙成狗,能停下来喘口气的时间,或许只是抽根烟、等个红绿灯,或者上个厕所。这点时间够干什么的?长篇累牍的文字都没心思打开,短视频可能真的是个很好的选择。

"也是哈,"花花第一个开口,"累得要死的时候,就只想有个快速放松的方式,最好还能不花钱。"

"对,所以内容的生产方也很重要。"黎明川说,"如果我们找专业的影视团队来制作,可想而知成本是多少,而且不一定接地气。但是如果我们做一个大的分享网络呢?"

"分享网络?"众人面面相觑,不明白这个新词。

"内容的制作者也是用户,将他们在生活中看到的东西传到网上,让其他人可以看到。"黎明川说,"这不就是分享吗?"

"可是,"另一个工作人员迟疑地问,"要是不精彩呢?"

"用户会帮我们进行筛选的,"黎明川一笑,"越精彩的东西,就越多人看。而这反过来也是一种促进,让制作视频的人,越来越趋近于专业化和精细化。这一切,是用户推动用户,而我们,只不过提供了一个平台。"

大家的脑子一时被这么多信息量冲击得快堵塞了,黎明川体贴地给了他们消化的时间:"都下去想一想,咱们再讨论具体的方案。"

金飞和花花回到办公室里,他发了半天呆,望着她开口:"你说我当初跟着成峰逼宫,是不是真的自不量力?"

花花挑了挑眉:"嗯?"

"我这脑子和他的相比,"金飞说,"他就像英特尔 5 代,我像个老式 386。"

花花微笑着点头:"嗯!"

金飞沮丧地跌坐到椅子上。

"黎总不仅仅是脑子好,"花花给他分析,"他还擅长观察生活。你看他做新闻,是为了让人能快速找到自己感兴趣的东西。现在改做视频,也是顺应人的生活方式和生活习惯。所以做技术的人,也不能只专注于技术,除了埋头拉车,还要抬头看路。"

金飞深以为然,又看向花花:"你也很擅长观察,比如陆小姐喜欢黎哥,你发现了,我都没发现。"

花花扯了扯嘴角:"就凭你的情商,全世界的人都结婚了,你还在打光棍儿。"

"哎,那你说说,"金飞不依了,"我要怎么才能找着对象?"

花花深深地看了他一眼:"没办法,你眼瞎。"

花花说完离开了办公室,转身的那一刻,神情复杂。

金飞尚不明所以,倒在椅子上为自己的人生哀叹。他被爹妈催婚催得快发疯,要说他现在条件也还行,但每次相亲都是以失败告终,难道他真的要像花花那个乌鸦嘴说的一样,孤独终老?

花花坐到自己办公桌前,一口气儿还缓不过来,灌下半杯热水。

瞎子!她在心里恨恨地骂,强自平静去工作。

黎明川的想法很好,但实行起来却很难,如果一开始就纯靠草根自由发挥,不稳定因素太大。他还是需要发掘金子,来为新板块引流。

民谣歌手、搞怪段子手、有特殊技能的专业熟手……这个手那个手,让他心力交瘁。

"你知道吗?"黎明川给宋桥打电话,"我今天在拉面馆待了一整天。"

"你有这么喜欢吃面吗?"宋桥奇怪。她记得湖北人的主食是米饭。

"看大师傅拉面条,"黎明川说,"一大块面团,能拉得像头发丝儿那么细,过程中还能翻花儿。"

"你看这个干什么?"宋桥好笑,"想厨艺再上一层楼?"

"我现在哪还有工夫做饭?"黎明川告诉宋桥,"我是想让大叔拍视频,传到咚呛网上去。"

"咚呛网?"宋桥不敢相信,"这就是你说的那个视频新网站的名字?起得也太随意了吧。"

"咚咚呛呛,生活不就是这样热闹吗?"黎明川微笑,"哪里随意?"

是的,世间生活就是讲究一个热闹,那样才有烟火气。

"这名字也容易上口,"宋桥说,"挺好。"

渐渐地，咚呛网有了人气，想看大师傅拉细丝面的、想看地下通道歌手唱民谣的、想看相声笑话逗趣的，各自都找到了喜欢的地儿。也开始有不那么精通但是热爱的人，去发自己的视频，唱歌、跳舞、做菜、做手工，好的坏的，精致的粗糙的，都是在记录生活。

宋桥也下了咚呛网的 APP，晚上睡觉前翻一翻，看见形形色色的过日子的方式，觉得人间烟火就在身旁。

黎明川这边进展迅速，陆氏那边也在布局。一旦圳山通道建成通车，中山就成了深圳的后花园，但两地的房价却不可同日而语，所以中山尤其是大桥出口附近的那座岛，就成了黄金地段。

陆珊妮当时决定把公司搬来深圳，也是看准了这一点，打算在岛上建住宅区。

陆应成赞同陆珊妮的想法，和她一起去中山考察，却正好遇见了在这里勘验地理环境的周南方。

经历了那一晚，陆珊妮有点不想再见到周南方，陆应成却很高兴："南方！"

周南方回头看见陆珊妮，愣了一下，但还是走了过来："陆叔，您怎么来了？"

"以后想在这里建房子。"陆应成看向站在远处的人，"那位就是季大师？"

"对，"周南方回答，"我跟着季老师一起过来考察一下这边的地理环境。"

跟宋宁刚和叶江相比，季浩然显得更年轻，谦和中带着点艺术气质，遥遥向陆应成微笑致意，便又继续工作。

"你也去忙吧，"陆应成拍拍周南方，"看到你成长起来，陆叔很高兴。"

周南方心中一暖。到底是同宗同源，那天他帮陆珊妮，也没帮错。

周南方和陆珊妮眼神相触，两人都有点不自在，他匆匆打了声招呼，就跑回季浩然身旁。

看着他认真忙碌的样子，陆应成对陆珊妮说："你看，不要对南方有偏见，他其实也是个很好的男孩子。"

"您不会跟海生爷爷一样，"陆珊妮撇嘴，"也想把我和他凑一对吧？"

陆应成哈哈一笑："我可没有乱点鸳鸯谱的爱好，你们年轻人的事情，我不管。"

陆珊妮对黎明川的心思,他知道。她当初急着搬来深圳的原因,他也想到了。但他不想真的当助攻,如果黎明川喜欢的是宋桥,那样对谁都不公平。更何况,宋桥还是宋宁刚的女儿。

各考察各的,到了临别的时候,陆应成又走过去,和周南方他们聊了一阵。

"这是一个怀抱,"季浩然的看法和陆应成颇有相通之处,"湾区的九个城市,将被这两座桥,还有快速干线,连成'一小时生活圈'。粤港澳都将在这个怀抱的哺育下,成长得更好。"

陆应成由衷地敬佩:"感谢你们。"

"也感谢陆先生,为了湾区奔走。"季浩然早就听说了陆应成的事,"爱国同胞们的支持,是未来发展的坚实后盾。"

都是一样的心,不必再多言,两人握手告别。

周南方一直把陆应成送到车上,关门的一刻,陆应成嘱咐他:"再忙也要回龙山村看看你公公,他很挂念你。"

"知道了,陆叔。"经过这几年的来往,陆家和他们是真的像亲人了。除了陆珊妮,有时候她还是别别扭扭的。

"你也要多回村里去,"陆应成转头跟陆珊妮说,"那也是你的老家。"

陆珊妮含糊地哦了一声,她以前对龙山村确实是没有什么感觉的,可那次在酒吧停车场,不知道为什么,她却敢跟着他上车。或许就是因为,他们是同一个村里的人。

陆珊妮心中有点说不出的滋味,默默看了周南方一眼。

周南方接收到了她的眼神,也朝她挥了挥手,大大咧咧地离开。

66 向荣

昏天暗地地画图改图再画图,就在周南方眼睛都快瞎了的时候,季浩然终于给他放了假。

设计团队其他人也都休息了一天,只有季浩然自己仍然在忙。

"季老师,"周南方有点不忍心,"您也歇歇吧。"

季浩然摆摆手:"我不累。"

怎么可能不累？年轻人尚且受不了这个强度，何况是他？周南方犹豫了一下:"那要不，我也留下来加班吧。"

"你回去看看家里人，"季浩然赶周南方走，"都这么近了，又不是大禹治水，三过家门而不入。"

周南方哭笑不得:"那行吧，您有事随时联系我。"

周南方退出来的时候，看见季浩然坐在屏幕反射的光影里，周围贴着各种设计图，那些线条看似凌乱，却又有美感，与他的身影融在一起，仿佛本就是一幅艺术画。

不愧是大师。周南方一笑，轻轻为他带上门。

周南方回到家里，陈琳喜出望外，她这些日子一直想去深圳看他，可他不让，周冲也不让。

"都怕我去打扰你的工作，"陈琳抱怨，"妈妈哪里是这样不懂事的人啦。"

"对，"周南方点头，"也就是去给我送送汤，喊乖仔吃海参不要吃苦。"

陈琳被他逗得笑了起来，嗔怪地打了一下他的胳膊:"那我想你嘛。"

"我也想你们。"周南方记起陆应成的嘱咐，"今天回龙山村看公公吧。"

陈琳很高兴他记挂着老爷子，立刻打电话召唤周冲，一家人回村。

陈海生正在展厅里看他的那些船，听见周南方在门外叫"公公"，激动得连拐杖都丢了，一路朝他冲过去。

周南方连忙上来扶住他:"哎哟，又不差这几步，我不是就站在您面前吗？"

"你现在回来得少，"陈海生说，"我年纪又大了，见一面就少一面。"

周南方愣住，心里一涩:"您说的这是什么话，我公公要长命百岁呢，至少还要活几十年。"

"对对对，"陈海生笑着点头，"我还要等着抱重孙。"

一扯又扯到他的婚事上，周南方无奈:"男子汉大丈夫，先立业后成家，我现在要搞事业。"

周冲这次倒是站在周南方一边:"爸您不知道，南方这一次当了圳山通道的设计师,和我们珠海的跨海大桥是一个级别的,世纪工程!"

老爷子这下可太高兴了:"搞事业搞事业,我的乖仔大出息了,我要去给祖宗烧高香。"

陈海生真的领着子孙两辈人去了祠堂给祖宗上香,他伏在地上,闭着眼睛念念有词,谁也不知道说了什么。

良久,他又深深地拜了一次,这才起身,却突然身体一晃,差点摔倒。

大家赶紧搀起他,陈琳担忧不已:"您没事吧?要不要去医院看看?"

"就是点小毛病,去什么医院,祖宗会保佑我的,我还要看南方建大桥呢。"陈海生推开陈琳,一手拄着拐杖,一手拉着周南方,走出祠堂。

但在那一刻,周南方隐约觉得,他的掌心里似乎满是冷汗。

回到客厅,陈海生又坐了一会儿,就去睡觉了。周南方临走之前不放心地进了卧室,看见外公睡得安详,这才离开。

路上,陈琳看着周南方感叹一声:"你公公啊,一辈子最疼的就是你,辛辛苦苦操持船厂,也是想多给你留点家业,让你永远不受苦。南方你要有出息,对得起他的希望。"

周南方点了点头,望向窗外的夜色。他从小顽劣,无数次被周冲追着打,都是公公护着他。

好吃好喝的都留给他,给他买这买那,生怕他钱不够花。周冲总说他的一身坏毛病都是公公惯出来的,可公公是真的爱他。这位老人没有太多文化,全靠白手起家,一心想让他继承船厂,可他去做设计,公公又满心希望看到他建起的大桥。他会好好努力的,要对得起公公,对得起列祖列宗。

周南方这次回来,原本是不想去岛上的,他不知道在听说吻别事件后该怎样面对宋桥。

可他就像着了魔一样,闲下来就在家里坐不住,鬼使神差地还是到了渡口。恰好船来了,他心里左右搏击,最终还是见宋桥的念头占了上风。

而周南方的归来,比他想象中还受欢迎。杨建功过来,在他肩上重重地就是一巴掌,打得他颤了两颤。

"不错呀小子,"杨建功爽朗大笑,"都当上圳山通道的设计师了,咱们以后搞不好还得按你的图纸施工。"

小何也凑过来:"想当年你被'空投'到人工岛上的时候,谁不觉得你就是一纨绔子弟?如今终于务正业了,还务得这么好。真是士别三日,当刮目相看。"

"南方哥,"江江故作崇拜地捧心,"你就是我的偶像。"

"你的偶像太多了。"周南方被夸得心花怒放,第一次感到这么自豪,他左顾右盼,"宋桥呢?"

"出海去了,"江江回答,"要晚上才能回来。"

可他晚上就得走。周南方怅然,说不定这次又见不了她一面。

但同事们围着周南方问圳山通道的事,他这个下午过得还是开心的,磨磨蹭蹭等到了最后一班船,江江催他:"你再不下岛可就走不了了。"

周南方只得告辞离开,一步三回头。小何感叹:"你看看他,多舍不得我们这帮昔日战友。"

江江一哂,他舍不得的可不是他们。

正当要上船之际,周南方看见有快艇从远方而来,坐在上面的人正是宋桥。

周南方迈出去的脚顿时收了回来,挥舞着手臂高喊:"宋桥,宋大桥!"

宋桥看清了岸上的人,也笑着挥手:"周南方——"

周南方突然感觉,这趟来岛上来得值,宋桥看见他,也这样开心。

等快艇到了岸,宋桥跳下来:"周大设计师莅临金湾岛,是来视察工作的吗?"

"来看你的,"周南方也不讳言,"正说这次又见不到面呢,你就回来了。"

"这就是缘分。"宋桥笑着向周南方招手,"行了,好容易来一趟,走什么走啊?今儿晚上还是睡小何上铺,我们大家来个秉烛夜谈。"

那天晚上倒也没有蜡烛,几个人去老秦铺子里买了啤酒、花生,坐到海边聊天。

说起跨海大桥,说起圳山通道,大家都豪情万丈,这是在创造中国桥梁史乃至世界桥梁史上的奇迹啊!

"叶总说让我以后创立个艺术设计门派,认识了季大师,我才发现这就是句鼓励,"周南方眉飞色舞,"他终其一生都在追求艺术和实用的结合。你看看国外的那些设计大师,给我们出个概念图,都要几百万美金。季老师一直觉得遗憾,他希望我们中国人的桥,有我们中国独特的美学。"

"是啊,就和我的名字一样。"宋桥感慨,"宋代的桥梁,是历史瑰宝,在整个世界桥梁史上都是典范。为什么到了新时代,我们反而落后了呢?技术与艺术,都应该有一个质的飞跃。这两座大桥,会帮我们尽快实现这一步。"

江江听得着迷,她望着眼前这两位年轻的前辈,觉得中国桥梁有着光明的未来。而她也愿做这执炬人中的一员,努力将那点光亮融入其中。

海面上星光摇曳,随波浪一起一伏,笑声、说话声、呓语声,也随着涛声荡开。如此美好的夜晚,刻在人的记忆里,永不褪色。

周南方第二天离开岛上时神清气爽,不能和宋桥谈感情,谈理想也很好。至少他们在走共同的路,而这一点,是黎明川这个业外人做不到的。

仿佛稍微有了那么一点点胜利,周南方觉得自己也没有输太多。

"加油啊,周南方。"这是临行前宋桥说的话,也是周南方对自己说的话。

宋桥也为周南方骄傲,虽然那句"师父"是开玩笑,可看着他从当初拿全世界都不当回事,到现在真真切切地找到了自己的梦想,并倾尽全力为之奋斗,她由衷地欣慰,也希望他将来能成为和季浩然一样的大师。

这一行,就像一座桥,从桥面到桥墩,到每一块砖瓦、每一颗螺丝钉,都需要有顶得上、扛得住的人。她希望大家一起成长,成为坚不可摧的基石。

各自在各自的位置上坚守,整个湾区都一样,岛上的灯光、城里的灯光,隔着海在梦中交相辉映。每个人都在拼命往前跑,带动着湾区也在向前奔跑。一栋栋高楼拔地而起,香港、澳门企业逐渐过来落户,各色人种在同一个会议室里沟通或者争执,为的都是发展。

这世界,一切欣欣向荣。

而沉管也渐渐趋于尾声,从十位数到个位数,剩下的管节越来越少,隧道在海底向前铺设。

"再有几个月,就可以进行最后的接龙了。"江江伸了个懒腰,"师姐,等这工程做完,咱们来个全国旅行吧,李主任也一起。"

李岚从一堆资料中抬起头:"一个工程完了,还有下一个工程,圳山通道还等着呢。"

江江长叹一声:"没完没了啊。"

"你不是想当书记吗?"宋桥望着江江笑,"就得一个接一个项目地锻炼。再说,你还记不记得咱们集团那句著名的标志性口号?"

江江愣了愣:"哪句?"

"建者无疆。"宋桥说,"建设无疆域,建设者的脚步也无疆域,只能朝前走,没有停下的时候。"

"得,"江江怔了半天,"这也算行遍天下了吧。"

用脚步丈量土地,以建设留下足迹,累是累了点,但也没什么不好。江江举起拳头挥了挥:"师姐,你说到下一个工地上,我能不能官升一级?"

"可以,"宋桥点了点头,"等小何跟沈菲结了婚,他再回去伺候个月子,你就趁机上位,抢了他综合办主任的位置。"

"行了吧,"江江哀号,"就他那位置,事多得能跑断腿,还天天挨各方人士挤对,我才不稀罕。"

小何从外面进来,正好听见江江的吐槽,对她提出严肃批评:"小小年纪干活拈轻怕重,你这样怎么能当上书记?就你在新员工培训上撑的冯书记,人家就是从综合办干上去的,所以才在三十岁的时候就当上了项目书记,然后一路高升。"

"三十岁?"江江掰着指头算,"那我不还要等七年?"

"七年就不错了,人家可是公司最年轻的书记。"小何"抓壮丁","快,跟着我去工会分福利品,多进行基层锻炼。"

江江被小何拉走,宋桥问还在忙碌的李岚:"李主任,等这边忙完,你不回广东公司吗?"

那样至少能离婷婷近一些,在这岛上四年,婷婷从中考到高考,最后上了广州的大学,连入学仪式都是张洛成和他现在的妻子参加的。李岚连续错过婷婷人生中的重要时刻,难免遗憾。

"她爸爸他们把她照顾得很好。"李岚轻轻叹了口气,"她自己也懂事。我很想陪着她,可海底隧道、跨海大桥是第一次,创下的技术和经验不能白费。圳山通道肯定还是这批人顶上,我要是一走了之,那该多不负责任。"

情和义,难两全,她只能委屈婷婷,再等一等。

第七章 碧海变通途 | 375

"你不也是一样吗?"李岚看向宋桥,"如果不为修桥,早就和小黎结婚了。"

两人相视无言,最后都只是摇了摇头,继续工作。

而黎明川那头,除了工作,还有肖俊的催婚轰炸。眼看着一年又过一年,她几乎已经到了崩溃的边缘。

中午吃饭时间,别人都在休息,黎明川却还在忙,而桌上的手机一遍遍振动,上面显示的名字都是"妈"。

金飞进来送报告,实在看不过眼:"黎哥,阿姨的电话你就接一下。"

"都是老一套。"每次说来说去就是那些话。催婚,催抱孙子,不能如愿就骂宋桥耽误了他,耽误了他们一家。听得黎明川烦躁,干脆不理睬。

这边电话没人接,那头黎家着了火。肖俊将手机重重地砸在沙发上,气得眼睛发红,已经拖了哭腔。

"你看看你看看,啊,"肖俊咬牙切齿,"他连我的电话都不接了。以前多孝顺的一个人,自从认识了那宋桥,婚不结,孩子不生,现在连妈都不认了!"

"你也别总是给他打电话,"黎松小声说,"他忙。"

"忙就要断子绝孙?"肖俊气急之下撂出一句狠话,"他可是你老黎的独生子,要是这么耗一辈子,靠谁传宗接代啊?"

"你这么说,真真会伤心的,"黎松想劝她,"你也别这么焦虑,儿孙自有儿孙福。"

"他有个鬼的福!"肖俊暴起,"谁找媳妇找个一年四季连面都见不着的?"

"你说的这是什么话呀!"黎松也听不下去了,站起来准备走人。

肖俊更是悲从中来,拍着腿大哭:"造孽哦,都不晓得我前世是造了什么孽,这辈子嫁到你们黎家来,老的小的都嫌弃我。我哪点不是为了你们好,为了这个家?……"

黎松闭了闭眼睛又睁开,他也是造了孽,才憋屈了一辈子。

好不容易等肖俊发泄够了进屋睡觉,黎松才溜出门去,偷偷摸摸给黎明川打电话。

这次黎明川接了:"爸,妈又在家里发火了吧?"

"唉，"黎松蹲坐在花坛边，"岂止发火，我看她都要发疯了。明川，你该结婚就结吧，让老爸的晚年生活也好过两天，莫到死都是被你妈吼进棺材里去的。"

黎明川沉默半响才开口："对不起，爸。"

黎松的心一下子又软了："算了算了，按你们自己的想法来吧。"

反正就算找了老婆，日子也未必好过，就和他一样。

黎明川挂了电话，将椅子朝向落地窗的方向，在这里，也看得到海，但不是宋桥所在的那片海。她那里，离这里太远。以前在珠海，还能勉强一个月见一次，如今来了深圳，两个人都忙，已经小半年没见面。工作的时候还不觉得，可只要有一时半刻停下来，就忍不住思念。只靠电话、微信，根本无法阻断孤独。

门突然被敲响，秘书的声音响起："黎总，陆总来了。"

黎明川一愣，将椅子转回去，看见陆珊妮就站在门口。

"请坐，"黎明川忙站起身，"陆总。"

即使认识这么多年，他也从未叫过她"珊妮"，始终客气地保持了一定距离。

陆珊妮笑笑，在他对面坐下："听说锐信要建大楼，不知道我有没有荣幸成为你的乙方？"

67 璞玉

黎明川一愣，心中突然微微有种奇妙的感觉。

锐信是要盖楼了，从当初连办公室都租不起的小公司，到后来搬回深圳最贵的写字楼，再到如今，能在开发区建自己的大楼。锐信的命运，是随着时代大潮走的，也有过高低起伏，但纵使波折重重，方向始终朝前。

曾经，他是站在陆珊妮面前的小小乙方，如今竟成了她的甲方。

陆珊妮挑眉看着黎明川，看他是否有扬眉吐气、高人一等之感。但他始终神色平和，一如既往。陆珊妮走进来的时候微微吊起的自尊心，也渐渐平复。

这个男人,胜不骄,败不馁。值得敬佩,也值得爱。

陆珊妮笑了笑:"多年的伙伴,我对你放心,你也可以对我放心。锐信的事,我们一定会做到最好。"

陆珊妮伸出手,黎明川顿了一秒,和她相握:"好的,陆总。"

阳光洒在他们身上,一片温暖的金色,外面海阔天空。

陆应成得知黎明川成了陆珊妮的甲方时,倒是一阵调侃。

"当年你还看不起人家,把他当跑腿的使唤,"陆应成在那边笑得快意,"现在他成了你的老板。"

"爹地你就是偏心!"陆珊妮没好气。她这个父亲,待别人家的儿子,比待自己的女儿还好。

陆应成毫不掩饰自己对黎明川的偏袒:"他本来就很强啊,看见他做出的每一点成绩,我都为他高兴。"

"人家也不要你的投资,你也不能靠他赚钱,"陆珊妮吐槽,"你高兴什么?"

"人与人之间的关系,不是靠钱来衡量的。"陆应成沉吟了一下,"如果我和他生在一个时代,我未必能超过他。现在看着这样的年轻人一路崛起,我为这个时代而欣慰。"

陆珊妮沉默了,父亲的胸怀,是她没有的。但她其实也感到欣慰,她不是草根出身,但这些年也看到了创业的艰难。黎明川代表的不仅仅是他自己,也是他这样的一类人。纵有大树,不掩野草,各有各的活路,世界才能百花齐放。或许这些年她最大的成长,就是开始接受并欣赏世界的多样性。

"珊妮,"陆应成轻声说,"你也很优秀,爹地同样为你骄傲。"

从当初不知人间疾苦的大小姐,空降到珠海,被迫一步步适应,如今的她,在业界也已经能独当一面。别人提起她的时候,不再会强调她是陆应成的女儿,她就是陆珊妮,名字响当当的陆珊妮。其中的辛苦,一开始她还总向他撒娇,到后来说得越来越少,消化过后便成了阅历,她在一天天成长。

"爹地你突然这么夸我,我都不习惯了。"陆珊妮调皮地笑,好像又变回了那个娇宠的小女儿,"那您和妈咪多来陪我呀。"

"好,我也快退休了,"陆应成说,"到时候把公司交给你们,我和你妈咪就专心当一对慈爱的父母。"

"'退休'两个字,您可不要提哦。"陆珊妮反对,"湾区都还没有成为您期望的样子,您甘心吗?"

他当然不甘心。他还有许多愿景,没有看到。

陆珊妮看着父亲的神色,挽住他的胳膊:"所以啊,爹地,您还有很多事情要做呢,跟我们一起啊。"

陆应成笑了。就像宝塔是一层层泪水垒上去的,以前他只做宝塔尖,现在他愿意做塔底,让年轻人们向上走,去看最高处的风景。

"好,"陆应成拍拍陆珊妮的手臂,"和你们一起。"

宋宁刚这几天也上了岛,但不是为了宋桥。沉管隧道的最终接头要开始了,这是一场举世瞩目的"海底之吻"。

三十三节沉管,在长达四年的时间里,终于成功地嵌入海底基槽。现在就等着最后一节接头沉放入海,连通整条隧道,这也就意味着三江跨海大桥的主体工程,即将全线贯通。反过来说,如果最后贯通不成功,那接头就犹如脑中的血栓,可能会毁了隧道甚至整座大桥。

成败在此一举。

叶江也来了,还有德国做防漏的工程师汉斯,以及所有相关的专家,大家在岛上一遍遍研究和演练接头方案。

汉斯第一次来的时候,虽然有过周南方这个不着调的插曲,但他对宋桥一直印象深刻,因此到了岛上就又和宋桥聊了起来,德语、英语混杂着连比带画,看得江江啧啧称奇。

等聊完出来,江江问宋桥:"师姐,你怎么连老外也搞得定啊?"

"虽然是中国的桥,但外国专家们也没少帮忙。"宋桥说,"你以前没见过荷兰的杰森,在争论半刚性结构的时候,把我们骂得狗血喷头。"

"这也叫帮忙?"江江撇嘴。

"不辩不明,"宋桥敲了一下她的脑袋,"要都是单线思路,科学的系统就建立不起来了。"

"这么高深……"江江正要继续说话,突然一眼望见渡船上的人,不由得叫了起来,"梁思明!"

下船的人正是澳门小伙儿梁思明,宋桥意味深长地看了看满脸惊喜的江江,自觉走开,把相处空间留给这对小儿女。

"你怎么来了?"江江过去,顺手就拎起了梁思明的行李箱,他顿了顿,最终没有阻止这个大力小萝莉的热情。

"'海底之吻',"梁思明回答,"我是为了拍这个来的。"

"这词儿最近可真红,"江江感慨,"新闻上到处都是,还没开始就已经昭告天下,万一砸了怎么办?"

刚说完她又反应过来,拍自己的嘴:"呸呸呸,童言无忌,童言无忌。"

梁思明被她逗笑:"不会的啦,你们都那么厉害。"

"倒真的是来了很多厉害的人,"江江指着远处的人群,为梁思明介绍,"集团总工叶总、管理局副总工宋总、德国工程师汉斯、安大教授田肃……"

梁思明忙不迭地举着摄影机,将这些指点江山的大人物一一拍进镜头。

宋宁刚随后也发现了梁思明,招手让他过去。

"这就是那个澳门孩子,"宋宁刚对叶江说,"上次那个宣传资料,就是他拍的。"

"有才华啊,"叶江拍了拍他的肩膀,"听说在外网都火了。"

"对,"江江接话,"连我都跟着火了呢。"

众人哈哈大笑。宋宁刚鼓励梁思明:"这次也好好帮着拍拍,这帮人难啊,熬了四年多才熬到今天。"

"你熬得更长,"叶江说,"从筹备到现在,熬了十年。"

梁思明心中震撼,就为了一座桥,这么多人,这样煎熬,却还是带着笑容相互调侃,并无半点晦暗。

他想起了那个词——无怨无悔。

"我可以全过程跟拍吗?"梁思明认真地问。

"行,"宋宁刚很爽快,"只要你能坚持得住。"

梁思明暗暗下定决心,他们能坚持,他就也要坚持。梁思明像个陀螺一样,在岛上忙得团团转,江江看着不忍心,给他打下手。而陈亮平时还好,一见梁思明又来了,不知道怎么就觉得别扭,见到他们俩在一起就躲着走。

梁思明其实对陈亮没有那么大的敌意,他做这件事,不理解的人不止陈亮一个。就像江江说的,他只需要坚守自己的信仰就好。

宋桥也忙得顾不上他们,每天都是反复地开会和试验。从白天到深夜,再从深夜到白天,会议室的灯亮了又灭,灯下的人仍旧在讨论。

"前面的三十三个管节虽然成功安装,但也不是没遇到过险情。"宋宁刚开了一夜的会,嗓子已经有些嘶哑,"最后的接头就更麻烦了,必须分毫不差地完成对接,并做到滴水不漏。但凡出现点闪失,就是前功尽弃。"

"老宋说得对,"叶江握紧拳头,"这次要做到的只有两个字——完美。"

万人一靶,不错毫厘,要保证百分之一千的完美,才能造就这座大桥。

所有人脸上都是一片肃穆。

梁思明坐在角落里,原本已经困得快举不动摄像机,可这一刻却又振奋起精神,将这个画面记录下来。

他兴奋地想跟江江分享,可一转头,却发现她已经靠在椅子上睡着了。

"看把孩子累得,"宋宁刚也发现了这一幕,笑着说,"熬了个通宵,大家都先回去休息吧。"

众人陆续走出会议室,梁思明轻轻推了推江江,想将她叫醒,她却头一歪,换了个方向倒在他肩上。梁思明整个人一怔,身体僵硬不动。女孩儿的呼吸柔柔细细的,就在他耳旁,他的耳朵也迅速地红了,眼神不知道该看向哪里。到最后,他终于决定就这样静静地坐着,让她能多安睡一会儿。

陈亮进来拿会议资料,一开门就看见如此情景,心里顿时一刺。他木着脸,故意敲了敲门。江江惊醒过来,发现自己竟然靠在梁思明肩上,瞬间坐直身体,脸色也微微发红。

陈亮默不吭声地进来,将资料收好准备走,临出门的一刻又回过头来,冷冷地看了一眼江江:"你不是要当书记吗?大战当前还有心思谈恋爱?"

江江跳了起来:"谁谈恋爱了?!"

"在公共场合都靠一起了,"陈亮一哂,"还装什么装?"

"你!"江江在愤怒之后又慢慢冷静了下来,抱着双臂斜睨向陈亮,"就算我真的和他谈恋爱,又关你什么事?你成天这么上心,不知道的还以为你喜欢我呢。"

这下换陈亮跳脚:"我喜欢你?我能喜欢你?一个女生官瘾比天都大,

哪个男的受得了你?"

就在这时,一个清亮的声音突然插了进来:"我受得了。"

江江和陈亮都齐齐看向那个说话的人。

"想当书记又有什么不对?"梁思明声音很缓,吐字异常清晰,"燕雀安知鸿鹄之志哉?"

江江张大了嘴望着梁思明,他居然还知道这句话?!

但梁思明却直视着陈亮:"我想你也学过的吧?你自己不想登高,也不要觉得别人想去高处就是耻辱。随便给别人下定义,是你内心虚弱的表现。更不要总把'女生'两个字当作限制,女孩子也一样可以做大事。"

江江的眼睛渐渐发亮,荡漾着水波般的柔光。她那样仰望着梁思明,陈亮只觉得自惭形秽,转身冲出了会议室。

下了楼,海风往脸上一扑,他才渐渐顿住身形,不自觉地又回头望向那间房子,看见江江和梁思明正并肩走出来,脸上含笑。

他们很相配。这个念头更让陈亮心中莫名酸涩。他突然想起江江刚才挑衅般的那句话:"你成天这么上心,不知道的还以为你喜欢我呢。"

仿佛是被踩着尾巴的猴子,他重重地一顿脚。怎么可能?!可眼前的笑容却明晃晃的,那样刺眼。陈亮咬牙不再看,落荒而逃。

江江却因为梁思明的那一番话,心里甜丝丝的。他一次又一次地维护她、力挺她,是个真正懂她的人。虽然她刚才在陈亮面前扬言和梁思明谈恋爱是假的,可如果是真的,嘿嘿,她也不是不可以。江江悄悄看向他清秀的侧颜,当他快察觉时,又赶紧收回目光,一脸矜持地向前走。海风到了他们这里,变得温柔了许多,空气中似乎弥漫着棉花糖的甜香味儿……

黎明川的团队也在岛上,他很想亲自来,但他这次来不了。咚呛网已经开始拓展海外市场,他在国外出差。

他的晚上,她的白天,越洋电话打了过来。

"帮我跟宋总和叶总道歉,"黎明川内疚,"这么重要的时候,我却来不了现场。"

"没关系,你那边的事情也重要。"宋桥安慰他,"昨天吃饭的时候提起咚呛网,他们还说你为国家争光了呢。"

"是他们过奖了,哪有这么牛?"黎明川笑着说,"想在世界市场上分一杯羹可太难了,FC这样的巨头,不会轻易给我们中国人蛋糕吃的。"

"那就各凭本事呗。"宋桥相信黎明川的能力,"看看你的咚呛网上有多少有趣的东西,只要吸引人、有新意,就不怕没市场。"

宋桥说到这里,突然想起一件事。

"哎,对了,我给你介绍个人。"宋桥说,"梁思明,澳门出生、毕业于暨南大学的小男生,现在也算是自媒体博主,拍的都是内地有意义的人和事,发在外网上为祖国做宣传。"

"很有想法,"黎明川也来了兴趣,"你把我的微信推给他,先聊一聊。"

宋桥随即将黎明川推荐给梁思明,他听说对方是锐信的老板,受宠若惊。

"我知道你们咚呛网,"梁思明在语音聊天中激动得又结巴了,"好多……好多人看的……我的朋友们也看。"

"港澳朋友吗?"黎明川笑着问,"那他们是怎样评价的?"

梁思明犹豫了一下,决定直说:"有的内容很搞笑,但是也有朋友说,不够有营养。"

黎明川在那边沉默了,梁思明有点忐忑,怕他生气。

过了一会儿,黎明川开口:"这是个问题,咚呛网的内容很庞杂,奇人异事、搞笑、惊险都有,但也的确需要一些有思想深度的东西,或许会沉闷一点,可仍然有它们的受众和意义。"

"有深度也不一定沉闷啊,"梁思明的语气一板一眼,"把剪辑、字母、旁白这些做出有趣的感觉,并不是不可能。您看国外的综艺,其实就是在很日常的事情上玩出了花样,我们也不是不可以。"

"是吗?"黎明川更有兴致了,"那你先做一个范例给我看看。"

看似腼腆的梁思明,一旦到了他的专业领域,就变得很自信:"好,给我三天时间!"

"我等你。"黎明川笑着答应,预感自己又将发掘一块璞玉。

而梁思明没让他失望,将这几天在岛上拍摄的所见所闻,剪了一个五分钟的视频。

大人物们的出场是带着漫画感的,严厉的宋宁刚、和蔼的叶江、耿直不通语言的汉斯……各有各的"人设",在会场的争论中又碰撞出小品般的有趣感觉。梁思明甚至还给每人配了不同的脸谱,加上京剧曲调,颇有一番国风韵味。

"好!"黎明川立刻给梁思明打电话,"你愿意来咚呛吗?我会给你资源和平台。"

梁思明有点不敢相信自己的耳朵:"真……真的?"

"当然。"黎明川说,"而且我们现在正开拓海外业务,你正好有这个优势,可以双平台一起发展。"

梁思明喜不自胜,连喊了三声"我愿意!"。

68 合龙

挂断电话,梁思明看见江江正站在门口捂着胸口做惊吓状:"我还以为你答应了谁的求婚呢!"

梁思明冲到江江面前:"你知道吗?师姐的男朋友,要我。"

"这句话有歧义你知道吗?"江江更是望天翻白眼,她刚才其实听见了他们的谈话,"不是他要你,是要签你。"

"对对对,"梁思明眼中满是憧憬,"咚呛网现在是国内最大的视频平台,我也一直想去试水,但是博主太多了,我怕自己不行。"

"不去海里扑腾一下,你怎么知道行不行?"江江眨了眨眼,"再说老板都亲自签你了,肯定会把你捧红。"

黎明川的肯定,对梁思明来说的确是很大的鼓励。他之前的视频都发在外网上,国内还是很少有人能够看到。他也希望能做出更好的东西,和更多的人分享。

黎明川说到做到,很快就安排了专人和梁思明对接,他在咚呛网上开设了账号,将做好的视频发了上去。妙趣横生的小段子,却又看得出桥梁人的艰辛和热爱,如同给"海底之吻"做了一场精彩的预告。

宋宁刚也从手机上看到了这段,和叶江分享:"嘀,你看,我成了黑脸包公,你却是红脸关羽。"

"那是因为我长得比你帅。"叶江调侃他,"小梁很有审美嘛。"

宋桥在旁边听得直乐,宋宁刚又把目光转到了她身上:"这就是小黎他们搞的那个网吧?"

"对,"宋桥点头,"马上海外版也要出来了。"

宋宁刚一脸志得意满,叶江在他耳边低声说:"你的这个女婿不错啊。"

宋宁刚瞪了他一眼,示意不要让别人听见。叶江哈哈一笑,意味深长地看了一眼这对欲盖弥彰的父女,继续工作。

离出征的时间越来越近,连一向镇定的宋桥都紧张得睡不着,一遍遍核对程序和数据,生怕哪里出了差错。

凌晨三点从办公室离开时,她才发现不知什么时候沁出了一身冷汗,海风一吹便打了个喷嚏。

"多穿点衣服,"一个严肃的声音在不远处响起,"这个节骨眼儿上,可不能生病。"

宋桥抬眼望去,看见父亲从黑夜中向她走来,身后如披着光。

她心中温暖:"您还没睡啊?"

"去海边晃了一圈儿。"宋宁刚回答。背负着如山的压力,他也同样睡不着。

十年,从筹备至今,眼看着到了最后一关,他紧张到觉得那根绷了十年的弦都快要断掉了。

宋桥看到了父亲眼底那抹隐藏至深的脆弱,她第一次像个女儿一样,轻轻挽住了父亲的胳膊:"我陪您再走走。"

午夜的海边没有旁人,这对父女终于可以像父女一样,亲密地散步。

"难熬吧,爸爸?"宋桥低声问,"您最开始来到珠海的时候,是不是也这样难熬?"

宋宁刚嗯了一声。初来一穷二白,提出的设想被否决,三地融合像鸿沟,要支持没支持,要筹款筹不到。仿佛走到哪儿都是一堵堵墙,喊天不应,喊地不灵。

而且还想家,想到自己背井离乡来到这里,进行这一场无望无助的战

第七章 碧海变通途 | 385

斗,却把女儿经年累月地抛下,连过年都求不到一个团圆。

那种孤独和愧疚,在深夜梦回的时候,能把人吞噬。

可到了白天,他还得硬着头皮,一堵墙一堵墙地去撞。哪怕撞得头破血流,只要能撞出条路来,他也甘愿。

宋桥默默地陪着宋宁刚往前走,有了她的陪伴,他心中多了些慰藉,那根弦似乎也松了一点。

夜风冷,宋桥止不住又打了个喷嚏。

"回去吧,"宋宁刚说,"多少睡一会儿,你也赶紧把药吃了。"

两人一路走到宿舍楼下,宋桥慢慢松开手,父亲臂弯里的温暖,真让人留恋。

"您赶紧休息。"宋桥轻声说,"放宽心。"

宋宁刚点了点头,要走的那一刻,又回过头来:"等工程忙完,咱们回老家去,看一看你妈妈。"

这几年他们父女都在珠海,妈妈应该也想他们了吧?宋桥点头,眼中有盈盈的光。

宋宁刚和宋桥各自背转身离开,到了明天,他们又将并肩战斗。

出征之前,照例是祭海神,叶江将酒碗举过头顶,其他人也跟着虔诚地祈福。

梁思明边拍边好奇地看着这一幕,这和渔民出海时的仪式几乎一模一样。

当仪式结束时,他悄悄问江江:"为什么这样的高科技行业,也相信这个?"

宋桥在身后替江江回答了这个问题:"这是对大自然的敬畏。"

纵使人定胜天,但依然希望能有天时、地利、人和,在和谐中求一个平安顺利。更何况,这是凶猛的伶仃洋,从不给人留情面。

九九八十一难,这是最后一难了。宋桥远眺着渔女像的方向,祈盼她能安抚伶仃洋这头巨兽,助他们通过这一关。

整装待发,周冲带着舰队护航,遥遥地向宋宁刚敬了个礼。

宋宁刚也举起手致意,这个老伙计,平日里像个南方小男人,在海上却是沉稳的将帅,守护着他们四年里的每一次工程。

梁思明也上了船,举着摄像机追踪每一个细节。江江为他打辅助,同时也为大家做后勤。

叶江一声令下,全队出发。宋桥站在宋宁刚身边,共同踏上征途。

所有人身上都穿着崭新的工作服,肩头绣着鲜艳的五星红旗。连汉斯都穿了一件,这是他临行前特意找叶江要的,他也是他们中的一员,期待着中国也是世界的第一大桥,能够一举成功。

清晨五点,施工船队终于抵达指定地点。伶仃洋风平浪静,但没人敢掉以轻心。

准备完毕,叶江站在指挥船上,手臂用力地向下一挥:"开始施工!"

所有的人,所有的环节,都随着这一声令下,迅速动了起来。

能承载1600吨的安装船,是真正的海上巨无霸,主钩缓缓地上升、转动,将"最终接头"从运输船上一点点平稳调离,悬停在对接位置上空。

所有人都凝视着这一幕,等着这关键的一环能顺利嵌入,从而环环相扣,圆满结束。

"脐带缆连接完成。"

"姿态调整完成。"

"海洋条件监测完成。"

"控制系统测试完成。"

"基床回淤检查完成。"

……

一条条汇报,集中在叶江这里。合龙条件符合要求,他和宋宁刚对视,缓缓点了点头。

叶江下达了第二道命令:"开始沉放!"

巨大的"最终接头"随着主钩下移,渐渐没入水中。众人恨不得眼睛也追随着它进海底。

伶仃洋到底是伶仃洋,下沉越深,阻水面积越大,龙口区的流速也在逐级增加,操控随之变得艰难。

"慢慢来,"宋宁刚安慰大家,"四年都熬了,不多这一会儿。"

叶江也拿着对讲机喊话:"各部门注意,各部门注意,严密配合,把好角度,让接头垂直入水。不要慌,不要着急!"

众人听着两位老总的话,又慢慢稳住状态,继续一点点向下沉放。

"遇到阻力就停一停,调整方向再继续。"宋宁刚对身边的宋桥说,"人生也是这样。"

宋桥听着父亲的话,深以为然。而她看见说"慢慢来"的他,其实手一直紧紧握着船舷。他也紧张,但他不能紧张,风浪再大,也必须做最冷静的指挥官。

历经五个小时,接头才终于完全进入水下。又过了两个小时,才终于在28米的深海着床。

每一分每一秒,都是煎熬。在这座大桥的整个建造过程中,"煎熬"两个字,往往是最多的状态定义。他们熬过了一天又一天、一关又一关,才终于走到此刻。

叶江和宋宁刚盯着显示屏,上面有海下作业的情景。

"用小梁顶推,"叶江仿佛自己也正置身海底,"对,对,就是这样,慢慢嵌进去,对准咯!"

宋宁刚也在旁边点头:"不错,今天基槽里也没什么异常情况,伶仃洋算是给面子了。"

一个顶推又耗费了两小时,江江看着一直举着摄像机的梁思明,有点心疼:"你还受得了吗?要不我来。"

她总比他臂力好一点。江江想。

"不,"梁思明却摇头拒绝了,"你看那个机器,吊着那么重的接头,都已经坚持了十个小时,我为什么不行?"

江江哭笑不得:"你能跟它比吗?那可是'国之重器'。"

"那我也还可以再坚持一下,"梁思明固执地说,"你们不都在坚持吗?"

江江没再说话,环顾周围的人,谁的脸上都没有倦色,似乎被什么支撑着,有无穷的能量。

她微眯起眼睛,感受带着咸味的海风。这里很好,和这些人在一起很好。

八个多小时的后续作业,直到晚上十点半,"最终接头"安装完成。

"各项指标满足预控标准。"叶江一行行看完所有的数据,蹙紧的眉头终于慢慢松开,望着宋宁刚露出笑容,"成功了。"

这句话犹如烟花,在所有人的心头炸开,在几秒的凝滞后,欢呼声铺天盖地地响起。许多人又笑又跳,最后捂着脸流下泪水。

四年多了,连同前期的准备,已经六年了。

他们这些人,终于等到了这一天。

宋宁刚望着远处微笑,眼角也闪着泪光。无话可说,百感交集在心中奔涌,只觉得畅快了,圆满了,所有的艰辛付出都值得了。

这一趟返航,喜气洋洋。与此同时,新华社向全世界发出喜讯——三江跨海大桥合龙成功了。

大部队刚返回驻地,就接到了四面八方涌来的祝贺,连荷兰的杰森都打来越洋电话,不住地夸"amazing"(太神奇了)。

这的确是令人惊叹的伟大工程,所有人都为之自豪,他们做到了,中国做到了!

欢庆过后是疲惫,大家在熬了这么多天之后,终于可以安心入睡。

宋桥躺倒在床上,觉得四肢百骸都放松了下来,困意袭来,几乎是一分钟都没等,直接沉入梦乡。

大楼里的灯,第一次全灭了,有了一个静悄悄的夜。

可叶江睡不着,在床上翻来覆去了很久之后,重新坐了起来。

他没等到那个电话。

和往常的三十三节沉管一样,在进行各种设备监测之后,最终的一步,是人工复核。技术人员要进到隧道内,打开"最终接头"的封门,亲眼检查和校验纵向及水平方向的安装是不是在技术要求的误差范围内。可直到现在为止,检测人员的汇报电话都没有打来。

叶江在黑暗里坐立不安,一圈圈地在房中踱步。铃声突然响起,划破这静夜,他几乎是扑了过去,接通电话。

"怎么样?"叶江急急地问,"有没有误差?"

检测人员有点不敢说:"有……有一点。"

叶江心里咯噔一下,有种不好的预感:"一点是多少?"

"十几厘米……"检测人员战战兢兢地报出准确数字,"17 厘米。"

叶江缓缓地跌坐回椅子上,半晌,他伸手开了灯,室内顿时亮如明昼。他开始一个个给项目组人员打电话,通知开会。

大家是从睡梦中被惊醒的,都有些发蒙,这又是怎么了?

宋桥也是在迷糊中出门,碰见了一群同样迷糊的人。

"师姐,"江江两眼无神地问,"为什么又要开会啊?不是都成功了吗?"

宋桥回答不了这个问题,望向从楼上下来的宋宁刚,可他的脚步很疾,就算经过她身边时也未停下。

宋桥心中突然有种说不清道不明的忐忑,也加快了步子往会议室走。

进门的时候,叶江已经等在会场,神色凝重。

大家见状,脑子清醒了几分,赶紧落座。待人全部到齐,叶江环顾全场,沉默了一下才开口。

"昨天的最后接头沉放,"叶江说,"误差 17 厘米。"

很多人暗暗呼出口气,绷直的身体松了下来。

"大家是不是觉得,也没那么严重嘛。"叶江看穿了他们的心思,"是,最终接头 12 米,重量 6120 吨,要像楔子一样,塞进 E29 和 E30 之间,可接头两边的缝隙却只有 15 厘米。在深海里做这件事,无异于大风中穿针,蜀道难,难于上青天。所以,这 17 厘米的误差,放在这种环境下,确实算不了什么。"

他说的也是众人的心声,这样巨大的难度,能做到这个地步,已经很了不起。何况安装完检查过,并不漏水,符合隧道的技术要求。

"可这是一座要使用一百二十年的桥,"叶江突然一拍桌子,"是港澳同胞的回家路!"

所有人都是一震,放松的心弦再次拧紧。

"以往的桥,预定寿命都是一百年。可三江跨海大桥,技术标准却是要使用一百二十年。这是耗费了一千多个亿的超级工程,是未来联结粤、港、澳三地的纽带,关乎着国家的发展命运。"叶江的手撑在讲台上,似乎有些难承其重,但慢慢地,他还是立了起来,目光坚毅如铁,"因此,我们不能容忍这 17 厘米的误差,最后接头必须重来一次。"

重来？众人的呼吸瞬间凝滞。

"不行吧,"专家韩肃第一个叫了起来,"重来可比第一次危险多了,要先将接头从两边拉出来,到时候一旦出点问题,海水冲进去,整个海底隧道就全毁了！"

他说得对,接头退出来重装,风险巨大,海水如果倒灌,这个千亿工程就会彻底毁于一旦。

汉斯听着旁边的翻译解释,也明白了叶江的话,他昨夜就已经订好了机票,打电话告诉妻子,自己终于可以回德国和家人团聚。

可一场美梦还未醒,就得到如此噩耗。

他提出反对："能做到不漏水,已经非常难了,全世界的海底隧道达到这个标准的都很少,我认为没有必要再来一次。"

这是在场多数人的想法,杨建功也跟着劝："叶总,我知道您精益求精,但17厘米也不算误差太大,其他各项技术指标也是符合要求的,我觉得没有太大问题。"

"现在没有大问题,以后呢？"叶江尖锐反问,"伶仃洋是什么样的,这几年下来,你们的心里不清楚？接下来的一百二十年里,还会发生多少次风浪潮汐？强度会有多大？会不会对隧道造成影响和损害？大自然的力量我们已经是无法预料的,难道人为之力还不做到最好吗？现在看是17厘米,十年后呢？二十年后呢？一百年后呢？难道要让走在隧道里的人提心吊胆,甚至多年以后,等我们这些人死了,后辈们都意识不到这个危险,突然有一天遭遇厄运,怎么办?！"

会议室里一片死寂。如果未来真的有一刻,因为他们今天的失误,而让隧道里的人遭遇劫难,那他们将永远不得安宁。

"我们桥梁人,"叶江放缓语调,"责任重比千钧。一座桥,承载的是无数人的生命和安全,不能有一丝侥幸。今天对误差的容忍,也许就是未来的灭顶之灾。这样的世纪工程交到我们手上,我们不能辜负国家和人民的期望。17厘米,放在别的桥上也许可以过关,在三江跨海大桥上,绝对不行！"

叶江最后那句话的落音,亦是重如千钧,他已经下定了决心。

谁都知道,叶总的决心,一千匹马都拉不回来。

第七章　碧海变通途 | 391

宋宁刚在沉默的人群中缓缓站起了身："我同意。"

叶江把目光投向了他,两人台上台下遥遥对视。

"使用寿命一百二十年,"宋宁刚说,"我们活不到一百二十年,可不能想着,我死后任凭洪水滔天。叶总要求重新来,那就重新来!"

69　绝望

台下再没有声音,汉斯也渐渐地靠在椅背上,轻叹了口气。

决定下了,可责任谁担?如果真因为这次最后接头的重来,毁了整座桥,后果不堪设想。

气氛仍旧凝重,宋宁刚和叶江几乎是同时开口："责任我来负!"

"不,"叶江立刻反对宋宁刚,"我是岛隧总指挥,不管是昨天的误差,还是今天的重来,都是我的问题。真要有个万一,我扛着。"

"你一个人扛得住吗?"宋宁刚走到台上,和叶江并肩站立,"要坐牢,也是咱哥儿俩一块儿去。"

宋宁刚的语气里带着玩笑,可谁都笑不出来。这样规模的工程,一旦出了问题,那是要负刑事责任的。

"坐牢"两个字,并不是玩笑话。

可眼前的这两位老人,就这样说出来了,也准备好了面对这样的结果。

宋桥半垂着眼,手在身侧握紧成拳,咬牙忍住泪光。

"置之死地而后生,"叶江安慰大家,"不要这么沉重嘛。我们有最好的技术团队,只要把控好每一个细节,我相信是可以成功的。"

气氛稍微缓和了些,宋宁刚看了看表："越早越好,现在就准备出发。"

大家迅速离开会议室,宋宁刚和叶江走在最后。

"是不是要先向上级部门汇报一下?"叶江迟疑,"可等一级级反馈下来,至少要几天,那就错过了最佳时机,成功的概率更小,危险性更大。"

宋宁刚沉吟片刻："不汇报了,只告诉局长,他会理解的。"

一个电话打过去,局长果然加入了阵营,两人变成了三人。

"所有的决定,都是为了大桥。"局长站在晨光里,望着遥远的海平线,

"做!"

谁也没有犹豫,只要这座大桥能长长久久、安安稳稳地矗立在这伶仃洋上,让每个人走过这座桥的时候都是安心的,让这方水土,因为这座桥而璀璨生辉。做,去做就行了。

再次整队出发,所有人的心中都有破釜沉舟之感。

汉斯又一次穿上绣着五星红旗的背心,苦笑着对宋桥说:"你们中国人的强迫症,比德国人更严重。"

"历来如此。"宋桥微笑着说出这四个字。

中国人较起真儿来,全世界人民都赶不上,别说大海里穿针,就算宇宙中引线,他们也未必不敢。

宋桥矫健地跳上船,脸上有朝阳般的笑容。汉斯将背心的拉绳紧了紧,也一笑登船。

回国的飞机,再等等他吧,等他和他们一起,忙完这一程。

梁思明扛着摄像机跟在后面,这一夜一早上,他默默记录下所有的细节。

这一段,未来大概无法加字幕、加标注,他们的一切,只能他们自己诠释,旁人无权置评。

浩浩荡荡出发,直至夜幕低垂,他们才到施工地点。

要将最终接头从 E29 和 E30 之间顶出去,再重新推回来。这期间一旦腔里的压力和外面的海水压力不平衡,就会损坏两侧的止水带和顶推滑道。

所有人都如临大敌,可这颗"脑血栓",必须拔掉。

"现在海里的水深压力是 29 米,"叶江看着数据,"所以最终接头内腔的压力也必须是 29 米。先打开灌水阀,把水压提高上来。"

技术人员按照叶江的命令,打开灌水阀,可随着数据的变化,技术人员的神色越来越紧张。

"叶总,"工作人员声音都有点发颤,"不知道怎么回事,以前试验的时候好好的,海水很快就灌进来了,可今天腔内压就是上不来。"

坐在水压监测器前的人就是宋桥,她也同样着急:"腔内海水压力一直是 16 米。可按时间来算,现在的内压应该和外压一样,到 29 米。"

第七章 碧海变通途 | 393

叶江也疑惑了,皱紧眉头,转身问专家们:"有没有可能是监测数据显示不足?"

"也不是没这个可能。"韩肃思虑道,"毕竟这试验已经做过无数次,不应该出这样的问题。"

也许就是监测数据出现了问题,叶江准备下令:"不行先断开……"

宋宁刚突然心头一凛,大喊一声:"等等!"

众人都是一愣,叶江也止住未出口的命令。

"你上去看看,"宋宁刚吩咐宋桥,"封力应门监测器的数据是多少。"

宋桥飞奔上指挥船的二楼,随即焦急的喊声传了下来:"水压就是不够!"

叶江感觉背后沁出了一层冷汗,几秒钟,就差几秒钟,他就把"断开"的命令发出去了。他感激而又愧疚地看了宋宁刚一眼,宋宁刚拍了拍他的肩膀安慰。毕竟在紧张之下,大家一时都忘了封力应门监测。他也是突然福至心灵,才想起了这一茬。

或许,这就是跨海大桥的福,冥冥中自有天意守护。

在调整和等待中,水压终于缓缓上升,可就在此时,水位线突然直往下落。而隧道里,一股水柱猛然蹿起,足有五六米高。

"怎么回事?"所有人都惊呼出声,谁也没想到会有这样的意外。

"检查封门,"叶江迅速恢复镇定,下达命令,"看有没有出现故障。"

隧道中留守的工作人员立刻紧急排查。

"报告,焊接处崩出了一个缺口。"工作人员汇报。

"暂停灌水,"叶江当机立断,"腔内的水也排出去,等故障修复再重新开始。"

又是一个重新开始,众人都有点泄气了。为何险情不断?像是不好的兆头。

"既然下了决定,"叶江严肃地环顾四周,"就要干到底。有故障就排除故障,有问题就解决问题,怕什么!"

他这一吼,大家又打起精神来。宋桥悄悄地望向叶江,他果真是定海神针,大桥和人心有了他,都不脆弱。

工人们下去，以最快的速度修好了封门。

而这道险情之后，更突出一个残酷的现实：在庞大的自然力量之下，封门薄如纸，一旦海水真的破门而入，隧道中的人绝无逃生的可能。

然而，在接头过程中，海底必须有人留守。

叶江和宋宁刚对视，不忍心指派任何一个人。谁不是父母疼爱的儿女？谁的生命不宝贵？而这一次下海，或许永远回不来。

"不行我去，"宋宁刚撸起袖子，"反正一把老骨头了。"

叶江急得拉他："你去什么去，要去我去！"

"你们都是指挥官，"一个声音突然插了进来，"若失将帅，大战必败。"

众人的目光都集中在说话的人身上，是宋桥。

"我去吧。"她的语气很平静，"论技术，我懂技术；论体力，我有体力。就算是游泳逃生，我也比你们强，那次排淤不就是我下的海？我有经验。"

她摆出来了一条条理由，可谁都知道，如果灾难真的发生，这些理由没有一条能助她逃出生天。

若海水倒灌进隧道，那里就是地狱。

"不行，"叶江慌得看了一眼宋宁刚，"小宋你不能下去。"

宋桥却径直走上前，拥抱了宋宁刚。

"爸爸，"她低声说，"我是您的女儿，所以我下去。"

宋宁刚的身体猛地一颤，他紧紧抱住了宋桥。

在场的人也都惊呆了。除了叶江，没有人知道宋桥是宋宁刚的女儿。他们喊了几年的"老宋"和"小宋"，竟然真的是一对父女！

宋桥安慰地轻拍着父亲的背："没事儿，我会回来的。还要和您一起，回老家看妈妈呢。"

宋宁刚僵立不动，已是老泪纵横。宋桥拥抱了宋宁刚好一阵，缓缓松手，往后退了两步。

"大家都别担心，"她脸上有微笑，"我这人命大，这座桥也命大。我和它，都死不了。"

她说完便转身要出门，众人都在后面急急呼喊她："大桥！大桥！"

宋桥只是回过头来，望着大家一笑，便毅然决然地离开。

第七章 碧海变通途

宋宁刚站在原地,目送女儿离去,心里疼得快裂开,手一直紧紧地攥着衣摆,手背上青筋暴突。他的女儿啊,他宋宁刚的女儿,他挚爱如珍宝的女儿。

"老宋。"叶江不知道说什么好,眼中也已经满是泪光。

宋宁刚伫立半晌,硬生生地转过身去,下达命令:"继续!"

他不能让宋桥白下隧道,不能让宋桥这一颗滚烫的心白白燃烧。桥在她在,她誓与这座桥共存亡,他不能辜负了她。

众人在这一声命令之后,也都默默回到自己的岗位,更加提起千倍万倍的精神,去面对接下来的战斗。

宋桥下到隧道里,这空荡荡的海底,只剩下了她一个人。能听见的,只有她脚步声的回响。

她将独自在这里,战斗几个小时。或许更久,或许永远。

宋桥深呼吸一口气,借着手电筒的亮光慢慢走,只看得见前方一米的范围。这昏暗的光团笼罩着她,与无尽的黑暗相比,那样渺小。

时间一点点推移,指挥船上,众人在操作,海底隧道里,宋桥在检查。

"水压到了 25 米,"宋宁刚在对讲机里喊,"下面的情况怎么样?"

"一切正常,"宋桥也在对讲机里汇报,"一切正常。"

这四个字,就像是宋宁刚的安心符,他微微地松了口气。

"接头精调是个耗时间的活儿,"叶江叹息,"小宋一个人在下面受苦了。"

"带着吃的呢。"宋桥听见了这句话,笑着回答,"一个人安安静静的也挺好。"

"瞧瞧你这个女儿,"叶江现在终于可以毫无顾忌地和宋宁刚聊起宋桥,"比小子都强。"

"谁说女儿就一定要比小子弱?"宋宁刚瞪眼,"她一个能顶俩。"

宋桥一边检查隧道的情况,一边听两人在那边聊,好像他们就在她身边,也不那么孤单了。

但此时仍然在紧张的加压中,数据显示,腔内压一点点接近 29 米。

"加水加到快灌顶了……"叶江的声音从对讲机里传来,突然,轰的一声巨响,他的话就这样断掉。

"叶总,叶总!"宋桥在这边呼喊,可那一头却毫无回应。

宋桥急得连拍对讲机:"喂,喂?"

但隧道里仍然静悄悄的,只有她一个人无助的声音。如果和上面断了联系,那就真的只有她一个人了,在这 28 米的深海里,独自面对无法预知的黑暗和危险。

她会不会死?宋桥第一次,真正想这个问题。

恐惧从脚底慢慢渗上来,寒意遍布全身。手电筒的光在晃动,那是因为,她的手在发抖。

如果她真的死了,宋宁刚怎么办?妈妈已经去了,世界上就剩下他们父女相依为命,若是她也没了,他的余生该怎么过下去?父亲会坚强的吧,毕竟这座桥还没修完,这座桥修完了,也还会有下一座桥。他会坚强的吧,宋桥安慰着自己,眼角却已禁不住泛起泪水。

还有黎明川,他还等着她呢,等着她把桥修完,好和他谈婚论嫁。可直到如今,她甚至都没有时间好好和他约会过一次,没有穿上那条他为她买的绿裙子。

假如他回来的时候,她已经不在了,他要怎么办?

70 求婚

宋桥抬起迷蒙的泪眼,望着黑暗的隧道,却找不到刚才那声巨响的源头。

是不是封门坏了,海水下一秒就会冲进隧道,将她淹没?

可如果她死了,这座桥也同样会遭受灭顶之灾。宋桥的手紧紧握着对讲机,心仿佛一只巨大的手,攥成一团。

不行!她横下了心,就算这条命没了,她也要在临死之前,将信息传达出去。哪怕上面的人多听到一个字,或许也就能多一分挽救大桥的希望。

宋桥拿着对讲机,声嘶力竭地喊:"报告叶总,报告叶总,海底传来异常巨响,请检查,请检查——"

声音回荡在黑暗的空间里,久久不绝。

不知过了多久,对讲机里响起凌乱的信号声:"哗——"

就像是从对讲机上传来电流,宋桥整个人一颤,仿佛在黑暗中看到了亮光。

"宋桥,宋桥,"那边不是叶江,而是宋宁刚焦急的喊声,"桥桥!"

泪水一下子冲出了眼眶。只有在她小时候,父亲这样叫过她。

宋桥将对讲机拿得远了点,抹去眼角的泪水,努力平复好情绪,才笑着应道:"爸!"

宋宁刚听见了宋桥的声音,顿时哽咽了:"你……你还好吧?"

方才那断线的十几秒,他觉得心脏都快停止跳动了。

"好着呢,"宋桥故作轻快,"就是对讲机突然不管用了,没法向你们报告,隧道里有异常响动,不知道怎么回事。"

"我们听到了,"叶江连忙在旁边解释,"放心吧,已经检查过了,只是钢板变形了,不会影响整体结构。"

宋桥的一颗心终于悠悠地放回肚子里,她大喘了一口气。

"吓坏了吧?"叶江笑着说,"把你爸也吓坏了。等回头结束了,我请你们父女俩喝酒压惊。"

"没有,"宋桥的声音一如既往地充满朝气,"就这么点事儿,哪能吓得到我宋大桥?"

"对,"杨建功也在那边应和,"你是著名的贼大胆。"

众人的笑声穿过电波,响彻隧道,空荡荡的,却又似乎格外热闹。

宋桥的心也定了下来,她看着隧道的尽头,那光似乎越来越亮,迎着她而来……

整整七个小时,最终接头的调整终于完成,宋桥在隧道里也完成了最后的人工检测。

"东西方向偏差0.8毫米,"她向指挥船汇报,"南北方向偏差2.6毫米。"

"比上一次的误差降低了60多倍!"叶江开心得几乎想抱着宋宁刚转圈圈,被他伸手制止。

"赶紧的,"宋宁刚说,"把我女儿弄上来。"

"对对对，"叶江连忙喊，"小宋你快回来，不然你爸要把我丢下去了。"

一阵哄笑声之后是热烈的掌声，所有人都在等待她平安归来。

宋桥眯着眼睛一笑，正式告别这隧道，向出口走去。

她刚一上船，宋宁刚就冲了过来，父女俩对望，谁都说不出话来。

最后还是宋桥先打破了沉默："爸，我回来了。"

宋宁刚突然一巴掌拍在她的肩上："贼大胆什么贼大胆，你以后给我胆子小点，注意自己的安全！"

宋桥一个字也没说，如临行前一般，上前拥抱了父亲。

宋宁刚再次泪湿眼眶，他已经失去了妻子，如果再失去女儿，就真的没有家了。无人可知，他方才的恐惧。

他的桥桥，总算是回来了。

宋桥感受得到父亲轻微的颤抖，这个一辈子不低头的铁汉子，他害怕了。其实她也怕，怕来不及陪伴他，怕他孤身一人度过余生。那该多苦啊，想象一秒她都受不了。

"爸爸，"她轻轻抱着父亲，"妈妈还在等着我们呢，我不会走的。"

宋宁刚点头，不会走的，他们一家，仍然在一起。

终于可以真正放心地向全世界宣布：最后接头成功了，三江跨海大桥的岛隧工程完成。可这一次，大家似乎没有了之前的狂喜，心中只有经历了暴风雨之后的宁静。

宋桥静静地坐在船上，喝着江江为她冲泡的热牛奶。她的体力，其实在海底已经耗到了极限。

她只觉得累，想靠在哪里，好好地睡一觉。

船颠颠簸簸，她渐渐合上眼睛。梦中似乎又回到了那条隧道，在黑暗中无望地呼喊，却没人回应。

"师姐，到了。"江江的声音将她惊醒，她却仍旧茫然，一时不知道自己身在何方。

"看，"江江兴奋地指着岸边，"黎总来接你了。"

宋桥顺着江江的视线看过去，当她瞧见那个熟悉的身影时，不知道为什么，一股酸楚突然涌上心头，她飞奔下船，跌跌撞撞地冲进他怀里。

黎明川被撞得往后一仰，但他很快站稳身体，紧紧地将宋桥抱在怀里。

"害怕了吧？"他在她耳边轻声说，"一个人待在隧道里，是不是特别害怕？"

宋桥哭得说不出话来，似乎只有在他这里，她才能尽情宣泄。

她的脸埋在他怀中，他背转过身挡住大家的视线，没有人知道她在哭，只以为是久别重逢的小恋人在腻歪。

宋宁刚和叶江也笑着离开，不想打扰他们。岸边终于只剩下黎明川和宋桥两个人。

"我也害怕，"黎明川声音沙哑，"怕等我来到岛上，已经再也见不到你了。"

当他从小何那里得知，宋桥竟然一个人下了海底隧道时，他的心差点从胸腔里蹦出来。

从国外回来没倒时差，没放下行李，他便马不停蹄地赶到珠海，上船来金湾岛。

那段时间里，他想过无数种可能，想到她一个人在漆黑的海底，不知道会面对什么，他痛苦得恨不能下去的人是他自己，面临生死劫难的人是他自己。

他不知道如果没有了她，关于未来的设想还能剩下些什么。那些憧憬，都将随之寂灭。

当得知她平安完成任务时，他的腿瞬间软了，瘫坐在岸边久久无法起身。

老秦两口子一直劝他进房里等，可他宁愿吹海风，也要第一时间看见她归来。

他总算等到了她，没有失去她。这辈子，他再也不想放手。

"嫁给我，好吗？"黎明川从口袋里掏出一个精致的小盒子，"我这次去国外，给你买了戒指。"

盒子打开的一刹那，钻石的光芒如同星光闪耀在她眼中，宋桥的呼吸都为之凝滞。

"宋桥，"黎明川缓缓单膝跪下，"给我一个家。我不需要你为这个家做什么，只希望你安安稳稳地做我的妻子、我孩子的母亲。我请求你，再也不要做今天这样危险的事情，以往我支持你追求事业，可直到现在我才知道，我根本承受不起失去你的痛苦。你知道刚才那几个小时，我是怎么过的吗？我甚至想过，如果你回不来了，我就往这片海里跳，陪你一起……"

宋桥伸手堵住了他的嘴，哽咽难言："你别说了。"

"不，"黎明川拉开她的手，"我要说。宋桥，你离开这一行吧，换个工作，甚至不上班都行，这辈子我养你，好吗？"

他要为宋桥戴上戒指，可就在这一刻，宋桥的手却下意识地往后一缩。

黎明川怔住，抬头望着宋桥，半响才缓缓问道："你不想嫁给我？"

宋桥摇头，她张嘴想解释，却什么话也说不出口。她想嫁给黎明川，从很久以前就想，这辈子从未考虑过嫁给其他人的可能。但是，他要她放弃大桥，放弃这个行业。

"我是为你好。"黎明川说出这句话的时候猛地警醒，他这样，和肖俊有什么不同？

可此时此刻，他只能说这句话。他害怕宋桥再待在这一行，再遇到这样危险的情况，他知道，她仍然会义无反顾地冲在最前面，不会有其他选择。

那他怎么办呢，她想过没有？她下海的那一瞬间，有没有考虑过他，考虑过他们的感情和未来？

黎明川看着自己僵在半空中拿着戒指的手，心中突然涌起一阵无名的愤怒。

当他痛苦得肝胆欲裂的时候，她想过他吗？她执着地一年年守在这孤岛上，他没说过什么。可她却不顾生命危险冲锋陷阵，这条命是她一个人的吗？爱人的人生是连在一起的，她从未想过失去了她，他该怎么活！

黎明川收回了戒指，慢慢站了起来，脸色冷硬。

宋桥有点发慌："明川，明川。"

"我该回深圳了，"黎明川背对着她，"公司的事情一大堆。"

他径直往前走，脚步一刻也没有再停留，宋桥追了几步，又无力地停了下来。

她知道，这次他真的生气了。

正好又来了一班船,黎明川直接登上去,准备离开。

江江从厂房那边过来,奇怪地问:"姐夫,你这就走啦?"

她刚才在楼上远远看见了黎明川单膝跪地的那一幕,还以为他已经求婚成功。

而这声"姐夫"也刺激了黎明川,他回头笑了笑:"我恐怕没那个福气当你姐夫。"

船开了,载着黎明川离去。江江丈二和尚摸不着头脑,他刚才这句话是什么意思?师姐没答应他的求婚?

江江回到办公室,看见宋桥也回来了,失魂落魄地望着窗外。

"师姐,"江江小心地问,"你和黎总怎么了?"

"没什么。"宋桥的声音极低,带着虚弱。

她现在内心十分虚弱,即使一个人在海底,她也没有这样害怕过。

她隐隐觉得,也许会失去黎明川。

"这谈恋爱吵架吧,很正常。"江江安慰,"说不定过两天就又好了。"

可拒绝一个男人的求婚,确实是很伤对方的自尊心。江江在心里也为宋桥和黎明川的关系捏了一把汗。

但愿黎总大人大量,别怪她的这个"直男"师姐,最后还能当她的姐夫。

毕竟他和宋桥已经成了她未来的爱情范本,如果他们崩了,那她也不敢相信爱情了。

到了吃饭的时候,宋宁刚没看见黎明川,问宋桥:"小黎呢?"

"回去了,"宋桥强装淡定,"他公司忙。"

江江在旁边同情地看了宋桥一眼。宋宁刚却浑然不觉。

"也不能都忙啊,"宋宁刚教导,"现在岛隧工程完成,你也能歇一阵了,正好把人生大事办了。"

宋桥想起刚才发生的事,心中五味杂陈:"也……不急吧。"

"你不急我急,"宋宁刚瞪起眼睛,"都留成老姑娘了,难不成你能一辈子不结婚?小黎这么好的对象,当心别人下手抢咯。"

"看看这老丈人急得,"叶江笑着过来,"生怕女婿跑了。"

宋桥在心里苦笑,就怕这女婿真跑了。

"小宋啊,你这次为跨海大桥做出了突出贡献,"叶江说,"集团要对你进行嘉奖。"

"没有没有,"宋桥连忙推辞,"这是我应该做的。"

叶江摇头:"不顾个人安危,在海底待了七个小时,这不是谁都能做到的,何况你还是个女孩子。老宋啊,你得为她骄傲。"

宋宁刚假装吃饭,嗯嗯两声,眼中却是满满的得意。

宋桥看见了他的眼神,有点好笑,但又开心。现在,他们也能坦坦荡荡地在众人面前做父女了,不必再掩饰自己的感情。

"但是有一件事,"叶江有点犹豫地看了看宋宁刚,"怕是要影响你对她的人生规划。"

宋宁刚一愣:"什么?"

"圳山通道就快开工了,咱们的队伍得直接拉拔过去。"叶江说,"小宋是技术骨干,肯定走不了。"

也就是说,这歇一阵的事儿,怕是要泡汤了。宋宁刚和宋桥对视,江江则是干脆叫了起来:"不会吧,真无缝衔接呀?师姐你连结婚的时间都没有。"

"怎么没有呢?"叶江安慰,"我正打算办集体婚礼呢,现在工程完成,大家可以安安心心、高高兴兴地结婚。"

"那也行,"宋宁刚考虑了一下,点头,"你和小黎商量商量,赶着这一次把事情办了。"

宋桥支支吾吾地应了一声,没有多说。

吃完饭出来,江江看着宋桥,无比怜惜:"师姐,要不你借这个机会跟黎总和解,你去主动说,把婚结了。"

可他现在还愿意跟她结婚吗?宋桥沉沉地叹了口气。

"你到底为什么拒绝他的求婚啊?"江江不解地问,"你们感情那么好。"

宋桥沉默了半晌才开口:"他要我放弃事业。"

江江一愣,这对师姐来说,真的是个死结。她放弃什么,都不可能放弃大桥。

事情到了这一步,别人也劝不了什么了。江江安慰地拍了拍宋桥的胳膊,先行离开。

宋桥独自走到海边,想给黎明川打电话,却迟迟未能按下通话键,最后收起手机,神情黯然。

事业和爱情,如果只能选择一个,她该如何选?放弃任何一头,她都会心碎。

黎明川回到公司,时差的疲惫、一路的奔波,再加上求婚的失败,让他感觉累到了极点。进了大厅和谁都没打招呼,他径直进了自己的办公室,重重跌坐在椅子上。

外套口袋里的戒指盒硌到了他的腿,他烦躁地将它掏出来,一把扔在桌上。

不被接受的戒指,还有什么用?

71 伤情

而黎明川不知道,陆珊妮此时就坐在他们公司的会议室里。他出差以后,大楼的事交给了金飞,今天正在谈。

陆珊妮隔着玻璃,看见黎明川直冲冲地进办公室,觉得似乎有点不对劲。

"我先去跟黎总打个招呼。"陆珊妮站起身来。

自从知道了陆珊妮对黎明川的心思,金飞面对这事的时候就有点尴尬,也不好阻拦:"行,那一会儿再讨论。"

陆珊妮敲响黎明川办公室的门,他抬头看见是她,愣了一下,收敛起情绪:"陆总来了,请进。"

陆珊妮进来,一眼看见了桌上的盒子。她认出这个牌子,是求婚戒指的最佳选择。

再结合黎明川今天愤怒的状态,她大概猜出发生了什么事,但不动声色:"大楼承建的细节,我和金总已经沟通得差不多了,马上就要开工。你看还有什么意见,可以告诉我。"

"我回头再看看吧,"黎明川今天实在没有心情谈工作的事,"时差还没有倒过来,我脑子有点跟不上。"

"没关系,"陆珊妮一笑,"你随时约我,我随时都有空。"

这句话似乎还有别的意味。黎明川怔了怔,没有接话。

"其实除了是合作伙伴,我们也是朋友。"陆珊妮分寸保持得很好,"正常交往并没有什么问题,对吗?"

黎明川不好说什么,点了点头。

陆珊妮也不逼他表态:"那我先过去开会,有空再聚。"

陆珊妮离开的时候又看了一眼那戒指盒,目光意味深长。

开完会陆珊妮就直接走了,没有再来打扰黎明川。

倒是金飞,跑进了黎明川的办公室:"黎哥,宋桥怎么样了?她没事吧?"

黎明川淡淡地吐出两个字:"没事。"

"你看着有点不高兴啊,"金飞观察着他的神色,"怎么了?"

"没怎么。"黎明川又是三个字之后再无话。

金飞摸了摸后脑勺:"这是出了一趟门变 AI(人工智能)了,说话都是一个字一个字往外蹦。"

黎明川此刻不想开玩笑:"你出去吧,我休息会儿。"

金飞只好出门,去找花花取经:"黎哥这又是怎么了?跟吃了枪药一样。"

"十有八九,恋爱受挫。"花花摊手,"不然泰山崩在眼前,他也不会变色。"

英雄难过美人关啊。花花啧啧两声摇头。

"你说这还不如找陆小姐呢,"金飞感叹,"人家又漂亮又有钱,还上赶着追黎哥。他到底是哪点想不开,非得找个一年四季待在海里的工程师?"

"你这样的男人,就是肤浅。"花花狠狠瞪了他一眼,"感情的事,是靠条件来衡量的吗?那你去定制个全方位符合你条件的机器人呗,省得找不到对象。"

金飞蔫蔫地闭嘴,只觉得自己在花花面前简直是多说多错,少说少错,尤其是每次谈论感情问题的时候。难道他的情商真的就这么低?金飞转了转脖子,一脸疑惑地进了办公室。花花恨铁不成钢地瞪着他的背影。

第七章 碧海变通途 | 405

可不就是情商低？眼前的缘分都看不见。一辈子打光棍儿，活该！

连续几天，黎明川像疯了一样忙工作。咚呛网在海外叫 DDQQ，名字非常好记，再加上便捷多样的功能，上线后效果很不错。

梁思明也在 DDQQ 上建立了账号，发布他拍的视频，点击量节节攀升。

某天金飞兴冲冲地跑进黎明川的办公室："你上次介绍的那个澳门小伙儿，有段视频在 DDQQ 上火了。"

"什么视频？"黎明川问道。

当金飞打开给他看的时候，他顿时愣住，是宋桥下隧道之前告别的场景。

黎明川看见她主动站出来，说她去；看见她拥抱宋宁刚，说还要回来和他一起去看妈妈；看见她最后出门时，回眸一笑。

黎明川的手半捂着脸，眼中一阵阵酸涩。

他不可否认，她的决定很伟大。如果他是一个普通人，会为她感动至深。然而，他是她的爱人，是不能失去她的人。这种伟大，对他来说，却是残忍的。

"宋桥确实挺了不起，"金飞还在兴致勃勃地说，"下面全在夸，中国的女工程师勇敢无私……"

"人太无私了也不好，"黎明川淡淡地开口，打断金飞的话，"对于家人、爱人来说，这种行为就是自私。"

金飞愣住，半天才嗫嚅道："你以前不是挺支持她的吗？"

"如果换了你呢？"黎明川抬起眼来反问，"你老婆要上刀山、下火海当英雄，却丢下你，甚至可能还有你的孩子，你觉得她自私吗？"

金飞回答不了这个问题，也陷入矛盾之中。

黎明川摆了摆手："行了，工作吧。"

金飞再次被赶出了办公室，关门之前他又看了一眼黎明川，心中百感交集。

当光棍儿也有当光棍儿的好处，至少不用为情所伤。他们黎哥，这是被伤了心了。

集体婚礼的日子一天天接近，沈菲才从西安飞过来，到岛上和小何团聚。

"你那位黎总呢?"沈菲抱怨,"他怎么还不来?没剩几天了呀,再忙也得准备吧。"

宋桥说不出口,她和黎明川,大概根本不可能参加这次婚礼。

"你们扯证了吗?"沈菲又追问。

"哪有时间?"宋桥搪塞她,"你和小何的手续不也没办吗?"

"那是他回不去,"沈菲喜滋滋的,"反正都是板上钉钉的事,早几天晚几天也没什么关系,办完婚礼就等于盖章落印了。"

她脸上洋溢着幸福,看得宋桥心生酸楚。她又何尝不想和黎明川盖章落印?

"我还得工作,你去找小何吧。"宋桥离开的样子有点像落荒而逃,让沈菲心生疑虑。

沈菲找到小何,他正在布置婚礼现场。虽然他也是新郎,但婚礼未开始之前,他就是服务人员。

但他忙得高兴,一想到他马上就要娶沈菲了,天天夜里都开心到睡不着。

见沈菲过来,他来不及放下手中的彩带就直接冲向她:"老婆。"

"喊早了,"沈菲故作矜持,"还差几天才办婚礼呢。"

"我早就一辈子认定你了。"小何这是真心话。沈菲就像是仙女下凡尘,竟然落在了他面前,他这辈子所有的运气,大概都花在了这里。

周围的人看小两口儿说情话,都跟着起哄。

"何主任你运气不错啊,"老秦调侃,"能找着这么漂亮的媳妇儿,还不闹着搞百万婚礼,到这小破岛上嫁给你。"

"那可不,"小何又嘚瑟上了,"这就是我的人格魅力。"

"呸。"沈菲瞪了他一眼,拉着他走向旁边,"我有话要问你。"

小何跟着她到了僻静处:"什么事儿啊,神神秘秘的?"

"宋桥和她男朋友是不是出了什么问题?"沈菲皱眉,"婚礼马上就要办了,怎么不见他人呢?"

她这样一说,小何也觉得奇怪了:"是呀,黎哥再忙,也不至于拿人生大事不当回事啊。"

"你跟他熟是吗?"沈菲说,"要不你私下问问他?"

老婆的命令哪能不从?小何爽快答应:"行。"

黎明川接到电话的时候正在外面谈事,他跟客户说了声"抱歉",走到一边去接听。

"黎哥,"小何笑嘻嘻的,"你怎么还不来岛上啊?婚礼就快开始了。"

"什么婚礼?"黎明川没反应过来。

"集体婚礼啊,"小何突然感到有点不妙,"大桥没跟你说?"

黎明川想起来以前他们曾经提过要办集体婚礼,可就在眼前了吗?宋桥一个字也没跟他说过,甚至这些天,他们都没通过电话。

黎明川的眼神冷了下来:"你和沈菲要结婚了吧,那提前祝你们新婚快乐。"

"不是,"小何赶紧问,"你和大桥不参加吗?"

黎明川顿了顿,缓缓开口:"我求婚,她没答应。"

凑在话筒边偷听的沈菲眼神一怔,不敢置信地和小何对视。

小何还没来得及问为什么,黎明川已抢先一步:"我还有事,先不聊了。"

电话直接挂断,小何和沈菲面面相觑。

"我去问宋桥,"沈菲转身就走,"好好的事儿,怎么弄成这样?"

"哎,菲菲,"小何急得在后面喊,"你别上火啊!"

可沈菲怎么能不上火?她最担心的,就是宋桥的归宿。听小何说黎明川对宋桥如何如何好,她打心眼儿里为宋桥高兴。可现在好了,人家求婚,这个傻大桥居然拒绝了!

沈菲气冲冲地进了办公室,见里面就只有宋桥一个人,顿时压不住火气。

"你怎么回事?还瞒着我说要一起参加集体婚礼,"沈菲叉着腰骂,"你的新郎呢?被你气跑了是吗?"

宋桥沉默不语。

"说话呀,"沈菲拉了把椅子,在宋桥跟前坐下,逼着她和自己对视,"你告诉我,到底发生了什么事?"

"我下海底隧道，他很担心。"面对闺密，宋桥坦然承认，"他觉得我这份工作太危险，要我嫁给他，这辈子他来养我。"

"我养你"，或许有些女孩子听到这句话会很感动，可对宋桥来说，这却是种束缚。身为宋桥的好友，沈菲深知这一点。

"那你可以和他沟通啊，"沈菲放软语调，"两个人之间有什么不能谈的呢？总不能求婚不成就分手。"

"也不算分手吧，"宋桥轻轻地说，"只是冷战。"

她发消息，他也回，却不再带着从前那样的热情。她感觉得到，慢慢就发得少了，常常在深夜里，一遍遍往回翻他过去说的那些话，再对比现在，更觉得凄凉。但这情形是她自己造成的，他为她戴戒指时，她那一瞬间的退缩，肯定伤了他的心。

"你们都这么多年了，"沈菲叹气，"多不容易，要珍惜啊。"

沈菲停顿了一会儿，欲言又止。

"你说。"宋桥看出了她的犹豫。

"其实就算在你们行业，女人结婚生子，暂时告别岗位，也是很正常的。"沈菲小心地看着宋桥的神色，"你也已经过了三十岁了，总不可能一辈子就这么漂着，有个安稳的家，也是好事。我还希望等有了孩子，小何能调回总公司呢。"

"圳山通道就快开工了，"宋桥垂下眼，"公司要派我过去。"

"你不能这么一个工程接一个工程地干啊。"沈菲又忍不住急了，"因为工作，把人生大事都蹉跎了，把爱你的人都赶跑了，值得吗宋桥？"

宋桥正要说话，却突然看见了门口站着的人，声音顿时卡住。

沈菲也察觉了异样，回头看去，看见了宋宁刚，慌忙站起来："宋叔叔。"

宋宁刚方才在外面听到了她们的对话，此刻只望着宋桥，深深地叹了口气。

"叔叔，"沈菲鼓起勇气，"我知道宋桥能干，可她是您的女儿，除了工作，也希望您能多为她以后想一想，能不能让她缓口气，多用些心在自己的感情和生活上，有个幸福的归宿。"

说到这里，沈菲的眼中已满是泪光，宋桥知道，她是真为自己心疼。

宋桥去拉沈菲的手,却被她甩开:"我还等着和你一起办婚礼呢!"

说完沈菲就径直离开,房中只剩下了父女俩。宋宁刚犹豫了一下才开口:"要不然……我去跟老叶商量一下,圳山通道的项目,你就先不要参加了。"

"爸,"宋桥不知道自己该说什么,"这件事……我自己掂量。"

"你掂量得过来吗?"宋宁刚反问,"感情和事业,在天平的两头,孰轻孰重?"

宋桥无法回答,只能长久地沉默。

两人就这样僵持着,直到外面传来人声,宋宁刚才转身离开:"我先和小黎谈一谈吧。"

宋宁刚当天下午回了管理局,处理完工作上的事情,到了傍晚时分打电话给黎明川。

当黎明川看见屏幕上显示的名字是"宋总"时,他犹豫良久,才终于接了起来。

"小黎啊,"宋宁刚的声音从电话那头传来,"今儿晚上有没有空?咱们一起吃个饭?"

"我……"黎明川想找个借口推辞。

宋宁刚却心知肚明:"聊聊吧,你也不用有什么心理压力。"

黎明川不好再说什么,只得答应。挂了电话,他怔然望着窗外,不知道这一场见面,究竟该如何应对。

提前了两个小时,黎明川下楼准备出发,可一出大门口就看见有车过来,停在他面前。

车窗滑下,里面的人竟然是陆应成:"明川,我正好来找你,一起去吃饭。"

"可我……"黎明川为难,"已经和宋总有约。"

"老宋啊,那不是更好?"陆应成大笑起来,"我也很久没见他了,你快上车,我们一起去。"

黎明川说也不是,不说也不是,最后只好上了车。

72 抉择

宋宁刚在包厢见到陆应成进来,也是一愣。

"没想到吧?"陆应成笑着和他握手,"我跟着明川,来蹭你一顿饭。"

"你这大老板,还蹭我的饭。"宋宁刚若有深意地看了黎明川一眼,他有些尴尬地笑了笑。

有陆应成在场,宋宁刚不好直接说宋桥的事,几个人先谈了一阵工作。

"你们跨海大桥不简单啊,"陆应成摇头,"在那种已经昭告天下,全世界喝彩的情况下,还能冒着毁长城的危险,重新合龙一次,这需要巨大的勇气和魄力。"

"不能留遗憾,"宋宁刚说,"以后你们港澳同胞要在这桥上走一百二十年。"

陆应成眼神动容:"是啊,回家路,两头都是家。"

如今的湾区越来越好,未来经过这座桥来到这里安家立业的人也会越来越多。也同样会有很多内地人,通过这座桥,去香港、澳门工作。

"今天我还在政府开会,会上讲以后等跨海大桥通车,要实行车辆双牌制,内地和港澳两个牌照,一路畅行无阻。"陆应成看向黎明川,"以后你的业务也可以做到香港去了。"

"他的业务何止在香港,"宋宁刚笑着说,"都走向世界了。"

DDQQ 传播之快,是很多人没想到的,欧美这才惊觉,原来中国的互联网科技和互联网思维早已不落人后,甚至超于人前。

"明川啊,我这才明白,你为什么不要我的投资,"陆应成开玩笑,"原来是市场太大了,怕我分一杯羹。"

"没有没有,"黎明川连忙解释,"我这点规模,和陆氏怎么能比?"

"陆氏是老牌,锐信是新锐,"宋宁刚说话很直,"谁都不用谦虚,各有各的位置,也各有各的作用。"

陆氏的繁荣代表着香港经济依旧稳定,锐信这样的新标杆企业预示着内地经济飞速发展,两者相辅相成,共生共赢。

陆应成和黎明川相视一笑,默契尽在不言中。

酒过三巡,大家开始闲聊,陆应成问宋宁刚:"工程快结束了,你们也可以放松休息了吧?"

"主体工程是结束了,但还有很多后期工作要做。"宋宁刚说,"我们搞建设的人,哪有休息的时候?"

陆应成摇摇头:"太辛苦了,尤其是你女儿,一个女孩子,也是常年待在工地上,都没有享受人生的时间。"

既然提起宋桥,宋宁刚意味深长地看了黎明川一眼:"她也确实该考虑人生大事了,作为父亲,我是支持她结婚成家的。"

黎明川默默地握着酒杯,避开宋宁刚的目光。

"应成你不知道吧,"宋宁刚笑呵呵地又转向陆应成,"再过几天,我们要在金湾岛上举行集体婚礼,平时忙着工作没空结婚的几对新人,一起热热闹闹地庆祝。"

"是吗?"陆应成惊讶,"这样的形式我很少见,到时候如果有空,我也去观礼。"

"我真想宋桥也在这时候结婚哪。"宋宁刚感慨一声,眼神再次投向黎明川。

这下陆应成看出了点门道来了,今晚这顿饭,是另有用心,他可能,真的是打扰了。

陆应成有点尴尬:"老宋、明川,要不你们继续聊,我先告辞。"

"不,"宋宁刚按住他,"你也不是外人,正好帮着我开导开导小辈们,把误会化解了,以后好好在一起。"

陆应成在心里苦笑,他的珊妮喜欢的人也是黎明川啊。

"宋总……"黎明川刚一开口,就被宋宁刚挥手打断。

"别叫我宋总,叫我叔叔吧。"宋宁刚和蔼地笑,"说不定以后还得再改口。"

一句话堵得黎明川不知道该说什么,又沉默了。

"宋桥这个孩子,从小就死倔,这一点你应该也很清楚。"宋宁刚凝视着黎明川,"可她不是没感情的人,像座冷火山,内心比岩浆还烫。明川哪,她对你的心是真的,没有半点虚情假意。"

"我知道。"黎明川点点头,"我对她也是一样。"

"事业上呢,她很坚持,你也很坚持。"宋宁刚叹了口气,"这本来是好事,可两个太爱事业的人,合在一起就会有矛盾。而且她这个工作性质太特殊,的确不适合当个贤妻良母。"

"我也不要求她当贤妻良母,"黎明川抬起眼,和宋宁刚对视,"我只希望能多见到她,多在她身边,让下海底隧道这种危险的事,再也不要发生在她身上。作为爱人,我觉得我的这个要求是正常的,宋叔您说是不是?"

宋宁刚沉默半晌才开口:"你没错。"

错不在黎明川,他只是想守护他爱的人。女儿能得这样的一心人,是她的幸运。可她又偏偏是宋大桥。

"你再给她一些时间,好不好?"宋宁刚诚恳的语气里,甚至带了一丝父亲的卑微,"我也来想想办法。"

黎明川不忍,最终什么话也没说,只向宋宁刚敬了一杯酒,双方都只抿了一口就放下,心事重重。

陆应成在旁边听得唏嘘,他是心疼女儿,但也同样心疼这两个年轻人。

从饭店出来,陆应成问黎明川:"你今晚是回深圳,还是留在珠海?"

黎明川顿了两秒才回答:"回深圳吧。"

珠海现在也没了他的落脚之地。黎明川向宋宁刚告别,上了陆应成的车。

宋宁刚看着车灯远去,默然叹息,转身走向黑夜。

回深圳的路不长不短,黎明川一直没怎么说话,最后是陆应成先开了口。

"明川,在这件事情上,谁都没有错。"陆应成语重心长,"只是人生总是要面临一个又一个岔路口,就看选择往哪里走,能不能同行,或者在下一个路口还会不会遇见对方。"

黎明川嗯了一声,眼神怅惘。

他不是不想和宋桥走下去,可他也迷茫,这样看似同路,其实远隔一片汪洋。甚至连她遭遇危险的时候,他都是延时知情,无力回天。再这么下去,他还能坚持多久?

临下车时,陆应成拍了拍黎明川的肩膀:"振作一点,你还有很多事情要做。"

"我明白。"黎明川笑了笑,"谢谢陆总。"

"也叫我陆叔吧,"陆应成说,"和老宋一样,你在我眼里就是很亲的小辈。"

黎明川心中一暖,这两位前辈对他确实没话说,给他机会,为他引路,无论落魄兴盛,从未看轻过他,也始终让他清醒。

"再见,"黎明川向陆应成挥手,"陆叔。"

陆应成笑着滑起车窗,随即离开。黎明川慢慢往小区里走,又停下,站在路边给宋桥打电话。

这是上次离开金湾岛后,他第一次主动给宋桥打电话。

她还在工作,看见屏幕上的名字时,有一瞬间的恍惚。他真的给她打电话了吗?这段时间她觉得他越来越冷漠。

突如其来的委屈盈满了她的心,她接起时,半晌不说话。

"宋桥,"那边的声音低哑,"你在做什么?"

"工作。"她本想只回答这两个字,却又还是忍不住问,"你呢?"

"刚和你爸吃完饭,"黎明川的声音里有了一丝笑意,"现在站在马路边,给你打电话。"

宋桥一愣:"他找过你了?"

"嗯,"黎明川说,"我还以为是你让他找我的呢。"

"我才没有!"宋桥慌忙辩解。可停下来想一想,她内心深处,其实也曾希望父亲能帮她挽回他。

"你那天拒绝我的求婚,我很生气。"黎明川的坦白,让宋桥怔住。

"对不起,"她低低地说,也坦然承认,"其实我很想嫁给你。"

这句话让黎明川心里舒服了许多:"这次的集体婚礼,我们大概是赶不上了。"

宋桥语气酸涩:"哦。"

"还有很多事情,我们没有想清楚。"黎明川望着遥远的夜空,"不能回避问题。"

不是一个婚礼就能解决所有问题的。结婚只是某个选项,可整张试卷,还有很多题要做。如果贸然选择,面对的将是一道接一道解不完的难题。

宋桥也知道,他们要面对现实,不然李岚和张洛成的过往,就是他们的将来。

"没事。"她强撑着说出这句话,心中还是难免失落,"你早点回去休息,从深圳跑珠海一趟挺累的。"

"好,"黎明川也觉得,似乎再没有别的什么话可说,"那先这样。"

电话挂断,他两手插在兜里,慢慢往前走。身后的影子拉长,那样寂寥。

宋桥也放下工作,独自一个人走到海边。这些年,她看过最多的,就是海了。

伶仃洋凶猛,但有时候也温柔,可以包容她所有的情绪,让她觉得还有一个地方,可以坐一坐,想一想,甚至哭一场。

几天后就是集体婚礼,叶江和宋宁刚是主婚人。

"你在这儿跟我抢着当什么主婚人?"叶江抱怨,"你不是该坐在观众席上当老丈人吗?"

"宋桥和明川,"宋宁刚佯装平静,"这次不参加了。"

叶江一愣:"为什么?"

"有点小问题,"宋宁刚笑笑,"等婚礼办完了,我跟你谈。"

叶江隐约觉得不大对劲,但这种时刻,也来不及多问什么。

一对对新人手挽着手,陆续入场,幸福满得都快从笑容里溢出来。

宋桥坐在江江身边,和众人一起鼓掌。今日,她只能当个观众。

江江有些担心地看了宋桥一眼:"师姐……"

宋桥没让她把后半句说出口:"我开心着呢,为沈菲开心。"

她的闺密,终于嫁给了自己爱的人,百年好合。

"咱们这场婚礼呀,办得太晚。"叶江在台上致辞,"耽误了大家的幸福,我要先对你们说一声'对不住'。"

台下都鼓起了掌,新人们眼中满是感动。

"但我也要说,我们工地上的儿女,都是好儿女。能和他们有情人终成

第七章　碧海变通途　| 415

眷属的,也都是优秀而胸怀宽广的人。"叶江语含深情,"还有台下这些已经结婚的,和还没结婚的,你们都为这座桥做出了无私的奉献!"

一片静默,大家都回忆起自己的酸甜苦辣,感慨却又温暖。

"咱桥梁人不容易,"宋宁刚也开了口,"风里来水里蹚,熬过春夏,再熬过秋冬,好像永远也没个停歇的时候。但你们还是要幸福呀,不然我们这些老一辈,心里难安。"

他说这些话的时候没看向宋桥,可她却清楚,里面也包含着对她的愧疚。

可是爸爸,这条路是我自己选的呀,不怪任何人。

宋桥静静地看着台上已白发苍苍的父亲,幸福着却又担忧着她的闺密,还有遥远的看不见的黎明川。她才是愧疚的,让这么多人为她悬着一颗心,她却无法做抉择。

"一鞠躬——

"二鞠躬——

"三鞠躬——"

……

一轮轮的仪式在喜气洋洋中进行。天高海阔,永结同心。

到了新娘扔捧花的环节,工地上虽然未婚女青年少,但男青年多,他们不想一辈子打光棍儿,都跟着哄抢。

沈菲却径直走过来,将捧花塞到了宋桥手里。

"我希望你幸福。"她定定地望着宋桥,眼中已有泪光。

现场安静下来。宋桥拥抱了沈菲,心中百感交集。

宋宁刚在台上看着这一幕,也是眼神复杂。

婚礼结束,宋宁刚拉住叶江:"老叶,咱俩找个地方聊聊天。"

叶江跟着宋宁刚来到海边,原本空荡荡的海边,如今远眺,已经可以看到大桥的轮廓。

"明年的这个时候,"宋宁刚问,"应该能通车了吧?"

叶江点头:"顺利的话,应该差不多了。"

宋宁刚欲言又止,顿了顿才开口:"我想把宋桥留下来,做一些后期工作。"

叶江愣住:"你的意思是……"

"圳山通道那边,你看能不能派别的人过去?"宋宁刚说出这句话的时候很艰难,"不然这一去,至少又是五年。"

再过一个五年,黎明川是否还等得住?宋桥的人生是否还耽误得起?

宋宁刚第一次自私,为了宋桥的幸福。他满心愧疚,不敢去看叶江的眼神。

叶江却在最初的惊讶之后平静了下来,轻轻拍了拍宋宁刚的肩膀:"我理解。"

宋桥毕竟是个女孩子,若真是因为工作而错失了良缘,那是遗憾一辈子的事。他也不希望,她成为第二个李岚。

"我跟集团说一说,"叶江安慰宋宁刚,"看具体怎么安排。"

"谢谢了,老叶。"宋宁刚咬牙,"对不起。"

"咱老哥儿俩,你说这个。"叶江一笑,"何况我也是宋桥的长辈,和你一样心疼她。那个小黎,也是良配。"

话说开了,两人心情轻松了很多,一起走在这伶仃洋的涛声里,看着他们呕心沥血打造的那座桥。

第二天,叶江开始安排去圳山通道的事情。

"跨海大桥这边的岛隧工程结束了,现在人员要做一下分流,"叶江环顾周围,"一部分人去圳山通道,另一部分人留下来收尾。"

叶江把拟好的名单交给杨建功,由他来宣读。

"去圳山通道的项目组成员,"杨建功逐一念着名字,"孙世泽、李岚、何风、江江、陈亮……"

一圈念完,却始终没有宋桥的名字,她疑惑地看向叶江。

"小宋啊,"叶江眼神中有些为难,"本来也是要派你过去的,但大桥这边的收尾工作也需要有人领头,所以你就先留下来,等以后大桥通车了,再看公司怎么安排。"

宋桥心里一沉,但还没来得及辩驳,杨建功已经开始念留守组名单,她插不进嘴。

第七章　碧海变通途　| 417

会开完,宋桥直接追了出去,堵住叶江。

"叶总,是不是我爸向您要求的,"她开门见山,"让我不要去圳山通道?"

其他人也陆续出来,看到了这一幕,都停下脚步。

"小宋,"叶江望着她,沉沉地叹了口气,"工作固然重要,可你的人生大事也很重要。"

"人生大事,每个人都在跟我说这四个字。"宋桥深呼吸了一口气,"可修桥,也是我的人生大事!"

众人都愣住,围着宋桥,她在众人的注视下,激动得声音都在微微发抖。

"我想结婚,想和他结婚,可我也想建桥。从进入这一行的第一天起,我就想做最好的桥梁工程师,建造世界上最牛的大桥。"宋桥的眼圈已发红,"我的理想还没实现呢,连项目女总工都还没当上呢,我怎么能停下,怎么能放弃?我不甘心!"

最后的四个字,她是吼出来的。李岚在旁边,感同身受。

不甘心,她也曾经这样矛盾过,这一行里许许多多的女性,或许都有过这样的时刻。为了婚姻,为了家庭,她们应该退居二线,应该放弃辛苦的工作。可是,不甘心啊!她们也有理想,有想要实现的价值。人生大事,又何止婚姻家庭才是大事?男人可以追求的事业顶峰,难道她们就没资格去攀爬吗?

李岚走过去,轻轻握住了宋桥的手。江江怔了一会儿,过去握住了她的另一只手。

三位女子,手握着手,并肩站在一起。

其他的人都震撼了,包括叶江。这是女性发自内心的呼吁,她们也同样有能力、有勇气,站在第一线。

最终,叶江点了点头:"我尊重你自己的选择。"

宋桥如释重负地一松,李岚拥抱了她,江江跳起来欢呼,随即也加入她们的拥抱。

泪水从她们的眼中流了下来,周围的人都为之默然。

第八章　建者永无疆

73　裂痕

宋宁刚从叶江口中得知了宋桥的决定，他没有再说什么。

纵使他是父亲，也应该尊重她自己的选择，他亦无权决定她的人生。

而宋桥最纠结的，是怎样将这个决定告诉黎明川。

失眠了一整夜，宋桥向叶江请假，亲自去深圳找黎明川。有些话，应该面对面说，她也同样尊重这份感情。

叶江同意了，送她走的时候又嘱咐："无论什么事，都缓缓地来，不要着急。"

宋桥明白他的担心，朝他挥手："回去吧叶总，谢谢您。"

船行远，叶江才背着手，慢慢地往回走。这个小宋，是大桥上一根坚韧的脊梁，她没有辜负大桥，也希望世界不要辜负她。

宋桥是第一次来到深圳的工业园区，到处高楼林立，有着现代化的摩登气息。

这里的人和岛上的人，是两种气象。行色匆匆间，仿佛都酝酿着大事。

宋桥向治安岗亭里的人打听锐信，对方遥遥一指，她朝着那方向走去，却渐渐慢下脚步。

眼前的大楼上有着醒目的四个字——锐信科技。

宋桥想起从前在珠海，站在逼仄的小办公室里，黎明川苦笑着跟她说，因为付不起租金，所以他们被迫搬出了珠海最好的写字楼。可如今在最好的地方，他拥有了一整栋大楼。

她突然觉得，在她毫无觉察间，他们似乎已身处两个不同的世界。

就在这时,黎明川和陆珊妮有说有笑地从楼里走出来,宋桥在那一刻竟然不由自主地往旁边躲。

"如何?"陆珊妮笑着问黎明川,"我给你建的这栋楼,你满意吗?"

"满意,"黎明川回答,"建出了我们锐信自己的特色。"

"那当然,"陆珊妮自信地仰起下巴,"顶尖设计师出马,用了最好的建筑材料,还有全套高科技智能化配置,这栋楼,独一无二。"

黎明川也笑了起来:"谢谢你这么用心。"

就在这时,他看到了站在墙边的宋桥,神情一怔。

陆珊妮顺着他的视线看过去,也发现了宋桥,笑容淡了下来。

宋桥在这一刻有点进退两难,终于还是走了过去。

"你公司不好找,"她佯装无事,"差点走错了方向。"

黎明川嗯了一声:"楼刚刚建起来,其他人可能不熟悉。"

她也是那个"其他人"。宋桥在心中苦笑。不像他们,一个是建造大楼的人,一个是拥有大楼的人。

他们从来都是默契的甲方乙方,虽然调换了一下位置。

"那我就先走了,"陆珊妮颔首告辞,"过两天我再来你公司。"

她姗姗离去,背影窈窕动人。而今日的黎明川,也是一身西装革履。每每看见他们站在一起,都如此相配。

宋桥一哂:"我不该突然来,打扰你了。"

"没事。"黎明川看出了她神色不快,"要不上去聊?"

"不用了,"宋桥摇了摇头,"就长话短说吧。"

她有点不太适应,走进这栋他们的大楼。

"你来找我是有事?"黎明川疑惑地问。他还以为,她是单纯来看他的。

宋桥微微垂下眼,将那句话在心中反复了多次,才轻声开口:"我马上……要去圳山通道了。"

黎明川顿时眼神一震。

"几年?"他紧紧盯着她问,"这一次,你又要去几年?"

宋桥回答不出口:"明川……"

"至少又得四五年,对吧?"黎明川的脸上,笑容有点悲凉,"宋桥,你每次做决定之前,有没有想过我?下海底隧道,奔赴新工地,你的选择都很伟大,可你有没有考虑过我,考虑过我们的未来?"

宋桥想解释,却急得什么也说不出来,她眼眶发红,他也一样。

有认识的人过来,向黎明川打招呼,他强行将情绪压了下来。

"长话短说,都说完了吧?"他冷冷地问宋桥,"我已经收到了你的通知,可以走了吗?"

"对不起。"宋桥吐出这三个字,也强忍住泪水,不让他在大众面前丢人,快速转身离开。

黎明川在那一瞬间想冲上前拽住她,质问她为何这样狠心。可他最终没有,在这个地方,他不只是黎明川,还是锐信的老板。他就这样站在原地,看着她走远,心如刀割。

这是个什么样的女人?她的执着是魅力,也是伤人的利器。

黎明川一腔愤怒无处发泄,上楼也怕失态,留在园区也怕失态,最后只能上了车,在这一方小小的封闭空间里,释放悲伤。

而他不知道,当他的车离开时,陆珊妮也紧随其后。她刚才其实并没有走,就站在不远处,将他们的争执看了个明明白白。

黎明川不知道自己该去哪里。在这个城市里,甚至没有属于他和宋桥的记忆,无论怀念还是怨恨,都无可寄托。

最后,他来到了海边,他和她相遇在海上,可最后感情却也失落在这片汪洋里。

宋桥为什么就那么倔?七年又五年,已是一个轮回,人生有多少个轮回可蹉跎?

他真的快要丧失信心了。黎明川在海边坐下,天空灰暗,水也灰暗,连同他的身影,都仿佛灰暗得快要消逝。

陆珊妮站在车边,看着这一幕,心里隐隐作痛。

他在为另一个女人伤心,可她却还是心疼他。为什么他这样好,却被抛下?

"明川。"她终于鼓起勇气走向他。

黎明川猝然回头,眼中还有来不及收起的难过。

这一刻她真想抱抱他,可她不敢这样做,怕他从此会离她更远。

"你怎么在这里?"黎明川仓促起身,还想要掩饰自己的情绪。

"我一路跟着你来的,"她没有给他这个机会,直接戳穿,"你和宋桥的话,我也都听见了。"

黎明川顿时眼神颓然,他本不想在任何人面前暴露自己的痛苦。

"痛苦就是痛苦,和感冒一样,根本藏不住。"陆珊妮静静地看着他,"你在我面前也不必掩饰什么,我不会嘲笑你。"

黎明川怔住,默然无言。

"但我还是想说出心里话,"陆珊妮垂在身侧的手握紧成拳,给自己加油,"我中意你很久了,或许你也已经发现。如果是我,会坚定地站在你身边,舍不得离开。明川,我想陪着你。"

她突如其来的告白,让黎明川整个人处于凝滞状态,他过了半晌才终于回神,说出的第一句话是:"对不起。"

陆珊妮虽然失望,但这并不意外,她知道他不会就这样接受她。

但不是此时此刻,也可以是未来的某个时刻,宋桥要让他再等五年,她总不至于在五年里都等不到一个机会。

她有耐心,也有自信,毕竟现在他们之间的感情已经出现了裂痕。

黎明川在短暂的惊愕后,也渐渐恢复了正常。

"谢谢你,珊妮。"他看起来又成了那个平静的黎明川,"我一直将你当朋友。"

"朋友就朋友吧,"陆珊妮一笑,"我并没有逼着你现在回应我什么。"

黎明川抬手看了看表:"我还有约,就要到时间了。"

"不用找这样的借口,"陆珊妮很直白,"你今天的状态不适合见客户,即使不想跟我待在一起,也可以回家休息。洗个热水澡睡一觉,明天又是新的一天,有新的心境。"

黎明川凝视了她几秒,最终点了点头:"好,再见。"

黎明川上车走了,没有回公司,如陆珊妮所说,回到家洗了个澡,倒头就睡。

身上担负的责任太重,他其实已经很久没有安睡过,更别说白天睡觉。

可这一觉,他却睡得特别沉,甚至没有做梦,完全是空白一片。

醒来的时候,天已经黑了,他躺在空荡荡的房间里,望着窗外的夜色,觉得格外孤独。

又是一个人了。同路的,已经走失了,能不能再遇见,是个未知数。

就在这时,手机振动了一下,他摸索着打开。

是陆珊妮发来的微信:"如果醒了,就好好吃东西,胃舒服了,心里也会舒服。"

这一点倒是和他曾经的想法不谋而合,但他已经很久没有为自己做过饭,也不再有时间坐下来好好地享受一顿饭。

黎明川慢慢起床,换了一身衣服,出门去公司。

深圳是不夜城,开发区更是,每个人都在日夜奔跑。他已经偷了个闲,但不能一直闲下去。

黎明川又投入工作中,宋桥也是。回到岛上的第二天,她就收拾行李,前往圳山通道。

又是新开张的工地,和她当初刚来珠海时一样。走进项目部的简易楼房,她却碰见了熟人。

"南方?"她不敢置信地看着眼前的人,"你怎么也在这儿?"

"我是设计师啊。"周南方仍然是那副痞痞的模样,"忘了吗?以前我就说过,要让你建造我设计的大桥。"

宋桥直接给了他一拳,表示对他的赞赏。

江江从后面蹦蹦跳跳地进来,看见周南方也是惊讶地大叫:"南方哥,咱们这是又成战友了吗?"

"不,"周南方摇摇头,"准确地说,我是你的上级。"

江江翻了个大白眼:"得了吧,师姐才是我的上级,人家已经被任命为项目总工,这是来走马上任的。"

"真的啊?"周南方惊喜,"宋桥,你居然真当上了!"

这个任命,其实对宋桥来说也很突然。叶江昨晚告诉她时,她都不敢相信自己的耳朵。

"早就决定了,"叶江对她说,"本来集体婚礼那天就要宣布的,可被你爸抢了先,让我另行安排人来圳山通道,才一直耽搁到现在。"

宋桥既高兴又惶恐,她期待着这一天,却没想到竟来得这么快。

"你的能力,在大桥项目上已经充分验证过了。"叶江正色道,"最重要的是你的信仰,为了建设舍生忘死,这固然不值得提倡,却让人敬佩。小宋啊,这副担子交到你身上,我们都放心。"

宋桥热泪盈眶,和叶江紧紧握手。

"我现在觉得,叫你一声'师父',真不亏。"周南方的声音将宋桥拉回了神,叶江给予重托的感动还在她心间。

她笑了笑:"当总工,也不过是为了多干点事。"

"这觉悟高。"周南方竖了竖大拇指,随后也收起痞劲儿,进入了正式的工作状态,"今晚设计部和工程部一起开个会,把图纸上的问题核对清楚,方便后面的施工。"

周南方有条不紊地安排完开会的事情就离开了,江江看着他的背影很好奇。

"师姐,"江江问,"你觉不觉得南方哥有点变了?"

"哪儿变了?"宋桥想了想,"更专业了吧,毕竟已经成为设计师。"

江江却隐约觉得不止这样,周南方的笑容虽然一如既往地痞,眼睛里却似乎多了些东西。

至于是什么,她也说不清。

吃过晚饭就开会,季浩然也在场,周南方是主要发言代表。

"圳山通道的设计,和跨海大桥是一脉相承的,也同样是由海上桥梁和海底隧道共同组成的。"周南方指着概念图,"岛隧部分的结构,更是和大桥项目一致,沉管是重中之重。在座的都是大桥岛隧工程部的人,我们之前熟悉,以后也要相互配合工作,请多多关照。"

周南方双手合十致意,台下的熟人们都鼓起了掌。

老孙转头对宋桥说:"这'二世祖',现在像个真男人了。"

他这一点醒,宋桥也愣了愣,江江说的变化,应该就在这里吧。

周南方身上有了沉稳的气息,早已不再是过去那个没心没肺的纨绔子弟。散了会,周南方和季浩然出来,遇见了宋桥。

"小宋,"季浩然和宋桥握手,"你是项目上第一位女总工,也是最年轻的一位总工,了不起。"

"全靠前辈们教导和支持,"宋桥很谦虚,"以后还要向季老多多请教。"

"你这一声季老,可真把我叫老了。"季浩然笑着说,"我比你父亲还要小两岁。"

"都年轻,都年轻,"宋桥应和,"正是当打之年。"

"这话听着舒畅。"季浩然又拉过周南方,"岛隧这一部分的设计,他承担了很多工作,据说也是当时跟着你们学到了实战经验。后面南方就留下来,和你们一起来完成这项工程。"

"我们会配合好的,"宋桥笑着望向周南方,"是吧周工?"

"听着像周公解梦,"周南方摆了摆手,"您还是叫我的名字吧,宋总。"

三个人都笑起来,夜色美好,又是新的战场。

当了总工,才知道有多少事要管,除了技术,还有各部门协调。大局和细节,缺一不可。

宋桥每天忙得恨不能生出翅膀,情伤便也少了很多,被压抑在这日复一日的奔忙里。

可不能有空闲,只要有一点间隙,那天在产业园的记忆就又见缝插针地挤进来,让人心里发疼。

黎明川已经很久没给她打电话了,甚至连以前例行的晚安也变得稀有。偶尔说几句,双方也像是隔着千万里,干巴巴地寒暄,如同敷衍。宋桥只觉得这海上的夜,一点点生了寒意,越来越冷。

梁思明倒是常带来锐信的消息,他现在已经成为一名网红博主,在咚呛网和DDQQ上都有很大的粉丝量。

但他初心未改,从跨海大桥追到圳山通道,经常来拍工程人的点滴,甚至形成了一个系列。很多网友就喜欢看他们吃什么做什么,哪里有海豚,怎样建隧道。

江江都觉得奇怪,向宋桥吐槽,他们在工地上这么苦,网友还这么爱看,难道是忆苦思甜吗?

梁思明用他越来越灵光的普通话说,他们看的是一种朴素的精神。

风餐露宿，日夜不息，咽下的是苦，建造的是新世界。

这就是看着他们吃大锅饭、在高塔上脸被吹得皲裂、直面危险义无反顾下海底会让人心生热血的原因。

"无私"两个字，在这个时代，已经越来越难写，但仍然有人在用行动诠释。

宋桥时常无意间在梁思明的视频里出镜。黎明川其实偶尔也看，打着观察 UP 主（上传者）数据的名号。

他从视频里知道，她已经成了"宋总"，统领千军。

这是她曾经的理想，他曾赞赏过的野心，可如今，他只觉得失落。她的未来里，还有没有他的存在？

而从梁思明口中，宋桥也知道了很多黎明川的新闻：成为被嘉奖的青年企业家，海外业务发展壮大，公司即将上市敲钟……他仿佛在一个她够不着的平行世界里。深圳和中山，也不过隔着一片海，却似乎遥不可及。

她试着去看那些新闻，他在照片里，就像是一个熟悉而又陌生的人。

在珠海蜗居里炖汤的那个黎明川，她似乎再也找不到了。

这种伤感，无人可说，也无人能懂，只能在那些失眠的暗夜里，独自咀嚼，最后如一根细蛛丝，密密匝匝地缠绕在她的心上。

74　同行

陆珊妮和黎明川却是越走越近——陆应成在深圳建立了陆氏科技集团，助力湾区科技发展，陆珊妮是集团副主席。

有了共同的领域，陆珊妮来找黎明川来得越来越频繁。

花花见状不无担忧："锐信这新大楼，宋桥一次都没来过，陆小姐三天两头地来，再这样下去，怕是这正牌女朋友的身份要易主了。"

"他俩也挺相配的。"金飞羡慕地看着办公室里那一对璧人。

"你就巴不得有个千金大小姐看上你，"花花冷冷地说，"让你嫁进去当豪门女婿吧。"

"我可没有啊，"金飞发现自己又踩着了花花的雷点，连忙辩解，"我崇尚的是真爱。"

"你知道什么叫真爱吗?"花花瞥了金飞一眼,"无论艰难险阻,都双向奔赴的感情,才是真爱。"

"你这是肥皂剧看多了吧?"金飞不以为然,"现实中哪有这么轰轰烈烈?两人待一起就完了呗。"

"有的人,朝夕相对一辈子,也未必会在一起。"花花说完,直接拿着包,绕过金飞出门。

"你去哪儿?"金飞在后面追问。

"跑业务,"花花没回头,"顺便相个亲。"

金飞的嘴就那么张着,收不回来,心里突然有点莫名不爽的滋味。

陆珊妮此时已经和黎明川谈完,两个人并肩走出来。

"爹地说以后可能会联合几个大集团,共同创立一个科技基金,资助勇于创新的公司和个人。"陆珊妮笑着看向黎明川,"如果倒退十年,你还可以拿,但现在的锐信已经成为行业巨头。"

"什么巨头?"黎明川说,"不过是暂时态势好一些罢了,在国际市场上还是个新手。"

"你这个新手,起来得很快。"陆珊妮是看外网的,"非中文用户的数量,已经和很多大网站差不多了。"

"还是不能比的。"黎明川很清醒,"需要进步。"

陆珊妮欣赏的就是他的这份清醒,时时刻刻不松懈,有理有节地前进。

"去喝杯咖啡?"陆珊妮耸了耸肩,"老实说,你们公司的咖啡,格调跟不上这栋大楼。"

"那是你对你的大楼太自信了,"黎明川也顺口开了句玩笑,"我们这些搞技术的粗人,觉得这咖啡已经很高大上了。"

"你可不是粗人。"陆珊妮邀请,"附近刚开了一家咖啡店,看着很不错,陪我去坐一坐,也正好继续聊聊科技基金的事情。"

黎明川终于还是跟陆珊妮一起出门。金飞看着他们的背影,觉得自己的想法也没错。

同一个世界,同一个领域,这样不比一个在城市、一个在海里好得多?

至少可以经常见面，互有助力。

从理性上分析，陆小姐真的比宋桥更适合黎明川。

而从感性上，黎明川也已经很久没在别人面前提起过宋桥。这段感情是否还像从前一样，谁也不知道。

金飞摇了摇头，又想起花花的事，犹豫了一下，给她发微信："不要随便相亲，找不到真爱的。"

等了很久花花都没有回复，他一屁股坐到椅子上，无聊地叹气。

而黎明川和陆珊妮在园区其他人看来，也俨然是一对，至少有暧昧。毕竟陆氏集团主席陆应成对黎明川的欣赏，尽人皆知。

陆应成在电视访谈中谈及湾区的发展时，就毫不避讳地将黎明川列为年轻人创业的代表，并坦承曾希望黎明川加入陆氏，成为他在内地的领军人。

陆珊妮以前总为陆应成偏心黎明川而吃醋，如今却只觉得高兴，她甚至暗暗希望未来他们有机会成为一家人。

"爹地过几天又要来深圳，"陆珊妮精致的长指甲轻轻划过咖啡杯，"他每次来，第一个找的人就是你。"

"陆叔跟我投缘，"黎明川说，"我见到他也很高兴。"

对于黎明川的这个称呼转变，陆珊妮总觉得有一部分是因为她，窃喜在心头。

"我的两个哥哥，一个在中国香港，一个在澳大利亚。"陆珊妮介绍家里的情况，"内地的事情，爹地是打算交给我的，原本是打算交给你。"

"可不能这么说，"黎明川连忙摆手，"那只是陆叔在电视上给我打广告而已。"

"你还需要打广告吗？"陆珊妮挑眉，"现在谁不知道你？"

黎明川不想将这个话题继续进行下去，看了看时间："我要走了，马上还有个会。"

"你回去吧。"陆珊妮虽然有点失望，但也不好耽误黎明川。

看着他的身影消失在咖啡馆外，陆珊妮的指尖在咖啡杯上"弹钢琴"。

总是在一点点走近，虽然慢，但她不着急。

近水楼台先得月。这句中国俗语,总是没错的。而在那片汪洋大海中的宋桥,看不到这里的月光。

宋桥也无暇看月光,圳山通道的技术难度比跨海大桥更上一层,过往的经验也必须跟着升级。

白天开专家论证会,晚上查资料、想方案,还有一轮轮的技术试验,宋桥忙得嗓子都上了火,可再没有人给她送菊花茶。

她也曾路过深圳,在出差的旅途中,经过宝安机场。但只是经过,她没有时间进入这个城市,去看一看黎明川。

或许,他也不稀罕她看,毕竟他再也没说过想她。

不是在云上,就是在海中,她几乎没有停歇的时间,思念也被忙碌分割成了碎片。

这样也好,至少每天累极了沾床就睡,不会在午夜失眠时,心里又抽出那蛛丝,一寸寸地疼。

但周南方仍然察觉出了异样——宋桥来到圳山通道这么久,黎明川从未上过岛。以前在珠海的时候,可不是这样的。

终于逮着了个机会,周南方向江江打听:"你师姐跟那黎总,出什么问题了?"

"没有呀,"江江装傻,"不是好着呢吗?"

"那他怎么不来呢?"周南方盯着江江,"你当哄得过我?"

江江顶不住了,低着头,脚尖在地上画圈圈:"可这是师姐的隐私,我不该说的。"

"我也是她的朋友,"周南方说,"难道我就不该关心她?"

江江终于吞吞吐吐地开口:"她男朋友吧,跟她求婚……被她拒绝了。"

周南方一愣:"为什么?"

"就下海底隧道那个事儿,黎总觉得太危险了,让师姐嫁给他,然后改行。"江江摇了摇头,"师姐没答应,后来还答应上圳山通道工程,从那以后,他们的关系,好像就越来越淡。"

周南方听完沉默不语。

"南方哥,你说是不是我们搞工程的女的,恋爱、结婚都不顺啊?"江江担忧。

李主任离婚了,师姐快分手了,她跟梁思明也一直没捅破那层窗户纸,就怕最后也落到这步田地。

周南方过了半晌才开口:"这一行能长久的,都是革命夫妻。"

"什么叫革命夫妻?"江江问。

"都是搞建设的,知道这行的苦处,也能相互理解。"周南方站起身来,"不然一个天,一个地,怎么能融到一起?"

周南方径直出门离开,江江追在后面:"你要去哪儿?"

"去看看你师姐。"周南方头也不回。他终于知道宋桥这段时间忍受着什么样的痛苦,只觉得心疼。

他来到会议室外,看见宋桥正站在台上,给项目组分配任务。

"老孙,明天你去武汉,看看那边的试验做得怎么样了。"宋桥想了想又补充,"带上陈亮一起吧,让年轻人多锻炼锻炼。"

陈亮坐在下面,眼神一亮。他本以为宋桥向来对他没好印象,不会给他机会。

"还有小何,你跟大桥那边再协调一下,看能不能多调点有经验的工人过来。"宋桥继续说着,"老秦昨天还跟我反映,他手下缺人。"

上个工程干完,老秦听说宋桥要当项目总工,坚定不移地表示跟她走。连杨凤英的小卖部都搬到了这个工地上,他也被提拔为新的工头。

一切都在有条不紊地进行,宋桥也在进步,周南方站在窗外看着她,为她骄傲。黎明川为什么要让她放弃事业呢?她在工作中,会熠熠发光。

宋桥开完了会,无意中一转眼,看见周南方正在外面凝视着她,蓦地一怔。

她走出来:"南方,你找我有事?"

"也没什么事,"周南方回答,"好久没一起吃饭了,等你去食堂。"

宋桥笑起来:"说得跟你请我去高级餐厅一样。"

"咱们食堂也不比高级餐厅差,大师傅都是按照西北口味来做饭的,"周南方说,"我都跟着你们学会了吃面食。"

两人说笑着往楼下走去,阳光洒了一路,即使再忙碌,也总有温情。

从那以后,周南方再忙,也会等宋桥一起吃饭。要是她忙得顾不上吃饭,他就打好送过去。

"你这孝敬师父的劲头,"宋桥调侃,"一天比一天强了啊,我都有点受宠若惊。"

"惊什么呀?"周南方给她夹菜,"女人不就是该宠吗?"

宋桥一愣,突然觉得这话似曾相识。黎明川过去也将她当作女孩儿,认真地宠过。

宋桥心里有点发疼,笑了笑,没有说话。

但她那一瞬间的怅惘还是落入了周南方眼中,他默然片刻才开口:"你平时要是有什么开心的、不开心的,别自己憋着,我还在呢。"

宋桥停下筷子,怔然望向周南方。

"江江都跟我说了,"周南方又补充,"你别怪她,是我逼她说的。你跟那姓黎的分手了是吧?"

宋桥闷闷地摇了摇头:"也没有。"

"没分他不来看你?"周南方沉下脸色,"从深圳到中山有几步路?"

"远着呢。"宋桥一哂,"更别说中间还隔着海。"

"真有那个心,隔山隔海他都会来见你。"周南方的话给了宋桥重重一击。

是啊,从前的黎明川,越洋渡海也要来看她,给她送零食,陪她打水漂。如今却再也不见人。

这不是距离的区别,是深爱和不再那么爱的区别。

眼中一阵酸涩,宋桥拼死忍住,站起身来:"我不吃了,先去工厂看看。"

她急着要走,却被周南方抓住了胳膊,转过头来,看见了他灼灼燃烧的眼神:"以后我陪着你,好吗?"

周南方的手将宋桥抓得生疼,她第一次发现,他竟然有这么大的力气。那个菜到下船都站不稳的周南方,似乎早已经不见了。

"我知道,以前在你眼里,我大概就是个顽劣的徒弟,年纪比你小,也不大懂事。"周南方也站了起来,身形高大的他,看起来和宋桥势均力敌,"可人是会变的,我对你的感情,早已不是'师徒'两个字可以概括。我想做站在你

第八章 建者永无疆 | 431

身边的人。咱们是同行,你的艰辛、苦衷,我都明白,也不会要求你放弃理想。"

宋桥心中震动,不知道该如何回应周南方,她只想走:"我……"

周南方却打断了她:"宋大桥,这是我认识的宋大桥吗?连我的表白都没胆子听完?"

宋桥又窘又尴尬:"表什么白呀,你是不是又在开玩笑?"

"你别逃避,我也是好不容易才鼓起勇气,不逃避了。"周南方凝视着她,"你知道吗?你从海底隧道上来的那一天,我也去了金湾岛,可还在船上就看见你和他在岸边拥抱。所以我没下船,直接原路折返了。"

宋桥震惊地看着周南方,她未曾想到,竟然还发生过这一幕。

周南方至今不敢回忆那个时刻,当得知宋桥下了隧道时,他疯了一般赶到珠海,没有渡船,他求着赖着陈海生借给他快艇,才终于赶到金湾岛。

远远看见工程队的船回来,宋桥从船上下来,他激动得想要大喊她的名字,却看见她一路飞奔,扑进黎明川怀里。

周南方傻了,遥望着他们拥抱、亲吻、含泪倾诉……当看见黎明川拿着戒指单膝跪下时,他忍无可忍,命令快艇掉头,一路消失在烟波浩渺的海上。

他希望从此和她不复相见,却又重逢在圳山通道的工地上。

后来他又想,只要她幸福就好了,他可以忍,可谁想她却不幸福。

所以他忍不了了,干脆将过往如今,所有的心思一吐为快。

"我喜欢你,从什么时候开始喜欢的,我也不知道。等我发现自己在乎你的时候,已经晚了,你心里有了别人。"周南方的眼神是黯然的,"过年的时候,我去岛上找你,可老孙说你和他在一起。那天我就打算把一切感情斩断,可我没做到。听说你和他吻别,我心里疼得跟什么似的,也想着赶紧脱身,不要再陷在沼泽地里,可我爬不出来。一直到那天我亲眼看见,我才真的死心。可当我在这里重新见到你时,那颗心却又活了。"

"南方,"宋桥声音发涩,"对不起。"

她一直未曾察觉他的心意,将一切当作插科打诨对待,伤害了他而不自知。

周南方摇了摇头:"这不怪你,是我自己没胆子说。我这么个天不怕地不怕的'二世祖',遇到你却变成了胆小鬼,怕说出来你就永远不理我了,咱俩连朋友都没的做。但现在我看着你这样,心里真的难受。你没错,宋桥,这是你的信仰,从来都是,没人有资格让你放弃。"

宋桥紧咬着嘴唇。这些日子以来,她其实一直觉得自己错了,怀疑自己是不是真的太自私,才这么执着。

"你们只是不合适,"周南方叹了口气,"他在他的世界,你在你的世界。"

一个在繁华烟火间,一个在清冷孤岛上。荣耀的荣耀,修行的修行。

渐行渐远,或者最终背道而驰。

"这一行里,能走得久的,都是同路人。"周南方凝视着宋桥,"工程上的夫妻不少,两口子想办法在同一个项目上,各干各的事,家庭、工作两不耽误,这是最好的状态。即便因为工作分隔两地,也会体谅对方,理解对方。宋桥,跟我在一起吧,让我陪着你。"

周南方的眼中倒映出宋桥的影子,他眼里只有她,心里也是。

75 山崩

这样的心意无法让人不感动,可宋桥此刻却无法给他答复。

"对不起。"她最终说出的,仍然是这三个字。

她的心里仍然住着黎明川,如果接受周南方,对谁都不公平,也是对这份心意的践踏。

"没事,"周南方笑笑,松开了手,"我可以等。"

宋桥哽住。

"认识你都八年了,多一天少一天,又有什么分别?"周南方恢复了那副痞气的样子,"这圳山通道还得几年吧,反正在工程结束之前,咱俩都得待在一块儿。你也不用急着拒绝,给我时间,也给你自己时间。要不这么着吧,就定在桥通车的那一天,你给我最后的答案。"

他说得跟玩儿似的,其实无比紧张,生怕宋桥连等的时间都不给他。

这时,门口突然传来吸鼻子的声音,两个人都是一愣,同时回头看。

江江正红着眼圈站在那里:"师姐,你就答应吧,南方哥表白得我都快哭了。"

"又不是跟你表白,"周南方当头给了她个栗暴,"你哭什么呀?"

"感动不行吗?真没想到,你还有这么深情的一面。"江江又转头望向宋桥,"师姐,南方哥说得对,给他时间,也给你自己时间。"

宋桥沉默,最后长长地一叹,率先走出门去:"我得去看看凝水率。"

至少她没有直接拒绝。周南方松了口气,拍了拍江江的肩膀:"谢谢啊,改天请你吃饭。"

"你这顿饭,从珠海欠到中山,谁知道什么时候能兑现?"江江到现在还记着周南方把她丢在珠海城里的仇,可想起刚才他表白的话,她又心软了,"你也别着急,说不定哪一天,师姐的脑子就转过弯儿来,喜欢上你了。"

以前她也觉得,宋桥和黎明川是天造地设的一对,可平心而论,如果有人在这个时候向她提出让她辞职回家结婚带孩子,她肯定不会同意,更别说是宋桥。

何况从梁思明口中,她得知黎明川的生意越做越大,现在真的快成为行业大鳄。他会在这样的地位上面对多少诱惑,这样长期两地分居,他到底能不能抵抗得住,谁也说不准。

在她看来,他们的这段感情,已经岌岌可危。

可周南方却恰好相反,从一个不靠谱的人成长为一个很靠谱的人,要专业有专业,要耐心有耐心,而且就像他说的,革命夫妻才最长久。

身处同样的处境,才能相互理解。携手走下去,哪怕就像岛上老秦两口子那样开个小卖部,那也是其乐融融,断不会隔了海,就隔了心。

江江对周南方挤了挤眼睛:"加油哦,等通车那天,我给你呐喊助威。"

在江江的鼓励下,周南方又多了几分信心,一本正经地点头:"到时候我会按贡献度给你付费的。"

江江送给他一个大白眼:"今儿我也帮你说了话,记得加钱啊。"

玩笑归玩笑,但今天把心里话说出口,周南方反而更坦荡了,在宋桥面前也并未有别扭的感觉,依旧和过去一样相处。

宋桥经历了最初的不适应以后,也试着放下,该做朋友还是做朋友。

这时,巨大的好消息传来,三江跨海大桥要正式通车了。

时间定在八月五号,可这一天正是沉管试验的日子,宋桥走不开。

一整天,新闻在宋桥耳边炸开,江江就像个实时播报员。

"你知道吗师姐,来了好多大领导,妈呀,我要是在现场就好了,肯定会激动死。

"看,是宋总和叶总,他们举着红旗呢,我快哭了师姐。

"你看东人工岛上,是当年最早提出要修桥的港商古先生,他往海这边眺望,说自己和香港人民终于如愿了。"

……

宋桥一边干活,一边听着江江描述所有振奋人心的画面,也和她一样,湿了眼眶。

他们建造的大桥终于通车了,实现了很多人的梦想。

哪怕做一块基石、一块砖瓦,她也骄傲。

忙到了晚上快八点,工作终于告一段落,江江冲进来,拉着宋桥往外跑。

"干什么去?"宋桥问。

"要放烟花了!"江江的声音兴奋地洒落在风里。

八点整将在东西两个人工岛上放烟花,庆祝大桥通车。

可宋桥他们看不到。建设者就是这样,宣告胜利时,往往早已奔赴下一个阵地。

周南方在海边等着她们,手里拿着一大把从老秦小卖部买的仙女棒。

手机里,留守在岛上的同事为他们直播烟火晚会。

"五、四、三、二、一!"那边的人齐声高数,随即烟火冲上高空,尽情绽放,比银河还璀璨。

他们手中的仙女棒也同时点燃,微弱的光亮在海风中摇曳。

那灿烂他们看不到,但也属于他们,哪怕只是手中的这一簇小小的火焰,也足以温暖人心。

他们的大桥啊,终于矗立在了伶仃洋上。

无数个日夜、无数次煎熬,在这一刻,都化作了喜悦和感动。

宋桥遥望着大桥的方向,轻轻挥舞着仙女棒,眼中满是泪水。

这一幕被江江拍了下来,发给梁思明。他也感慨万千,发在了朋友圈,加上那句著名的话——建者无疆。

黎明川看见了,凝视照片许久,最终点了个赞。

那天晚上,宋桥收到了黎明川的微信:祝贺。

她攥着手机许久,最后也只回了两个字:谢谢。

她理解他这一刻的祝贺是真心的,毕竟他们一起为了这座桥奋斗过。

她的感谢也是真心的,他曾陪着她,熬了这么久。

这个长夜,两人都没睡着,那些朝朝暮暮的回忆又涌上了心头。

因为桥,他们相遇,也因为桥,他们离别。爱恨交织,皆在这座桥上。

通车标志着巨大的胜利,可胜利过后,仍然是继续踏实地努力。

圳山通道的工程一步步向前推进,忙碌归忙碌,但有条不紊。

可就在此时,锐信却出了事。DDQQ的势头已经盖过了很多海外知名社交媒体网络,这踩到了某些人的痛处。

MC公司突然发难,起诉锐信技术侵权,索赔1.8亿美元。

会上,金飞义愤填膺:"1.8亿,他们怎么不去抢?无非是看到我们现在越做越大,心里不痛快!"

"枪打出头鸟嘛,"花花冷笑,"更何况是我们中国人在国际市场上做了出头鸟。"

众人议论纷纷,都极为不忿。

黎明川为了这件事已经两天两夜没睡觉,眉眼中尽是疲惫,他摆了摆手:"现在说这些也没用,只能想办法证明,我们的技术出来得比MC更早。"

"我往前溯源吧,"金飞担心地看着黎明川,"你先休息一下,别把身体熬垮了。"

黎明川回到办公室,将椅子转到朝海的方向。这是他的习惯,最累最难的时候,似乎只有看着那片海,才能找到平静。

他疲倦地合上眼,只觉得从胸腔里呼出来的都是凉气。

太累了,累的时候也无人支撑。再没有谁,会在暗夜里和他聊天,哪怕是絮絮叨叨讲述一天的琐碎事情,给些鼓励和安慰。

黎明川苦笑,距离已拉开,再走近就很难。孤独,自己受着吧。

事情越演越烈,又有其他公司跳出来,指责锐信代码抄袭。

一时间,锐信名誉扫地,曾经的创新企业,变成了抄袭的代名词。甚至很多人在网上玩梗,把黎明川的头像做成表情包,伸头缩脑地偷看人家的试卷答案,形象猥琐。

宋桥并不知道此事,沉管正在进行中,她每天除了工作,几乎处于封闭状态。

直到有一天,江江也收到了那个表情包,虽然她对黎明川也有怨言,可见到这样的东西,心里还是有点难受。

到了中午吃饭的时候,她磨磨叽叽地走到宋桥身边,犹豫了好一会儿,才把手机递过去:"师姐,你看这人是不是有点眼熟?"

宋桥定睛一看,顿时愣住:"这是怎么回事?"

江江今天已经向梁思明打听了来龙去脉:"现在国外有公司告锐信抄袭,索赔1.8亿美元。"

"多少?"宋桥倒抽一口冷气,就算当初跨海大桥的沉管由荷兰公司全包,也要不了这么多钱,"这是欺负人吧?!"

更何况她不认为以黎明川的自尊心,会去做抄袭这样低劣的勾当。

宋桥再也吃不下饭,径直走出了食堂,去给黎明川打电话。

可铃声响过几遍,传来的只有一句话:"您拨打的电话暂时无人接听。"

宋桥心里急得发毛,焦虑地走来走去,最后在海边蹲下来,无意识地在沙滩上写字,最后发现,写的竟是黎明川的名字。她愣住了。

周南方赶过来的时候,看到的就是这样一幕。地上的名字,如此醒目,就像是一直刻在她心里。

周南方喉头滚动,他咽下那苦涩,才慢慢走了过去:"听江江说,锐信出了点问题。"

"不是一点问题,"宋桥摇头,"很严重。"

周南方顿了许久:"要不你去深圳看看吧,免得一个人在这里担心。"

"好。"宋桥缓缓站起身来,"沉管的事,我先去跟老孙交代一下。"

这是第一次,她放下工作离开。对于宋桥这样的人来说,几乎不可能。

黎明川在她的心里有多重,可见一斑。周南方低着头,在宋桥走过的沙滩上慢慢走,潮水涌来再退去,那名字却仍旧依稀可见。

或许,她永远也放不下他。周南方有点悲凉,望着大海苦笑。

黎明川的手机开了静音,太多的电话涌进来,已经彻底打乱了他的节奏,所以他干脆谁的电话都不接。可即便这样,锐信的官网和官方账号,甚至一切能联系上锐信的方式,都涌入了大量的评论和私信。除了国外的攻击,还有国内的网友,骂黎明川给中国人丢了脸。

一夜之间,过往的赞誉都变成了石头,雨点般地砸向他,恨不能将他砸个粉身碎骨。

黎明川仍旧撑着,可眼窝一天天深陷下去,瘦得都脱了相。

每天一顿饭,也不过是吃几口,睡觉能有两三个小时的浅眠就已经算幸运。

金飞望着会议桌首席的黎明川,只觉得心里难受:"黎哥,你真不能这样下去了,现在一阵风就能把你吹倒。"

"没有什么风,"黎明川眼神强硬,"能把我吹倒。技术溯源的事,查得怎么样了?"

金飞有些为难:"这套代码当初是成峰写的,所有的原始数据和最初构架都在他那里。"

也就是说,如今除非成峰出来做证,不然难以证明他们是原创。

"我前两天去找了他,"金飞微微低下头,"可他不见我,说离开了,锐信的事就跟他无关了。"

成峰走后成立公司,两家成了竞争对手,后来他混得也不如意,自然恨上了这帮老搭档,如今又怎么可能出来为他们做证?

会议室里一片沉寂。黎明川突然觉得胸口发闷,有点透不过气来。

"我出去走走。"他站起身。

金飞连忙也起来:"我陪你吧。"

"不用,"黎明川一挥手,"你们继续开会。"

黎明川走出大楼,又回头望了一眼那四个在阳光下发亮的大字。

这光亮,大约也要黯淡了吧。如果几家海外巨头真的发起联合诉讼,或许连这栋大楼都保不住。

悲怆在心头一撞,他捂着胸口剧烈咳嗽,最后弯着腰直不起来。

一只手扶住了他的胳膊,他猝然抬头,顿时怔住。

怎么是宋桥?他是不是因为晕眩而产生了幻觉?

宋桥看着他,眼前的人已经枯槁到她快要认不出来,她心中绞痛。

"没事吧?"她低低地问。

"没事。"黎明川站直身体,强行平复继续咳嗽的冲动,"你怎么来了?"

宋桥犹豫了两秒才说:"听说你公司最近不大平顺,我过来看看你。"

"还好,"他一笑,不想在她面前展露脆弱,"你工作忙,还跑这么远,辛苦了。"

如此客气而疏离,让宋桥觉得自己这一趟是不是来错了。她缓缓松开了扶着黎明川的手。

是啊,她也扶不住。她就算来了,又能为他做什么呢?

她不懂商场,不懂生意,在他的领域,她就是个门外汉,也没有什么资源和背景,能助他一臂之力。

"我就是来……看看你,"宋桥眼圈已发红,"也只能看看你。"

黎明川在那一刻几乎快要忍不住,想拥她入怀。

可现在,即使他们和好,他又能给她什么呢?或许还会拖累她。

"我挺好的,"他的手在身侧握紧成拳,强忍着抱她的冲动,"你别担心我,好好做你的工程。"

但这句话听在宋桥耳里,却像是逐客令。

"好,"她喉头哽住,"那我先走了。"

黎明川嗯了一声,转身向园区的另一个门走去,怕自己多待一秒,就会忍不住开口将宋桥留下。

宋桥也准备离去,可走了几步,到底是忍不住又停下来,回头看向黎明川单薄消瘦的背影,泪眼婆娑。

76 不屈

锐信的大楼门口还站着一个人。金飞刚才因为担心黎明川,偷偷追了下来,看见了这一幕幕,尤其是看见宋桥回望,最终忍不住开口叫住了她。

"唉,"金飞走到宋桥面前,"你也别怪黎哥,他现在已经是四面楚歌,连曾经的兄弟都落井下石。"

宋桥一愣:"谁?"

"成峰。"金飞摇摇头,"说起来,当初他们反目,也有你的原因。"

"有我的原因?"宋桥连忙追问。

"峰哥家在深圳,一直想让公司搬到深圳来,可黎哥念着你在珠海,舍不得走。"金飞长叹一声,"虽说峰哥最后出去办公司也是为了自己的利益,但这件事,到底是导火索。"

宋桥心中震动。黎明川从来没有向她提起过一丝一毫,她也不知道因为自己,竟然在他公司里起过这样的波澜。

一直到告别的时候,他都对她有满满的愧疚,觉得丢下了她一个人在珠海。他从来都是个把一切不好自己咽下,只将好留给她的人。

听金飞讲完事情的始末,宋桥一言不发地站了许久。

"好好照顾他,"她低声请求,"谢谢你们。"

她这一句致谢,诚恳又悲情。金飞的心都揪紧了,重重地点了点头。

宋桥又望了一眼大楼上"锐信科技"那块招牌,转身而去,这一次再未回头。

成峰的公司在一栋很旧的办公楼上,连电梯里的灯都已经坏得只剩下了一盏,照得人影昏暗。

长长的走廊尽头挂着"峰越科技"四个字,宋桥敲响了门,竟然是成峰亲自来迎接。

这公司里已经没剩下几个人,和当初的锐信一样。

看见宋桥,成峰愣了愣,脸色冷了下来。他还以为终于有客户临门。

"宋工,"他沿用了以前的称呼,"你来干什么?"

"请你给明川帮忙。"宋桥直言不讳。

"黎总那么大一老板,"成峰冷冷地笑,"需要我帮什么忙?"

"我向你道歉,"宋桥望着成峰,"当初是因为我,你们才起了矛盾。明川为了我留在珠海,你为了妻儿想回深圳,在你看来,这是他自私。"

"难道不是?"成峰一哂,"何况他目光短浅,早一天来深圳,就多一分发展机会。为了个女人,把锐信困在那个小地方,这样的人,怎么跟?"

"来深圳,"宋桥淡淡地扫了一眼他的公司内景,"就一定能发展得好吗?"

成峰被激怒:"你什么意思?这就是你求人的态度?!"

"我只是就事论事。"宋桥很平静,"我是个'刺儿头',这一点想必你也早就听说了,说话做事不拐弯,今儿我也就实话实说了。因为我,让你们起内讧,我真诚地向你道歉。但这就和你想回深圳一样,也是人之常情。而你从锐信出来自己开公司,并非只因为这个理由,对吗?"

宋桥目光澄澈,直击人心,成峰竟然下意识躲避她的眼神。

"你在锐信做房产网,出来还是做房产网,抢原来的资源和人脉,只是没抢过。"宋桥说,"在这过程里,黎明川有没有对你用过不公平竞争的手段?"

成峰沉默。当初他刚走,金飞就下了狠手,他的确怨怼过。可成为竞争对手,这也无可厚非。

"可他现在遭遇的,是不公平竞争。"宋桥的眼睛里压抑着怒火,"而且不是针对他一个人的不公平竞争,说到底,是因为锐信的前缀,是'中国'。"

这句话,她只说到这里为止,她相信成峰能听得懂。

这不是一场只针对黎明川,只针对锐信的狙击。

成峰安静了半晌,手机响了,他看了一眼屏幕,又是催缴写字楼租金的微信,心里一冷。

"我没你们那么高尚的情操,还想着为国扬威。"他耸了耸肩,"能把这个破摊子维持下去,让我的妻儿老小不挨饿受冻就不错了。哪敢这会儿站出来,跟他一起成为箭靶子?"

成峰转身进去,砰地一下关上了大门。

宋桥抬起手想敲门,但最终停在了半空中,缓缓放下。谁都怕惹上麻烦,只想明哲保身,可谁又来保护黎明川呢?宋桥的眼角满是泪光。是她没用,什么都帮不上黎明川。她第一次如此恨自己无能。

回到岛上的宋桥,除了工作,经常是一整天一整天地沉默,连闲话都不多说一句。

江江看得着急,去找周南方:"怎么办啊南方哥?我感觉师姐的精神都垮了。"

周南方说不出话来，只能长叹一声。

宋桥不是被什么打垮了，她是自责。他看见她在工作的间隙一遍遍刷关于黎明川的新闻，刷完便是呆坐，眼神里仿佛燃着火，可那火焰，又一点点熄灭，回归空洞。

又是一个难眠的晚上，宋桥忙完当天的工作，坐在办公室里没回去，再次在网上搜索黎明川的名字。

仍然是铺天盖地的谩骂，而且海外官司已经快开场，所有人都预先判定了结果——必输。

宋桥将手机狠狠砸向桌面，用手捂住了脸。

"宋桥，"周南方的声音在她身后响起，"你别这样。"

宋桥用掌心按压眼角，抬起头来："我没事。"

这种硬撑让周南方更加心酸，他在她对面坐下来："你是不是怪自己帮不了他？"

他一语戳穿了她的心思，她控制不住，眼圈再次泛红，紧咬着唇不说话。

"你们在不同的领域，帮不上也是正常的。"周南方安慰她，"而且他出这么大的事，一般人也都帮不了。"

那就等死吗？宋桥心中一片绝望。

历经这么多年，黎明川呕心沥血，总算闯出一条路，难道现在要变成走到尽头的死路？

宋桥控制不住地落下泪来，她别过脸朝向墙面，周南方只看得到她的肩膀微颤。

周南方的心也在颤动，为她疼，也嫉妒那个男人，能让她如此在乎。

而此时，陆珊妮也在哭，她赶回了香港，扑倒在父亲面前。

"爹地，你救救明川。"陆珊妮今天又去了锐信。之前她也去了好几次，但黎明川不见她。即使偶尔撞见，也是如常聊工作，多的话他一个字也不说。

眼看着他一步步陷入绝境，他却始终没有向人求助过。

"他为什么这样骄傲？"陆珊妮哽咽，"都到这种地步了，自尊心不要这样强好不好?"

"他如果不骄傲,又怎么能走到现在的位置?"陆应成望着窗外的夜景。

他一直密切关注着锐信的动向,虽然从未告诉过陆珊妮。为黎明川,他同样是心焦如焚。他甚至曾经致电过黎明川,可他没有接。那个年轻人,从始至终,有着非同常人的执着。而且他知道,黎明川并不想在此时连累任何人。

陆氏集团背景特殊,如果搅进这场风波,相当于跟国际市场对抗。黎明川不向他求助,应该就是考虑到这一点。

可如今的形势越来越糟糕,假如海外官司输了,那对黎明川来说,将是真正的灭顶之灾。黎明川叫他"陆叔",他又怎么可能袖手旁观?

"明天,"陆应成沉声道,"我跟你去深圳。"

陆珊妮看着父亲的背影,伟岸如山。她的心里终于安定了些。

母亲也来劝她:"好好去休息,有你爹地呢。"

陆珊妮跟着妈咪离开。陆应成独自坐了一会儿,开始布置后面的事情。

第二天,陆氏父女堵了锐信的门,黎明川想躲都没处躲,只好出来见客。

"明川啊,"陆应成笑着说,"连你陆叔都不见了吗?"

"没有,"黎明川的脸已经苍白如纸,但仍然勉强堆砌出笑容,"只是事多,所以跟大家联络得少了。"

"躲不过的,"陆应成凝视着他,"官司是,我也是。"

黎明川一怔。

"我这次来,是想当锐信的投资商。"陆应成在他对面坐下,"你拒绝了我这么多次,总该给我个面子。"

陆应成的话,石破天惊,黎明川瞬间哽住:"陆叔……您……"

"这不只是为了你,"陆应成的目光中也有压抑的愤怒,"中国企业刚刚冒个头,就被人往死里打压,这种事情,哪里能容忍?"

他从来不屁,越是被人按着头往下压,越要站起身来,杀他个回马枪。

"不要怕,"陆应成拍了拍黎明川的肩膀,"我是你的后盾。"

在那一刻,黎明川的眼泪差点冲出眼眶。男儿有泪不轻弹,只因未到动人处。

仍然有人,坚定地站在他背后。

三天后,陆应成召开了记者发布会,宣布陆氏科技集团向锐信注资五十亿。

此言一出,举世震惊。

在这种时候,居然有人投资锐信,而且还是家香港企业。

"我是香港人,也是湾区仔,祖辈都生活在珠海,这些年我也经常回内地。"陆应成站在台上侃侃而谈,"三江跨海大桥通车以后,回来更方便了,两边都是家,两边都是亲人。"

陆应成将目光投向台下的黎明川,抬手邀请他上来。黎明川缓缓站起,走到陆应成身边。

"明川这个晚辈,这些年我是看着他成长起来的,他叫我一声'陆叔',我就得担起做叔的责任。"陆应成拍了拍胸脯,"我以我自己为他担保,我坚信他的人品和他做企业的风骨。我曾经想过收购锐信,将他纳入麾下,那个时候锐信还是名不见经传的小公司,但他拒绝了,要独立将锐信做大做强。他有着走在时代前端的思想,永远敢闯荡新领域、新战场,天生该成为这个时代的大人物!"

陆应成铿锵有力的声音回荡在会场中。

"你们有没有想过,他为什么会成为国际巨头们集中狙击的目标?"陆应成的手用力一挥,"因为他代表着中国科技已经可以在世界上闯出一片天!所以他们控告他技术侵权,就是要从根本上来否定这一点。他们要永远高高地站着,俯视我们。中国人不成功,那是你们本弱;成功了,那是你们抄袭。难道就只有外国人才配走在尖端?难道我们也要妄自菲薄,跟着一起诋毁中国的民族企业?自毁长城,是亲者痛、仇者快的事。都是中国人,我们更应该在这个时候团结起来!"

这一番话振聋发聩,直让人心头的热血燃烧起来。

会场在久久的静寂之后,不知是谁鼓起了掌,随后掌声如海洋般连成了一片。

黎明川在这浪潮般的掌声中,向陆应成深深鞠了一躬,又向在场所有人以及看着这场直播的所有人,鞠了一躬。在这一刻,他感受到的是强大,是支持。他突然有力气了,他要打赢这场仗,无论付出什么代价,都要证明中国人,不孬!

陆珊妮也在台下拼命鼓掌,她看到了他眼中的不屈。这才是她爱的男人,永远打不倒,永远不服输。

舆论也因此而改变,先前攻击黎明川的网民们都沉默了。"自毁长城"四个字让他们反思,自己是不是被带了节奏,被盲目的情绪冲昏头脑。开始有人追溯锐信这些年的发展历程,黎明川的每一步,确实都走在时代的鼓点上,甚至是在鼓点落下之前。

"你们不相信中国人自己的能力吗?"这是梁思明在视频中发出的拷问。

自从锐信出事,他一直在视频里呼吁相信黎明川,却被人骂成老板的"舔狗",说他是为了显示患难见真情,以后好获得更红的机会。

"红不红的,我现在没有什么所谓。"梁思明举起一张纸,上面写着:"锐信必胜,中国必胜!"

而他的头像,已经换成了五星红旗。

"很多人骂我'老板狗''锐信狗''爱国狗'。"梁思明说,"狗狗是一种最忠诚也最清醒的动物,知道什么该爱,什么该防备。我相信黎总和锐信,我也相信我们中国人杰地灵,能出现走在世界最前沿的人和技术。为什么不行呢?难道我们的每一点进步,都只能是复制别人吗?就这么没有自信?"

他的一连串诘问,让弹幕也变得空白。原本看台上的人,开始反问自己。

过了许久,屏幕上突然飘过一句话:"锐信必胜,中国必胜!"

随后,一行行相同的字出现,而粉丝们的头像开始陆续换成五星红旗。

梁思明在屏幕前哭了,双手合十不断致谢。正在悄悄看直播的江江也哭了,截屏发给了宋桥。

此时宋桥正在指挥船上,手机信号时断时续。

当她看到这条微信时,天已经快要黑了,她望着遥远的海平线,那里有晚霞。

黎明川应该好起来了吧,从昨天陆应成的那则新闻开始,有人对他鼎力相助。

在那则新闻里,她也看到了坐在台下的陆珊妮。陆氏的实力,足以帮上黎明川的忙。而不像她,无法为他做什么。

她既为他欣慰,又为自己心酸。或许,她真的不是适合站在他身边的人。

77 报恩

黎明川即将赴海外应诉,网上齐刷刷都是支持他的话,大家呼唤正义,中国人做中国人的后盾。

而政府部门也给予了大力协助,帮黎明川组成最强律师团,这是一场重要的仗,代表着尊严。

而最让黎明川诧异的是,成峰突然同意出来为锐信做证。

"峰哥,"金飞见到成峰时,都有点不知说什么好,"你这是……"

"权当报恩吧,"成峰仍旧别扭,一副不想多说的样子,"当初走的时候,黎总也没为难我。"

黎明川重重地拥抱了他一下:"谢谢兄弟。"

成峰的眼角有泪光显现,但他马上压了下去,拿出笔记本:"原始数据和构架都在这里面了。"

金飞和黎明川对视一眼,将电脑接过来。

"出国呢,我也去。"成峰面无表情,"但费用得你们出,我现在混得背,承担不起这么大的花销。"

"这是当然。"金飞试探地看看成峰,又看看黎明川,"等这场事儿过去,要不你还是回来吧。"

"我可不是冲着这个啊。"成峰梗着脖子。

"铁三角,才是最稳固的结构。"黎明川一笑,"你看现在,我们不还是最需要你?"

成峰不说话,但发红的眼眶已经掩都掩不住。

这几年他混得不如意,看着锐信风生水起,无数次后悔自己的决定,随后又把这后悔转化成怨恨,恨别人总比恨自己能让自己心里好过一点。

可现在,他们却还是愿意接纳他,甭管是为了报恩,还是别的什么。黎明川的那一句"兄弟",他感受得到其中的真心。

"先打完官司再说吧,"成峰深呼吸一口气,"这可是场恶仗。"

的确是场恶仗,双方唇枪舌剑,互不相让。而在别人的主场,他们还受到各种限制和打压,每前进一步都非常艰难。

这段时间里,陆珊妮一直在黎明川身边,代表陆氏,也代表她自己,助他一臂之力。

重重波折之下,黎明川并没有示弱,反而越战越勇。人证、物证俱全,再加上坚定的信心,他毫无畏惧。

最后的判决一锤定音,锐信没有技术侵权,MC 公司的控告不成立。

当法官宣布时,陆珊妮激动地捂住嘴,怕自己发出尖叫。

黎明川站在被告席上,挺直了脊梁,眼中满是泪光。

他们赢了。

胜利最终还是站在正义这一方,没有被亵渎。

这是一场盛大的胜利,法庭上、网上都发出欢呼。

锐信必胜,中国必胜!

朴素而热烈的情感,足以让所有人燃烧激情。锐信的官网再次被挤爆,却满满都是祝福。

黎明川走出法庭的照片成了各种媒体的头版头条,而他身边的人,是陆珊妮。

宋桥看着那张照片,心中再一次涌起那个念头:他们无比相配,和黎明川并肩而行的人,应该是她。

"师姐师姐,"江江开心地冲进来,"你看新闻了吗?黎总赢啦!"

"看了,"宋桥淡淡一笑,"本就该赢。"

她拎起防护服背心出去,江江愣住,为什么黎总胜利了,师姐却好像并没有那么高兴?

上船前,宋桥想给黎明川发条祝贺微信,但拿着手机许久,她最终放弃。不要再去打扰他们了。她在心里说。让他安安稳稳地幸福。

而此时,黎明川正在回国的飞机上。陆珊妮坐在他旁边,已经睡着了。

第八章 建者永无疆 | 447

兴奋过后是疲惫,何况这些日子,她为他做了许多事,本就很累。

黎明川心中感激。陆氏的恩情,他永生难忘。

窗外进入黑夜,陆珊妮醒来,在影影绰绰的灯光中,发现黎明川还没睡。

"你不累吗?"她带着蒙眬的睡意说,"官司已经结束,你可以放松了。"

"只是睡不着,"黎明川笑笑,"可能已经习惯了失眠。"

陆珊妮心里一疼,不自觉地去握黎明川的手,但指尖刚触到他的手背,他就即刻移开。

陆珊妮怔住,半晌才一笑:"对不起,还没睡清醒。"

黎明川没说话,他明白,刚才是她下意识的反应,而他也是。

陆珊妮低低地开口:"明川,我真的想陪在你身边。你这样的人生,不可能风平浪静,需要有人在你左右,为你保驾护航。"

陆氏便是最好的帮手。她相信他现在已经知道了这一点。

黎明川沉默良久,望向窗外,那里有看不见的云海。

"曾经我对人生的向往,就是找个风景好的地方,慢慢养老。"那向往中还有她,只是她一心造大桥,走出了他的憧憬。

"不可能的,"陆珊妮转过头望着他,"你的野心让你不会止步于此。你是想要站在山顶的人,不会在山脚下选个地方养老。那样的日子,过不了三年,你就厌倦了。"

他的血液会叫嚣,让他去战斗。就像当初别人让她找个门当户对的人家,从千金大小姐变成尊贵的某太太,度过此生一样。

有些人,注定不会安逸,注定要折腾。

黎明川没回答,陆珊妮也慢慢偏过脸去,继续堕入睡意。

他是聪明人,不必多说。

陆应成在深圳为黎明川办了接风宴,本来邀请的人也有宋宁刚,但他恰好去了北京,没有来参加。

也或许,是故意不来参加。毕竟黎明川和宋桥的关系,已经走到一个尴尬的境地。

"庆祝胜利。"陆应成向黎明川举杯。

他却站起来躬身敬酒:"这次陆叔是我的再造恩人。"

"'恩人'两个字,太重啦。"陆应成拉着他坐下,"说是亲人,我更喜欢听。"

陆应成看了一眼坐在旁边的陆珊妮。

"我这个女儿啊,从小骄纵任性,反倒是和你认识以后,渐渐懂事了起来。"陆应成拍了拍黎明川的手臂,"以往有些话,我不太好说,今晚借着酒,我就说了吧。陆氏在内地的事业越做越广,我早有培养你当接班人的意思。"

黎明川愣住。

"明川哪,我不想强迫你,尊重你自己的决定。但是你是个有理想、有抱负的年轻人,我衷心希望你能走得更远,也愿意让陆氏永远做你的后盾。"陆应成的眼中也闪着勃勃生机,"强强联手,方至巅峰,你和陆氏彼此需要对方。"

他一直说的是陆氏,可黎明川知道,实际指的是陆珊妮。如何当陆氏的接班人?自然首先是要成为陆家的人。从客观上来说,如果锐信真的想屹立在巅峰,陆氏坐拥的雄厚资本,是别人可遇不可求的助力。而如今,陆应成却亲手捧到了他面前。

更何况不说陆氏,单说陆应成,这样一位欣赏他、支持他、救他于水火的济世义商,这辈子又何尝能遇见第二位?

黎明川在这一刻犹豫了,握着手中的酒发怔。

陆应成并未趁热打铁,挟持他答应,只是温温润润地喝酒,将一切化作春风入人心。

从那以后,陆珊妮和黎明川的关系似乎发生了改变。她开始自自然然地出入锐信,在各种场合陪伴在黎明川身边。

甚至外界已经公认他们是一对。不然锐信有难时,陆应成怎么会豪掷五十亿?纵使是为了爱国情怀,怕也因为黎明川是他的准女婿。

"十亿千金"和行业大鳄的联姻成为众人热议的八卦,甚至有传言说,他们已经快要订婚。

江江是个八卦爱好者,看到这些捕风捉影的爆料,深感忧虑。

"师姐要是知道这些,"她忧心忡忡地对周南方说,"该多伤心呀。"

"你说这话,就不怕我伤心?"周南方瞪她。

"也是哈,"江江点头,"反正师姐有你接盘,也不算太惨。"

周南方无语。如果是宋桥,他不介意接盘,可问题是,她会让他接吗?

也许她会遵照最初的想法,一辈子单身,将此生全部奉献给大桥。

"大哥,"江江也为他担忧,"你得再努把力啊,我看师姐孤老的趋势越来越明显。"

宋桥现在就是个纯粹的工作狂,恨不得一天二十四小时全部投入工作。只有将时间占得满满当当,她才能不看新闻,不想别的。

这活成了"武疯子"的模样,让江江看着揪心。

"总归我会等她,"周南方静静地望着远处宋桥办公室的灯光,"无论多久,一辈子也行。"

江江轻叹一声。都是痴人。

而此时,黎明川和陆珊妮正陪着陆应成共进晚餐。

"爹地,"陆珊妮放下刀叉,笑看着陆应成,"您知道吗?网上有人说,我和明川都已经订婚了。"

陆应成一怔,眼神投向黎明川:"是吗?"

黎明川恍若没听见,默默地切着牛排。陆应成在陆珊妮殷切的目光中,终于还是开了口。

"你们若是订婚,我不反对。"陆应成顿了顿,"毕竟珊妮年纪也不小了。"

女儿几年的感情都寄托在了黎明川身上,他又怎能不心疼?

"明川,"陆珊妮娇羞地催促,"爹地都同意了,你也表个态呀。"

"这件事情……"黎明川沉默了很久,"还要和家里人商量。"

可用不着黎明川跟家里说,第二天肖俊的电话就打了过来:"真真在网上看见,说你和那位陆小姐订婚了?"

"没有。"黎明川简短地回答。

"那也快了吧?"肖俊语速快得像机关枪,"人家爸爸对你有天大的恩情,你可不能忘恩负义!"

忘恩负义。这正是压在黎明川心头的大山。

他不想跟陆珊妮订婚,可若是这样,他就耽误了陆应成的女儿。

"你是不是心里还放不下那个宋桥?"肖俊直戳戳地问。

耳边一响起宋桥的名字,黎明川的心里就是猛地一刺。

或许这才是问题的重点,他内心深处仍然留着她的位置,所以其他人难以进来。

"你真是个死脑筋,"肖俊在那头骂,"她能帮你什么?你落难的时候,她是给你找来了钱,还是帮你搞定了官司?没有陆家两父女,你早破产了,还不知道在哪个旮旯角躲债呢。选谁不选谁,这不是明摆着的事?"

对,这是明摆着的事,换了任何人,都应该选陆珊妮,可他就是过不了心里这一关。

"好了,"肖俊放缓语调,"人也不能谈一次恋爱就耽搁一辈子。她不想跟你结婚,你有什么办法?你放过人家,也放过你自己。"

是啊,是她先拒绝的。黎明川的心隐隐作痛。

可真的就这样放过她,放过自己吗?他还是不甘心。

"先这样吧,我还有事。"黎明川挂断,不给肖俊再多说话的机会。

挂了之后,他走到落地窗边,远远地望着那片海。

她在海中央,有没有也这样,眺望过他所在的方向?

黎明川内心突然有一股强烈的冲动,他抓起外套就冲了出去。

他想找船去圳山通道,却不知道在哪个渡口。自从宋桥来到这个工地,他从未去看过她。

他迷茫地打听,迷茫地问,内心充满愧疚。

最终他问到了位置,立刻驾车赶过去,可事与愿违,一路上遇到的竟多是红灯。时间一点点逝去,他急得拍方向盘,却又因鸣笛被警告。

仿佛事事不顺,阻碍他去见宋桥的脚步。

总算到了渡口,他看见了停泊在岸边的船,停下车飞奔,可还未到岸边,那艘船已经起航。

"等等我,"他挥着手大喊,"等等我——"

然而,没有人等他,船还是开走了。

"下一班船是什么时候?"他扑到窗口问。

"没有了,"管理人员回答,"这是今天最后一班。"

"还能再加一趟吗？"黎明川急迫地说，"就当我包船也行，我付钱。"

管理人员抬起头来，如同看着一个神经病："先生，这是去工地的交通船，不是游艇，你再有钱也不行。"

黎明川缓缓往后退了两步，茫然地走到水边坐下。

晴空万里，可他的天空却好像是灰的。海鸥自眼前飞过，在岸上衔食，随后又离开，除了渐行渐远的鸣叫声，再未留下痕迹。

最后一班船，这是天意吗？他不相信，也不甘心。

黎明川开始疯狂拨打宋桥的电话，然而一遍遍响起的只有那个冰凉的女声："您拨打的号码暂时无法接通。"

永远无法接通。他和她的世界，失了联。

从暮色到夜色，黎明川就这样坐在岸边，看着这片海。

她在哪儿呢？在干什么？还记不记得他？

今日的晚风似乎出奇地冷，直往人骨头里钻。他最后终于慢慢站起来，回到车里，伏在方向盘上，许久才直起身来，开车离去。

家不像个家，他便又去了公司，一进门，有人笑意盈盈地迎过来。他在那一刻恍惚以为是宋桥，心头一喜。

可响起的不是宋桥的声音，而是陆珊妮："明川，你回来了，我一直在等你。"

黎明川的心如坠冰窖，勉强嗯了一声。

陆珊妮却在兀自欢喜："今天伯母向金总要了我的号码，打电话过来了，说他们过几天就来深圳，商量我们订婚的事情。伯母还说，从第一次在珠海见到我，就很喜欢……"

陆珊妮的声音似乎就在近前，又似乎远在天际，黎明川脑子嗡嗡响，竟觉得听不分明。

"我想就在深圳办，简单一点，也不影响你的工作。"陆珊妮问，"明川你说好不好？"

不该失去的，已经失去了，那就报恩吧。黎明川机械地回答了一个字："好。"

78　订婚

陆珊妮开心得快跳起来："那我回去跟爹地说,看具体怎么做。"

陆珊妮兴冲冲地走了,黎明川扶着桌沿,一点点坐下来,望着窗外已经黑透的夜,这里看得到全城最璀璨的灯光。

可那夜,他和宋桥一起看的璀璨烟火化作的星光,却再也看不到了。

黎明川闭了闭眼睛又睁开,眼神空洞。

而这一天,宋桥在海上,圳山通道的沉管已经进行到一半,她是指挥官。

岸边晴空万里,海中却不是风平浪静,潮汐暗涌让这次沉管并不顺利。

"稳住,"宋桥下命令,"调整好角度放下去,不要乱了节奏。"

她伫立在船头,如同一枚定盘星,就像曾经的叶江那样。

"基槽的情况怎么样?"她拿着对讲机喊,"注意严防回淤。"

众人忙碌,她也忙碌,谁都顾不上看手机,更何况在这样的天气状况下,信号根本不能延续。

一直到次日清晨,这场工程才终于结束。宋桥安排完返航,才在船舱中坐下来,打开手机,却没有任何提示提醒她究竟错过了多么重要的电话。人生无常,错过却是平常事,或许一个小时的失联,就是一辈子。

肖俊果然几天后就到了深圳,和陆家人见面。她这一次表现出了超乎寻常的大气,说以后孩子们过孩子们的日子,他们过他们的日子,除非小辈们需要,她绝不干扰他们的生活。

她对陆珊妮尤为热情,和当初对待宋桥的态度截然不同,仿佛陆珊妮从上辈子起就是她失散多年的亲女儿。

黎真真在旁边看得有点硌硬,忍不住吐槽:"但凡她对宋桥姐也这样,你们早就结婚了。"

黎明川沉默不语。

"哥,"黎真真试探地问,"你们为什么会分手啊?感情那么好。"

"道不同不相为谋。"黎松在旁边摇摇头。虽然他也欣赏宋桥,可到底人要过一辈子,还是最好找自己的同路人。

谁都认为,陆珊妮才是黎明川的同路人。可只有他自己知道,曾经通往玫瑰园的路上,是宋桥鼓励他披荆斩棘,他才终于走到现在。

　　商定好两个月后订婚,肖俊满意了,私下喜滋滋地对黎明川说:"看,多圆满,珊妮家大业大,人也好相处,不是比你那个宋桥强多了?"

　　"您满意了就行,"黎明川冷冷地说,"也用不着贬低别人。"

　　他到底还是护着她。肖俊想再教训两句,但最终住了嘴,在这节骨眼儿上,万一起了争执,黎明川又不干了,岂不是竹篮打水一场空?

　　两家人都欢欢喜喜,黎明川也挤出笑容应对,毕竟陆家对他有恩。

　　而陆珊妮有了准未婚妻的身份,对黎明川愈加亲密,坐要并肩坐,走要一起走。

　　黎明川却对这种亲密有些抵触,总是有意识地和她拉开距离。

　　"明川——"陆珊妮又像小鸟似的,飞进了黎明川的办公室,她现在完全是一副热恋中的小女人姿态,撒娇地噘嘴,"新开了家酒吧,听说不错,今晚你陪我去坐坐好不好?"

　　"除了工作应酬,我一般不喝酒。"黎明川推辞,"而且今天晚上公司还要开会。"

　　"女孩子一个人去酒吧不安全的。"陆珊妮说着,又想起当初周南方救她那件事,眼神微怔,"万一遇上坏人,总要有人英雄救美。"

　　"那让你朋友陪你去。"黎明川随口应道。

　　"我在内地认识的第一个朋友就是你,现在变成了男朋友。"陆珊妮上前挽黎明川的胳膊。

　　可就在这时,他竟然往后撤了一步,陆珊妮的动作僵住。

　　黎明川掩饰地拿起桌上的文件:"我还要看数据,下次吧,有空再去。"

　　但陆珊妮感觉,刚才那一刻他的后退,并不是为了拿数据报告,只是为了避开她。

　　"好,"陆珊妮笑着点点头,"你忙吧。"

　　转身离开的那一刻,她眼中有落寞之色。黎明川对她不错,答应订婚很利索,在长辈跟前也给她面子,可一旦到了私下相处,却似乎总是隔着一层。

　　那一层是什么,她也不知道。可她见过他和宋桥相处,那种恨不得腻在一起的亲昵,是他们之间从来没有过的。甚至就像刚才一样,他在躲避她的肢体接触。

陆珊妮也没兴趣去酒吧了,毕竟如果再遇到一个艾伦,她不知道自己还会不会那么幸运,再遇上一次周南方。

周南方接到陆珊妮电话的时候很诧异:"你找我干吗?"

陆珊妮也不知道,自己为什么在家里喝了几杯红酒之后,竟然会满世界找周南方的号码。停顿了半天,她才开口:"我就想通知你,我要订婚了。"

周南方一愣:"和黎明川?"

传闻变成了现实,宋桥得伤心成什么样?

"你是不是在为她心疼?"陆珊妮低低地说,"为什么就没人心疼我呢?"

"你有什么好心疼的?"周南方一哂,"都得偿所愿了。"

"是吗?"陆珊妮仿佛在自言自语,"他连酒吧都不陪我去,挽胳膊都躲开,我这算得偿所愿了吗?"

周南方沉默半晌,听着她在那边渐渐哽咽。

"你又喝多了吧?"他说,"那就去睡觉,别又出去乱跑,当心碰上坏人。"

陆珊妮的眼泪一下子涌了出来,黎明川都不怕她遇见坏人,担心她的人,竟然是周南方。

"你过来陪我喝酒。"她任性地要求。

"你有病吧,"周南方没忍住,又骂了她,"我凭什么去陪你喝酒?别仗着是一个村里的人就为所欲为,小心我把你混酒吧的事告诉你爸。"

她被他骂笑了,觉得自己又开心了一点:"好吧,我不喝了。"

"睡觉去!"周南方吼了一句,挂断电话。

这女的着实有病,但又有点可怜,和他一样,爱而不得。周南方叹了口气。

但黎明川和陆珊妮结婚,对宋桥来说,肯定是重重一击。他又为宋桥叹了口气。

这世间,你遇上我,我遇上他,似乎充满了爱而不得。谁也不比谁可怜,没有赢家。

犹豫了很久,周南方还是将这个消息告诉了宋桥。毕竟她迟早会知道,总比到时候从新闻上看到好。

周南方去的时候,宋桥还在忙,他就坐在旁边等着。

忙碌的间隙,宋桥停下来看了他一眼:"要是等我下班就不用了,还有一堆事,你先回去。"

"我有点事,"周南方顿了顿,"想告诉你。"

"什么?"宋桥问。

"黎明川和陆珊妮要订婚了。"周南方的话让宋桥一愣,笔在纸上留下个浓黑的墨点。

"他们不是早就订婚了吗?"她的语气轻描淡写。

"以前是传闻,"周南方说,"现在是真的。"

宋桥哦了一声,再没说话。

"你要是伤心,就伤心一阵。"周南方声音很低,"反正我总会等着你的。"

说完这句话,周南方站起来要走,宋桥却叫住他:"你别等了,真的。"

她不想再蹉跎另一个人的人生。

可周南方很固执:"是我自己要等的,不关你的事。"

周南方快步离去,似乎生怕她再次说出拒绝的话,宋桥沉叹了一声。

她靠回椅子里,放下了笔发怔。他要订婚了,以后会成为别人的丈夫、别人孩子的父亲。

他会有幸福的家庭、安稳的前途。陆珊妮是适合他的人,更何况,背后还有陆氏。

而她呢,不过是个永远在路途中的苦行僧。

他找到了他的玫瑰园,而她没有。但也没关系,就这么跋山涉水地走,她一个人也可以。

宋桥拿起手机,想给黎明川发条祝福信息,可最终还是放下。她发现自己并没有大度到可以心无芥蒂地祝他和别的女人幸福。那就不要勉强自己了,也不要惊扰他,毕竟深夜接到前女友的祝福,还得费心向现任解释。

宋桥一哂,努力摈除脑子里他和别人在一起的画面。她继续工作,假装一切的一切,从未发生过。只是心里的风在呼呼作响,什么时候灌进来的,她不知道。这孤岛上的一盏灯,照着她的形单影只,照不尽前尘往事。

宋宁刚也很快知道了黎明川和陆珊妮要订婚的消息,是陆应成亲自前往管理局告诉他的。

"老宋,"陆应成望着对面的宋宁刚,"你怪不怪我抢了你的女婿?"

"这有什么可怪的?"宋宁刚垂着眼喝了口茶,"小辈们的感情事,自有他们自己的想法。"

他只是怜惜宋桥,他的女儿,又何尝不是在这段感情上耗费了十年青春?

"珊妮喜欢明川,我也喜欢。"陆应成叹了口气,"我是真真正正想把他当作接班人来培养。"

宋宁刚也知道,黎明川非池中物,总有一日要飞升。若是有陆氏的加持,这一天,肯定会来得更早。

"嗯,"他点点头,"上次锐信出事,你给他帮了大忙。"

"我现在就是担心啊,"陆应成犹豫了一下,"他答应这桩婚事,是不是更大的原因是出于报恩?"

"不用顾虑那么多,"宋宁刚安慰,"咱们都是老杆子了,还管儿孙的情感事,你累不累?"

"也是,"陆应成哈哈一笑,"还是老宋你看得开。"

但事实上,宋宁刚看不开。陆应成走后,他在办公室里来来回回踱步,最后去了圳山通道的工地。

宋桥看见他时很诧异:"爸,您怎么来了?"

大桥通车以后,管理仍然是个复杂的系统,宋宁刚一向很忙。

"来看看你这个总工当得怎么样。"宋宁刚说。

"不怎么样,"宋桥笑起来,"他们都说有其父必有其女,我跟您脾气一样臭,动不动就骂人。"

"哼,"宋宁刚虎着脸,"没做好就该骂,造桥就得精益求精。"

"是是是,"宋桥从台阶上跳下来,拍了拍手上的粉尘,走到宋宁刚身边,"咱爷俩边走边聊,交流一下骂人的经验。"

"你这个皮猴。"宋宁刚瞪了她一眼,又觉得心软,"好好照顾你自己,别成天拿命拼,工作重要,身体也重要。"

宋宁刚的语气里包含着某种特殊的情绪，宋桥感觉到了，沉默一瞬才问："您是不是来安慰我的？"

八成宋宁刚也知道了订婚的事，毕竟他和陆应成是知己老友。

"你啊，"宋宁刚有点不知道说什么好，"走到现在，后不后悔？"

"后悔什么呀？"宋桥眯起眼睛看大海，"我不是当上总工了吗？实现了我的梦想。"

"你的梦想，就只有这个？"宋宁刚望着她。黎明川应该也曾经是她对未来的憧憬。

"也想过结婚生子，"宋桥坦承，"可就算结了，又怎么样呢？和妈妈一样，从前线退出，去大后方过安稳的日子？"

"你妈妈的日子，"宋宁刚的眼中泛起悲伤，"也不安稳。"

他一辈子都对不起自己的妻子。她为了他，放弃事业，回归家庭，可他的工作性质却让她结婚如丧偶，独自一人抚养女儿长大。甚至当她心梗发作时，他都不在身边，是五岁的宋桥哭着打电话，才终于叫来了救护车。然而，一切为时已晚，最终没有将她救过来。他从外地赶回去，看见蒙着白布的她，那一刻，他觉得自己死千次万次都不够。他辜负了她，辜负了那些她守候的岁月，没有让她等到温暖的团圆，就孤孤单单地去了。若是没有宋桥，他真想干脆随她而去。

宋宁刚抬起头，状似无意地擦了擦眼角，可宋桥却还是看到了他的泪水。

"爸，都过去了。"她轻轻握住父亲的手，"妈妈也没有怪您，她一直说，嫁给您很幸福。"

父亲是母亲的梦想，即使只能守着电话、看着照片等他，她也是幸福的。

这一点，宋桥曾不能理解，甚至在明白妈妈当初离世的凄凉时还怪过爸爸。

但当她和黎明川恋爱后，她却渐渐明白了，相爱的人，即使隔山隔海，也仍然挂念着对方，感受得到那牵绊着两颗心的甜蜜。可惜呀，父亲和母亲是死别，他和她是生离。从一起走到形同陌路，他已经成了别人的身边人。

"桥桥，"宋宁刚感觉到了她掌心冰凉，沉沉一叹，"你知道当初我为什么极力反对你进桥梁专业吗？这一行太苦，对女性来说尤其艰难，看看你妈妈，看看李主任，好像怎么选择都不对。唯一的办法，就是避开这一行。你从小失去母爱，跟着我在工地上颠沛流离着长大，我对你，是心中有愧的，所以就希望你长大以后有个安逸稳定的人生。"

所以他阻拦她，甚至打击她，希望她能远离这个行业，去过正常的女孩子该过的生活。可她硬是一头闯了进来，不管不顾地要造大桥。

"不，"宋桥轻轻地摇了摇头，眼神却无比坚定，"'桥'这个字，在我的名字里，也刻在我的血液里，我天生就该造大桥！"

她过不了安逸的生活，她宁可一辈子在山间海上辗转，那不叫颠沛流离，那是实现梦想的旅途。

她是宋大桥，命中注定，就是要造世界上最好的大桥。

她拉着父亲，回望跨海大桥的方向："爸爸，您不为我、为自己骄傲吗？伶仃洋上，有我们的桥。"

宋宁刚的眼睛湿润着，看着这个浑身生机盎然的孩子。

未来就靠她这样的人啊，当他们如潮水般退去时，还会有新的浪涌上来，生生不息。

宋宁刚拥抱了宋桥，是父亲拥抱女儿，也是先行者拥抱后来者。

"加油！"他说。在这个时刻，其他一切都变得渺小。

宋桥也微笑着回应父亲的拥抱。她会的，无论前路有多远，她都会走到底。她也不孤单，这条路上，还有千千万万的同行者。

宋宁刚离去时一再嘱咐宋桥，有什么事就给他打电话。

"宋总这才像个爹，"周南方在旁边小声说，"以前把你训得，谁能想到你是他生的呀？"

宋桥点点头："你大点声说，让我爸听见，也好多反省反省。"

周南方悻悻地闭了嘴。万一，他是说运气好的话，宋宁刚成了他的岳父呢？还是趁早别得罪老丈人的好。

而此时，另一位老丈人正在乐呵呵地张罗。就这么一个女儿，他想为陆珊妮和黎明川办一场盛大的订婚典礼。

第八章 建者永无疆 | 459

79　结束

邀请的宾客很多,从各界好友,到龙山村的人。陈海生得知陆珊妮要嫁的不是周南方,颇为遗憾。

他已经是拄着拐杖都站不起来,只能坐轮椅,见到陆应成时,把厚厚的红包塞到他手里。

"我怕是不能参加订婚礼了,"陈海生咳嗽,"这把老骨头太脆了,上车都能碰断。"

短短一年间,他骨折两次,才终于服了老。

"您对珊妮这么好,我已经很感动了。"陆应成半蹲在他面前,"海生叔,您要好好保重身体,南方设计的大桥,就快建好了。"

陈海生揉着昏花的老眼,微微点头:"我要等到的,我还要去桥上走一走。"

可就在几天后的晚上,陈海生深夜突然喊着"乖仔",从床上摔到了地上。

陈琳和周冲急忙冲过去,他却推开他们的手:"我想见见我乖仔呀,怕再也见不到了。"

"爸爸您说什么?"陈琳急得直哭,"您要见他,我叫他回来就好啦。"

但他只是喃喃自语:"见不到了,他修的桥,也见不到了……"

陈海生的眼神渐渐涣散,失去了焦点。

"爸,爸!"陈琳惊慌地大喊。

周冲抱起陈海生冲了出去:"快去开车!"

他们把陈海生送到医院,但还是晚了,凌晨四点,老人溘然与世长辞。

周南方赶回来参加陈海生的葬礼,陆珊妮也在。

陆珊妮一直觉得这位爷爷糊涂而啰唆,可到了此刻,她记起来的却只有他的热情,他笑呵呵地叫她"珊妮",他给她厚厚的大红包。

这位爷爷,是真的把他们当亲人的。

周南方冲进来,疯了一般扑向陈海生的灵柩:"公公——"

可真到了近前,周南方却又仿佛怕惊醒他般,放轻了声音:"公公,你为什么不等等我?"

他连最后一面都没有见着,一辈子拿他当心肝宝贝疼的公公,弥留时刻都在叫着"乖仔"。

可他的乖仔,却没来得及见他一面。甚至这两年,几个小时的车程,都很少回来见他。周南方悔不当初,脸埋在陈海牛的手掌里,失声痛哭。

陆应成也泪流满面,父亲走得早,回来见到陈海生,就是最亲的爷叔。

他们一起修祠堂办学校,每年他回来祭祖,陈海生哪怕腿脚不灵便,都会陪着他,念念叨叨地给祖宗上香。都是血缘至亲哪。前几天见还好好的,转眼人就去了。

陆珊妮扶着快站不住的父亲,看着痛哭的周南方,泪水也流了下来。灵柩里躺着的,是他们共同的亲人。

陈海生的骨灰供在了他的展厅里,和那些他亲手造的船相伴。

悼念的人们一一上香,周南方陪着行礼。到了陆家父女,陆应成握着周南方的手,久久说不出话来。

"节哀。"陆珊妮替父亲说了,也是为安慰周南方。

周南方默默地点了点头,眼中却满是化不开的悲痛。

葬礼结束,其他人陆续离去,周南方独自留在空荡荡的展厅里。

以前,他从来没有好好看过这些船,只是听着陈海生吹嘘,随口应和几声。

如今,他一艘艘看过去,除了游艇,还有大型渔船,甚至还有巡逻艇。

"海事局的第一艘安全巡逻艇,就是你公公造的。"周冲的声音在门口响起,"我也是因为这个,才认识了你妈妈。"

周冲缓缓走进来,站在周南方身边。

"他并不像别人想的那样,就只是个土鳖船厂主。"周冲用手轻轻抹去模型上的灰,"他做了很多事情,当初的巡逻艇,甚至是折价卖给我们,说只要能让这片海域安全,亏钱他也可以。"

周南方的眼中再次泛起泪光。自己曾经只当他是个溺爱外孙的老爷子,每次来都是为了要零花钱,要买车买其他东西,却从来不知道,他骨子里有过这样的热血。

就和这方土地上的许多人一样,平凡到不能再平凡,却又在某些时刻,伟大到不能再伟大。

"他想看到你造的桥呢,"周冲说,"到时候把桥的模型也摆到他面前。"

周南方重重点头。公公,您等着我。

因为陈海生去世,陆应成将订婚礼推迟。陆珊妮没有反对,在老人家的孝期里办喜事,谁都于心不忍。

可她又忍不住揣测,这样一来,黎明川应该暂时松了口气吧。

她和黎明川的关系还是那样,不温不火,不近不远。

工作之余也会相互问候,偶尔也一起吃个饭,但也就止于此了,连黎明川的家她都没有去过。

他总说忙,说家里太小,如果要见,在公司或者外面见就行。

可陆珊妮觉得,他是不想让她踏进他的私人领地。她私下旁敲侧击地找金飞问,宋桥有没有去过黎明川的家。

金飞的回答是,经常。

这样鲜明的对比,让陆珊妮心中不忿。凭什么?她到底哪一点不如宋桥?

这是困扰了她很久的问题,她本来以为,成了黎明川的未婚妻,便不用再追究。可现在,身份的改变似乎并未改变她在黎明川心中的位置。

今晚约会吧。她打出这句话,又想删掉,但最后还是一狠心发了出去。

她就想知道,到底能不能征服黎明川。

黎明川看到这条微信是下午三点,但他一直到五点才回:晚上我有约。

陆珊妮直接一个电话打了过来:"你要和谁约会?"

"北京的一个客户过来了。"黎明川的语气依旧和往常一样温和,"有些事情要谈。"

"那我陪你一起去。"陆珊妮淡淡地说,"反正我们现在的合作也很深入。"

陆氏甚至算是锐信的大股东之一。黎明川停顿了两秒:"好,那我去接你。"

一小时后,黎明川的车出现在陆珊妮楼下,她特地在休息室化了个妆,明艳照人。但黎明川似乎没注意到,一直在打电话。

"方总从酒店过去,"黎明川挂断后对陆珊妮说,"时间应该刚好。"

他说话的语气公事公办,没有一点恋人间的甜蜜。陆珊妮的脸色冷了下来,转头望向车窗外。

"怎么了?"黎明川问。

陆珊妮本想说"没什么",却还是憋不住:"你觉得我们之间,像是马上要订婚的男女朋友吗?"

黎明川怔了怔:"不像吗?"

陆珊妮哑口无言。他竟然又将皮球踢了回来。

沉默良久,陆珊妮一笑:"你以前和宋桥,也是这样相处的吗?"

突然一个急刹车,黎明川道歉:"不好意思,有辆车从旁边过来了。"

"你是听不得她的名字吧?"陆珊妮干脆说出心中所想,"你对她,和对我,完全是两种态度。我见过你们在珠海,连上车时都要吻别。可是哪怕我主动牵你的手,你都会躲开!"

陆珊妮眼圈发红,只觉得一腔委屈全都迸发了出来。

"黎明川,"她喊道,"你到底喜不喜欢我?"

黎明川愣住。时间被拉得很长,十几秒仿佛过了一个世纪。

陆珊妮明白了他心底的那个答案。

她疯了般拉门:"让我下车!"

黎明川即刻按键锁门:"珊妮,你别冲动,这是在路中间。"

陆珊妮拉不开车门,闭上眼睛不看他:"那你靠边停。"

她不想在他面前哭,纵使已经快忍不住泪水。

黎明川望着她半晌,终于开到前方的僻静处停车。

陆珊妮即刻开门离去,脚落地的一刻,泪也随之落下。见黎明川追过来,她直接招手打了辆车,绝尘而去。

黎明川站在路边,心中五味杂陈。而这时,手机响起,是客户在催促。

他怔立半晌,最终还是上了车,给陆珊妮发了条微信:对不起。

陆珊妮坐在出租车后排,看到了屏幕上的这句话,含泪一哂。他究竟对

第八章 建者永无疆 | 463

不起她什么？是刚才回答的迟疑，还是无法勉强自己说爱她？他的心里仍然有那个人的影子，从未消失。

黎明川到了约定地点，情绪已经整理好，神色如常地进入包间。

因为这次是国企性质的项目，在场的除了北京的客户方总，还有一位科技厅的领导马主任。

正事谈得很顺利，毕竟锐信是行业翘楚，黎明川做生意也厚道。

聊完项目，又聊起之前锐信的官司，马主任开黎明川的玩笑："你有福啊，当初锐信出了事，有贵人帮你在政府这边上上下下地跑。"

黎明川惊讶："哪位贵人？"

"大桥管理局的宋总。"马主任说，"他拿着你做的交通管理策划书，说你是个踏实诚恳，而且极具创新精神的年轻人，绝对干不出抄袭那种没脸没皮的事。最后李副省长被他说服，让政府出面帮忙。人宋总还做好事不留名，千叮咛万嘱咐，不要把这事告诉你，再给你增加心理负担。"

黎明川整个人呆住，他从来没想到，宋宁刚竟然在背后为他这样殚精竭虑地帮忙，却一个字也没对他提过。

饭局结束，黎明川回到公司，在办公室里坐了许久，才拨通了宋宁刚的电话。

铃声响过两遍，那边才有人接："喂，小黎。"

"谢谢您，"黎明川声音艰涩，"当初帮我在省里奔走说情。"

"谢什么，"宋宁刚语气淡淡的，"你现在也不是我女婿了。你岳父才能量大，一次给你50个亿。"

黎明川说不出话来。他辜负了宋桥，宋宁刚怪他，是应该的。

"行了，我睡了。"宋宁刚冷哼，"年纪大了熬不起。"

说着他就要挂电话，黎明川连忙喊："宋叔……"

可那头响起一串忙音，再没给他说话的机会。

黎明川茫然地坐着，门却被推开，成峰探头进来："真是你啊，怎么还没走？"

官司解决以后，成峰就回了锐信，刚才在路上想起有文件忘了拿，才又来到公司，却撞见了黎明川。

"峰哥，"黎明川仿佛在自言自语，"我今儿才知道，宋桥的父亲当初为了锐信的官司，到处去帮我求人。"

那老爷子，当了一辈子强项令，却为了他去求人。黎明川眼眶泛红。

"有件事吧，"成峰犹豫了一下，"我不知该说不该说。"

黎明川点点头："你说。"

"宋桥当初为了你，也来求过我。"成峰回想起当初的情景，"虽然那也不算是求，更准确地说是骂。她说即使我从锐信走，你也从未对我用过不正当竞争的手段，可你面对的却是不正当竞争，因为锐信的前缀，是'中国'。"

黎明川仿佛傻了一般，听成峰说着这些话。

"我当时心里憋屈，拒绝了。后来看门口的监控录像时，发现她站在那里哭。"成峰沉沉地叹了口气，"明川哪，这姑娘虽然脾气硬，可对你的一颗心，那是没话说。你现在要娶陆小姐，是真的想好了吗？"

他是过来人，看得很清楚。黎明川对陆珊妮尊重、感激，却并无爱意。

"感情这个东西，不是勉强就能得来的。"成峰摇头，"别弄到最后，对三个人都是伤害。"

成峰拍了拍黎明川的肩膀，先行离去，将思考的时间留给他自己。

黎明川又何尝不知道，勉强不来爱情。今日在陆珊妮追问的那一刻，他的喉头就像被堵住了一样，说不出"喜欢"的谎言。

陆珊妮声嘶力竭的委屈，宋桥临别时的泪眼，还有他自己，一夜一夜咀嚼吞噬的孤独……事实就摆在眼前，他忘不了宋桥。

黎明川那天在办公室没有回去，看了一夜的海，第二天到上班时间，直奔陆珊妮的公司。

陆珊妮看到黎明川这么憔悴的样子，心里是有点解气的，毕竟不是她一个人受折磨。

可黎明川开口第一句话却是："我们解除婚约吧。"

陆珊妮全身一震，不敢置信地望着他。

"当初在锐信最危急的时候，你和陆叔鼎力相助，我真的很感激。"黎明川坦然地和陆珊妮对视，"我也曾想过和你结婚，拿余生给陆氏报恩。可现在我想明白了，恩情不能转化为爱情，我这样做，反而是对你的不尊重，也给不了你幸福……"

"你别说了!"陆珊妮愤怒地打断他,"你就是不负责任,你答应了我要订婚的!你告诉我,她到底哪点好?我到底什么地方比不上她?"

说到最后她哭了起来,外面的员工也听见了,纷纷回头看。

她冲过去,唰地拉上百叶窗,觉得自己无比狼狈,人生中第一次这样狼狈不堪。

这一切,都是因为眼前的男人,是他的错。

"对不起,珊妮。"黎明川低叹。

他到底还是伤害了她。一个曾经那样骄傲的女孩儿,却因为他而患得患失,甚至当众痛哭,他真的于心不忍。

可他又必须狠下心来,只有做出了断,她才能重归自己该有的人生。

长痛不如短痛。

"我会向陆叔赔罪,是我辜负了你们。"黎明川说,"陆家的恩情,我会永远铭记于心。"

黎明川说完,转身走出了办公室,背后传来低低的啜泣声,但他硬逼着自己,没有停下脚步。

80　明月

当天晚上,陆珊妮回了香港,带着行李箱。

"你这是要回家长住?"她妈妈惊讶地问,"公司不管了吗?"

"不管了,什么都不管了!"陆珊妮负气地往床上一躺,"那破地方,我再也不要回去!"

"哪里是破地方?"陆应成的声音从门口传来,他使了个眼色,示意妻子先离开,他要和陆珊妮单独谈谈。

门关上,陆应成在对面的椅子上坐下:"这是怎么了?"

"黎明川没有打电话跟您说吗?"陆珊妮毫不客气,"他要和我解除婚约。"

陆应成的神色间并没有意外,他确实接到了这个电话。而今天一天,他同样陷在矛盾纠结中。

"珊妮，"陆应成轻声问，"你是怎么想的？"

"解除就解除咯，"陆珊妮装出一副无所谓的样子，"难道我离了他，就没人要了吗？"

"我的女儿，全天下最好，当然不会没人要。"陆应成的话给了她一些温暖，她慢慢从床上坐起来，面对父亲。

"爹地，我很难过。"她像一只受伤的猫咪，终于袒露心声。

"我知道。"陆应成走过去，拥抱女儿，"爱而不得，是痛苦的，对于谁都是一样。所以当初你想和他订婚时，我才出手帮忙。"

陆应成想起这一段恩怨纠葛，心中怜悯。

"可我现在觉得这是不对的。"陆应成叹息，"不是为了黎明川，也不是为了宋桥，是为了你。珊妮呀，就算你和他订婚了，你也并不快乐。"

陆珊妮的心，猛地被刺中。

是啊，她快乐吗？顶着黎明川未婚妻的名头，她以为自己得到了他，可她对幸福的憧憬如同海市蜃楼，看似近，却遥不可及。

他不爱她。这是一个残酷却又不得不面对的事实。

"他为什么不爱我呢，爹地？"陆珊妮在父亲怀中痛哭。

"会有人爱你的，"陆应成轻拍着她的背，"会有人把完完整整的一颗心都交给你，所以不要强求。"

强求真的可怜，让对方和自己都可怜。明知要不到，却固执地伸着手，姿态难看且伤自尊。他不希望自己的女儿落到这种境地。

"珊妮，我希望你永远当个骄傲的小公主。"陆应成说，"你每一样都很好，不要因为没有得到某个人的爱就妄自菲薄。"

陆珊妮的情绪平息了些，抬头望向陆应成，他眼中有慈爱，也有自信。

他永远相信，她是天底下最值得被爱的女孩子。

"爹地。"陆珊妮再次抱紧了他。父爱如山，她永远有依靠。

睡了一觉，陆珊妮的状态好了很多，可她还是不愿意回深圳。

"我就想赖在家里，赖在香港。"她又变回了那个受娇宠的小女儿，"不想再一个人去受苦。"

第八章 建者永无疆 | 467

"只有苦吗？"陆应成笑着问，"那里就没有你留恋的东西？"

陆珊妮不说话。陆应成知道，她是不想回去面对黎明川。

"没关系，你想在家里待多久就待多久。"陆应成说，"公司那边的事情，我可以派人接手。"

陆珊妮急了："爹地——"

"怎么，舍不得？"陆应成不动声色。

"再怎么说，那也是我辛辛苦苦打拼起来的事业。"陆珊妮闷闷地嘀咕。

"你舍不得的，又何止这一样？"陆应成微笑，"你现在已经是半个内地人。"

陆珊妮愣住。一眨眼，她去内地已近十年，从珠海到深圳，从不适应到如鱼得水，连说话和生活习惯都在不知不觉间改变。

有些东西是<u>丝丝缕缕渗进心里的</u>，由不得她不留恋。

"先休息两天，"陆应成也不逼她，"就当给自己放个假。"

陆珊妮在家里享受了两天大小姐的生活，可接踵而至的工作电话让她发现，自己仍然放不下陆总这个身份。

"我该回去了，"陆珊妮向陆应成告辞，"不然公司快炸锅了。"

"你有没有注意到，"陆应成眼神温暖，"你说的是'回去'，你把那里也当成了自己的家。"

陆珊妮一怔。

"回去吧，"陆应成拍拍她的头，"路上小心，到了给我报个平安。"

陆珊妮开着双牌车，上了三江跨海大桥。几十千米的桥面，蜿蜒于海上，车在风中疾驰，仿佛被带得快要飘起来。

伶仃洋上过去只有船，但现在也有车了。

这就是宋桥建的桥吗？陆珊妮突然在心里问。她将车速放慢了些，驶入隧道。

她也看过那个新闻，知道宋桥曾独自在这条海底隧道里待了七个小时。

如果换成是她，那种黑暗和绝望，她不敢想象。

陆珊妮的车缓缓行驶在隧道里，她看着两边灯火通明，前路宽敞通达。

或许，这就是黎明川对宋桥念念不忘的原因。宋桥做的事，一般人做不到。

车出了闸北,就到了珠海。这座她生活了几年的城市,没有香港和深圳繁华,却始终有种温温润润的味道。

这里还有龙山村,那是她的老家。

她又想起了过世的海生爷爷、冤家周南方,还有许许多多在这里遇见的人。

黎明川,她也是在这里遇见的,一步步走向动心。虽然最终还是散了,但那些点点滴滴,总是真的。

陆珊妮把车停在路边,给周南方发微信:我和黎明川解除婚约了。

周南方一看炸了:你告诉我干吗?

转告宋桥,陆珊妮回复,抢不走的,我不抢了。

周南方拿着手机怔然不动。

陆珊妮将手机往副驾上一扔,继续向前飞驰,风在耳边呼啸,她心里轻松了许多。

回到深圳,她第一件事就是去找黎明川。

当她昂首走进锐信大楼时,众人感觉,当年"十亿千金"的气势又回来了。

黎明川看见走进办公室的陆珊妮,站起身来。

"不用说对不起,"陆珊妮直接开口,"是我自己,不想和你订婚了。追我的人,可以沿着跨海大桥排两个来回。"

黎明川微笑:"你说得对,这才是陆珊妮应该有的样子。"

陆珊妮气势一滞,怔然望着他。

"我希望,你仍然是那个骄傲的陆小姐。"黎明川眼神真诚,"你不需要为了我,或者为了任何一个人,改变自己,看轻自己。你是什么样,什么样就是最好的。我们虽然做不成恋人,但可以做朋友。"

陆珊妮的泪又快泛起来,但被她强压下去。

"谁跟你做朋友?我是你的甲方。"陆珊妮再度武装起气场,"别忘了,陆氏给你投资了50个亿。"

"是是是,"黎明川表现得很谦卑,"您是我的大股东,以后锐信的财报和分红会按时送到,董事会您坐首席。"

陆珊妮又好气又好笑:"你可真是见风使舵。"

"我早就说过,"黎明川正色道,"陆氏对锐信的恩情,对中国民族企业的恩情,我会铭记在心,永世不忘。"

陆珊妮的神色也慢慢收敛起来。黎明川的脊梁很硬,天塌下来也压不倒,即使到了这种时刻,她对他,仍旧钦佩。

做恋人不成,但做朋友,做对手,他都值得被尊重。

"行,无论今后怎样,都不会影响我们的合作。"陆珊妮丢下这句话,径直离开。在大厅里遇到形形色色的目光,她也坦然。

陆珊妮终究还是那个陆珊妮,他能做的,她也要努力去做。

这天上,不止一颗星星在闪耀。

那晚宋桥收到了久违的黎明川的微信:我解除婚约了,你能再给我一次机会吗?

宋桥正在忙,反而是江江过来送材料,第一眼看见了屏幕上的这行字。

"师姐,"江江大声喊,"你快过来看。"

"怎么了?"宋桥探头过来,看清内容,顿时僵住。

"我不是故意偷看的哈。"江江小心地瞥着宋桥的神色,"但是,他想订婚就订婚,想重新开始就重新开始,这是不是太过分了?招之即来,挥之即去吗?他拿你当什么?"

江江越说越气愤,声音高了起来,走到门口的周南方听到了一切。

周南方默默地进来,将他和陆珊妮的聊天对话框打开,放在宋桥面前。

他本不想来的,毕竟谁在感情里都自私,可若是就这样瞒着宋桥,却又觉得不够磊落。

陆珊妮都能面对,他又有什么理由逃避?何况,逃避得了吗?

宋桥看着那两条对应的微信,久久不语。随即她转身出门。

江江急忙追上去问:"师姐,你去哪儿?"

"工厂,"宋桥简短地回答,"管节验收。"

宋桥没有回复,黎明川等到的,只有沉默。

但他不气馁。从那天起,他开始每晚向宋桥汇报自己的行程:去了什么地方,见了什么人,做了什么事。

然后到了宋桥快睡觉时,再发送一句"晚安"。

汇报是十点,说晚安是十二点,他似乎还体贴地给宋桥留出了消化、提问的时间。

宋桥一开始仍然沉默,到后来回复"晚安",再到后来也会说说自己一天所做的事,从偶尔到习惯。

两人就在这样的暗夜里,隔着海,却又仿佛看见了对方的世界。

宋桥渐渐觉得,黎明川的世界,也没有那么遥不可及。

终于到了圳山通道的沉管合龙的时候,宋桥作为总工,精神极度紧张。但她并未在微信里向黎明川倾吐半分。

她站在这样的位置,这是应该由她自己来承担的事。

到了出发的那天,岛上却来了"不速之客"。

宋桥看见黎明川时,几乎不敢相信自己的眼睛:"你怎么来了?"

"万一你又要下隧道,"黎明川晃了晃手上的装备,"我陪你一起。"

宋桥整个人呆住。

"天哪,同生共死!"江江在旁边已经发出了尖叫。这样的爱情,居然真的出现在了她面前。

"哪有那么夸张?"宋桥垂下眼,勉强掩饰自己内心的震撼,"跨海大桥留下了经验,我们早就做过了预防措施。"

可这一切,黎明川之前不知道,他是真的决心来陪她同生共死的。他不想把她一个人留在黑暗的隧道里,独自经历恐惧和绝望。

宋桥知道,她什么都知道。

"走吧,"她抬起头,没有看向黎明川,"出发!"

黎明川跟上,走在她的身后,无论她如何想,他都要陪着她。茫茫大海,他们彼此相伴。

周南方看着这一幕,转身离开。江江叫住他:"南方哥,你怎么不上来?"

"太挤。"他丢下两个字,上了另一艘船。

宋桥的身边,已经没有了他的位置。

江江看看周南方,又看看黎明川,替师姐长叹一声。两个都好,这可怎么选?

　　这一次的最后接头,难度仍然巨大。宋桥在指挥船上,如同一位久经沙场的将军,沉着地指挥下令,充满魄力和决断。

　　此时此刻,她的眼里没有黎明川,可黎明川却满心满眼全是她。

　　这才是宋桥该有的样子。如果强迫她放弃这一切,将一生囿于平庸的日常之中,那才是真正的自私。

　　两天一夜,终于结束,返航时正好是明月升起的时候。

　　今晚的月亮特别圆,有人惊觉:"哎,今儿是八月十五中秋节啊!"

　　所有人都忙得忘了这个节日,这一刻才想起本该是个团圆夜,都静默下来,借明月遥寄相思。

　　宋桥独自伫立在船头,还在心里对刚才的合龙过程进行复盘。黎明川走到她身边,望着这片大海,还有远处隐约可见的林立高楼。

　　"湾区升明月,明月照大桥。"黎明川说,"宋桥,你们做了了不起的事情。"

　　宋桥一震,回头望向黎明川。

　　"你的选择不自私,"黎明川凝视着她,"是我错了。以后,你在山里,我就去山里找你;你在海里,我就来海里看你。有你的地方,就是家。"

　　山水不相隔,只要有桥。

　　他们总会团圆。

　　皎洁的月光映在两人脸上,对视间仿佛又回到了多年前,他们在海中初遇的那个夜晚。

　　时空在变幻,却又似乎什么都没有变过。

尾　　声

　　那晚过后,黎明川只要有空,就会来岛上看宋桥。

　　她忙,那就由他来做奔赴的那一个,他不觉得累,反而甘之如饴。

　　江江也渐渐被黎明川的这种坚韧不拔的精神征服了,曾经对他还有点抱怨情绪的她也渐渐觉得,宋桥应该重新给他一次机会。

　　可这样,江江又更加同情周南方,他的机会,好像越来越少。从合龙归来以后,周南方就变得越来越沉默,尤其是黎明川上岛的时候,他常常独自待在工作间里,就像个隐形人。

　　海底隧道的完成,也标志着圳山通道全线贯通。这是宋桥独立负责的第一个大项目,她带着团队留下来,做收尾工作。

　　一遍遍验收检查,为了确保万无一失。到了通车的前一天,才终于宣告正式完工。

　　这时传来一个好消息——宋桥作为建设者代表,成为通车仪式上的特邀嘉宾。

　　"不错呀,宋总工。"小何调侃,"明儿这桥上站的可都是大人物,您这青云直上的速度,连冯书记都赶不及。"

　　江江在旁边一脸惆怅:"可我还连个项目书记都没混上呢。"

　　"让你师姐拉你一把,"小何说,"一人得道,鸡犬升天。"

　　"行了,别贫了。"宋桥打断他们俩,"完工典礼都准备好了吗?"

　　"早就好啦。"江江应道。

　　可宋桥过去一看就皱起了眉头:"这不行,台子搭得这么高,工人师傅们坐在下面,连我们的脸都看不到。"

　　江江一愣:"看不到就看不到呗,能听得见讲话不就成了?"

"拆掉。"宋桥说,"他们才是这场建设的主力军,我们凭什么高高在上?"

江江和小何怔然对视,宋桥已经自己上手去拆台。两人犹豫了一下,也跟着帮忙。

最后就剩下几把椅子,摆在工人席位的对面,平起平坐。

各部门负责人一一总结完工作,到最后宋桥才发言。

"工程到今天,就全部结束了。"宋桥环顾四周,看着那一张张朴实的脸,"这是我第一次当项目总工,经验不足,是你们包容我,帮助我,才有了今天的大桥。六年一愿,感谢你们帮助我完成!"

宋桥深深地向工人们鞠躬,久久不起。

老秦率先站起来鼓掌,随后所有人都站了起来,掌声如雷鸣。

他们追随她六年,无怨无悔。

散会之后,现场只剩下项目组的同事们,宋桥转过身来,张开双臂:"我先拥抱谁?"

江江如小鸟般飞过来,扑进她怀里:"师姐你真棒!"

伙伴们也都拥了过来,一起拥抱宋桥,大家笑啊闹啊,最后都满眼泪光。

"骂了你们六年,我道歉。"宋桥含泪微笑,"想记仇的可以记仇,但我希望,下一个项目还能和你们相见。"

"你都爬到我头上喽,"老孙故意瞪着眼,"还是个女娃娃。"

"但是不服不行。"财务部的王经理上前,攀住老兄弟的肩膀,"咱就跟着人家干吧,长江后浪推前浪,前浪死在沙滩上。"

"大喜的日子,说什么死。"小何笑嘻嘻地插进来,"我就想问问,发不发红包?"

众人哄堂大笑起来,一直站在最后的周南方也终于过来,和宋桥拥抱。

"南方啊,"宋桥心中百感交集,轻声叹息,"我最感激,也最对不住的,就是你。"

周南方心中一颤,却还是假装痞笑:"这不还没到明天吗?"

他们约定的是,在大桥通车那一天,给他最后的答复。他不知道宋桥还记不记得这个约定。

就在这时,不远处突然传来一个声音:"看来我来晚了,典礼都结束了。"

众人回头,看见叶江笑吟吟地走过来,都惊喜不已。

三江跨海大桥项目以后,叶江就回到总部,担负起更重要的科研攻关任务,关乎中国桥梁的未来突破。

可他仍然关注着圳山通道,关注着他的这支部队。

"捷报频传哪,"叶江说,"我在北京,一直为你们骄傲。小宋,你把队伍带领得很好。"

"多谢叶总教导。"宋桥和叶江握手。这位老人对她有知遇之恩。

叶江随后又和周南方握手:"你季老师说,下一座桥的设计,可以让你来挑头了。"

周南方心中感慨。叶江也同样是他的伯乐,在人工岛上一起跑步的那些日子,在他一生中都会闪闪发光。

"可我还没当上书记……"江江小声嘀咕。

"会有那么一天的。"叶江慈爱地看着这些年轻人,"我希望你们都能努力走到自己想要的地方,站得高,才能看得更远。"

众人都在心里为自己鼓劲儿。

"但是,该伏低身子做事的时候,还是要伏得下来,踏踏实实地干活。"叶江声音低沉,"我们建设者,本来就是基石。"

是啊。宋桥望着眼前的大桥,属于交建集团的标旗已经撤去,换上了五星红旗。

没有人会记得,这里曾是他们奋战多年的阵地。

可这就是建设者的使命,从一个阵地奔赴另一个阵地,待功成身退,交付于人民。

这座桥上不会留下他们的名字,但仍是丰碑。

宋桥和叶江一起眺望远方,那里,还有新的战场在等着他们。

那天晚上,宋桥难以入眠,她在思考一个深刻的问题——明天穿什么?

宋桥本来想穿工服,可江江说太土,无法展示建设者们(主要是她自己)的美丽风采。

可这么多年在工地上摸爬滚打,她从来也没有美丽过。宋桥犯愁。

就在这时,手机一响,是黎明川的微信:你明天参加通车仪式吗?

宋桥回了一个嗯的表情包。

黎明川微笑:我也会去。

他也是代表,湾区建设者的代表。这是一场整个湾区的盛会,共同见证这伟大的时刻。

那我们明早九点,桥头见。黎明川的话,让宋桥心中突然冒出一个词——约会。

算起来,她和黎明川已经多年没有约会过。她想起了什么,从床上跳下来,开始翻箱倒柜……

第二天清晨的圳山通道口岸,人头攒动,热闹异常。

陆应成和宋宁刚都早早地来了,两位曾经抢过女婿的老丈人倒是心无芥蒂,一见面就握手拥抱。

但陆珊妮一想起这是宋桥的父亲,还是有几分讪讪的,点头打了个招呼,就站到一边。

此时她看见有人正独自在路上往前走,一怔:"周南方?"

"南方,"陆应成立刻热情地招手,"快过来。"

周南方转头看见他们,也是一愣。他今日本是来等宋桥的回答的,没想到却遇见这么多熟人。

他只好过去:"陆叔、宋总,你们来得真早。"

"你呀,"陆应成感慨地拍了拍周南方的肩膀,"设计了这么好的一座桥,可惜海生叔没有看到。"

想起外公,周南方眼中顿时涌起伤感,他环顾着整座大桥,仿佛是在替外公也好好地看一看。

"不容易啊小伙子,"宋宁刚感慨,"戴着孝仍然坚持工作,当初我们知道的时候,都觉得感动。"

那段时间,周南方更加拼命地干活,就像要为了逝去的老人更争气一样。

周冲私下和宋宁刚聊起这事的时候,都红了眼眶,直说这小子终于成器了。

"但你们,都是这样的。"陆应成转头望着宋宁刚。

第一次见宋宁刚的时候,他是拔了吊瓶来的,临走时虚弱得摇摇欲坠。

宋桥是宋宁刚的女儿,两人却将这关系瞒了七年,各自奋战在各自的岗位上,连过年都难得团圆。

这工程中的许多人,大概都和他们一样,将桥看得比什么都重,放下一切只为它。

"有路有桥,才有交融天下的可能。"陆应成指着远方,两座桥交会,通向海的另一边,"这是母亲的怀抱,也是通往世界的大道。"

如今的大湾区,已经成为真正的创新港,他们不仅能自信地走出去,也能吸引更多海外人才带着憧憬走进来。

"是中国的,也是世界的。"宋宁刚微笑,"桥和湾区都一样。"

科技无国界,交融天下才能共同发展,在建桥的过程中,他明白了这个道理。湾区亦如是,越包容,越辽阔。

宋宁刚和陆应成相视而笑,正感慨间,忽然发现众人纷纷回头,目光聚焦于某个方向。

他们也顺着望去,原来是建设者代表入场,而其中最醒目的,就是走在队伍前方的宋桥。

这位项目女总工,一袭绿裙,身姿挺拔如翠竹。这是她第一次穿裙子,眉眼间有微微的羞涩,却并无娇弱之态,清秀中透着英气,分外动人。

可周南方看见这样的宋桥,眼神却彻底黯淡。他认出来,那是黎明川送她的裙子。

他已经知道最后的那个答案了。

有人从对面笑意盈盈地走过来,正是黎明川。

"很美,"他说,"和我想象中一样。"

从买下裙子的那一刻起,他就期待着这一天,她终于从梦中来到他的面前。

这是湾区的盛会,也是属于他和她的约会。

黎明川从口袋里拿出一个盒子打开,里面是多年前的那枚戒指,他曾经气恨地想要扔掉,最终却舍不得。

"以前你拒绝了,"黎明川缓缓单膝跪地,"现在,你愿意接受它吗?"

周围的人发出欢呼和尖叫声,正在远处拍桥的梁思明和江江也被吸引过来。

"快快快,"江江激动,"直播直播!"

梁思明立刻将手机对准了他们,记录这一刻。

"嫁给他!"

不知道是谁大喊了一声,所有人都跟着喊了起来:"嫁给他,嫁给他……"

最后宋宁刚竟然也振臂高呼:"嫁给他!"

大家都笑望着这位一向严肃的老总,连宋桥也哭笑不得。

宋桥缓缓伸出手,让黎明川为她戴上戒指,他站起来拥抱她:"上次的集体婚礼我们没能参加,今天也算吧?"

当然。被全世界围观,如此热烈的祝福,宋桥觉得自己的一颗心,都在这拥抱中融化。

陆珊妮却觉得心酸,转头望了一眼同病相怜的周南方,却发现他在怅惘过后,有种释然。

她恍惚记起,他方才好像也鼓了掌。

是该祝福啊。虽然是自己曾经爱过的人,可他们也值得幸福。

陆珊妮眼中闪着微微的泪光,也随着大家轻轻地鼓掌。

她也会找到自己的幸福,或许在下一个路口,她就会遇见同行者。

这时,国歌响起,所有人都神情一肃,转身面对徐徐升起的五星红旗。

那抹鲜艳的红,映进每个人眼里,也刻进每个人心底。

那是跳动在生命中的火焰,也是永恒不息的温暖。

蔚蓝的海面上,跃起了白海豚,迎着阳光,仿佛也在吟唱这一首赞歌……